D1726480

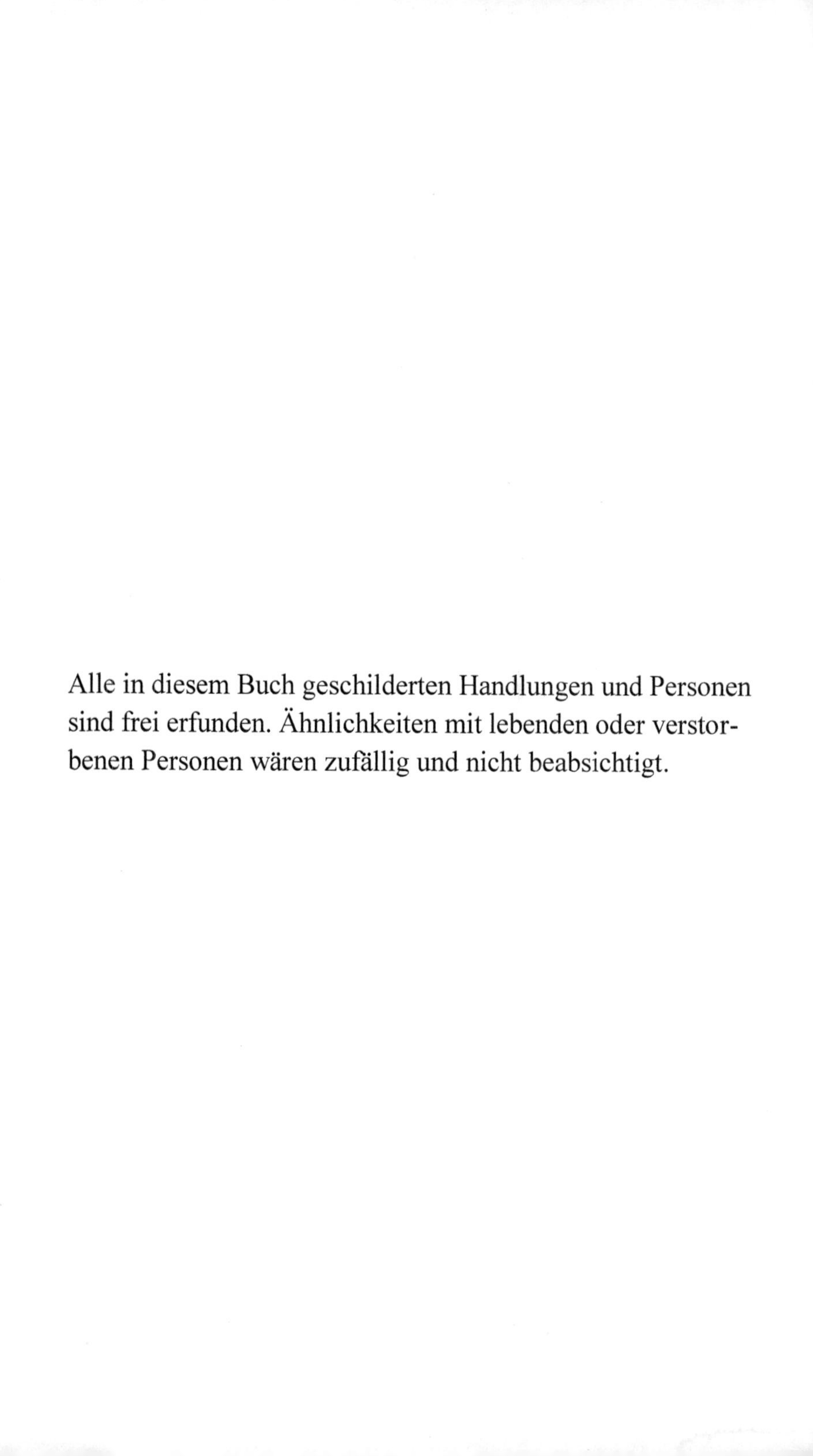

Joachim Krug

Kopfnebel

Bibliografische Information der Deutschen Nationalbibliothek: Die Deutsche Nationalbibliothek verzeichnet diese Publikation in der Deutschen Nationalbibliografie, detaillierte bibliografische Daten sind im Internet über dnb.dnb.de abrufbar.

TWENTYSIX – Der Self-Publishing-Verlag

Eine Kooperation der Verlagsgruppe Random House und BoD – Books on Demand

1. Auflage

Herstellung und Verlag:

BoD-Books on Demand, Norderstedt

ISBN: 9 783 740 766 382

Jan Krüger war ein waschechter Hanseat, kein »Quiddje«, wie die Einheimischen die Zugezogenen nannten. Er war verlässlich, direkt, manchmal kantig und zuweilen auch etwas stur. Er befasste sich nur widerstrebend mit den aus seiner Sicht nebensächlichen Notwendigkeiten des Alltags. Und dazu gehörte zweifellos die Auswahl seiner Kleidung. Jeans, T-Shirt und Lederjacke, mehr brauchte er nicht. Sportschuhe im Sommer, feste Lederstiefel im Winter und wenn es tatsächlich mal richtig kalt wurde, was ohnehin selten vorkam, kramte er den uralten, olivgrünen Bundeswehrparka heraus und setzte seine Wollmütze auf.
Hannah hatte es im Laufe ihrer Beziehung immerhin geschafft, ihn davon zu überzeugen, zu besonderen Anlässen ein gebügeltes Oberhemd zum dunklen Jackett zu tragen. Aus seinen heißgeliebten Jeans bekam aber auch sie ihn nicht heraus. Zuweilen musste sie ihn daran erinnern, sich endlich eine Neue zuzulegen, vor allem, wenn der Stoff bereits durchgescheuert war und erste kleine Löcher auf den Knien durchschimmerten. Selbst dann folgten jedes Mal ellenlange Diskussionen, um ihm klarzumachen, dass er diese Hose auf gar keinen Fall mehr anziehen konnte. Schon gar nicht im Büro, schließlich wollte sie sich nicht für ihn vor den Kollegen schämen müssen, weil ihr Partner mit ausgewaschenen T-Shirts und löchrigen Jeans herumlief. In diesem Punkt war Jan allerdings stur wie ein Esel. Hannah sah sich manchmal gezwungen, ihm die eine oder anderen Notlüge aufzutischen, um ihn dazu zu bewegen, ab und an seine Jeans zu wechseln, andernfalls kam es vor, dass er geschlagene vier Wochen in der gleichen Hose herumlief.
»Ist in der Wäsche«, »Noch nicht gebügelt«, »Hängt noch auf der Leine«, waren die harmloseren Ausreden, »Sind Ölflecken drin«, »Der Reisverschluss ist kaputt«, »Im Schritt aufgerissen«, bereits ein dezenter Hinweis darauf, dass die betreffende Jeans kurz vor dem Aus stand. »Zu heiß gewa-

schen«, »Beim Bügeln verbrannt« oder »Hosenknopf ausgerissen«, kündigte schließlich den endgültigen Exitus der Hose an. Immer, wenn Jan sich zwangsweise von einer geliebten Jeans trennen musste, ging seine Laune vorübergehend schlagartig in den Keller. Nach Abschluss der Trauer um diesen herben Verlust, raffte er sich schließlich doch irgendwann auf, eine neue Hose zu erwerben. Dann versuchte Hannah ihn jedes Mal dazu zu bewegen, mit ihr zusammen in die Stadt zu fahren und in einer netten, kleinen Boutique unter ihrer strengen Aufsicht eine modische Jeans der gehobenen Preisklasse zu kaufen, mit der er sich nicht in aller Öffentlichkeit blamierte. Das wünschte sie sich jedenfalls, die Realität sah allerdings komplett anders aus. Wenn die Anschaffung neuer Klamotten zu einem nicht mehr zu verhinderndem Übel wurde, öffnete Jan kurzerhand sein Laptop und drei Klicks später lagen die Teile im Warenkorb. Hannah hatte sich verzweifelt den Mund fusselig geredet, ihm zu erklären, dass man Kleidung und Schuhe anprobieren sollte, bevor man sie kauft. Sie freute sich jedes Mal heimlich ein Bein aus, wenn Jan bei der häuslichen Anprobe laut fluchend feststellte, dass die im Netz erworbene Hose nicht passte, zu viel Elastan enthielt, oder, was er hasste wie die Pest, das gute Stück auch noch vorgewaschen war.
Hannah hatte sich in der Mittagszeit mit ihrer Freundin Josephine verabredet, um irgendwo in der Nähe des Gerichtsmedizinischen Instituts einen saftigen Döner zu essen. Die Gelegenheit wollte Jan nutzen, um sich eine neue Hose zu kaufen. Ohne die nervigen Kommentare seiner Freundin. Die endlosen Diskussionen über Größe, Farbe und Passform, die Hannah beim Kleidungskauf regelmäßig entfachte, gingen ihm fürchterlich auf den Wecker. Er machte da lieber kurzen Prozess: Laden betreten, Hose abgreifen, einpacken, zahlen und wieder raus. Man musste eben nur wissen, was man wollte und natürlich war es so ganz nebenbei auch hilfreich,

wenn man zumindest seine Konfektionsgröße kannte. Aber auch das waren bei dem 1,95 Meter großen und 110 Kilogramm schweren Hünen seit über dreißig Jahren die gleichen Maße. Bei Oberteilen XXL und Hosen in 34/36. Nur diese beiden Größen musste er sich merken, alle anderen Informationen waren überflüssig.
Jan fuhr ins Parkhaus, mit dem Lift hoch in den dritten Stock und marschierte zielstrebig in die Abteilung für Herrenbekleidung. Nach bewährtem Muster wollte er diese lästige Pflicht am besten in Rekordzeit erledigen. Doch dann ereilte ihn der Schock: Hosen soweit das Auge reichte. Verstaut in meterhohen Regalen, aufgehängt auf endlosen Reihen von Kleiderständern, fein säuberlich auf Verkaufstischen ausgelegt oder mannshoch gestapelt auf riesigen Holzpaletten. Mit dem hier vorhandenen Stoff konnten die problemlos die chinesische Mauer tapezieren, dachte Jan. Da blickt doch keine Sau mehr durch, war er bereits der Verzweiflung nahe, als ihn von hinten eine freundliche Stimme ansprach.
»Kann ich Ihnen vielleicht behilflich sein?«, hörte er in seinem Rücken.
Als Jan sich umdrehte, stand vor ihm eine Verkäuferin, die ihn anlächelte. Für einen Moment war er sprachlos. Als er nicht antwortete, sah ihn die zierliche, schwarzhaarige Frau fragend mit ihren großen, mandelförmigen Augen an und zuckte mit den Schultern. »Stimmt was nicht?«, wollte sie wissen.
»Äh, nein, ich meine, doch, es ist alles in Ordnung. Ich war nur für einen Moment im Gedanken.«
»Aha, na gut, dann frage ich Sie noch mal: Was kann ich für Sie tun?«
Oh, scheiße, falsche Frage, dachte Jan. Ich wüsste schon, was du für mich tun könntest, durchfuhr ein amtlicher Adrenalinschub seinen Körper. Diese Frau war eine Granate, zwar nicht besonders groß und die kurzen, schwarzen Haare wa-

ren auch nicht unbedingt nach seinem Geschmack, aber diese Figur und diese braunen, sinnlichen Knopfaugen, einfach umwerfend.
Die junge Frau bemerkte natürlich sofort, dass Jan aufmerksam ihren Körper scannte.
»*Ich* brauche keine Hose«, lachte sie.
»Äh, nein, natürlich nicht, entschuldigen Sie bitte«, fühlte sich Jan ertappt. Alter Mann, reiß dich zusammen, rief er sich selbst zur Ordnung.
»Also, was darf ich Ihnen zeigen?«
Verdammt, schon wieder die falsche Frage, doch diesmal ließ er sich das nicht anmerken, glaubte er jedenfalls.
»Ich meine, welche Art von Hose?«, grinste die Kleine, die offenbar Spaß daran hatte, dass dieser baumlange, kräftige Kerl von ihr dermaßen fasziniert zu sein schien. Dass dieser Mann bereits Ende fünfzig war, wäre ihr nicht in den Sinn gekommen. Sie schätzte ihn auf Ende vierzig, vielleicht Anfang fünfzig, aber dabei eben mehr als gut erhalten.
Obwohl die hübsche, junge Verkäuferin höchstens fünfundzwanzig war, zeigte sie sich selbstbewusst und schlagfertig, ganz so wie Jan es bei den Frauen schätzte. Allerdings war es jetzt wohl an der Zeit, sich zusammenzureißen und das zu tun, wofür er hergekommen war.
Er räusperte sich kurz, dann gab er wie aus der Pistole geschossen seine Bestellung auf: »Eine Lee, dunkelblau, viel Baumwolle, wenig Elastan, normaler Bund, gerades Bein, Reisverschluss, Gesäßtaschen nicht in den Kniekehlen, auf gar keinen Fall vorgewaschen und ohne Löcher. Das Ganze bitte in 34/36.«
„Donnerwetter, da weiß aber einer was er will“, kicherte die Kleine.
»Bin ein Freund von schnellen, klaren Entscheidungen«, grinste Jan.
»Brooklyn Straight?«

»Wie bitte?«
»Na, das Model ihrer Lee.«
»Ach so, ja, na wenn Sie meinen.«
»Kommen Sie bitte, ich zeige Ihnen eine. Hängt dort drüben am Ständer.«
Apropos Ständer dachte Jan, um sich aber im gleichen Moment wieder zur Ordnung zu rufen.
Mit einem geübten Handgriff fand die Verkäuferin sogleich die gewünschte Hose und breitete sie vor ihm aus. »Ist ziemlich teuer, diese Marke, ich könnte Ihnen eine gleichwertige Hose für die Hälfte des Geldes empfehlen«, flüsterte sie Jan konspirativ zu.
»Und von der Differenz lade ich Sie zu einem Kaffee ein, was meinen Sie?«, schlug er vor.
»Wir reden hier über siebzig Euro, da könnten Sie mich sogar zum Essen ausführen«, scherzte sie.
Jan überlegte kurz: Die Lee, oder mit der Kleinen Essen gehen? Aber nein, wäre viel zu gefährlich, die Versuchung mit dieser Obergranate im Bett zu landen, wäre wahrscheinlich überproportional groß. Und außerdem hatte er sich fest vorgenommen, Hannah niemals zu betrügen. Also dann doch die Lee, entschied er.
Auf dem Weg zur Kasse überholte Jan die hübsche Verkäuferin. Es machte in der Tat wenig Sinn, bei dieser verlockenden Aussicht hinter ihr her zu dackeln wie ein seibernder Rüde auf Brautschau. Wahrscheinlich hätten die anderen Leute sofort bemerkt, wie er der jungen Frau lüstern auf ihren wohlgeformten Knackarsch gestarrt hätte und sich dabei tierisch aufgeregt, wie so ein alter Sack seine Hormone tanzen lässt.
»139,99 Euro, bitte«, holte die Kassiererin Jan aus seinen Tagträumen in die bittere Realität zurück.
Der Verkäuferin, die höflich neben ihm stehengeblieben war, während er seine Kreditkarte auf den Tresen legte, war na-

türlich sofort aufgefallen, dass Jan merklich zusammengezuckt war, als er realisiert hatte, was die Hose kostete.
»Ich hatte Sie gewarnt«, flüsterte sie ihm zu.
Jan lächelte süffisant und zuckte mit den Schultern. »Qualität hat eben ihren Preis«, fügte er sich in sein Schicksal.
»Das stimmt allerdings. Übrigens, ich heiße Jenny und würde mich sehr freuen, Sie bald mal wiederzusehen.«
Verdammt, was war das denn jetzt? Hatte die Kleine ihn etwa gerade angebaggert oder bildete er sich das nur ein? Wahrscheinlicher jedoch war, dass sie gerade einem älteren Typen, der sich für unwiderstehlich hielt, eine schweineteure Jeans angedreht hatte, nur weil sie ihm schöne Augen gemacht hatte.
Jan schüttelte den Kopf und lachte. »Na dann, Jenny, vielen Dank und bis zum nächsten Mal.«
Jenny, wenn das denn ihr Name war, strahlte Jan an: »Auf Wiedersehen, Mister Clooney.«
Mit einem Lächeln auf den Lippen stieg Jan in den Fahrstuhl und wollte gerade auf die Taste abwärts in die Tiefgarage drücken, als die Frau, die er beim Einsteigen nur flüchtig angesehen hatte, ihn plötzlich ansprach: »Jan?«
Überrascht drehte er sich um, während der Fahrstuhl sich in Bewegung setzte. »Esther?«
»Ja, na das ist ja wirklich ein Zufall, oder? Was machst du denn hier?«, fragte die große, schlanke Blondine.
»Das Gleiche könnte ich dich fragen«, fiel Jan nichts Besseres ein.
»Ich habe gerade Mittagspause und hab mich mal ein bisschen umgesehen, was die Modewelt so Neues zu bieten hat«, meinte Esther.
»Mittagspause? Heißt das, du arbeitest jetzt hier in Leipzig?«
»Ja, im Marriott.«
»Ach, seit wann denn?«
»Seit Anfang des Monats. Und du?«

»Äh, ich hab mich vor zwei Jahren nach Leipzig versetzen lassen.«
»Ach, ich erinnere mich, du hattest Ärger mit deinem Chef, diesem Wis...«
»...wedel, ja stimmt. Dass du das noch weißt.«
»Na ja, warst ja auch oft genug übel drauf, wenn du nach Hause kamst.«
Jan nickte. »Stimmt, deshalb musste ich einfach die Notbremse ziehen.«
»Und bist Hals über Kopf in einer Nacht- und Nebelaktion aus Hamburg verschwunden, ohne dich zu verabschieden.«
Jan zuckte die Achseln. »Du weißt doch, Esther, ich mag keine theatralischen Abschiedsszenen. Außerdem hatten wir uns bereits ein paar Monate vorher getrennt, wenn du dich erinnerst.«
»Getrennt? Du hast einfach deine Sachen gepackt und bist gegangen.«
Jan merkte augenblicklich, in welche Richtung dieses Gespräch führen würde und war heilfroh, als der Fahrstuhl im Tiefgeschoss angelangt war.
»Na dann, das war ja wirklich eine Überraschung. Ich muss los, hätte eigentlich schon längst wieder im Präsidium sein müssen«, log er.
»Tja, dann will ich dich nicht länger aufhalten. War schön, dich wiedergesehen zu haben, Jan. Du weißt ja jetzt, wo du mich finden kannst, wenn du mal Lust auf einen Kaffee hast, oder so.«
In diesem Moment klingelte Jans Handy. »Äh, klar, gern, Esther, also bis dann, mach's gut«, wimmelte er seine Ex-Freundin ab und zeigte auf sein Handy. »Die Pflicht ruft.«
Esther nickte ihm kurz zu, drehte sich um und verschwand in die entgegengesetzte Richtung.
»Hallo Schatz, bin auf dem Rückweg. Hab mir eine neue...«

»Wir haben eine Leiche. Bin mit Rico bereits auf dem Weg. Spaziergänger haben am Ufer des Elsterbeckens in Höhe des Klärwerks Rosenthal eine weibliche Leiche entdeckt. Komm bitte direkt dorthin. Beeil dich, Jan.«

Für einen Moment blieb er wie angewurzelt vor seinem Wagen stehen. Das war jetzt ein bisschen viel auf einmal. Erst diese hübsche Kleine, die ihm den Kopf verdreht hatte, dann der Schock, als er plötzlich im Fahrstuhl seiner Ex aus Hamburg begegnet war und jetzt auch noch ein Leichenfund.

Er musste sich kurz schütteln, bevor er einstieg. Die vergangenen Monate waren für die Mordkommission der Leipziger Polizei nach der Zerschlagung der Russenmafia vor gut einem Jahr relativ ruhig geblieben. Bis auf einen Rentner, der im Affekt seine Frau mit einem Kerzenständer ins Jenseits befördert hatte, gab es keinen weiteren Mord. Und das war eigentlich auch kein Mord, sondern wurde vom Gericht als Totschlag angesehen.

Das Morddezernat hatte in dieser Zeit einige alte, ungelöste Fälle wieder aufgerollt, war dabei aber nicht ein einziges Mal entscheidend vorangekommen. Hannah und Jan hatten sich ohnehin mehr darauf konzentriert, herauszufinden, ob es erste konkrete Hinweise auf eine Neuformierung der Russenmafia gab. Dass die Russen in Leipzig wieder aktiv werden würden, war klar, fragte sich nur wann. Kampflos würden die einstigen Lokalmatadore die Prostitution und den Drogenhandel nicht an die Albaner abtreten, die gerade hartnäckig versuchten, die Russen endgültig aus Leipzig zu verdrängen.

Um die Mittagszeit erwies es sich wie immer als eine zähe Angelegenheit, durch das Stadtzentrum zu fahren. Jan versuchte die grüne Welle zu erwischen, die ihm am Bahnhof vorbei Richtung Waldstraßenviertel spülen sollte. Der graue Opel Astra Kombi war eines der wenigen neueren Modelle

im bereits leicht maroden Fuhrpark der Mordkommission. Der besaß im Gegensatz zu den anderen Vorkriegsmodellen der hoffnungslos veralteten Fahrzeugflotte der Leipziger Kriminalpolizei, die zum Teil noch mit Kassettenrekordern ausgestattet waren, wenigstens einen halbwegs brauchbaren CD-Player. Wenn Jan im Auto saß, musste er Musik hören. Noch bevor er den Wagen startete, schob er eine CD in den CD-Schacht. Das geschah unbewusst, vollkommen automatisch, so wie andere sich eine Zigarette anzündeten oder ein Kaugummi aus der Dose in der Konsole fingerten, bevor sie losfuhren. Das Debutalbum der *Doors* aus dem Jahr 1967 war neben *L.A. Woman* sein Lieblingsalbum der Band um den charismatischen Frontmann *Jim Morrison*, der mit nur siebenundzwanzig Jahren an seiner Drogensucht jämmerlich zu Grunde gegangen war. Jan war als Jugendlicher geradezu ein fanatischer Fan der Band. Irgendwo erkannte er sich damals in dem aufrührerischen, widerspenstigen Charakter *Jim Morrisons* wieder. Ganz davon abgesehen, dass der Doors–Sänger verdammt gut aussah und bei den Mädchen hoch im Kurs stand. Jan besaß alle Doors-Platten, das machte gewöhnlich mächtigen Eindruck beim weiblichen Geschlecht und verhalf ihm zu dem ein oder anderem heißem Date, wie man es heute nennen würde. Als er als siebzehnjähriger Schüler den ersten Sex mit der zwei Jahren älteren Tochter des Gemeindepfarrers in der sturmfreien Bude seiner Eltern hatte, lief *Riders On The Storm* auf der brandneuen, teuren Telefunken–Stereoanlage seines Vaters, so laut, dass schließlich die Nachbarn Sturm geklingelt und so seine erste richtige Nummer jäh unterbrochen hatten.
Jan wählte Titel sechs, schnallte sich an und fuhr los. *Light My Fire* zauberte ihm ein fettes Grinsen ins Gesicht. Genau das hatte die hübsche kleine Jenny gerade mit ihm gemacht: Sie hatte ein Feuer in ihm entzündet.

You know that it would be untrue/ You know that I would be a liar/ If I was to say to you/ Girl, we couldn't get much higher/ Come on Baby light my fire/ Come on Baby light my fire/ Try to set the night on fire.
The time to hesitate is trough/ No time to wallow in a mire/ Try now we can only lose/ And our love become a funeral pyre/ Come on Baby light my fire/ Come on Baby light my fire/ Try to set the night on fire.
Wie immer, wenn er allein im Wagen saß, sang er laut mit, den Gedanken an das, was er möglicherweise gleich vorfinden würde, noch ganz bewusst verdrängend.
Er bog von der Jahnallee am Waldplatz in die Waldstraße ab und fuhr Richtung Zöllerweg, danach auf dem Marienweg durch den Wald vorbei am Elstermühlgraben. Am Ende des Marienwegs bog er zweimal links ab und fuhr den schmalen Feldweg entlang der Neuen Luppe zum Elsterbecken am Klärwerk Rosenthal. Hier oben kannte er sich ganz gut aus, weil er im letzten Sommer in diesem herrlichen Stück Landschaft einige Male zusammen mit Hannah mit den Rädern unterwegs gewesen war.
Auf dem Vorplatz neben der Staumauer stoppte ihn ein Streifenwagen. Jan hielt an und ließ das Seitenfenster herunter. »Tut mir leid, aber hier dürfen Sie nicht durch, bitte drehen Sie und fahren Sie zurück«, forderte ihn ein junger Beamter auf.
Bevor Jan antworten konnte, zog der ältere der beiden Beamten den jüngeren am Arm ein Stück zurück. »Hey, bist du bekloppt, Mann, weißt du nicht, wer das ist?«, flüsterte er seinem diensteifrigen Kollegen zu.
»Nö, wieso?«, hatte der keine Ahnung, wem er da gerade die Durchfahrt zum Tatort verweigerte.
»Das ist der Held von Berlin, Hauptkommissar Krüger«, raunzte ihn der erfahrene Kollege an.

»Oh, entschuldigen Sie, Herr Hauptkommissar, ich wusste nicht...«, lief der junge Beamte rot an.
»Ach was, schon gut. Hat der Kollege wohl ’n bisschen zu dick aufgetragen. Es gibt nur einen Helden von Berlin und das bin garantiert nicht ist. Ist nichts als ‘ne saublöde Erfindung der Boulevardpresse. Kennen Sie Norbert Dickel, Herr Wachtmeister?«
Als der junge Beamte den Kopf schüttelte, verdrehte der ältere Kollege hinter ihm genervt die Augen. »Woher soll das Greenhorn denn Norbert Dickel kennen, Herr Hauptkommissar? 1989 lag der noch als Quark im Schaufenster.«
Jan lachte und der blutjunge Beamte zuckte mit den Schultern.
»Wer ist das denn? Muss man den kennen?«
»Norbert Dickel hat Borussia Dortmund 1989 mit zwei Toren zum Pokalsieg gegen Werder Bremen geschossen und dabei sein ohnehin lädiertes Knie für immer und ewig ruiniert, weil er unbedingt durchspielen wollte. Deshalb ist er der Held von Berlin und zwar der einzig Wahre«, erklärte Jan.
»Mal nicht so bescheiden, Herr Hauptkommissar, wenn Sie damals diesen Terroristen nicht aus schier unglaublicher Entfernung mit diesem legendären Kunstschuss erledigt hätten, stände heute anstelle des Fernsehturms ein Springbrunnen auf dem Alexanderplatz«, schwärmte der ältere Beamte.
»Ach, das sind Legenden. Glauben Sie nicht alles, was so erzählt wird. Ich war nur einer von Vielen in einem zum Glück erfolgreichen Einsatz. Sagen Sie, Herr Hauptwachtmeister, sind die Kollegen der Gerichtsmedizin schon eingetroffen?«
»Ja, vor etwa einer halben Stunde. Ich würde Ihnen raten, Ihren Wagen hier stehenzulassen und das letzte Stück zu Fuß zu gehen. Dahinten gibt es keine Wendemöglichkeit, die werden sich freuen, wenn sie den schmalen Weg zurückset-

zen müssen«, zeigte der Beamte Richtung Fundstelle der Leiche, die etwa hundert Meter voraus am Ufer der Neuen Luppe auf Höhe des Klärwerks lag.
»Gute Idee, danke«, nickte Jan, fuhr das Fenster hoch, stellte seinen Wagen ab und ging die letzten Meter zum Tatort zu Fuß.
Mitte März hatte die Sonne noch keine Kraft, obwohl sie sich sichtbar Mühe gab vom stahlblauen Himmel herab zumindest den Eindruck zu erwecken, als würden ihre Strahlen versuchen, mit einem Hauch von Wärme dem eiskaltem Ostwind die Stirn zu bieten. Jan hatte den Kragen seiner Lederjacke hochgezogen. Die Hände in seinen Taschen vergraben lief er schnellen Schrittes den tiefgefrorenen Feldweg entlang, als ihm Hannah auf den letzten Metern entgegenkam.
Schon an ihrem Gesichtsausdruck konnte er erkennen, dass etwas Schreckliches geschehen sein musste.
»Verdammt, Jan«, schüttelte sie vollkommen fassungslos den Kopf, »das da ist nichts für mich. Sowas habe ich bisher noch nicht gesehen und merke gerade, dass ich damit im Augenblick überfordert bin. Ich...«
»Beruhige dich, Hannah«, fasste er sie an den Schultern und sah in ihre entsetzten Augen.
Rico Steding kam zu den beiden herüber und nickte Jan kurz zu. »Eine weibliche Leiche, ist vor etwa einer Stunde von Spaziergängern am Ufer entdeckt worden. Unbekleidet und...«, er machte eine kurze Pause, als müsste er sich selbst erst sammeln, »... ohne Kopf.«
Jan runzelte die Stirn und nickte. »Ich geh mal zu Josie rüber, mal sehen, was sie uns schon sagen kann. Warte hier Hannah.«
Die Gerichtsmedizinerin Dr. Josephine Nussbaum saß in der Hocke neben der mit einer blauen Plastikplane abgedeckten Leiche und hielt ein Skalpell in der Hand.

Als sie sah, dass Jan und Rico sie irritiert anstarrten, legte sie das Skalpell zurück in ihren Koffer und stand auf. »Üble Sache, da hat sich einer so richtig ausgetobt.«
Dann zog sie die Plane ein Stück zur Seite und legte den offenen Hals der Toten frei. Bei diesem furchtbaren Anblick stockte Jan für einen Moment der Atem.
Er war Einiges gewohnt. In Afghanistan hatten die Taliban die Körper ihrer toten Feinde regelmäßig bis zur Unkenntlichkeit verstümmelt und sie dann zur Abschreckung in den Dörfern auf Pfähle aufgespießt und in der Sonne verrotten lassen.
Die Männer seiner Spezialeinheit, die nachts in den Höhen des Hindukusch Jagd auf die Mudschaheddin gemacht hatten, wussten ganz genau, dass sie niemals in Gefangenschaft der Taliban geraten durften. Jan konnte sich noch genau daran erinnern, dass ein belgischer Kamerad, der bereits schwer verletzt war, den Rückzug seiner Einheit gedeckt hatte, als sie in einen Hinterhalt der Taliban geraten waren. Der Mann hatte sich geopfert, um seine Kameraden zu retten. Später fanden sie heraus, dass die Taliban ihren schwerverletzten Gefährten verschleppt, gefoltert und zerstückelt hatten. Nur der heroischen Tat von Staff Sergeant Maynard Deville, einem Marine mit indianischen Wurzeln, war es zu verdanken, dass die sterblichen Überreste ihres Kameraden gefunden und in seine Heimat gebracht werden konnten. Er hatte sich allein nachts in das Lager der Taliban geschlichen, den Leichnam, oder was noch davon übrig war, von einem Pfahl geschnitten und ins Quartier der ISAF zurückgebracht. Den Angehörigen hatte man nichts von dem Martyrium dieses Mannes erzählt, sondern sie im Glauben gelassen, er wäre in einem Feuergefecht getötet worden.
Dieses fürchterliche Bild ihres misshandelten Kameraden hatte sich in Jans Kopf festgebrannt wie verschüttete Milch auf einer heißen Herdplatte.

»Was für eine elende Scheiße. Die Tat einer total kranken Sau«, kommentierte Jan.
Josie nickte. »Leider ist das längst nicht alles.« Sie zog die Plane jetzt bis zur Hüfte des Opfers herunter.
»Himmel Herrgott nochmal, das ist ja unfassbar«, entfuhr es Jan, als er den provisorisch geflickten, langen Schnitt vom Hals des Opfers bis herunter zum Bauchnabel sah.
»Ich habe das noch nicht aufgemacht, aber man sieht an diesen eingefallenen Stellen«, Josie deutete mit der Hand auf die Brust und den Bauchbereich der Frau, »dass Herz und Leber entfernt worden sind.«
»War sie bereits tot, bevor ...?«, wollte Hannah wissen, die sich mittlerweile wieder gefangen hatte.
Josie zuckte mit den Schultern. »Das weiß ich erst, wenn ich sie genau untersucht habe.«
„»Habt ihr bereits irgendwas Brauchbares finden können?«, fragte Jan, der sah, wie die Spurensicherung den Uferbereich der Neuen Luppe absuchte.
»Nein, aber wir haben Taucher angefordert und werden die ganze Gegend mit Spürhunden durchforsten.«
Jan drehte sich um und sah sich seinem Chef Polizeioberrat Horst Wawrzyniak gegenüber.
»Habt ihr so eine Sauerei schon mal erlebt, Chef?«, fragte Jan.
»Nee, zu Zeiten der Russenmafia gab es immer mal wieder ermordete Prostituierte, aber die wurden niemals dermaßen bestialisch verstümmelt. Solange ich hier in Leipzig bin, habe ich sowas Grässliches noch nicht zu Gesicht bekommen«, sagte Waffel, wie seine Leute ihn hinter mehr oder weniger vorgehaltener Hand nannten.
»Ich nehme sie jetzt mit, den Rest erledigen die Spusi und die Taucher«, sagte Josie.
»Kannst du vielleicht schon abschätzen, wie lange sie tot ist?«, hakte Jan nach.

»Tja, sie lag sicher bereits zwei oder drei Tage im Wasser. Der Gesamtzustand der Leiche lässt darauf schließen, dass der Tod etwa vor einer knappen Woche eingetreten ist, aber auch das muss ich erst verifizieren.«
»Wie alt war das Mädchen?«, wollte Rico wissen.
Josie runzelte die Stirn. »Kaum älter als zwanzig, eher jünger.«
»Verdammte Scheiße, wer macht sowas? Wie krank muss man sein...?«, konnte Hannah das Ganze noch nicht fassen.
»Okay, lassen wir die Leute hier ihre Arbeit machen. Wir machen unsere. In einer Stunde im Besprechungsraum im Präsidium«, befahl Rico Steding.
»Gut«, nickte Jan, »wir kommen später in die Gerichtsmedizin. Wie schnell glaubst du, hast du erste Ergebnisse, Josie?«
»Ball flach halten, Jan. Morgen früh, okay? Ich lege, wenn nötig, 'ne Nachtschicht ein.«
»Einverstanden, wir bringen Kaffee mit.«
»Und frische Brötchen, du Geizhals.«
»Sogar Butterhörnchen, wenn du fleißig warst.«
Josie grinste und gab ihren Assistenten die Anweisung, die Leiche abzutransportieren.
»Okay, Hannah fährt mit mir, Rico.«
Als Jan sich umdrehte, um mit Hannah zurück zum Wagen zu gehen, fiel ihm ein junger Mann auf, der sich angeregt mit Polizeioberrat Wawrzyniak unterhielt.
Waffel fiel Jans fragender Blick sofort auf. »Ach, Herr Hauptkommissar Krüger«, rief er, »das wäre in der Hektik fast untergegangen, wir haben Zuwachs zu vermelden. Der junge Mann hier wird ab sofort die Mordkommission unterstützen.«
»Kriminalassistentenanwärter Curt Oskar Freiherr von Oberwahrendorf, Curt mit C und Oskar mit K, freut mich Sie kennenzulernen«, streckte der kleine, unscheinbar wirkende Mann seine Hand aus. Er sah aus wie eine Mischung aus

Woody Allen und Danny De Vito. Klein, der Haaransatz bereits auf dem Rückzug, rundes Gesicht, Knollennase und einer viel zu großen Brille, die Jan mehr an Terrassenfenster erinnerte, als an Augengläser. Obendrein meinte Jan unter seiner dicken Steppjacke auch noch einen amtlichen Bauchansatz zu erkennen und das mit nicht mal geschätzten dreißig Lenzen. Studierter, körperlich degenerierter Schlauberger mit großer Klappe, das konnte ja heiter werden.
Jan zog die Augenbrauen hoch. Der Typ schien ja nicht gerade an mangelndem Selbstbewusstsein zu leiden, so forsch und vorlaut, wie der hier auftrat. Mit dieser selbstherrlichen Art lief er bei Jan natürlich sofort gegen eine Betonwand.
»Aha, naja, Sie müssen aber wegen mir kein Gedicht aufsagen, Herr Baron. Schätze mal, Sie sind Oskar, oder?«
»Ja ja, natürlich. Lassen Sie meinen Titel einfach weg und sagen Sie Oskar zu mir, Herr Hauptkommissar.«
»Aber Oskar mit k, oder?«
»Mit k, genau.«
Hannah warf Jan einen strafenden Blick zu. Zum Rumblödeln war das jetzt hier der vollkommen falsche Zeitpunkt. Sie reichte dem Neuling die Hand. »Willkommen Oskar, ich bin Hannah, Verstärkung können wir gut gebrauchen.«
»Was haben die uns denn da für ʻn Milchgesicht geschickt? Haben die den sofort nach der Entbindung auf die Polizeischule verfrachtet?«, wunderte sich Jan.
Hannah hatte nullkommanull Verständnis für die Sprüche ihres Freundes und schüttelte genervt den Kopf, um sogleich das Thema zu wechseln.
»Dieser Irre hat das doch nicht zum ersten Mal getan, oder?«
»Nein und deswegen müssen wir zu allererst die Datenbanken checken, wann und wo es in der Vergangenheit ähnliche Taten gegeben hat.«

»Dieser Tunesier, der voriges Jahr ein Ehepaar mit dem Hammer erschlagen und anschließend noch wie ein Wilder mit dem Messer auf die Opfer eingestochen hat, sitzt in Haft«, sagte Hannah.
Jan nickte. »Der hat den Opfern Kopf und Beine abgehackt und im See versenkt, aber er hat sie nicht ausgeweidet wie einen toten Fisch. Außerdem war das eindeutig Raubmord, wie die Staatsanwaltschaft festgestellt hat.«
»Hm, ein anderer Fall ist mir seit meiner Zeit in der Mordkommission nicht bekannt, könnte ja mal Berne fragen, ob der sich an eine ähnliche Tat erinnern kann. Immerhin war der schon zu DDR-Zeiten bei der Kriminalpolizei.«
»Hans Bernstein? Gute Idee, Hannah, aber solange wird der Mörder wohl kaum gewartet haben, um wieder zuzuschlagen.«
»Nein, schon klar, aber könnte doch sein, dass es jemanden gibt, der lange gesessen hat und mittlerweile wieder auf freiem Fuß ist?«
»Cleveres Mädchen, gut, ruf ihn an. Aber lass uns zunächst im Team besprechen, wie wir vorgehen wollen. Vielleicht hat ja Oskar mit k bereits einen Vorschlag, was wir tun sollen?«
»Lass den Scheiß, Jan, wer weiß, vielleicht ist Oskar gar nicht so dumm wie er aussieht.«
»Was?«, rief Jan entsetzt.
»Nee, so hab ich das nicht gemeint, ich meine, vielleicht kann der junge Mann ja für etwas frischen Wind in unseren verstaubten Hirnen sorgen. Kann doch nicht schaden, oder?«
»Nein, Hannah. Wir werden schon mit ihm klarkommen, keine Sorge«, lachte Jan.

Rico Steding hatte die gesamte Mannschaft im Besprechungsraum versammelt. Sogar Polizeioberrat Wawrzyniak war extra aus seiner Kommandozentrale im Zweiten Stock herabgestiegen, um das Fußvolk bei der Arbeit zu beobachten. Nicht ein einziger Stuhl blieb unbesetzt. Es schien fast so, als hätte das gesamte Morddezernat einen solch spektakulären Fall herbeigesehnt, um endlich mal wieder so richtig loslegen zu können. In letzter Zeit war was Mord und Totschlag in Leipzig anging, absolut tote Hose. Nicht, dass sich auch nur einer der Anwesenden darüber freute, dass eine junge Frau dermaßen bestialisch abgeschlachtet worden war, natürlich nicht, aber es gab zumindest endlich wieder eine handfeste Herausforderung.

Im vergangenen halben Jahr mussten Hannah und Jan oft genug randalierende Fußballfans beruhigen oder häuslichen Streit schlichten, alles Aufgaben, die normalerweise der Schutzpolizei zufielen, aber wegen des chronischen Personalmangels bei der Leipziger Polizei mussten eben alle mit anpacken. Fehlte nur noch, dass die uns mit Warnweste und Kelle auf die Straße schicken, um den Verkehr zu regeln, dachte Jan, der wenig erfreut über seine Einsätze auf den verschiedenen Nebenkriegsschauplätzen gewaltbereiter und offensichtlich unbelehrbarer Menschen war. Wenn Jan Streit schlichten sollte, brannte bei ihm stets eine verdammt kurze Lunte. Bisweilen rutschte ihm dabei schon mal die Hand aus, in besonders schwierigen Fällen auch schon mal die Faust. Erst vor zwei Wochen hatte er den uneinsichtigen Rädelsführer einer randalierenden Hooliganbande auf dem Leipziger Bahnhof mit einer kapitalen Kopfnuss niedergestreckt und einem anderen, der partout nicht einsehen wollte, dass Jan der Stärkere war, den Arm gebrochen. Daraufhin musste er mal wieder im ersten Stock antanzen und hatte sich vom Chef eine mündliche Verwarnung eingehandelt. Die Vorladung bei Waffel endete allerdings wie immer damit, dass die beiden den unvergleichlich aromatisch schmeckenden Kaffee aus der Thermoskanne von Waffels Frau genossen und dabei den Lakritzvorrat aus der Schublade des Chefs plün-

derten, in der er auch seine Zigaretten versteckt hielt. Polizeioberrat Wawrzyniak fehlte zu seinem Glück nur noch, dass Jan mit dem Rauchen anfing, dann würde er ihn sicher noch häufiger zu sich hoch zitieren.
Um Punkt fünfzehn Uhr begann Dezernatsleiter Rico Steding mit der Besprechung.
»Wir ermitteln ab sofort im Fall der aufgefundenen weiblichen Leiche am Ufer der Neuen Luppe. Viel wissen wir bisher noch nicht. Morgen früh erhalten wir die ersten Ergebnisse aus der Gerichtsmedizin, die uns hoffentlich Klarheit verschaffen werden.«
Rico machte eine kurze Pause und blickte in die gespannten Gesichter seiner Belegschaft, dann begann er, die anstehenden Aufgaben zu verteilen.
»Hannah und Jan, ihr fahrt nochmal zurück zum Fundort der Leiche und sprecht mit der Spurensicherung. Schadet natürlich nicht, wenn ihr euch da auch nochmal genauer umseht. Die Kollegen Jungmann und Krause klappern den gesamten Rotlichtbezirk ab, ob dort eine Frau vermisst wird, oder es irgendwo Streit gegeben hat, der möglicherweise eskaliert ist. Und scheißt euch bitte nicht in die Hose, wenn die Albaner da rumlaufen. Besser, ihr nehmt zwei Beamte des Streifendienstes mit, klar?«
Jungmann und Krause nickten. Begeistert waren sie nicht. Immerhin war Mord nicht ihre Baustelle. Außerdem vermieden sie, wann immer möglich, den Kontakt mit den Albanern, die seit der Zerschlagung der Russenmafia im letzten Jahr, versuchten, den Drogenhandel und die Prostitution in Leipzig unter ihre Fittiche zu bringen. Allerdings gab es immer noch genug Widerstand von einigen Russen, die verzweifelt daran arbeiteten, ihre Vormachtstellung zurückzuerlangen, aber scheinbar waren das Einzeltäter, die im Moment jedenfalls noch nichts mit dem organisiertem Verbrechen zu tun hatten. Die beiden verspürten wenig Lust zwi-

schen den Fronten aufgerieben zu werden und begnügten sich deshalb mit der Rolle als Beobachter. Solange die Typen ihre Nutten nicht umbrachten, hielten sich Jungmann und Krause aus den Geschäften der albanischen Zuhälter heraus. Allerdings hatten die beiden so eine Ahnung, dass dieser Mord durchaus mit dem Streit der verfeindeten osteuropäischen Clans zu tun haben könnte. Gerade in letzter Zeit waren wieder vermehrt Russen in Leipzig aufgetaucht und hatten scheinbar auf dem Drogenmarkt für Nachschub gesorgt. Es war klar, dass die offene Konfrontation zwischen den Russen und den Albanern kurz bevorstand, es war nur die Frage wann und wo.

»Der gesamte Innendienst durchforstet alle zur Verfügung stehenden Datenbanken nach ähnlichen Taten und das nicht nur bundesweit, sondern bitte in ganz Europa. Zudem checkt ihr das Internet, vor allem natürlich die Sozialen Netzwerke nach Hinweisen und Postings zu diesem oder ähnlichen Fällen.«

»Oskar, Sie klappern alle Institutionen ab, die mit einer vermissten jungen Frau zu tun haben könnten, klar?«

Krimimalassistentenanwärter Curt Oskar Freiherr von Oberwahrendorf glotzte Rico mit großen Augen an. »Ich dachte, ich würde...«, wollte er gerade Einspruch einlegen.

»Hören Sie, Oskar, eine Mordermittlung ist kein James Bond Film, sondern akribische, oft total nervende Kleinarbeit. Die vermeintlich unscheinbaren, unwichtigen kleinen Details bilden oft die Bausteine, aus denen sich schlussendlich ein Gesamtbild zusammensetzt, das schließlich zur Aufklärung des Verbrechens führt. Wilde Schießereien, haarsträubende Verfolgungsjagden und handfeste Schlägereien gibt es nur im Kino oder im Fernsehen. Die Realität sind komplett anders aus, Herr Kriminalassistent, glauben Sie mir.«

»Anwärter.«

»Wie?«

»Na ja, bis jetzt bin ich ja nur ein kleiner Kriminalassistentenanwärter.«
»Nein, Oskar, Sie sind Mitarbeiter der Leipziger Mordkommission. Sie werden hier gebraucht. Also tun Sie, worum ich Sie gebeten habe.«
»Ja, aber was..?«
»Fragen Sie nicht, dazu haben wir keine Zeit. Lassen Sie sich was einfallen. Wo überall könnte eine junge Frau vermisst werden?«
»Äh, na ja, an Schulen, Unis, in Betrieben, Krankenhäusern, Hotels ...«
»Na, geht doch Oskar, sehen Sie, also ran an den Speck.«
Rico nickte zufrieden in die Runde. »Okay, ich nehme mir nochmal die Zeugen vor, die die Leiche entdeckt haben. Nächste Besprechung erfolgt um 18 Uhr. Sammelt alle Informationen, die ihr finden könnt, auch die, die auf dem ersten Blick unwichtig erscheinen. Auf geht's, Kollegen!«

Pünktlich um neun Uhr betraten Hannah und Jan das Institut für Rechtsmedizin in der Universitätsklinik an der Ecke Liebigstraße/Johannisallee. Im Gepäck hatten sie drei große Becher frischen Kaffee, warme Brötchen, Margarine, Käse und Aufschnitt, frisch von der Fleischtheke im Supermarkt Wahrscheinlich hatte Frau Dr. Josephine Nussbaum die ganze Nacht durchgearbeitet, um gleich heute Morgen die ersten Ergebnisse der Obduktion präsentieren zu können. Auch sie wusste aus langjähriger Erfahrung, dass der Erfolg einer Mordermittlung wesentlich von den forensischen Ergebnissen einer pathologischen Untersuchung abhängig war. Und je schneller diese geliefert werden konnten, umso eher konnten die Staatsanwaltschaft und die Polizei diesen Hinweisen nachgehen. Jan klopfte zweimal kurz an Josies Bürotür.

»Herein, ihr Turteltäubchen«, empfing die Rechtsmedizinerin ihren Besuch. Dafür, dass dieses kleine, vollschlanke Energiebündel die ganze Nacht durchgearbeitet hatte, sah sie geradezu unverschämt frisch und munter aus, dachte Jan. Wie immer trug sie unter ihrem weißen Kittel ein edles Kostüm. Ihre Haare lagen geradezu perfekt und ihre wachen Augen strahlten frisch wie der Morgentau.
»Du siehst aus als kämest du gerade von einer Wellness-Farm und nicht als hättest du dir die gesamte Nacht um die Ohren geschlagen«, stellte Jan fest.
»Danke, mein Lieber, aber die Obduktion ging schneller vonstatten, als ich zunächst vermutet hatte. Habe ja schließlich zwei fleißige Assistenten, die sehr schnell dazugelernt haben. Ich habe kurz nach Mitternacht Feierabend gemacht und mich bis Punkt sechs aufs Ohr gelegt. Eine Dusche, frische Klamotten, ein bisschen Make-up und schon hat mich dieser wunderbare neue Tag wieder. Was habt ihr denn Schönes mitgebracht? Hab Hunger wie 'n ganzes Rudel Wölfe. Seit gestern Mittag, als wir unseren halben Döner liegenlassen mussten, um Hals über Kopf den Dienst aufzunehmen, habe ich nichts mehr zwischen die Zähne gekriegt.«
Während Jan den Tisch deckte, schlürften Hannah und Josie den immer noch heißen Kaffee.
»Der schmeckt wirklich saugut, diese Plörre aus dem Automaten kann man sich auch nicht den ganzen Tag antun, da hat ja Erichs Krönung besser geschmeckt. Schlecht für die Gesundheit, noch schlechter für die Laune.«
Hannah nickte. »Stimmt, also Josie, was hast du für uns?«
»Tja, die Frau ist etwa zwanzig Jahre alt, eher ein, zwei Jahre jünger. Sie ist, wie ich bereits vermutet habe, seit knapp einer Woche tot und hat davon etwa zwei Tage im Wasser gelegen. Ihr wurde mit einer ultrascharfen Klinge der Kopf abgetrennt und danach Herz, Leber und Nieren entnommen.«

Hannah verzog das Gesicht, beim Blick auf die belegten Wurstbrötchen, die Jan gerade auf den Tisch gestellt hatte, wurde ihr augenblicklich schlecht.
»Alles okay mit dir, Schätzchen?«, fragte Josie besorgt.
»Ja ja, schon gut«, riss sich Hannah zusammen.
»Die Organe wurden nicht etwa einfach so herausgerissen, sondern fein säuberlich mit geradezu chirurgischer Präzision entfernt. Nicht ganz fachmännisch, ich würde aber behaupten, dass derjenige das nicht zum ersten Mal gemacht hat.«
»Waren die Organe nach der Entnahme noch zur Transplantation geeignet?«, fragte Jan.
Josie zuckte mit den Schultern. »Gut möglich, wenn sie unmittelbar nach Eintreten des Todes entfernt wurden und dann in eine sterile Eisbox gelegt worden sind.«
»Bist du sicher, dass die Organe tatsächlich erst entnommen worden sind, nachdem ihr der Kopf abgetrennt worden ist?«, wollte Jan wissen.
»Nein, sie hatte noch Reste von Tavor im Blut. Das ist ein Tranquilizer, der den Patienten ruhigstellen soll. Wenn das Mittel nach einer Woche noch im Körper nachweisbar ist, hat man der jungen Frau eine ziemliche Dröhnung von diesem Teufelszeug, das im Übrigen rezeptpflichtig ist, verpasst.«
»Verdammt, dann haben die Schweine das Mädchen ausgeweidet, als sie noch am Leben war«, befürchtete Jan.
Das war einwandfrei zu viel für Hannah. Sie musste würgen, sprang auf und lief ins Badezimmer, um sich zu übergeben.
»Sehr feinfühlig, Herr Hauptkommissar. Aber ja, du hast leider recht, ich glaube auch, dass sie ihr Opfer ruhiggestellt haben und ihr dann bei lebendigem Leibe die Organe rausgeschnitten haben.«
»Also könnten wir es hier in der Tat mit kriminellem Organhandel zu tun haben?«

»Durchaus möglich«, antwortete Josie, während sie genüsslich von ihrem Käsebrötchen abbiss.
»Aber warum haben die Typen ihr dann den Kopf abgetrennt? Nur um die Identifizierung zu verhindern? Dann hätten sie doch auch die Hände abschneiden müssen, oder?«
»Nur, wenn ihre Fingerabdrücke in irgendeinem System gespeichert wurden, sonst fehlt jegliche Vergleichsmöglichkeit. Ich wette, wenn ihr die Abdrücke in den Datenbanken abgleicht, wird es kein Ergebnis geben. Wenn du mich fragst, ist die junge Frau eine osteuropäische Prostituierte, die hier wahrscheinlich kein Mensch vermissen wird, weil sie erst vor kurzem nach Deutschland gebracht worden ist.«
»Wie kommst du darauf?«, wollte Jan wissen.
»Sperma in der Vagina, im After und im Magen, Fragen?«
Jetzt musste auch Jan zucken. Wie konnte Josie bei diesem Thema nur in aller Ruhe frühstücken? Er war heilfroh, dass Hannah noch im Badezimmer war.
»Dieser Schnitt, womit könnte der ausgeführt worden sein?«
»Hm, mit einem Fleischermesser, einem Schwert vielleicht oder mit einer superscharfen Machete?«
»Oder mit einer Säge?«
»Möglich, aber die Hautränder am Hals sind auffallend glatt, nicht gezackt.«
»Was ist mit Tattoos, hatte sie welche?«
»Ja, aber die hatte sie sich vor einiger Zeit entfernen lassen, bis auf eins, das ich beinahe übersehen hätte.«
Jan zog fragend die Augenbrauen hoch.
»Eine kleine Rose am inneren rechten Oberarm, durch die sich bereits lösende, stark aufgeweichte Haut nur sehr schwer erkennbar, aber unter dem Mikroskop einwandfrei zu sehen.“
»Sonst nichts?«
»Nein.«
»Hatte sie Alkohol oder Drogen im Blut?«

Josie schüttelte den Kopf. »Nein.«
»Und im Magen?«
»Nichts Auffälliges, außer dem...«
»Ja ja, schon gut.«
Hannah kam kreidebleich aus dem Badezimmer. »Seid ihr fertig?«
Josie legte ihr Brötchen beiseite und wischte sich mit einer Serviette den Mund ab.
»Wollt ihr einen Blick auf die Leiche werfen?«
»Nein, wenn du das Tattoo fotografiert hast, ist das nicht nötig.«
»Okay, ich mache meinen Bericht und komme dann rüber zur Dienstbesprechung. Rico hat mich für fünfzehn Uhr ins Präsidium gebeten. Ihr könnt ihm ja schon mal berichten, was wir besprochen haben.«
»Machen wir, danke Josie«, verabschiedeten sich die beiden und ließen Josie mit den belegten Brötchen zurück.
»Ich hab zu danken für die leckeren Brötchen und den erstklassigen Kaffee.«
»Die hat vielleicht Nerven. Wie kann man nur so abstumpfen?«, wunderte sich Hannah, als die beiden in den Wagen stiegen.
»Das ist ihr Job, Hannah. Wir sollten froh sein, dass sie diese Dinge so professionell behandelt. Wenn Josie diesen ganzen Scheiß, mit dem sie tagtäglich zu tun hat, an sich herankommen lassen würde, könnte sie diesen Job nicht lange machen. Aber eins muss ich ihr lassen, sie ist verdammt gut in dem, was sie tut.«

Im Büro herrschte allgemeine Ratlosigkeit. Als gegen Mittag auch noch bekannt wurde, dass der Abgleich der Fingerabdrücke komplett erfolglos war, sank die Stimmung kurzzeitig auf den Tiefpunkt.

»Wir haben nichts, scheinbar ist diese Frau einfach so vom Himmel gefallen. Keine verwertbaren Fingerabdrücke, keine identifizierbare DNA, keine besonderen äußeren Merkmale, nichts.« Rico Steding fuhr fort: »Wir haben alle Krankenhäuser, Schulen und Universitäten abgeklappert, niemand scheint diese Frau zu vermissen. Wenn wir wenigsten ein Foto von ihr ins Netz stellen könnten«, zuckte er mit den Schultern.
»Im Internet finden sich bisher noch keine Hinweise auf die Tat. Scheint so, als hätte noch keiner von der Sache Wind bekommen. Ungewöhnlich, wenn so viele Personen involviert sind«, sagte Hannah.
»Josie hat fremde DNA gefunden, Vielleicht...?«
»Auch nichts, Jan, haben die in der Rechtsmedizin bereits überprüft, all diese Herren sind bisher bei uns nicht aktenkundig. Bleibt die Vermutung, dass es sich in der Tat um eine Prostituierte gehandelt hat. Jungmann und Krause sind bei ihren Befragungen auch nicht viel weiter gekommen. Scheinbar wird im Rotlichtmilieu keine der dort tätigen Damen vermisst«, sagte der Dezernatsleiter.
»Vielleicht hat sie auf eigene Rechnung gearbeitet und das hat den Platzhirschen nicht gefallen?«, meinte Hannah.
»Möglich, allerdings bringen die diese Mädchen nicht gleich um. Da setzt es zunächst Mal eine saftige Abreibung. Und wenn es dann doch, wie zu Zeiten von Skutin und Rasienkov, zum Äußersten kommt, jagen die denen kurzerhand ‘ne Kugel in den Kopf. Jedenfalls haben die ihre Opfer nicht verstümmelt, wozu auch?«
»Trotzdem, Jan, die Vermutung liegt doch nahe, dass sich da rivalisierende Banden ins Gehege gekommen sind. Die Albaner wollen doch mit aller Macht verhindern, dass die Russenmafia wieder Fuß fast, oder?«
»Vorsicht, Hannah, genauso gut kann es sich hier um einen Einzeltäter handeln, der pervers veranlagt ist und Prostitu-

ierte bestialisch abschlachtet, um sich mit dieser Tat sexuelle Befriedigung zu verschaffen.«
Hannah nickte. »Möglicherweise sogar ein Serienmörder, der sein Revier gewechselt hat.«
»Oder ein internationaler Ring von Organhändlern, der sich auf junge Prostituierte spezialisiert hat, die nach ihrem Tod kaum einer vermisst. Du siehst, Hannah, es gibt einige Szenarien, die durchaus denkbar sind. Vielleicht handelt es sich sogar um so 'ne Art Ritualmord?«
Rico Steding zuckte mit den Schultern. »Oberstaatsanwalt Oberdieck hat für achtzehn Uhr eine Pressekonferenz einberufen. Die *Blitz* hat den Mord gerade auf ihrer Internetseite vermeldet. Wird morgen früh ausgiebig in allen Zeitungen stehen. *Geköpfte Frauenleiche in der Weißen Elster*, haben die geschrieben. Mehr wissen die bisher nicht. Bevor in der Presse weiter wild spekuliert wird, will Oberdieck mit der Sache an die Öffentlichkeit und zwar mit den Informationen, die *wir* herausgeben. Er braucht Ergebnisse, meinte er, sonst könnten wir die abenteuerlichsten Spekulationen dieser sensationsgeilen Schreiberlinge noch heute Abend Schwarz auf Weiß nachlesen.«
»Womit er natürlich recht hat. Mal sehen, was Josie gleich noch für uns hat«, sagte Jan.

»**Tschuldigung**, hab für die paar Meter von der Klinik bis zum Präsidium über 'ne halbe Stunde gebraucht«, stürzte Josephine in den Besprechungsraum der Mordkommission. »Der Verkehr, alles dicht um diese Zeit.«
»Kein Problem, Frau Doktor«, meinte Rico Steding, »brauchen Sie noch ein paar Minuten, oder...?«
»Nein, alles okay, wir können sofort loslegen.«
Sie hängte ihre Jacke über den Stuhl und legte ihre Unterlagen auf den Tisch. Dann kramte sie etwas umständlich einen

USB-Stick aus ihrer Jackentasche und steckte ihn in den bereitstehenden Laptop.
Im Raum befanden sich Oberstaatsanwalt Oberdieck, Polizeioberrat Wawrzyniak, Dezernatsleiter Rico Steding, die Hauptkommissare Hannah Dammüller und Jan Krüger. Und natürlich der Kriminalassistentenanwärter Curt Oskar Freiherr von Oberwahrendorf.
Sechs Augenpaare starrten gespannt nach vorn. Alle erhofften sich gleich die Art von Ergebnissen zu hören, die diesen Fall endlich ein Stück voranbringen würden.
Für Josie war die Anspannung ihrer Zuhörer zum Greifen nah.
»Ich denke, die wesentlichen Einzelheiten der Obduktion sind ihnen bereits bekannt. Leider haben uns die Fingerabdrücke bisher nicht weitergebracht, weil die, wie zu erwarten war, in keiner Datenbank gespeichert waren. Das gleiche gilt offensichtlich für die gefundene DNA von drei Männern, die mit der Frau vor ihrem Tod Sex hatten. Auch hier ergab der Abgleich mit sämtlichen Datenspeichern keine Treffer. Allerdings haben wir jetzt zumindest die Möglichkeit, diese DNA mit möglichen Tatverdächtigen abzugleichen.«
Oberstaatsanwalt Oberdieck rutschte schon unruhig auf seinem Stuhl herum.
»Die Entnahme von Herz, Leber und Nieren hat einwandfrei vor dem Tod der Frau stattgefunden, was darauf hinweist, dass die Organe möglicherweise für Transplantationen genutzt werden sollten. Die Art und Weise dieses Eingriffs lässt auf eine Person mit medizinischen Vorkenntnissen schließen, allerdings schließe ich aus, dass es sich bei dieser Person um einen Chirurgen oder einen Facharzt gehandelt hat.«
»Die haben ihr Opfer bei vollem Bewusstsein ausgeweidet?«, platzte es aus dem Oberstaatsanwalt heraus.

»Ja, allerdings wurde sie vorher stark sediert. Es befanden sich Unmengen von Tavor in ihrem Blut, ein Tranquilizer, um das Opfer ruhigzustellen.«
»Aber die Frau muss doch trotzdem höllische Schmerzen erlitten haben?«, war Oberdieck fassungslos.
»Ich glaube nicht, sie wird relativ schnell ohnmächtig geworden sein, aber ganz auszuschließen ist das nicht.«
»Wer zum Teufel macht sowas? Das sind doch keine Menschen, das sind Monster«, ereiferte sich der Oberstaatsanwalt, dem die Sache gehörig an die Nieren ging.
Josie nickte. »Der Kopf wurde durch einen einzigen rasiermesserscharfen Schnitt oder Hieb abgetrennt. Vergleichbar mit der Enthauptung durch eine Guillotine. Ich schließe mittlerweile aus, dass ein Samuraischwert oder sonst eine frei geführte Klinge benutzt worden ist. Um mit einem einzigen Schlag einen Kopf abzutrennen, braucht man ungemein viel Kraft und vor allem die richtige Schlagtechnik und selbst dann wird der Kopf nicht unbedingt beim ersten Hieb fallen.«
»Es sei denn, der Täter beherrscht diese Technik.«
Josie drehte sich um. »Ich denke, Sie haben zu viel Kung-Fu Filme gesehen, Oskar, oder in Leipzig treibt ein waschechter Samurai sein Unwesen.«
»Meinte ja nur«, zuckte Oskar mit den Schultern
»Was könnte der Täter dann benutzt haben?«, fragte Jan.
Josie zuckte die Achseln. »Auf jeden Fall keine Fleisch- oder Zerlegungssäge, wie sie auf Schlachthöfen anzutreffen sind. Die Hautränder am Hals weisen keine Zacken auf, sondern sind glatt. Eher ein Art scharfes Schneidewerkzeug, das in einer Haltevorrichtung geführt wird.«
»Also haben wir im Moment nichts, was uns weiterbringen könnte, Frau Doktor?«, fragte der Oberstaatsanwalt mit beinahe flehendem Unterton.

»Vielleicht doch«, sagte Josie und scrollte auf dem Laptop zum nächsten Bild. »Wir haben an der Innenseite des rechten Arms die verblassten Reste einer Tätowierung gefunden. Eine kleine rote Rose, wie man auf der Vergrößerung sehr gut erkennen kann. Danach haben wir uns dann unter dem Mikroskop alle Hautpartien genauer angesehen und konnten feststellen, dass an mehreren Stellen Tätowierungen entfernt worden sind und das nicht gerade fachmännisch.«
»Eine Rose am Arm? Ist doch heutzutage keine Seltenheit mehr. Damit können wir wohl kaum was anfangen«, motzte der Oberstaatsanwalt.
»Oh doch, können wir«, meldete sich Oskar zu Wort.
Irritiert drehte sich Oberdieck um und warf dem Kriminalazubi einen verächtlichen Blick zu, als wollte er ihn fragen, warum zum Henker dieser blutige Anfänger es gleich am ersten Tag seiner Tätigkeit wagen würde, das Wort zu ergreifen. Und das auch noch in einem Mordfall. Eine Dreistigkeit sondergleichen.
»Was willst du damit sagen, Oskar?«, raunzte ihn Rico Steding harsch an.
»Prospect.«
»Wie bitte?«
»Na ja, die junge Frau ist, äh, war ein Prospect. Kennen Sie nicht die Serie *Sons Of Anarchy*?«
»Du meinst, sie gehörte irgendeiner Bande des organisierten Verbrechens an?«, hakte Jan nach.
»Nicht irgendeiner, Herr Hauptkommissar Krüger.«
Oskar stand auf und ging nach vorn. »Darf ich mal, Frau Doktor«, machte er sich mit wenigen versierten Handgriffen am Laptop zu schaffen, bis er das gewünschte Bild gefunden hatte.
»Sehen sie, das ist die Rose, die bei der Frau am Arm gefunden wurde, oder?«
Josie nickte. »Sieht so aus, tatsächlich.«

»Ja und was sagt uns das jetzt?«,wurde Oberdieck ungeduldig.
»Dass die junge Frau Mitglied der Kosakenfront ist, äh, war«, antwortete Oskar wie aus der Pistole geschossen.
»Also so 'ne Art Mitglied auf Probe wie bei den Rockerclubs?«, harkte Hannah nach.
Oskar schüttelte den Kopf. »Nein.«
»Was, nein? Was denn sonst, Herr...«
»Curt Oskar Freiherr von Oberwahrendorf«, Herr Staatsanwalt.
»Ober«, verbesserte Oberdieck
»Ja, Oberwahrendorf, ganz recht.«
»Nein, ich meine... ach, ist ja auch egal, also was hat die junge Frau denn sonst für eine Funktion bei dieser sogenannten Kosakenfront innegehabt?«, wollte Oberdieck wissen.
»Keine Ahnung, aber sie muss längere Zeit im Gefängnis gesessen haben, allerdings nicht hier in Deutschland, sonst wären ja ihre Fingerabdrücke im System zu finden gewesen.«
»Woher weißt du das, Oskar?«, staunte Hannah.
»Na ja, wie Frau Doktor Nussbaum ja festgestellt hat, sind der jungen Dame ja nicht gerade fachmännisch einige Tattoos entfernt worden. Wahrscheinlich hat sie sich diese Tattoos im Gefängnis stechen lassen. Möglicherweise hat man sie während ihres Gefängnisaufenthaltes befördert. Den sogenannten Dienstgrad bei der Kosakenfront erkennt man an den Tätowierungen der Mitglieder. Ich nehme an, dass sich die Frau ein Tattoo hat stechen lassen, das nicht ihrem Status innerhalb der Bande entsprach. Das bedeutet dann eben, dass diese Symbole mit Gewalt wieder entfernt werden und derjenige, oder wie in unserem Fall, diejenige, danach entsprechend degradiert wird.«
»Oder die haben sie sofort getötet«, triumphierte Oberdieck, als hätte er soeben den Fall gelöst.

»Nein«, holte ihn Oskar wieder auf den Boden der Tatsachen zurück.
»Wieso nicht, klingt doch logisch.«
»Der Ehrenkodex der Kosakenfront verbietet das Töten eines Mitglieds. Wer sich fehlverhält, wird bestraft, aber nicht mit dem Tod.«
»Also mit dem Ausschluss aus der Gang«, glaubte Rico.
»Nein, diese Mitgliedschaft erlischt niemals, die junge Frau musste sich wieder hintenanstellen, hat ihren Status innerhalb der Gruppe verloren und muss sich neu bewähren.«
»Sag mal, Oskar, woher weißt du das alles so genau?«, wunderte sich Jan.
»Organisierte Kriminalität in Osteuropa war mein Spezialgebiet auf der Uni«, sagte Oskar mit stolzgeschwellter Brust.
»Aber vielleicht haben sie diese Frau doch getötet, möglich wär's doch, oder?«, wollte der Oberstaatsanwalt nicht von dieser Theorie abweichen. Immerhin wäre das ja mal ein Ansatz, den er gleich auf der Pressekonferenz nutzen konnte. Dann würde die Staatsanwaltschaft wenigstens nicht dastehen wie ein unfähiger Haufen von Schwachmaten.
»Nein, die Wunden auf der Haut des Opfers waren längst vernarbt, also waren sie auch nicht der Grund für ihren Tod. Die Kosakenfront hat diese Frau nicht umgebracht, Herr Staatsanwalt, das schließe ich komplett aus.«
»Ich denke, Sie sollten sich jetzt mal lieber etwas zurückhalten, mein Lieber, ausschließen können wir das natürlich nicht. Ausnahmen bestätigen die Regel, junger Mann. Ich denke, diese Frau war eine Russin, die von ihrer Bande zur Strafe für ihre Vergehen hier in Leipzig auf den Strich geschickt worden ist und als sie sich geweigert hat, von ihren Leuten auf bestialische Weise hingerichtet worden ist, als warnendes Beispiel für alle anderen Mitglieder, die es wagten, aus der Reihe zu tanzen.«

»Und wieso wurde das Opfer ausgeweidet? Welchen Sinn sollte das haben?«, ließ Oskar nicht nach.
»Finden sie das raus, verdammt noch mal, oder soll ich das gleich auch noch übernehmen? Also wir werden diese Spur verfolgen. Ich bin sicher, dass wir diesen Fall schnell aufklären werden. Interne Bestrafung eines abtrünnigen Mitglieds der Russenmafia. Jetzt wissen wir wenigstens in welche Richtung wir ermitteln müssen. Also an die Arbeit, vom Rumsitzen hat sich noch kein Fall gelöst.«
Der Oberstaatsanwalt erhob sich und verließ hochzufrieden das Besprechungszimmer.

Hannah und Jan hatten auf dem Weg zur Fundstelle der Leiche an der Neuen Luppe ausreichend Diskussionsstoff. War die Lösung dieses Falls womöglich tatsächlich so einfach wie Oberstaatsanwalt Oberdieck vermutete? Die Annahme, dass die Albaner die Frau getötet und verstümmelt hatten, um den Russen, die gerade wieder im Begriff waren, in Leipzig im Bereich des Drogenhandels und der Prostitution Fuß zu fassen, ein unmissverständliches Zeichen zu setzen, wer denn hier der Platzhirsch ist, war durchaus zulässig. Allerdings wusste Jan aus seiner Hamburger Zeit, dass die Albaner eher in den Bereichen Glücksspiel, Kreditgeschäften und Schutzgeldern unterwegs waren. Drogenhandel und Prostitution waren schon fast traditionell die Angelegenheit der Russen. Beide Parteien vermieden es tunlichst, sich in die Quere zu kommen. Jan konnte sich jedenfalls nicht an nennenswerte Auseinandersetzungen zwischen Albanern und Russen erinnern. Konnte hier in Leipzig natürlich komplett anders sein. Nach der Zerschlagung der Russenmafia um Pjotr Skutin und Viktor Rasienkov war ein Machtvakuum entstanden, das die Albaner jetzt möglicherweise für sich beanspruchen wollten.

Jan kannte den Boss der Albanermafia. Ardian Shala war ein eher zurückhaltender, vorsichtiger Mann. Er hatte sich mittlerweile ein gut funktionierendes Netzwerk geschaffen. Der Mann war Inhaber und Geschäftsführer von etlichen Firmen und verfügte über unzählige Auslandsniederlassungen. Dazu arbeitete er mit einer Flut von Briefkastenfirmen und transferierte sein Geld mit Vorliebe auf irgendwelche Nummernkonten auf den Cayman-Islands. Eine ganze Armada von Steuerfachleuten und Rechtsanwälten waren rund um die Uhr damit beschäftigt, den Geldfluss seiner Firmen zu verschleiern und vor dem deutschen Fiskus zu verbergen. Klar, der Typ war ein gewissenloser, aalglatter Krimineller, der keinerlei Skrupel kannte, aber was ihn besonders gefährlich machte, war seine durchaus überdurchschnittliche Intelligenz. Und die sagte ihm, dass Mord und Totschlag eben nicht in sein Geschäftsmodell passten. Jedenfalls lagen weder gegen ihn noch gegen einen seiner Mitarbeiter Anzeigen wegen Körperverletzung vor. Im Gegenteil, Ardian Shala besaß eine blütenreine Weste. Selbst einen Strafzettel wegen Falschparkens oder eine Verwarnung wegen Geschwindigkeitsübertretung suchte man vergeblich.
»Oberdieck hat recht, Hannah, ein möglicherweise gerade entstehender Bandenkrieg zwischen Russen und Albanern ist momentan die einzige Spur, die wir haben. Vor allem, wenn man Oskars Ausführungen über die Zugehörigkeit des Opfers zur Kosakenfront Glauben schenken darf.«
Hannah nickte. »Merkwürdig allerdings, dass wir diesen Namen im Zusammenhang mit der Russenmafia noch nie gehört haben. Grigori hat mal irgendwas über die sogenannten Diebe Des Gesetzes erzählt, die in Moskau drauf und dran sind, eine Führungsrolle im Bereich der Bandenkriminalität einzunehmen. Wladimir Gorlukov hat wohl 'ne Menge Ärger mit denen. Ist wohl auch der Grund, dass seine Pläne, in Deutschland wieder aktiv zu werden, im Moment auf Eis

liegen. Er braucht seine Leute vor Ort, um die Konkurrenz in Schach zu halten.«
»Grigori, natürlich, den werden wir fragen, was läuft. Wenn der's nicht weiß, wer dann?« Jan fingerte sein Handy aus der Hosentasche und drückte die Kurzwahl GT.
Grigori Tireshnikov war Geschäftsführer der Leipziger Firma Interfood, die ausnahmslos russische Spezialitäten nach Deutschland importierte. Kaviar und Spirituosen waren sein Kerngeschäft. Eine Zeit lang stand er unter Verdacht in die Machenschaften seiner Angestellten Skutin und Rasienkov eingeweiht gewesen zu sein. Doch dann hatte sich herausgestellt, dass Grigori nichts von dem Drogenschmuggel seiner Mitarbeiter gewusst hatte. Die hatten damals riesige Mengen an Opium im doppelten Boden der Kaviardosen versteckt nach Berlin, Dresden und Leipzig geschmuggelt. Grigori hatte bereitwillig zur Aufklärung der illegalen Drogenschäfte von Skutin und Rasienkov beigetragen und wurde nicht zuletzt wegen der entlastenden Aussagen von Hannah und Jan vor Gericht vom Tatbestand der Beteiligung am illegalen Drogenschmuggel freigesprochen. Seitdem waren Grigori, Hannah und Jan Freunde. Der russische Geschäftsmann konnte nach dem Prozess seine Firma wieder in ruhiges Fahrwasser bringen und war im Begriff die Interfood GmbH wieder auf ein solides Fundament zu stellen. Es war natürlich alles andere als einfach, das verlorengegangene Vertrauen seiner Kunden wieder herzustellen. Aber Grigori war ein Kämpfer, ein solider und fleißiger Geschäftsmann, der durch harte Arbeit wieder an erfolgreiche Zeiten anknüpfen wollte. Etwa die Hälfte des Jahres verbrachte er in Moskau, um dort seine geschäftlichen Kontakte zu pflegen und Ware einzukaufen. Durch seine Freundschaft zum ehemaligen Chef der Russenmafia, Oberst Gorlukov, kannte er auch dessen Nachfolger, seinen Neffen Wladimir Gorlukov, der aber im Gegensatz zu seinem verstorbenen Onkel seine Geschäfte

hauptsächlich in Moskau abwickelte. Natürlich war auch Wladimir an dem lukrativen Drogengeschäft in Deutschland interessiert, momentan war er aber damit beschäftigt, seine Kontakte nach Afghanistan zu pflegen, um von den Taliban weiter Rohopium zu beziehen. Sein Onkel hatte damals die Taliban mit ausgedienten Waffen aus den Arsenalen der Roten Armee versorgt und die hatten es ihm mit üppigen Drogenlieferungen vergolten. Doch diese Zeit war längst vorbei. Die Taliban versorgten sich mittlerweile mit den modernsten Waffen auf dem internationalen Waffenmarkt. Dafür brauchten sie Geld. Und Geld bedeutete in diesem Fall keine russischen Rubel, sondern Euro oder US-Dollar. Das hieß für Wladimir Gorlukov, dass er ständig die Preise für den Weiterverkauf der Drogen erhöhen musste und im Bereich der Prostitution seine Einnahmen drastisch zu steigern hatte. Und selbst das war unterm Strich zu wenig, um die horrenden Summen für den Ankauf von Rohopium zu beschaffen. Dies alles wusste Jan aus den Erzählungen von Grigori. Jetzt war es an der Zeit ihn anzurufen. Vielleicht konnte er Licht ins Dunkel bringen.

Grigori meldete sich bereits nach zweimaligem Klingeln. »Hallo Jan, welch angenehme Überraschung. Lange nichts gehört, mein Freund.«
»Wie geht's dir, Grigori, warst lange nicht mehr in Leipzig.«
»Ja, leider, aber die Zeiten sind schwierig, Jan. Meine Lieferanten wollen immer mehr Geld und die Konkurrenz auf dem Markt wird immer größer. Und ohne die Drogen im doppelten Boden haben die Kaviardosen enorm an Wert verloren. Meine Kunden in Deutschland haben an reinem Kaviar eben nicht mehr so viel Interesse«, lachte Grigori, der eine Zeit lang tatsächlich geglaubt hatte, das Geschäft mit dem Kaviar in Deutschland sei die reinste Goldgrube. Das Skutin und Rasienkov die kostbaren Störeier tonnenweise

weggekippt hatten, hatte er nicht bemerkt, weil das Geld für den Verkauf der Ware immer pünktlich und vollständig auf sein Geschäftskonto eingegangen war. Durch den lukrativen Verkauf der Drogen bezahlten Skutin und Rasienkov die enormen Mengen an Kaviardosen praktisch aus der Portokasse. Grigori hatte sich über die gigantischen Umsätze gefreut, ohne sich darüber zu wundern, wer denn solche Unmengen Kaviar verzehrt. Das war ihm auch damals vollkommen egal. Er sonnte sich in seinem Erfolg, ohne zu wissen, was seine beiden Angestellten eigentlich für ein falsches Spiel betrieben. Das war naiv aber eben nicht strafbar.
»War mir immer ein Rätsel, was die Leute an diesen widerlichen Fischeiern finden. Mit dem Zeug kannst du mich jagen. Aber deswegen rufe ich nicht an, Grigori.«
»Dacht ich mir, mein Freund. Wie kann ich helfen?«
»Wir haben gestern eine Frauenleiche aus der Neuen Luppe gezogen und im Moment haben wir große Probleme mit der Identifizierung.«
»Oh, verdammt, das ist ja fürchterlich. Könnt ihr nicht ein Foto im Internet verbreiten. Irgendjemand wird die Frau doch sicher erkennen.«
»Ohne Kopf ist das schwierig.«
»Ach du Scheiße«, entfuhr es Grigori.
»Das kannst du laut sagen. Der Abgleich der Fingerabdrücke ist ebenso erfolglos geblieben wie die Zuordnung der DNA. «
»Das hört sich gar nicht gut an, aber ich fürchte, da kann ich euch auch nicht weiterhelfen, Jan.«
»Vielleicht doch. Wir haben Hinweise darauf, dass diese junge Frau Anfang Zwanzig Mitglied der Kosakenfront war.«
»Wie bitte? Wie kommt ihr denn da drauf?«
»Sie trägt ein Tattoo an der Innenseite ihres Oberarms. Eine kleine rote Rose. Und sie hat mehrere Narben, die scheinbar von unsachgemäßen Entfernungen weiterer Tätowierungen stammen.«

»Hm, tja, kann sein, dass ihr recht habt. Die Kosakenfront ist der Name einer relativ neu formierten Gruppe der Russenmafia, deren Mitglieder früher bei den Dieben Des Gesetzes, beim Gorlukov-Clan oder bei der Skutin-Familie tätig waren. Die mischen hier in Moskau momentan die Szene mächtig auf. Es heißt, sie stehen ähnlich wie die Nachtwölfe der Regierung nahe und sollen vor allem im westlichen Ausland eingesetzt werden.«
»Und kann es sein, dass die rote Rose ein Zeichen der Mitgliedschaft darstellt? Einer unserer Leute behauptet das.«
»Das weiß ich nicht, Jan, aber ich kann das herausfinden. Ich kenne da ein paar Männer, die zur Kosakenfront gehören. Ich rufe dich an, sobald ich mehr weiß.«
»Danke, Grigori, bitte mach das so schnell wie möglich. Wir tappen momentan im Dunkeln.«
»Geht klar, mein Freund. Du kannst dich auf mich verlassen. Bitte grüß Hannah von mir.«
Hannah sah Jan fragend an. »Du hast ihm nicht alles erzählt?«
»Nein, Grigori wird sich verdächtig machen, wenn er mit den Männern der Kosakenfront spricht. Wenn er zu viel weiß, kann's für ihn gefährlich werden.«
»Wenn diese Frau tatsächlich zu diesem Club gehört hat.«
Jan nickte. »Ja, kann natürlich auch sein, dass wir komplett auf dem falschen Dampfer sind. Warten wir ab, was Grigori in Erfahrung bringt. So lange müssen wir weiter in alle Richtungen ermitteln. Du solltest schnellstmöglich mit Hans Bernstein sprechen. Könnte sein, dass es in früheren Jahren hier einen oder mehrere ähnliche Fälle gegeben hat.«
Hannah nickte. »Ich rufe ihn an, sobald wir zurück im Präsidium sind.«

Kurz vor Mitternacht hielt der Van vor dem großen gusseisernen Eingangstor an der Paul-Michael-Straße. Hinter den

hohen, kahlen Eichen verbarg sich nur mäßig beleuchtet im Hintergrund eine noble Stadtvilla aus dem frühen 20. Jahrhundert.
»So, raus mit euch. Bin in drei Stunden zurück. Und vergesst nicht, meine Engel, ich will Kohle sehen, verstanden? Nehmt die alten Knacker ordentlich dran und kassiert für die Extras, klar? Blasen fünfzig, Ficken hundert und durch die Hintertür zweihundert. Und wenn den noch ein paar dreckige Spielchen einfallen, dann lasst ihr euch noch 'nen Bonus oben drauflegen. Habt ihr eure Handys dabei?«
Die drei jungen Frauen nickten.
»Gut, dann fotografiert alles, was ihr kriegen könnt. In diesem feudalen Club verkehren 'ne Menge alter, wichtiger Säcke. Die lassen sich ungern in zweideutigen Posen ablichten. Könnte schön was dabei rausspringen. Wenn die zu aufdringlich werden, drückt ihr die Kurzwahltaste, ich bleibe in der Nähe.«
Die drei jungen Frauen sprangen aus dem Wagen, öffneten eine kleine, unverschlossene Tür neben dem Hauptportal und verschwanden in der Dunkelheit Richtung Eingangsportal. Vitus konnte auf dem unbeleuchteten Kiesweg nur noch ihre Silhouetten erkennen. Den Wagen mit den zwei Männern am Straßenrand nur einige Meter voraus sah er nicht, als er seinen Van startete und abfuhr.
»Nehmen sie bitte Platz, meine Damen, darf ich ihnen etwas zu trinken bringen lassen?«, fragte ein älterer Herr höflich und gab dem Kellner ein Zeichen, sich um das Wohl der jungen Frauen zu kümmern.
Lucie, die eigentlich Ludmilla hieß, hatte diesen Mann schon irgendwo mal gesehen. Aber wo, fiel ihr im Moment nicht ein. Aber Vitus hatte ja gesagt, dass hier ein Haufen wichtiger Leute verkehren würde. Sie schätzte den älteren Herren auf Ende Fünfzig. Er war groß, hatte volles, graumeliertes Haar und ein Gesicht mit eckigen, markanten Zügen. Er trug

eine dunkle Anzughose und ein weißes Hemd, dessen obere Knöpfe soweit geöffnet waren, dass darunter seine graue Brustbehaarung zu erkennen war. Die Ärmel waren hochgekrempelt, ein untrügliches Zeichen dafür, dass die Herren nun wohl zum gemütlichen Teil des Abends übergehen wollten.
In der Mitte des Raumes, besser gesagt, des Saales, stand ein riesiger ovaler Teakholztisch, an dem noch etwa zehn weitere, ältere Männer saßen. Sie tranken, rauchten und waren in Gesprächen vertieft. Der ein oder andere wagte einen neugierigen, aber eher scheuen Blick auf die Gruppe der jungen Damen. Das Selbstbewusstsein des Herrn, der sie empfangen hatte, schienen sie nicht zu teilen.
Die vielen leeren Plätze am Tisch waren ein Indiz dafür, dass die Veranstaltung beendet war und bereits einige Herren den Heimweg angetreten hatten. Was nun folgen sollte, war Lucie klar. Die Nachspielzeit war eingeläutet. Es dauerte nicht lange, bis sich zwei weitere Männer vom Tisch erhoben und mit einem Whiskeyglas in der einen und einer Zigarre in der anderen Hand zu den Mädchen herüberkamen. Die drei Männer steckten kurz die Köpfe zusammen und flüsterten miteinander. Offenbar wurden gerade die Paarungen für den heutigen Abend festgelegt.
Lucie nickte Svenja und Nina kurz zu, zum Zeichen, dass ihr Einsatz kurz bevor stand und dass sie die alten Knacker richtig zur Kasse bitten sollten. Ansonsten würde es Ärger mit Vitus geben. Außerdem verdienten sie ja an der Kohle der Freier mit. Zu ihrem Leidwesen wählte der gutaussehende Typ Nina aus. Der zweite Mann, ein kleiner, hagerer Typ mit faltigem Gesicht und glasigen, blauen Augen reichte Svenja die Hand und zog sie aus dem Sessel zu sich heran. Keine Frage, dachte, Lucie, ich hab mal wieder die Arschkarte gezogen, als der dritte Kerl, ein kleiner dicker Sack mit fettiger Haut und einem grauen Haarkranz auf seinem eirunden

Schädel, sie mit verschwitzten, schwülstigen Händen im Gesicht betatschte, als wollte er feststellen, ob sie auch gut beieinander war.
Die drei Pärchen stiegen nacheinander die mächtige Holtreppe hinauf in den ersten Stock. Lucie sah, wie Svenja und Nina an der Hand ihrer Freier in zwei gegenüberliegende Zimmer verschwanden. Der dicke Glatzkopf führte sie zu einer Tür am Ende des Flurs.
»Nach Ihnen, Gnädigste«, säuselte er und hielt Lucie die Tür auf. Der sich dahinter verbergende Raum, war ein großzügiges Schlafzimmer mit hohen Decken und einer Fensterfront zur Gartenseite. Den Mittelpunkt des Zimmers bildete ein riesiges Boxspringbett mit roter Tagesdecke.
»Ich würde mich gern erst ein bisschen frisch machen ...«, sagte Lucie, als sie die Tür rechts vom Bett sah, hinter der sie ein Badezimmer vermutete.
»Äh, Dietrich, ich heiße Dietrich. Wie ist dein Name?«
»Hör zu Dietrich, nenn mich wie du willst, dir wird schon was Schönes einfallen. Bin gleich wieder da, mach es dir schon mal bequem.«
»Na gut, mach nicht so lange, ich kann's kaum erwarten«, war Dietrich ungeduldig.
Den Grund für seine Ungeduld hatte Lucie längst erkannt. In Dietrichs Hose hatte sich bereits eine nicht zu übersehende Wölbung gebildet. Ein untrügliches Zeichen dafür, dass der alte Sack sich vorher eine blaue Pille eingeworfen hatte und nun natürlich schnell zur Sache kommen wollte, bevor die Wirkung wieder nachließ.
Lucie verschwand im Badezimmer, öffnete ihre Handtasche und kramte ein kleines weißes Päckchen und eine Rasierklinge hervor. Dann verteilte sie das weiße Pulver auf dem Toilettendeckel und formte mit der Rasierklinge eine dünne, fünf Zentimeter lange Linie. Mit Hilfe eines kurzen Plastikröhrchens zog sie das Pulver nacheinander in kurzen, hefti-

gen Schüben in ihre Nasenlöcher. Tränen stiegen ihr in die Augen, sie musste kurz husten.
Sie zog sich bis auf den Slip und den BH aus und ging zurück ins Zimmer. Der Fettsack lag nackt auf der roten Tagesdecke. Er hatte sich auf den Rücken gelegt. Unter seinem speckigen Bauch, der selbst im Liegen noch groß wie ein Medizinball war, erhob sich ein nicht besonders langer, aber fleischiger Penis, der leicht gebogen, wie eine Banane nach oben ragte. Darunter lagerte ein dicker, haariger Hodensack, der aussah wie ein Blasebalg.
»So, mein kleiner Dietrich, wie hättest du's denn gern?«
Sie nannte ihm die Preise.
»Äh, das muss ein Missverständnis sein, Gnädigste, es ist bereits alles bezahlt worden.«
»Nicht für alles, nur der Grundbetrag für unsere nette Gesellschaft, mein Lieber. Wir können gern 'ne Stunde über dein nettes Frauchen zu Hause plaudern und dabei ein bisschen Fummeln, wenn dich das anmacht. Wenn du ficken willst, musst du zahlen. Ist nicht in der Pauschale enthalten.«
Dietrich seufzte, stand auf und zog sein Portemonnaie aus der Gesäßtasche seiner Anzughose. Dann legte er zwei Fünfziger auf den Nachtschrank neben dem Bett und legte sich wieder hin.
Lucie nahm das Geld, steckte es in ihre Handtasche und holte für seine Blicke verborgen ihr Handy heraus. Sie zog Slip und BH aus und setzte sich im Reitersitz auf den liegenden Freier.
»Oh, der kleine Mann ist schon müde. Na, dann müssen wir ihn wohl wieder ein bisschen munter machen.«
Die Warterei und das Gezeter ums Geld hatte Dietrichs Erektion wieder zusammenfallen lassen wie ein Kartenhaus. Lucie wusste, dass bei älteren Männer Viagra zwar half, aber wenn der Kopf nicht mitspielte, konnte es mit der Herrlichkeit auch schnell wieder vorbei sein. Sie rutschte nach unten,

nahm den in sich zusammengefallenen fleischigen Schwanz in den Mund und richtete ihn wieder auf. Die Wirkung des Viagras tat sein Übriges.
Als der Fettsack in sie eindrang, grunzte er wie ein wild gewordener Eber in der Brunft. Lucie bewegte sich schnell und heftig, um den Freier möglichst schnell zum Ziel zu führen. Als sie merkte, dass der Typ kurz vor dem Höhepunkt war, zog sie sich zurück und erledigte den Rest mit der Hand. Mit der anderen Hand griff sie nach ihrem Handy, schoss schnell kurzhintereinander ein paar Bilder und ließ es in die Handtasche neben dem Bett fallen. Der Adreanalinschub war in diesem Moment so heftig, dass der Kerl gar nicht mehr mitbekam, was Lucie tat. Sie fand es immer noch schlichtweh ekelig, wenn die Freier in ihr kamen. Das Problem war, dass fast alle Männer ohne Kondom bumsen wollten, obwohl sie genau wussten wie gefährlich das sein konnte.
Als Dietrich kam, schwoll sein fettes Gesicht puterrot an, Geifer sabberte aus seinen Mundwickeln und er röchelte wie ein abgestochenes Schwein. Für einen Moment glaubte Lucie, ihr Freier würde einen Herzinfarkt erleiden.
Nach nur wenigen Minuten rollte sie sich ab und stieg aus dem Bett. Als sie sich nach vorn beugte, um ihren Slip anzuziehen, packte sie Dietrich plötzlich vehement von hinten und schleuderte sie bäuchlings aufs Bett. Dann warf er sich auf sie und drang mit Gewalt in sie ein.
»Was soll das, das tut weh, lass das, du Schwein«, brüllte Lucie und versuchte sich der Attacke von hinten zu entziehen. Doch Dietrich war wie von Sinnen. Das Viagra schien erst jetzt seine volle Wirkung zu entfalten. Er umklammerte Lucie mit seinen fleischigen Pranken und stieß ein ums andere Mal zu. Es dauerte eine gefühlte Ewigkeit bis der alte Sack kam. Wieder grunzte und schnaufte er wie ein Eber, dann zog er sich zurück und warf sich erschöpft aufs Bett.

Lucie sprang auf, schnappte ihre Sachen und flüchtete ins Badezimmer. Kurz überlegte sie, Vitus anzurufen, doch dann änderte sie kurzerhand ihre Taktik. Sie wusch sich kurz, zog sich an und ging zurück ins Zimmer. Dietrich lag immer noch erschöpft auf dem Bauch. Als sie ihn ansprach, bemerkte sie, dass er eingeschlafen war. Sie zog das Portemonnaie aus seiner Hose und entnahm sämtliche Geldscheine. Für diese fiese Nummer sollte der alte Sack richtig bluten. Dann warf sie einen Blick auf seinen Führerschein. Dietrich hieß Frederik Graf von Hohenhorst. Lucie musste kurz grinsen, mit einem echten Grafen hatte sie es bisher noch nie getrieben. Sie steckte den Führerschein zurück und beließ auch seine Kreditkarten an Ort und Stelle. Sie hatte ihr Geld erhalten. Sie öffnete leise die Tür. Es war kurz nach zwei Uhr morgens. Vitus würde erst in einer Stunde zurückkommen. Sie zählte die Scheine in ihrer Hand. Sechshundert Euro waren ein stolzes Sümmchen. Dreihundert waren fürs Bumsen, die anderen dreihundert Schmerzensgeld für die gewaltsame Nummer von hinten.

Vorsichtig und leise schlich sie die Holztreppe nach unten. Aus dem Saal unterhalb waren keine Geräusche mehr vernehmbar. Bis auf eine kleine Stehlampe am Kamin brannte nirgendwo Licht.

Dann entdeckte sie Svenja, die in einem Sessel neben der Ausgangstür lag und schlief. Von Nina war nichts zu sehen.

»Hey«, rüttelte sie Svenja auf. »Wo ist Nina?«

Svenja erschrak und schoss wie ein Pfeil hoch. Als sie Lucie sah, beruhigte sie sich sofort wieder.

»Keine Ahnung. Als ich runterkam, war sie wohl noch oben. Der Typ wollte nur einen geblasen haben. Als ich ihn zum Ficken überreden wollte, hat er mir eine geknallt und ist abgehauen. Bezahlt hat der auch nicht, dieses Arschloch.«

»Hm, kein Problem, Mäuschen, ich habe gut verdient. Kann dir 'nen Hunni abgeben. Wir holen jetzt Nina und verschwinden hier.«
Auf leisen Sohlen schlichen die beiden jungen Frauen die Treppe hinauf und rannten den Flur entlang bis zu dem Zimmer, in das Nina mit dem adretten älteren Herrn verschwunden war. Lucie horchte erst an der Tür und öffnete sie dann langsam einen Spalt breit.
»Nina?«, flüsterte sie.
Keine Antwort.
Lucie fingerte nach dem Schalter neben der Tür und machte das Licht an. Sie erschrak. Das Bett war verlassen, von Nina keine Spur. Auch nicht im Badezimmer.
»Verdammt, wo ist sie hin? Hoffentlich ist ihr nichts passiert«, murmelte Lucie.
»Vielleicht wartet sie draußen auf uns«, hoffte Svenja.
»Ja, vielleicht, lass uns gehen«, seufzte Lucie.
Die beiden Frauen schlichen den Weg zum Haupttor zurück und sahen sich in alle Richtungen um. Keine Spur von Nina. Svenja rief leise ihren Namen. Möglicherweise hatte sie sich ja versteckt.
Kurz vor Erreichen des Tores zuckte Lucie zusammen. Auf dem Boden verstreut lag der Inhalt einer kompletten Handtasche. Die fanden sie ein paar Meter weiter im Gebüsch.
»Scheiße, verdammte, der Typ wird ihr doch nichts angetan haben. Vitus meinte noch, dass er schon mehrfach seine Mädchen in dieses Haus geschickt hätte. Wäre immer alles zu seiner Zufriedenheit gelaufen.«
»Hab auf dem Tisch so 'ne Tafel gesehen, da stand *Großloge Sachsen* drauf oder so ähnlich«, meinte Svenja.
»Keine Ahnung, was das bedeutet«, zuckte Lucie mit den Schultern.
Kurz vor drei Uhr morgens bog Vitus in die Einfahrt der Villa ein.

»Wo ist Nina?«, wollte er sofort wissen, als er die beiden Mädchen im Halbdunkel am Tor angelehnt vorfand.
»Weg. Keinen Schimmer, wo die ist. Wir haben überall nach ihr gesucht.«
»Hm«, kratzte sich Vitus nachdenklich am Kopf. »Mit wem ist die aufs Zimmer gegangen?«
»Mit dem einzigen halbwegs gutaussehenden Mann in diesem Verein«, meinte Lucie.
Vitus nickte. »Mit dem Richter also. Gut, der wird sich schon um sie kümmern. Manchmal nimmt er die Mädchen noch mit nach Haus. Später drückt er denen dann ein paar Scheine in die Hand und setzt sie in ein Taxi. Kein Problem, kommt, steigt ein. Muss mich noch 'n paar Stunden aufs Ohr legen. Wir rechnen morgen ab.«

Jan war gerade eingeschlafen, als sein Handy klingelte. Genervt sah er auf die Uhr.
»Jungmann, was will der denn?"
"Tut mir leid, Jan, dass ich euch störe, aber ich denke, das solltest du wissen?«
»Und was genau, Kollege«, brummte Jan.
»Na ja, Rico hatte uns ja aufgetragen, uns in der Szene mal umzuhören, ob irgendwo eine Frau vermisst wird. Einer der Türsteher vom Puff in der Demmeringstraße schuldet uns noch was. Der hat uns vorhin angerufen und gemeint, vor einer halben Stunde wäre dort ein Bulle aufgekreuzt und hätte ordentlich Wind gemacht. Wollte sofort den Chef sprechen. Als sie ihm gesagt haben, dass der Chef erst morgen wieder da sei, ist er ein paar Meter weiter in einem Laden verschwunden, wo vornehmlich die schweren Jungs verkehren, vor allem die russischen Zuhälter. Fremde sind da nicht gern gesehen. Und wenn sich da mal einer verirrt, kommt er selten im einen Stück wieder heraus.«
»Ja und, wer ist der Typ?«

Jungman und Krause nickten unisono. »Wir fragen uns schon die ganze Zeit, wie der es geschafft hat, dass er nicht gleich achtkantig wieder rausgeflogen ist.«
»Na gut, ihr Pfeifen, ich geh da jetzt rein.«
»Mensch, Jan, sollen wir nicht lieber Verstärkung holen?«
»Ist bereits eingetroffen.«
Jan klopfte kurz auf das Wagendach und überquerte die Straße. Um dreiviertel Eins betrat er das vermeintliche Zuhältercafé. Hinter der Eingangstür lag ein kurzer, dunkler Korridor an dessen Ende eine Treppe nach unten führte. Auf halben Weg bemerkte er eine Tür, die offen stand. Dort saßen mehrere Männer vor Geldspielautomaten oder spielten Billard. Als Jan den Raum betrat, um nach Oskar Ausschau zu halten, richteten sich kurz die Blicke auf ihn, aber keiner der Männer nahm weiter Notiz von ihm. Als er seinen Kollegen nicht fand, stieg er die Treppe weiter hinunter, öffnete eine Tür und stand plötzlich in einem noblen Etablissement mit Tabledance und Oben-Ohne-Bedienung. Der Laden war relativ groß und brechend voll, die Luft verbraucht und unangenehm warm. Aus den Boxen wummerten die Bässe der Elektrobeats im Zweivierteltakt, allerdings nicht so laut und vehement wie in einer Disco. Die Leute konnten sich immer noch unterhalten. Auf den ersten Blick war von Oskar nichts zu sehen.
Jan benötigte keine besondere Menschenkenntnis, um zu erkennen, welches Klientel in diesem Club verkehrte. Wie Jungmann und Krause bereits festgestellt hatten, tummelten sich hier unten ausschließlich Zuhälter und Prostituierte, vornehmlich aus dem osteuropäischen Raum. Die wenigen Wortfetzen, die er verstand, waren russisch. Er drängelte sich durch die Menge und hielt Ausschau nach seinem jungen Kollegen. Nach wie vor interessierte sich niemand für ihn. Am anderen Ende der Tanzfläche befand sich an der Stirnseite eine Theke, die die ganze Breite des Raums ein-

nahm. Etwa in der Mitte des Tresens erkannte er eine Gruppe von Männern, die um einen kleineren Mann herumstanden und ihn laut johlend anfeuerten, während der ein Glas nach dem anderen in sich hineinschüttete. Als Jan näher kam, stellte er fest, dass der kleine Kerl das nicht freiwillig tat. Zwei kräftige Burschen hielten ihr Opfer fest, während ein anderer Kerl ihm irgendwelches Zeug einflößte. Dann erkannte er Oskar, das Opfer, das die Typen gerade in die Mangel nahmen. Er steuerte auf die Gruppe zu, ohne aufzufallen. Als einer der Kerle gerade im Begriff war, Oskar das nächste Glas Wodka zu verabreichen, packte Jan seinen Arm. Der ließ überrascht das Glas zu Boden fallen. Jan wusste, was jetzt zu tun war. Er musste die kurze Schockstarre der Männer nutzen, um noch mehr Verwirrung zu stiften. Er zog den Kerl am Arm zu sich heran und verpasste ihm eine harte Kopfnuss. Die Wucht des Stoßes war so heftig, dass der Kerl rücklings in die anderen Männer stürzte und zwei seiner Kollegen mit zu Boden riss. Die beiden anderen schaltete Jan blitzschnell mit zwei gezielten, kurzen Haken aus. Die konsternierten Männer realisierten nicht, was in diesem Moment vor sich ging. Aber dieser Zustand würde sich gleich ändern und dann würden sie über ihre Beute herfallen, wie ein gereiztes Wolfsrudel, wusste Jan. Er packte Oskar, warf ihn über die Schulter und schlug mit seinem wuchtigen Körper eine Schneise durch die Leiber auf der Tanzfläche, die niedergewalzt wurden wie von einer flüchtenden Büffelherde.
Am Fuß der Treppe hatten sie Jan und Oskar eingeholt. Einer der Männer richtete eine Waffe auf Jan und schrie ihn hysterisch an. Zwei seiner Kollegen rissen ihm Oskar von der Schulter und warfen ihn zu Boden. Dann packten sie Jan an den Armen und hielten ihn fest.
»Was bist du für ein Irrer? Bist du lebensmüde?«, schrie ihn der Kerl mit der Pistole an.

»Nein«, antwortete Jan, »ich wollte nur meinen Kollegen nach Hause bringen. Hat glaube ich ein bisschen zu viel getrunken.«
»Kollege? Der Typ ist ein Bullenschwein. Hat sich hier eingeschlichen und wollte uns ausfragen."
»Der Kollege ermittelt in einem Mordfall. Das Opfer ist eine russische Prostituierte. War das vielleicht eines eurer Mädchen?«
»Was denn, Freundchen, gehörst du etwa auch zu diesem Verein?«
»Hauptkommissar Jan Krüger, Mordkommission Leipzig. Meine Kollegen stehen bereits mit einem Großaufgebot vor der Tür.«
»So, tun sie das? Wahrscheinlich meinst du diese zwei Schleimscheißer, die schon den ganzen Abend da draußen in ihrer Karre herumsitzen und sich nicht raustrauen. Hatte der Kleine hier aber mehr Mut. Ich muss schon sagen, Freundchen, du hast richtig Eier in der Hose, hier vollkommen allein aufzutauchen und das auch noch unbewaffnet. Du hast uns unter Zeugen tätlich angegriffen. Wir haben uns nur gewehrt«, grinste der Typ.
»Warum tut ihr das dann nicht und richtet stattdessen feige wie Waschweiber eure Knarren auf einen unbewaffneten Mann. Was seid ihr nur für jämmerliche Pussys?«, fragte Jan.
»Ha, du glaubst wir sind so blöd und lassen uns von dir provozieren, wie?"
»Ja, genauso blöd seid ihr. Einen unbewaffneten Polizisten zu erschießen bringt euch lebenslänglich, das sollte euch doch klar sein, oder? Ich will gar nichts von euch. Ich nehme meinen Kollegen unter den Arm und verschwinde. Danach vergessen wir diesen Vorfall einfach.«
»Und du glaubst, du kannst hier so einfach reinstürmen, uns in die Fresse hauen und danach seelenruhig wieder rausspazieren? Irrtum, Freundchen!«

»Immerhin habt ihr meinen Kollegen in die Mangel genommen, schon vergessen?«
Der Russe mit der Waffe, der offensichtlich hier das Sagen hatte, wurde langsam unsicher. Er wusste genau, dass er nicht so einfach auf Jan schießen konnte. Schließlich waren sie hier in Deutschland und nicht irgendwo in der Moskauer Unterwelt.
Dann machte der Typ den entscheidenden Fehler, auf den Jan gewartet hatte. Er dachte einen Moment zu lange nach. Jan kickte ihn mit einem mächtigen Tritt die Waffe aus der Hand, schüttelte seine Bewacher ab wie lästige Fliegen und streckte sie mit einer Kombination aus Ellenbogenschlägen gegen die Brust und gezielten Tritten gegen die Kniescheibe nieder. Dann packte er Oskar am Kragen und zog ihn so schnell es ging hinter sich her die Treppe herauf. Oben angekommen schulterte er ihn ein zweites Mal und stürmte heraus auf die Straße. Er lief zum Wagen seiner wartenden Kollegen, riss die Hintertür auf und verfrachtete Oskar unsanft auf dem Rücksitz.
»Los, haut ab. Am besten, ihr bringt ihn ins Krankenhaus. Hat 'nen bisschen zu viel getankt, der Gute.«
Danach sprintete Jan zu seinem Fahrzeug, setzte sich hinters Steuer, fingerte seine Pistole aus dem Handschuhfach, steckte ein Magazin hinein und lud die Waffe durch. Dann wartete er.
Nur wenige Augenblicke später verließen zwei der Typen, die er gerade vermöbelt hatte, zusammen mit zwei Frauen den Club und überquerten die Straße, um in eine schwarze Mercedes S-Klasse zu steigen. Jan stieg aus und stellte sich dem Quartett in den Weg.
»Ihr habt vergessen, meine Fragen zu beantworten«, sagte er und hielt dabei demonstrativ seine Pistole in den Händen ohne allerdings auf sie zu zielen. »Wer ist die junge Frau mit

der roten Rose auf dem Oberarm, die wir gestern Morgen aus dem Wasser gefischt haben?«
»Hör zu, Bulle, wir haben keine Ahnung wovon du redest.«
»Nein? Dann helfe ich euch ein wenig auf die Sprünge.«
Jan fasste in die Tasche seiner Lederjacke, zog einen Schalldämpfer heraus und schraubte ihn auf seine Pistole.
Jetzt wurden die beiden Russen nervös. »Was soll das, willst du uns jetzt etwa erschießen? Wir wissen nicht, was du von uns willst. Wir kennen diese Frau nicht.«
Jan nickte. »Kann sein, aber sie ist vom gleichen Verein wie ihr.«
»Was für 'n Verein? Wir sind russische Geschäftsmänner und betreiben unsere Firmen vollkommen legal. Sowohl hier in Deutschland als auch in anderen europäischen Ländern.«
»Ihr seid Mitglieder der Kosakenfront, genau wie die tote Frau. Los ausziehen, aber dalli«, befahl Jan.
»Was denn, jetzt hier in der Kälte. Bist du verrückt?«
Jan schoss kurz hintereinander zweimal in den linken Vorderreifen der S-Klasse.
»Wird's bald, ich sag's nicht nochmal.«
Die Frauen schrien entsetzt auf, die Männer zuckten zusammen und legten widerwillig ihre Jacketts ab. Mit einer kurzen Handbewegung forderte Jan sie auf, weiterzumachen. Dann zogen sie ihre Oberhemden aus.
»Das reicht. Arme hoch!«
Jan zog eine Taschenlampe aus der Jacke und beleuchtete die Oberkörper der Männer. Tätowierungen, soweit das Auge reichte, aber eine rote Rose war nicht dabei.
»Zieht euch wieder an und verschwindet. Wir sehen uns noch, darauf könnt ihr euch verlassen.«
Die Männer schimpften auf Russisch wie die Rohrspatzen, streiften Hemd und Jacke über und gingen zurück in den Club, nicht ohne ihm noch ein paar böse Blicke zuzuwerfen.

Jan stieg in den Wagen und schlug wütend aufs Lenkrad. Diesen Oskar würde er sich richtig zur Brust nehmen. Die Sache war gerade noch mal gut gegangen.

Um kurz nach Sieben machte sich Hannah auf den Weg nach Markranstädt. Jan schlief noch, sie wollte ihn nicht wecken, da er erst um Neun im Präsidium sein musste. Eigentlich war Jan morgens immer der Erste, stand gewöhnlich um Sechs auf, holte die Zeitung rein, trank gemütlich einen Kaffee, fuhr danach zum Bäcker um die Ecke, kaufte Brötchen und machte anschließend das Frühstück. Hannah hatte keine Ahnung, warum Jan heute so lange schlief, aber sie ließ ihn in Ruhe.

Im morgendlichen Berufsverkehr kam sie nur schleppend voran. Die Straßen waren feucht, es war dunkel, kalt und ungemütlich. Der Zubringer zur A9 war total verstopft und an der Bahnschranke im Ortseingang von Markranstädt musste sie eine geschlagene Viertelstunde warten.

Um kurz vor Acht hatte Sie ihr Ziel erreicht, ein kleines gemütliches Café in der Markranstädter Fußgängerzone. Hans Bernstein war bereits da, saß an einem kleinen Zweiertisch und las die Leipziger Volkszeitung.

»Hallo, mein Mädchen, schön, dich zu sehen«, stand er auf, umarmte Hannah, nahm ihr den Mantel ab und zog ihr höflich den Stuhl zurück, damit sie sich setzen konnte.

»Ah, du durchstöberst gerade die Sportseiten. Und, was gibt's Neues bei RB?«

Berne grinste: »Wir spielen nächste Saison Champions League, ist das nicht wunderbar? Barcelona, Madrid, Manchester oder Turin im Leipziger Zentralstadion? Wer hätte das noch vor ein paar Jahren für möglich gehalten. Da war das Leipziger Derby zwischen Lok und Sachsen noch der Höhepunkt des Fußballjahres. Leider meistens nicht aus sportlichen Gründen, wie wir wissen. Für uns hieß das ja immer

Großeinsatz, um die Beklopptten Hooligans in Schach zu halten. Du hast das zu Beginn der Dienstzeit ja selbst noch erlebt. Schlimm, ganz schlimm. Umso schöner, dass wir endlich wieder den großen Fußball in Leipzig erleben dürfen.«
Hannah nickte. »Jan und ich überlegen, uns für die nächste Saison Dauerkarten zuzulegen. Allerdings wissen wir ja nie, wie unser Dienstplan aussieht. Mal sehen.«
»Na, diese Probleme hab ich als Rentner gottlob ja nicht mehr. Bin bei jedem Spiel dabei. War sogar schon mal mit zum Auswärtsspiel in Hamburg. Aber das bleibt eine Ausnahme, war schon ganz schön stressig. Die anderen Fußballfans mögen die Roten Bullen nicht besonders. Mussten uns da einiges anhören im Stadion.«
»Das wird noch ein bisschen dauern, bis Red Bull in der Fußballszene akzeptiert wird. Für Leipzig ist der Verein jedenfalls 'ne tolle Sache. Guter Fußball, volles Stadion und friedliche Fans - was will man mehr?«
Berne nickte. »Aber du bist ja sicher nicht gekommen, um mit mir über Fußball zu reden, oder? Wo drückt der Schuh, Hannah?«
Hannah lachte: »Stimmt natürlich, Hans, du hast mich wie immer sofort durchschaut. Wir haben einen Mordfall, seit langer Zeit mal wieder und wir tappen zurzeit vollkommen im Dunkeln.«
»Hab's gelesen. Die Tote aus der Neuen Luppe, oder?«
»Ja, wir haben Schwierigkeiten, die junge Frau zu identifizieren. der oder die Täter haben ganze Arbeit geleistet.«
»Keine verwertbaren Spuren?«
»Der Leiche wurde der Kopf abgetrennt und einzelne Organe entnommen. Sie lag mehrere Tage im Wasser, sodass auch die Fingerabdrücke kaum mehr erkennbar sind.«
Berne stellte die Tasse, die er gerade an seinen Mund führen wollte, wieder ab. »Oh, verdammt, was waren da für Irre am Werk? Hat Josie tatsächlich keine fremde DNA gefunden?"

»Doch, Sperma von drei verschiedenen Männern. Der Abgleich ergab allerdings keinen Treffer."
»Na ja, dann wisst ihr wenigstens schon mal, dass die Dame wahrscheinlich eine Prostituierte war. Und sonst habt ihr überhaupt keine weiteren Spuren gefunden? Höchst ungewöhnlich, irgendwas findet man doch eigentlich immer, oder?«
»Hm, Hans, du weißt natürlich, dass alles, was...«
»...nicht für fremde Ohren bestimmt ist.«
Hannah nickte. »Okay, also, wir haben eine Tätowierung an der Innenseite ihres Oberarms gefunden, eine kleine rote Rose.«
»Nur diese eine?«
»Nee, sie hatte ursprünglich mehrere Tattoos, die sind aber irgendwann mal entfernt worden. Übrigens alles andere als fachmännisch.«
»Tja, sieht verdammt nach Russenmafia aus. Da ist 'ne Nutte aus der Reihe getanzt und die Typen haben an ihr ein Exempel statuiert. Erinnert mich an die Zeiten von Oberst Gorlukov.«
»Nur, dass die die Frauen nicht verstümmelt haben. Die haben denen kurzerhand 'ne Kugel in den Kopf gejagt.«
»Einmal ist immer das Erste Mal, Hannah. Die Grabenkämpfe um die Nachfolge dieser beiden Typen, die ihr letztes Jahr zur Strecke gebracht habt, sind momentan in vollem Gange. Schätze, die Russen machen sich untereinander Konkurrenz, wer zuerst an die Fleischtöpfe hier im Osten kommt. Dann gibt es da noch andere osteuropäische Banden, die ebenfalls einen Fuß in die Tür kriegen wollen. Rumänen, Bulgaren, Tschetschenen und nicht zuletzt die Albaner, die ja schon längst da sind.«
»Die aber ein anderes Feld beackern. Mit Drogen und Prostitution haben die nichts zu tun.«
»Bisher, Hannah, bisher.«

»Hm, durchaus möglich.«
»Und dann gibt es da natürlich noch diesen einen verrückten Freier, der einfach mal angefangen hat, Prostituierte zu vergewaltigen, sie zu köpfen und ihnen die Organe herauszuschneiden. Nur um sich daran aufzugeilen.«
»Klingt so, als hättest du sowas schon mal gesehen.«
Berne trank einen Schluck Kaffee und faltete seine Zeitung zusammen. Dann rückte er ein Stück näher an Hannah heran, legte seine gefalteten Hände auf den Tisch und schürzte die Lippen.
»In der Tat, Mädchen, das habe ich.«
Jetzt war es Hannah, die sich auf ihrem Stuhl kerzengerade machte.
»Tatsächlich? Hier in Leipzig? Wann war das?«, sprudelten die Fragen nur so aus ihr heraus.
»Wie du weißt, gab es ja im Sozialismus keine Mörder. Schon gar keine Psychopaten. Die gab es nur im Westen. Dieser Fall, den ich meine, ereignete sich aber kurz vor der Wende und zwar Anfang 88. Die Stasi hatte bereits an Macht und Einfluss verloren. Die Medien berichteten immer mehr vollkommen unabhängig. Es war für die Bonzen kaum noch möglich, irgendwelche Verbrechen zu verschleiern oder intern abzuhandeln. Ein paar Jahre später hatte ich Einsicht in die geheimen Kriminalakten der Staatssicherheit. Die Stasi hat tausende von Menschen einfach spurlos verschwinden lassen, wahrscheinlich sogar eiskalt umgebracht. Mord war also auch zu DDR-Zeiten ein Thema. Aber eben nicht das der Polizei. Und so landete dieser Fall, von dem ich dir jetzt erzähle, auch zunächst gar nicht auf unserem Schreibtisch. Wir erfuhren erst gut ein Jahr später davon.«
»Nun mach's mal nicht so spannend, Berne, was war da los?«
»Na ja, da gab es diesen perversen Frauenmörder, der mindestens drei Frauen umgebracht hatte. Wahrscheinlich

mehr, denn es gab noch eine Reihe von Vermissten, die aber nie gefunden wurden.«

»Geht's 'n bisschen Genauer, Hans?«

»Der Typ war der Teufel, Hannah. Er hat sich post mortem an den Frauen vergangen und ihnen danach mit einem Samuraischwert die Köpfe abgeschlagen.«

»Was?« Hannah war fassungslos. »Wer war das? Was ist mit ihm passiert? So lass dir doch nicht alles aus der Nase ziehen, Mensch!«

»Bruno Podelczik, der Köpfer von Hartmannsdorf.«

»Verdammt, davon haben wir damals überhaupt nicht mitgekriegt.«

»Nein, weil natürlich zunächst die Stasi den Fall intern bearbeitet hat und die Presse davon nichts erfuhr. Und ein Jahr später hat unser Chef dann beschlossen, diese Sache nicht mehr aufzuwärmen. Wir sollten die Vergangenheit ruhen lassen und nach vorn sehen. So gelangte der Fall des Köpfers von Hartmannsdorf nie an die Öffentlichkeit.«

»Und, was ist dann mit diesem Typen passiert?«

»Soviel ich weiß, wurde der Kerl ohne offizielles Verfahren nach Berlin gebracht und dort irgendwo weggeschlossen. Erst nach der Wende wurde Podelczik von einem Berliner Gericht unter Ausschluss der Öffentlichkeit zu einer lebenslangen Haftstraße verurteilt.«

»Und sitzt dort nach wie vor in Haft?«

Berne schüttelte den Kopf. »Nee, ist nach 25 Jahren unter Auflagen entlassen worden.«

»Wie bitte? Wann war das?«

»Vor gut einem Jahr, Hannah. Der Köpfer von Hartmannsdorf ist wieder auf freiem Fuß!«

»Das ist ja der helle Wahnsinn. Wir müssen sofort herausfinden, wo der Kerl sich aufhält«, wurde Hannah hektisch.

»Die Mühe kannst du dir sparen, Hannah.«

»Warum, ist er tot?«

»Ganz im Gegenteil. Der Kerl fühlt sich pudelwohl und ist sofort nach seiner Entlassung nach Hartmannsdort zurückgekehrt. Er wohnt zusammen mit seiner Mutter in seinem Elternhaus. Die Leute in Hartmannsdorf glauben, dass er als politischer Gefangener 25 Jahre unschuldig in Bautzen saß. Der Frauenmörder Bruno Podelczik ist heute wieder ein angesehenes Mitglied der Gesellschaft. So als wäre nie etwas passiert.«

»Das ist ja schier unglaublich. Das kann man doch so nicht stehen lassen.«

»Doch, Hannah, der Typ hat seine Strafe verbüßt. Niemand hatte bisher Interesse daran, den Mann mit der Wahrheit zu konfrontieren. Er würde ohnehin alles abstreiten und als Erfindung der Stasi abtun. Mittlerweile sind die alten Akten möglicherweise auch gar nicht mehr greifbar. Es gab einfach kein öffentliches Interesse mehr an der Sache.«

»Und du, was ist mit dir? Denkst du gar nicht mehr an diesen Fall?«

»Ich war bei ihm. Wollte sehen, was der Typ macht, wie er lebt. Er hat mir nicht aufgemacht, hat sich hinter den Gardinen versteckt. Jetzt versuch ich, den Scheiß zu vergessen. Ich bin Rentner und das Leben ist viel zu kurz, um diesen Mist mit sich herumzuschleppen.«

»Ja, stimmt, aber ab sofort gilt dieser Bruno Podelczik als Verdächtiger in einem aktuellen Mordfall.«

Berne zuckte mit den Achseln. »Überprüfen müsst ihr das natürlich, aber denk dran, er hat die Frauen nicht ausgeweidet. Ich meine, ihr werdet eher beim organisierten Verbrechen fündig.«

»Ach ja, wo hat man damals die abgetrennten Köpfe gefunden?«

»Die Staatsicherheit hat die Köpfe als vermisst gemeldet. Aber ein Kumpel, der damals für die Stasi gearbeitet hat, hat mir erzählt, dass Podelczik die Köpfe der Frauen in einem

versteckten Kellerverlies in Spiritusgläsern aufbewahrt hat. Was dann damit passiert ist, weiß ich nicht.«
»Harte Nummer, Berne, verdammt harte Nummer, aber zumindest endlich mal ein Anhaltspunkt. Diese Typen können's einfach nicht lassen. Serienmörder werden oft rückfällig, egal wie viel Zeit vergeht. Das kann durchaus unser Mann sein. Vielen Dank, Berne."

Als Jan um kurz vor Neun aufwachte, fühlte er sich wie gerädert. Er hatte nach seinem nächtlichen Ausflug in die Demmeringsstraße gerade mal fünf Stunden geschlafen. Eigentlich wollte er heute um Neun im Präsidium sein, um mit Rico Steding das weitere Vorgehen im Mordfall »Torso«, wie er mittlerweile intern genannt wurde, zu besprechen. Hannah hatte um Acht eine Verabredung mit Hans Bernstein, hatte sich aber bisher noch nicht gemeldet.
Er stand auf, stellte sich unter die Dusche, zog sich an und trank ein Glas frische Milch. Auf dem Weg nach draußen griff er sich einen Apfel aus dem Obstkorb und stieg in seinen Dienstwagen. Als sein Handy klingelte, glaubte er zunächst, dass Hannah ihm über das Treffen mit ihrem ehemaligen Kollegen berichten wollte, doch zu seiner Überraschung war Grigori Tireshnikov in der Leitung.
»Hallo, Jan, ich hatte gestern Abend die Gelegenheit, ein paar Informationen für dich zu sammeln. Ging schneller als ich dachte.«
»Umso besser, Grigori. Warte bitte einen Moment, ich lege dich auf die Freisprechanlage.«
Jan startete seinen Wagen, warf seinen angebissenen Apfel in die Mittelkonsole, schnallte sich an und schaltete das Handygespräch über die Telefontaste des Navigationssystems auf den Lautsprecher der Freisprechanlage.
»Kannst du mich hören, Grigori?«
»Einwandfrei.«

»Gut, dann schieß mal los.«
»Also zunächst mal das Wichtigste: Es stimmt tatsächlich, dass eine kleine rote Rose am Oberarm das Erkennungszeichen für Mitglieder der Kosakenfront ist. Allerdings nur für weibliche, von denen es im Übrigen nur eine Handvoll gibt. Die Männer dagegen tragen einen gekreuzten schwarzen Kosakensäbel auf der linken Brusthälfte. Auch dieses Tattoo ist nur wenige Zentimeter groß. Das Mordopfer war demnach keine Prostituierte, sondern besaß einen Rang innerhalb der Organisation. Der wird gewöhnlich durch weitere Tattoos genauer festgelegt. Das schlimmste Vergehen innerhalb der Gruppe ist, sich mit Tätowierungen zu schmücken, die nicht dem Rang entsprechen. Wenn also die Tote Narben am Körper trug, die von der unsachgemäßen Entfernung eines oder mehrerer Tattoos stammten, sind diese wahrscheinlich mit einem stumpfen Messer ohne jegliche Betäubung herausgeschnitten worden. Denn genau das ist neben der sofortigen Degradierung die Strafe für ein solches Vergehen.«
»Vielleicht ist die Frau bei dieser Prozedur gestorben und um die Sache zu vertuschen, haben die Mafiosi sie geköpft und ihr auch gleich noch ein paar Organe herausgeschnitten, um den Verdacht auf einen psychopatischen Frauenmörder zu schieben.«
»Könnte sein, Jan, glaube ich aber nicht. Und da sind wir beim nächsten Punkt. Die Kosakenfront verdient ihr Geld mit Drogenhandel und Prostitution. Sie versuchen, wie du schon richtig vermutet hast, unter anderem auch in Leipzig Fuß zu fassen. Insofern war die getötete Frau sicher nicht zufällig dort. Sie hatte einen Auftrag, wie auch immer der lautete. Aber selbst, wenn sie den dort nicht zur Zufriedenheit ihre Bosse erfüllt haben sollte, würden ihre eigenen Leute sie niemals töten. Außerdem waren die Narben an ihrem Körper

sicher älter als eine Woche, so dass sie an dieser unsachgemäßen Entfernung nicht gestorben ist.«
»Hast natürlich recht, mein Hirn arbeitet heute Morgen noch im Standby-Modus. Mir fehlen ein paar Stunden Schlaf.«
Grigori lachte. »Ja ja, mein Freund, wir werden eben älter. Ich hoffe, du hattest wenigstens deinen Spaß.«
»Wenn das der Grund für meinen Schlafmangel wäre, würde ich mich sicher nicht beklagen. Nein, ich hatte mitten in der Nacht einen Notfalleinsatz. Ein paar deiner Landsleute wollten mir die Lichter ausblasen.«
»Oh, verdammt, wer war das?«
»Hab die Typen vorher nie gesehen. Die führen diese Läden in der Demmeringstraße.«
»Wobei wir wieder bei unserem Thema wären, Jan. Das waren Skutins Leute.«
»Wie bitte? Willst du mich verarschen. der Typ ist seit einem Jahr tot.«
»Du redest von Pjotr, ich von Ivan, seinem Cousin. Die Skutins sind ein Clan von bösen Buben, die vor keinem Verbrechen zurückschrecken, wie du ja selbst erfahren musstest. Dieser Ivan hat die Nachfolge von Pjotr übernommen und ist gerade dabei, neben dem Drogenhandel und der Prostitution einen neuen Geschäftszweig zu gründen.«
»Lass mich raten, er verkauft Sonnenbrillen an Blinde.«
»Ich würde jetzt lachen, Jan, aber die Geschichte ist leider todernst. Die Skutins haben sich auf den Organhandel spezialisiert. Sie kidnappen oder kaufen im Nahen und Mittleren Osten vor allem Kinder und Jugendliche, verschleppen sie nach Moskau, weiden sie hier komplett aus und transportieren die Organe nach Deutschland und von dort aus weiter nach ganz Europa.«
Jan trat abrupt auf die Bremse. Der Wagen hinter ihm hupte laut. »Halt einfach dein Maul, du Idiot", schimpfte Jan., als

der Fahrer an ihm vorbeifuhr und ihm den Mittelfinger zeigte.

»Wie bitte?«

»Nein, nicht du, Grigori, so ein Arsch von Autofahrer, der mir fast hinten drauf gefahren wäre. Woher weißt du das eigentlich alles so genau?«

»Quellenschutz, Jan. Aber hier in Moskau gibt es keinen Informanten, der sich nicht für gutes Geld kaufen ließe. Man muss eben nur wissen, zu welchem Thema man wen befragen muss.«

»Wer weiß das, wenn nicht du, Grigori.«

»Ist jedenfalls enorm hilfreich, wenn man in diesem Haifischbecken Moskau überleben will.«

»Demnach hältst du es also für möglich, dass Skutins Leute hier in Leipzig die Frau umgebracht und ein Exempel an ihr statuiert haben. Und zum Zeichen, dass sie genau wissen, für wen diese Frau gearbeitet hat, haben sie sie geköpft und ausgeweidet. Die Verstümmelung der Frau war also eine eindeutige Warnung an die Kosakenfront, ihre Finger von Leipzig zu lassen?«

»Das wäre sicher ein Szenario, das vorstellbar wäre. Jedenfalls wäre das eher denkbar, als dass die Kosakenfront ihre eigenen Leute tötet. Das halte ich, wie gesagt, für sehr unwahrscheinlich.«

»Wenn du recht hast, Grigori, ist die Wahrscheinlichkeit gering, dass es hier in nächster Zeit weitere Morde dieser Art geben wird.«

»Vorausgesetzt, die Kosakenfront will sich nicht an Skutins Leuten in Leipzig rächen. Dann wäre relativ zeitnah ein amtliches Blutbad möglich und ihr hättet es in Leipzig mit einem handfesten Bandenkrieg zu tun.«

»Hm, das wollen wir nicht hoffen. Aber möglich ist das. Du sagtest vorhin, dass es in der Kosakenfront nur wenige Frau-

en gäbe. Könntest du vielleicht eine Namensliste der weiblichen Mitglieder besorgen. Am besten natürlich mit Fotos?«
Grigori lachte. »Na klar, wenn's weiter nichts ist. Ich stolziere da mal eben locker in ihr Hauptquartier und drucke mir ihre Mitgliederdatei aus, oder wie stellst du dir das vor?«
»Hör zu, Grigori, ich würde dich nicht fragen, wenn's nicht wichtig wäre. Außerdem kenne ich dich genau. Du bist für diesen ganzen kriminellen Haufen da in Moskau viel zu clever. Ich weiß, dass du das schaffen kannst. Wenn nicht du, wer dann?«
»War klar, Jan. Du weißt wie du mich bei meiner Ehre packen kannst. Außerdem werde ich ein Leben lang in deiner Schuld stehen und aus diesem Grund kann ich dir auch keine Bitte ausschlagen. Ich werde sehen, was ich tun kann. Aber wenn ich zurück bin, lädst du mich zu einem Essen und 'ner Flasche Wein in die Trattoria im Waldviertel ein. Darauf bestehe ich.«
»Wann und wo immer du willst, mein Freund. Ich danke dir.«

Um halb zehn fuhr Jan auf den Parkplatz des Präsidiums in der Dimitroffstraße. Als er gerade aussteigen wollte, schoss ein Wagen mit Karacho in die Parklücke neben ihm. Er wollte sich schon aufregen, als er sah, dass Hannah aus dem Auto stieg.
»Morgen, mein Schatz«, säuselte Jan.
»Hab auf mein Frühstück gewartet, aber du lagst noch im Koma. Wieso bist du heute Morgen nicht aus der Kiste gekommen? Dachte schon, du wärst krank.«
»Hab gestern Nacht irgendwie kein Auge zugekriegt, bin wohl erst gegen morgen eingeschlafen und dann hab ich mal so richtig verpennt. Warum hast du mich nicht geweckt?«
»Vergessen und dann musste ich auch schon los.«

»Wir müssen rein, sind schon 'ne halbe Stunde überfällig«, mahnte Jan zur Eile.
Hannah schüttelte Kopf. »Kannst dir die Ruhe antun, Großer, hab Rico angerufen und ihm gesagt, dass ich es vor zehn nicht schaffe und er die Besprechung 'ne Stunde nach hinten legen soll. Wollte dich unterwegs anrufen, aber dein Handy war dauernd besetzt.«
»Grigori hat angerufen.«
»Oh, und, hatte er neue Informationen?«
Jan nickte.
»Gut, der Besuch bei Berne war ein Volltreffer. Hatte 'ne aufregende Geschichte zu erzählen.«
»Okay, lass uns reingehen und die Neuigkeiten mit den anderen teilen.«
Hannah nickte, drückte Jan einen Kuss auf die Wange und hakte sich bei ihm unter. Als sie gerade das Gebäude betreten wollte, fuhr Oskar mit dem Fahrrad vor.
Als er Jan sah, stürzte er auf ihn zu.
»Guten Morgen. Das mit gestern war..."
»Was war denn gestern, Oskar? Dienstag glaube ich, oder? Dann ist heute Mittwoch«, zuckte Jan mit den Schultern.
»Äh, ich meine..., ich wollte sagen...«
»Das morgen dann logischerweise Freitag ist. Sieh zu, dass du rein kommst. Und Oskar...«
»Ja?«
»Dein Soloauftritt heute Nacht bleibt unter uns, ist das klar?«
»Oh, ja, natürlich, vielen Dank. Ich wollte doch nur...«
»Halt die Klappe und mach, dass du Land gewinnst.«
Oskar nickte und verschwand im Gebäude.
Hannah zog die Augenbrauen hoch. »Hab ich was verpasst?«
»Erzähl ich dir später, Schatz.«
Josie eröffnete sie Sitzung. Sie hatte nochmal alle Register gezogen und tatsächlich neue Ergebnisse.

»Hab mir die Narben noch mal genauer angesehen, dabei ist es gelungen, ein ungefähres Bild der entfernten Tätowierungen zu rekonstruieren. Wenn ihr mal schauen wollt.«
Josie drückte die Entertaste auf ihrem Laptop und das erste Bild erschien an der Tafel.
»Das hier sieht aus wie zwei gekreuzte Gewehre...«
»Vorderlader«, rief Oskar.
»Bitte?«, fragte Josie.
»Vorderlader, Treibladung und Projektil werden durch die Mündung geladen. Die gekreuzten Vorderlader sind bei den Kosaken das Rangabzeichen eines Feldwebels.«
»Was denn, Oskar, willst du damit sagen, dass die Frau Feldwebel bei den Kosaken war?«, fragte Rico.
»Wohl kaum, Chef. Die Tote war natürlich niemals bei den Kosaken. Aber die Kosakenfront hat einige der Dienstgradabzeichen der Kosaken übernommen, um die Rangfolgen in ihrer Organisation festzulegen. Ich wette das nächste Tattoo ist eine Kanone.«
Als Josie das nächste Bild zeigte, erhob sich ein Raunen im Raum. Tatsächlich ließen die Umrisse des nächsten Tattoos eine Kanone erahnen.
»Und was bedeutet die Kanone, du Schlauberger?«, wollte Jan wissen.
»Ist das Rangabzeichen eines Leutnants. Das heißt, die Frau bekleidete eine nicht unwichtige Position innerhalb der Organisation.«
»Gibt 's noch weitere Tatoos, Josie«, wollte Rico wissen.
»Ja, das hier.«
Alle Blicke richteten sich auf Oskar. Der blieb stumm.
»Was denn, hat's dir jetzt die Sprache verschlagen, wäre ja mal was ganz Neues«, wunderte sich Hannah.
»Keine Ahnung, was das sein soll. Hat jedenfalls nichts mit der Kosakenfront zu tun.«
»Sieht aus wie ein Kopf, vielleicht ein Porträt«, glaubte Rico.

»Oder ein Totenkopf«, meinte Josie.
»Nach dem Leutnant gibt es bei denen noch den Major und den General. Ein Reiter mit wehender Fahne ist das Rangabzeichen eines Majors und ein König mit Zepter neben einem Löwen steht für den General.«
»Noch was, Josie?«
»Nein, Rico, das war's.«
»Gut, also könnte es sein, dass die Frau sich irgendwas zu Schulden hat kommen lassen und aus diesem Grund wurde sie degradiert und ihre Tattoos wurden zwangsweise entfernt. Nur die kleine rote Rose durfte sie behalten, als Zeichen, dass sie als einfaches Mitglied weiter zur Organisation gehört«, fasste Rico zusammen.
»Weibliches«, warf Oskar ein.
»Ja, was denn sonst?«, war Rico genervt.
»Weibliche Mitglieder tragen eine rote Rose an der Innenseite des rechten Oberarms, männliche dagegen zwei schwarze, gekreuzte Kosakensäbel auf der linken Brust.«
»Stimmt«, sagte Jan.
Als er fragende Blicke erntete, klärte er die Runde auf.
»Das weiß ich von Grigori, hat er mir gestern erzählt.«
Hannah wunderte sich, warum Jan gerade »gestern« gesagt hatte. Er hatte doch heute Morgen mit Grigori gesprochen.
Im gleichen Moment betraten Polizeioberrat Wawrzyniak und Oberstaatsanwalt Oberdieck den Raum. Jan hatte sie bereits durch die Glastür kommen sehen.
»Guten Morgen, die Herrschaften, bitte um Entschuldigung für die Verspätung, aber der Oberstaatsanwalt und ich hatten noch was Wichtiges zu klären. Machen sie bitte weiter.«
Die beiden setzten sich in die letzte Reihe.
»Na gut, also was haben wir sonst noch?«
Als zunächst niemand etwas sagte, ergriff Hannah das Wort.

»Es gibt eine ganz neue Spur. Hans Bernstein hat mir von einem Fall aus dem Jahr 1988 berichtet. Hat hier schon mal jemand vom Köpfer von Hartmannsdorf gehört?«
»Bei aller Liebe, Frau Dammüller, jetzt kommen Sie doch bitte nicht mit den alten Märchengeschichten vom Pensionär Hans Bernstein. Angeblich wurde dieser Fall von der Stasi vertuscht. Die Wahrheit ist allerdings, dass dieser Mann, wie immer der auch hieß, von der Stasi als unerwünschter Regimekritiker weggesperrt wurde. Ein Berliner Gericht hat nach der Wende aufgrund der alten Stasiunterlagen das Urteil gegen den Mann wider besseren Wissens bestätigt, ihn später aber rehabilitiert und freigesprochen."
»Später ist gut, Herr Oberstaatsanwalt. Genau nach fünfundzwanzig Jahren. Wenn das Westberliner Gericht keine Beweise für die Morde an den drei Frauen gehabt hätte, hätte es Bruno Podelczik doch wohl sofort freigelassen, oder?«
»Unsinn, die Sache war ein klarer Fall von Justizirrtum. Der Mann saß in Bautzen. Die Stasi hatte ihm die Morde untergeschoben. Das Berliner Gericht hat den Akten geglaubt, weil es keine anderen entlastenden Unterlagen gab. Lebenslänglich endet ja meist nach fünfundzwanzig Jahren, also ist er praktisch automatisch frei gekommen. Der Fall Podelczik war nach der Wende in Vergessenheit geraten. Niemand hat sich um den armen Teufel gekümmert. Und jetzt kommen Sie, werte Frau Hauptkommissarin und wollen dem Mann den nächsten Mord unterschieben?«
»Wenn mich nicht alles täuscht, hat man die abgeschnittenen Köpfe der Opfer im Keller seines Elternhauses gefunden. Stimmt wohl auch nicht, oder?«
»Frau Dammüller, dieser Bernstein hat keinen guten Einfluss auf Sie. Der Kerl war bereits während seiner Dienstzeit ein Träumer. Jetzt liest er wahrscheinlich zu viele Horrorgeschichten und kann nicht mehr zwischen Realität und Fiktion unterscheiden. Glauben Sie mir, es gab weder ermordete

Frauen noch abgetrennte Köpfe. Die Archive der Polizei aus DDR-Zeiten existieren nach wie vor und sind für die Kollegen zugänglich. Holen Sie mir die Akte über diese Morde und legen Sie mir die auf meinen Schreibtisch. Dann werde ich mich bei Ihnen ihn aller Form entschuldigen.«

»Diesen Fall hat die Polizei nie zu Gesicht bekommen. Das hat die Stasi erledigt. Die haben die Sache vertuscht, weil es im Sozialismus keine psychopathischen Frauenmörder gab. Sie haben Podelczik still und leise aus dem Verkehr gezogen und ihn nach Ostberlin in ein Stasigefängnis ohne Kontakt zu Mithäftlingen gebracht. Eine Akte über diesen Mann gab es nie. Das Westberliner Gericht hat Podelczik aufgrund von Zeugenaussagen in einem Indizienprozess nicht neu verurteilt, aber sie haben das Strafmaß, das in einem Stasiprotokoll aus dem Jahr 1988 auf lebenslänglich lautete, bestätigt. Die wussten nicht, was Sache war und wollten nicht den Fehler begehen, einen Frauenmörder auf freien Fuß zu setzen. Erst später wurde zugunsten des Angeklagten entschieden und er kam nach 25 Jahren frei.«

»Also Sie widersprechen sich, Frau Dammüller. Woher wusste der Kollege Bernstein von dem Fall, wenn die Polizei ihn gar nicht zu Gesicht bekommen hat. Das ist doch alles vollkommener Mumpitz, was Ihnen Bernstein da erzählt hat.«

»Unmittelbar nach der Wende landetet der Fall doch noch auf dem Tisch der Polizei, doch der damalige Dezernatsleiter wollte mit der Sache nichts mehr zu tun haben und hat seine Leute angewiesen, die Akte zu vernichten und sich nicht mehr mit alten Fällen zu beschäftigen.«

»Was Hannah sagt, stimmt. Ich kann mich daran erinnern, dass uns von Amts wegen verboten wurde, weiterhin in alten DDR-Fällen zu ermitteln. Diese Akten kamen in den Reißwolf«, sprang ihr Rico bei.

»Was nichts anderes heißt, als das es keinerlei Beweise für Bernsteins Gequatsche gibt und ich denke, jetzt reicht's auch«, befahl der Oberstaatsanwalt.
Horst Wawrryniak zuckte mit den Achseln: »Dieser Fall ist ein Beispiel für das Chaos direkt nach der Wiedervereinigung. Da wusste niemand, was der andere tat. Die Gerichte waren mit den alten Stasi-Fällen hoffnungslos überfordert. Bruno Podelczik hatte das persönliche Pech, dass irgendwo noch Unterlagen aufgetaucht sind, die ihn als Köpfer von Hartmannsdorf auswiesen. Bis heute kann niemand mit letzter Gewissheit sagen, ob der Mann tatsächlich schuldig war oder nicht. Trotzdem bin ich der Meinung, dass wir dem Kerl mal auf den Zahn fühlen sollten. Natürlich mit aller gebotenen Rücksicht.«
Oberstaatanwalt Oberdieck schüttelte verärgert den Kopf.
»Das ist Zeitverschwendung, knöpfen sie sich das organisierte Verbrechen in unserer schönen Stadt vor. Da liegt die Lösung unseres Problems. Entweder haben die Russen ein Exempel an einem abtrünnigen Mitglied statuiert, oder aber die Albaner wollten den Russen zeigen, wer jetzt in Leipzig das Sagen hat.«
Als sich niemand mehr zu Wort meldete, beendete Rico Steding die Besprechung und lud zu einer internen Beratung der Mordkommission um fünfzehn Uhr ein.

Als im Fenster des Geldspielautomaten Triple Chance die zweite Banane auftauchte, raste Benjamins Pulsschlag in die Höhe. Was sollte er tun? Abwarten, bis der Automaten ihm das endgültige Ergebnis anzeigte oder sollte er vorher eingreifen und die Stopptaste drücken? Es blieben nur wenige Sekunden Zeit, eine Entscheidung zu treffen. Seine rechte Hand zitterte, der kalte Schweiß stand auf seiner Stirn. Dann schloss er die Augen und haute auf den Buzzer. Nichts, kein Tusch für den Gewinner. Der Automaten blieb stumm. Ben-

jamin öffnete die Augen und sah diesen verdammten Apfel, der eigentlich eine Banane hätte sein sollen.
»Hühnerkacke vermaledeite«, schrie er und schlug vor Enttäuschung auf das Gehäuse des Automaten.
Die letzte Chance war dahin, seine Kohle war weg. Fünfzig Euro hatte er an diesem Abend in diesen beschissenen Spielautomaten gesteckt, nach nicht mal einer Stunde hatte der sein gesamtes Vermögen gefressen.
Frustriert erhob er sich vom Hocker. Er war komplett pleite. Wohl oder übel musste er jetzt nach Hause gehen. Außerdem hatte er morgen Frühschicht. Ein paar Stunden Schlaf würde er brauchen, um seinen Job bei der Instandsetzungseinheit der Bundesbahn auf dem Betriebshof des Leipziger Bahnhofs erledigen zu können. Er war in den letzten Tagen des Öfteren zu spät gekommen und hatte sich bereits eine Verwarnung seines Chefs anhören müssen. Er wollte und durfte seinen Job nicht aufs Spiel setzen, wo sollte er sonst die Kohle hernehmen, um seine Schulden zu bezahlen?
Draußen vor der Spielhalle traten ihm plötzlich zwei Männer entgegen, der eine groß und kräftig, der andere klein und massig. Benjamin hatte die beiden schon mehrfach gesehen. Sie gehörten zum Clan des albanischen Mafiabosses Ardian Shala, der in Leipzig das uneingeschränkte Sagen hatte. Er war Geschäftsführer von diversen privaten Kreditgebern, die Sofortkredite ohne Schufa-Prüfung vergaben und dafür Wucherzinsen kassierten. Die beiden muskelbepackten Dumpfbacken, die sich bedrohlich nah vor ihm aufgebaut hatten, gehörten zu Shalas Geldeintreibern.
»Na, Benny, heute 'n bisschen mehr Glück gehabt?«, erkundigte sich der Kleinere von beiden.
»Was wollt ihr? Ihr habt mir gerade noch gefehlt. Ihr kriegt euer Geld, ich hatte nur leider gerade 'ne kleine Pechsträhne. Kommt mal vor.«

»Die Scheiße scheint dir in letzter Zeit an den Füßen zu kleben, Kollege. Bist ja 'n echter Pechvogel. Ist sicher ein großes Problem für dich, aber nicht für uns. Du hast die letzten drei Raten nicht mehr gezahlt. Wie soll das weitergehen? Wann gedenkst du deine Schulden endlich zu begleichen?«
»So schnell wie möglich. Bin gerade dabei. mir eine größere Summe zu besorgen. Dann werde ich in der Lage sein, alles auf einen Schlag zurückzuzahlen.«
Was denn, fünfzig Riesen auf einmal? Hast du vor 'ne Bank zu knacken, oder gibt's da irgendwo noch 'ne reiche Tante in Amerika? Verarsch uns nicht, Junge, du weist genau wie das bei Ardian ankommt.«
»Vergesst nicht, dass ich mich für euch ganz weit aus dem Fenster gelehnt habe, dass sollte euch doch sicher ein paar Tage Wartezeit wert sein, oder?«
»Dafür haben wir dir bereits die Zinsen erlassen, du Idiot. Hast du wohl schon vergessen. Und jetzt sieh zu, dass du dich verpisst, bevor mir die Hand ausrutscht, du Kanaille.«
Benjamin nickte dankbar und machte sich aus dem Staub.
»Am nächten Ersten ist Zahltag. Du hast noch zwei Wochen, verstanden? Da legst du die kompletten fünfzig Riesen auf den Tisch des Hauses, sonst ziehen wir dir das Fell über die Ohren, du Arsch!«

»**Geh** schon mal vor, Hannah, ich hab hier noch was zu erledigen.«
Hannah nickte. Sie wusste, was Jan vorhatte.
Als Oskar gerade den Besprechungsraum verlassen wollte, packte ihn Jan am Arm und zog ihn mit sich über den Flur in den Vorraum der Herrentoilette.
Jan sah sich kurz um, niemand da. Dann nahm er sich den Kriminalassistentenanwärter zur Brust.
»Sag mal, Oskar, tickst du eigentlich noch ganz richtig?«
Der zuckte mit den Schultern: »Wieso?«

»Wieso? Sag mal, geht's noch? Die Typen hätten dich da gestern Nacht fast umgebracht. Ist dir das eigentlich klar?«
»Hatte alles im Griff, Herr Hauptkommissar. Bis Sie kamen.«
Jan glaubte seinen Ohren nicht zu trauen.
»Gar nichts hattest du, Junge. Die haben dich mit Wodka abgefüllt. Du warst voll wie 'ne Strandhaubitze. Die Ärzte im Krankenhaus sprachen von einer Alkoholvergiftung. Du hattest sage und schreibe 2,5 Promille Blutalkohol. Noch ein Glas und du wärst kollabiert, Freundchen. Weißt du eigentlich überhaupt noch, was passiert ist?«
»Das war alles Teil meines Plans.«
»Wie bitte?«, rief Jan.
»Ich habe mit den Jungs 'n paar getrunken und dabei haben sie mir alles erzählt, was ich wissen wollte.«
»So, haben sie das? Das sah aber ganz anders aus.«
»Ich war erst in dem Bordell, das die Russen direkt neben dem Club aufgemacht haben. Ich hab denen gesagt, dass ich Ivan sprechen wollte. Alle Russen heißen Ivan, oder? Der Typ fragte, ob ich den Chef meinte und ich nickte und sagte Ja, Ivan, äh..., Skutin, half mir der Typ. Der ist drüben im Club, aber da kommst du nicht rein, ist privat, meinte er dann. Ich antwortete, dass ich eine wichtige Nachricht von Oleg hätte und ihm die persönlich überbringen sollte. Nach Ivan ist Oleg der zweithäufigste russische Männername. Der Typ musterte mich, dann griff er zum Handy. Ivan will wissen, wer du bist, sagte er und ich antwortete, ich käme wegen Natascha. Natascha...«
»... ist der häufigste Frauenname in Russland, ich weiß«, fiel ihm Jan ins Wort.
»Nein, der häufigste ist Olga, aber in Moskau liegt Natascha vorn.«
Jan schüttelte genervt den Kopf, aber er wollte Oskars Geschichte hören.

»Jedenfalls schickte mich der Typ rüber in den Club, wo mich zwei Leibwächter in Empfang nahmen, mich auf Waffen absuchten und dann mit an die Theke nahmen. Eine Minute später tauchte Ivan Skutin auf. Wer bist du und was willst du, fragte er mich. Mein Boss schickt mich, sagte ich. Wir wollen wissen, wer das Mädchen getötet, enthauptet und ausgeweidet hat, fiel ich sofort mit der Tür ins Haus. Ivan Skutin musterte mich von oben bis unten, dann lachte er laut. Du kannst Oleg bestellen, dass er das nächste Mal besser einen Mann schickt und kein Kind, brüllte er. Die Scheißer von der Kosakenfront schrecken scheinbar vor nichts zurück, nicht mal vor Kinderarbeit, meinte er. Skutin wollte sich halb totlachen.«
»Und dann?«, wollte Jan wissen.
»Dann hab ich Skutin eins in die Fresse gehauen.«
»Was hast du gemacht?«, fragte Jan ungläubig.
»Das Lachen war ihm jedenfalls im Halse stecken geblieben und er schrie mich an, dass er mich gleich aufschlitzen würde. Meine Organe wären ja noch gut verwendbar. Bräuchte er sich nicht die Mühe machen, und die Kinder aus Syrien zu entführen.«
»Sag mal Oskar, weißt du eigentlich, in welche Gefahr du dich gebracht hast? Skutin ist ein unberechenbarer, gemeingefährlicher Verbrecher, der im wahrsten Sinne des Wortes über Leichen geht.«
Oskar nickte. „Natürlich, aber ich war vollkommen unerwartet so weit gekommen, da wollte ich einfach alles wissen.«
»Okay, also, wie ging's weiter?«
»Ich hab an der Theke 'ne Flasche Wodka bestellt, hundert Euro hingelegt, zwei Wassergläser gefüllt, hab ihm zugeprostet und den Wodka auf Ex runtergespült. Sieh an, sieh an, hat Skutin gerufen, das Bürschchen hat Durst. Er hat mir nachgeschenkt und dann haben wir zusammen angestoßen. Skutin schlug vor, ein Wettsaufen zu veranstalten. Wenn ich

seinen besten Mann unter den Tisch trinken würde, würde er mir alles über Natascha erzählen.«
»Mann, Oskar, das wird ja immer besser. Was sollte denn das?« Jan war entsetzt.
»Ich werde von Wodka nicht besoffen. Das Zeug wirkt bei mir irgendwie nicht. Hab ich in meiner Teenagerzeit festgestellt, als Wodka/Jägermeister oder Wodka/Red Bull die absoluten Modegetränke waren. Ich konnte das Zeug trinken wie Wasser, mein Kopf blieb klar.«
»In deinen Adern floss mehr Alkohol als Blut, Oskar. Du warst randvoll. Was erzählst du da eigentlich?«
»Stimmt, aber der Alkohol zeigt bei mir eben keine Wirkung. Merkwürdigerweise ist das nur bei Wodka so. Trinke ich zwei Bier, bin ich erledigt.«
Jan atmete tief ein: »Also wirklich, Oskar, so einen Blödsinn habe ich selten gehört.«
»Mag sein, Herr Hauptkommissar, aber es entspricht den Tatsachen. Oder haben Sie schon mal jemanden erlebt, der morgens um vier mit 2,5 Promille ins Krankenhaus eingeliefert wird und dann trotzdem um acht taufrisch und gutgelaunt zur Arbeit kommt?«
Das war tatsächlich der Fall, ob Jan das glauben wollte oder nicht. Er schüttelte zum wiederholten Mal den Kopf.
»Na gut, meinetwegen. Trotzdem unterlässt du in Zukunft diese Alleingänge und bringst dich nicht unnötig in Gefahr, verstanden? Um ein Haar hätten die uns erschossen, Oskar.«
Oskar nickte. »Geht klar, Herr Hauptkommissar. Ach eins noch: Die Freundin dieses Ivan Skutin ist ein Mitglied der Kosakenfront. Sie trägt diese kleine rote Rose genau dort, wo sie unser Opfer getragen hat: An der Innenseite des rechten Oberarms. Oleg hat sie auf Skutin angesetzt.«
Jan wusste nicht so richtig, was er sagen sollte. Einerseits hatte Oskar eine riesige Dummheit gemacht, in dem er im

Alleingang ermittelt hat, anderseits waren die Ergebnisse seines nächtlichen Ausflugs natürlich überragend.
Jans anfänglicher Ärger über den jungen Mann war beinahe schon in Hochachtung umgeschlagen. Auf jeden Fall hatte Oskar Mut und Cleverness bewiesen. Und das hatten die wenigsten der Kollegen, mit denen Jan im Polizeidienst zusammengearbeitet hat.
»Hör zu, Oskar, es bleibt dabei. Kein Wort über deinen nächtlichen Ausflug. Die hervorragenden Ergebnisse dieser einmaligen Exkursion werde ich als Informationen von Grigori Tireshnikov verkaufen, der mir heute Morgen einiges von dem, was du herausgefunden hast, bereits erzählt hat. Es stimmt nämlich, dass Ivan Skutin die Nachfolge seines Cousins Pjotr angetreten hat und jetzt im internationalen illegalen Organhandel tätig ist. Dass der Chef der Kosakenfront Oleg heißt und die Tote wahrscheinlich Natascha, wusste er allerdings nicht.«
»Oleg Ponomarov, Natascha war seine Schwester. Hat mir Skutins Freundin geflüstert, als ich ihr gedroht habe, sie auffliegen zu lassen.«
Jan war kurzzeitig sprachlos. Dann nickte er anerkennend. »Verdammt gute Arbeit, Oskar.«
»Stimmt, bis Sie plötzlich aufgekreuzt sind, Herr Hauptkommissar«, grinste Oskar.
»Jetzt bloß nicht auch noch frech werden, Kollege.«
Jan und Oskar lachten und schüttelten sich die Hand.
»Übrigens, Oskar, ich bin Jan. Wir sind Kollegen. Und unter Kollegen duzt man sich.«
»Werd ich mir merken, Herr Hauptkommissar.«

Nachdem Oskar Jan versprechen musste, keine Alleingänge mehr zu unternehmen, beschlossen die beiden, Oskars nächtliche Ermittlungsergebnisse erst mal sacken zu lassen und zu überlegen, wie sie jetzt weitermachen sollten. Die

Identität der toten Frau schien geklärt, doch wer hat sie aus welchem Grund umgebracht und zerstückelt? Jan brauchte Zeit, um in Ruhe nachzudenken. Und das konnte er gewöhnlich am besten, wenn er sich sportlich betätigte. Zum Joggen war es ihm jetzt Ende Februar bei diesem nasskalten Wetter nicht zu Mute. Er meldete sich über Mittag bei Hannah ab, fuhr kurz nach Hause, packte seine Sachen und fuhr ins Kampfsport Center »Roter Drache« nach Gohlis, um bei seinem Kumpel Edgar eine Einheit Kickboxtraining zu absolvieren.

»Hallo Eddy, was ist los? Ist doch sonst um diese Zeit brechend voll dein Laden?«, begrüßte Jan seinen Freund.

Der nickte und zuckte ratlos mit den Schultern.

»Was denn, war etwa die Steuerfahndung wieder da?«, befürchtete Jan.

Im letzten Jahr hatte das Finanzamt bei Eddy richtig zugeschlagen. Wie bei vielen kleineren Läden üblich, hatte sich Eddy den Großteil der Mitgliedsbeiträge in bar auszahlen lassen. Irgendwann hatte sich so ein Typ an ihm gerächt, weil Eddy ihn wegen seiner großen Klappe kurzerhand vor die Tür gesetzt hatte. Die anonyme Anzeige sollte ihre Wirkung nicht verfehlen. An der saftigen Nachzahlung hatte sich Edy lange vergeblich die Zähne ausgebissen. Hätte ihm Jan nicht aus der Patsche geholfen, hätte er sein Gym schließen müssen.

Jan hatte damals seinen Chef Horst Wawrzyniak um Hilfe gebeten, dessen Bruder Abteilungsleiter beim Finanzamt Leipzig Mitte war. Der konnte erreichen, dass Eddy die Strafe erlassen wurde und er die Nachforderungen in Raten zahlen konnte. Jan und einige andere Mitglieder des Clubs hatten Eddy daraufhin ihren Jahresbeitrag im Voraus überwiesen.

Eddy konnte weitermachen. Schwarzgeld war für ihn ein für allemal keine Alternative mehr.

»Nee nee, Jan. Viel schlimmer. Die drei Typen da pöbeln mir den Laden leer.« Er wies mit dem Daumen in Richtung Ringgeviert, in dem gerade ein Sparringsmatch stattfand.
»Was sind das für Vögel?«
»Russen, genauer gesagt, Tschetschenen. Harte Burschen mit großer Schnauze. Halten sich für die Größten. Wollen mit allen in den Ring steigen und alles umhauen, was sich ihnen in den Weg stellt.«
Jan verzog das Gesicht. »Hm, mal sehen, was die drauf haben. Vielleicht kann ich das Problem ja lösen.«
»Lass das lieber. Mit denen ist nicht zu spaßen. Die erzählen hier überall rum, wie sie im Tschetschenien-Konflikt massenhaft Leute abgeschlachtet und massakriert haben und zwar in allen Einzelheiten. Die Typen sind schlimmer als Pest und Cholera. Die haben mir systematisch die Mitglieder weggeekelt.«
»Seit wann sind die hier?«
»Seit ein paar Wochen. Die kommen jeden Tag.«
Jan nickte. »Okay, dann geh ich mich mal umziehen.«
»Was immer du auch vorhast, Jan, mach das nicht. Der eine von denen ist ein knallharter Käfigkämpfer. Der ist stark wie 'n Ochse und hält rein gar nichts von irgendwelchen Regeln. Und die anderen beiden stehen dem Kerl in nichts nach.«
»Warum hast du dann nicht längst die Polizei geholt und denen Hausverbot erteilt?«
»Weil sie gedroht haben, mich kaltzumachen und die Bude anzuzünden, wenn ich die Polizei einschalte.«
»Und die anderen Mitglieder? Hättet die Typen doch zusammen rausschmeißen können.«
»Ist schon beim ersten Versuch gescheitert. Die haben zwei meiner Mitglieder dermaßen verprügelt, dass sie ins Krankenhaus mussten, darauf hin sind die anderen lieber zu Haus geblieben.«
»Sag mal, Eddy, warum hast du mich nicht angerufen?«

»Du hast bereits genug für mich getan, Jan. Außerdem hatte ich die leise Hoffnung, dass die sich irgendwann mal wieder verpissen würden.«
Jan schüttelte den Kopf. »Was soll der Scheiß, Eddy? Du hättest dich melden müssen. Na gut, mal sehen, was mit den Kerlen los ist. Vielleicht können wir das Problem ganz einfach lösen.«
»Jan, ich bitte dich nochmal. Halt dich da raus. Sieh dir die Kerle an. Die sind zwanzig Jahre jünger als du, kräftig, skrupellos und unberechenbar. Und der eine von denen, der sich Ruslan nennt, ist ein verdammt guter Kämpfer. Der hat echt was drauf, Jan. Gegen den hast du keine Chance.«
Eddy sah in Jans Augen, die funkelten, wie bei einer angriffslustigen Raubkatze. Das hätte er nicht sagen dürfen. Er kannte Jan und seinen Ehrgeiz, gegen Jüngere zu kämpfen und sie in die Schranken zu weisen. Doch hier und heute würde er an seine Grenzen stoßen, das stand für Eddy fest.
Doch Jan ließ sich nicht beirren. Mit einem Handtuch auf der Schulter stieg er auf ein Fahrrad, um sich aufzuwärmen. Es dauerte nicht lange, bis die Männer auf ihn aufmerksam wurden. Außer Jan waren allerdings auch nur noch zwei hartgesottene junge Männer im Gym, die sich offensichtlich noch nicht hatten einschüchtern lassen. Die jungen Männer trainierten am Sandsack. Jan erkannte sofort, dass sie Boxer waren.
»Hey, ihr beiden, jetzt seid ihr dran. Los, macht schon, mal sehen, was ihr drauf habt?", brüllte einer der Tschetschenen die jungen Boxer an.
»Last die Jungs in Ruhe, die wollen hier in Ruhe trainieren. Die steigen nicht mit euch in den Ring.«
»Schon gut, Eddy, kein Problem«, sagte einer der jungen Boxer, »zwei, drei Runden Sparring können nicht schaden.«
Jan nahm Blickkontakt zu Eddy auf und schüttelte den Kopf zum Zeichen, dass er sich nicht einmischen sollte.

Kurze Zeit später standen sich der junge Boxer und einer der Tschetschenen, der sich Kerim nannte, im Ring gegenüber.
»Gekämpft wird nach Boxregeln, Schläge nur auf die vorgesehene Trefferfläche, kein Kopfstoßen, keine Fußtritte, verstanden, Freunde«, maßregelte Eddy.
»Aber sicher doch, Chef, wir halten doch immer die Regeln ein, weißt du doch, oder etwa nicht?«, lachte Ruslan.
Eddy antwortete nicht und gab die erste Runde frei. Schnell zeigte sich, dass der Boxer technisch haushoch überlegen war und seinen Gegner nach Belieben beherrschte.
Jan ahnte bereits, was gleich passieren würde. Kerim würde jeden Moment dazu übergehen, die Regeln außer Kraft zu setzen. Und das tat. Er setzte Kopf, Knie und Ellenbogen ein. Es dauerte nicht lange, bis der Boxer die Nase voll hatte und den Ring verlassen wollte.
»Hey, Bürschchen, wer hat denn gesagt, dass du gehen darfst? Jetzt kannst du mal zeigen, dass du ein Mann bist. Los, weiter!«
»Ich kämpfe nicht gegen unfaire Gegner. Wenn ihr die Regeln nicht einhalten wollt, geht auf die Straße und schlagt euch mit euren Gleichgesinnten.«
Als der Junge aus dem Ring klettern wollte, baute sich Ruslan vor ihm auf. »Hast du nicht verstanden, du kämpfst jetzt weiter, klar?«
Jetzt war der Zeitpunkt gekommen, in dem Jan eingreifen musste, ob er wollte oder nicht.
»Hallo Freunde, lasst mal gut sein. Ihr habt doch gehört, dass der Junge nicht mehr weitermachen will. Ich hab keine Ahnung, wie das in dem Land ist, aus dem ihr kommt? Versteht man dort das Wort »Nein« nicht?«
»Das glaub ich doch nicht, Opa. Was mischt du dich ein, hat dich einer gefragt, oder was?«, glaubte Ruslan seinen Ohren nicht zu trauen. »Setz dich wieder auf dein Rad und halt's

Maul, sonst kannst du ja den Jungen hier im Ring vertreten, wenn du dich traust.«
»Jetzt ist Schluss hier«, rief Eddy. »Ihr packt jetzt eure Sachen und verschwindet.«
»Wer?«, fragte Ruslan.
»Du und deine Bande.«
»Ich meinte, wer das wissen will, du Idiot, he? Du hast hier nichts mehr zu melden. Jetzt übernehmen wir den Laden. Am besten, du und dein seniler Kumpel macht euch vom Acker und zwar schnell.«
Als Jan auf Ruslan zugehen wollte, fasste ihn Eddy an der Schulter.
»Nein, Jan, lass das. Es hat keinen Sinn.«
»Was? Willst du etwa gegen mich kämpfen, Opa? Na gut, komm, ich mach euch einen Vorschlag: Wenn ich dich erledige, gehört der Laden uns, gewinnst du, hauen wir ab und lassen euch in Zukunft in Ruhe.«
»Nein, verdammt und jetzt raus hier, sonst rufe ich die Polizei«, brüllte Eddy.
»Hey, hey, jetzt beruhigt euch alle. Also gut, kein Problem, einverstanden«, sagte Jan.
Die drei Tschetschenen schüttelten sich vor Lachen. Sie konnten nicht glauben, dass der alte Mann bereit war, für seinen Freund den Kopf hinzuhalten.
Jan kletterte in den Ring, warf sein Handtuch über den Hocker und wollte sich gerade die Boxhandschuhe anziehen, als Ruslan ihm ein paar fingerlose MMA–Handschützer herüberwarf.
»Schon mal was von Mixed Martial Arts gehört, Opa? Boxen ist was für Weicheier.«
Jan war ein guter Boxer, aber ein noch viel besserer Kickboxer, insofern kam ihm die Forderung seines Kontrahenten entgegen.
»Nach welchen Regeln kämpfen wir?«, fragte Jan.

»Es gibt nur eine Regel und die besagt, dass es keine Regeln gibt. Ich mach dich platt, Opa, das war's schon.«
»Jan, ich warne dich, tu das nicht, der Kerl ist eine Maschine«, flüsterte Eddy ängstlich.
»Sehe ich, Eddy, aber jede Maschine kann man lahmlegen. Oft reicht es, nur ein kleines Schräubchen zu verstellen. Mach dir keine Sorgen, Eddy, das hier dauert nicht lange.«
Eddy war der Verzweiflung nahe. Wie bitte sollte der fast sechzigjährige Hauptkommissar gegen den mehr als zwanzig Jahre jüngeren Käfigkämpfer, der ihm an Kraft und Schnelligkeit haushoch überlegen war, bestehen?
Ruslan lachte verschlagen, als Jan ihm schließlich im Ring gegenüberstand.
»Komm schon, Opa, bringen wir die Sache schnell hinter uns.«
»Wie du willst«, antwortete Jan und dann tat er das, was er in vielen Jahren im Kampf gegen die Taliban gelernt hatte: Nicht abzuwarten, bis der Gegner aktiv wurde, sondern ihn ohne jegliche Vorwarnung mit der härtesten und brutalsten Waffe, die er besaß, niederzustrecken.
Der Tschetschene wollte gerade Kampfstellung einnehmen, als Jan ihn mit getrecktem Bein einen brutalen Kick genau auf die Kniescheibe verpasste. Das Knacken des Knorpels hallte durch die Trainingshalle als hätte jemand auf einen morschen Ast getreten. Ruslan knickte ein wie ein Schilfrohr im Sturm und taumelte durch den Ring. Dann traf ihn der nächste fürchterliche Tritt genau unters Kinn. Augenblick gingen seine Lichter aus. Wie vom Blitz getroffen, krachte der Tschetschene auf die Matte. Nach nicht mal fünfzehn Sekunden war der Kampf beendet.
Adam und Kerim schienen ihren Augen nicht zu trauen. Für einen Moment befanden sie sich in Schockstarre. Was war da gerade passiert? Das konnte doch wohl nicht wahr sein. Als sie sich gesammelt hatten, wollten sie gerade in den Ring

stürmen, als Eddy und die beiden jungen Boxer eingriffen und die Angreifer mit gezielten Schlägen niederstreckten.
»Wir brauchen einen Krankenwagen, Eddy, ich glaub dem Großmaul hier geht's gerade nicht so gut. Ich rufe die Kollegen. Wir werden diesen Kameraden mal richtig auf den Zahn fühlen. Hausfriedensbruch, Nötigung, Gewaltanwendung - uns wird schon was einfallen.«
»Verflucht, Jan, was ich da gerade gesehen habe, kann einem ja Angst machen. Unglaublich!«
»Mit solchem Pack wirst du nur fertig, wenn du sie mit ihren eigenen Waffen schlägst. Der Kerl dachte, dass ich Angst habe und versuchen würde, mich zu verstecken. Er hat den Kampf im Kopf verloren, bevor er überhaupt begonnen hatte. Der Rest war Präzision und Technik. Um das nicht zu verlieren, trainiere ich regelmäßig.«
»Hattest du überhaupt keine Angst vor diesem Typen?«
»Angst nicht, Respekt schon. Ich wusste nicht, wie gut der Kerl ist. Wäre er gut gewesen, hätte er sich ein bisschen Zeit genommen, um seinen Gegner zu studieren. Hätte er das getan, wäre er mir nicht ins offene Messer gelaufen. Dann wäre diese Sache womöglich ganz anders ausgegangen.«
»Na, jedenfalls danke ich dir. Hoffe, die Typen tauchen hier nie wieder auf«, sagte Eddy.
»Dieser Ruslan ist mindestens sechs Wochen außer Gefecht, seine beiden Kumpel werden wir vorübergehend aus dem Verkehr ziehen. Du erstattest Anzeige gegen die Typen und verhängst ein Hausverbot. Sobald sie wieder im Gym auftauchen, holst du die Polizei.«
»Oder ich frage sie, ob der Opa wiederkommen und ihnen noch 'ne Abreibung verpassen soll«, lachte Eddy.
»Ich geb dir gleich »Opa«, pass bloß auf", scherzte Jan.

Nina war kalt. Sie zitterte am ganzen Körper. Sie öffnete ihre Augen, doch sehen konnte sie nichts. Alles um sie herum

war stockfinster. Sie lag auf dem Rücken auf einem steinharten, feuchten Untergrund. Als sie sich bewegen wollte, stellte sie fest, dass ihre ausgestreckten Arme und Beine gefesselt waren. Sie wollte schreien, doch ein dicker, nasser Knebel ließ die Stimme zu einem kurzen, kehligen Krächzen verstummen. Ihr war übel, sie hatte das Gefühl, sich übergeben zu müssen. Ihre Gedärme revoltierten. Sie atmete die abgestandene, modrige Luft ein. Wo war sie? Was war geschehen? Das letzte, an das sie sich erinnern konnte, war, dass sie diese Villa verlassen und draußen im Vorgarten auf die anderen Mädchen gewartet hatte. Der Kerl, mit dem sie auf dem Zimmer gewesen war, hatte ihr noch großzügig zweihundert Euro zugesteckt und ihr dann gesagt, dass sie gehen könnte. War er ihr vielleicht gefolgt und hatte sie überwältigt und entführt? Aber warum sollte er das getan haben? Sie hatte ihm doch alle Wünsche erfüllt. Und das war ihr nicht mal besonders schwer gefallen. Der gutaussehende, ältere Mann hatte sie gut behandelt. Er war liebevoll gewesen, fast zärtlich, nicht die Spur von gewalttätig.
Sie hielt kurz den Atem an und lauschte aufmerksam nach irgendwelchen Geräuschen. Doch das einzige, was sie hören konnte, war das Plätschern einzelner Tropfen, die irgendwo im Raum niederfielen.
Wie spät war es? Wie lange lag sie schon hier? Wer hatte sie hierher gebracht? Was hatte man ihr eingeflößt, das ihr so schlecht war? Fragen über Fragen, aber keine Antworten.
Ihr Gehirn arbeitete fieberhaft, sie stellte sich alle nur möglichen Szenarien vor. Würde sie hier jemals wieder lebend herauskommen? Wer immer sie auch hier gefangen hielt, etwas Gutes führte dieser Mann nicht im Sinne. Je mehr sie nachdachte, umso mehr beschlich sie ein Gefühl von aufsteigender Panik. Sie mahnte sich zur Ruhe. Sie musste versuchen, einen Weg zu finden, sich zu befreien und die Flucht ergreifen zu können.

Wo war eigentlich ihr Handy? Zuletzt hatte sie es gebraucht, um heimlich ein paar Fotos von ihrem Freier in Aktion zu schießen, als der laut stöhnend kurz vorm Höhepunkt war. In diesem Moment könnte man jeden Freier mit Blitzlicht fotografieren, er würde es nicht bemerken. Männer eben, musste Nina beinahe schmunzeln. Doch dazu war ihr im Moment nicht zumute. Sie hatte ihr Handy nach dem Einsatz wieder in ihre Handtasche neben dem Bett fallen lassen.
Aber Moment mal, dachte sie, ich habe es doch draußen nochmal in der Hand gehabt, um nachzusehen, wie spät es war. Und dann...und dann, dann habe ich es in die Gesäßtasche gesteckt, oder? Ein kurzer Moment von Euphorie machte sich breit, sie versuchte sich zu bewegen und scheuerte mit dem Hintern über den harten Untergrund. Befand sich das Handy vielleicht noch in der Hosentasche? Aber sie spürte nichts. Klar, so dumm wird ihr Entführer nicht gewesen sein. Das Handy ist doch das Erste, was die einem wegnehmen.
Nina, die eigentlich Nadeschda hieß und gerade mal neunzehn war, war vor einem Jahr nach Deutschland gekommen. Vitus, den sie aus ihrer Heimatstadt Rostow am Don kannte, hatte ihr genau wie ihren beiden Freundinnen, Ljudmila und Swetlana, einen lukrativen Job in Aussicht gestellt, ohne sie darüber aufzuklären, was genau er damit meinte.
Dass sie für Vitus anschaffen sollten war anfangs ein Schock, mittlerweile waren die Mädchen aber durchaus einverstanden mit dem, was sie taten. Vitus hatte sich einer größeren Agentur angeschlossen, die die Mädchen als Begleitservice anboten. Die Kunden konnten sich entscheiden, ob sie mehr wollten, als sich nur nett zu unterhalten und mussten die Mädchen dementsprechend bezahlen. Die Hälfte der Bonuseinnahmen hatten sie an Vitus abzugeben, Trinkgelder durften sie behalten. Die drei jungen, attraktiven Frauen hatten bereits im ersten Jahr viel Geld gemacht, mehr als sie in

Rostow jemals hätten verdienen können. Und sie mussten nicht wie viele andere Mädchen auf dem Straßenstrich arbeiten, sondern wurden ausschließlich an ausgewählte, solvente Kunden vermittelt. Außerdem hatten sie das Recht, nein zu sagen, wann immer sie wollten.
Bisher war alles gut gegangen. Wurde ein Freier bisweilen zu aufdringlich, genügte ein kurzer Anruf bei Vitus, um die Lage wieder zu beruhigen.
Heute war alles anders. Scheinbar war Nina diesmal an den Falschen geraten. Wahrscheinlich hatte der Kerl sie draußen im Garten überwältigt, betäubt und entführt. Das Ganze musste sehr schnell gegangen sein. Nina konnte sich nicht mehr daran erinnern, was mit ihr geschehen war. Sie wusste nur noch, dass sie Vitus auf dem Handy anrufen wollte.
Aber was in aller Welt hatte der Kerl mit ihr vor? Gestern hatte sie noch von der toten Frau gelesen, die die Polizei aus dem Wasser gefischt hatte. Die Presse vermutete, dass es sich um eine Prostituierte gehandelt habe. Die Mädchen hatten schon befürchtet, dass das Opfer Natascha sein könnte, die seit ein paar Tagen spurlos verschwunden war. Natascha arbeitete nicht für Vitus, sondern war direkt beim Begleitservice beschäftigt. Sie war eine gutaussehende, blonde Russin, die scheinbar nur gelegentlich arbeitete und dabei viel Geld verdiente. Vitus meinte mal, dass Natascha das beste Pferd im Stall sei und nur an besonders solvente Kunden vermittelt wurde. Er kannte von irgendwoher ihren Bruder, der nicht wusste, dass seine Schwester anschaffen ging. Vitus sagte, ihr Bruder sei einer der einflussreichsten Männer in Moskau und würde seine Schwester umbringen, wenn er erfahren würde, was sie hier in Leipzig tat. Ihre eigentliche Aufgabe bestand nämlich darin, vor Ort seine Geschäfte zu führen.
Nina hörte Schritte, so als würde jemand eine Treppe herunterkommen. Dann knarrte eine Türzarge. Für einen kurzen

Moment strömte etwas Licht in den Raum. Doch bevor ihre Augen sich daran gewöhnen konnten, war es bereits wieder stockdunkel. Sie bemerkte, wie der Kerl näher kam. Von einem Moment auf den anderen verspürte sie panische Angst. Was für einem Monster war sie da in die Hände gefallen? Würde er sie jetzt töten? Würde sie mit gerade mal neunzehn Jahren sterben müssen, in diesem nasskalten, gottverlassenen Verlies tausende Kilometer entfernt von ihrer Heimat? Ihre Mutter hatte sie gewarnt. Du musst nicht glauben, dass es woanders besser ist als zu Hause. Nirgendwo auf der Welt bekommst du etwas geschenkt. Man muss sich immer und überall alles hart erarbeiten. Mach deine Ausbildung zur Friseurin und später eröffnest du mal dein eigenes Geschäft. Haare schneiden lassen müssen die Leute immer, das ist eine krisenfeste Angelegenheit, hatte sie gesagt. Aber Nadeschda wollte mehr. Sie wollte die große, weite Welt sehen. Deutschland sollte nur eine Zwischenstation sein. Sie wollte als Nina viel Geld verdienen. So viel, bis es reichen würde, eines Tages nach New York gehen zu können. Sie wollte Singen und sie hatte Talent, ohne Zweifel, dass hatten ihr Freunde und Bekannte immer wieder bestätigt. Doch daraus würde nun nichts mehr werden. Sie fühlte, dass ihr Leben hier und jetzt enden würde. Verdammt nochmal, das konnte doch nicht alles gewesen sein. Und sie wusste, dass diesmal nicht der Superheld in allerletzter Sekunde angeflogen kam, um sie aus den Klauen diese Bestie zu befreien. Das gab es nur im Film. Tut mir Leid, Mama, du hattest recht und ich hab's verbockt.
Sie wollte etwas sagen, doch mehr als ein paar unverständliche Wortfetzen ließ der Knebel in ihrem Mund nicht zu. Der Kerl griff nach ihrem Arm und stieß unsanft eine Nadel in ihre Vene. Wie konnte der Typ im Dunkeln nur so genau treffen, fragte sich Nina, als sie urplötzlich das Bewusstsein verlor.

Irgendwann später wachte sie auf. Sie fühlte sich müde und schwach, so als hätte sie sich körperlich total verausgabt. Sie wollte sich bewegen, etwas sagen, aber ihr Körper versagte ihr den Dienst.
Wie durch einen dunklen Schleier sah sie einen Schatten, der sich über sie beugte. Plötzlich fühlte sie einen Schmerz, wie sie ihn noch nie zuvor erfahren hatte. Sie hatte das Gefühl, als würde eine Hand in ihren Körper herumwühlen und nach ihren Innereien tasten. Was zum Teufel war das? Träumte sie oder halluzinierte sie, was geschah da gerade mit ihr?
Für einen kurzen Moment war der Schatten verschwunden. Nina hoffte inständig, dass er nicht zurückkommen würde. Vielleicht war der Kerl gestört worden oder er hatte sich sein Vorhaben doch nochmal anders überlegt. Sie schöpfte gerade wieder etwas Hoffnung, als im gleichen Moment seine Hand wie aus dem Nichts erneut in ihren Körper glitt. Noch härter, noch tiefer als zuvor. Irgendein harter, scharfer Gegenstand durchstieß ihre Rippen und bohrte sich in ihre Lungenflügel. Sie wollte schreien, doch sie konnte nicht. Dann zerriss ein Schmerz ihre Brust, der wie ein Blitz durch ihren Körper jagte und in ihrem Gehirn einschlug wie eine explodierende Granate. Ein nie gesehenes grelles Licht schoss ihr vom Inneren des Kopfes von hinten in die Augen, flackerte kurz und heftig auf und erlosch abrupt, als hätte jemand den Lichtschalter ausgeknipst.
Nina glaubte noch zu spüren, wie ihr das Herz aus der Brust gerissen wurde. Sie wartete auf diesen einen, letzten, höllischen Schmerz. Doch der kam nicht mehr. Nichts kam mehr. Gar nichts. Irgendjemand hatte den Stecker gezogen. Alle Systeme waren außer Betrieb.
Das markerschütternde Singen der messerscharfen Sägeblätter konnte sie nicht mehr hören.

Hannah, Jan und Rico saßen im Büro des Dezernatsleiters und diskutierten in kleiner Runde die neuesten Ergebnisse, bevor in einer halben Stunde die nächste Dienstbesprechung stattfinden sollte.
»Schon verblüffend mit welchen Methoden Oskar ermittelt. Entweder sind das die neusten Erkenntnisse der modernen Kriminalistik oder der Typ ist einfach nur vollkommen durchgeknallt«, meinte Hannah.
»Weder noch, denke ich. Oskar ist einfach ein bisschen sonderbar. Er ist mit unglaublichem Eifer bei der Sache, schießt dabei aber übers Ziel hinaus. Nichtsdestotrotz hat sein nächtlicher Ausflug Ergebnisse gebracht, die uns definitiv weiterhelfen werden. Ich denke, der hat noch immer nicht registriert, in welche Gefahr er sich gebracht hat. Er hat mir versprochen, in Zukunft etwas vorsichtiger zu sein und nicht mehr auf Solopfaden zu wandeln.« Jan runzelte die Stirn, als wollte er noch nicht so recht an Oskars neue Vorsätze glauben.
»Also, wenn ich das richtig verstanden habe, decken sich die Informationen, die du von Grigori erhalten hast, mit dem, was Oskar herausgefunden hat. Demnach ist die Tote tatsächlich die Schwester von Oleg Ponomarov, dem Anführer der Kosakenfront?«
»Ja, sieht so aus, Rico. Bestätigt ist das natürlich noch nicht.«
»Das würde den Verdacht erhärten, dass entweder Ivan Skutin oder aber Ardian Shala sie getötet haben könnten, oder zumindest für den Mord verantwortlich sind. Beide haben handfeste Motive. Sie wollen verhindern, dass die Kosakenfront in Leipzig Fuß fasst.«
Hannah nickte. »Durchaus möglich. Trotzdem sollten wir weiter in alle Richtungen ermitteln. Vielleicht treibt sich da draußen auch ein Psychopath herum, der einfach zum Vergnügen Prostituierte abschlachtet. Wir sollten auf jeden Fall diesem sogenannten Köpfer von Hartmannsdorf auf den

Zahn fühlen. Hans Bernstein sagt, dass der Typ mindestens drei Frauen ermordet und geköpft hat. Und jetzt ist er wieder auf freiem Fuß. Nicht auszuschließen, dass der seine alte Leidenschaft wiederentdeckt hat, oder?«
»Natürlich, Hannah. Es wäre ein großer Fehler, zu glauben, dass die Lösung des Falls ausschließlich im Bereich der Leipziger Bandenkriminalität zu finden wäre«, stimmte Rico zu.
»Wir werden uns um diesen...«
»Bruno Podelczik«, ergänzte Hannah
»... auf jeden Fall kümmern«, sagte Jan.
»Wo ist eigentlich Oskar?«, fragte Rico
Jan nickte mit dem Kopf Richtung Nebenraum.
»Der bereitet die Dienstbesprechung vor. Hat sich gefreut wie 'n Schneekönig, als ich ihn damit beauftragt habe. Mal sehen, wie er das hinbekommt. Habe da allerdings keine Zweifel, dass wir gleich einen äußerst kompetenten Vortrag zu hören bekommen«, grinste Jan.
Plötzlich wurde ohne anzuklopfen die Bürotür aufgerissen und Polizeioberrat Horst Wawrzyniak erschien auf der Bildfläche.
»Oh, störe ich? Ich dachte...«
»Schon gut, Horst, wir haben kurz nochmal die aktuelle Lage im kleinen Kreise besprochen, bevor wir in die große Runde einsteigen.«
»Ja, gut, gut. Für Oberdieck ist der Fall ja bereits gelöst. Der Skutin-Clan hat ein Exempel statuiert, um der Kosakenfront zu zeigen, wer hier in Leipzig das Sagen hat.«
»Ist nicht unmöglich, Chef. Aber selbst, wenn es so wäre, wir haben bisher keinerlei Beweise«, antwortete Hannah.
»Na ja, da verlass ich mich ganz auf euch. Früher oder später kriegen wir den Mörder. Sag mal, Rico, hättest du vielleicht, du weißt schon...?«

Rico nickte. »Komm rein und schließ die Tür, sonst holst du dir vom Durchzug noch 'ne Erkältung, Horst.«
Rico zog seine Schublade auf und brachte ein angebrochenes Päckchen Zigaretten zum Vorschein. Dann stand er auf, ging hinüber zum Fenster und öffnete es.
»Ach und meinst wirklich, wir könnten hier drinnen ...?«
»Klar, Horst, aber bitte den Rauch aus dem Fenster blasen. Du weißt ja, diese Dinger da unter der Decke«, Rico zeigte auf die Rauchmelder.
»Na ja, wenn du meinst Rico, ist ja dein Büro.«
Waffel, wie der Polizeioberrat hinter vorgehaltener Hand genannt wurde, wandte sich an Hannah und Jan.
»Ihr wisst ja, eigentlich rauche ich ja nicht mehr. Der Arzt hat es mir verboten und meine Frau achtet akribisch auf die Umsetzung dieser Anweisung. Aber ab und zu übermannt mich die Sucht nach Nikotin, vor allem wenn Stress ins Haus steht. Es gibt Menschen, die leben nur noch vorbeugend und sterben dann gesund. Aber auch wer gesund stirbt, ist leider definitiv tot. Also, warum sollte ich leben wie ein Asket? Ach, gibt's hier vielleicht noch irgendwo 'ne anständige Tasse Bohnenkaffee? Gehört doch irgendwie zu einer gepflegten Mittagszigarette dazu, oder?«
Hannah lachte und verschwand für einen Moment, um sogleich mit einer dampfenden Tasse selbstgekochten Kaffees, den sie heute Morgen frisch aufgebrüht hatte, zurückzukehren.
»Ach das ist aber lieb, Hannah«, glänzten Waffels Augen. »Meine Frau kocht ja morgens immer den Kaffee. Zählt die Bohnen ab, damit er nicht so stark wird. Schmeckt wie Abwaschwasser.«
»Deswegen kommst du ja auch immer gern Samstagsmorgens ins Büro. Da kannst du in Ruhe deinen von dir selbstgekochten Kaffee genießen, oder?«

»Stimmt, Rico, aber der schmeckt doch hervorragend, oder nicht?«
»Ja klar, nur, dass der Löffel beim Umrühren darin steckenbleibt«, scherzte Rico.
Waffel zuckte mit den Schultern. »Ein guter Kaffee ist schwarz wie die Nacht und muss manchmal auch ein bisschen gekaut werden«, lachte er.
Die Chemie im Morddezernat der Leipziger Kriminalpolizei stimmte. Verantwortlich dafür war in erster Linie die geschickte und sensible Menschenführung von Polizeioberrat Horst Wawrzyniak, der niemals seinen Humor verlor, wie schwierig eine Situation auch sein mochte.

»**Was** soll das denn, Horst? Jetzt leitet dieses Milchgesicht schon die Dienstbesprechung der Mordkommission? Wer hat das denn angeordnet?«, flüsterte Oberstaatsanwalt Oberdieck, der wenig erbaut darüber schien, dass ein Kriminalassistentenanwärter bereits eine solch wichtige Aufgabe übernahm.
»Wird schon seine Richtigkeit haben, Ralf. Ich vertraue meinen Leuten. Hören wir doch erst mal zu, oder?«
»Meinetwegen, Hauptsache dieser Fall ist bald gelöst«, fügte sich Oberdieck.
»Ich freue mich, mitteilen zu können, dass unsere Ermittlungen die ersten brauchbaren Ergebnisse geliefert haben«, begann Oskar selbstbewusst, von Nervosität oder Unsicherheit keine Spur.
»Hm, wurde auch Zeit«, meckerte Oberdieck von hinten.
Josie Nussbaum, die eine Reihe vor ihm saß, drehte sich um: »Halt einfach mal deine Klappe, Ralf.«
Oberstaatsanwalt Oberdieck zuckte zusammen. »Hast du das gehört, Horst?«
»Wo sie recht hat, hat sie recht, lass Oskar mal machen. Dem Nachwuchs eine Chance zu geben, gehört zu den Kern-

aufgaben der Leipziger Polizei, predigst du doch immer in deinen Pressekonferenzen. Deine Vorgaben werden hier gerade in die Tat umgesetzt, Ralf.«
»Hm, na ja, ist was dran. Aber diese Flegeleien von Frau Dr. Nussbaum...«
»... sind in diesem Fall absolut berechtigt«, nahm Waffel ihm den Wind aus den Segeln.
»Ich habe hier auf der Tafel die bisherigen Ergebnisse dokumentiert und mir erlaubt, auf einige mögliche Konstellationen und Szenarien aufmerksam zu machen«. Oskar klappte die Tafel auf.
Für einen kurzen Moment stoppte das Gemurmel im Raum. Es wurde still, man hätte eine Stecknadel fallen hören können. Oskar hatte es tatsächlich geschafft, sogar gleich mehrere Fotos aller potentiell in diesen Mordfall verstrickten Personen, die er sich in akribischer Kleinarbeit aus dem Internet gefischt hatte, an die Tafel zu kleben und die möglichen Verbindungen untereinander graphisch darzustellen.
»Zunächst das Wichtigste vorweg. Es ist uns gelungen, die tote Frau zu identifizieren. Er zeigte auf vier nebeneinander haftende Fotos. Sie heißt Natascha Ponomarova und ist, äh, war die Schwester des Oberhauptes der Kosakenfront, Oleg Ponomarov.« Er zeigte auf ein Porträt des Mannes.
»Wie das denn jetzt?«, rief Josie Nussbaum erstaunt dazwischen.
»Hauptkommissar Krüger und ich haben ihm Rahmen unserer Ermittlungen gegen Ivan Skutin, Besitzer mehrerer Etablissements in Leipzig, in Erfahrung bringen können, dass dessen Freundin ein Maulwurf der Kosakenfront ist. Dieses wiederum hat Herr Hauptkommissar Krüger von einem Kontaktmann in Moskau erfahren. Daraufhin haben wir die junge Dame um Auskunft gebeten, die sie uns sogleich bereitwillig erteilt hat. Sie wusste, dass die Tote die Schwester ihres Chefs Oleg Ponomarov war. Für diese wichtige Infor-

mation hat sie uns um Stillschweigen gegenüber Skutin gebeten, was ihre Identität anbelangt. Daran halten wir uns selbstverständlich, sofern die junge Frau weiterhin kooperiert.«

»Na also, sagte ich doch bereits. Dieser Skutin hat diesen Mord zu verantworten. Ich schlage vor, den Mann noch heute festzunehmen«, sah sich der Oberstaatsanwalt in seiner Meinung bestätigt.

»Natürlich habe ich sofort Skutins Alibi zur ungefähren Tatzeit überprüft. Er war zu dem in Frage kommenden Zeitpunkt definitiv in Moskau. Auch hier liegt uns die Bestätigung unseres Informanten in Moskau vor, der Skutin in diesem Zeitraum dort gesehen hat.«

»Heißt gar nichts. Der macht sich doch nicht selbst die Hände schmutzig. Wir müssen seine Leute hier in Leipzig überprüfen«, sagte Oberdieck.

»Sind wir dabei, Herr Staatsanwalt.«

Oberdieck wollte sich gerade wieder aufplustern, was auf Grund seiner Leibesfülle wahrscheinlaich gar nicht groß aufgefallen wäre, als Oskar seinen erneuten Fehler erkannte. »Entschuldigen Sie bitte, Oberstaatsanwalt, natürlich.«

»Gut, Oskar, was wissen wir noch?«, schaltete sich Rico Steding ein.

»Na ja, wir haben herausgefunden, was Skutin in Moskau so treibt. Neben dem Drogenhandel und der Prostitution ist er gerade im Begriff sich ein vollkommen neues Geschäftsfeld zu erschließen: Dem Organhandel. Dazu schickt er seine Leute in den Nahen Osten, vornehmlich nach Syrien. Dort kaufen oder entführen sie Kinder und Jugendliche, lassen sie in Moskau professionell ausweiden und verkaufen deren Organe zu horrenden Preisen nach Deutschland, wo wahrscheinlich ein Zwischenhändler den Weiterverkauf nach ganz Westeuropa organisiert.«

»Gibt's dafür Beweise?«, wollte Horst Wawrzyniak wissen.

»Nach den Obduktionsergebnissen von Frau Dr. Nussbaum wurden die Organe von Natascha Ponomarov zumindest halbwegs professionell entfernt, befanden sich also durchaus in einem Zustand, der für eine kurzfristige Transplantation geeignet gewesen wäre. Irgendein durchgeknallter Frauenmörder wäre dazu wohl kaum in der Lage gewesen, es sei denn, er hätte über die dementsprechenden medizinischen Kenntnisse verfügt.«
»Was dann ja auch wohl unseren Köpfer von Hartmannsdorf als Täter ausschließen würde. So viel zu den Hirngespinsten ihres Ex-Kollegen Bernstein, Frau Hauptkommissarin«, bemerkte Oberdieck süffisant.
Hannah ärgerte sich zwar, ließ es sich aber nicht anmerken. Sie ließ die Aussage unkommentiert.
»Mit Verlaub, Herr Oberstaatsanwalt, dieser Bruno Podelczik«, Oskar zeigte auf das Foto des Mannes an der Tafel, »ist als Verdächtiger nicht gänzlich auszuschließen. Er hat seine Opfer enthauptet, deren Körper im Zwenkauer See versenkt und deren Köpfe in einem Versteck im Keller aufbewahrt. Und, was auch nicht unerheblich ist, er war Krankenpfleger und Operationsassistent, bevor er später Lehrer wurde, könnte also zumindest über halbwegs medizinische Kenntnisse verfügen. Wir werden auf jeden Fall sein Alibi für den in Frage kommenden Zeitpunkt überprüfen müssen.«
»Quatsch«, winkte Oberdieck ab.
Jan wechselte das Thema. »Es gibt in diesem Spiel natürlich noch weitere Figuren, die durchaus etwas mit der Sache zu tun haben könnten." Er nickte Oskar zu, dass er weitermachen sollte.
»Ja genau, da haben wir zum Beispiel Ardian Shala, den Chef der Albanermafia in Leipzig. Die Albaner sind zwar hauptsächlich in Sachen Glücksspiel, Kreditgeschäften und Schutzgelderpressung unterwegs, haben aber seit einiger Zeit auch ihre Finger im Drogenhandel und im Bereich der Prostituti-

on. Sie befeuern den Zwist unter den Russen, damit die sich gegenseitig bekämpfen, wer in Leipzig zukünftig die Nummer eins ist. Skutin und Ponomarov sind erbitterte Feinde. Zusätzlich müssen sie sich in Moskau noch der Konkurrenz der sogenannten Diebe Des Gesetzes erwehren, eine der mächtigsten Verbrecherorganisationen, die aber hauptsächlich in Russland und Osteuropa unterwegs ist. Shala will die Russen aus Leipzig verdrängen und den Drogenhandel und die Prostitution selbst in die Hand nehmen. Auch er könnte für den Mord an Natascha Ponomarov in Frage kommen und ihn Skutin in die Schuhe schieben, damit Oleg Ponomarov auf ihn losgeht. Shala würde sich fortan ruhig in seinem Sessel zurücklehnen und genüsslich verfolgen, wie die Russen sich gegenseitig zerfleischen.«
Oskar nickte zufrieden und sah fragend in die Runde.
»Auch das kann alles gut möglich sein. Also müssen wir auch die Albaner als Täter auf dem Schirm haben«, fasste Rico Steding zusammen.
»Haben sie diesen Shala schon überprüft?«, wollte Oberdieck wissen.
Rico nickte. »Die Albaner haben wir ständig im Auge, weil sie im Moment die einzig funktionierende Verbrecherorganisation in Leipzig sind. Aber außerhalb ihrer Kerngeschäfte, sind wir bisher auf keinerlei Hinweise gestoßen, dass sie auch in anderen Bereichen aktiv werden wollen. Shala ist clever, er versteht es, seine Einkünfte geschickt zu verteilen und zu verschleiern. Allerdings steckt hinter allem der Kopf der Albanermafia in Deutschland. Der Mann heißt Krenor Hasani und wohnt in Hamburg.«
Sofort richteten sich alle Blicke auf Jan. Der nickte.
»Ja, ich kenne den Mann. Er ist das unangefochtene Oberhaupt des Albaner-Clans ins Deutschland. Sein Wort ist Gesetz. Hört sich merkwürdig an, wenn man im Zusammenhang mit einem Kriminellen über Ehre spricht. Aber Krenor

ist ein Mann, der sein Wort hält. Er hat schon vor Jahren ein Abkommen mit Oberst Gorlukov geschlossen, dass sich Russen und Albaner nicht ins Gehege kommen werden. Auch mit Pjotr Skutin und Viktor Rasienkov gab es eine Vereinbarung, die beiden Parteien ihren Anspruch auf ihre jeweiligen Kerngeschäfte garantierte. Und soweit mir bekannt ist, haben sich immer beide Seiten an die Absprachen gehalten. Deshalb kann ich mir auch kaum vorstellen, dass Shala hinter dem Mord an Natascha Ponomarov steckt. Das hätte Krenor Hasani niemals zugelassen.«

»Sieh mal einer an, der Herr Hauptkommissar scheint sich ja gut mit der Gemütslage dieser Kriminellen auszukennen«, wurde Oberdieck sarkastisch.

Jan nickte. »So ist es, Herr Oberstaatsanwalt. Kann nie schaden, zu wissen, wie die andere Seite tickt.«

»Andere Seite? Sie reden ja über den Mann, als wäre er ihnen hochsympathisch.«

»Das stimmt sogar in gewisser Weise. Krenor Hasani hat in Hamburg dafür gesorgt, dass die Situation über viele Jahre nicht eskaliert ist. Es gab bisher unter seiner Ägide keinen einzigen Toten in Hamburg. Jedenfalls keinen, den die Albaner auf dem Kerbholz hatten. Hatten wir Ärger mit seinen Leuten, hat er sie zur Ordnung gerufen.«

»Und im Gegenzug haben Sie den Mann schalten und walten lassen wie er wollte. Hatte vor einiger Zeit mal einen Anruf von ihrem ehemaligen Chef, Wiswedel. Der wusste interessante Dinge zu berichten.«

Jan ließ sich nicht auf die erneute Provokation Oberdiecks ein.

»Ich war bei der Mordkommission, weder bei der Sitte noch der Drogenfahndung und auch nicht für illegales Glückspiel oder unlauteren Kredithandel zuständig.«

Oberdieck winkte ab.

»Mittlerweile gibt es übrigens einen weiteren Mitbewerber in Leipzig, vor allem im Bereich Schutzgelderpressung. Der Hauptkommissar und ich sind auf die Spur von drei Tschetschenen gestoßen, die in einem Leipziger Sportstudio randaliert haben. Daraufhin haben wir die Kerle aus dem Verkehr gezogen. Zwei von denen sitzen momentan in Untersuchungshaft«, trug Oskar dick auf.
»Und der Dritte?«, erkundigte sich Oberdieck.
»Äh, der, der...der liegt im Krankenhaus«, stotterte Oskar.
»Aha und was ist dem Mann zugestoßen?«
»Er hat sich der Festnahme widersetzt und ist dabei böse gestürzt. Hat sich leider die Kniescheibe gebrochen«, schaltete sich Jan ein.
»Und was ist der Grund für die Festnahme der Männer?«
»Es liegt eine Anzeige wegen Schutzgelderpressung, Hausfriedensbruch und Gewaltanwendung vor«, antwortete Oskar.
»Tschetschenen, soso. Na dann tummelt sich mittlerweile wohl halb Osteuropa auf Leipzigs Straßen. Wird Zeit, dass wir da mal wieder hart durchgreifen. Das ist ja kaum auszuhalten, dieses ganze Gesocks in unserer schönen Stadt. Legen Sie bitte die Akte sofort auf meinen Schreibtisch, wenn sich handfeste Anklagepunkte gegen diese Typen ergeben«, forderte der Oberstaatsanwalt.
»So, wie geht's nun in dieser Mordsache weiter?«, wollte er wissen.
»Wäre gut, wenn ich ein paar DNA-Proben aus dem Kreis der Verdächtigen haben könnte. Vielleicht finden wir einen der Männer, die mit dem Opfer kurz vor ihrem Tod Verkehr hatten?«, sagte Josie.
»Wir werden uns bemühen, Frau Doktor«, antwortete Oskar pflichtbewusst.
»Eine Frage habe ich noch. Wenn das Mordopfer tatsächlich die Schwester des Chefs dieser ominösen Kosakenfront war,

wieso ist die Frau dann vom Leutnant zum gemeinen Fußsoldaten degradiert worden? Oder haben die unsachgemäß entfernten Tattoos auf ihrem Körper einen anderen Grund?«
»Das wissen wir nicht, Herr Oberstaatsanwalt. Die Tattoos könnten natürlich auch aus vielen anderen Gründen entfernt worden sein. Wir wissen nur, dass sie nicht von einem Fachmann behandelt worden sind. Und wir wissen, dass Natascha Ponomarova auf jeden Fall mal ein hochrangiges Mitglied der Kosakenfront im Dienstgrad eines Leutnants war. Und vielleicht war sie das auch noch bis zu ihrem Tod.«
»Wie auch immer, wir brauchen jetzt handfeste Beweise. Fühlen sie diesem Skutin mal kräftig auf den Zahn. Ich glaube immer noch, dass er den Mord in Auftrag gegeben hat.«
Oberstaatsanwalt Oberdieck erhob sich und ging nach vorn zur Tafel, um sich die Fotos der Verdächtigen und des Opfers, die Oskar aus dem Internet gezogen hatte, aus der Nähe zu betrachten.
Mit einem Mal zuckte Oberdieck zusammen. Er drehte sich um und verschwand grußlos.
Jan schürzte die Lippen und wunderte sich. „Da hat's aber einer plötzlich eilig. Der hat ja gerade so getan, als hätte der 'nen Geist gesehen.«
»Ach, Oskar, gute Arbeit, vielen Dank«, reichte ihm Polizeioberrat Wawrzyniak anerkennend die Hand.
Oskar sah kurz zu Jan hinüber, der ebenfalls wohlwollend nickte.
»Vielen Dank, Herr Polizeirat.«
»Ober...«, korrigierte Waffel.
»Verdammt, das lerne ich wohl nie«, fluchte Oskar.
»Kein Problem, Oskar, es gibt in der Tat Wichtigeres. Wir sehen uns«, lachte Waffel und verließ zufrieden den Raum.

Jan ging in sein Büro, schloss die Tür und griff zum Handy. Er musste unbedingt mit Krenor Hasani sprechen. Der würde

ihm sagen, ob die Albaner vorhatten, in Leipzig jetzt auch in den Drogenhandel und in die Prostitution einzusteigen. Und er würde ihn direkt fragen, ob seine Leute Natascha Ponomarova umgebracht haben. Doch unter der Nummer meldete sich niemand. Wahrscheinlich hatte Krenor in den vergangenen Jahren mehrfach seine Handynummer gewechselt.
Dann musste er eben einen anderen Weg wählen. Er rief seinen alten Freund Patrick Hagen an. Patrick war Geschäftsführer des Radisson in Hamburg und seit vielen Jahren ein guter Freund, auf den sich Jan immer verlassen konnte.
»Ach, der verschollene Sohn meldet sich auch mal wieder? Na, das ist ja eine Überraschung.«
»Hi, Patrick, hast ja recht, Asche auf mein Haupt. Wie geht's dir?«
»Danke der Nachfrage. Mir geht's gut, das Geschäft läuft. Was will man mehr?«
»Freut mich zu hören. Wir müssen uns mal wieder treffen. Kann sein, dass ich in den nächsten Tagen ohnehin nach Hamburg muss. Kannst mir schon mal mein altes Zimmer reservieren.«
»Ich geb dir lieber ein anderes, dein altes hat die Spurensicherung total versaut. Hab deinem speziellen Freund Wiswedel damals die Reinigungskosten in Rechnung gestellt.«
Jan musste lachen. »Na, da wird der aber sehr erfreut gewesen sein.«
»Und ob, er hat mich angerufen und mich angeschrien, dass ich dir die Rechnung schicken sollte, du wärst schließlich für diese Sauerei verantwortlich gewesen.«
»Die Sache wurmt ihn immer noch gewaltig. Am liebsten hätte der Typ mich damals für immer hinter Schloss und Riegel gebracht. Müsste jetzt eigentlich mal langsam in Pension gehen, dieser alte, verbissene Sack.«
»Nee, der ist immer noch im Amt. Der sah schon immer viel älter aus, als er ist. Wiswedel richtet auch dieses Jahr wieder

die Meisterschaften aus. Du bist Titelverteidiger. Eigentlich hättest du eine Einladung erhalten haben müssen.«

»Um Gottes willen, Patrick, verschon mich bloß damit. Bin beim letzten Mal zum Glück mit dem Schrecken davongekommen. Hat sich *Godzilla* eigentlich wieder von seinem Genickbruch erholt?«

»Hat er, lag allerdings über sechs Wochen im Streckverband, der arme Kerl. Du hast dem damals ganz schön einen verpasst. Der dachte wahrscheinlich, er sei vom Ochsen getreten worden.«

»Purer Glückstreffer. Nichts als ein Lucky Punch. Na ja, soll sich diesmal ein anderer von diesem Ungetüm vermöbeln lassen. Ich bin raus.«

»Dazu wird's nicht kommen, Jan. Hauptwachtmeister Godzinsky wird nicht antreten.«

»Nein? Wieso das denn nicht?«

»Tja, hat Pech gehabt, der Junge. Ist vor ein paar Wochen im Dienst angeschossen worden. Die mussten ihm zwei Kugeln aus der Hüfte entfernen. Ist mehrfach operiert worden. Das wird dauern, bis er wieder fit ist.«

»Oh, verdammt, das tut mir leid. Ist ein feiner Kerl, hatte immer ein gutes Verhältnis zu ihm.«

»Na ja, jedenfalls ist jetzt die Bahn frei. Im Schwergewicht gibt es nur sechs Teilnehmer, alles Fallobst, wenn du mich fragst. In der Ü-40-Klasse ist nichts mehr los. Brauchst dir deinen Titel eigentlich nur abzuholen. Würde sich Wiswedel sicher sehr drüber freuen.«

»Nee nee, lass mal. Stand 'ne ewige Zeit nicht mehr im Ring.«

»Überleg's dir, Jan. Anschließend veranstalten wir eine zünftige Meisterschaftsfeier bei mir im Hotel.«

»Okay Patrick, aber ich denke, meine Zeit ist vorbei. Sag mal, hast du eigentlich noch Kontakt zu Krenor Hasani?«

»Du meinst den Boss der Albanermafia?«

»Genau den.«
»Hm, Kontakt ist übertrieben. Er kommt eigentlich regelmäßig ins Radisson. Mietet Konferenzräume an, bringt seine Gäste unter oder besucht das Restaurant.«
»Ich muss mit ihm reden. Hast du seine Handynummer?«
»Ja, aber er hat mir ausdrücklich verboten, sie weiterzugeben. Schon gar nicht an die Bullen.«
»Hm, schon klar, da verstehen diese Typen keinen Spaß.«
»Das kann man wohl sagen. Mit denen legt sich niemand freiwillig an.«
»Gib sie mir, ich regel das.«
»Jan, ich...«
»... die Nummer, Patrick. Ich würde dich nicht drum bitten, wenn's nicht wichtig wäre.«
»Der bringt mich um«, stöhnte Patrick.
Fünf Sekunden später hatte Jan eine SMS mit der Handynummer.
»Danke, er wird nicht erfahren, woher ich seine Nummer habe.«
»Hoffentlich, sonst bin ich geliefert. Also sehen wir uns im April bei den Meisterschaften?«
Jan lachte. »Ja, vielleicht, aber nur als Zuschauer.«
Eine Minute später hatte er Krenor Hasani in der Leitung.
»Jan? Das ist aber eine Freude. Ich hoffe, du bist wohlauf, mein Freund?«
„Ja, danke, Krenor."
»Schön, dass du mal anrufst, wir vermissen dich hier in Hamburg. Seitdem du weg bist, gibt es hier nicht mehr einen einzigen coolen Bullen. Sind alle nur noch unfreundlich und verbissen. Ein offenes Wort, wie das bei uns immer der Fall war, ist überhaupt nicht mehr möglich. Wo treibst du dich jetzt eigentlich rum?«
»Immer noch in Leipzig, Krenor. Und deshalb rufe ich dich auch an.«

»Hast du etwa Ärger mit Ardian?«
»Keine Ahnung, sag du's mir.«
»Hm, ganz ehrlich, ich weiß nicht worauf du hinauswillst.«
»Kann's sein, dass Shala hier in Leipzig sein eigenes Ding machen will?«
»Nein, denn das würde ihm nicht gut bekommen. Er macht nur das, was ich ihm sage.«
»Und du hast ihm nicht gesagt, dass er Zwist zwischen den Russen verursachen soll, damit die sich hier gegenseitig zerfleischen?«
»Wir haben mit den Russen in Leipzig eine glasklare Vereinbarung. Und die steht nach wie vor. Allerdings ist uns nicht entgangen, dass es unter denen Streit gibt, wer denn zukünftig das Sagen hat. Skutin und Ponomarov befinden sich im Clinch, aber wir halten uns da raus. Du weißt, dass wir an deren Geschäftsfeldern nicht interessiert sind?«
»Und weiß das Shala auch?«
»Ganz sicher, Jan.«
»Also gibst du mir dein Wort, dass ihr nichts mit der Ermordung von Natscha Ponomarova zu tun habt?«
»Ardian hat mir erzählt, dass die kopflose Leiche einer Frau aus dem Wasser gezogen wurde. War das etwa Natascha Ponomarova?"
»Und du willst mich jetzt nicht verarschen, Krenor, oder?«
»Also gut, Jan. Ich knöpfe mir Ardian mal vor. Wird ohnehin mal wieder Zeit. Aber ich kann dir versichern, dass wir mit diesem Mord nichts zu tun haben. Sollte ich etwas anderes in Erfahrung bringen, werde ich es dir der alten Zeiten willen sagen.«
»Ich wäre dir sehr verbunden, Krenor.«
»Ach, Jan, du bist doch im April wieder dabei, oder? Mann, wie du diesen *Godzilla* aus dem Ring gehauen hast, das war Weltklasse. Was war das für ein Hammer! Ich werd 'ne gro-

ße Summe auf dich setzen, Jan. Abschließend feiern wir eine Party, wie sie Hamburg noch nicht gesehen hat.«
»Mal sehen, Krenor. Sind ja noch ein paar Wochen Zeit. Ich danke dir für deine Offenheit. Bitte ruf mich zurück, wenn du erfährst, dass Ardian Shala doch was mit der Sache zu tun hat.«
»Ehrensache, Jan. War schön, mal wieder von dir gehört zu haben.«
Jan hatte gerade aufgelegt, als das Festnetz klingelte. Am anderen Ende der Leitung war Horst Wawrzyniak.
»Jan, kommen Sie bitte mal zu mir nach oben. Allein. Es ist dringend.«

Nachdem er Hannah kurz darüber informiert hatte, dass Waffel ihn sprechen wollte, machte er sich auf den Weg in den Zweiten Stock des Polizeipräsidiums.
»Kommen Sie rein, Jan. Danke, dass Sie so schnell gekommen sind, setzen Sie sich bitte«, sagte der Polizeioberrat mit todernstem Gesicht.
Jan zog die Augenbrauen hoch, nahm sich einen Stuhl und setzte sich vor den Schreibtisch seines Chefs, der sofort zum Thema kam.
»Verdammt unangenehme Geschichte, dazu hochbrisant. Gerade war der Oberstaatsanwalt bei mir. War vollkommen mit den Nerven fertig.«
Jan zuckte mit den Schultern, sagte nichts.
»Oberdieck kennt die Tote.«
»Wie bitte? Hatte er schon mal dienstlich mit ihr zu tun?«
Waffel schüttelte den Kopf.
»Nein, aber er hat sie gesehen, wahrscheinlich kurz vor ihrem Tod.«
»Und wo?«
Der Polizeioberrat wandte sich wie ein Aal. Offensichtlich war die Sache in der Tat sehr heikel.

»Alles, was hier besprechen, muss unter uns bleiben. Ich muss Sie bitten, Jan, auch hier im Präsidium Niemanden etwas zu erzählen. Und wenn ich sage »Niemanden«, dann meine ich das auch so.«
Jan nickte mit zusammengekniffenen Lippen.
»Also gut. Oberdieck ist Mitglied bei den Freimaurern. Er ist sogenannter »Erster Aufseher der Vökerschlachtloge« in Leutzsch. Bis heute wusste ich nichts davon. Die Mitgliedschaft ist streng geheim, ebenso wie das, was bei den Treffen der Freimaurer geschieht. Der Ehrenkodex verbietet es den Mitgliedern der Loge über die Inhalte ihrer turnusmäßigen Treffen zu sprechen, egal, was auch immer dort vorgefallen ist. Und genau das macht diese Angelegenheit dermaßen brisant.«
»Oberdieck bei den Freimaurern? Hätten Sie's mir nicht erzählt, hätt ich's mir fast gedacht. Der passt doch zu diesen Geheimniskrämern und Verschwörungstheoretikern, wie...«
Waffel winkte ab. »Spielt jetzt keine Rolle. Also weiter. Er hat mir erzählt, dass Natascha Ponomarova bei einem ihrer Treffen vor etwa zwei Wochen anwesend war.«
»Wie bitte?«, konnte Jan nicht glauben, was er da gerade gehört hatte.
»Oberdieck druckste erst herum, wollte keine Einzelheiten nennen, bis ich ihm angedroht habe, das nächste Treffen der Loge mit einem Durchsuchungsbefehl in der Hand und einem Einsatzkommando im Schlepptau aufzusuchen, wenn er nicht reden würde.«
»Oh, das hat ihn dann wohl überzeugt, denke ich.«
»Hat es. Er hat mir berichtet, dass einige der Mitglieder seit einiger Zeit dazu übergegangen sind, die sogenannte »Dritte Halbzeit« zu veranstalten. Kurz gesagt haben die sich Frauen eines Leipziger Escortservice bestellt und im Anschluss an ihren Sitzungen richtig Party gemacht. Oberdieck hätte mehrfach protestiert, aber das wurde schlichtweg ignoriert.

Er selbst wäre nicht dabei gewesen, sondern hätte die Veranstaltungen zuletzt immer frühzeitig verlassen. Und jetzt wird's erst richtig interessant. Bei dem besagten Treffen vor zwei Wochen war er noch anwesend, als dort drei Frauen eintrafen. Er hat auch noch mitbekommen, welche Pärchen sich gebildet haben. Er konnte mir also definitiv sagen, mit wem Natascha Ponomarova in einem Zimmer der ersten Etage verschwunden war.«
Jan sah seinen Vorgesetzten gespannt an. »Und, kennen wir den?«
»Allerdings. Der Mann heißt Gunnar Gnädig.«
»Hm, sagt mir nichts«, meinte Jan.
»Besser bekannt als Richter Gnadenlos.«
»Was?«, entfuhr es Jan. »Das ist in der Tat heikel.«
»Das ist längst nicht alles. Es kommt leider noch schlimmer.«
»Wie das?«
»Vorgestern fand ein erneutes Treffen statt. Wieder waren Frauen eingeladen. Oberdieck hat das diesmal nicht selbst gesehen. Aber da er wissen wollte, was dort los war, hat er einen seiner Vertrauten gefragt, der bis zum Schluss dabei war. Einen gewissen Frederik Graf von Hohenhorst, der ihm gestand, diesmal selbst Teilnehmer dieser Orgie gewesen zu sein. Der hätte ihm gesagt, dass die beiden Mädchen, er schätzte ihr Alter auf unter zwanzig, vergeblich nach ihrer Begleiterin gesucht hätten, nachdem ihr Job erledigt war. Eben das Mädchen, das zuvor mit Richter Gnadenlos zusammen war.«
»Und wurde sie noch gefunden?«
»Das wusste dieser Frederik nicht. Aber heute Morgen wurde eine Vermisstenanzeige von einem Leipziger Begleitservice gestellt. Es betrifft eine erst neunzehnjährige Nina, die eigentlich Nadeschda Rukova heißt, und aus Rostow am Don stammt.«

»Und Sie glauben, dass das das Mädchen ist, welches bei diesem Freimaurertreffen war?«
»Oberdiecks Vertrauter konnte sich daran erinnern, dass das Mädchen, mit dem der Richter zusammen war, Nina hieß.«
»Ach du Scheiße«, platzte es aus Jan heraus.
Das Telefon auf Waffels Schreibtisch klingelte. Der ignorierte das. Als es wiederum schellte, riss er wütend den Hörer von der Gabel und brüllte »Jetzt nicht«.
»Jetzt ist guter Rat teuer«, fuhr er fort. »Wir werden uns den Richter vorknöpfen müssen. Der wird alles abstreiten.«
»Und dann wird Oberdieck gegen seinen Freund, Kollegen und Logenbruder aussagen müssen«, ergänzte Jan.
Waffel nickte. »Und die Leipziger Justiz hat einen handfesten Skandal.«
»Und wir vielleicht unseren Mörder«, sagte Jan.
»Nein, glaub ich nicht. Aber der Richter kann uns sicher etwas über den Verbleib der Mädchen mitteilen. Natürlich wird an die Öffentlichkeit gelangen, dass sich Richter Gunnar Gnädig mit blutjungen Prostituierten vergnügt. Das ist an sich nicht strafbar, diese Damen waren ja volljährig, aber die Boulevardpresse wird die Nummer natürlich ellenlang breittreten. Richter Gnadenlos müsste wohl oder übel seinen Hut nehmen.«
»Und Oberdieck würde achtkantig aus der Loge fliegen, weil er in der Öffentlichkeit über streng geheime Vorfälle geredet hat.«
»Was wohl das geringste Übel wäre«, meinte Waffel.
Jetzt summte Jans Handy. Hannah war dran.
Waffel nickte zum Zeichen, dass er das Gespräch annehmen sollte.
»Scheiße Jan. wir haben die nächste Leiche.«
»Was, wo?«
»Am Ufer des Zwenkauer Sees?«
»Ist das nicht in der Nähe von Hartmannsdorf?«

»Ja, genau da.«
»Komme sofort runter.«
»Was ist los?«, wollte der Polizeioberrat wissen.
»Schätze, wir haben diese Nina gefunden.«
»Um Gottes willen«, seufzte Horst Wawrzyniak.

Hannah und Jan saßen bereits im Wagen auf der A9 Richtung Rippbachtal, als Rico Steding anrief und ihnen mitteilte, dass er gerade von Josie Nussbaum erfahren hätte, dass der Fundort der Leiche nicht der Zwenkauer See wäre, sondern der nördlich davon liegende Cospuderer See sei.
Sie sollten die A 38 bei Leipzig Südwest verlassen und Richtung Hartmannsdorf fahren. Dort sollten sie der Beschilderung zum Leipziger Seesportclub folgen.
Hannah zuckte mit den Achseln.
»Hm, na dann eben Cospuderer See. Ist ja fast dasselbe.«
»Und damit wäre unser Freund Bruno Podelczik wieder in der Verlosung. Der Kerl wohnt *Am Elstergraben 14,* nicht mal einen Kilometer vom See entfernt.«
»Tja, ich hab ja gleich gesagt, dass Berne nicht fantasiert. Möchte jetzt gern mal das Gesicht von Oberdieck sehen. Von wegen, das waren die Russen.«
»Langsam, Hannah. Könnte auch sein, dass der Täter die Geschichte vom Köpfer von Hartmannsdorf in den Medien verfolgt hat und uns jetzt auf die falsche Fährte locken will. Ohne Podelczik zu kennen, aber so dämlich wird er nicht sein, die Leiche nur ein paar hundert Meter von seinem Haus entfernt in den See zu werfen. Außerdem wissen wir bis jetzt ja nicht mal, ob die Tote diese vermisst gemeldete Nina ist und in welchem Zustand sich die Leiche befindet.«
»Doch, der Radfahrer, der sie gefunden hat, hat den Plastiksack, in dem die Tote lag, geöffnet und dann den Schock seines Lebens erlitten, weil er direkt in ihren offenen Hals gestarrt hat.«

»Gibt's sonst noch unwichtige Details, die du mir mal so eben nebenbei erzählen könntest, mein Schatz?«
»Hab ich dir vorhin am Telefon schon gesagt, dass der Frau der Kopf fehlt, aber offensichtlich hast du dich ja mehr mit Waffel beschäftigt, als mit mir.«
»Blödsinn, hast du mir nicht gesagt.«
»Doch, hab ich.«
»Nein, verdammt.«
Hannah verdrehte die Augen.
»Na, dann hab ich's dir eben jetzt erzählt. Was ändert das schon?«
Jan sah stur geradeaus und schwieg.
»Was denn, bist du jetzt etwa beleidigt?«
»Beleidigt? Nee, ich ärgere mich über deine nicht vorhandene Professionalität. So kann man nicht arbeiten. Das ist einfach Käse, Hannah.«
»Oh, der große Meister hat gesprochen. Hatte schon fast vergessen, dass du unfehlbar bist, entschuldige bitte.«
»Das hat doch damit überhaupt nichts zu tun. Wir ermitteln hier in zwei Mordfällen und suchen nicht nach 'nem geklauten Damenfahrrad, verdammt.«
»Sag mal, was ist dir denn für 'ne Laus über die Leber gelaufen? Geht's noch?«
»Bei *mir* ist alles okay, Hannah.«
»Ach und bei mir nicht, oder was?«
Jan antwortete nicht.
»Ist auch besser, wenn du nichts mehr sagst.«
»Musst immer das letzte Wort haben, oder?«
»Weißt du was, Jan, du kannst mich mal.«
Hannah drehte sich demonstrativ zur Seite und sah aus dem Fenster.
Schließlich durchbrach ein Anruf das eisige Schweigen.
»Oskar hier. Wo seid ihr?«
»Kurz vor der Abfahrt Südwest.«

»Gut, dann seid ihr ja gleich hier.«
»Wie hier? Bist du etwa schon am Tatort?«
»Fundort, Jan. Der Fundort ist nicht unbedingt gleich Tatort. Du weißt, dass...«
»Ist die Spusi schon da?«
»Sicher, bin sofort nach Eingang der Meldung losgefahren und hab Josie und ihre Leute abgeholt. Lag ja quasi auf dem Weg.«
»Moment, ihr seid um diese Zeit durch die Stadt gefahren, und seid schon da?«
»Na ja, der Verkehr war nicht so dicht.«
»Hör mal, Oskar, ich kenne die Strecke, das dauert mindestens eine Stunde bis raus nach Hartmannsdorf. Aber auch nur dann, wenn du 'ne grüne Welle erwischt.«
»Normal ja, aber nicht wenn man das Blaulicht einschaltet.«
Hannah prustete los vor Lachen.
»Hey, Oskar, hat dir denn keiner gesagt, dass die Frau bereits tot ist?«
»Wieso, wozu haben wir denn das Ding?«, fragte Oskar.
„Für den Notfall, wenn Gefahr im Verzug ist, oder Leben gerettet werden muss. Du solltest anstatt deiner Horrorgeschichten lieber mal die Dienstvorschrift der Polizei lesen, Oskar. Blaulicht, ich fass es nicht«, belehrte ihn Jan.
»Aber wenn du schon dran bist, Oskar, in welchen Zustand habt ihr die Leiche vorgefunden?«, fragte Hannah.
»Haargenau das gleiche Schema wie bei Natascha Ponomarova.«
»Okay, danke, Oskar, wir sind gleich da.«
Hannah und Jan folgten in Hartmannsdorf der Beschilderung, parkten ihren Wagen auf dem Gelände des Seesportclubs und gingen die letzten hundertfünfzig Meter zu Fuß zum Seeufer.

Während zwei Beamte sich mit dem Radfahrer unterhielten, der die Tote gefunden hatte, waren Josie und ihre beiden Assistenten damit beschäftigt, mögliche Spuren zu sichern.
Als Hannah und Jan näher kamen, stellte sich Oskar ihnen in den Weg.
»Wartet bitte, Frau Dr. Nussbaum ist noch nicht fertig. Aber sie konnte schon mit an Sicherheit grenzender Wahrscheinlichkeit sagen, dass hier derselbe Täter am Werk war wie bei Natascha Ponomarova.«
Jan schob Oskar beiseite und ging weiter.
»Äh, Herr Hauptkommissar, Sie dürfen nicht...«
»So mein Freund, genug jetzt. Du gehst darüber zu den beiden Beamten und nimmst die Aussage des Zeugen auf. Und dann sorgst du dafür, dass die Schaulustigen weitergehen.«
»Da ist doch überhaupt keiner«, protestierte Oskar.
»Nur für den Fall, dass noch welche kommen. Also los, Befehl ausführen, Herr Krimimalassistentenanwärter!«
Als Josie die beiden näherkommen sah, kam sie ihnen ein paar Schritte entgegen.
»Kein Zweifel, es war derselbe Täter mit der absolut gleichen Methode. Allerdings ist das Opfer höchstens seit achtundvierzig Stunden tot. Und die Leiche hat in einem blauen Plastiksack, wie man ihn in jedem Baumarkt findet, gelegen, allerdings nicht im Wasser, sondern am Ufer. Der Kopf wurde abgetrennt und fehlt. Herz, Lunge, Leber und Nieren sind semiprofessionell entfernt worden. Die provisorischen Nähte entsprechen dem Muster seines ersten Opfers, das Nähgarn scheint das Gleiche zu sein. Und die junge Frau, ich schätze sie jünger als zwanzig, trägt ebenfalls eine kleine rote Rose an der Innenseite ihres rechten Oberarms. Weitere Tätowierungen waren auf dem ersten Blick nicht erkennbar.«
»Wurde sie vergewaltigt?«, fragte Hannah.
»Kann ich euch sagen, wenn sie bei mir auf dem Tisch liegt.«
»Fingerabdrücke?«, wollte Jan wissen.

Josie schüttelte den Kopf.
»Nee, die Haut an den Fingerkuppen wurde mit scharfen Chemikalien weggeätzt.«
»Na ja, jedenfalls haben wir diesmal wohl keine Probleme mit der Identifizierung. Aller Wahrscheinlichkeit nach handelt es sich hier um die vermisste Nina.«
»Gut möglich, Jan«, bestätigte Josie
»Und sie war ebenfalls ein Mitglied der Kosakenfront, wenn das mit der roten Rose kein Zufall ist«, stellte Hannah fest.
»Wir rufen im Präsidium an und veranlassen, dass diejenigen, die die Vermisstenanzeige gestellt haben, ins Gerichtsmedizinische Institut gebracht werden.«
»Ja, aber nicht vor achtzehn Uhr. Vorher bin ich nicht fertig«, bat Josie.
»Geht klar, Frau Doktor«, sagte Hannah.
Jan nickte Hannah zu.
»Na, dann wollen wir mal Herrn Podelzcik unsere Aufwartung machen.«
»Wie Sie befehlen, Herr Hauptkommissar«, war Hannah immer noch leicht angefressen.
»Na dann mal hurtig, Mädel, wir haben nicht ewig Zeit.«
»Jawohl, Massa. Du Chef, ich Nichts!«
»Na endlich hast du's kapiert.«
Hannah versuchte Jan zu treten, doch er konnte ausweichen.
»Na, warte, du kannst heute auf dem Sofa schlafen, Freundchen.«
Oskar, der das Treiben verfolgte, schüttelte verständnislos den Kopf.
»Komm mit, Oskar, jetzt kannst du was lernen«, rief ihm Hannah zu.
Die Einladung ließ sich Oskar nicht zweimal aussprechen.
»Wohin gehen wir?«, wollte er wissen.
»Einen Mörder überführen und festnehmen«, klärte ihn Hannah auf.

Bis zur Straße *Am Elsterflutbecken* waren es nicht mal zehn Minuten Fußweg. Jan hatte vorgeschlagen, den Wagen auf dem Parkplatz am Seesportclub stehen zu lassen, damit Podelczik nicht schon durch ein vorfahrendes Auto gewarnt wurde.
Sie überquerten auf einer kleinen Brücke die Weiße Elster und nahmen Kurs auf eine kleine Siedlung mit älteren Einfamilienhäusern. Am ersten Straßenschild stand Am *Elsterbogen.*
»Weder *Elstergraben* noch *Elsterflutbecken*, sondern *Elsterbogen.* Jetzt können wir nur hoffen, dass wenigstens die Hausnummer stimmt«, meckerte Jan.
Bereits das erste Haus auf einem dicht bewachsenen Eckgrundstück, das von einem niedrigen braunen Holzzaun umgeben war, bei dem schon etliche Latten herausgebrochen waren, war die Nummer vierzehn. Jan schätzte, dass dieses Haus irgendwann in den Siebzigern gebaut worden war. Die Außenfassade war mit grauen Riemchen verkleidet, Klinkersteine waren zu dieser Zeit in der DDR eine echte Seltenheit. Das Dach war mit wohl ehemals grauen Betonziegeln gedeckt, das jetzt komplett von einer dicken Schicht von Moss und Flechten überzogen war. An den Holzfenstern war kaum noch Farbe und die Rahmen waren von dicken Rissen durchzogen. Im Vorgarten wucherte das Unkraut, die Waschbetonplatten der Einfahrt waren gebrochen und aus den Spalten wuchsen Disteln. Vor der Garage stand ein roter Kleinwagen, der sich bei näherer Betrachtung als ein älteres Modell eines Opel Corsa entpuppte.
»Also, wenn ich's nicht besser wüsste, würde ich sagen, hier wohnt nicht Bruno Podelczik, sondern Norman Bates«, schüttelte Oskar den Kopf.
»Wer?«, fragte Hannah.
»Norman Bates, der irre Typ, der bei Psycho mit seiner toten Mutter in einem Haus lebt.«

»Ist ein bekannter Psychothriller von Alfred Hitchcock aus den frühen Sechzigern«, erklärte Jan.
»Da hatten wir noch keinen Fernseher«, witzelte Hannah
»Den gab's ja auch nur im Kino. Ist 'n echter Klassiker. Besonders die Szene mit dem durchsichtigen Duschvorhang, vor dem sich der Kerl mit einem riesigen Messer nähert und...«
»Oskar, heb dir deine Horrormärchen für später auf, vielleicht stehen wir ja gleich einem waschechten Serienmörder gegenüber«, bremste ihn Jan.
»Wartet mal. Wenn der Kerl jetzt drei Leute vor seiner Haustür stehen sieht, wird er vermutlich nicht öffnen. Ich schlage vor, ich gehe zunächst allein und ihr kommt nach, sobald er aufgemacht hat«, schlug Hannah vor.
»Hast du deine Pistole dabei?«, fragte Jan.
»Liegt im Wagen im Handschuhfach. Dich brauch ich wohl gar nicht erst zu fragen, oder?«
»Im Schreibtisch, wie immer«, sagte Jan.
»Dann nehmen wir meine«, Oskar öffnete seine wattierte Winterjacke, hinter der in einem Brusthalfter seine Pistole steckte.
»Seit wann tragen denn Azubis 'ne Waffe?«, wunderte sich Jan.
»Ist zu meinem persönlichen Schutz. Ist 'ne Gaspistole. Sieht allerdings verblüffend echt aus, oder?«
Jan verdrehte die Augen. »Mensch, Oskar, du hast nur dummes Zeug im Kopf. Los, gib das Ding Hannah, falls der Kerl sie bedroht oder angreift, bevor wir eingreifen können.«
»Quatsch, ich kann mir auch anderweitig behelfen. Also los, bleibt hier hinter den Bäumen außer Sichtweite«, lehnte Hannah dankend ab.
Hannah schellte an der Haustür. Es dauerte eine gefühlte Ewigkeit, bis sie Schritte hörte. Dann öffnete sich ein kleiner Türspalt und eine alte Frau lugte vorsichtig hindurch.

»Was wollen Sie?«, fragte die Alte.
Hannah musste improvisieren. »Ja, Guten Tag, bin ich hier richtig bei Podelczik?«
»Sind Sie von der Zeitung? Mein Sohn ist nicht zu Hause. Weiß auch nicht, wann er zurückkommt.«
»Wer ist da, Mutter?«, rief eine männliche Stimme aus dem Hintergrund.
»Eine Frau von der Zeitung, Bruno«, rief die Alte.
Hannah hörte eine Tür knallen, dann vernahm sie das typische Geräusch von schlürfenden Pantoffeln.
»Bitte gehen Sie. Ich habe nichts zu sagen«, rief Bruno Podelczik durch die halboffene Tür.
»Ich bin nicht von der Presse«, sagte Hannah.
Die Tür öffnete sich und ein älterer Mann im Bademantel, einer abgewetzten Jogginghose und ausgetretenen Filzpantoffeln stand vor ihr.
»Wer sind Sie dann?«, fragte er.
»Hannah Dammüller, Kripo Leipzig. Wir müssen mit Ihnen reden, Herr Podelczik.«
Der Mann wich erschrocken zurück und wollte gerade die Tür zuschlagen, als Jan einen Fuß in die Öffnung stellte.
»Machen Sie keinen Ärger, Podelczik. Wir haben nur ein paar Fragen.«
»Das haben die Typen von der Stasi vor dreißig Jahren auch gesagt«, schimpfte Podelczik.
Hannah und Jan betraten den Flur, Oskar blieb vor der Tür stehen.
»Können wir hier vernünftig miteinander reden, oder müssen wir Sie mit aufs Präsidium nehmen?«, fragte Jan.
»Zeigen sie mir zuerst mal ihre Ausweise«, verlangte Podelczik.
Hannah und Jan wiesen sich aus.
»Also, was ist jetzt?«, wurde Jan lauter.

»Mutter, geh auf dein Zimmer, es ist alles gut«, sagte Bruno. »Kommen sie, wir setzen uns in die Küche.«
Die Küche war groß, sauber und aufgeräumt. In der Mitte stand ein viereckiger Holztisch mit sechs Korbstühlen.
»Nehmen sie bitte Platz, möchten sie 'nen Kaffee? Meine Mutter hat gerade frischen aufgesetzt«, fragte Bruno ausgesprochen höflich.
»Gern«, nahm Hannah die Einladung an. Jan nickte kurz.
»Kann mir schon denken, warum sie hier sind. Hab's ja in der Zeitung gelesen.«
»Was haben Sie gelesen?«, wollte Jan wissen.
»Na, das mit der Toten in der Weißen Elster.«
»Und warum, glauben Sie, kommen wir deshalb zu Ihnen?", bohrte Jan nach.
»Na ja, so viele verurteilte Frauenmörder gibt's ja wohl in Leipzig nicht«, antwortete Bruno und schenkte Kaffee ein.
»Wo waren Sie in den letzen zwei Tagen?«, fragte Hannah.
Bruno, der gerade die Kanne zurück auf die Anrichte gestellt hatte, drehte sich verwundert um. »Wie bitte, warum wollen sie das denn wissen? Dieser Mord ist doch sicher schon mehr als zwei Wochen her.«
Hannah sah Jan an. Offensichtlich dachten sie dasselbe. Entweder war das bereits Taktik oder der Kerl hatte tatsächlich nichts mit dem Tod der jungen Frau am Cospuderer See direkt vor seiner Haustür zu tun.
»Herr Poldeczik, bitte beantworten Sie die Frage«, forderte Hannah.
»Da muss ich nicht lange nachdenken. Ich war hier. Ich bin immer hier, seit ich vor einem Jahr entlassen wurde. Die Welt da draußen ist für mich gestorben. Fahre gelegentlich einkaufen oder bringe meine Mutter zum Arzt. Das war's.«
»Und ihre Mutter kann das sicher bezeugen«, fragte Hannah.
»Wohl kaum.«

Hannah sah Podelczik fragend an und runzelte die Stirn.
»Sie ist hochgradig dement. Die weiß nicht mal mehr, wer da gerade an der Tür war.«
»Oh, das tut mir leid«, sagte Hannah.
Bruno zuckte mit den Schultern. »Meine Eltern sind an der Sache damals zerbrochen. Mein Vater hat sich vor zehn Jahren aufgehängt und meine Mutter hat daraufhin ihren Verstand verloren.«
»Kann denn sonst irgendwer bezeugen, wo sie in dem letzten Tagen waren? Sie sagen, sie waren beim Arzt und Einkaufen. Da wird sie doch sicher jemand gesehen haben und kann sich an sie erinnern?«, hakte Jan nach.
»Die Leute hier in Hartmannsdorf beschimpfen oder ignorieren mich, aber gewöhnlich bin ich für sie Luft. Der ein oder andere hat Mitleid mit meiner Mutter, sprechen ihr manchmal Mut zu. Aber fragen sie doch mal ihren pensionierten Kollegen, der sich hier laufend vor meinem Haus rumtreibt. Der muss doch meinen Wagen vor der Tür gesehen haben.«
»Wen meinen Sie?«, fragte Hannah scheinheilig.
»Bernstein, diesen Verrückten. Der kann es bis heute nicht ertragen, dass ich letztendlich rehabilitiert worden bin. Der ist nach wie vor fest davon überzeugt, dass ich drei Frauen umgebracht und enthauptet habe, dieser irre Fanatiker. Hat doch früher selbst für die Stasi gearbeitet, dieses Schwein.«
»Na ja, immerhin hat man ja im Keller ihres Hauses die drei abgetrennten Köpfe gefunden, oder?«, kam Jan zur Sache.
Podelczik atmete genervt tief durch. »Bitte, ich möchte das alles nicht mehr erzählen müssen. Lesen sie einfach den Artikel der Leipziger Volkszeitung, der vor rund einem Jahr geschrieben wurde. Steht online unter *Die wahre Geschichte des Bruno P..«*
»Was hatte dann die Stasi damals für einen Grund, sie als den sogenannten Köpfer von Hartmannsdorf wegsperren zu lassen?«, fragte Hannah.

»Junge Frau, ich höre an ihrem Tonfall, dass Sie aus dem Osten stammen, während ihr Kollege wohl eher waschechter Hamburger ist, wenn mich nicht alles täuscht. Ich hatte im Gefängnis oft Langeweile, wissen sie und es war mein Hobby, Leute zu beobachten und sie genau zu studieren. Unglaublich, was man aus Bewegungen und Gesten alles ableiten kann. Also, gute Frau, da Sie aus dem Osten stammen, wissen Sie doch, dass die Stasi keinen Grund brauchte, um Leute wegzusperren.«

»Dann frage ich anders: Was vermuten Sie, war der Grund für ihre Festnahme?«

»Ich war achtundachtzig Mitorganisator der Bürgerbewegung in der Leipziger Nicolaikirche und bereits regelmäßig bei den ersten Demonstrationen dabei. Wir haben mit grademal zehn Mann auf dem Augustusplatz gestanden und »Wir sind das Volk« gerufen. Anfangs haben uns die Vopos nur beobachtet, dann irgendwann kamen die Typen mit den langen Mänteln dazu und machten Fotos. Aber das war uns egal, weil wir merkten, dass es täglich mehr Menschen wurden, die uns folgten. Ich wusste damals schon, dass unsere Bewegung nicht mehr aufzuhalten war. Entweder würde die Partei Soldaten und Panzer auffahren oder das Regime würde tatsächlich zusammenbrechen. Na ja, und eines Tages, als schon keiner mehr damit gerechnet hatte, gab es die ersten Verhaftungen. Mich hat die Stasi am helllichten Tag vor den Augen meiner Schüler aus meinem Unterricht geholt.«

»Sie waren Lehrer?«, fragte Jan.

»Ja, habe über fünf Jahre Mathematik und Physik an der EOS Humboldt in Reudnitz unterrichtet.«

Jan nickte. »Also brauchte die Stasi einen Grund, Sie von der Bildfläche verschwinden zu lassen und hat Ihnen die Morde angehängt?«

Bruno Podelczik trank einen Schluck Kaffee, bevor er antwortete.

»Es gab eben diese toten Frauen und die Verbrechen ließen sich nicht aufklären. Die Stasi hat sie der Volkspolizei entzogen und wie immer in solchen Fällen eine strikte Geheimhaltung verordnet. Dann sind sie in das Haus meiner Eltern eingebrochen und haben die abgetrennten Köpfe der Opfer, in Spiritusgläsern eingelegt, im Keller meines Elternhauses versteckt. Ich habe zu diesem Zeitpunkt in Leipzig gewohnt.«
»Aber wie kamen dann ihre Fingerabdrücke auf diese Gläser?«, wollte Hannah wissen.
Plötzlich wurde Podelczik feindselig.
»Sie haben mit Bernstein gesprochen, oder? Hat er sie hier her geschickt?«
»Beantworten Sie bitte die Frage«, forderte Jan in strengem Ton.
»Ich möchte sie bitten, jetzt zu gehen. Ich habe ihnen nichts mehr zu sagen«, antwortete Podelczik.
»Wir kommen gerade vom Ufer des Sees. Dort haben wir vor gut einer Stunde eine Leiche gefunden, Herr Podelczik. Sie wurde enthauptet«, rief Jan in scharfem Ton.
»Was? Wovon reden Sie?«, entrüstete sich Podelczik.
»Das haben Sie doch genau verstanden. Bitte ziehen Sie sich an. Sie sind vorläufig festgenommen«, sagte Jan.
»Nein nein, das geht nicht, ich kann meine Mutter nicht allein lassen.«
»Doch können Sie. Wir werden einen Krankenwagen bestellen. Die werden sich um ihre Mutter kümmern«, sagte Hannah.
»Ich habe die Frau nicht umgebracht. Lassen sie mich zufrieden«, zitterte Brunos Stimme.
»Woher wissen Sie denn, dass wir die Leiche einer Frau gefunden haben? Davon haben wir nichts erwähnt«, sagte Jan.
»Außerdem haben Sie frischen, nassen Sand an den Reifen Ihres Wagens und die Motorhaube ist noch warm«, sagte

Oskar, der mit gezogener Waffe unvermittelt in der Küche aufgetaucht war.
»Schon gut, Oskar, geh bitte und hol unseren Wagen vom Parkplatz am Seesportclub.«
Jan musste schmunzeln. Oskar hatte offensichtlich zu viele Filme gesehen.
»Und Oskar, steck das Ding da weg, sonst kommt noch jemand zu schaden.«
Oskar nickte und verschwand.

Grigori Tireshnikov saß am letzten Abend seines zweiwöchigen Aufenthaltes in der Beluga Caviar Bar am Roten Platz. Nachdem er mit seinem Freund und Geschäftspartner Fjodor Zwetkow den Plan für die regelmäßige, monatliche Belieferung des Restaurants mit edlem Beluga Kaviar besprochen hatte, hatte er an einem kleinem Zweiertisch Platz genommen und eine Portion Kaviar mit Eiern, Butter und Toastbrot bestellt. Dazu trank er ein Glas Weißwein und Mineralwasser. Den Abschluss würde ein kleines Gläschen Wodka bilden. Dieses Prozedere hatte bereits Tradition.
Zuvor hatte er in tagelangen zähen Verhandlungen versucht, den Einkaufspreis für Beluga Kaviar erheblich zu drücken. Sein Lieferant kam aus Jaroslawl an der Wolga, das etwa dreihundert Kilometer nordöstlich von Moskau lag. Die Fangquoten waren in den letzten Jahren eher rückläufig gewesen. Das hatte vornehmlich mit der zunehmenden Wasserverschmutzung der Wolga zu tun.
Da die Ware knapp war, schoss der Preis in die Höhe. Sein Lieferant wollte daraufhin zweihundertfünfzig Euro mehr für das Kilo. Das hätte bedeutet, dass der Einkaufspreis bei knapp zweitausendfünfhundert Euro liegen würde. Das wiederum hätte zur Folge, dass er diese Preiserhöhung an seine Kunden weitergeben musste, um nicht erhebliche Einbußen hinzunehmen.

Nach tagelangen, zähen Verhandlungen konnte Grigori immerhin erreichen, dass der Preis konstant blieb. Er verpflichtete sich allerdings, die Abnahmemenge um zehn Prozent zu erhöhen.
Grigori hatte seinen Wodka getrunken und war gerade im Begriff aufzubrechen, als ein Typ im dunklen Anzug an seinen Tisch trat, ihm eine Hand auf die Schulter legte und ihn zurück auf seinen Stuhl drückte.
»Hallo Grigori, hättest du freundlicherweise zwei Minuten Zeit für mich. Wäre wirklich nett.«
Grigori hatte diesen Mann schon mal gesehen, wusste aber im Moment nichts mit dem Gesicht anzufangen.
»Was wollen Sie?«, raunzte Grigori den Kerl an und wischte dessen Hand von seiner Schulter.
»Den Mörder meiner Schwester.«
Grigori zuckte mit den Schultern.
»Tut mir leid, ich kenne ihre Schwester nicht.«
»Natürlich nicht, aber Sie kennen ihren Mörder.«
Grigori versuchte Blickkontakt mit Fjodor aufzunehmen. Doch der war nirgendwo zu sehen.
»Meine Männer leisten dem Wirt gerade Gesellschaft. Wir wollen uns doch ungestört unterhalten, Grigori, oder?«
»Hören Sie, ich kenne weder Sie noch Ihre Schwester. Ich kann Ihnen leider nicht helfen. Und jetzt würde ich gern aufstehen und gehen.«
Der Mann beugte sich zu ihm herunter und flüsterte ihm ins Ohr.
»Ich bestimme wann und vor allem wohin du gehst, Towarisch.«
Grigori wusste, dass Einknicken jetzt keine Option darstellen würde. Blitzschnell sprang er auf, packte den Mann bei den Schultern und stieß ihn zu Boden, um allerdings zehn Sekunden später in die Mündung einer Pistole zu blicken, die der Bodyguard dieses Kerls auf ihn richtete.

Jetzt waren auch die anderen Gäste des Restaurants aufmerksam geworden. Aber die wussten natürlich auch, dass es wesentlich gesünder war, so zu tun, als wäre nichts passiert.
»Meine Schwester Natascha Ponomarova ist in Leipzig ermordet und bestialisch verstümmelt worden. Und du kennst den, der das getan hat«, behauptete der Kerl im Aufstehen.
Grigori nickte. »Ich habe von der Sache gehört, wusste aber nicht, dass die Frau Ihre Schwester war. Das tut mir leid.«
»Du bist Geschäftsmann in Leipzig und hast dort die besten Verbindungen, auch zur Polizei, wie zu hören war.«
Grigori zuckte mit den Schultern.
»Mag sein, aber trotzdem weiß ich nicht, wer Ihrer Schwester das angetan hat.«
»Nein, aber ich weiß es.«
»Dann verstehe ich nicht ganz, was Sie von mir wollen?«
»Ich will den Kopf von diesem Hund Ivan Skutin.«
»Ich kenne diesen Mann nicht«, antwortete Grigori.
»So? Also hat Pjotr Skutin nicht für dich gearbeitet?«
»Im Gegenteil, er hat gegen mich gearbeitet. Aber was hat das mit diesem Ivan zu tun?«
»Er ist Pjotrs Cousin und der Kopf des Skutin-Clans, einer Bande von dreckigen Organhändlern, das mieseste Pack auf diesem Planeten. Sie stehlen kleine Kinder, reißen ihnen Herz und Lunge heraus und verkaufen die Organe in den Westen. Dieser Ivan ist kein Mensch, er ist der Teufel!«
»Das mag alles stimmen, aber wie ich bereits sagte, ich kenne diesen Ivan nicht, deshalb kann ich leider nichts für Sie tun«, sagte Grigori.
»Hör zu, Grigori, wenn du dich weiterhin dermaßen unkooperativ zeigst, werde ich in Zukunft persönlich dafür sorgen, dass du kein Gramm Kaviar mehr erhältst. Ich werde deine Lieferungen abfangen und das Scheißzeug verbrennen,

klar? Also, du wirst mir dabei helfen, diesen Hund zur Strecke zu bringen.«
»Und wie?«
»Du fährst morgen zurück nach Leipzig, spürst Skutin mit Hilfe deiner Bullenfreunde auf und lockst ihn in eine Falle. Den Rest erledigen meine Männer.«
»Aus welchem Grund sollte dieser Ivan mit mir reden, geschweige sich mit mir treffen? Immerhin habe ich seinen Cousin Pjotr angezeigt. Und jetzt ist er ebenso tot wie sein Kumpane Viktor Rasienkov. Ich glaube nicht, dass Ivan besonders freundlich zu mir sein wird.«
»Du sollst mit dieser Missgeburt auch keine Komplimente austauschen. Sag ihm einfach, dass du aus Moskau kämst und ihm eine Nachricht überbringen sollst. Ist mir ehrlich gesagt scheißegal, wie du das machst, aber du wirst ihn mir ans Messer liefern, klar?«
»Ich kann es versuchen, mehr auch nicht.«
»Wir haben deine beiden Kühlwagen, Grigori. Du fährst morgen ohne deinen geliebten Kaviar nach Leipzig. Sobald ich Skutin erledigt habe, bekommst du deine Laster zurück. Und solltest du auf die Idee kommen, Skutin zu warnen oder dich gar auf seine Seite zu schlagen, bist du die nächste Leiche, die die Polizei in Leipzig aus dem Wasser fischen wird, verstanden?«
Grigori nickte.
»Also gut, ich denke, wir sind uns einig. Ich wünsche dir noch einen schönen letzten Abend in Moskau. Ich hoffe, dass es nicht definitiv deiner letzter gewesen sein wird.«
Oleg Ponomarov nickte seinen Leuten kurz zu, dann verschwanden sie.
»Wer waren diese finsteren Typen, Grigori?«, wollte Fjodor wissen.
»Kosakenfront«, antwortete Grigori.
»Wollten die Schutzgeld?«

»Nein , bisher jedenfalls nicht. Sie wollen, dass ich einen Auftrag für sie erledige.«
»Was für einen Auftrag?«
»Ist besser, du weißt es nicht, Fjodor. Und bitte, komm nicht auf die Idee, die Polizei einzuschalten.«
»Bedrohen dich die Kerle etwa?«
»Wonach sah es denn aus? Glaubst du, die haben mich zum Kaffeekränzchen eingeladen? Aber mach dir keine Sorgen, Fjodor, ich habe alles im Griff. Ich melde mich, mach's gut.«

Hör zu, Hannah, ich...
»Alles gut, Jan, du musst dich nicht entschuldigen, stehen eben alle im Moment unter starkem Druck, da...«
»Ich will mich nicht entschuldigen, sondern mit dir reden.«
»Aha, worüber denn?«
Jan stand von seinem Schreibtisch auf, ging hinüber zur Tür, schaute kurz heraus auf den Flur, drehte sich um, schloss die Tür hinter sich und setzte sich wieder Hannah gegenüber auf seinen Platz.
Die starrte ihn erwartungsvoll an, ohne auch nur zu erahnen, was jetzt kommen würde.
»Oberdieck ist Mitglied bei den Freimaurern...«
Hannah prustete los vor Lachen.
»Wie bitte? Was soll das denn jetzt? Ich dachte schon, du willst mir den Laufpass geben.«
»Was? Nein, um Himmels willen, wie kommst du denn auf so einen Scheiß. Ich muss dir was Wichtiges erzählen, obwohl ich Waffel versprochen habe, das nicht zu tun.«
»Na, da bin ich aber beruhigt«, kicherte sie immer noch.
»Also, Oberdieck war bei Waffel und hat ihm erzählt, dass er die Tote kennt. Er meinte, dass Natascha Ponomarova kurz vor ihrem Tod auf einem Treffen der Freimaurer war und mit Richter Gnadenlos ins Bett gestiegen ist.«

Hannah lachte nicht mehr, verblüfft zog sie die Augenbrauen hoch.
»Hoppla, na sowas. Völlig überraschend kommt das aber nicht. Dieser Gunnar Gnädig hechelt doch wie ein sabbernder Rüde jedem Rock hinterher. Also ist der Typ jetzt Verdächtiger im Mordfall Ponomarova?«
»Nicht nur, es kommt noch besser. Der Typ war auch vorgestern mit der vermissten Nina zusammen.«
»Wow, verdammt, hat das auch Oberdieck erzählt?«
»Er hat das nicht selbst gesehen, es ist ihm aber von einem seiner Logenbrüder zugetragen worden.«
»Und diese Nina ist jetzt mit großer Wahrscheinlichkeit unsere zweite Leiche. Richter Gunnar Gnädig ein Mörder? Nee, Jan, das glaube ich nicht. Der Kerl ist zwar ein geiler Bock, aber der bringt niemanden um.«
»Hm, Waffel hat da auch seine berechtigten Zweifel, ist allerdings vollkommen ratlos, was wir jetzt machen sollen. Und ehrlich gesagt, ich weiß es im Moment auch nicht.«
Hannah lehnte sich in ihrem Sessel zurück und verschränkte die Arme hinterm Kopf, ein Anblick, der Jan gewöhnlich den Atem raubte. Doch diesmal war er mit seinem Gedanken ganz woanders.
»Wir müssen mit dem Kerl reden, das ist doch klar«, sagte Hannah.
»Fragt sich nur, ob das offiziell erfolgen sollte, oder…«
»Spinnst du, das ist eine Mordermittlung und nicht die Fahndung nach einem verschwundenen rostigen Fahrrad, wenn ich dich mal zitieren darf. Der Typ steigt mit zwei Frauen ins Bett, die anschließend ermordet, geköpft und ausgeweidet werden. Da gibt es keinerlei Spielraum mehr, der Mann muss offiziell vernommen werden, basta.«
Jan nickte.
»Vielleicht sollten wir den Richter zunächst mal ein, zwei Tage unter die Lupe nehmen, bevor wir mit ihm sprechen.

Mal sehen, was der nach Dienstschluss so treibt, wohin er geht, mit wem er spricht, wen er trifft, und so weiter.«
»Willst du etwa sein Telefon anzapfen?«
»Offiziell wird das nicht gehen, aber vielleicht müssen wir bei der Kriminaltechnik mal einen kleinen Gefallen einfordern«, meinte Jan.
»Nee, kannste vergessen, da macht von denen keiner mit.«
»Ich wüsste da jemanden.«
Hannah sah Jan schief an.
»Das klingt ja gerade so, als hättest du schon was unternommen?«
Bevor Jan antworten konnte, riss jemand ohne anzuklopfen die Bürotür auf. Rico Steding stürzte herein, warf die Tür hinter sich zu.
»Hätten wir das nicht vorher absprechen sollen? Ihr taucht da einfach bei Podelczik auf, nehmt ihn fest, steckt ihn in Untersuchungshaft und verhört ihn stundenlang, ohne ihn einen Anwalt anrufen zu lassen?«
Hannah und Jan sahen sich verwundert an.
»Moment mal, wir haben ihn mitnehmen müssen, weil er für beide Morde kein Alibi vorweisen konnte und an seinen Autorädern heller Sand klebte, genau wie der vom Ufer des Cospuderer Sees, das von seinem Haus nur ein paar hundert Meter entfernt liegt. Außerdem war seine Motorhaube noch warm, als wir dort eintrafen. Aber verhört haben wir den Mann bisher nicht.«
»Oberdieck ist fast ausgerastet, als er davon erfahren hat. Vor allem war er entsetzt darüber, dass ein Azubi das Verhör führt und das auch noch allein. Und ehrlich gesagt, geht es mir da nicht viel anders.«
»Wie bitte? Willst du etwa damit sagen, dass Oskar...«
»Ihr wisst also nichts davon?«
»Nein, zum Teufel, natürlich nicht. Wir hatten Oskar beauftragt, den Wagen von Podelczik der Spurensicherung zu

übergeben und nicht, den Verdächtigen ins Kreuzverhör zu nehmen«, schimpfte Jan.
»Na jedenfalls brennt der Baum, Leute«, war Rico sauer.
»Wartet hier, ich bin gleich zurück«, sagte Jan.
Er wollte gerade die Treppe hinunter zu den Vernehmungsräumen laufen, als ihm Oskar entgegen kam.
»Hallo Herr.., ich meine, Jan, ich habe...«
»Sag mal, Oskar, tickst du noch ganz richtig? Hast du gerade tatsächlich Podelczik verhört?«
»Nein, ich meine, ich habe ihn nur mit den Beweisen konfrontiert und ihm gesagt, dass es jetzt wohl zwecklos wäre, weiterhin zu leugnen.«
»Welche Beweise, verdammt nochmal? Wir haben keine...«
»Ich habe wie befohlen, den Wagen der Spusi übergeben und sie gebeten, doch sofort mal einen Blick reinzuwerfen. Die haben Reste von getrocknetem Blut gefunden und Partikel von einem blauen Plastiksack und per Schnelltest sofort die Blutgruppe feststellen lassen. Danach habe ich Frau Dr. Nussbaum angerufen. Die Blutgruppe der Toten ist identisch mit der Blutgruppe des in dem Wagen gefundenen Restblutes. Podelczik ist der Täter.«
Jan setzte sich auf die Treppe und atmete tief durch.
»Du bist nicht Sherlock Holmes, Oskar und auch nicht Superman oder Batman. Du musst nicht im Alleingang die Welt retten. Wir müssen bei unseren Ermittlungen sorgfältig und nachhaltig arbeiten. Und vor allem ermitteln wir im Team, Oskar. Wir müssen uns gegenseitig informieren und immer auf dem neuesten Stand halten. Du kannst hier nicht einfach wie ein Derwisch durch die heiligen Hallen jagen und alles auf den Kopf stellen, verdammt.«
»Tut mir leid, ich wollte euch Bescheid sagen, aber als ich vor euren Büro stand, haben Sie, äh, ich meine, hast du mir die Tür vor der Nase zugeschlagen und dann habe ich ge-

hört, wie du mit Hannah, na ja, wie ihr euch gezofft habt. Da dachte ich, es wäre besser, nicht zu stören.«
»Das ist Quatsch, Oskar, bei uns im Präsidium gibt es keine geschlossenen Türen, schon gar nicht während einer Mordermittlung. Kurz anklopfen, reinmarschieren, fertig!«
Oskar nickte.
»Verstanden, hab ich wohl mal wieder Mist gebaut.«
»Ganz im Gegenteil, gute Arbeit, Oskar, verdammt gute Arbeit sogar. Jetzt müssen wir die beiden Mädchen, die mit Nina bei den Freimaurern waren, anrufen und um achtzehn Uhr in die Gerichtsmedizin zur Identifizierung der Leiche einbestellen. Wir sollten dabei sein und können den beiden dann gleich noch ein paar Fragen stellen. Jetzt müssen wir Podelczik erst mal die Möglichkeit geben, einen Anwalt zu kontaktieren. Mit dem können wir uns später noch beschäftigen.«
»Alles schon passiert. Bevor ich mit dem Mann gesprochen habe, habe ich ihn darüber aufgeklärt, dass er das Recht hat, einen Anwalt anzurufen. Einer der Beamten von unten war dabei. Podelczik meinte, er brauche keinen Anwalt, er sei reingelegt worden, wie schon vor dreißig Jahren. Und die beiden Mädchen habe ich bereits angerufen. Lucie und Swenja heißen eigentlich Ljudmila und Swetlana und sind pünktlich um sechs da.«
Jan nickte zufrieden, klopfte Oskar auf die Schulter und schüttelte gleichzeitig den Kopf.
»Also los, wir holen Hannah ab und fahren zu Josie.«
»Äh, zu wem?«
»Frau Dr. Josephine Nussbaum, kurz Josie genannt. Hat sie dir das Du noch nicht angeboten?«
»Bis jetzt nicht.«
»Kommt noch, Oskar, kommt noch.«

Auf der Fahrt in die Gerichtsmedizin erzählte Oskar Hannah, was er herausgefunden hatte, wobei er sich Mühe gab, die Sachverhalte besonders ausführlich und bildhaft darzustellen. Jan saß am Steuer und gab sich ganz der Musik hin, während ihm tausend Gedanken gleichzeitig durch den Kopf schwirrten.
Baby, when I think about you/I think about love/Darlin' don't live without you/And your love/If I had those golden dreams/Of my yesterdays/I would wrap you in the heaven/ 'Til I'm dyin' on the way.
Feel like makin' /Feel like makin' love/ Feel like makin' love to you.
Baby, if I think about you/I think about love/Darlin', if I live without you/I live without love/If I had the sun and moon/ And they were shinin'/ I would give you both night and day/ Of satisfyin'
Feel like makin'/Feel like makin' love, Feel like makin love to you.
Feel Like Makin' Love von *Bad Company* war einer seiner All Time Favourites. Jan liebte die Stimme von *Paul Rodgers,* seit dem er ihn das erste Mal als Sänger der legendären Band *Free* gehört hatte. Soweit er sich erinnerte war das mit *Wishing Well.*
Der Song lief gerade im Radio. War Ende der Siebziger ein Hit und landete auf etlichen Samplern, Compilations und Soundtracks.
Esther besaß eine Sammlung von Kuschelrock-CDs, die sie liebend gern rauf und runter hörte. Auf einer dieser Scheiben war eben auch dieser Song. Jan erinnerte sich, wie unpassend er es damals fand, dass *Bad Company* auf einer Kuschelrock-CD drauf war. Wobei unpassend wohl das falsche Wort war, er fand das total scheiße.
Als Jan 2009 aus Afghanistan zurückkam, hatte er zunächst große Schwierigkeiten, wieder in den Polizeidienst zurückzu-

kehren. Ursprünglich sollte er als Befehlshaber einer Nachschubeinheit nur ein Jahr in Kundus bleiben. Doch dann ließ er sich von der CIA als Kommandant für eine Scharfschützeneinheit rekrutieren und machte in geheimen Operationen vornehmlich nachts Jagd auf die Taliban. Die Aufgabe der Sondereinheit *Sniper* war es, durch gezielte Attacken die Moral des Gegners zu schwächen. Die Anschläge der Taliban auf die Soldaten der ISAF gingen damals tatsächlich rapide zurück. Die *Sniper* waren dermaßen erfolgreich, dass sie beinahe acht Jahre existierten. Jan wusste nicht genau, wie viele Männer seine Einheit getötet hatte, aber es waren genug. Die Taliban fürchteten die *Sniper* und vor allem deren Anführer, den sie ehrfurchtsvoll den *Black Dragon* nannten. Als er zurück in Hamburg war, versuchte die Al Kaida, zu denen die Taliban gehörten, mehrfach ihn aufzuspüren und zu töten.
Jan litt nach seiner Rückkehr zwar nicht, wie viele seiner ehemaligen Kameraden, am sogenannten Posttraumatischen Belastungssyndrom, wachte aber schon das ein oder andere Mal nachts schweißgebadet auf, wenn die Geister der Toten nach ihm riefen. Komplett vergessen würde er das alles niemals können, aber er hatte für sich einen Strich darunter gemacht. Er hatte seine Pflicht getan und dabei mehr als einmal sein Leben aufs Spiel gesetzt. Er war niemandem Rechenschaft schuldig.
Bei seinen Vorgesetzten und Kollegen im Hamburger Polizeipräsidium war er nicht sonderlich beliebt. Sie sahen in ihm eine Art Rambo, der alles platt machte, was sich ihm in den Weg stellte. Vielleicht war er tatsächlich manchmal zu brutal gegen Kriminelle vorgegangen, aber das hatte immer Wirkung gezeigt, obwohl er eigentlich nie bewaffnet war.
Nachdem er nach Hamburg zurückgekommen war, wohnte er zunächst ein paar Monate bei seinen Eltern während er auf Wohnungssuche war. Als er nichts Passendes fand, machte ihm Patrick Hagen, einer seiner wenigen Freunde

und Direktor des Radisson-Hotels Hamburg, das Angebot, für eine Zeit in seinem Hotel zu wohnen. Er stellte ihm eine Zweizimmer-Suite zur Verfügung zum Preis von sechshundert Euro monatlich. Der normale Preis betrug zweihundertfünfzig Euro pro Nacht.

Schon am zweiten Abend lernte er die junge, hübsche Empfangschefin kennen. Esther war groß, schlank und sah umwerfend aus. Sie trug einen blonden Bubikopf, ein elegantes, enges Kostüm und hochhackige Schuhe, die sie beinahe auf ein Meter neunzig hievten. Die beiden fanden schnell einen Draht zueinander. Esther war gerade Anfang dreißig und fast zwanzig Jahre jünger als er, aber die Chemie zwischen ihnen stimmte vom ersten Tag an. Wann immer sie sich trafen scherzten und flirteten sie miteinander. Jan hätte damals nie gedacht, dass diese junge attraktive Frau sich für so einen alten Knacker um die Fünfzig interessieren würde. Doch das tat sie und wie.

Irgendwann war das Radisson mal wieder ausgebucht. Wenn das der Fall war, schlief Jan vorübergehend in Patricks Büro im Erdgeschoss, in dem ein Doppelbett stand und zu dem ein Badezimmer gehörte.

Jan kam spät abends von einem Einsatz zurück und wollte nur noch schlafen. Als er in sein Zimmer kam, traute er seinen Augen nicht. Esther lag splitternackt auf seinem Bett und trank ein Glas Sekt.

Sie sagte, *Guten Abend, Herr Kommissar, trinken Sie noch ein Gläschen mit mir, bevor wir zusammen schlafen?*, oder so ähnlich. Jan kannte nicht mehr den genauen Wortlaut, aber der war ihm schon damals vollkommen egal gewesen. Woran er sich allerdings noch gut erinnern konnte, war, dass das bis dato der beste Sex war, den er je gehabt hatte. Und das gleich mehrfach.

Esther und er waren kein Paar im traditionellen Sinn. Beide liebten ihre Freiheiten. Sie behielt ihre Stadtwohnung und

Jan blieb im Hotel. Eifersucht war bei beiden kein Thema. Allerdings hatte Jan während seiner Beziehung zu Esther niemals Sex mit einer anderen Frau. Warum auch? Sie schliefen fast täglich miteinander und unternahmen viel zusammen. Gingen Essen, ins Kino, besuchten Rockkonzerte oder einfach nur mit Esthers Labrador Paul spazieren. Ob sie sich geliebt haben, wusste Jan nicht mehr so genau, aber sie hatten sich gegenseitig gesucht und gefunden. Sie waren ein Herz und eine Seele – bis zu dem Tag, als Esther plötzlich vom Heiraten und Kinderkriegen sprach.
Jan tat das, was er immer tat, wenn es ihm in einer Beziehung zu eng wurde. Er zog sich zurück. Und zwar nicht langsam und behutsam, nein, er ging und kam einfach nicht zurück, ohne jegliche Erklärung.
Esther hatte wochenlang versucht, zu erfahren, warum Jan sie verlassen hatte. Vergeblich, kurz darauf hatte er seine Sachen gepackt und war nach Leipzig gegangen.
Jan hatte Esther nie vergessen. Er hasste sich oft selbst dafür, dass er anderen Menschen derart weh tun konnte. Das Schlimme war, dass er nicht mal genau wusste, warum er so war. Eine rationale Erklärung dafür hatte er nicht.
Als er Esther jetzt nach zwei Jahren das erste Mal wieder sah, war er wie vom Blitz getroffen. Wie konnte er diese Frau nur verlassen? Was war er nur für ein dämlicher Idiot gewesen?
Sie arbeitete jetzt als Empfangsdame im Leipziger Marriott-Hotel gegenüber vom Hauptbahnhof. Warum war sie ausgerechnet nach Leipzig gekommen? War das Zufall oder steckte da mehr dahinter? Wollte sie womöglich in seiner Nähe sein und einen Neuanfang ihrer zweifelsohne ehemals wunderbaren Beziehung starten?
Jan hatte sich dabei erwischt, dass er immer noch was für Esther empfand. Wie verflucht nochmal sollte er jetzt damit umgehen?

Der Streit mit Hannah im Auto war bereits eine Folge seiner emotionalen Zerrissenheit. Esther schwirrte ihm im Kopf herum, er musste dauernd an sie denken und er konnte nichts dagegen tun. Oder doch? Er musste mit ihr reden und herausfinden, ob sie wegen ihm nach Leipzig gekommen war.
Und wenn ja, würde er ihr auf den Kopf zu sagen, dass er Hannah niemals verlassen würde. Das jedenfalls hatte er sich fest vorgenommen.
»Hey, du musst hier abfahren, schläfst du oder was?«, rief Hannah und weckte ihn aus seinem Tagtraum.
Feel like makin' love, feel like makin' love to you. Verdammt, dachte Jan, hoffentlich ist dieser beschissene Song bald zu Ende.

Dr. Josephine Nussbaum hatte wie immer schnell und zuverlässig gearbeitet. Als Hannah, Jan und Oskar um kurz vor fünf im Institut für Rechtsmedizin der Universität Leipzig eintrafen, konnte Josie, wie sie von ihren Freunden genannt wurde, bereits die ersten Ergebnisse vorweisen.
»Hi, ihr Lieben, habt mir diesmal aber ganz schön Feuer untern Hintern gemacht, aber ich denke, meine Kollegen und ich konnten in der Kürze der Zeit alle relevanten Details klären.«
Hannah und Jan sahen sich wenig schuldbewusst an.
»Wir haben doch gar nicht...«, wollte Hannah gerade aufklären, als Josie kurz mit dem Kopf in Richtung Oskar nickte.
»Unser Springinsfeld hat hier jede Stunde angerufen und nach ersten Ergebnissen gefragt. Nicht, dass uns das nervt, mein lieber Herr Oberwahrenbrock, aber...«
»Dorf, Frau Doktor, Oberwahrendorf, aber sagen Sie doch einfach Oskar zu mir.«
»Aber Oskar mit k, nicht mit c, nicht dass es da zu Verwechselungen kommt«, grinste Jan.

»Äh, ja meinetwegen. Also, Oskar mit k, ihr Diensteifer in allen Ehren, aber gut Ding will Weile haben. Schließlich dürfen und wollen wir uns keine Fehler erlauben. Allerdings war es mehr als vorteilhaft, dass Sie uns das Auto des Verdächtigen so schnell zur Verfügung stellen konnten. Meine beiden Assistenten brauchten nicht lange, um die notwendigen Beweise ans Tageslicht zu befördern. Für mein Empfinden ging das beinahe schon zu schnell.«

»Wie meinst du das, Josie?«, fragte Hannah.

»Na ja, die Beweise wurden uns praktisch auf dem Silbertablett präsentiert. Da hat sich jemand alle Mühe gegeben, uns direkt mit der Nase drauf zu stoßen.«

»Hm, du meinst, das könnten gefälschte Beweise sein? Jemand wollte Podelczik was unterschieben?«

Josie nickte.

»Schon möglich. Wenn wir unsere Ergebnisse für bare Münze nehmen, haben wir unseren Täter.«

»Okay, Josie, also, was habt ihr rausgefunden?«, kam Jan zur Sache.

Josie knöpfte ihren weißen Kittel auf unter dem sie ein edles, dunkelgrünes Versace-Kostüm trug und setzte sich an den Schreibtisch vor ihren Bildschirm.

»Also, im Wagen des Verdächtigen wurden ausschließlich *seine* Fingerabdrücke gefunden. Auf dem Rücksitz fanden wir kleine, blaue Plastikteilchen, die einwandfrei zu dem Sack gehören, in dem die Leiche lag. Schätze Mal, dass es schwierig war, die Leiche durch die schmale Hintertür des Corsas auf die Rückbank zu verfrachten. Dabei wurde der Plastiksack offensichtlich beschädigt. Das erklärt dann auch die Blutflecke auf den Polstern. Das getrocknete Blut ist mit der Blutgruppe des Opfers identisch, ob es aber auch das Blut der Toten ist, weiß ich noch nicht. Da müssen wir die endgültigen Laborergebnisse abwarten, aber ich denke, die werden uns wenig überraschen.«

»Und der Sand in den Reifen?«, wollte Hannah wissen.
»Ist zweifelsfrei vom Fundort am Cospuderer See. Oskar hatte ja gleich ein Marmeladenglas voll vom Seeufer ins Handschuhfach gepackt. Clever, mein Freund. Hat und auf jeden Fall viel Zeit gespart.«
Oskar grinste, das Lob ging offensichtlich runter wie Butter.
»Und nicht zu vergessen, dass die Motorhaube noch warm war, als wir bei Podelczik waren.«
»Klar, Oskar, natürlich, hätten wir jetzt fast vergessen«, verdrehte Hannah die Augen.
»Gut, was kannst du uns über das Opfer sagen?«
»Ist haargenau das gleiche Muster wie bei der ersten Leiche.«
»Du meinst Natascha Ponomarova?«, ergänzte Hannah.
Josie wiegte mit dem Kopf hin und her.
»Ich würde mit der Zuordnung der Namen noch vorsichtig sein. Bis jetzt sind beide Opfer nicht identifiziert. Also, die junge Frau ist nicht älter als zwanzig. Auch bei ihr fanden wir Beruhigungsmittel im Blut und sie hatte kurz vor ihrem Tod ebenfalls Sex gehabt. Kopf und Organe wurden auf die gleiche Weise entfernt, wie bei der ersten Leiche. Das Garn, mit dem der Rumpf wieder geschlossen wurde, ist identisch mit dem des ersten Mordes.«
»Konntest du die Fingerabdrücke sicherstellen?«, wollte Hannah wissen.
Josie schüttelte den Kopf.
»Wurden mit Säure weggeätzt. Übrigens mit einem Teufelszeug, noch effizienter als Salzsäure. Ich habe eine Probe davon ins Labor geschickt. Bin gespannt, was für ein Zeug das ist.«
»Hm, hatte die Tote irgendwelche besonderen Kennzeichen?«, fragte Jan.

Josie zog die Augenbrauen hoch, drehte den Bildschirm ihres Laptops in Richtung ihrer Besucher und drückte die Entertaste.
»Dieses Tattoo dürfte bereits bekannt sein, oder?«
»Verdammt, die gleiche rote Rose wie bei Natascha.«
»So ist es, Hannah und auch dieses Tattoo befand sich auf der Innenseite des rechten Oberarms.«
»Noch ein Mitglied der Kosakenfront«, stellte Oskar treffend fest.
»Gab's noch andere Tattoos oder Narben von entfernten Tätowierungen?«
»Nee, diesmal nicht, Jan. Und auch sonst gibt es keine weiteren unverwechselbaren Kennzeichen an ihrem Körper«, klärte Josie auf.
»Hm, mal ehrlich, Bruno Podelczik macht auf mich nicht den Eindruck eines psychopatischen Serienmörders. Er ist durchaus strukturiert in dem, was er sagt und was er tut. Er ist ruhig, gelassen und wirkt trotz dessen, was er durchgemacht hat, relativ ausgeglichen. Er pflegt aufopferungsvoll seine demenzkranke Mutter und kümmert sich um Haus und Hof. Zudem war er Lehrer für Mathematik und Physik, ist gebildet und verfügt wahrscheinlich über einen hohen Intelligenzquotienten. Ich denke, dass wir zumindest in Betracht ziehen sollten, dass ihn jemand reingelegt hat und sich dabei seine Vergangenheit zu Nutze macht. Der Köpfer von Hartmannsdorf, der bereits drei Frauen auf bestialische Weise getötet und verstümmelt hat, ist wieder da, ist wieder auf freiem Fuß. Und was tut er? Natürlich, er mordet lustig weiter«, sagte Jan.
»Äh, na ja, Jan. Auch wenn du es nicht gern hörst, du hast soeben das Profil eines typischen Serienkillers beschrieben. Es gibt eine Studie aus den USA, die genau das beschreibt, was du eben gesagt hast. Der typische Serienmörder ist ein Mensch, der ein ganz normales, bürgerliches Leben führt,

den seine Nachbarn als freundlichen, netten Menschen beschreiben, der immer zuvorkommend und stets hilfsbereit ist. Er hat einen guten Job und ist überdurchschnittlich intelligent. Kurzum, der gute Mensch von nebenan.«
»Mann, Oskar, was du alles weißt, das ist ja phänomenal. Du bist echt der Klugscheißer vorm Herrn«, ging Hannah die ewige Besserwisserei des Neuen auf den Senkel.
»Nee nee, Hannah, der Junge hat nicht Unrecht. Hab gerade vor ein paar Tagen eine wissenschaftliche Studie gelesen, die sich intensiv mit der Psyche von Gewalttätern beschäftigt hat. Oft sind die Täter genau die, von denen man es nicht erwartet, denen man derart grausame Verbrechen nicht zutraut. Zudem verfügen sie sehr oft über ein hohes Maß an Intelligenz, empfinden aber umso weniger Mitleid und Empathie. Insofern passt dieser Bruno Podelczik, so wie ihn Jan geschildert hat, durchaus in unser Täterprofil«, meinte Josie.
»Sag ich doch. Frau Doktor hat den Nagel auf den Kopf getroffen. Und Podelczik, der immerhin mal als OP-Assistent gearbeitet hat, bevor er Lehrer wurde, hat für den Zeitraum der beiden Morde nicht mal den Ansatz eines Alibis. Wir sollten uns schnell einen Durchsuchungsbefehl für sein Haus besorgen. Würde mich wundern, wenn wir da nicht fündig werden«, war Oskar obenauf.
»Auf jeden Fall reichen die Fakten aus, um Untersuchungshaft zu beantragen und einen Durchsuchungsbeschluss zu erwirken. Wenn es nicht gelingt, entlastendes Material ans Tageslicht zu bringen, wird ihn nach Stand der Dinge jeder Richter für schuldig befinden«, glaubte Jan.
»Na gut, warten wir mal ab, was das Labor sagt. Aber nach dem Stand der Dinge haben wir unseren Täter. Bin gespannt, was diese beiden Mädchen sagen werden. Allerdings bin ich nicht sicher, ob wir denen die Leiche überhaupt zeigen sollten. Ohne Kopf gibt es ohnehin keine letzte Gewissheit. Die

einzige Chance ist, dass sie das Tattoo wiedererkennen«, glaubte Josie.
Eine halbe Stunde später trafen Ljudmila und Swetlana in Begleitung eines Mannes, der sich Vitus nannte, im Institut ein. Der Mann stellte sich als Geschäftsführer des Escortservice *Red Rose* vor.
Red Rose? Hannah und Jan starrten sich an. Oskar runzelte die Stirn. Nur Josie schien noch nicht zu begreifen und bat die drei Besucher in ihr Büro.
»Sie haben Anzeige erstattet, weil sie eine ihrer Mitarbeiterin vermissen. Sie ist bis jetzt auch nicht wieder aufgetaucht, oder?«, fragte Jan.
»Nein«, sagte Vitus, »und wir befürchten, dass der Schwester unseres Chefs, die sich seit fast zwei Wochen nicht mehr gemeldet hat, ebenfalls etwas zugestoßen sein könnte.«
»Moment mal, Sie vermissen die Frau bereits seit zwei Wochen und haben jetzt erst Anzeige erstattet?«, hakte Hannah nach.
»Na ja«, druckste Vitus herum, »Natascha arbeitete nur gelegentlich für die Agentur. Ihr Bruder durfte das nicht wissen, der hätte einen Riesenaufstand gemacht. Außerdem war sie oft und lange in Moskau, sodass ich annahm, dass sie vor zwei Wochen dorthin gefahren ist. Wir standen nicht regelmäßig in Kontakt. Sie kam und ging wann sie wollte.«
»Und woraus schließen Sie jetzt, dass Natascha etwas zugestoßen sein könnte?«, fragte Jan.
»Weil sie nicht nach Moskau gefahren ist und weil weder wir noch ihr Bruder seit zwei Wochen etwas von ihr gehört hatten. Und als wir erfuhren, dass eine Frau tot aus dem Wasser gefischt wurde, hatten wir natürlich Angst, dass es sich um Natascha handeln könnte. Oleg ist davon überzeugt, dass seine Schwester ermordet wurde.«
»Gehe ich recht in der Annahme, dass Sie von Oleg Ponomarov sprechen?«, fragte Hannah.

Vitus nickte.
»Er ist ein einflussreicher Mann in Moskau und betreibt seine Geschäfte in halb Europa. Ihm gehört dieses Unternehmen.«
»Er ist fest davon überzeugt, dass der Skutin-Clan hinter dem Mord an seiner Schwester steckt. Die Kosakenfront und der Skutin-Clan versuchen beide hier in Leipzig das Drogengeschäft und die Prostitution zu beherrschen. Er hat bereits das Todesurteil über Ivan Skutin gefällt. Haben Sie den Mordauftrag noch nicht erhalten?«, fragte Jan.
Vitus schüttelte vehement den Kopf.
»Keine Ahnung, wovon Sie sprechen, Herr Kommissar. Ich kümmere mich um das Wohlergehen meiner Mädchen. Nur deshalb bin ich hier.«
Jan schürzte die Lippen. Genau diese Antwort hatte er erwartet.
»Sehen sie sich bitte dieses Tattoo an. Erkennen sie es wieder?«
Alle drei nickten.
»Ja, die rote Rose am Arm. Natascha und Nina trugen sie an der Innenseite ihres rechten Oberarms.«
»Und tun das alle Mädchen der Agentur?«, fragte Hannah.
»Nein, das ist keine Pflicht, wenn Sie das meinen«, antwortete Vitus.
»Wir tragen dieses Tattoo jedenfalls nicht«, klärte Swetlana auf.
»Und was ist mit Ihren anderen Mädchen?«, wollte Oskar wissen.
»Im Moment sind nur diese vier bei uns beschäftigt«, sagte Vitus.
»Wissen sie, ob Nina neben der roten Rose noch andere Tattoos trug?«, schaltete sich Josie ein.
»Sie hatte nur dieses eine«, antwortete Ljudmila.
»Sicher?«, hakte Josie nach.

»Ja, ich glaub schon«, bestätigte Ljudmila.
»Hatten Natascha und Nina in etwa die gleiche Statur?«, wollte Josie wissen.
Vitus schüttelte den Kopf.
»Nein, Natascha ist groß und gut gebaut, wenn Sie wissen, was ich meine und Nina, äh, Nadeschda ist eher klein und zierlich.«
Die beiden Mädchen nickten, um Vitus' Beschreibung zu bestätigen.
»Gut, dann danken wir ihnen zunächst. Sie können gehen. Wir melden uns bei ihnen, wenn wir mehr wissen. Und seien sie vorsichtig, könnte sein, dass der oder die Mörder es auch auf die anderen Mädchen abgesehen haben. Bleiben sie im Moment besser zu Hause«, mahnte Jan.
»Ja, aber was ist denn jetzt? Sind die beiden Mädchen tot? Sie verschweigen uns doch was. Warum sagen sie uns nicht die Wahrheit?«, war Vitus ungehalten.
»Wie gesagt, wir melden uns bei ihnen, danke für ihre Hilfe«.
Jan stand auf, führte die drei zur Tür und verabschiedete sie.
»Hm, heißt das jetzt, dass die beiden Mitglieder der Kosakenfront waren oder war die Rote Rose das Brandzeichen für den Escortservice?«, rätselte Hannah.
»Vielleicht beides«, meinte Jan.
Oskar schüttelte den Kopf.
»Nein, dieses Tattoo steht ohne jeden Zweifel für die weibliche Mitgliedschaft bei der Kosakenfront. Der Name *Red Rose* für den Escortservice ist wahrscheinlich davon abgeleitet. Immerhin ist der Boss der Kosakenfront Inhaber dieses Ladens. Außerdem tragen die anderen beiden Mädchen dieses Tattoo nicht.«
»Hätten wir uns vielleicht zeigen lassen sollen«, meinte Hannah.

»Nicht nötig, Hannah, Oskar hat recht«, glaubte Jan. »Immerhin wissen wir jetzt, wer die beiden Frauen waren. Bleibt die Frage, warum Bruno Podelczik ausgerechnet die Frauen der Kosakenfront ermorden sollte?«
»Ob es sich bei den Leichen um die beiden russischen Mädchen handelt, wissen wir erst mit letzter Gewissheit, wenn wir die Köpfe gefunden haben«, stellte Josie fest.
Hannah nickte.
»Stimmt, Josie. Und die ersten Frauen, die der Köpfer von Hartmannsdof getötet hat, waren ebenfalls Prostituierte. Er könnte die beiden Opfer bereits länger beobachtet haben, bevor er sie dann in einem für ihn günstigen Moment entführt und umgebracht hat«, mutmaßte Hannah.
»Kann sein, aber kann ein ehemaliger OP-Helfer, der schon seit vielen Jahren als Lehrer gearbeitet und danach fünfundzwanzig Jahre im Gefängnis gesessen hat, einem Menschen so fachmännisch die Organe entfernen, dass diese anschließend noch für eine Transplantation verwendet werden können?«, fragte Oskar.
Josie schüttelte den Kopf.
»Wohl kaum, der Täter muss zumindest über sehr gute medizinische, ich würde fast schon behaupten, sogar chirurgische, Kenntnisse verfügen.«
»Vielleicht hat Podelczik einen Mittäter gehabt?«, glaubte Oskar.
Jan nickte.
»Auch möglich. Wir werden gleich morgen früh besprechen, wie wir weiter vorgehen wollen. Kann nicht schaden, mal 'ne Nacht drüber zu schlafen. War doch ein bisschen viel heute.«
»Okay«, sagte Hannah, »dann sehen wir uns morgen um neun zur Dienstbesprechung.«
»Gut, bis dahin liegen auch die Laborergebnisse vor«, war Josie einverstanden.
»Ich werde dann auf jeden Fall...«, weiter kam Oskar nicht.

»Du wirst gar nichts. Wir bringen dich jetzt nach Hause. Und Oskar, bitte keine nächtlichen Ausflüge mehr. Ich bin ein alter Mann, ich brauche meinen Schlaf, verstanden?«
»Geht klar, Chef«, grinste Oskar.

Nachdem Hannah und Jan Oskar am Präsidium abgesetzt hatten, fuhren sie nach Hause.
»Merkwürdig«, sagte Hannah plötzlich.
»Was ist merkwürdig?«
»Na ja, dass Oskar sich nicht von uns nach Hause bringen lassen wollte. Ich habe schon mal angeboten, ihn auf meinem Heimweg mitzunehmen und er hat dankend abgelehnt mit der Begründung, er hätte noch was in der Stadt zu erledigen.«
»Na und?«, zuckte Jan mit den Schultern. »Was ist daran merkwürdig?«
»Na, eigentlich wissen wir doch gar nichts über Oskar. Wo kommt er her, wie sind seine familiären Verhältnisse, hat er 'ne Freundin oder ist er schwul...?«
»Was? Wie kommst du denn da drauf?«
Hannah grinste. »Frauen haben da einen Blick für.«
»Quatsch. Aber dass wir überhaupt nichts über ihn wissen, stimmt«, bestätigte Jan.
»Und deshalb hab ich mal meine Nase in den Wind gehalten.«
»Was hast du?«
»Na ja, mich mal umgehört.«
»Aha«, meinte Jan lapidar.
»Hab ja 'n guten Draht zur Personalabteilung. Dieser Kronberger frisst mir quasi aus der Hand.«
»Der rote Lockenkopf mit kariertem Pullunder und schusssicheren Glas in der Brille?«

Hannah nickte. »Genau, der kommt auch aus Markrans. Hat mir früher immer Blumen mitgebtracht und mich ins Kino eingeladen.«
»Und?«
»Was und?«
»Ja, bist du mit ihm im Kino gewesen?«
»Einmal.«
»Und?«
»Und nichts natürlich. Oder glaubst du vielleicht, dass...«
»Und warum frisst er dir dann aus der Hand?«, fragte Jan.
»Lasse ihn in einem gewissen Abstand immer mal ein bisschen schnuppern. Trinke mal einen Kaffee mit ihm, oder unterhalte mich über seine Bierdeckelsammlung. Du glaubst nicht, was es für Vorteile bringt, die Personalakten deiner Kollegen und Vorgesetzten zu kennen.«
»Was? Das glaub ich jetzt nicht, oder? Ich dachte, diese Methoden hätten wir hinter uns?«
»Wissen ist Macht, Jan«, grinste Hannah. »Wenn mir einer dumm kommt, stoße ich ihn mit der Nase genau auf seinen wunden Punkt. Wirkt immer.«
Jan schüttelte fassungslos den Kopf.
»Der Kollege Jungmann zum Beispiel hat mich 'ne zeit lang versucht, zu betatschen. Immer wenn gerade niemand in der Nähe war, wollte er mir den Hintern tätscheln oder an die Brüste grapschen.«
»Wie bitte? Das hättest du Rico doch melden müssen«, meckerte Jan.
»Es gab keine Zeugen. Da kam ich auf die Idee, meinen Verehrer in der Personalabteilung um einen kleinen Gefallen zu bitten. Hab ihn zum Kaffeeholen geschickt und dann kurz einen Blick in seinen Computer geworfen. Und siehe da, der Kollege Jungmann hatte zwei Abmahnungen wegen sexueller Belästigung in seiner alten Dienststelle in Halle in seiner Akte. Wurde damals mehr oder weniger nach Leipzig

zwangsversetzt. Eine weitere Abmahnung hätte für ihn die fristlose Kündigung nach sich gezogen.«
»Und das hast du ihm dann unter die Nase gerieben?«
»Bin ich blöd, oder was? Nein, als er eines Morgens zum Dienst erschienen ist, lag eine Kopie mit der entsprechenden Seite seiner Personalakte auf seinem Schreibtisch. Aus die Maus. Herr Jungmann hielt fortan einen gewissen Abstand und grüßte nur noch freundlich.«
»Du bist 'n Biest, wusste ich doch«, lachte Jan.
Hannah zuckte die Achseln. »Die Alternative wäre gewesen, ihm das Knie in die Eier zu rammen.«
»Wäre vermutlich schmerzhafter für ihn gewesen. Aber zurück zu Oskar. Dann erzähl mal, was denn da so alles Wissenswertes in seiner Akte steht.«
»Hm, eigentlich nichts besonders Spektakuläres. Er stammt aus Münster, hat dort sein Fachabi gemacht und sich anschließend bei der Polizei beworben. Beim dritten Anlauf hat es dann geklappt. Hat seine Grundausbildung in Bochum absolviert. Hatte in der Theorie hervorragende Noten, in der Praxis dagegen, vor allem in der Sportausbildung, nur ein Ausreichend. Begann dann vor knapp drei Jahren ein Duales Studium an der Fachhochschule für Öffentliche Verwaltung in Bielefeld. Den Praktischen Teil der Ausbildung zum Polizeikommissaranwärter hat er zuerst in Braunschweig und danach in Halle absolviert und eben jetzt in Leipzig.«
»Polizeikommissaranwärter, so heißt das jetzt? Wieso stellt er sich dann überall als Kriminalassistentenanwärter vor?«, wunderte sich Jan.
»Entweder hat Oskar einen Drang zum Dramatischen, oder diese Bezeichnung wechselt von Bundesland zu Bundesland.«
»Aha, und steht da auch, warum er den praktischen Teil seiner Ausbildung bereits in der dritten Stadt absolviert?«

»Nein, aber ich habe mal mit einem Kollegen in Halle telefoniert«, sagte Hannah.
»Und, was hat der gesagt?«
»Amtsanmaßung, Kompetenzüberschreitung, Notorische Besserwisserei und das waren nur die drei Punkte, die ich mir merken konnte.«
»Oha, also alles das, was er bei uns jetzt auch macht«, stellte Jan augenzwinkernd fest.
»Der Kollege erzählte, dass Oskar mal den Wagen der Frau des Polizeipräsidenten vom Parkplatz des Hallenser Präsidiums hat abschleppen lassen, weil kein Parkausweis im Fenster lag. Den Abschleppauftrag hat er als Polizeioberrat Schneider unterschrieben. Anschließend hat er seinen Privatwagen auf den freien Parkplatz gestellt und einen gefälschten Presseausweis hinter die Windschutzscheibe gelegt. Er hatte als Azubi keinen Anspruch auf einen Dienstparkplatz. Als er abends nach Hause fahren wollte, klopfte ein Mann an seine Scheibe und reichte ihm eine Taxirechnung. »Soll ich Ihnen von meiner Frau mit der Bitte um zügige Begleichung übergeben. Die Rechnung für den Abschleppdienst können Sie sich morgen in meinem Büro abholen.« Oskar plusterte sich auf, ob der Mann denn wisse, mit wem er reden würde, er wäre schließlich der Assistent des Polizeipräsidenten. »Schon klar, junger Mann, dann kennen Sie ja bereits den Weg in mein Büro.«
Jan musste laut lachen. »Typisch, Oskar und was hatte die Sache für ein Nachspiel?«
»Eine mündliche Verwarnung und die Auflage, sich in aller Form bei der Frau des Polizeipräsidenten zu entschuldigen. Aber was für ihn viel schlimmer war, dass er danach von den Kollegen nur noch »Schneider« genannt wurde.«
»Hast du 'ne Ahnung, wo der Kerl wohnt?«, fragte Jan.
Hannah nickte. »Ja, im Studentenwohnheim in der Brüderstraße, nur einen Steinwurf entfernt vom Präsidium.«

»Was dann ja erklärt, warum er kein Auto hat und er dein Angebot ausgeschlagen hat, ihn nach Hause zu fahren. Seine Leipziger Adresse hast du aus seiner Akte, nehme ich an.«
Hannah schüttelte den Kopf. »Nee, bin ihm vor ein paar Tagen mal nachgefahren.«
»Wie bitte, was hast du gemacht?«, konnte es Jan nicht fassen.
»Mensch, Jan, wie naiv bist du eigentlich? Der Typ ist doch nicht ganz klar im Oberstübchen. Mittlerweile traue ich dem alles zu. Wäre nicht der erste Polizist, der zum Serienkiller mutiert ist.«
Jan trat auf die Bremse. Hinter ihm setzte ein Hupkonzert ein.
»Was denn? Du hältst Oskar tatsächlich für unseren Täter? Ist das jetzt mal wieder einer deiner mittlerweilen berühmten Scherze?«
»Wieso, Jan? Der Kerl taucht hier wie aus dem Nichts in Leipzig aus. Ein paar Tage später haben wir zwei Leichen. Darüber hinaus verfügt er über ein glänzendes Hintergrundwissen. Er wusste sofort, was die Rote Rose bedeutete, kannte die Kosakenfront und den Skutin-Clan. Dann der gesamte chronologische Ablauf der Ermittlungen gegen Podelczik. Er war uns immer einen Schritt voraus, kannte Podelcziks Vergangenheit, wusste wo er wohnt, war noch vor uns am Fundort der Leiche, obwohl er erst kurze Zeit in Leipzig ist und er hat versucht, im Alleingang ein Geständnis von Podelczik zu erpressen, in dem er ihn mit gefälschten Beweisen konfrontiert hat. Anschließend hatte er es sehr eilig, Josie diese sogenannten Beweise zu liefern, die er dem Mann wahrscheinlich allesamt untergeschoben hat. Hast *du* die Motorhaube angefasst, um zu testen, dass der Motor noch warm war, oder hast *du* den Sand im Reifenprofil entdeckt? Ich jedenfalls nicht. Der Typ ist mir nicht geheuer, Jan, ich mein 's ernst.«

Jan atmete tief durch, legte den ersten Gang ein und fuhr weiter.
»Trotz alledem, ich kann's mir ehrlich gesagt nicht vorstellen, dass Oskar irgendwas mit der Sache zu tun hat. Klar, er ist echt 'n schräger Typ, ist oftmals voreilig und unbedacht, hat 'ne große Klappe, aber er ist kein Serienmörder, der Frauen den Kopf abschneidet und sie anschließend ausweidet. Ich weiß nicht, Hannah.«
»Da ist noch was, Jan. Er hat ein freiwilliges soziales Jahr in der Münsteraner Uniklinik absolviert und in der Unfallchirurgie hospitiert. Und er geht zweimal die Woche abends in die Stahlakademie, um dort den Schwertkampf zu trainieren.«
»Woher in aller Welt weißt du das alles, Hannah?«, war Jan erstaunt.
»Die Sache mit der Uniklinik steht in seiner Akte und dass er Schwertkampf trainiert, fand ich in dem Terminplaner seines Handys. Er hatte es auf Ricos Schreibtisch liegen lassen.«
Jan schüttelte den Kopf. »Ich kenne Männer, die in der Lage sind zu töten. Ich war selbst einer davon. Und Oskar gehört definitiv nicht dazu.«
»Woher willst du das so genau wissen? Oskar hat doch selbst das Bild eines typischen Serienmörders gezeichnet: Nette, freundliche Familienmenschen mit einem ordentlichen Beruf und vielen sozialen Kontakten. Kurzum: nach außen hin sind sie das exakte Gegenteil eines eiskalten Killers.«
»Ich bleibe dabei, Hannah, Oskar bringt niemanden um, wäre er dazu in der Lage, würde ich es in seinen Augen sehen.«
»Wie bitte? Du hast wohl 'n bisschen zu viel Zeit mit dem Devil verbracht, oder? Maynard Deville kann das vielleicht tatsächlich, aber sonst kenne ich niemanden.«
»Glaub mir Hannah, das hat nichts mit dem Devil zu tun. Ich bin jahrelang mit einer Einheit von Killern auf Talibanjagd gegangen, die ebenfalls nicht zimperlich im Umgang mit

Menschenleben waren. Ich sehe einem Mann an, ob er die Absicht hat zu töten, oder nicht. Deshalb lebe ich noch, nur deshalb, Hannah. Und dieser Oskar kann niemanden töten, nicht mal 'ne Martinsgans zu Weihnachten.«
»Ich wäre mir an deiner Stelle da nicht so sicher. Ein psychopathischer Serienmörder ist etwas anderes, als ein Soldat, der im Krieg tötet.«
»Na gut und was gedenkst du jetzt zu tun?«, lenkte Jan ein.
»Zunächst mal gar nichts. Ich möchte nur, dass wir Oskar genau im Auge behalten. Und wir sollten uns mal seine Wohnung ansehen.«
»Hm, okay, wenn 's dich beruhigt, dann sollten wir das tun.«

Jan hatte eine unruhige Nacht hinter sich. Dementsprechend müde und übelgelaunt betrat er um kurz nach acht Uhr morgens das Polizeipräsidium in der Dimitroffstraße. Wie zum Teufel noch mal kam Hannah nur auf diese abstruse Idee, dass Oskar der Täter sein könnte? Ihre Argumente waren schwammig, aber in einigen Punkten durchaus nachvollziehbar, hing wohl auch davon ab, wie man zu der Person Curt Oskar Freiherr von Oberwahrendorf stand. Oder hatte Jan die ganze Zeit den Wald vor lauter Bäumen nicht gesehen? Unsinn, dachte Jan, Oskar schießt zwar öfter über das Ziel hinaus, hält sich wahrscheinlich sogar für besonders schlau, aber er ist Polizist mit Leib und Seele. Einer, der stets voll und ganz bei der Sache ist, jemand, der permanent unter Strom steht, sich in seiner Aufgabe verbeißt. Aber ein Mörder ist dieser junge Mann sicher nicht, nein, vollkommen ausgeschlossen. Das stand für ihn fest.
Am späten gestrigen Abend war die für heute Morgen um neun Uhr angesetzte Dienstbesprechung um eine Stunde nach hinten verschoben worden, weil Polizeioberrat Wawrzyniak kurzfristig um acht Uhr zu einer Besprechung in kleiner Runde in sein Büro eingeladen hatte.

Da nur Jan geladen war, nahm er sich ein Taxi und überließ Hannah den Dienstwagen, die noch schlief, als er das Haus verließ.
Zusammen mit Rico Steding betrat er um kurz vor neun das Büro ihres Chefs.
»Guten Morgen, die Herren, bitte nehmen sie Platz«, begrüßte sie Waffel förmlich.
An dem ovalen Konferenztisch saßen bereits Oberstaatsanwalt Oberdieck und zwei Jan bisher nicht bekannte Personen, die aber sogleich von ihrem Chef als Professor Doktor Gunnar Gnädig und Doktor Herfried Klatt vorgestellt wurden.
»Professor Doktor Gnädig ist Vorsitzender des 5. Strafsenats des Bundesgerichtshofs in Leipzig und Rechtsanwalt Doktor Klatt fungiert als sein Rechtsbeistand«, erklärte Waffel.
»Rico Steding, Leiter der Mordkommission und Hauptkommissar Jan Krüger, der die Ermittlungen in diesen Mordfällen leitet«, stellte Oberstaatsanwalt Oberdieck die beiden Polizisten vor.
»Ich möchte eingangs klarstellen, dass mein Mandant freiwillig und aus eigenem Antrieb an dieser Gesprächsrunde teilnimmt und sich keineswegs als Beschuldigter sieht«, begann der Anwalt.
Oberstaatsanwalt Oberdieck nickte. »Dieses Treffen ist als informelles Gespräch anzusehen. Es gibt weder ein Protokoll noch Tonbandaufzeichnungen. Im Moment gehen wir davon aus, Gunnar, dass du allenfalls als Zeuge in diesen Fällen vernommen werden könntest.«
»Was heikel genug wäre, Herr Oberstaatsanwalt. Ziel sollte es sein, den Richter zumindest offiziell aus dieser Sache herauszuhalten. Ich muss Ihnen nicht erklären, welche Folgen es für meinen Mandanten hätte, in die Ermittlungen zu diesen Mordfällen hineingezogen zu werden«, forderte Klatt.

»Schon gut, Herfried«, legte ihm der Richter beschwichtigend seine Hand auf die Schulter, »es gibt keinen Grund unnötige Schärfe in diese Angelegenheit zu bringen. Stellen sie bitte ihre Fragen meine Herren.«
Oberdieck nickte Rico Steding zu, der wiederum übergab mit einem kurzen Handzeichen an Jan.
»Herr Gnädig, Sie...". begann Jan, als er vom Anwalt jäh unterbrochen wurde.
»Wir würden es bevorzugen mit *Herr Richter* angesprochen zu werden«, forderte er.
»... waren nach den letzten beiden Treffen ihres Clubs mit Prostituierten zusammen, die später ermordet aufgefunden wurden...", fuhr Jan fort, ohne den Anwalt zu beachten.
Der funkte sofort wieder dazwischen. »Mein Mandant wusste nicht, dass es sich bei diesen Frauen um Prostituierte gehandelt hat. Sie wurden ihm als gute Bekannte des Hausherrn vorgestellt.«
»Blödsinn, Herfried, die Mädchen kamen von einem Escortservice. Sie sind von Frederik bestellt und bezahlt worden. Wir sind nicht hier, weil ich mit einer Prostituierten geschlafen habe, sondern weil ich es als meine Pflicht betrachte, zur Aufklärung der Mordfälle beizutragen. Ja, es stimmt, Herr Hauptkommissar, die beiden jungen Mädchen nannten sich Nadja und Nina und ich bin erschüttert darüber, was den beiden zugestoßen ist.«
Jan nickte. »Können Sie sich daran erinnern, was die Frauen taten, nachdem sie Ihr gemeinsames Zimmer verlassen hatten«, fragte Jan.
»Ich habe ihnen ihr Geld gegeben und sie sind gegangen. Nadja habe ich danach nicht mehr gesehen. Nina habe ich nach draußen begleitet und ihr angeboten, sie nach Hause zu fahren, nachdem sie festgestellt hatte, dass ihre Freundinnen nicht auf sie gewartet hatten. Aber sie hat dankend abgelehnt, und ihren Fahrservice angerufen.«

»Was haben Sie danach gemacht?«
»Ich habe mir ein Taxi bestellt und hab mich nach Hause bringen lassen«
»Wo und wie lange haben Sie auf das Taxi gewartet?«
»Ich habe etwa zehn Minuten vor der Tür gestanden und dabei in Ruhe eine geraucht.«
»Ist Nina währenddessen abgeholt worden?«
»Nein, jedenfalls hab ich es nicht gesehen. Vielleicht hat sie einen anderen Ausgang genommen.«
»Ist Ihnen draußen auf der Straße ein Wagen aufgefallen, in dem ein oder mehrere Männer saßen?«
»Hm, die Straßenränder waren komplett zugeparkt. Da stand Fahrzeug an Fahrzeug. Schon möglich, dass dort noch jemand war. Gesehen habe ich aber niemanden.«
»Wann sind Sie zu Hause eingetroffen?«
Rechtsanwalt Klatt verdrehte die Augen, aber der Richter fasste ihn beruhigend am Handgelenk.
»Etwa eine halbe Stunde später, also gegen drei Uhr morgens«, beantwortete er auch diese Frage.
»Kann das jemand bestätigen?«
»Nein, meine Frau hat geschlafen und wenn ich so spät heim komme, störe ich sie nicht mehr, sondern schlafe im Gästezimmer.«
»Was ist mit dem Taxifahrer?«
»Könnte sein, aber ist eher unwahrscheinlich.«
»Welches Taxiunternehmen hat Sie an dem Abend gefahren?«
Richter Gnädig zuckte mit den Schultern. »Tut mir leid, das weiß ich nicht mehr.«
Jan holte tief Luft und nickte.
»Haben Sie eines der beiden Mädchen vorher schon mal gesehen, also bevor Sie an diesen Abenden im Club mit ihnen intim geworden sind?«
»Nein.«

»Schlafen Sie regelmäßig mit Prostituierten?«
»Jetzt reicht es aber«, rief der Anwalt hysterisch, »das müssen wir uns nicht bieten lassen.«
»Ab und zu, aber nicht regelmäßig. Ich denke allerdings auch, dass das Privatsache ist, Herr Hauptkommissar.«
»Stimmt, Herr Richter. Ich hätte diese Frage auch nicht gestellt, wenn ich nicht wüsste, dass Sie bereits vor diesem besagten Abend im Club mehrfach mit Natascha Ponomarova geschlafen hätten.«
»Ich kenne diese Frau nicht«, antwortete der Richter ruhig.
»Natürlich tun Sie das. Ihrem Bruder Oleg Ponomarov gehört der Escortservice *Red Rose*, bei dem Sie regelmäßig Kunde sind. Nadja, wie sie sich nennt, ist Natascha Ponomarova, seine Schwester. Sie arbeitet nur gelegentlich als Prostituierte und steht ausschließlich einem ausgesuchten und solventen Kundenkreis zur Verfügung.«
»Ich habe dieses eine Mal mit dieser Nadja, wie sie sich nannte, geschlafen. Ich hatte diese Dame vorher noch nie gesehen.«
Jan lehnte sich zu Rico herüber und flüsterte ihm zu, dass er jetzt übernehmen sollte.
»Herr Richter«, begann Rico, »Sie haben am 12. Dezember des letzten Jahres in ihrer Funktion als Vorsitzender des 5. Strafsenats des Bundesgerichtshofs Leipzig ein Urteil des Landgerichts Berlin gegen Herrn Oleg Ponomarov aufgehoben, der wegen internationalen Drogenhandels zu einer Gefängnisstrafe von vier Jahren und acht Monaten verurteilt worden war.«
»Daran kann ich mich nicht erinnern«, antwortete der Richter.
Rico schob dem Anwalt ein Schreiben über den Tisch. Nachdem der es kurz überflogen hatte, wandte er sich an den Richter und flüsterte ihm etwas zu.

»Wir werden an dieser Stelle abbrechen, meine Herren. Richter Gnädig hat ihnen alles gesagt, was er weiß. Aus diesem informellen Gespräch ist leider ein Verhör geworden. So war das nicht geplant. Ich möchte sie dringend bitten, absolutes Stillschweigen über dieses Gespräch zu bewahren. Sollte wider Erwarten etwas davon nach außen dringen, würde das meinem Mandanten schweren Schaden zufügen. Ein Richter, der ab und zu fremdgeht, ist natürlich ein gefundenes Fressen für die Journaille, obwohl, und das möchte ich betonen, dies kein Straftatbestand darstellt. Ich denke, dass wir uns darüber einig sind, dass Richter Gnädig in diesen beiden Mordfällen nicht als Beschuldigter in Frage kommt. Sollten sie noch weitere Fragen haben, schicken sie diese bitte schriftlich an mein Büro. Wir werden ihnen diese selbstverständlich beantworten.«
»Ja, äh,...dann danke ich dir Gunnar für deine Offenheit und dass du dir die Zeit genommen hast, hier Rede und Antwort zu stehen.« Oberstaatsanwalt Oberdieck erhob sich und reichte den beiden Männern die Hand. Als sie das Büro verlassen hatten, wandte sich Oberdieck an Rico und Jan.
»Sind sie eigentlich wahnsinnig? Was haben sie sich eigentlich dabei gedacht, hinter meinem Rücken gegen den Richter zu ermitteln und mich hier dastehen zu lassen, wie einen dummen Schuljungen?«
»Wir haben diese Informationen erst kurz vor dem Treffen erhalten«, log Rico.
»Egal, das war ein Fehler. Der Richter wird sich nicht mehr äußern. Und da wir ihm zugesagt haben, nichts über das heutige Gespräch verlauten zu lassen, können wir diese brisanten Fakten nicht mehr gegen ihn verwenden.«
Waffel nickte. »Das war taktisch unklug, Rico, aber er weiß jetzt, dass wir wissen, dass er sich von dieser Natascha hat kaufen lassen. Ob wir wollen oder nicht, wir werden gegen

den Richter ermitteln müssen. Allerdings vorerst nur inoffiziell, bis wir was Konkretes gegen ihn in der Hand haben.«
»Woher haben Sie diese Informationen?«, wollte Oberdieck wissen.
»Sind uns heute Morgen anonym zugespielt worden«, log Jan, der natürlich Grigori nicht als seine Quelle preisgeben wollte.
»Na, dann finden sie heraus, wer dahinter steckt. Wir müssen Ross und Reiter nennen, wenn wir das gegen ihn verwenden wollen«, forderte Oberdieck.
»Verdammt«, zuckte Waffel mit den Achseln, »womöglich hat der Richter....«
»Hör auf, Horst, das glaubst du doch selber nicht«, fiel ihm Oberdieck ins Wort.
»Wieso, Ralf, da habe ich schon ganz andere Sachen erlebt. Und jetzt lasst uns erst mal eine rauchen, Männer.«

»**Wie** ich gehört habe, gibt es neue Erkenntnisse?«, erkundigte sich der Oberstaatsanwalt zu Beginn der morgendlichen Dienstbesprechung.
Hannah nickte. »In der Tat. Im Wagen des Verdächtigen wurden neben Plastikpartikeln, die zum blauen Sack, in der die Leiche transportiert wurde, passen, auch getrocknete Blutflecken gefunden. Wie die Laboruntersuchungen bestätigt haben, ist dieses Blut mit dem der Toten identisch. Die Reifenspuren am Tatort und der im Reifenprofil entdeckte Sand stammen vom Fundort am Cospuderer See, von dem das Haus des Verdächtigen nur ein Steinwurf entfernt liegt. Der Wagen des Mannes, ein roter Opel Corsa, wurde von einer Zeugin gestern gegen acht Uhr morgens am Strand des Sees unweit des Fundortes der Leiche gesehen. Außerdem konnte der Verdächtige für den Zeitraum von vor zwei Wochen bis einschließlich gestern keine Alibis vorweisen. Wie er bei einer ersten Vernehmung sagte, verlässt er das

Haus nur selten, weil er seine demenzkranke Mutter betreuen muss. Sein Auto benutzt er lediglich für Arztbesuche und zum Einkaufen.«
»Es handelt sich um diesen sogenannten Köpfer von Hartmannsdorf, der in den Achtzigern schon mal drei Frauen ermordet haben soll, richtig?", fragte Oberdieck.
»Ja«, bestätigte Jan, »wir haben ihn gestern etwa eine halbe Stunde, nachdem wir das Opfer am Ufer des Cospuderer Sees aufgefunden haben, in seinem Haus aufgesucht und später zur Vernehmung mit aufs Revier genommen.«
»Steht denn mittlerweile eindeutig fest, dass es sich beim Opfer um diese Nina handelt?«, wollte Horst Wawrzyniak wissen.
Josie Nussbaum räusperte sich. »Äh ja, ich denke schon. Es war natürlich für die beiden jungen Frauen schwierig, ihre Kollegin eindeutig zu identifizieren. Wir haben ihnen das Tattoo der Toten gezeigt, eine kleine rote Rose an der Innenseite ihres rechten Oberarms, das sie sofort wiedererkannt haben. Größe und Gewicht des Opfers stimmen mit den Schilderungen der beiden Frauen überein. Das im Wagen gefundene Blut konnte mittlerweile einwandfrei dem Opfer zugeordnet werden. Die Tote ist mit an Sicherheit grenzender Wahrscheinlichkeit die vermisste Nina.«
»Also würde lediglich ein DNA-Vergleich die letzten Zweifel beseitigen?«, fragte Waffel und dachte mit Druck in der Magengrube an Richter Gnädig.
Josie nickte. »Ja oder wir finden ihren Kopf.«
»Haben sie Podelczik bereits mit den Beweisen konfrontiert?«, fragte Oberdieck.
»Klar, ich habe...«, weiter kam Oskar nicht.
»*Wir* haben gestern mit ihm gesprochen«, unterbrach ihn Jan. »Er hat behauptet, dass ihm die vermeintlichen Beweise untergeschoben worden wären, genau wie vor dreißig Jahren. Jemand wolle ihn als Sündenbock missbrauchen. Er ha-

be weder damals noch heute irgendwelche Frauen umgebracht.«
»Und was glauben Sie, Herr Hauptkommissar, ist dieser Mann unser Täter?«, fragte der Oberstaatsanwalt.
Jan zuckte mit den Schultern. »Ich glaube zunächst mal gar nichts, sondern halte mich an die Fakten und die sprechen im Augenblick eindeutig für Podelczik als Täter.«
»Das ist längst nicht alles, was wir gegen diesen Mann in der Hand haben«, ließ sich Oskar nicht das Wort entreißen.
»Na, dann schießen Sie mal los, Herr Ober...«, weiter kam Waffel nicht.
»Oskar, Herr Polizeirat, das ist einfacher.«
»Allerdings, also, Oskar, dann klären Sie uns mal auf«, forderte Waffel, ohne auf das fehlende »Ober« in seiner Dienstgradbezeichnung einzugehen.
Hannah und Jan sahen Oskar überrascht an. Von weiteren Beweisen war bisher keine Rede. Was hatte der diensteifrige junge Mann jetzt schon wieder herausgefunden? Jan befürchtete schon einen erneuten nächtlichen Ausflug seines Kollegen. Und er sollte recht behalten.
Oskar stand auf und ging nach vorn. Er zog einen Din-A-4 großen Computerausdruck aus seiner Jackentasche und klebte ihn an die Plexiglastafel.
»Dieses Foto habe ich gestern im Wohnzimmer von Bruno Podelczik gemacht, als ich mich unter dem Vorwand zur Toilette zu müssen, in seinem Haus umgesehen habe. Der Mann besitzt ein Samuraischwert. Leider konnte ich in der Kürze der Zeit nicht eindeutig feststellen, ob das Schwert echt ist oder eine Nachbildung. Allerdings ist die Klinge rasiermesserscharf, wie sie sehen können.« Oskar hielt den Zeigefinger seiner rechten Hand hoch, an dem sich eine etwa zwei Zentimeter lange verkrustete Risswunde befand.
Jan war stocksauer. Warum hatte er ihnen das nicht bereits gestern erzählt? Wollte Oskar hier etwa den Alleinunterhal-

ter spielen? Er würde sich den übereifrigen Kollegen jetzt wohl mal nachhaltig zur Brust nehmen müssen.
»Und mit dem Ding könnte er tatsächlich diese Frauen enthauptet haben?«, fragte der Oberstaatsanwalt in Richtung Josephine Nussbaum.
»Theoretisch schon, praktisch eher nein.«
»Das heißt?«
»Na ja, also die Schnittränder am Hals der beiden toten Frauen deuten auf den Einsatz einer ultrascharfen Klinge hin. Die Schnitte an sich verlaufen aber dermaßen linear, dass ich annehme, dass die Köpfe der Opfer beim Abtrennen fixiert waren. Für mich sieht das eher nach einer elektrischen Knochensäge, wie sie in Fleischereibetrieben benutzt wird, aus. Allerdings wird da ein weitaus groberes Sägeblatt benutzt, als das hier der Fall zu sein scheint. Die Schnitte am Hals der Opfer sind einwandfrei feiner.«
»Also könnten sie in der Tat auch von einem Samuraischwert stammen, theoretisch, meine ich?«, hakte Oberdieck nach.
»Ich bin keine Expertin für Hieb- und Stichwaffen, aber jemanden mit einem Schwert den Kopf abzuschlagen, setzt sicher ein hohes Maß an Kraft, Präzision und Technik voraus. Angeblich sollen ja die Samurai in der Lage gewesen sein, einen menschlichen Körper vom Scheitel bis zur Sohle mit einem Schlag zu halbieren. Aber ob dieser Bruno Podelczik dazu in der Lage wäre, möchte ich doch eher bezweifeln«, antwortete Josie.
»Vielleicht doch, Frau Doktor«, meldete sich Oskar erneut zu Wort. »Jedenfalls trainiert er seit seiner Freilassung vor etwa einem Jahr regelmäßig und intensiv in der Stahlakademie.«
»In diesem Kampfsportcenter in Lindenau? Woher weißt du das, Oskar?«, fragte Jan.
»Ist hier in Leipzig die einzige Schule für historischen Schwertkampf. Ich dachte mir, ich sehe mir den Laden mal an. Außerdem interessiert mich das sehr, habe früher Kendo

gemacht und will das Training demnächst wieder aufnehmen.«
»Und da haben Sie Podelczik getroffen?«, fragte Oberdieck.
»Nein, ich kannte ihn ja bis gestern gar nicht. Aber ich war gestern Abend nochmal da und hab den Chef gefragt, ob ich mal einen Blick in die Mitgliederdatei werfen dürfte. Als er ein bisschen rumzickte, hab ich ihm meinen Dienstausweis gezeigt und ihm gesagt, wonach ich suche. Er meinte nur, ein Bruno Podelczik wäre ihm unbekannt, aber bei einer Mordermittlung würde er natürlich gern behilflich sein.«
»Also bist du nicht fündig geworden«, stellte Hannah fest.
»Wie der Inhaber gesagt hatte, stand der Name Podelczik nicht auf der Liste, aber dafür ein gewisser Gregor Hartmann.«
»Aha und wer soll das sein?«, wollte Hannah wissen.
»Podelczik stammt aus Hartmannsdorf und sein Vater hieß Gregor. Na klingelt's?«
»Mal langsam, Oskar, Gregor Hartmann ist sicher kein seltener Name, deine Schlussfolgerung erscheint mir doch sehr vage«, wandte Hannah ein.
»Ja, aber wie viele Gregor Hartmanns fahren einen alten, roten Opel Corsa?«
»Wir müssen dem Inhaber ein Foto von Podelczik zeigen«, meinte Jan.
»Nicht nötig, Herr Haupt...äh, Jan, ich habe ein Bild mit Podelczik in Aktion auf der Pinnwand im Büro des Chefs gesehen und er hat mir bestätigt, dass der Mann auf dem Bild Gregor Hartmann ist.«
»Gute Arbeit, Herr Oberwahren...äh...dorf«, freute sich Oberdieck. »Ich werde sofort einen Haftbefehl gegen den Mann beantragen. Anschließend werden wir umgehend mit den Verhören beginnen. Nach dem aktuellen Stand der Ermittlungen sollte dieser Fall gelöst sein. Na, wer hätte das gedacht, dass das so schnell geht, wunderbar, einfach geil«,

zeigte sich der Oberstaatsanwalt hocherfreut, ohne auch nur mit einem Wort darauf einzugehen, dass er noch vor Kurzem eine vollkommen andere Lösung präferiert hatte, frei nach dem Motto, was interessiert mich mein Geschwätz von gestern.

Die Trattoria No. 1 im Waldstraßenviertel war eines der besten italienischen Restaurants in Leipzig. Hannah und Jan gingen dort gern essen, jedenfalls immer dann, wenn es der schmale Geldbeutel eines Polizeibeamten zuließ, denn besonders günstig war das zugegebenermaßen erstklassige Essen nicht. Entweder machten sich die beiden einen schönen Abend in vertrauter Zweisamkeit oder trafen sich mit guten Freunden. Jan hatte die Idee, sich in gemütlicher Runde abseits des Trubels des hektischen Treibens eines Polizeipräsidiums mit ihrem Team zu treffen und bei einem guten Glas Rotwein über die Tatsache zu reden, dass mit Bruno Podelczik der vermeintliche Täter gefasst wurde.
»Hätte nicht gedacht, dass wir so schnell zu einem Ergebnis kommen, aber die Beweislage stellt sich mehr als eindeutig dar. Allerdings wollen wir den Mann nicht vorverurteilen. Unsere Aufgabe, den Täter anhand von handfesten Beweisen und nachvollziehbaren Indizien zu ermitteln, ist erledigt, alles andere liegt beim Richter. Darauf dürfen wir getrost anstoßen.«
Polizeioberrat Horst Wawrzyniak erhob sein Rotweinglas und prostete der Runde zu. »Wohl sein, Kollegen, hervorragende Arbeit. Ich danke ihnen allen. Ein wirklich guter Tag für die Mordkommission der Leipziger Polizei.«
Hannah, Josie, Rico und Jan erhoben ebenfalls ihr Glas, nickten ihrem Chef zu und tranken einen ersten Schluck Rotwein.
Jan setzte sein Glas ab und legte seine Stirn in Falten. »Ich denke ehrlich gesagt nicht, dass Podelczik der Täter ist«,

sagte er trocken. »Ich glaube eher, dass da einer oder vielleicht sogar mehrere clevere Leute unterwegs sind, die ein Spielchen treiben, das wir noch nicht ganz durchschaut haben. Alle vermeintlichen Beweise gegen Podelczik sind uns quasi auf dem Silbertablett präsentiert worden.«
»Ach, Jan, nun seien Sie mal nicht so skeptisch. Nicht jeder Fall ist kompliziert. Manchmal liegen die Lösungen klar und deutlich auf dem Tisch, ohne, dass wir lange recherchieren und ermitteln müssen. Kommt nicht oft vor, aber ich denke, der Fall Podelczik ist ein eben solcher. Es gibt rein gar nichts, was nicht für diesen Mann als Täter spricht. Die Sache ist dermaßen eindeutig, dass er nicht mal den Versuch gestartet hat, sich zu verteidigen. Der wollte ja nicht mal mehr einen Anwalt.«
»Stimmt, Horst, aber zugegeben hat er die Tat bisher auch nicht. Und wenn ich ehrlich bin, kann ich Jans Bedenken nachvollziehen. Ich glaube, wir machen einen großen Fehler, wenn wir den Fall als gelöst betrachten. Was ist mit den anderen Tatverdächtigen? Der Skutin-Clan hat die Frauen als Warnung an ihren ärgsten Widersacher umgebracht, sich in Leipzig aus ihren Geschäften herauszuhalten. Die Kosakenfront versucht nachweislich im Bereich der Prostitution einen Fuß in die Tür zu kriegen. Das wird sich Ivan Skutin nicht gefallen lassen. Zudem haben wir die Information, dass er neuerdings in den Organhandel eingestiegen ist. Demnach verfügt Skutin über Leute, die in der Lage sind, den Opfern professionell die Organe zu entfernen, dass sie anschließend noch für Transplantationen verwendet werden können.«
Jan nickte. »Und dieser Oleg Ponomarov gilt als knallharter Bandenchef, der sich nicht so leicht die Butter vom Brot nehmen lässt. Auch nicht von den eigenen Leuten. Es gibt da ein Gerücht, dass seine Schwester versucht hätte, in Leipzig ihr eigenes Geschäft an der Organisation vorbei hochzuziehen. Würde mich nicht wundern, wenn Ponomarov nicht

mal davor zurückschreckt, seine eigene Schwester zu liquidieren.«
»Und dann haben wir da noch unsere albanischen Freunde«, ergänzte Hannah, »die ebenfalls liebend gern die Prostitution und den Drogenhandel übernehmen würden. Was könnte denen besser zu Pass kommen, als dass sich die Russen gegenseitig bekämpfen. Und da sollte es ja nicht allzu schwierig sein, ein bisschen nachzuhelfen. Ardian Shala ist ein ausgekochter Bursche. Würde mich nicht wundern, wenn er hinter den Morden an den beiden Frauen steckt und sich im Moment genüsslich zurücklehnt und genießt, wie sich die Russen gegenseitig zerfleischen.«
»Dann ist da neuerdings noch eine weitere, nicht zu unterschätzende, kriminelle Bande auf der Bildfläche erschienen. Die Tschetschenen haben Blut geleckt. Sie wissen, dass in Leipzig die Nachfolge um das Erbe von Pjotr Skutin und Viktor Rasienkov hart umkämpft ist. Sie wollen sich ein Stück vom Kuchen abschneiden. Dieser Ruslan liegt zwar momentan im Krankenhaus, aber dieser Zustand wird nicht ewig anhalten. Sie werden die bestehenden Strukturen aufmischen und versuchen, sich die vakanten Geschäfte unter den Nagel zu reißen. Die Tschetschenen sind knallharte Burschen, kampferprobt und rücksichtslos. Würde mich nicht wundern, wenn sie hinter den Morden an den beiden Prostituierten stecken.«
Rico nickte. »Durchaus möglich, Jan. Und wollen wir zu guter Letzt nicht unseren ehrenwerten Richter Gnadenlos vergessen, der seinen Schwanz nicht in der Hose lassen kann und aus diesem Grund von Natascha Ponomarova erpresst worden ist. Er hat ja bereits höchst umstritten gehandelt, als er ein Urteil gegen die Russenmafia in zweiter Instanz als Richter des Bundesgerichtshofs außer Kraft gesetzt hat.«
»So ist es«, ergänzte Jan. »Natürlich wird sich der werte Richter nicht selbst die Hände schmutzig gemacht haben.

Vielleicht haben sich die Albaner sogar angeboten, sein Problem aus der Welt zu schaffen.«
»Oder Ivan Skutin, wer weiß«, sagte Hannah.
»Wo ist eigentlich Oskar? Habt ihr ihn nicht eingeladen?«, wollte Josie wissen. »Ein putziges Kerlchen, schade, dass er nicht da ist, ein wirklich talentierter junger Mann.«
»Danke für den Hinweis, Josie, eine bessere Überleitung zum nächsten Tatverdächtigen konntest du jetzt nicht machen«, antwortete Hannah.
»Was?«, platzte es aus Polizeioberrat Wawrzyniak heraus, der glaubte, seinen Ohren nicht zu trauen. »Herr Oberwahren...«
»...dorf«, half Hannah.
»Ja verdammt, das lern ich nie. Also der Mann soll jetzt plötzlich ein Tatverdächtiger sein, hab ich das gerade richtig verstanden?«
Hannah nickte.
Als sie gerade ansetzen wollte, kam der Ober an den Tisch, um die Bestellungen aufzunehmen.
»Greift zu, meine Freunde, heute werden wir den Staat mal so richtig schädigen, ich werde die Rechnung als Arbeitsessen des Morddezernats direkt beim Ministerium für Inneres einreichen«, hatte Waffel seine gute Laune nicht verloren.
»Du hältst Oskar tatsächlich für einen Verdächtigen? Wie denn das?«, wunderte sich Josie.
»Sie haben Ihren Humor nicht verloren, Hannah, das gefällt mir an Ihnen«, lachte Waffel.
»Ich habe ähnlich reagiert, als mir Hannah ihre Vermutungen offenbarte, aber nachdem ich eine Nacht darüber geschlafen hatte, musste ich erkennen, dass in der Tat ein Anfangsverdacht gegen Oskar berechtigt ist«, erklärte Jan.
Horst Wawryniak entglitten augenblicklich die Gesichtszüge. Von seiner guten Laune war plötzlich nichts mehr übrig.

»Also, ich möchte sie doch sehr bitten, das ist doch vollkommener Humbug. Absurd, total absurd, möchte ich meinen.«
»Leider nicht, Herr Polizeioberrat«, wurde Hannah förmlich.
»Ja, aber was für ein Motiv sollte der junge Mann denn haben? Er ist gerade mal zwei Wochen im Dienst. Nein, Hannah, ich denke, Sie sollten mal ein paar Tage freimachen. Podelczik ist unser Mann. Der Fall ist erledigt, basta!"
»Wer hat Oskar eigentlich aus der Flut von Bewerbungen ausgewählt? Was hat er vorher gemacht? Warum wollte er unbedingt nach Leipzig? Wieso wird ein solch unerfahrener Mann sogleich der Mordkommission zugeteilt? Wie sehen seine familiären Verhältnisse aus? Wo wohnt er? Was macht er in seiner Freizeit? Fragen über Fragen, aber keine Antworten«, zählte Hannah auf.
»Aber diese Fragen hätte man über uns bei Dienstantritt auch stellen können, das ist doch nicht ungewöhnlich. Der Mann ist Anfänger und hat eine Chance bekommen, sich zu bewähren. Und die will er unbedingt nutzen, auch wenn es bei Oskar vielleicht manchmal den Eindruck erweckt, dass alles was er sagt und tut ein bisschen too much ist«, meinte Josie, die Oskar durchaus sympathisch fand.
Hannah nickte. »Stimmt, Josie, allerdings gibt es da ein paar Dinge, die ihr noch nicht wisst und die mehr als nur merkwürdig rüberkommen. Ich habe mich jedenfalls eingehend nach ihm erkundigt. Der Typ ist total seltsam, um sein Verhalten milde auszudrücken. Kaum ist er in Leipzig, werden zwei Frauen ermordet. Zufall? Mag sein. Er weiß alles über das organisierte Verbrechen, vor allem über die Russenmafia. Hat er angeblich im Studium als Schwerpunkt gehabt. Kann sein. Er kannte Bruno Podelczik und seine Vorgeschichte. Reines Interesse? Möglich. Er war uns in diesem Fall immer einen Schritt voraus und hat sein eigenes Ding gemacht. Profilneurose? Soll's geben. Er hat Podelczik eigenmächtig

verhört und ihn mit vermeintlichen Beweisen konfrontiert, die er wahrscheinlich selbst gefälscht hat, um den Mann zu einem Geständnis zu verleiten. Übertriebener Eifer? Vielleicht. Er hat angeblich festgestellt, dass der Motor noch warm war, dass der Sand an den Reifen vom Fundort stammt und hat in Podelcziks Wohnzimmer ein Samuraischwert gefunden. Cleverness? Nicht auszuschließen. Und er hatte Zeit und Gelegenheit, die Leiche in Podelcziks Wagen zu legen. Das Schloss an der rechten Hintertür war defekt. Wusste er das? Anzunehmen.«

»Nein nein, Hannah, wir sind zusammen am Tatort etwa zehn Minuten vor euch angekommen. Er war die ganze Zeit bei mir«, protestierte Josie.

»Das ist richtig. Womöglich war er aber bereits am Vormittag dort. Er hat die Leiche im blauen Plastiksack verschnürt, auf den Rücksitz von Podelcziks Wagen verfrachtet und dafür gesorgt, dass Blut und Plastikfetzen auf den Polstern zurückblieben. Dann hat er ihn kurzgeschlossen, ist damit runter zum Seeufer gefahren, hat die Leiche so abgelegt, dass sie schnell gefunden werden konnte und hat dann den Wagen wieder vor Podelcziks Tür abgestellt, nicht ohne vorher dafür zu sorgen, dass jemand auch ganz sicher unten am Strand ein roter Corsa auffallen wird. Eine Zeugin hat den Wagen etwa gegen neun Uhr morgens dort gesehen. Wir sind um halb eins dort eingetroffen. Merkwürdig ist auch, dass ein Ortsfremder weiß, dass der Weg durch die Stadt raus nach Hartmannsdorf nicht so viel Zeit benötigt, wie außenherum über die A9 und A14. Ein Indiz dafür, dass er die Strecke bereits gefahren war.«

»Also, Hannah, ich denke, Sie verrennen sich da in etwas. Oskar ist ein übereifriger, beizeiten sicher auch gewöhnungsbedürftiger Charakter, aber die Story, die sich da zusammenreimen, klingt in meinen Ohren doch von sehr weit hergeholt. Das sind doch alles nur Mutmaßungen, keine Beweise. Reden Sie mit Oskar offen über Ihren Verdacht, ich denke, dann wird sich alles aufklären.«

»Möglich, Herr Polizeioberrat. Aber das ist noch nicht alles. Der nette Freiherr von und zu Oberwahrendorf hatte in seiner Zeit in Braunschweig und in Halle jeweils regen Kontakt zu Prostituierten. Und auch hier in Leipzig hat er sich bereits wieder in deren Dunstkreis bewegt. Er ist passionierter Schwertkämpfer, besitzt ein rasiermesserscharfes Samuraischwert und hat ein Jahr lang an der Uniklinik in Münster als Assistent in der Chirurgie gearbeitet.«

Jan zuckte zusammen. Das hatte Hannah ihm noch nicht erzählt.

Auch Rico Steding war überrascht. »Woher weißt du das alles, Hannah?«

»Habe mit einem mir bekannten Kollegen in Halle gesprochen, der mir neben einigen anderen Geschichten, angefangen von Besserwisserei bis hin zur Amtsanmaßung, eben auch von seinem ständigen Umgang mit Nutten berichtet hat. Dass er an der Uniklinik Münster gearbeitet hat, steht in seiner Personalakte und das Samuraischwert lag versteckt in einem Gitarrenkoffer unter seinem Bett im Studentenwohnheim.«

»Was zum Teufel hast du in seiner Wohnung gemacht? Bist du da etwa...?«, war Jan entsetzt.

»Nein, ich habe ihn heute Morgen zur Dienstbesprechung abgeholt. Ein Mitbewohner hat mir aufgemacht, weil Oskar noch unter der Dusche stand. Da konnte ich mich kurz in seinem Zimmer umsehen. Na ja, unterm Bett sind ja oft die kuriosesten Dinge versteckt«, zuckte Hannah mit den Schultern.

Waffel lehnte sich in seinem Stuhl zurück, zog ein säuberlich gefaltetes Stofftaschentuch aus der Hosentasche und wischte sich den Schweiß von der Stirn.

Josie schüttelte fassungslos den Kopf, Rico zuckte mit den Achseln.

»Hab gestern genauso reagiert wie ihr. Brauchte auch erst mal ein paar Stunden, um über das Gehörte nachzudenken. Wir werden jetzt keine voreiligen Schlüsse ziehen. Ich werde Oskar zur Rede stellen, dann sehen wir weiter. Hannah und ich sind uns einig darüber, dass die Dinge so gelaufen sein könnten wie Sie sie dargestellt hat, aber dass es eben auch plausible Erklärungen für Oskars zugegebenermaßen merkwürdiges Verhalten geben kann. Bin gespannt, was der junge Mann zu den Vorwürfen zu sagen hat«, meinte Jan.

»Gut, reden Sie mit Oskar, Jan. Bis dahin ist Podelczik der Täter, dass wir uns da richtig verstehen. Es wäre eine Katastrophe, wenn etwas von den Mutmaßungen über Herrn von Oberwahren...«

»...dorf«, ergänzte Josie.

»Ja, verdammt, ...dorf, ist mir scheißegal. Also wenn da irgendwas nach außen dringt. Oberdieck plant bereits für morgen Mittag eine Pressekonferenz, nachdem Podelczik morgen früh um acht verhört und mit den eindeutigen Beweisen konfrontiert worden ist, egal, ob der Mann gesteht, oder nicht.«

»Morgen früh um acht? Davon weiß ich nichts«, wunderte sich Rico Steding.

»Tut mir Leid, Rico, Oberdieck wird das Verhör höchstpersönlich leiten. Jan soll ihn dabei unterstützen. Alle anderen sind vorerst raus.«

»Sag mal Horst, was soll denn das? Und du hast da nichts zu gesagt? Noch bin ich der Leiter der Mordkommission und entscheide, wer wen und wann verhört.«

»Bleib ruhig, Rico. Hast ja recht, aber Oberdieck kann in seiner Eigenschaft als Oberstaatsanwalt einen Verdächtigen vernehmen, wann und wo er immer will, dagegen können wir rein gar nichts unternehmen«, meinte Waffel.

»Doch«, sagte Jan. »Er wird um acht allein dort sein. Die Mordkommission wird anschließend mit Podelczik reden. Wir lassen uns von dem karrieregeilen Spinner nicht die Butter vom Brot nehmen.«
Hannah und Rico nickten zustimmend.
Waffel zuckte mit den Schultern und begann seine mittlerweilen nur noch lauwarmen Tagliatelle mit Meeresfrüchten zu essen. Nach zwei Bissen schob er frustriert den Teller von sich.«
»Hab keinen Appetit mehr. Wir sehen uns morgen«, sagte er, stand auf, zog seine Jacke an und verschwand.
»Nimm's mir nicht übel, Kleine, aber ich hoffe inständig, dass du dich geirrt hast«, sagte Josie und hob ihr Glas. »Und jetzt lasst uns einen Trinken, dann lässt sich der ganz normale Wahnsinn ein Stück leichter ertragen, glaubt mir.«

Um kurz nach ein Uhr morgens verließen Hannah, Jan und Josie die Pizzeria.
»Lass deinen Wagen stehen, Josie, wir bringen dich nach Hause«, sagte Jan, der natürlich bemerkt hatte, dass Josie viel zu viel getrunken hatte.
»Ach, die paar Meter...«
»Nix da, Mädchen, steig ein, deinen Wagen holen Hannah und ich morgen früh auf dem Weg zum Präsidium ab«, befahl Jan.
»Na gut«, willigte Josie ein, »aber bitte nicht nach Hause, da wartet sowieso niemand auf mich. Schmeißt mich am Institut raus, dann werde ich mir gleich in der Früh nochmal die Laborergebnisse im Fall Podelczik angucken, falls ich was übersehen haben sollte.«
»Ha, du und was übersehen? Du hast wahrscheinlich noch 'ne gute Flasche Wein im Kühlschrank, die du gleich köpfst und dir gemütlich reinziehst«, flachste Hannah.

»Ist auf jeden Fall 'ne Alternative zur Schlaflosigkeit«, meinte Josie, die für ein gutes Glas Rotwein jederzeit zu haben war.
»Ich kenne noch einen, der heute Nacht schlecht schlafen wird. Jedenfalls war Waffel ziemlich enttäuscht, dass wir den Fall Podelczik noch nicht als gelöst angesehen haben. Mit Podelczik als Täter wären seine ganzen Probleme mit einem Schlag vom Tisch. Vor allem der Verdacht gegen den Richter liegt ihm tonnenschwer im Magen. Jetzt wird er vielleicht doch noch gezwungen sein, ihn zur Abgabe einer DNA-Probe auffordern zu müssen«, sagte Jan.
»Und die wird beweisen, dass er mit beiden Opfern Sex hatte. Das wird einen Skandal sondergleichen nach sich ziehen und Justiz und Polizeibehörde in den Grundfesten erschüttern. Darauf würden sowohl Waffel als auch Oberdieck sicher gerne verzichten«, ergänzte Hannah.
»Es wird keine DNA-Probe geben und folglich auch keinen Skandal, dafür wird Oberdieck schon sorgen. Nach Lage der Dinge wird er morgen Klage erheben und Podelczik dem Haftrichter vorführen.«
Jan nickte. »So wird es wahrscheinlich kommen. Wir werden da im Moment nichts tun können, außer weiter zu ermitteln und abzuwarten, wo uns das hinführen wird.«
»Glaube nicht, Jan, dass Oberdieck das zulassen wird. Spätestens mit der Verurteilung Podelcziks werden wir unsere Ermittlungen einstellen müssen«, vermutete Hannah.
»Sag mal, Hannah, dein Verdacht gegen Oskar, bist du dir da eigentlich ganz sicher?«
»Nein, natürlich nicht, aber ich kann mir auch nicht vorstellen, dass alles Zufall ist, was ich herausgefunden habe. Bin selbst gespannt, wie er die Vorwürfe entkräften will. Glaub mir Josie, es wäre mir lieber, ich hätte mich geirrt.«
»Er hat mit der Sache nichts zu tun, Hannah. Hinter seinen zugegebenermaßen merkwürdigen Aktivitäten steckt etwas anderes.«

»Aha und was, du Schlauberger?«
»Keine Ahnung, er wird es mir erklären. Ich denke, Oskar ist total besessen von dem was er tut. Er lebt diesen Job. Es war immer sein Traum, bei der Kripo zu arbeiten. Und jetzt, wo er wahr werden könnte, gibt er sein letztes Hemd dafür, damit dieser Traum nicht platzt wie eine Seifenblase. Er will sich mit aller Macht profilieren. Ihm selbst fällt natürlich gar nicht auf, wie irrational sein Verhalten bei uns rüberkommt. Er will einfach nur einen top Job machen und überzieht dabei maßlos.«
»Hm, sehe ich auch so, Hannah. Jan hat recht, ich denke, dass ein ausführliches Gespräch mit ihm die Dinge ins rechte Licht rücken wird. Oskar – ein Serienkiller, nicht wirklich, Hannah, oder?«
»Eher nicht, Josie, trotzdem werden wir ihm gehörig auf den Zahn fühlen, er wird sein Verhalten zukünftig ändern müssen, wenn er weiterhin mit uns arbeiten will«, lenkte Hannah ein wenig ein.
Jan hielt direkt vor dem Gerichtsmedizinischen Institut an der Uniklinik und ließ Josie aussteigen.
»Soll, ich dich noch zur Tür bringen?«, bot Jan an.
»Nicht nötig«, grinste Josie und brachte eine Dose Pfefferspray aus ihrer Handtasche zum Vorschein, »die paar Meter schaffe ich allein, danke euch, ihr Turteltäubchen. Ich melde mich, sobald ich die Ergebnisse überprüft habe. Wird nicht lange dauern. Schlaft gut.«
Jan wendete und gab Gas. Er war todmüde und wollte nur noch ins Bett. Hannah war mittlerweile auf dem Beifahrersitz eingenickt, als plötzlich Jans Handy klingelte.
»Rico? Was will der denn jetzt noch, verdammt?«, schimpfte Jan und nahm das Gespräch an.
»Tut mir Leid, dass ich euch nochmal stören muss, aber ich hab gerade 'nen Anruf von der Nachtschicht erhalten. In der Demmeringstraße direkt vor Skutins Nachtclub sind Schüsse

gefallen. Die haben sofort das Sondereinsatzkommando gerufen und haben die Lage mittlerweile unter Kontrolle. Es hat mehrere Verletzte gegeben, einer davon wurde mit dem Notarzt in die Uniklinik gebracht. Dabei soll es sich um einen Russen handeln, der zusammen mit mehreren bewaffneten Männern in den Club eingedrungen ist und sofort das Feuer eröffnet haben soll.«

»Okay, Rico, wir fahren dahin, liegt ja auf dem Weg«, bestätigte Jan.

»Gut, danke, dann bis morgen.«

Knapp zehn Minuten später sprang Jan aus dem Wagen.

»Warte hier, Hannah, ich frage eben nach, was genau passiert ist. Dauert nicht lange.«

Hannah gähnte und nickte, sie war bereits zu müde zum Antworten.

»Die Lage ist unter Kontrolle, Herr Hauptkommissar«, berichtete der Einsatzleiter. »Etwa zehn bewaffnete Männer wollten den Nachtclub stürmen, sind aber auf erbitterten Widerstand gestoßen. Skutins Leute konnten die Angreifer auf die Straße zurückdrängen, wo es zu einer heftigen Schießerei kam. Zwei von seinen Männern wurden angeschossen und befinden sich zur ambulanten Behandlung in der Klinik. Die Verletzungen sind nicht lebensbedrohlich. Einen der Angreifer hat es dagegen schwer erwischt. Er wurde mit einem Bauchschuss in die Uniklinik eingeliefert. Die anderen Kerle sind geflohen. Gut möglich, dass es da auch Verletzte gegeben hat.«

»Gut, danke, Kollege. Habt ihr die Personalien des Mannes?«

Der Einsatzleiter, auf dessen Schild über der Brusttasche seiner Jacke der Name *Förster* zu lesen war, schüttelte den Kopf. »Nein, der Typ hatte keine Papiere dabei und war nicht mehr ansprechbar.«

Jan nickte. »Okay, ich kümmere mich um den Mann. Eine ruhige Nacht noch.«

Polizeihauptmeister Förster tippte sich kurz zum Gruß mit dem Finger gegen die Stirn und wandte sich wieder seinen Leuten zu.
Als Jan gerade in seinen Wagen steigen wollte, sah er Ivan Skutin vor der Tür des Nachtclubs stehen. Er stieß die Wagentür wieder zu, ging über die Straße und steuerte direkt auf Skutin zu. Als der ihn kommen sah, kam er ihm ein paar Schritte entgegen.
»So schnell sieht man sich wieder, Herr Kommissar. Unangenehme Geschichte. Sind hier einfach reinmarschiert und haben auf uns geschossen.«
»Und Sie haben natürlich keine Ahnung, wer das gewesen sein könnte, nehme ich mal an?«
»Die Konkurrenz wahrscheinlich«, zuckte Skutin die Achseln.
»Und davon gibt's ja mittlerweile mehr als genug, oder? Könnte es nicht sein, dass sich Oleg Ponomarov für den Tod seiner Schwester revanchieren wollte?«
»Bei uns? Wieso? Wir haben mit der Sache rein gar nichts zu tun. Außerdem habe ich heute den Buschfunk gehört, Herr Kommissar. Der Mörder der beiden Frauen ist doch bereits gefasst, oder?«
»Den Buschfunk, soso, na dann wissen Sie aber mehr als ich. Was ich aber sicher weiß, ist, dass Ponomarov glaubt, dass ihre Leute die Täter sind. Wird schwierig sein, ihn vom Gegenteil zu überzeugen.«
»Ich muss diesen Hurensohn von gar nichts überzeugen. Der soll sich verpissen. In dieser Stadt ist für solch ein Arschloch kein Platz mehr.«
»Stimmt, den hat bereits ein anderes Arschloch eingenommen.«
»Hey hey, warum so aggressiv, Herr Kommissar?«
»Typen wie Sie machen mich eben aggressiv, Skutin, fragen Sie mal bei ihrem Cousin nach. Ach, der ist ja tot, hätt ich

fast vergessen. War übrigens auch ein Arschloch, dieser Pjotr.«
Skutin stieg die Zornesröte ins Gesicht. »Was soll das? Wieso provozieren Sie mich? Denken Sie, ich bin so dumm und reagiere darauf? Also, was wollen Sie, mich festnehmen? Ich habe mich nur zur Wehr gesetzt. Soviel ich weiß, ist Notwehr kein Straftatbestand, oder?«
»Kommt darauf an, Skutin?«
»Worauf?«
»Ob Sie einen Waffenschein besitzen und ihre Knarren registriert sind.«
»Wir besitzen keine Schusswaffen, das wissen Sie doch, Herr Kommissar.«
»Nee, natürlich nicht. Ihr habt die Angreifer mit Wattebäuschen aus eurem Club gejagt.«
»Nein, wir haben Baseballschläger benutzt. Müssen die auch registriert sein?«
»Schon klar, Skutin. Sie müssen sich nicht rausreden. Der Einsatz wurde gefilmt. Das Material wird noch heute Nacht ausgewertet. Wir sehen uns morgen Früh um Neun auf dem Präsidium. Seien Sie pünktlich, Skutin, sonst schicke ich Ihnen eine Streife.«
»Ich fass es nicht. Wir sind angegriffen worden, geht das nicht in ihren beschissenen Schädel rein? Wir haben uns nur verteidigt, sonst wären wir jetzt tot.«
»So wie ich das sehe, werden Sie das ohnehin bald sein. Oder glauben Sie wirklich, Ponomarov wird Sie am Leben lassen? Die Kosakenfront ist im Anmarsch, Skutin und die werden Sie und ihre Männer zermalmen wie lästige Küchenschaben. Gegen Ponomarov sind Sie nichts als ein vollkommen unbedeutender Fliegenschiss an seiner Windschutzscheibe. Er wird Sie einfach wegwischen.«
Skutin ballte vor Wut die Fäuste. Er zitterte am ganzen Körper. Jan hatte sein Ziel fast erreicht.

»Wollen Sie mich wieder schlagen? Ist doch schon beim letzten Mal nicht gut für Sie ausgegangen, Skutin. Ohne Ihre Männer im Rücken sind Sie doch nur eine kleine, feige Drecksau.«
Das war für den Russen zu viel des Guten. Mit einem weit ausgeholten Schwinger versuchte er seinen Widersacher am Kopf zu treffen. Jan wich aus, drückte blitzschnell Skutins Schlagarm zur Seite und schlug eine stahlharte Gerade auf das Brustbein seines Gegners. Der Russe klappte zusammen wie ein Taschenmesser und musste sich übergeben. Jan verzichtete darauf, ihn mit einem kapitalen Kinnhaken endgültig ins Land der Träume zu schicken.
Polizeihauptmeister Förster war auf die Auseinandersetzung aufmerksam geworden und wollte Jan mit seinen Männern zur Hilfe eilen.
»Alles im Griff, Kollege, danke. Der Mann hat mich tätlich angegriffen. Nehmen Sie ihn mit aufs Revier, damit er wieder zur Besinnung kommt. Er ist unverletzt, die Schmerzen wird er allerdings noch ein paar Tage ertragen müssen.«
»Geht klar, Herr Hauptkommissar.«
Jan klopfte seinem Kollegen anerkennend auf die Schulter und ging zu seinem Wagen zurück. Hannah schlief inzwischen tief und fest auf ihrem Beifahrersitz. Sie hatte von der ganzen Aktion offensichtlich nichts mitbekommen. Gut so, dachte Jan, denn Hannah mochte es nicht, wenn er zuschlug. Sie war der Meinung, dass er oft viel zu schnell bereit war, Gewalt anzuwenden. Und das stimmte. Aber genau das war einer der Gründe, warum er noch am Leben war. Afghanistan lässt grüßen, dachte er, startete den Wagen und schob die silberne Scheibe ins CD-Fach, in der Hoffnung, dass Hannah gestern Morgen irgendwas gehört hatte, was ihn jetzt noch wach hielt. Da ihr Musikgeschmack nicht unbedingt identisch war, hatte er allerdings wenig Hoffnung.

Meine Uhr ist eingeschlafen/Ich hänge lose in der Zeit/Ein Sturm hat mich hinausgetrieben/ Auf das Meer der Ewigkeit/ Gib mir Asyl hier im Paradies/Hier kann mir keiner was tun/ Gib mir Asyl hier im Paradies/Nur den Moment um mich auszuruhn.

Hannah liebte Silly, vor allem Tamara Danz, die das absolute Idol ihrer Jugend war. Jan hatte durch seine Freundin Zugang zu diesen vielen Bands aus DDR-Zeiten bekommen. Klar, auch im Westen kannte man die Puhdys und Karat, das war es dann aber auch schon mit der ostdeutschen Musikherrlichkeit. Silly hatte er erst durch Hannah kennengelernt, eine Band, bei der Anna Loos als Frontfrau den Gesang der legendären und viel zu früh verstorbenen Tamara Danz übernommen hatte. Jan mochte Anna Loos. Sie war nicht nur eine gute Schauspielerin, sondern auch eine tolle Sängerin. Aber so richtig packen konnten ihn tatsächlich nur die alten Songs mit Tamara Danz. Und das galt vor allem für den, der da gerade lief.

Da draußen lauern deine Hände/Und ziehn mich auf den Grund/Ich sinke, ich sinke und ertrinke/An deinem warmen Mund/ Gib mir Asyl hier im Paradies/Hier kann mir keiner was tun/Gib mir Asyl hier im Paradies/ Nur den Moment um mich auszuruhn.

Er hatte dieses Lied schon oft gehört und es berührte ihn. Mittlerweile konnte er den Text mitsingen. In diesem Moment wurde ihm klar, wie sehr er Hannah liebte und trotzdem musste er den ganzen langen Tag an Esther denken. Er konnte sich das weder erklären, noch konnte er irgendwas dagegen tun. Es war ein Gefühl, gegen das er sich nicht wehren konnte und das machte ihm Angst. Er hatte Hannah nichts von Esther erzählt, warum auch. Sie war Vergangenheit, bis, ja, bis er sie vor ein paar Tagen zufällig wiedersah. Seitdem ging sie ihm nicht mehr aus dem Kopf. Verdammt, er wollte das nicht und warum hatte er eigentlich Hannah

nichts von seiner Begegnung mit Esther erzählt? Er kannte die Antwort. Er wusste ganz genau, dass Hannah in seinen Augen lesen würde, dass er noch etwas für Esther empfand. Frauen konnten das und das versetzte ihn in Panik.
Jan war froh, als er in die Schmutzlerstraße einbog, der Silly-Song zu Ende war und damit auch seine Gedanken an Esther verflogen waren. Jedenfalls für den Moment.

»**Mensch,** Jan, was sollte denn das? Wieso hast du den Kerl festnehmen lassen? In deinem Büro warten bereits seine Anwälte auf dich. Du hast den Mann geschlagen, sein Brustbein ist gebrochen. Sie werden dich verklagen.«
»Guten Morgen, Rico, ich hoffe, du hast nach unserem netten Abend gut geschlafen? Also soweit ich mich erinnere, hast du mich doch gebeten, mitten in der Nacht raus zu fahren und mich um die Sache zu kümmern. Das habe ich getan.«
»Ja, super. Musstest du den Kerl gleich vermöbeln? War das nötig?«
Jan nickte. »Unbedingt, Skutin hat mich angegriffen, ich habe mich mit nur einem Schlag verteidigt.«
»Sieht aber eher so aus, als wäre er von einem Panzer überrollt worden.«
»Tja, leider. Der Knorpel des Brustbeins ist sehr hart und widerstandsfähig, aber wehe, wenn er bricht, dann schillert die Brust in allen Farben und die Schmerzen können wochenlang anhalten.«
»Die wollen ihren Mandanten mitnehmen und in ärztliche Behandlung übergeben«, flüsterte Rico, als er zusammen mit Jan das Büro betrat.
Vor Ricos Schreibtisch saßen zwei in dunklen Anzügen gekleidete Männer, die sich ähnelten wie Zwillinge. Die Pomade im Haar glänzte wie eine Speckschwarte im Sonnenlicht, ihre kantigen Gesichtszüge erinnerten an einen Nussknacker.

Jan schätzte ihr Alter auf Mitte Vierzig. Sie sahen aus wie Smith und Smith aus der Matrix.
Die beiden erhoben sich und nickten Jan kurz zu, ohne ihm die Hand zu geben. Doch keine Zwillinge, dachte Jan, als er feststellte, dass der eine gut zwanzig Zentimeter kleiner war und gut zehn Jahre älter als der andere.
»Mein Name ist Saitzev, das ist mein Kollege Serenkov. Wir sind Rechtsanwälte der Kanzlei Saitzev und Partner aus Berlin. Wir vertreten unseren Mandanten Herrn Ivan Skutin, den Sie heute Nacht ohne Grund angegriffen und geschlagen haben. Anschließend haben Sie den schwerverletzten Mann die medizinische Behandlung verwehrt und ihn stattdessen in eine Arrestzelle gesperrt. Das wird nicht ohne Folgen für Sie bleiben, Herr Kommissar.«
»Hauptkommissar, meine Herren, so viel Zeit muss sein. Skutin hat mich angegriffen, ich habe mich gewehrt. Polizeihauptmeister Förster und zwei weitere Beamte können dies bestätigen. Daraufhin haben wir den stark alkoholisierten Mann in eine Ausnüchterungszelle gesperrt. In seinem Zustand stellte er eine Gefahr für sich selbst und andere dar. Auch das werden ihnen Polizeihauptmeister Förster und seine Kollegen bestätigen. Ihr Mandant hatte satte zwei Promille Alkohol im Blut, meine Herren. Zudem gab es eine wilde Schießerei auf der Straße vor seinem Nachtclub, bei der es mehrere Verletzte gab. Ein Schwerverletzter kämpft im Krankenhaus um sein Leben. Wir haben bei Skutins Männern Schusswaffen sichergestellt, die allesamt nicht registriert sind. Keiner dieser Männer besitzt einen Waffenschein, auch ihr werter Mandant nicht. Außerdem untersucht das Labor gerade das Projektil, das dem Schwerverletzten aus dem Bauchraum entfernt worden ist. Gut möglich, dass es aus der Waffe ihres Mandanten stammt. Das werden wir spätestens heute Abend wissen. Skutin bleibt solange in Gewahrsam, achtundvierzig Stunden mindestens. Der Arzt, der

die Blutprobe genommen hat, hat sich seine Verletzung angeschaut und lediglich eine starke Prellung des Brustbeins festgestellt. Er hat Schmerztabletten bekommen. Sie sehen, meine Herren, alles kein Grund zur Aufregung.«

»Auch wir haben Zeugen, die gesehen haben, dass Sie Skutin aufgelauert und angegriffen haben. Unser Mandant war an dem Vorfall nicht beteiligt und besitzt auch keine Schusswaffe. Er war unten im Nachtclub und ist erst auf die Straße gegangen, als die Polizei dort eintraf. Selbstverständlich bestreitet unser Mandant nicht, dass er Alkohol getrunken hat. Ist das verboten? Doch nur, wenn er hinterm Steuer sitzt, was nicht der Fall war. Also, meine Herren Kommissare, es gibt keinen Grund, unseren Mandanten hier noch länger festzuhalten«, forderte der ältere, kleinere Anwalt.

»Kommen sie nach Ablauf der Achtundvierzigstundenfrist wieder. Solange bleibt Skutin hier. Sie können gern versuchen, beim Haftrichter eine einstweilige Verfügung auf sofortige Freilassung zu beantragen. Guten Tag, meine Herren.«

Jan stand auf und verließ grußlos den Raum. Als die Anwälte gegangen waren, stürzte Rico in Jans Büro.

»Die Typen sind stinksauer, haben derbe auf Russisch geflucht. Sie wollen versuchen, den zuständigen Richter aufzusuchen, um dann umgehend mit einer Verfügung auf Haftentlassung zurückzukommen. Als hätten wir hier nicht genug um die Ohren, Jan, verdammt, lass uns Skutin nach Hause schicken. Wir wissen doch bis jetzt noch nicht mal, wer dieser Schwerverletzte ist und das Projektil haben wir auch nicht. Momentan gibt es Wichtigeres, als diese beschissene Schießerei letzte Nacht. Wenn die Russen sich gegenseitig abknallen wollen, ich hab nichts dagegen zum Teufel noch mal«, fluchte Rico.

»Die Angreifer waren Ponomarovs Leute. Er glaubt, dass Skutin seine Schwester ermordet hat. Hat mir Grigori erzählt.

Der wird nicht eher ruhen, bis Skutin tot ist. Solange der Typ da unten in Haft sitzt, ist er sicher. Ich fahre jetzt ins Krankenhaus und sehe mir mal diesen Kerl an. Wenn ich zurück bin, können wir mit der Vernehmung Podelcziks beginnen.«
Rico schüttelte den Kopf. »Ist bereits zu spät. Oberdieck ist hier um halb acht aufgekreuzt und hat sich Podelczik vorgeknöpft. Er hatte seinen Stellvertreter im Schlepptau und hat erst gar nicht gefragt, ob jemand vom Morddezernat bei der Vernehmung dabei sein wollte.«
»Und, was hat das Verhör ergeben?«, fragte Jan.
Rico verdrehte die Augen. »Podelczik hat gestanden.«
»Was? Der hat gestanden?« Jan konnte es nicht glauben.
»Ja und zwar alles. Sogar die drei Morde in den Achtzigern.«
»Wie bitte? Das ist ein Scherz, Rico, oder? Du willst mich auf den Arm nehmen, mein Lieber.«
Rico atmete tief ein. »Leider nicht. Oberdieck hat bereits Untersuchungshaft beantragt und will Podelczik noch heute Morgen dem Haftrichter vorführen. Um dreizehn Uhr ist eine Pressekonferenz anberaumt. Das war's, Jan. Klappe zu, Affe tot.«
»Ist Podelczik noch unten?«
»Nee, er ist bereits in die Haftanstalt an der Leinestraße gebracht worden. Oberdieck hat bis auf weiteres eine strikte Kontaktsperre verhängt. Podelczik darf weder vernommen werden, noch darf er Besuch erhalten.«
»Und was sagt sein Anwalt dazu? Das ist doch gar nicht erlaubt, oder?«
»Podelczik wollte keinen Anwalt. Er wird einen Pflichtverteidiger bekommen.«
»Die Scheiße stinkt zum Himmel, Rico. Glaubst du diesen ganzen Mist etwa? Bruno Podelczik ist nicht der Täter, da verwette ich meinen Arsch. Ich habe mit dem Mann gesprochen, von Angesicht zu Angesicht. Der will nicht mehr, Rico. Podelczik hat keinen Bock mehr. Er will nicht nochmal das

Gleiche durchmachen wie vor dreißig Jahren. Das einzige Problem ist seine Mutter. Was soll aus der Frau werden, wenn Podelczik den Rest seines Lebens im Gefängnis sitzt?«

»Oberdieck will für die Überstellung in ein Pflegeheim sorgen. Er hat in meinem Beisein mit dem Richter telefoniert«, sagte Rico.

»Die haben einen Deal gemacht, verdammte Scheiße. Ich glaub's nicht. Damit hat Oberdieck Podelczik gelockt. Der Staat kümmert sich um seine Mutter, wenn er ein umfassendes Geständnis ablegt. Was ist das denn für 'ne fiese Nummer?«

»Jan, bleib ruhig. Du verrennst dich da in was. Vergiss bitte nicht die erdrückende Beweislast gegen Podelczik. Die kannst du nicht einfach ignorieren. Nach Stand der Dinge ist Podelczik der Mörder, da gibt es keinen Zweifel.«

»Das hat er ja fein hingekriegt, der Herr Oberstaatsanwalt. Der nächste Schritt auf der Karriereleiter kann in Angriff genommen werden. Und so ganz nebenbei ist sein Sektenfreund, der werte Richter Gnädig, aus der Schusslinie. Aber da werden wir ihm einen Strich durch die Rechnung machen, Rico. Zur endgültigen Identifizierung der Leichen braucht Josie eine DNA-Probe des Richters. Da wird der gute Richter Gnadenlos wohl nicht drum herumkommen.«

»Es sei denn, er wird mit diesen beiden Frauen gar nicht mehr in Verbindung gebracht. Vergiss nicht, dass der Inhalt unseres inoffiziellen Gespräches mit Richter Gnädig und seinem Anwalt Klatt nicht verwendet werden darf. Und weder Oberdieck noch Frederik Graf von Hohenhorst werden jetzt noch bezeugen, dass der Richter mit den beiden Frauen zusammen war. Die eine Krähe hackt der anderen kein Auge aus. Außerdem würden sie sich auf gewisse Weise ja selbst belasten, oder?«

»Da gibt es immer noch die anderen Mädchen und den Geschäftsführer des Escortservice, diesen Vitus. Die werden

durchaus bezeugen können, dass der Richter die beiden Opfer gefickt hat.«
»Da bin ich mir nicht so sicher, Jan.«
»Du meinst, Oberdieck und seine Sektenbrüder sorgen dafür, dass die ihr Maul halten?«
Rico zuckte mit den Schultern. »Klar, was würdest du an deren Stelle tun? Der Richter ist seinen Job los und Oberdiecks berufliche Zukunft wäre zumindest stark gefährdet.«
»Nee, Rico, so nicht, da ist das letzte Wort noch nicht gesprochen.« Jan war stinksauer, wusste aber, dass er im Moment nichts tun konnte.
Auf dem Flur kam ihm Hannah mit Oskar im Schlepptau entgegen. Sie war um kurz nach halb neun am Verhörraum gewesen, um eventuell doch noch an der Vernehmung Podelcziks durch den Oberstaatsanwalt teilzunehmen, als sie erfuhr, dass Oberdieck bereits um halb acht gekommen war und Podelczik nicht mal eine halbe Stunde später in die Justizvollzugsanstalt an der Leinestraße hat bringen lassen. Hannah war außer sich vor Wut. Wieso mischte sich dieser aufgeblasene Fatzke von Oberstaatsanwalt in die Arbeit der Mordkommission ein? Sie wusste nicht mal genau, ob der Kerl nicht sogar seine Kompetenzen überschritt.
»Sag mal, hast du das mitgekriegt? Ich glaub's grad nicht. Oberdieck hat uns nach allen Regeln der Kunst ausgetrickst. Setzt den Vernehmungstermin für neun Uhr an und hat nichts Besseres zu tun, als die Sache 'ne Stunde vorher im Alleingang durchzuziehen. Er hat Podelczik bereits in die Haftanstalt überführen lassen, ohne uns vorher darüber zu informieren. Was für ein blödes Arschloch«, fluchte Hannah.
»Angeblich hat Podelczik ein umfassendes Geständnis abgelegt, auch für die drei Morde vor fast dreißig Jahren. Um dreizehn Uhr ist Pressekonferenz«, sagte Jan kurz und knapp.

»Nee, oder? Das gibt's ja wohl nicht. Wieso macht der das? Der war das doch gar nicht. Bin ich hier komplett im falschen Film? Kann mich mal einer zwicken?«
»Sehe ich genauso, Hannah. Bruno Podelczik ist unschuldig«, meldete sich Oskar zu Wort.
Hannah starrte Jan mit weit aufgerissen Augen an. Jan erwiderte den Blick und zuckte mit den Schultern. Was sollte das denn jetzt plötzlich? War Oskar etwa gerade dabei, seine Strategie zu wechseln, oder befand sie sich mit ihrem Verdacht gegen Oskar vielleicht doch auf dem Holzweg?
»Is was?«, fragte Oskar, dem das merkwürdige Verhalten seiner Kollegen nicht entgangen war.
»Wie kommst du darauf, Oskar? Die Beweise gegen Podelczik sind nicht wegzudiskutieren. Er scheint tatsächlich der Täter zu sein, auch wenn wir daran zweifeln.«
»Die Sache stinkt zum Himmel, Herr Haupt..., äh, Jan. Die sogenannten Beweise sind manipuliert worden. Der oder diejenigen hatten dabei leichtes Spiel. Sie wussten, dass Podelczik praktisch nie das Haus verlässt. Eben nur, wenn er mit seiner Mutter zum Arzt fuhr oder Einkaufen ging. Seine Einkäufe tätigte er meist sogar zu Fuß, Lidl liegt ja gleich bei ihm um die Ecke. Sein Auto stand derweil unverschlossen und unbeobachtet in seiner Einfahrt, die zu allem Überfluss von den Nachbarn aus nicht einzusehen ist. Die Täter mussten also nur abwarten, bis Podelczik das Haus verlässt, luden den Leichensack in seinen Wagen und hinterließen auf dem Rücksitz Blutflecken und Plastikfetzen. Sie schlossen den uralten Corsa mit zwei Handgriffen kurz, fuhren runter zum Seeufer, warteten auf den Moment, dass sie von Zeugen aus der Entfernung beobachtet wurden und warfen den Leichensack ans Seeufer. Dann stellten sie den Corsa mit dem Ufersand im Profil zurück in seine Einfahrt. Die ganze Aktion hat sicher nicht mehr als eine halbe Stunde gedauert, wenn überhaupt. Podelczik geht gewöhnlich um kurz nach acht aus

dem Haus, um seine Einkäufe zu tätigen. Wenn seine Mutter um neun aufsteht, ist er wieder zurück. Diese eine Stunde haben die Täter für ihre Aktion genutzt.«
»Moment mal, Oskar. Wir waren gegen halb eins bei Podelczik. Wieso konntest du nach dreieinhalb Stunden feststellen, dass der Motor noch warm war? Wenn die kurz vor neun den Wagen wieder in die Einfahrt gestellt haben, war die Motorhaube schon längst wieder kalt, oder?«, raunzte Hannah ihn an.
Oskar nickte. »Vollkommen richtig, aber Podelczik ist um halb elf mit seiner Mutter zum Arzt gefahren und war gerade zurück, als wir bei ihm aufgekreuzt sind.«
»Woher weißt du das?«, giftete Hannah.
»Hab mich bei den Ärzten in Hartmannsdorf nach den Terminen von Frau Podelczik erkundigt. Es gibt da ein Ärztehaus in der Leipziger Straße.«
»Fällt das nicht unter die ärztliche Schweigepflicht?«, bemerkte Jan.
»Klar, aber wenn die Krankenkassen nachfragen, sind die gewöhnlich immer gesprächsbereit.«
»Du hast dort als Mitarbeiter einer Krankenkasse angerufen? Woher wusstest du denn in welcher Kasse die alte Frau ist?«
»Sag mal, Hannah, wird das jetzt ein Verhör? Warum bist so gereizt? Ich habe ermittelt, da muss man schon mal in die Trickkiste greifen. Ich habe den Damen an der Rezeption erzählt, dass ich Rechnungsprüfer bei der AOK wäre und das Honorar nicht überweisen könnte, weil auf den Abrechnungsbögen von Frau Podelczik das Datum fehlen würde.«
»Und das haben die dir so einfach abgenommen?«, fragte Jan.
»Anstandslos, die wollen doch schließlich ihr Geld haben.«
»Hm, leuchtet ein und was hast du in Erfahrung gebracht?«, wollte Jan wissen.

»Dass Frau Podelczik vorgestern um elf einen Termin beim Internisten Dr. Langemann hatte. Es ging um ihre Leberwerte, die sich wegen der Vielzahl der einzunehmenden Medikamente in den letzten Monaten zunehmend verschlechtert hatten.«
»Du bist 'n Fuchs, Oskar. Gute Arbeit«", lobte Jan.
»Jau«, ätzte Hannah. »Und die Sache mit dem Samuraischwert, das du rein zufällig in Podelcziks Wohnzimmer entdeckt hast? Ist ihm auch untergejubelt worden, oder was?«, ließ sie nicht locker.
»Na ja, diese Aktion war reichlich dumm. Eine billige Nachbildung. Damit kannst du nicht mal 'nen Hamster erschlagen. Und wenn, dann höchstens mit dem Griff. Schätze, da haben die sich eher 'nen schlechten Scherz erlaubt. Die Fingerabdrücke auf dem Ding sind nicht von Podelczik. Die Spurensicherung jagt die gefundenen Abdrücke gerade durch den Computer. Mal sehen, ob es da einen Treffer gibt.«
»Kennst dich ja anscheinend ganz gut aus mit diesen Samuraischwertern, Oskar«, bohrte Hannah weiter nach.
»In der Tat. Mein Traum ist, zwei echte Exemplare davon zu besitzen"«, schwärmte Oskar.
»Zwei? Wieso zwei?«, fragte Jan.
»Die Samurai trugen ihre Schwerter immer als Paar. Das bestand aus dem Katana und dem Wakizashi. Das Katana war ein langes und das Wakizashi ein kurzes Schwert, man sagt dazu auch Daisho.«
»Und was ist mit dem Ding, das du unter deinem Bett im Gitarrenkoffer versteckt hast?«, wollte Hannah wissen.
»Oha, da hab ich wohl ein paar Minuten zu lange geduscht. Na ja, ich wollte in dieser Studentenbude niemanden mit einer solchen Waffe erschrecken. Und im Gegensatz zu dem hundert Euro Spielzeug, das ich bei Podelczik gefunden habe, ist das eine echte Waffe. Hab ich letztes Jahr im Internet gebraucht gekauft. Das ist ein Oni Katana von Hanwei. Kos-

tet neu tausendfünfhundert Euro, ich hab's für die Hälfte gekriegt.«
»Und damit kann man schon erheblichen Schaden anrichten, oder?«, fragte Jan.
»Sicher, wenn jemand mit dem Ding umgehen kann.«
»Und, Oskar, kannst du?«, provozierte ihn Hannah.
»Hm, ich trainiere dafür, immer besser zu werden. Um jemanden mit einem Hieb den Kopf abzutrennen, hat es aber bisher nicht gereicht, Hannah. Das wolltest du doch wissen, oder?«
»Hey hey, jetzt lasst mal gut sein. Trotzdem Oskar, die Frage muss erlaubt sein. Ist es tatsächlich möglich, mit diesem Schwert einen Menschen zu enthaupten?«
»Mit diesem sicher nicht, Jan, aber mit einem Hanwei SH 1201 Kami Katana kann ein geübter Samurai so einen Hieb problemlos ausführen. Dieses Exemplar kostet allerdings mindestens fünftausend Euro.«
»Was so viel heißt, dass du das mit einem solchem Schwert durchaus könntest, oder?«, hörte Hannah nicht auf.
Oskar zuckte mit den Schultern. »Ich kann mir so ein Exemplar nicht leisten. Aber ja, Hannah, vielleicht könnte ich das, schon möglich.«
»So jetzt reicht's, ihr Streithähne. Wir haben jetzt Wichtigeres zu tun. Schließlich wollen wir den Mörder der beiden Frauen finden, oder? Ich fahre ins Krankenhaus und sehe mal, ob ich was aus diesem verletzten Russen herauskriege. Ihr könnt euch hier weiter streiten, oder ihr kommt mit. Zur Pressekonferenz möchte ich gern wieder zurück sein. Bin mal gespannt, was Oberdieck da für einen Mist vom Stapel lässt.«
Auf dem Weg ins Krankenhaus erzählte Jan den beiden, was in der Nacht vor dem Club von Ivan Skutin geschehen war und dass sich der Russe zurzeit im Keller des Präsidiums in Haft befindet.

»Wir haben zwei Pistolen vom Typ Makarov sichergestellt. Wenn wir im Krankenhaus sind, werde ich versuchen, das Projektil, das im Bauch des verletzten Russen steckt, sicherzustellen. Ich hoffe, dass die Ärzte ihm das bereits entfernen konnten. Vielleicht befinden sich auf einer der Pistolen Skutins Fingerabdrücke und wenn wir dann noch feststellen, dass das Projektil aus dieser Waffe stammt, haben wir den Kerl am Haken. Wenn wir Skutin aus dem Verkehr ziehen können, hätte Ponomarov keinen Grund mehr, nach Leipzig zu kommen und ihn umzulegen. Und schon hätten wir eine Baustelle weniger.«
»Glaubst du, dass der Skutin-Clan die Frauen ermordet hat, um der Kosakenfront zu zeigen, wer in Leipzig das Sagen hat, Jan?«, fragte Oskar.
»Möglich ist das. Umso besser für uns, wenn wir Skutin festnageln könnten. In Haft sind die harten Jungs manchmal etwas gesprächiger.«
»Sag mal, mein liebes Oskarchen, woher wusstest du eigentlich, dass der Weg durch die Stadt raus nach Hartmannsdorf so viel schneller ist, als über die Autobahn. Du bist doch dort noch nie lang gefahren. Oder vielleicht doch?«, kehrte Hannah zum alten Thema zurück.
Jan war genervt. »Jetzt lass es doch mal gut sein, Hannah, verdammt.«
»Nein nein, fragen Sie ruhig, Frau Hauptkommissarin, kein Problem«, blieb Oskar ruhig.
»Also, ich höre?«
Oskar holte sein Smartphone aus der Tasche und fingerte daran herum.
»Mit der Leipzig mobil App die schnellste Route finden. Ich hab beide Strecken von Leipzig-Mitte nach Hartmannsdorf eingegeben, habe Tag und Uhrzeit hinzugefügt und gefragt, welcher Weg am schnellsten ist. Da um die Mittagszeit wenig Verkehr im Bereich Wundtstraße/Schleußiger Weg ge-

meldet wurde, betrug die voraussichtliche Fahrtzeit raus nach Hartmannsdorf etwa zehn Minuten weniger als über die A9 und A 14. Wie sich herausgestellt hat, war es sogar eine glatte Viertelstunde. Super App, kann ich nur empfehlen.«
»Boah, Oskar, was bist du nur für ein elender Klugscheißer. Na ja, aber immer noch besser als ein psychopathischer Serienkiller.«
»Ich gebe mein Bestes, Frau Hauptkommissarin«, grinste Oskar.

Um kurz vor zehn fuhren Hannah, Jan und Oskar mit dem Fahrstuhl hoch zur Station A 3.2 im Haus 4 der Unfallchirurgie der Universitätsklinik Leipzig. Auf dem Flur zur Station erkundigten sie sich nach dem gestern Nacht mit einer Schussverletzung eingelieferten Mann. Die leitende Stationsschwester Frau Speydel beäugte die Dreiergruppe skeptisch.
»Darf ich bitte mal ihre Ausweise sehen?«, fragte sie.
»Klar«, antwortete Hannah und nickte ihren beiden Kollegen zu, ebenfalls die Ausweise zu zeigen.
»Äh ja, das ist jetzt gerade ungünstig. Mein Ausweis liegt unten im Wagen«, musste Jan eingestehen.
»Typisch Mann, immer mit den Gedanken woanders. Ist in Ordnung, ich verbürge mich für Hauptkommissar Krüger«, sagte Hannah.
»Ja eigentlich darf ich...«
»Verstehe ich, Oberschwester, aber glauben Sie mir, es ist alles in Ordnung. In welchem Zimmer liegt der Mann?«
»Zimmer acht, sofort hier vorn links, aber Ich habe die Anweisung vom Chefarzt, vorerst niemanden zu dem Schwerverletzten zu lassen. Er ist gestern Nacht operiert worden und noch sehr schwach. Er hat, wie sie ja sicher wissen, sehr viel Blut verloren. Wir können im Moment nicht mal sagen, ob der Mann überlebt.«

»Müsste er dann nicht eigentlich auf der Intensivstation liegen?«, fragte Oskar.
»Da können wir auch nicht mehr für ihn tun«, sagte die Oberschwester harsch.
»Hören Sie, Frau Speydel, wir benötigen dringend das Projektil, das dem Verletzten entfernt worden ist«, sagte Hannah betont freundlich.
»Das ist, soviel ich weiß, bereits in die Gerichtsmedizin geschickt worden.«
»Aha und wer hat das veranlasst?«, wollte Jan wissen.
Die Oberschwester zuckte mit den Achseln. »Das weiß ich nicht, da müssen sie den Oberarzt fragen.«
»Hatte der Mann irgendwelche Papiere dabei, anhand dessen wir seine Identität feststellen können. Personalausweis, Kreditkarte, Führerschein, Krankenkarte....?«
»Auch das kann ich ihnen nicht sagen. Die Nachtschwester hat seine Kleidung in den Schrank gelegt. Ich denke nicht, dass sie die vorher durchsucht hat.«
»Dürfen wir vielleicht mal nachsehen? Das wird dem Patienten wohl kaum schaden?«, sagte Oskar.
»Tut mir leid, ich habe strikte Anweisung, ausnahmslos niemanden zu ihm zu lassen.«
»Und was ist mit dem da?«, fragte Oskar
»Wie bitte? Wer denn?«, war die Oberschwester für einen Moment irritiert.
»Na, der Kerl da, der da gerade aus Zimmer acht gekommen ist.«
»Was? Das kann nicht sein.«
»Der Typ ist ganz hektisch verschwunden, als er uns entdeckt hat. Ist sofort scharf links abgebogen. Wo geht's denn da hin?", wollte Oskar wissen.
»Zu den weiteren Zimmern dieser Station.«
»Gibt's da noch 'nen Ausgang?«
»Nein«, schüttelte Frau Speydel den Kopf.

»Also hält der Kerl sich da hinten in einem Zimmer versteckt. Kommen Sie, Oberschwester, da stimmt doch was nicht.«
Oskar zog die Oberschwester am Ärmel und nickte Hannah zu, die Frau in die Mitte zu nehmen und den Gang zu den anderen Zimmern hinunterzulaufen.
»Du hast fünf Minuten«, flüsterte Oskar Jan zu.
Als die drei außer Sichtweite waren, schlich sich Jan in Zimmer acht. Der Mann lag allein in diesem Zweibettzimmer und hatte die Augen geschlossen. Jan öffnete den Kleiderschrank und untersuchte seine blutverschmierte Kleidung. Nichts, weder irgendwelche Ausweise noch andere Hinweise auf seine Identität. »Mist«, flüsterte Jan.
Als Jan ans Bett des Verletzten herantrat, hatte er plötzlich das Gefühl, ihn schon mal gesehen zu haben. Aber wo? Er beugte sich über den Mann, schob die Decke ein Stück zurück und zog sein weißes Krankenhaushemd ein Stück herunter. Jan zuckte kurz zusammen, obwohl er erwartet hatte, dass der Kerl tätowiert war. Eine große schwarze Kanone nahm beinahe den gesamten Brustbereich ein. Dann sah er sich die tätowierten Arme des Mannes an. Eine rote Rose konnte er nicht erkennen. Aber die trugen laut Oskar ja auch nur die weiblichen Mitglieder der Kosakenfront. Jan konnte sich erinnern, dass Oskar erwähnt hatte, dass eine Kanone irgendein Dienstgradzeichen der Kosakenfront war, wusste aber nicht mehr, welchen Rang der Träger einer Kanone einnahm. Plötzlich hörte er Stimmen auf dem Flur und die Tür zum Krankenzimmer wurde aufgerissen.
»Verdammte Scheiße«, murmelte Jan.
Doch dann stand plötzlich Oskar im Türrahmen.
Jan atmete durch. »Mensch, Oskar, musst du mich so erschrecken, ist nicht gut für mein Herz.«
»Los raus hier. Hannah lässt sich gerade von diesem Hausdrachen die Toilette zeigen«, mahnte Oskar zur Eile.

Jan sah sich nochmal um, bevor er den Raum verließ. Wo hatte er diesen Mann schon mal gesehen? Er versuchte sich krampfhaft zu erinnern, aber im Moment wollte der Groschen einfach nicht fallen.
Jan und Oskar bewegten sich zügig, aber ohne zu laufen, Richtung Fahrstuhl. Im Hintergrund vernahmen sie gerade noch, wie Hannah sich bei der Oberschwester bedankte und sich verabschiedete. Jan stellte seinen Fuß in die Fahrstuhltür und wartete auf sie.
»Und, konntest du was herausfinden«, fragte Hannah auf dem Weg nach unten.
»Ja«, nickte Jan. »Der Typ trägt das Tattoo einer schwarzen Kanone auf seiner Brust.«
»Leutnant der Kosakenfront, der dritthöchste Dienstgrad der Organisation«, sagte Oskar wie aus der Pistole geschossen.
»Also stimmen unsere Vermutungen, dass die Angreifer die Leute von Oleg Ponomarov waren«, fügte Hannah hinzu.
»Hm, das ist sicher keine Überraschung, aber ich weiß genau, dass ich diesen Kerl schon mal irgendwo gesehen habe, da bin ich mir absolut sicher", meinte Jan.
«Ich denke, du irrst dich, Jan. Die Kosakenfront schickt für solche Einsätze Männer aus Russland, die ihre Aufgaben erledigen und unmittelbar danach zurückkehren. Diese Kerle sprechen kein Deutsch und tragen keine Papiere bei sich. Sie haben strikte Anweisung, sich unter keinen Umständen festnehmen oder in ein Krankenhaus einliefern zu lassen. Ist das trotzdem der Fall, versuchen die Russen, ihren Mann sofort herauszuholen. Deshalb ist zu erwarten, dass demnächst ein paar finstere Typen im Krankenhaus auftauchen werden, um ihren Mann rauszuholen. Wir sollten den Kerl bewachen lassen«, schlug Oskar vor.
Hannah nickte. »Ich rufe Rico an. Er soll sofort zwei Beamten ins Krankenhaus schicken.«

»Ich wüsste vielleicht jemanden, der diesen Kerl identifizieren könnte«, fiel Oskar plötzlich ein.
»Kerim«, platzte es plötzlich aus Jan heraus.
»Wer? Nein, ich meine die Freundin von Skutin, die mit der roten Rose am Arm, ihr wisst, die Frau, die Ponomarov beim Skutin-Clan eingeschleust hat.«
»Aus Tschetschenien.«
»Nein, aus Russland.«
Jan starrte Oskar an. »Jetzt weiß ich, woher ich den Mann kenne.«
»Den aus dem Krankenhaus?«, verstand Hannah im Moment nur Bahnhof.
»Ja, er war zusammen mit diesem Ruslan in Eddys Gym und hat Schutzgeld verlangt. Und es war noch ein dritter Mann dabei, der Adam hieß. Diese drei Männer, Ruslan, Adam und Kerim sind Tschetschenen, die nach Leipzig gekommen sind, um hier eine Schutzgeldmafia aufzubauen. Eddy war sozusagen ihr erster Kunde.«
»Woher weißt du das, Jan?«, wunderte sich Hannah.
»Ich hab diese Typen dort getroffen, als ich vor einer Woche mal wieder beim Training war. Eddy hat mir erzählt, dass die im Gym die Leute schikanieren und sie nötigen, mit ihnen in den Ring zu steigen, um sie dort mit unfairen Mitteln zu attackieren und zusammenschlagen. Sie haben Eddy gedroht, seine Mitglieder aus dem Laden zu prügeln, wenn er nicht zahlen würde.«
»Aha, und dann hast du dich berufen gefühlt, die Sache auf dem kleinen Dienstweg zu regeln, oder?«, ahnte Hannah.
»Was hätte ich denn deiner Meinung nach tun sollen? Die Männer höflich bitten, das Gym zu verlassen oder denen 'ne Anzeige androhen?«
»Und, was hast du gemacht, Jan?«, fragte Oskar scheinheilig, der genau wusste, was dort passiert war.

»Er hat sich den Anführer vorgeknöpft und ihm ein paar Knochen gebrochen. Eben das, was er immer tut, wenn er jemandem eine Lektion erteilen will«, war Hannah sauer.
»Echt jetzt?«, staunte Oskar.
»Verdammt, da fällt mir ein, dieser Ruslan liegt ja auch in der Uniklinik, kann aber mit seiner gebrochenen Kniescheibe zurzeit das Bett nicht verlassen. Am besten schickt Rico da auch einen Beamten hin.«
»Das heißt also, dass die Tschetschenen für die Kosakenfront arbeiten«, stellte Oskar fest.
»Zumindest dieser Kerim«, antwortete Jan.
»Wahrscheinlich alle drei«, ergänzte Hannah.
Jan nickte. »Klar, anzunehmen.«
»Hm«, sagte Oskar, »ich vermute mal, dass derjenige, der Podelczik mittels von untergeschobenen Beweisen ans Messer geliefert hat, auch dafür gesorgt hat, dass sich die Russen gegenseitig ans Leder gehen. Und da fällt mir mal wieder in erster Linie der Name Ardian Shala ein.«
„Logisch, die Albaner sind zweifellos die Nutznießer der Fehde zwischen Skutin und Ponomarov. Aber warum sollten sie die Morde Podelczik anhängen wollen? Für sie ist es doch viel besser, Ponomarov glaubt weiterhin, Skutin hätte seine Schwester und deren Freundin geköpft und ausgeweidet. Die Art der Tötung weist schließlich mehr als deutlich auf den Skutin-Clan hin, die sich neuerdings auf diesen schmutzigen Organhandel spezialisiert haben. Nein, die Sache mit Podelczik passt da so überhaupt nicht ins Bild.«
»Wobei wir wieder bei unserem psychopathischen Serienkiller wären«, seufzte Hannah.
»Der aber nicht Podelczik heißt, oder?«
»Nee, Oskar wahrscheinlich nicht, aber vielleicht irren wir uns. Wenn es tatsächlich da draußen einen Täter gibt, der nicht Podelczik oder Skutin heißt, dann führt der uns momentan am Nasenring durch die Manege«, stellte Jan fest.

»Wir sollten uns auf jeden Fall Richter Gnadenlos nochmal vornehmen. Natascha Ponomareva hat ihn mit den Sexfotos erpresst. Ich glaube zwar nicht, dass sich Herr Gnädig selbst die Hände schmutzig gemacht hat, aber er könnte gut und gerne die Morde in Auftrag gegeben haben«, sagte Hannah.
»Und die Art der Tötung sollte auf Podelczik als Täter abzielen«, ergänzte Oskar.
Jam grinste. »Na jedenfalls seid ihr beide ja wieder ein Herz und eine Seele, da bin ich aber froh.«
»Nee nee, ich bin mit Klein-Oskar noch nicht ganz fertig«, protestierte Hannah.
»Wieso? Was ist denn jetzt noch, ich habe doch alle Vorwürfe glaubhaft entkräftet, oder«, war Oskar beleidigt.
»Bleibt noch die Frage, warum du versucht hast, Podelczik im Alleingang ein Geständnis abzuringen?«
»Ich war gespannt, wie er auf diese angeblichen Beweise reagiert.«
»Und, wie hat er reagiert?«
»Genau so, wie ich es erwartet hatte. Er hat sich weder aufgeregt, noch hat er versucht, die Vorwürfe abzustreiten. Er hat einfach resigniert, so wie jemand, der viele Jahre vergeblich um sein Recht gekämpft und verloren hat. Podelczik glaubt nicht mehr an Gerechtigkeit und will jetzt einfach nur noch seine Ruhe. Ihm ist schlichtweg egal, was mit ihm passiert. Nur das Wohlergehen seiner Mutter liegt ihm noch am Herzen. Und genau diesen wunden Punkt hat Oberdieck bei Podelczik genutzt, um ihn zu einem Geständnis zu bewegen. Er hat einen Deal mit ihm gemacht: Podelczik gesteht sämtliche Taten, auch die vor dreißig Jahren und Oberdieck sorgt dafür, dass seine Mutter in ein Pflegeheim gebracht und dort bis zu ihrem Lebensende versorgt wird.«
»Jetzt gehen aber gerade sämtliche Gäule mit dir durch, Oskar. Da reimst du dir ja ganz schön was zusammen«, schimpfte Hannah.

Jan zuckte mit den Schultern. »Na ja, haargenau das Gleiche hab ich ja auch bereits vermutet. Oberdieck ist felsenfest von Podelcziks Schuld überzeugt. In diesem Fall heiligt der Zweck die Mittel. Ein Geständnis macht sich vor Gericht immer gut. Bin mal gespannt, was Oberdieck gleich der Presse erzählen wird.«

Auf der Rückfahrt zum Präsidium hatte es sich Oskar auf dem Rücksitz gemütlich gemacht und beschäftigte sich mit seinem Iphone. Jan beobachtete im Rückspiegel, dass der Kriminalazubi wie weggetreten auf sein Mobiltelefon starrte.

»Wozu braucht man eigentlich noch sein Hirn, wenn man so 'n Smartphon hat?«, schüttelte Jan den Kopf. Nicht, dass er nicht auch so ein Ding hatte, aber er benutzte es zum telefonieren. Er war nicht mal sicher, ob er mit seinem Modell überhaupt ins Internet kam.

»Da«, rief Oskar plötzlich. »Als wenn ich's geahnt hätte.«

Hannah drehte sich um und sah Oskar fragend an.

»Macht mal Radio leiser und hört euch das an.«

Der Köpfer von Hartmannsdorf reloaded! Der Mathematiklehrer Bruno P. hat nach dreißig Jahren wieder zugeschlagen. Er soll die Morde an den beiden Prostituierten Natascha P. und Nadeschda K. bereits gestanden haben. Oberstaatsanwalt Oberdieck hat für heute Mittag eine Pressekonferenz einberufen. Lesen sie mehr in der Abendausgabe der Blitz. Blitz – aktueller und schneller als die Polizei erlaubt!

»Tja, immer das gleiche Spielchen. Würde mich allerdings nicht wundern, wenn die Schmierfinken ihre Infos aus erster Hand erhalten haben«, ätzte Hannah.

»Oberdiecks heißer Draht zur *Blitz* ist ja kein Geheimnis. Mit dieser *Blitz*-Meldung hat er die Konkurrenz mal wieder düpiert. Und sie sorgt dafür, dass der Laden gleich ausverkauft sein wird. Die anderen Boulevard-Blätter wollen schließlich auch noch ein Stück vom Kuchen abhaben«, meinte Jan.

»Schau doch mal nach, ob noch wer anders diese Meldung bringt, Oskar.«
»Hab ich schon, Hannah, aber bisher Fehlanzeige. Wird sich aber wohl nur noch um Minuten handeln, bis die anderen nachgezogen haben.«
»Oberdieck will mit aller Macht Generalstaatsanwalt werden. Die Stelle wird in knapp einem Jahr neu besetzt. An Bewerbern mangelt es nicht wie man so hört«, wusste Hannah.
»Da kommt ihm so ein überragender Ermittlungserfolg in einer Mordsache natürlich gerade recht. Oberdieck wird sich gleich in Szene setzen, wie der edle Ritter in seiner goldenen Rüstung. Aber was für ihn noch viel wichtiger sein wird, ist die Unterstützung seines Logenfreundes Richter Sören Gnädig, der ihm jetzt richtig was schuldig ist. Immerhin hat Oberdieck ihn mit dieser Aktion aus der Schusslinie genommen. Und Richter Gnadenlos soll über einen verdammt guten Draht zum Landesjustizminister verfügen. Spielen jede Woche Golf zusammen, wie Waffel mir erzählt hat«, sagte Jan.
»Tja, nur leider wird ihm das nicht viel nutzen«, grinste Oskar.
»Wie kommst du darauf?«, fragte Hannah.
»Weil wir beweisen werden, dass Oberdieck den Falschen erwischt hat.«
»Mensch, Oskar, jetzt fahr doch endlich mal deine Betriebstemperatur ein paar Grad runter. Mir gefällt das auch nicht, aber die Beweise gegen Podelczik sind erdrückend. Und wir haben nichts in der Hand, was diese Beweise widerlegen kann. Außerdem sind die Ermittlungen in diesem Fall beendet.«
»Jan hat recht, Oskar. Wir haben unseren Job gemacht. Alles andere ist jetzt Sache der Justiz. Ich befürchte allerdings, dass das Urteil über Podelczik bereits gesprochen ist.«

Hannah machte das Radio wieder lauter. Clueso sang *Achterbahn.* Und eben genau das taten ihre Gefühle im Moment. So wie es aussah, war Bruno Podelczik schuldig, aber ihr Bauchgefühl sagte ihr etwas ganz anderes.

Mit gut zehn Minuten Verspätung eröffnete der Pressesprecher der Leipziger Polizei, Hansi Schäfer, die offizielle Pressekonferenz. Zunächst begrüßte er Oberstaatsanwalt Oberdieck, Polizeioberrat Wawrzyniak und den Leiter der Mordkommission, Rico Steding. Die Gerichtmedizinerin und Pathologin, Frau Dr. Josephine Nussbaum, würde sich um einige Minuten verspäten, wäre aber bereits auf dem Weg ins Präsidium. Anschließend hieß er die Vertreter von Presse, Funk und Fernsehen willkommen und erläuterte mit kurzen Worten den Grund der heutigen Pressekonferenz. Mehrere regionale Radiosender sowie ein Fernsehteam des MDR waren zugegen und hatten sich bereits in Position gebracht.
Hannah und Jan hatten sich im hinteren Bereich des brechendvollen Pressesaals einen Stehplatz gesichert. Dann übergab Hansi Schäfer das Wort an den Oberstaatsanwalt.
Oberstaatsanwalt Oberdieck brachte sich in Position. Er rückte mit seinem Stuhl näher an den Tisch und beugte seinen Oberkörper nach vorn, nahe an die Armada von Mikrofonen, Sprachrecordern und Smartphones heran.
»Im Namen der Staatsanwaltschaft Leipzig heiße ich sie, meine Damen und Herren, als Vertreter von Presse, Funk und Fernsehen herzlich willkommen.«
Oberdieck setzte sich auf, rieb sich kurz die Hände und richtete seinen Blick geradeaus in den Saal. Nach kurzer Pause fuhr er mit theatralischer Miene fort. »Vorweg möchte ich der Familie der beiden getöteten Frauen mein herzliches Beileid aussprechen.« Wieder erfolgte eine kurze Pause. »Umso mehr verspüre ich eine gewisse Erleichterung, dass

ich heute die Festnahme eines dringend der Taten verdächtigen Mannes vermelden kann.«
Oberdiecks Blick war auf die Menge im Saal gerichtet, als wollte er jemanden ausfindig machen, der ihm nicht aufmerksam zuhörte. Er räusperte sich, atmete einmal tief ein und fuhr fort.
„Der sechsundfünfzigjährige, bereits wegen dreifachen Mordes vorbestrafte, Bruno P. aus Leipzig hat heute Morgen gegenüber der Staatsanwaltschaft die Ermordung der beiden Frauen gestanden, nachdem ihm zuvor die Beamten der Mordkommission mit den bisherigen Ermittlungsergebnissen konfrontiert hatten. Es konnte zweifelsfrei bewiesen werden, dass das Blut, das auf dem Rücksitz des Wagens des Tatverdächtigen gefunden wurde, zur getöteten Nadeschda K. gehört. Darüber hinaus wurden Reste eines blauen Plastiksacks sichergestellt, in dem die Tote transportiert worden war. Zudem konnte im Profil der Fahrzeugreifen eines dem Tatverdächtigen gehörenden roten Opel Corsas Sand vom Ufer des Cospuderer Sees nachgewiesen werden, wo die Leiche von Nadeschda K. aufgefunden wurde. Der dringend der Taten verdächtige Bruno P. wohnt nur etwa zwei Kilometer vom Fundort entfernt und konnte für die Morde an Natascha P., deren Leiche vor knapp zwei Wochen in der Neuen Luppe aufgefunden wurde, und Nadeschda K., kein Alibi vorweisen.«
Oberdieck machte sich kerzengerade, hob seinen Kopf und starrte wie ein Triumphator in die andächtig lauschende Menge der Journalisten.
»Im Verlaufe der Vernehmung hat Bruno P. dann auch die drei Morde aus den Jahren achtundachtzig und neunundachtzig zugegeben. Damals wurde er von einem Gericht in der ehemaligen der DDR zu einer lebenslangen Haftstrafe verurteilt. Dieses Urteil basierte lediglich auf Indizien und war deshalb seinerzeit heftig umstritten. Drei Jahre später

wurde dieses Urteil jedoch von einem Westberliner Gericht bestätigt. Bruno P., der erst vor einem Jahr aus der Haft entlassen worden war, hatte bis heute seine Unschuld beteuert. Die Staatsanwaltschaft Leipzig hat beim zuständigen Haftrichter Untersuchungshaft beantragt. Bruno P. wurde bereits heute Vormittag in die Justizvollzugsanstalt Leipzig überstellt.«

Hansi Schäfer bedankte sich bei Oberstaatsanwalt Oberdieck und übergab das Wort an Polizeioberrat Wawrzyniak. Waffel fasste sich kurz, bestätigte die Aussagen der Staatsanwaltschaft und bedankte sich bei den Mitarbeitern der Mordkommission für ihre schnelle, präzise und äußerst effektive Ermittlungsarbeit und schloss damit die professionelle und kompetente Arbeit der Frauen und Männer der Spurensicherung und des Gerichtsmedizinischen Instituts unter der Leitung von Frau Dr. Josephine Nussbaum ein.

Kaum hatte Waffel ihren Namen genannt, da betrat Josie durch eine Seitentür das Podium. Die Menge der Journalisten hielt förmlich die Luft an. Man hätte eine Stecknadel fallen hören können. Mit ihren hochhackigen Schuhen, deren Absätze gute zehn Zentimeter lang waren, erklomm sie mit Mühe das Podium. Josie sah mit ihren hochgesteckten Haaren und einer Perlenkette um den Hals aus wie aus dem Ei gepellt. Ihr dunkelblaues Versace-Kostüm, darunter eine in der Farbe passende Seidenstrumpfhose, puderfarbende Valentina Garavanis Pumps aus echtem Lammleder mit goldfarbenen Pyramidennieten besetzt und mit einer farblich zu ihren Schuhen passenden Gucci-Handtasche, erweckte sie den Eindruck, als wollte sie zu einer Oskar-Verleihung und nicht zu einer Pressekonferenz der Leipziger Staatsanwaltschaft. Das zu dick aufgetragene Make-up, die mit viel Rouge bedeckten Wangenknochen und ihre knallrot gemalten Lippen, ließen den Gedanken nicht nur der männlichen Besucher im Saal zweifelsohne einen gewissen Spielraum.

Hansi Schäfer, stand auf, begrüßte sie und bot ihr den Platz neben dem Oberstaatsanwalt an, der für sie freigehalten worden war.
»Tja, dann wären wir jetzt ja vollständig«, stellte Waffel fest. »Dann möchte ich das Wort an den leitenden Ermittler der Mordkommission, Rico Standing, weitergeben, der weitere Details zu den bereits vom Oberstaatsanwalt ausgiebig geschilderten Fakten beisteuern kann.«
Hannah und Jan waren gespannt, ob Rico die Ausführungen Oberdiecks kommentarlos bestätigen würde, oder ob er es wagen würde, die durchaus vorhandenen Zweifel an der Schuld des Verdächtigen zu benennen.
»Die Beweislage gegen Bruno P. scheint eindeutig. Alle bisherigen Ermittlungsergebnisse deuten auf die Person des Bruno P. als Täter in beiden Mordfällen. Doch es gibt auch noch offene, bisher nicht geklärte Fragen.«
Oberdiecks Kopf schnellte nach links. Giftig starrte er Rico von der Seite an. Ein leichtes Raunen ging durch die Schar der Journalisten. Erste Zwischenrufer meldeten sich zu Wort und wollten wissen, was Rico genau meinte. Hansi Schäfer musste die Menge zur Ordnung rufen und um Ruhe bitten.
»Die beiden jungen Frauen hatten kurz vor ihrer Ermordung Sex. Noch wissen wir nicht, wer diese Männer waren. Eine erste DNA-Probe schließt den der Taten verdächtigen Bruno P. aus. Weitere DNA-Vergleiche stehen noch aus. Beiden Leichen wurde der Kopf abgetrennt und die Körper der Frauen wurden ausgeweidet. Weder die Köpfe noch die entfernten Organe konnte bisher gefunden werden. Außerdem wissen wir noch nicht hundertprozentig, ob es sich bei den beiden Opfern tatsächlich um die vermissten Natascha Ponomareva und Nadeschda Kurkova handelt. Die Identifizierung konnte in beiden Fällen nur auf Grund eines bestimmten Tattoos, einer kleiner roten Rose am rechten inneren Oberarm der Opfer, erfolgen. Größe, Gewicht und unge-

führes Alter der Frauen sind allenfalls Indizien dafür, dass es sich bei den Leichen um die vermissten Frauen handeln könnte. Das umfassende Geständnis des Bruno P. muss unseres Erachtens gründlich auf seinen Wahrheitsgehalt überprüft werden. Vor allem die Frage nach den Motiven des vermeintlichen Täters ist weiterhin ungeklärt.«
Oberdieck kochte vor Wut, Waffel kniff die Lippen zusammen und verschränkte seine Arme, Josie grinste.
»Also sind sie gar nicht sicher, dass Podelczik der Täter ist?«, rief ein Zwischenrufer in den Saal.
»Bitte haben sie Verständnis dafür, dass wir derzeit keine Fragen zu den Ermittlungsergebnissen beantworten können. Ich weise darauf hin, dass es sich hier um ein laufendes Verfahren handelt und der vermeintliche Täter so lange als unschuldig angesehen wird, bis seine Schuld vom Gericht festgestellt wurde oder er frei gesprochen wird«, betete Pressesprecher Hansi Schäfer die allseits bekannte Formel der Unschuldsvermutung herunter. Dann stellte er Josie als Gerichtmedizinerin und leitende Pathologin vor und erteilte ihr das Wort. Josie bedankte sich bei Hansi Schäfer und begrüßte alle Anwesenden. »Die von Oberstaatsanwalt Oberdieck ausführlich dargelegten Ergebnisse der Beweisaufnahme kann ich in vollem Umfang bestätigen«, begann Josie.
Die dunklen Gesichtszüge Oberdiecks hellten sich augenblicklich wieder auf. Ein siegessicheres Lächeln huschte ihm über die Lippen.
»Allerdings stimme ich auch den Ausführungen von Hauptkommissar Steding zu. Die Identität der Opfer ist noch nicht eindeutig geklärt. Beide Frauen konnten bisher lediglich anhand des bereits erwähnten Tattoos, einer kleinen roten Rose am Oberarm, identifiziert werden. Neben den fehlenden Köpfen hat man den Opfern zudem mit scharfen Chemikalien die Fingerkuppen verätzt, so dass uns keine Fingerabdrücke vorliegen. Personen, die die Vermissten kannten...

Entschuldigung...kennen, waren nicht eindeutig in der Lage, die Torsos der toten Frauen zu identifizieren. Möglichweise waren sie auch durch den Anblick der entstellten Leichen geschockt. Weiterhin ist es richtig, dass ein DNA-Abgleich ergeben hat, dass der vermeintliche Täter nicht zu den Männern gehört, die mit den Frauen kurz vor ihrem Tod Sex hatten. Weitere DNA-Vergleiche werden erfolgen, sobald die Mordkommission Hinweise auf diejenigen Männer hat, die dafür in Frage kommen. Darüber hinaus steht noch nicht fest, womit der Täter die Frauen enthauptet hat. In diesem Punkt wird derzeit weiter ermittelt. Fest steht allerdings, dass derjenige, der die Körper der Frauen ausgeweidet hat, über zumindest medizinische Grundkenntnisse und ein gewisses chirurgisches Geschick verfügen muss. Der Tatverdächtige ist meines Wissens nach Mathematiklehrer und kein Arzt, wenn ich mir diese Bemerkung erlauben darf. Abschließend möchte ich feststellen, dass es mir nicht so erscheint, als wäre dieser Fall bereits gelöst.«
Jan ballte die Faust, Hannah entfuhr ein kurzes, aber knackiges »Ja!«
»Dass Josie richtig dicke Bulleneier besitzt, wusste ich. Dass Rico die auch hat, ist mir neu«, flachste Jan.
Pressesprecher Hansi Schäfer war derweil bemüht, alle Fragen aus dem Kreise der Journalisten abzublocken. Das Fernsehteam des MDR stürzte sich auf den Oberstaatsanwalt, der verärgert das Mikrofon des Reporters wegschlug und wutentbrannt den Saal verließ. Dabei würdigte er weder Horst Wawrzyniak noch Rico Steding eines Blickes.
»Oha, das gibt Zoff«, ahnte Hannah.
»Gut so«, nickte Jan. »Oberdieck wollte uns überfahren wie eine Dampflock, aber Josie und Rico haben ihn entgleisen lassen. Wir müssen jetzt herausfinden, ob Oberdieck Podelczik tatsächlich versprochen hat, dafür zu sorgen, dass für

seine Mutter in einem Pflegeheim bis zu ihrem Ableben gesorgt wird, wenn er die Morde gesteht.«
»Dafür müssen wir erst mal die Gelegenheit erhalten, mit Podelczik zu reden. Und ob er das uns gegenüber zugeben wird, ist keinesfalls sicher«, sagte Hannah.
»Hm, der sitzt in Untersuchungshaft. Denke nicht, dass Oberdieck jemanden vor Beginn der Verhandlung zu ihm lässt. Wir müssen einen anderen Weg finden«, antwortete Jan.

Auf dem Rückweg ins Büro wollte Hannah noch kurz einen Abstecher zum Kaffeeautomaten im Flur des ersten Stocks machen, als auf der Treppe ihr Handy klingelte. Die Nummer wurde nicht angezeigt, ein Grund, nicht dranzugehen. Doch dann siegte die Neugier, der Anruf konnte ja womöglich etwas mit ihrem Fall zu tun haben.
»Ja?«, meldete sie sich bewusst einsilbig.
»Hallo Hannah, hier ist Benjamin«, sagte der Anrufer.
Hannah verdrehte die Augen. Wenn sie im Moment etwas überhaupt nicht gebrauchen konnte, war das der Kontakt zu ihrem Ex. Mit diesem Typ hatte sie abgeschlossen, ein für allemal.
»Was willst du?«, war sie dementsprechend kurz angebunden.
»Wie geht's dir?«
»Ohne dich immer gut.«
»Können wir uns sehen?«
»Wie bitte? Du tickst ja wohl nicht richtig.«
»Ich weiß, dass du noch sauer bist. Hast ja auch allen Grund dazu.«
»Was soll das? Spielst du jetzt den Reumütigen oder was?«
»Hör zu, ich brauche deine Hilfe...«
»Meine Hilfe? Ich denke, da hast du dich verwählt.«

»Ich würde dich nicht bitten, wenn's nicht wirklich wichtig wäre. Ich weiß nicht, an wen ich mich sonst wenden sollte.«
»Hat sich wahrscheinlich rumgesprochen, wie du mit geliehenem Geld umgehst.«
»Hannah, bitte, ich muss mit dir reden.«
»Du hast zehn Sekunden. Rede!«
»Nicht am Telefon. Können wir uns treffen?«
»Nein.«
»Ich weiß, dass ich Scheiße gebaut habe. Es tut mir leid, Hannah, aber ich kann das, was passiert ist, nicht ungeschehen machen. Kannst du kurz runter vor die Tür kommen? Ich stehe auf dem Parkplatz vor dem Präsidium.«
»Nein, ich hab zu tun. Verschwinde und ruf mich nicht wieder an.«
»Hannah, verdammt, die bringen mich um. Du kannst mich jetzt nicht hängen lassen. Wir haben uns doch mal geliebt, oder?«
»Falsch, Freundchen. Du warst immer nur in eine Person verliebt, nämlich in dein Spiegelbild und jetzt scher dich zum Teufel.«
Hannah legte auf, steckte ihr Handy ein und ging weiter die Treppe hinauf Richtung Kaffeeautomaten, als es erneut klingelte. Benjamin Kujau war ihr Ex-Freund, der sie nach fast fünfjähriger Beziehung wegen einer kleinen, blonden, gerade mal achtzehnjährigen, Friseuse verlassen hatte. Danach hatte er ihr das Leben zur Hölle gemacht. Hannah hatte sich damals von der Russenmafia zwanzigtausend Euro geliehen, um die Raten für ihr gemeinsames Reihenhaus zahlen zu können. Dafür hatte sie den Russen den einen oder anderen Tipp gegeben, wann und wo Polizeiaktionen anstanden. Pro brauchbaren Hinweis verringerte sich ihr Schuldenstand um tausend Euro. Benjamin wusste von diesem Deal und drohte Hannah, sie anzuzeigen, wenn sie ihm nicht nach ihrer Trennung das gemeinsame Haus überlassen würde. Die Monats-

raten musste sie trotzdem weiter bezahlen. Hannahs nagelneuen BMW X3 riss er sich als Zugabe gleich mit unter den Nagel. Es hatte eine Zeit lang gedauert, bis sie sich Jan anvertraut hatte. Sie hatte sich damals in Grund und Boden geschämt, als sie ihrem neuen Freund von ihrem Problem erzählt hatte. Jan nahm sich der Sache an, kündigte dem damaligen Chef der Russenmafia die Vereinbarung mit Hannah und zahlte die noch offenen zehntausend Euro in bar zurück. Danach kümmerte er sich um Benjamin. Seine Argumente mussten ihren Ex dermaßen überzeugt haben, dass er Jan den Wagen zurückgab, aus dem Haus auszog und sich danach nie wieder gemeldet hatte. Hannah wusste nicht, was Jan mit Benjamin angestellt hatte, er hatte es ihr nie erzählt. Aber sie konnte sich einigermaßen gut vorstellen, was passiert, wenn eine Planierraupe ein Fahrrad überfährt. So oder zumindest so ähnlich wird es Benjamin ergangen sein. Ihr Mitleid hielt sich damals in Grenzen. Und an diesem Gefühl hatte sich bis heute nichts geändert.
Nach dem fünften Anruf war Hannah dermaßen genervt, dass sie erneut abnahm.
»Ich gebe dir fünf Minuten. Ich komme runter.«
Hannah nippte kurz an ihrem heißen Kaffee, dann stellte sie ihn auf den Kaffeeautomaten und ging runter zum Parkplatz. Per Lichthupe signalisierte Benjamin ihr, wo sein Wagen stand. Hannah trat an das Seitenfenster eines dunkelblauen Golfs, der seine besten Tage bereits hinter sich hatte.
»Setz dich rein, muss uns ja nicht gleich jeder sehen«, meinte Benjamin.
Hannah schürzte die Lippen und schüttelte den Kopf, als wollte sie sich selbst fragen, was sie hier eigentlich machte. Sie war dem Kerl nichts aber auch gar nichts schuldig. Im Gegenteil, eigentlich hätte sie damals eine Menge Geld von ihm zurückfordern können. Aber sie hatte darauf verzichtet,

weil sie diesen eher unrühmlichen Abschnitt ihres Lebens ein für allemal vergessen wollte.
»Also, die Zeit läuft, was willst du, zum Teufel?«
»Du siehst toll aus, Hannah, verdammt...«
»Kann man von dir leider nicht behaupten. Der Stress, o-der?«
Benjamin atmete tief durch. »Ich will dir nichts vormachen. Dafür kennst du mich gut genug. Ich brauche dringend fünftausend Euro, sonst bin ich erledigt.«
»Kurzum, alles beim alten. Was hast du diesmal gemacht? Die von Freunden geliehene Kohle im Casino verzockt, deine auf Pump gekauften Drogen nicht bezahlt, deine Steuerschulden nicht beglichen?«
»Schlimmer, Hannah, viel schlimmer. Wenn ich bis zum Wochenende nicht zahle, machen die mich fertig. Ich habe nicht mal mehr zwei Tage, um das Geld zu beschaffen.«
»Sag mal, hast du dir komplett dein Hirn weggekokst, dass du ausgerechnet mich um Geld bittest? Aus welchem Grund sollte ich dir helfen?«
»Du bist meine einzige und letzte Rettung. Ich weiß nicht mehr, an wen ich mich sonst noch wenden könnte«, antwortete Benjamin kleinlaut.
»Also, raus mit der Sprache. Was für ein Ding läuft da?«
»Ich habe wirklich versucht, mich zu ändern. Eine Zeit lang klappte das sehr gut. Keine Glücksspiele mehr, keine Drogen und sogar vom Alkohol habe ich die Finger gelassen. Meiner Freundin war das auf die Dauer alles zu langweilig, hat sich irgendeinen reichen alten Knacker gesucht, der sie aushält und hat ihre Sachen gepackt. Ich bin wieder zu meiner Mutter gezogen und hab mich auf meine Arbeit konzentriert. Ich hab bei der Bahn mit vollgekokster Birne so viel Mist gebaut, dass die mich eigentlich hätten rausschmeißen müssen. Nur mein Beamtenstatus hat mich gerettet. Na ja und dann hab ich so 'n paar Typen kennengelernt, die mich zu ihren priva-

ten Pokerrunden eingeladen haben. Anfangs fütterten die mich geschickt an, haben mich gewinnen lassen. Auf diesen Pokerpartys ging's immer richtig zur Sache. Jede Menge Alkohol, Drogen und junge Mädchen. Bevor ich mich versah, steckte ich wieder voll in der Scheiße. Die Kerle haben mich ausgenommen wie 'ne Weihnachtsgans. Als ich meine Schulden nicht bezahlen konnte, haben die mir 'ne kräftige Abreibung verpasst und gedroht, mir das Licht auszublasen, wenn ich nicht zahle. In meiner Verzweiflung bin ich bei so 'nem Kredithai gelandet, der in der Mittwochszeitung inseriert hatte. Ich ging hin und bekam sofort fünfzigtausend Euro, ohne, dass ich irgendwelche Sicherheiten vorweisen musste. Meinen Beamtenjob bei der Bundesbahn hab ich natürlich nicht erwähnt. Bei der Auszahlung haben sie dann mal gleich zehn Prozent Bearbeitungsgebühr einbehalten. Das Darlehen wurde mit zwanzig Prozent verzinst. Die Tilgung betrug tausendfünfhundert Euro monatlich, inklusive Zinsen fast tausendachthundert in vierunddreißig Raten. Rechnet man die fünftausend Euro Bearbeitungsgebühr dazu, betrug der Rückzahlungsbetrag nach knapp drei Jahren fast siebzigtausend Euro, also nahezu zwanzigtausend Euro Zinsen. Konnte eine Rate nicht pünktlich bezahlt werden, kamen noch mal zwanzig Prozent Versäumniszuschlag hinzu, also dreihundertsechzig Euro. Außerdem bekomme ich regelmäßig Besuch von zwei ausgewachsenen Gorillas, die mich an meine Rückzahlungen erinnern. Zuletzt konnte ich ihnen immer noch auf dem letzten Drücker die fällige Monatsrate in bar auszahlen. Dann habe ich wieder angefangen zu spielen, um meine Schulden begleichen zu können. Das ging fürchterlich in die Hose. Ich habe bereits mehrfach schon nach wenigen Tagen meinen ganzen Monatslohn verzockt und mich dann auch noch überreden lassen, einen Hauskredit über zehntausend Euro in Anspruch zu nehmen. Dumm nur, dass ich nicht wusste, dass der Betreiber des

Casinos gleichzeitig der Inhaber dieses Sofort-Kredit-Ladens war. Jetzt hänge ich praktisch doppelt in der Scheiße. Verdammt, Hannah, die Typen bringen mich um, wenn ich nicht zahle. Mit diesen finsteren Typen ist nicht zu spaßen.«
»Du hast dir von den Albanern Geld geliehen? Bist du verrückt?« Hannah war entsetzt.
»Das war meine letzte Rettung. Ich stand zu dem Zeitpunkt bereits mit einem Bein im Knast. Das Finanzamt Leipzig hatte bereits Antrag auf Strafbefehl beim zuständigen Amtsgericht gestellt. Es gab nur noch die Möglichkeit gegen Zahlung von fünfzehntausend Euro das Verfahren einzustellen.«
»Wieso hattest du als Beamter Schulden beim Finanzamt?«
»Ich hatte die nicht, sondern meine Freundin. Sie wollte sich unbedingt ein eigenes Friseurgeschäft aufbauen. Die Kosten für Umbau, Inventar und Miete überschritten bei weitem die Einnahmen, die sie zu allem Überfluss über einen Zeitraum von fast anderthalb Jahren nicht versteuert hat.«
»Und du blöder Idiot hast für das Flittchen gebürgt?«, ahnte Hannah.
Benjamin sagte nichts. Er sah auf den Boden und nickte. In diesem Moment tat er ihr fast schon wieder leid.
»Selbst wenn ich dir das Geld leihen würde, wie willst du den Rest deiner Schulden bezahlen?«
»Der Rückzahlungsplan steht, Hannah. Ich kann monatlich tausendachthundert Euro von meinem Gehalt zur Schuldentilgung aufbringen. Da bleibt dann zwar nicht mehr viel zum Leben übrig, aber ich muss eben so lange bei meiner Mutter wohnen bleiben.«
»Wie willst du denn mit vierhundert Euro im Monat über die Runden kommen?«
»Es sind Siebenhundert, hab vor zwei Jahren eine Gehaltserhöhung von dreihundert Euro netto bekommen. Das klappt schon.«

»Es sei denn, du verkloppst deine Kohle weiterhin im Casino. Wie wär's mal mit 'ner Therapie gegen Spielsucht?«
Benjamin schüttelte den Kopf. »Alles schon versucht. Ich muss das allein schaffen. Wenn du mir das Geld leihst, werde ich das auch.«
»Ganz schön clever von dir, mir den Schwarzen Peter zuzuschieben. Also bin ich jetzt diejenige, von der alles abhängt, oder wie? Nenn mir nur einen triftigen Grund, warum ich das tun sollte?«
»Hm, vielleicht, weil du mich immer noch ein kleines bisschen magst? Wir hatten doch auch unsere guten Tage, Hannah, oder?«
»Die hatten wir, Benjamin. Bis du über Nacht zum kompletten Arschloch mutiert bist. Ich muss jetzt wieder arbeiten.«
»Warum so eilig? Ihr habt doch diesen Frauenmörder geschnappt, oder?«
»Sieht so aus. Gibt trotzdem noch Einiges zu tun.«
»Ach, gibt's denn noch Zweifel, dass der Köpfer von Hartmannsdorf der Täter ist? Ich dachte, die Beweise lägen vor?«
»Noch ist er nicht verurteilt. Wir werden sehen.«
»Klingt so, als wärst du nicht überzeugt. Gibt's denn noch andere Verdächtige?«
»Sag mal, wieso interessiert dich das? Kümmerst dich doch sonst nicht um das Schicksal anderer Menschen?«
Benjamin zuckte mit den Schultern. »Na ja, kommt ja in Leipzig nicht täglich vor, dass einer Frauen umbringt, ihnen den Kopf absägt und die Organe rausschneidet, oder?«
»Ich gehe jetzt. Ruf mich nicht wieder an.«
Hannah öffnete die Tür und wollte aussteigen, als Benjamin sie am Arm festhielt.
»Bitte, Hannah, du bekommst dein Geld zurück. Das verspreche ich dir.«
»Lass meinen Arm los«, warnte Hannah mit ruhiger aber fester Stimme.

Hannah stieg aus, knallte die Tür zu und ging ohne sich umzudrehen zurück ins Präsidium.

Der Vorsitzende Richter des 5. Strafsenats des Bundesgerichtshofs in Leipzig, Dr. Sören Gnädig, war ein echter Genussmensch. Er rauchte gern eine gute Zigarre, trank mit Vorliebe französischen Rotwein und aß für sein Leben gern italienisch. Nicht gewöhnliche Pizza oder Pasta, nein, sein Leibgericht waren frische Scampis und vor allem Muscheln. Zwei bis dreimal die Woche nutzte er seine Mittagspause, um im Restaurant *Localino* in der Marschnerstraße zu dinieren. Das italienische Lokal lag nur einen Steinwurf von seiner Dienststelle in der Villa Sack in der Karl-Heine-Straße entfernt. Richter Gnadenlos, wie er im Volksmund genannt wurde, war seit über zwanzig Jahren verheiratet, seine Ehe allerdings kinderlos geblieben und die Beziehung zu seiner Ehefrau mittlerweile stark abgekühlt. Kurzum, beide Partner lebten zusammen nebeneinander ihr eigenes Leben.
Er hatte sich diesen Namen durch ungewöhnlich harte Urteile als Richter am Landgericht Leipzig erworben. Nicht selten war die Strafe, die er verhängte, höher als vom Staatsanwalt gefordert. Auch als Vorsitzender Richter des 5. Strafsenats, der sich vornehmlich mit Revisionen beschäftigte, in denen Urteile der Landgerichte geprüft wurden, verließ er diese harte Linie nicht. Er war ein Mann der Judikative, jemand der fest an das geltende Rechtssystem glaubte und deshalb nur sehr selten ein Urteil eines Richterkollegen anzweifelte oder gar aufhob. Es hatte sich bereits herumgesprochen, dass Richter Gnadenlos nur sehr schwer umzustimmen war, es musste schon ein offensichtlicher Verfahrensfehler des Landgerichts vorliegen, wenn er ein Urteil kippte und das geschah höchst selten.
Der Richter hatte gerade bestellt, als ein Mann an seinen Tisch trat und ihn freundlich ansprach, ob er sich einen Mo-

ment zu ihm setzen durfte. Sören Gnädig blickte streng über den Rand seiner Lesebrille. Wer wagte es verdammt noch mal ihn in seiner wohlverdienten Mittagspause zu stören?
Der Mann war klein, besaß eine gedrungene Figur, ein rundlich, weiches Gesicht, und einen sich bereits auf dem Rückzug befindlichen Haaransatz. Seine glatte Gesichtshaut und seine hellwachen, blauen Augen zeugten jedoch von einem jugendlichen Alter. Der Richter schätzte den Mann auf Aofang dreißig und lag richtig damit. Er hatte im Laufe seiner Karriere so viele Menschen vor dem Richtertisch stehen sehen, dass er bei der Einschätzung ihres Alters meistens goldrichtig lag.
»Wenn Sie mich wegen einer gerichtlichen Angelegenheit sprechen wollen, machen Sie bitte einen Termin mit meinem Büro. Ich möchte gern in Ruhe zu Mittag essen«, antwortete er höflich aber unmissverständlich.
Der Mann zog einen Stuhl zurück und setzte sich. »Dauert nicht lange, Herr Gnädig.«
Er winkte den Ober und bat um ein Weinglas. Dann griff er nach der Weinflasche und schenkte sich ein halbes Glas Rotwein ein. »Donnerwetter, Richter, Sie verfügen über einen exzellenten Geschmack, ein *Dominio Valdepusa Emeritus*. Schwarz wie die Nacht, ungemein würzig mit leicht erdiger Note. Aber einen so teuren Rotwein in einem italienischen Restaurant zu trinken, grenzt schon fast an Stilbruch. Zudem würde ich Ihnen zu Fischgerichten eher einen guten Weißwein empfehlen, einen *Chardonnay* zum Beispiel.«
»Wer sind Sie und was wollen Sie?«, fragte der Richter harsch.
»Oh, natürlich, Herr Gnädig, ich bitte um Entschuldigung, ich habe mich noch gar nicht vorgestellt. Ach, wissen Sie was, eigentlich bin ich total unwichtig. Mein Name tut nun wirklich nichts zur Sache. Wichtiger dagegen ist das, was ich Ihnen im Auftrag meines Chefs mitzuteilen habe.«

»Was erlauben Sie sich? Bitte gehen Sie jetzt, sonst rufe ich den Wirt.«
»Nicht nötig, ich habe bereits zu Mittag gegessen, aber einen Schluck Wein würde ich noch trinken.«
»Jetzt hören Sie mal zu...«
»Nein, jetzt hören *Sie* mal zu, Richter. Oleg Ponomarov ist, sagen wir mal, sehr ungehalten darüber, dass seine Schwester ermordet worden ist. Ihm ist natürlich sehr daran gelegen, den Mörder zu finden. Und jetzt kommen Sie ins Spiel, mein Lieber. Sie haben Natascha doch regelmäßig gefickt, oder? Dumm nur, dass es eine Reihe von höchst kompromittierenden Aufnahmen gibt, die Sie mit hochrotem Kopf in allen nur erdenklichen Posen beim Sex mit seiner Schwester zeigen. Ja ja, so ist das, wenn das Blut aus dem Hirn in den Schwanz schießt. Man wird unvorsichtig, in jeder Hinsicht.«
Richter Gnädig setzte seine Lesebrille ab und beugte sich ein Stück weit über den Tisch. »Sagen Sie mal, sind Sie wahnsinnig? Verschwinden Sie, bevor ich Ihnen persönlich Beine mache. Was reden Sie da für einen Schwachsinn? Ich kenne weder diesen Ponomarov, noch seine Schwester.«
Der Mann zuckte mit den Schultern. »Kein Problem. Ich hatte lediglich den Auftrag, Ihnen mitzuteilen, dass die Fotos noch heute im Internet veröffentlich werden, wenn Sie nicht bereit sind zu kooperieren.« Dann stand er auf und wollte dem Richter die Hand reichen, stieß dabei aber ungeschickt die Rotweinflasche um.
»Oh, Entschuldigung, das tut mir jetzt aber wirklich leid. Kommen Sie, ich wische das auf.«
»Nehmen Sie bloß ihre Pfoten weg, Sie Idiot. Sie haben mein teures Eton-Hemd versaut.«
»Hm, werden Sie sich als arbeitsloser Richter kaum noch leisten können. Und wenn die *Blitz* auch noch erfährt, dass Sie auf Betreiben von Natascha Ponomareva ein wasserdichtes Urteil gegen einen Drogendealer der Russenmafia aufge-

hoben haben, können Sie ihr exquisites *Eton*-Hemd gegen ein billiges, blaues Flanellhemd der Justizvollzugsanstalt tauschen.«
»Also gut, es reicht. Was genau wollen Sie zum Teufel?«
»Sie sorgen dafür, dass Ivan Skutin in Haft bleibt. Und das nicht nur für ein paar Tage. Er hat auf einen Mann geschossen und ihn schwer verletzt. Pistole und Projektil hat die Polizei sichergestellt. Der Gute liegt mit einem Bauchschuss in der Uni-Klinik. Packen Sie noch organisierten Drogenhandel und Zwangsprostitution von Minderjährigen obendrauf. Zehn Jahre mindestens, verstanden? Im Gegenzug lässt Oleg die Fotos verschwinden und versorgt Sie und ihre Logenbrüder mit ein paar hübschen jungen Mädchen für ihre Afterwork-Partys.«
»Das ist nicht so einfach, ich kann doch nicht...«
»Wenn nicht Sie, wer dann? Sie sind nicht nur ein hochrangiger Richter, sondern auch noch ein einflussreicher Mann mit den richtigen Freunden an den richtigen Stellen. Übrigens haben wir auch noch ein paar wirklich gelungene Aufnahmen ihres Freundes, Oberstaatsanwalt Oberdieck, in petto. Und natürlich auch von diesem netten alten Herrn, wie heißt der noch gleich? Frederik Graf von Hohenhorst? Alle Achtung, was der Mann in seinem Alter noch leistet. Allerdings sollte er vorsichtig sein, diese kleinen blauen Pillen belasten das Herz, wie ich hörte.«
»Ich kann nichts versprechen.«
»Wir auch nicht, Herr Richter, wir auch nicht.«
»Sie wissen hoffentlich, was auf Erpressung steht, oder?«
»Ich weiß überhaupt nichts, ich war nie hier und ich kenne Sie gar nicht. Oleg will spätestens morgen Mittag eine Antwort haben, sonst werden Sie noch morgen Abend ihren Schwanz im Internet und auf der Titelseite der *Blitz* bewundern können.«
»Wie kann ich Sie erreichen?«

»Müssen Sie nicht. Tun Sie, was wir von Ihnen verlangt haben. Das sollte doch bis morgen Mittag möglich sein, oder?«
»Wie stellen Sie Sich das vor? Ich brauche ein paar Tage, um die Beweise gegen Skutin zusammen zu haben.«
»Solange Skutin im Knast ist, sind Sie auf der sicheren Seite. Sollte er den vor Ablauf von zehn Jahren verlassen, sind Sie erledigt, klar?«
Der Mann nahm sein Weinglas, nickte dem Richter kurz zu, trank es in einem Zug aus und stellte es nicht wieder zurück auf den Tisch, sondern nahm es mit.
»Schönen Tag noch, Herr Gnädig«, verabschiedete er sich.
Beim Rausgehen wandte er sich an den Wirt.
»Setzen Sie das Glas beim Richter auf die Rechnung.«

Während Jan in seinem Büro auf Hannah wartete, kam Horst Wawrzyniak herein und erzählte, dass der Oberstaatsanwalt vor Wut schäumen würde, weil Josie und Rico ihn angeblich vor der gesamten Presse haben auflaufen lassen. Das würde noch ein Nachspiel haben, hatte er Waffel gegenüber erklärt, so eine hinterlistige Aktion würde er sich nicht gefallen lassen. Aber zunächst mal würde er sich damit beschäftigen, Bruno Podelczik hinter Gitter zu bringen. Denn trotz aller öffentlich vorgetragenen Zweifel des Leiters der Mordkommission und der mit diesem Fall beschäftigten Pathologin, gäbe es ja wohl genügend handfeste Beweise, um Podelczik zu verurteilen.
»Wir sollten jetzt erst mal die Füße still halten und abwarten, wie der Richter die Beweislage beurteilt. Nach Stand der Dinge ist Bruno Podelczik der Mörder der beiden Frauen, zu diesem Ergebnis haben die Ermittlungen der Mordkommission doch geführt, oder?«
Jan nickte. »Stimmt, aber irgendwas ist an diesem Fall faul. Ich weiß nur noch nicht genau, was. Und den Kollegen geht es ähnlich. Wir bleiben auf jeden Fall an der Sache dran.«

»Aber bitte auf Sparflamme. Offiziell sind die Ermittlungen vorerst eingestellt, damit wir uns da richtig verstehen. Also haltet euch mit euren Aktivitäten bis zum Richterspruch zurück. Das Verfahren wird nicht lange dauern, schätze ich.«
Waffel hatte gerade die Tür hinter sich geschlossen, als Jans Handy klingelte.
»Grigori, mein Freund, hast du Neuigkeiten für mich?«, meldete sich Jan.
»Hab gerade im Internet die Pressekonferenz verfolgt. Eine Minute danach hat mich Oleg Ponomarov angerufen. Er wollte wissen, in welches Gefängnis der Mörder seiner Schwester gebracht wird.«
»Hm, der will Rache, das ist sonnenklar. Podelczik wird im Knast keinen leichten Stand haben. Da wimmelt es nur so von kriminellen Osteuropäern, die für gutes Geld jeden Mordauftrag annehmen und ausführen würden.«
»Stimmt, Jan. Ihr werdet diesen Mann schützen müssen. Du solltest wissen, dass Oleg felsenfest davon überzeugt ist, dass der Mörder von Ivan Skutin rekrutiert worden ist. Dafür will er ihn zur Rechenschaft ziehen. Er hat seine Leute schon in Marsch gesetzt.«
»Ja und die haben bereits gestern Nacht zugeschlagen, Grigori. Dabei ist einer der Angreifer schwer verletzt worden. Der Typ ist Tschetschene und gehört zur Kosakenfront.«
»Kennst du den Namen des Mannes?«
»Ich glaube, der Typ heißt Kerim und ist einer von drei Tschetschenen, die vor einigen Tagen nach Leipzig gekommen sind, um sich in Sachen Schutzgeld ein lohnendes Geschäft aufzubauen.«
»Du musst vorsichtig sein. Die Tschetschenen sind Olegs schärfste Waffen. Die Kerle sind brutal und skrupellos. Dagegen waren Oberst Gorlukovs Leute Messdiener und selbst Pjotr Skutin und Viktor Rasienkov konnten denen in Sachen Brutalität und Härte nicht das Wasser reichen. Diese Typen

sind Killermaschinen, du musst verdammt auf der Hut sein, Jan.«

»Na ja, Grigori, nun übertreib mal nicht so. Von diesen Dreien sind zwei bereits außer Gefecht und den Dritten werde ich mir auch noch zur Brust nehmen.«

»Einer von denen heißt Ruslan, er ist Olegs bester Mann. Besser, wenn du diesem Kerl aus dem Weg gehst. Wie ich gehört habe, ist der Typ ein verdammter Psychopath, der alles, was sich ihm in den Weg stellt, umlegt, ohne mit der Wimper zu zucken.«

»Da hab ich ja richtig Glück, dass ich noch lebe«, antwortete Jan.

»Heißt das, du hast Ruslan bereits getroffen?"

„Ja, mit einem harten Kick genau auf seine Kniescheibe. Wird mindestens sechs Wochen dauern, bis der geborstene Knorpel soweit verheilt ist, dass er langsam wieder mit dem Laufen beginnen kann.«

»Oh, das wird Oleg kaum gefallen.«

»Sicher auch nicht, dass ein weiterer seiner Männer mit einem Bauchschuss schwerverletzt im Krankenhaus liegt. Keine Ahnung, ob dieser Kerim durchkommt. Sieht jedenfalls nicht gut aus.«

»Und was ist mit dem dritten Mann?«

»Adam. Der konnte sich nach der Attacke gegen Skutins Leute wohl vorerst in Sicherheit bringen. Wir halten die Augen offen. Irgendwann wird er versuchen, zu Ruslan Kontakt aufzunehmen, dann haben wir ihn.«

»Oleg ist rasend vor Wut. Der hat nur noch Rache im Kopf. Er will alle umbringen, die mit dem Tod seiner Schwester in Verbindung gebracht werden. Ganz oben auf der Liste steht Ivan Skutin, dann folgt dieser Albaner, Shala heißt der, glaube ich. Oleg ist fest davon überzeugt, dass die Albaner die Russen gegeneinander ausspielen wollen, um einen Fuß in deren Geschäfte zu kriegen. Der Typ namens Vitus, der mit

seiner Schwester zusammen diesen Escortservice betrieben hat, stände angeblich bei den Albanern auf der Lohnliste. Oleg glaubt, dass Vitus den Albanern gesteckt hat, wann und wo sie Natascha und Nadeschda abfangen und entführen können. Aber weder Skutin noch Shala hätten sich die Finger selbst schmutzig gemacht. Dafür hätten sie einen Killer engagiert. Und das könnte eben dieser Podolski sein.«
Jan musste lachen. »Stimmt, Podolski ist ein Killer, vor allem vor dem gegnerischen Tor, da schlägt er eiskalt zu, immer noch.«
»Ach ja, hab ich jetzt wohl verwechselt. Egal, also du weißt schon, wen ich meine.«
„Bruno Podelczik ist sein Name. Allerdings haben wir mittlerweile erhebliche Zweifel an seiner Schuld. Dumm nur, dass der Oberstaatsanwalt den Mann jetzt unbedingt als Täter verurteilen lassen will, was ihm nach Stand der Dinge wohl auch gelingen wird.«
»Und dann gibt es da noch die Garde der alten Männer, die zu diesem elitären Club gehören. Die hat Vitus wohl regelmäßig mit jungen Mädchen versorgt. Einer davon ist Richter. Der soll seine Schwester geschlagen und vergewaltigt haben. Auch dieser Mann steht auf Olegs Todesliste.«
»Wir haben Skutin in Moment in Gewahrsam genommen. Könnte sein, dass mit seiner Waffe auf Kerim geschossen wurde. Wir überprüfen das gerade. Wenn seine Fingerabdrücke drauf sind, wird er so schnell nicht wieder an die frische Luft kommen. Seine Anwälte versuchen gerade mit allen Mitteln, ihn nach Ablauf der Achtundvierzigstundenfrist herauszuholen.«
»Oleg plant, selbst nach Leipzig zu kommen und seinen Rachefeldzug persönlich anzuführen. Der wird 'ne Menge übler Typen im Schlepptau haben, Jan. Du musst höllisch aufpassen. Wenn ich mehr weiß, melde ich mich wieder. Eigentlich

wollte ich ja heute zurückkommen, aber es ist wohl besser, wenn ich erst mal abwarten, was Oleg im Schilde führt.«
»Das wäre uns natürlich eine große Hilfe, Grigori. Behalt den Kerl im Auge und melde dich, sobald es Neuigkeiten gibt. Wir werden inzwischen versuchen, unsere Ermittlungen fortzuführen. Hoffentlich gibt es nicht bald den nächsten Mord. Spätestens dann wissen alle, dass die Staatsanwaltschaft mit Podelczik als Täter falsch gelegen hat.«
»Klingt fast so, als würdest du dir das wünschen?«
»Tja, ich glaube, das spielt gar keine Rolle, was ich mir wünsche. Entweder passiert nichts mehr, dann ist eben der Täter gefasst, oder aber der Killer schlägt wieder zu und Polizei und Staatsanwaltschaft stehen da wie die Vollidioten.«
»Der Kampf gegen die Russen und Albaner wird vollkommen unabhängig davon weitergehen, Jan. Die werden versuchen, sich in Leipzig zu etablieren, wenn sie es nicht schon längst getan haben.«
Jan nickte. »Dieses Problem wird uns noch 'ne Weile beschäftigen. Darüber sind wir uns im Klaren. Danke für die Informationen, Grigori!«

Oberstaatsanwalt Oberdieck war zufrieden. Der Haftrichter hatte seinen Antrag auf Untersuchungshaft unterschrieben, der Täter – und nichts anderes war Bruno Podelczik in seinen Augen – sollte noch am frühen Nachmittag in die Justizvollzugsanstalt gebracht werden. Der Ärger um das aus seiner Sicht despektierliche Verhalten des Chefs der Mordkommission und der Leiterin der Gerichtsmedizin in der mittäglichen Pressekonferenz war allerdings noch nicht verraucht. Er hatte sich bereits bei Polizeioberrat Wawrzyniak beschwert und ihn darum gebeten, mit seinen Leuten ein ernstes Wort zu reden.
Um kurz nach sechs klingelte sein Telefon, während er bereits im Aufbruch war. Seine Sekretärin kündigte ihm gerade

den Besuch von Richter Gnädig an, als bereits im gleichen Moment die Bürotür aufgerissen wurde und der Richter wie ein gereizter Stier mit Schaum vor dem Mund in sein Büro stürmte.
»Was soll das, Ralf? Du hast mir versichert, dass dieser Fall in trockenen Tüchern sei und ich mit diesem Mist nicht mehr belästigt werden würde. Und jetzt das. Du hast dich in aller Öffentlichkeit von deinen eigenen Leuten vorführen lassen. Jetzt weiß jeder, dass der Fall längst nicht wasserdicht ist. Die werden jetzt versuchen, mich doch noch mit in diese Scheiße reinzuziehen.«
Oberdieck stand auf, schloss die Bürotür und setzte sich wieder an seinen Schreibtisch.
»Du kannst dir die ganze Aufregung sparen. Der Täter sitzt bereits in Untersuchungshaft. Die Ermittlungen sind abgeschlossen. Schon morgen wird der Gerichtstermin festgelegt. Das wird jetzt alles ganz schnell gehen. Ich denke, dass dich niemand mehr belästigen wird.«
»So, denkst du? Die Realität sieht aber leider ganz anders aus, mein Lieber.«
Oberdieck zuckte mit den Schultern. »Wieso? Dein Name wurde bisher aus diesem Fall komplett herausgehalten. Wir haben doch im Büro von Polizeioberrat Wawrzyniak...«
»Gar nichts haben wir, Ralf. Die Polizei beobachtet mich. Sie stehen vor meinem Haus und folgen meinem Wagen. Das werden sie dir sicher nicht erzählt haben, oder?«
Oberdieck schüttelte vehement den Kopf. »Unsinn, Sören, davon wüsste ich.«
»Du weißt gar nichts, Ralf, die von der Mordkommission arbeiten gegen dich, falls dir das noch nicht aufgefallen sein sollte. Die bezweifeln, dass der Mann der Täter ist. Und die werden nicht eher Ruhe geben, bis sich ihre Zweifel bestätigt haben. Das Dumme ist, mein Freund, dass sie wahrscheinlich sogar recht haben. Könnte es vielleicht sein, dass du ein

bisschen vorschnell gehandelt hast, nur weil du den übertrieben Ehrgeiz hast, diesen Fall in Rekordzeit zum Abschluss zu bringen?«

»Sag mal Sören, spinnst du, oder was? Für wen mache ich das denn? Für mich vielleicht? Ich tue alles, um dich zu schützen und du fragst allen Ernstes, ob ich vorschnell handeln würde? Der Mann ist der Täter. Die Beweise sprechen eine deutliche Sprache. Er ist wegen Mordes vorbestraft und hat kein Alibi. Und, was entscheidend ist, er hat die Morde an den beiden Frauen gestanden. Was bitte kann es da noch für Zweifel geben? In meiner langjährigen Dienstzeit in der Staatsanwaltschaft hat es, soweit ich mich erinnere, keinen Fall gegeben, der so eindeutig war wie dieser, und du kommst mir mit Zweifeln?«

Richter Gnädig nickte. »Na gut, aber bitte sorg dafür, dass die mich in Zukunft in Ruhe lassen. Wird langsam alles ein bisschen viel für mich. Heute Mittag hat mich irgend so ein irrer Typ beim Essen belästigt, der meinte, er wäre im Besitz von Fotos, die mich beim Sex mit den getöteten Frauen zeigen würden. Und ich sollte dafür sorgen, dass dieser Skutin nicht mehr aus dem Gefängnis herauskäme. Er drohte damit, die Bilder an die Presse zu geben, wenn der Russe wieder auf freien Fuß käme.«

Oberdieck sprang auf. »Wie bitte? Wer war das? Wie sah der Kerl aus?«

»Das ist doch scheißegal, Ralf. Woher weiß der, dass ich was mit den Frauen hatte, wenn er keine Fotos hat? Die blöden Weiber haben wahrscheinlich tatsächlich ihre Handykameras benutzt. Diese Natascha hat versucht, mich zu erpressen. Sie wollte, dass ich ein Urteil gegen einen Russen revidiere, der zum organisierten Verbrechen gehört, ansonsten würde sie die Aufnahmen an die *Blitz* schicken.«

»Moment mal, hast du das Urteil gegen den Kerl nicht aufgehoben? Ich erinnere mich an den Fall.«

»Ja, aber nicht, weil die Nutte mich erpresst hat, sondern weil ein glasklarer Verfahrensfehler vorlag. Die Beweise gegen den Mann wurden bei einer Razzia gefunden, die ohne richterlichen Beschluss stattgefunden hatte. Die hätten mir gar nicht zu drohen brauchen.«
»Noch mal zurück zu dem Kerl, der dich mit diesen Fotos erpressen wollte. Sprach der gebrochen Deutsch oder hatte der einen russischen Akzent?«
»Nein, der Typ war Deutscher. Ein kleiner, dicker Kerl mit feistem Gesicht und hoher Stirn. Allerdings noch jung, sicher nicht älter als fünfunddreißig. Trat äußerst selbstbewusst auf und war so frech, sich ungefragt von meinem teuren Rotwein einzuschenken. Hat sogar das Glas mitgenommen, als er wieder gegangen ist.«
Oberdieck sah den Richter skeptisch an. »So, sein Glas hat er mitgenommen? Könnte es nicht vielleicht auch sein, dass er es *dein* Glas war, das er hat mitgehen lassen?«
Richter Gnädig stutzte einen Moment, bevor der Groschen fiel. »Oh, verdammt, was bin ich für ein dämlicher Hornochse! Klar, der Typ hat mir beim Einschenken ein paar Tropfen Wein auf mein Hemd geschüttet und wollte mir die dann wegwischen. Dabei hat er wahrscheinlich die Gläser vertauscht.«
»Hm, genau das war dann ja wohl auch das Ziel seiner Aktion. Der Kerl besitzt wahrscheinlich gar keine Fotos von dir und diesen Damen, das ist die gute Nachricht. Die schlechte ist, dass der Typ jetzt womöglich im Besitz eines Glases mit deiner DNA daran ist.«
»Du meinst, der war von der Polizei?«
»Tja, könnte sein. Wobei mir im Moment keiner von unseren Leuten einfällt, auf den diese Beschreibung passen würde. Kann natürlich auch jemand gewesen sein, der im Auftrag der Russen gehandelt hat. Genauer gesagt, im Auftrag vom Bruder der Getöteten, Oleg Ponomarov, dem Oberhaupt der

Kosakenfront, eine Organisation der Russenmafia. Sollte Letzteres der Fall sein, bist du in Gefahr, Sören. Wenn der herausfindet, dass du mit seiner Schwester Sex hattest, stehst du auf der Todesliste der Russenmafia ganz weit oben.«
»Blödsinn, Ralf. Die haben doch überhaupt keine Möglichkeit, eine verifizierbare DNA-Analyse zu erstellen. Außerdem bin ich auch gar nicht sicher, dass der Kerl *mein* Glas mitgenommen hat. Das hätte ich doch bemerkt.«
»Na, hoffentlich. Trotzdem müssen wir vorsichtig sein. Du solltest in Zukunft die Finger von diesen Prostituierten lassen, Sören. Ich verstehe überhaupt nicht, wie ein Mann in deiner Position sich mit solchen Frauen einlassen kann. Außerdem sollten wir in den nächsten Wochen vorsichtshalber auf unsere Treffen verzichten. Mindestens so lange, bis Podelczik verurteilt ist.«
Richter Gnädig nickte. »Ja, gut, da hast du wohl recht. Was geschieht denn jetzt mit Skutin? Wäre in der Tat besser, wenn ihr den erst mal für 'ne Weile festsetzen könntet. Habt ihr was Konkretes gegen den in der Hand?«
»Soweit ich weiß, bisher nicht und deshalb werden wir ihn morgen Mittag entlassen müssen. Aber ich werde sehen, was ich tun kann.«
»Na ja, sollte doch nicht so schwierig sein, bei ihm zu Hause ein paar Päckchen Stoff zu finden, oder? Den Durchsuchungsbefehl werden wir bekommen, da sorge ich für.«
Oberdieck nickte. »Gut, ich werde gleich nochmal mit Wawrzyniak sprechen, dass die nicht auf die Idee kommen, den Russen vielleicht schon heute Abend wieder gehen zu lassen. Den Durchsuchungsbeschluss brauchen wir gleich morgen Früh. Dann haben wir einen Grund, Skutin zunächst mal für ein paar Tage in U-Haft zu stecken.«
»Na gut, Ralf, du hörst von mir. Und wenn dir noch einfällt, wer der Kerl sein könnte, der mich heute Mittag verarschen

wollte, dann gib mir Bescheid. Den Typen nehme ich mir zur Brust, da kannst du einen drauf lassen.«

»**Hast** du heimlich eine geraucht?«, fragte Jan, als Hannah etwa eine halbe Stunde, nachdem sie sich einen Kaffee holen wollte, zurück ins Büro kam. »Und wo ist eigentlich mein Kaffee?«
Hannah schüttelte den Kopf, schloss die Tür hinter sich und setzte sich Jan gegenüber an ihren Schreibtisch. Dann erzählte sie ihm von ihrer Begegnung mit Benjamin.
»Ist dieser Typ von allen guten Geistern verlassen? Was ist mit dem los, hat der sich nicht mehr alle?«
Jan war wütend. Er hatte sich Benjamin Kujau vorgeknöpft, als der nach der Trennung von Hannah versucht hatte, sie zu erpressen. Die Begegnung hatte damals einen wenig freundschaftlichen Charakter und war für Benjamin in jeder Hinsicht schmerzvoll verlaufen. Jan hatte ihm in einem Leipziger Restaurant einen Besuch abgestattet, wo Benjamin seine neue Freundin gerade zum Essen ausführen wollte. Er bat ihn nach draußen, nahm ihm den Schlüssel für Hannahs X3 ab und ließ ihn eine Verzichtserklärung auf das von Hannah finanzierte Reihenhaus unterschreiben. Als Benjamin sich zunächst geweigert hatte, war Jan nichts anderes übrig geblieben, als ihn kräftig in die Mangel zu nehmen. Mit gebrochenem Nasenbein und geprellten Rippen unterschrieb er schließlich mit zitternden Händen die ihm vorgelegte Vereinbarung und übergab die Schlüssel und Papiere des Wagens. Damals hatte Jan ihn gewarnt, sich nie wieder blicken zu lassen, die nächste Begegnung würde nicht mehr so glimpflich für ihn verlaufen. Anscheinend war diese Warnung mittlerweile in Benjamins zugekoksten Hirn nicht mehr abrufbar gewesen, anders war für Jan dieser dreiste Auftritt auf dem Parkplatz des Präsidiums nicht zu erklären.

»Ich breche diesem Arschloch sämtliche Knochen. Erst betrügt er dich, dann droht er dir mit Anzeige und als Zugabe nimmt er dich aus wie 'ne Weihnachtsgans. Den Burschen kauf ich mir.«
»Nein, mir wird wahrscheinlich nichts anders übrig bleiben, als ihm zu helfen. Die Albaner machen ihn fertig, wenn er nicht zahlt. Egal, was war, ich kann ihn jetzt nicht einfach so seinem Schicksal überlassen.«
»Und genau auf diese Art von Gutmütigkeit setzt dieser Mistkerl. Der weiß ganz genau, wo deine Schwachstellen sind. Du bist zu gut für diese Welt, Mädchen. Der Kerl hat es nicht verdient, dass du ihm hilfst. Vergiss nicht, was er dir angetan hat. Lass dir bloß von diesem Nichtsnutz kein schlechtes Gewissen machen. Genau das versucht er nämlich.«
Hannah nickte. »Klar, ich weiß, aber trotzdem werde ich ihm helfen müssen. Die Vorwürfe, die ich mir machen würde, wenn wir ihn irgendwo aus dem Wasser fischen oder vom Asphalt kratzen müssten, wären schlimmer, als die Tatsache, mich mal wieder von ihm weichgeklopft haben zu lassen, obwohl ich genau weiß, dass er es nicht ehrlich meint.«
»Verdammt, nein, Hannah, du machst einen Fehler. Dem Kerl kann keiner helfen. Wenn du ihm jetzt Geld gibst, wird er demnächst wieder auf der Matte stehen. Der muss kapieren, dass bei dir nichts mehr zu holen ist. Ein für allemal. Punkt aus.«
Jan war stinksauer. Auf diesen dreisten Typen von Benjamin Kujau, aber auch auf Hannah, die es einfach nicht schaffte, sich von ihrem Ex zu lösen. Allerdings erinnerte ihn das natürlich auch ein Stück weit an die Beziehung zu seiner ehemaligen Freundin Esther, die plötzlich wie aus dem Nichts in Leipzig aufgekreuzt war. Im ersten Moment, als er sie wiedersah, war er nur überrascht, später, als die Erinnerungen in ihm wach wurden, bemerkte er nach und nach, dass da

noch irgendwas war, was ihn mit Esther verband. Er hatte sie damals Hals über Kopf verlassen, als ihm der Kragen zu eng geworden war. Genau das hatte er immer getan, wenn eine Beziehung drohte, sich in Richtung einer festen Bindung zu entwickeln. Das hatte ihm bei allen anderen Frauen, von denen er sich getrennt hatte, keine Probleme bereitet, bis er damals Esther verlassen hatte. Diese Frau war ihm niemals aus dem Kopf gegangen. Er musste oft an sie denken. Und jetzt plötzlich war sie wieder da. Womöglich ging es ihr genauso? Vielleicht war sie gekommen, um ihm eine zweite Chance zu geben?

»Das ist mir alles klar, aber ich kann doch nicht einfach danebenstehen, wenn die Albaner ihm die Kehle durchschneiden wollen.« Hannah war den Tränen nahe.

»Hat der Typ immer noch seinem Job bei der Bahn?«, fragte Jan.

»Er ist Beamter bei der Bundesbahn. Er hatte vor ein paar Jahren das Glück, als einer der letzten Mitarbeiter der Instandsetzungseinheit verbeamtet worden zu sein. Heute werden nur noch ein Teil der Lokführer in den Beamtenstatus übernommen. Benjamin ist deshalb nahezu unkündbar.«

»Hm, also verdient er gutes Geld und könnte damit zumindest auf lange Sicht seine Schulden zurückzahlen, oder?", konstatierte Jan.

«Ja, aber er muss bis Samstag fünftausend Euro auf den Tisch legen. Danach könnte er die monatlichen Raten stemmen, meinte er.«

»Die Albaner bringen die sich im Zahlungsverzug befindlichen Kreditnehmer nicht um. Warum auch? Sie wollen ja von ihren »Kunden«, Jan deutete mit seinen Fingern Anführungszeichen an, »das Geld zurückerhalten. Wenn ihre Kreditnehmer tot sind, hilft ihnen das auch nicht weiter. Und da Benjamin einen festen Job hat, werden sie ihn nicht erledigen, sondern höchste 'nen kleinen Denkzettel verpassen.

Wenn der Samstag keine Fünftausend auf den Tisch des Hauses legen kann, wird er 'ne saftige Abreibung einstecken müssen. Und die hätte er sich dann auch verdient. Also Entwarnung, Hannah, deinem Ex wird nichts geschehen, auch wenn du ihm das geforderte Geld nicht gibst.«
»Ja, aber...«
»Nichts aber, Liebling, wir hatten bis jetzt nicht einen Mord, der auf das Konto der Albaner gegangen ist. Ihre Kreditgeschäfte sind rechtlich grenzwertig, aber immer noch legal. Sie arbeiten deshalb auch mit Anwälten und Inkassobüros. Erst, wenn einer überhaupt keinen Bock mehr auf Rückzahlung hat, schicken die ihre eigenen Geldeintreiber los. Und dann kann es schon mal eine gebrochene Nase oder ein blaues Auge geben, aber damit kennt sich der Kollege ja bereits bestens aus. Und geschadet hat's ihm auch nicht, schließlich ist er ja danach zur Einsicht gekommen, oder?«
Hannah zog die Augenbrauen hoch. »Alles richtig, aber sicher ist das nicht. Benjamin könnte Pech haben und diesmal läuft alles anders. Der Mann zieht einfach das Unglück an. Ich muss da mal 'ne Nacht drüber schlafen, Jan.«
„»Na gut, tu das. Ich hoffe, dass du zur Einsicht kommst«, sagte Jan.
Es klopfte kurz an der Bürotür und Oskar erschien auf der Bildfläche.
»Hallo«, sagte er kurz. Als er weitersprechen wollte, raunzte Jan ihn an.
»Schön, dass du dich auch mal sehen lässt. Wo treibst du dich eigentlich den ganzen Tag herum? Hier ist es üblich, sich abzumelden, wenn man das Präsidium verlässt. Du bist hier keine Ich-AG, mein Freund, klar?«
»War gerade im Büro des Oberstaatsanwaltes und hab nach einer Besuchsgenehmigung für Bruno Podelczik gefragt«, antwortete Oskar, ohne auf die Standpauke einzugehen.

»Und das ist der nächste Punkt, Oskar, wir besprechen hier gewöhnlich unsere Vorgehensweise. Alleingänge sind kontraproduktiv, merk dir das.«
Hannah sah zu Boden. Sie musste grinsen. Das sagt ja gerade der Richtige, dachte sie.
»Außerdem hätte dir doch klar sein müssen, dass Oberdieck nach den Ereignissen des heutigen Tages nicht gerade gut auf unsere Abteilung zu sprechen ist. Wir fahren morgen ins Gefängnis und werden versuchen, mit Podelczik zu reden. Normalerweise brauchen die ermittelnden Beamten keine Erlaubnis der Staatsanwaltschaft, wenn sie im Gefängnis einen Verdächtigen vernehmen wollen.«
»Es sei denn, es gibt eine richterliche Anordnung, niemanden zum Inhaftierten vorzulassen«, schränkte Hannah ein.
»Unsinn, das wäre ja Behinderung der Polizeiarbeit. Hab noch nie gehört, dass ein Richter so was macht«, meinte Jan.
»Der Oberstaatsanwalt war ohnehin nicht zu sprechen. Er saß in einem wichtigen Termin mit Richter Gnädig«, sagte Oskar.
»Woher weißt du das? Hat dir das Oberdiecks Vorzimmerdame geflüstert?«, fragte Hannah.
»Nee«, schüttelte Oskar den Kopf. »Der schwarze Kaschmirmantel von Richter Gnadenlos hing an der Garderobe.«
»Und du weißt genau, dass der dem Richter gehört?«, wunderte sich Jan.
»Photographisches Gedächtnis. Eine äußerst hilfreiche Eigenschaft«, gab Oskar an.
»Das wird bei weitem nicht der einzige schwarze Kaschmirmantel in Leipzig sein, Oskar«, wandte Hannah ein.
»Stimmt, Hannah, aber nicht mit einem aufgestickten Vergissmeinnicht am Kragen.«
»Was hat das denn jetzt wieder zu bedeuten?«
»Ist seit dem Dritten Reich ein Erkennungszeichen unter den Freimaurern. Hat sich bis heute nicht geändert.«

Hannah und Jan waren mal wieder sprachlos. Oskar war mit seinen jungen Jahren bereits ein echter Kauz, der allerdings unglaublich viel wusste und das auch gewinnbringend in die Ermittlungen einbrachte.
»Na ja, logisch, dass die beiden Einiges zu besprechen haben. Sie wollen gemeinsam den Fall Podelczik so schnell wie möglich zu den Akten legen. Eine DNA-Probe des Richters, die beweist, dass er mit den Opfern noch kurz vor ihrem Tod geschlafen hat, werden wir nicht mehr bekommen. Der Zug ist mit dem heutigen Tage abgefahren«, stellte Jan fest.
»Vielleicht auch nicht«, grinste Oskar und zerrte vorsichtig eine weiße Plastiktüte aus seiner Manteltasche.
Jan runzelte die Stirn. Was hatte Oskar denn jetzt wieder für einen billigen Taschenspielertrick parat?
Oskar stellte die Tüte behutsam auf Hannahs Schreibtisch und entnahm ihr ein gebrauchtes Rotweinglas.
»Daraus hat der Richter heute Mittag einen exquisiten Rotwein getrunken. Hab den probiert. Ausgezeichneter Geschmack, wirklich einzigartig, aber auch schweineteuer.«
»Was in aller Welt hast du getan, Oskar?«, war Hannah entsetzt.
»Nichts. Hab den Richter zufällig in dem italienischen Lokal getroffen, in dem ich manchmal zu Mittag esse. Hab ihn nur gefragt, ob ich mich zu ihm setzen dürfte. Er hatte nichts dagegen.«
»Und dann hast du sein Weinglas mitgehen lassen?«, traute sich Hannah kaum zu fragen.
»Tja, das war natürlich eine Steilvorlage, die ich einfach verwandeln musste. Was hättet ihr getan?«
»Ja ja, schon gut, Oskar. Offiziell dürfen wir dieses Glas allerdings wohl kaum als Beweismittel anführen, da wir es uns illegal beschafft haben«, sagte Jan.
»Mag sein, aber wir werden dadurch zumindest das erste Opfer endgültig identifizieren können und haben den Be-

weis, dass der Richter ein Motiv hatte, die Frau umzubringen.«
»Wieso hätte der Richter die Frau ermorden sollen, Oskar? Grundsätzlich ist der Verkehr mit Prostituierten nicht verboten. Selbst für einen Richter nicht«, sagte Hannah.
»Es sei denn, diese Dame hat mit ihrer Handykamera ein paar Fotos gemacht, die den Richter in voller Pracht bei perversen Handlungen zeigen. Und dann hat sie ihn damit erpresst. Die Bilder machen sich für einen Richter des Bundesgerichtshofs nicht wirklich gut, vor allem, wenn sie in den sozialen Netzwerken gepostet werden.«
»Also wollte sie Schweigegeld?«
Oskar schüttelte den Kopf. »Nein, sie hat von ihm verlangt, die Revision eines verurteilten Gewaltverbrechers zuzulassen und den Mann auf freien Fuß zu setzen.«
»Und das hat er getan?«, fragte Hannah.
Oskar nickte. »Hat er. Der Mann gehörte zur Kosakenfront und war ein wichtiger Mitarbeiter von Oleg Ponomarov.«
»Verdammt, Oskar, woher weißt du das alles?«, wollte Hannah wissen.
»Aus den Gerichtsakten des 5. Strafsenats des Bundesgerichtshofs. Sind im Internet einzusehen.«
»Aber doch nicht öffentlich?«, ereiferte sich Jan.
»Nein, man braucht ein Passwort.«
»Und wo hast du das her?«
»Die Behörden sind bei der Auswahl ihrer Passwörter nicht besonders einfallsreich. Ich würde behaupten, sie handeln eher pragmatisch. Habe nicht mal eine Stunde gebraucht, um den Code zu knacken.«
»Was denn, Oskar, professioneller Hacker bist du auch noch?«, stutzte Hannah.
»Nee, also damit kann ich leider nicht dienen. Beim Knacken von Passwörtern muss man ein wenig Kreativität entwickeln und da bin ich ganz gut drin. In diesem Fall habe ich mich mit

Begriffen rund um den 5. Strafsenat beschäftigt. Das führte irgendwann zur Villa Sack, dem Sitz dieser Institution. Dann stieß ich auf den ehemaligen Besitzer, dem Landmaschinenunternehmer Gustav Rudolph Friedrich Sack. Und einige Minuten später war das Rätsel gelöst.« Oskar platzte fast vor Stolz.

»Es war einer seiner Vornamen, oder?«, vermutete Jan.

»Dachte ich auch erst, aber ganz so einfach war es dann doch nicht«, spannte Oskar die beiden auf die Folter. »Die Lösung war eine Zahlenkombination, die sich aus der Anzahl der Buchstaben des gesamten Namens zusammensetzt: 6794.«

Hannah und Jan staunten nicht schlecht über Oskars Ideenreichtum, der, gepaart mit einer Portion Cleverness und einer Menge Detailarbeit, dazu geführt hatte, auch derartig komplizierte Zusammenhänge zu entschlüsseln.

»Gute Arbeit, Oskar. Wir sollten das Glas sofort zu Josie bringen«, lobte Jan.

»Das nehmen wir auch mit«, hielt Oskar demonstrativ eine kleine Papiertüte in die Höhe.

»Was ist das?«, fragte Hannah

Oskar öffnete die Tüte und schüttete den Inhalt auf den Schreibtisch.

»Zigarettenfilter?«, wunderte sich Jan.

»Sind beide vom Oberstaatsanwalt.«

»Woher hast du die?«, wollte Jan wissen.

»Lagen in der Blumenschale auf dem Balkon gegenüber von Oberdiecks Büro.«

»Ich habe den Mann noch nie rauchen gesehen, Oskar.«

»Kein Wunder, Jan, er macht das auch heimlich.«

»Und woher weißt du, dass das Oberdiecks Kippen sind?«

»Ich habe ihn vor ein paar Tagen unten auf dem Parkplatz vor seinem Auto rauchen gesehen. Mir fiel auf, dass er Zigaretten mit weißem Filter raucht. Wahrscheinlich die Marke

Davidoff. Im Büro darf er nicht rauchen, also geht er auf den Balkon gegenüber.«
»Hm, na ja, kann sein, aber wozu brauchen wir Oberdiecks DNA?«, wollte Hannah wissen.
»Der war doch auch bei diesen Sexorgien zugegegen. Wer sagt denn, dass er nicht auch aktiv war?«
»Verdammt, Oskar, jetzt übertreib mal nicht. Oberdieck würde niemals...«
»Da wäre ich mir nicht so sicher, Jan. Wäre eine weitere Erklärung dafür, warum der Mann den Fall so schnell wie möglich abschließen will. Oberdieck ist mit Sicherheit kein Heiliger, so wie der den Frauen bei jeder sich bietenden Gelegenheit auf den Arsch starrt«, meinte Hannah.
Oskar nickte. »Wir sollten ihn auf jeden Fall überprüfen und das können wir jetzt anhand seiner schneeweißen Kippen.«
»Na gut, hast du sonst noch was, wo du gerade so in Fahrt bist?«, erkundigte sich Jan.
Oskar grinste. »Das Beste kommt zum Schluss, heißt es doch, oder? Na ja, keine Ahnung, ob das wichtig ist, aber manchmal hilft ja so ein Bauchgefühl, um einen Treffer zu landen. Hab mich mal um diesen Viagra-Freddy gekümmert, ihr wisst, wen ich meine, denke ich?«
Hannah zuckte mit den Schultern.
»Er meint, diesen Grafen von und zu, Freimaurer wie Oberdieck und Gnädig und wie der Oberstaatsanwalt inoffiziell im Büro von Waffel im Beisein von Richter Gnädig behauptet hat, ebenfalls an den sexuellen Aktivitäten mit den Frauen vom Escortservice beteiligt. Und das, obwohl der Herr die Achtzig bereits überschritten hat. Viagra macht's möglich«, erklärte Jan.
Oskar nickte. »Genau, es geht um Frederik Graf von Hohenhorst, ehemaliger Industrieller aus Berlin, der in Leipzig geboren wurde. Nach der Wende hat er sich eine luxuriöse Stadtvilla in Abtnaundorf gekauft und verbringt dort seinen

Lebensabend. Seine Frau ist vor fast zehn Jahren gestorben, seitdem lebt er allein.«
»Hast du den etwa auch beim Mittagessen belästigt?« ahnte Hannah Böses.
»Nee, nicht ganz. Der alte Herr hat eine gewisse Marotte, die er, egal was auch passiert, um jeden Preis durchzieht: Er geht jeden Mittag um halb vier ins Kaffeehaus Riquet im Schuhmachergässchen, isst dort ein Stück Torte, am liebsten Schwarzwälder Kirsch, und trinkt ein Kännchen Kaffee mit Zucker und Sahne.«
»Und wieder dieselbe Frage, Oskar: Woher zum Teufel weißt du das?«, konnte es Hannah kaum fassen.
»Bin nach meinem Besuch bei Richter Gnadenlos gleich weitergefahren nach Abtnaundorf und wollte beim Grafen vorstellig werden. Ich war gespannt, wie er auf die Sache mit den Fotos reagieren würde. Mein Plan war, sein Badezimmer zu benutzen und ein paar Haare aus seinem Kamm zu sichern. Als er nicht da war, hab ich seiner Haushälterin erzählt, ich hätte ihm ein wichtiges Dokument von Oberstaatsanwalt Oberdieck zu übergeben und zwar persönlich. Erst zierte sie sich etwas, aber als ich ihr meinen Ausweis gezeigt habe, hat sie mir erzählt, wo er zu finden sei.«
»Aha, und dann hast du ihn da aufgesucht und seine Kaffeetasse mitgehen lassen«, vermutete Hannah.
Oskar lachte. »Nein, ich habe zwei Haare aus seinem Hut gepickt. Den hatte er auf den Stuhl neben sich gelegt. Ich gab mich als Bewunderer dieser extravaganten Kopfbedeckung aus und fragte, ob ich mir den mal näher ansehen dürfte. Nach fünf Minuten war ich wieder draußen.«
Oskar hielt ein kleines durchsichtiges Plastiktütchen mit zwei weißgrauen Haaren hoch. »Hat ja für sein Alter noch 'ne prachtvolle Matte, der alte Knacker.«
»Tja, Oskar, wie gesagt, gute Arbeit, aber demnächst sprechen wir derartige Aktionen vorher ab, klar?«

»Ist klar, Jan«, antwortete Oskar kleinlaut.
»Na gut, dann fährst du jetzt in die Gerichtsmedizin und bringst Frau Dr. Nussbaum deine Trophäen zur näheren Untersuchung. Hannah und ich werden versuchen in der Justizvollzugsanstalt in der Leinestraße mit Podelczik zu sprechen. Danach treffen wir uns im Büro und fassen zusammen, was wir bis jetzt haben.«
»Okay«, sagte Oskar. »Bin gespannt wie 'n Flitzebogen, was bei den Untersuchungen rauskommt.«
»Wir auch, Oskar«, antwortete Hannah.

Eine Stunde später betraten Hannah und Jan die Justizvollzugsanstalt an der Leinestraße, die für den Vollzug der Untersuchungshaft von männlichen Erwachsenen zuständig war. Ursprünglich sollte Podelczik direkt ins Gefängnis nach Markkleeberg überstellt werden, doch der Richter hatte entschieden, den Verdächtigen zunächst in U-Haft zu nehmen. Offensichtlich war der zuständige Richter unvoreingenommen und behandelte Podelczik wie es das Gesetz vorgab und nicht, wie der Oberstaatsanwalt das gern gehabt hätte.
»Der Mann befindet sich noch im Aufnahmeverfahren, ist ja grad mal 'ne gute Stunde hier. Ich will sehen, was ich tun kann«, sagte der Vollzugsbeamte.
»Dauert nicht lange, wäre gut, wenn wir ihn kurz sprechen könnten.«
»Immer gern, Frau Hauptkommissarin, aber wenn er gerade bei der Aufnahmeuntersuchung ist, wird's schwierig, dann müssten sie morgen noch mal wiederkommen.«
»Ja, verstehe«, nickte Hannah, »aber es ist dringend. Der Oberstaatsanwalt hat uns gebeten, einen wichtigen Punkt unverzüglich mit dem Verdächtigen zu klären. Dauert höchstens zehn Minuten, danach kann der Medizincheck fortgesetzt werden«, log Hannah.

Der Vollzugsbeamte nickte und griff zum Hörer. Es dauerte gefühlt eine Ewigkeit, bis das Telefonat beendet war.
»Sie können jetzt reingehen, geben sie bitte die Waffen ab und legen sie ihre Ausweise in die Ablage. Den Weg zur Krankenstation kennen sie ja. Die Schließer wissen Bescheid.«
Hannah nahm ihre Pistole aus dem Halfter, zog das Magazin heraus, überzeugte sich, dass keine Patrone in der Kammer war und legte Waffe und Magazin auf die Ablage. Jan zuckte mit den Schultern. Wie so oft war er unbewaffnet. Der Vollzugsbeamte hatte verstanden und verzichtete auf eine Leibesvisitation.
Auf dem Weg zur Krankenstation mussten sie drei Gitter passieren, die kameraüberwacht waren und sich automatisch öffneten. An der Tür zur Station war eine Klingel angebracht. Ein Beamter öffnete ihnen und bat sie, auf einer Stuhlreihe neben dem Eingang Platz zu nehmen.
Es dauerte fast zehn Minuten, als ein älterer Mann im weißen Kittel den Raum betrat.
»Guten Tag, ich bin Dr. Karl, der zuständige Arzt für die Eingangsuntersuchungen. Ich muss ihnen mitteilen, dass sich der Häftling in keiner guten Verfassung befindet. Vor allem psychisch wirkt er sehr angeschlagen. Ich werde ihn vorerst hier auf der Krankenstation behalten.«
Nachdem sich Hannah und Jan vorgestellt hatten, ergriff Jan das Wort: »Hören Sie, Dr. Karl, wir müssen mit Podelczik reden. Es ist sehr wichtig und es wird nicht lange dauern.«
»Tja, da gibt es offensichtlich ein Problem. Ich hätte nichts dagegen einzuwenden, wenn sie unter meiner Aufsicht mit ihm sprächen, aber er sagt, es ginge ihm nicht gut und er fühle sich nicht in der Verfassung, mit ihnen zu reden.«
»Also bei allem Respekt, das entscheidet nicht der Häftling, sondern wir. Wenn Sie dabei sind, Dr. Karl, sollte doch einer kurzen Befragung nichts im Wege stehen? Sie können jeder-

zeit abbrechen, wenn Sie glauben, dass wir den Mann überfordern«, schlug Jan vor.
Dr. Karl, ein großer, hagerer Mann Mitte fünfzig, rückte seine Brille zurecht und nickte.
»Gut, kommen sie, wir gehen in mein Büro.«
Nach kurzer Wartezeit brachte ein Vollzugsbeamte Podelczik durch eine Nebentür ins Arztzimmer.
Hannah und Jan nahmen kurz Blickkontakt auf, als sie den Mann sahen. Offensichtlich dachten beide das Gleiche. Bruno Podelczik war innerhalb von nur wenigen Tagen, nachdem sie ihn in Hartmannsdorf aufgesucht und verhaftet hatten, um Lichtjahre gealtert. Nach vorn gebeugt, schlurfte er mit kurzen Tippelschritten unsicher in den Raum. Er war aschfahl und tiefe Falten hatten sich in seine Haut eingegraben. Er hatte Ringe unter den Augen, die sich tief in die Höhlen zurückgezogen hatten, sein Blick war leer und ausdruckslos. Seine Hände waren mit Plastikfesseln fixiert worden und er trug bereits die Anstaltskleidung, einen hellblauen Overall und graue Latschen mit Klettverschluss. Wortlos setzte er sich auf einen Stuhl neben dem Schreibtisch.
»Guten Tag, Herr Podelczik, wir müssen dringend mit Ihnen reden«, begann Jan. »Wir haben...«
»Es gibt nichts mehr zu sagen. Ich habe ein umfassendes Geständnis abgelegt und unterschrieben. Bitte gehen sie«, unterbrach ihn Podelczik.
Jan atmete einmal tief durch. »Es haben sich neue Fakten ergeben. Wenn die zutreffen, können Sie nicht der Täter gewesen sein. Wir haben Hinweise, dass Sie zur Tatzeit des zweiten Mordes zusammen mit ihrer Mutter einen Arzttermin hatten. Warum haben Sie das während ihrer Vernehmung nicht gesagt?«
Podelczik richtete den Blick weiter stur zu Boden und antwortete nicht.

»Wir haben durchaus Verständnis dafür, dass Sie nicht in der besten nervlichen Verfassung sind und Ihre Ruhe haben wollen. Das Problem ist nicht, dass Sie sich einfach in Ihr Schicksal fügen wollen und keine Lust mehr haben, sich zu verteidigen, weil Sie glauben, bereits zum zweiten Mal das Opfer eines Unrechtsystems zu werden, gegen das sie sich nicht wehren können. Das eigentliche Problem ist, dass Sie damit den wahren Täter schützen, den Mann, der Ihnen die gefälschten Beweise untergeschoben und Sie zu Unrecht ans Messer geliefert hat. Wollen Sie das? Wollen Sie wirklich, dass dieser Schweinehund davonkommt?« appellierte Hannah.

Es dauerte einen Moment, dann hob Podelczik den Kopf und sah Hannah ungläubig an.

»Sie haben mich doch verhaftet und die Ermittlungen gegen mich geführt. Jetzt wollen sie mir plötzlich helfen?«

»Nein, Herr Podelczik. Wir wollen Ihnen weder schaden, noch Ihnen helfen, sondern wir wollen die Wahrheit herausfinden. Aufgrund der Indizienlage mussten wir Sie mitnehmen, das heißt aber noch lange nicht, dass Sie schuldig sind. Warum haben Sie ohne Not ein Geständnis abgelegt? Sind Sie dazu vom Oberstaatsanwalt in irgendeiner Weise genötigt worden, oder hat er Ihnen in Aussicht gestellt, einen Heimplatz für ihre Mutter zu besorgen und für die Kosten aufzukommen, wenn Sie gestehen?«

»Nein«, schüttelte Podelczik den Kopf.

»Nein? Was wird denn dann aus ihrer Mutter, wenn Sie lebenslänglich ins Gefängnis gehen?«

Podelczik zuckte mit den Schultern. »Weiß ich nicht.«

»Sie lügen, Sie würden ihre Mutter niemals ihrem Schicksal überlassen, deshalb haben Sie einen Deal mit dem Oberstaatsanwalt gemacht, der übrigens fest an ihre Schuld glaubt.«

»Und sie, sie tun das etwa nicht?«

»Wir glauben gar nichts, wir ermitteln und versuchen Beweise zu liefern. Bisher sah alles danach aus, als wären Sie der Täter, ja, aber so langsam scheint sich ein vollkommen anderes Bild zu ergeben. Also, Herr Podelczik, Sie waren zur Tatzeit des Mordes an Nadeschda Kurkova mit Ihrer Mutter beim Arzt. Wir wissen das. Außerdem wissen wir, dass das bei Ihnen gefundene Samuraischwert nicht die Tatwaffe ist und wir wissen, dass Ihr alter Opel Corsa nicht mehr komplett zu verschließen war. Das erklärt, warum es keine Einbruchsspuren gab, als der Täter die Leiche auf den Rücksitz gelegt hat. Die Frauen hatten kurz vor ihrem Tod Geschlechtsverkehr. Wir vermuten, dass eine DNA-Probe den Täter überführen wird. Mittlerweile konnten wir die anderen Sexualpartner durch DNA-Vergleiche ausschließen. Heute Abend wird Ihre DNA-Probe untersucht und mit der bei den Frauen gefundenen DNA abgeglichen. Wenn es keine Übereinstimmungen gibt, wird der Haftrichter Sie zunächst wieder auf freien Fuß setzen müssen, trotz Ihres Geständnisses, verstehen Sie, Herr Podelczik?«
Podelczik rutschte unruhig auf seinem Stuhl herum, den Blick weiter gesenkt. Plötzlich hob er den Kopf, sah Jan in die Augen und fragte: »Sie glauben tatsächlich, ich sei unschuldig? Sie haben sich getäuscht. Und jetzt möchte ich bitte zurück in meine Zelle, ich habe nichts mehr zu sagen.«
Dr. Karl nickte und gab Jan ein Zeichen, dass es an der Zeit wäre, die Vernehmung zu beenden.
»Warum opfern Sie sich? Wem helfen Sie damit?«, rief Hannah, als Podelczik den Raum verließ.
Plötzlich blieb er stehen, drehte sich um und sah Hannah in die Augen.
»Mir«, sagte er und ging.

Um kurz nach sechs hatten sich die Mitglieder der Mordkommission im Büro des Dezernatsleiter eingefunden, um

die neuesten Erkenntnisse zu besprechen und über die weitere Vorgehensweise zu beraten. Polizeioberrat Wawzryniak, der mit fünf Minuten Verspätung eintraf, war alles andere als gut gelaunt. »Ihr wisst, dass der Oberstaatsanwalt die Anweisung erteilt hat, vorerst nicht in der Sache Podelczik weiter zu ermitteln, oder?«
Rico Steding nickte. »Ja , aber...«
»Nichts aber, Rico, seid ihr von allen guten Geistern verlassen? Ihr missachtet die Anweisungen der Staatsanwalt und ich muss dafür den Kopf hinhalten. Kommt ja nicht mehr auf die Idee und sucht diesen Kerl ohne meine ausdrückliche Erlaubnis im Gefängnis auf. Das war eine total beschissene Aktion, anders kann ich das leider nicht bezeichnen.«
»Aber durchaus aufschlussreich, Herr...«
»Mensch, Krüger, hören Sie auf mit dem Gequatsche. Ich bin alt, aber nicht blöd. Ich weiß selbst, dass der Mann unter allen Umständen von Oberdieck platt gemacht werden soll. Der Grund liegt auf der Hand. Aber nur, weil Richter Gnadenlos nicht auf der Titelseite der *Blitz* auftauchen will und nicht, weil Podelczik unschuldig ist.«
»Quod erat demonstrandum«, rief Oskar, der gerade zusammen mit Josie zur Tür hereinkam.
»Was?«, drehte sich der Polizeioberrat erstaunt um.
»Na ja, das ist Latein und heißt...«
»Ich weiß, was das heißt, Sie Schlauberger. Ich denke, Sie tun gut daran, Herr von Oberwahren...holz, mal ein bisschen herunterzufahren. Sie sind mir eine Spur zu forsch, mein Lieber.«
Oskar zog es vor, nicht zu antworten, auch wenn der Polizeioberrat mal wieder mit seinem Namen nicht klar kam. Er nickte nur, zog sich einen Stuhl zurück und setzte sich an den ovalen Konferenztisch.

»Hallo Josie, bitte setz dich. Dann sind wir jetzt wohl vollständig. Gut, dann möchte ich dich bitten, Jan, die Runde über die neuesten Erkenntnisse zu informieren.«
»Danke, Rico«, sagte Jan und fuhr fort: »Wir waren heute Mittag in der Justizvollzugsanstalt und haben mit Bruno Podelczik reden können. Nicht, weil wir unbedingt eine Anweisung ignorieren wollten, sondern, weil der Verdacht bestand, dass der, der diese verfügt hat, selbst bis zur Halskrause in diesen Fall involviert ist.«
»Wie bitte? Habe ich das jetzt richtig verstanden? Oberstaatsanwalt Oberdieck gehört in diesem Mordfall Ihrer Meinung nach zum Kreis der Verdächtigen? Ja, was in aller Welt soll denn dieser Blödsinn? Gerät uns dieser Fall jetzt vollkommen außer Kontrolle? Das ist ja unglaublich.«
»Leider nicht, Horst«, sagte Josie.
»Was denn? Du auch noch? Ja, seid ihr denn jetzt alle verrückt geworden?«
»Also, jetzt mal eins nach dem anderen. Zunächst haben wir herausgefunden, dass Podelczik für den Zeitpunkt des zweiten Mordes ein Alibi hat. Er war mit seiner Mutter beim Arzt. Neben weiteren Ungereimtheiten besteht der Verdacht, dass Oberdieck dem Verdächtigen versprochen hat, einen Heimplatz für seine Mutter zu garantieren, wenn er gestehen würde. Und, was Josie sicher gleich näher erläutern wird, Podelcziks DNA wurde weder beim ersten noch beim zweiten Opfer gefunden.«
Jan machte eine Pause und nickte Josie zu. Die Ergebnisse der DNA-Vergleiche hatte Oskar ihm auf der Fahrt von der Gerichtsmedizin zum Präsidium bereits mitgeteilt.
Josie räusperte sich, setzte ihre Lesebrille auf und sortierte noch kurz ihre Papiere.
»Ja, danke, Jan. Also, wie gerade erwähnt, haben wir die DNA des Verdächtigen mit der DNA des bei den toten Frauen gefundenen Spermas verglichen. Er hatte definitiv keinen

Sex mit den Opfern. Drei andere bekannte Herren dagegen schon.«
Horst Wawrzyniak machte sich gerade, rückte mit seinem Stuhl ein Stück vom Tisch ab und zog verwundert die Augenbrauen hoch.
»Das heißt«, fuhr Josie fort, »dass bei beiden Opfern nur noch der dritte Mann gesucht wird, der jedoch nicht unbedingt auch mit *beiden* Frauen geschlafen haben muss. Vielmehr könnte es sich sogar um zwei verschiedene Personen handeln.«
»Bitte, Josie, rede nicht um den heißen Brei herum. Wer sind die beiden Männer?«, hakte der Polizeioberrat ein.
»Genau genommen sind es drei: Richter Gnädig, Graf von Hohenhorst und ...«, Josie machte ein kurze Pause, »Oberstaatsanwalt Oberdieck.«
»Das ist doch wohl nicht wahr«, erschrak Horst Wawrzyniak. »Ja aber wie bitte bist du denn überhaupt an die DNA-Proben dieser Männer gekommen? Die werden dich doch wohl kaum freiwillig aufgesucht haben?«
»Hab ich besorgt«, schaltete sich Oskar ein.
„Was? Soll das heißen, die haben auf Ihr Verlangen hin eine DNA-Probe abgegeben? Jetzt wird's langsam skurril. Ein Bundesrichter und ein Oberstaatsanwalt folgen der Anweisung eines Kriminalassistenten und machen freiwillig einen DNA-Test? Wollen Sie mich verscheißern, oder was?«
»Nein, Herr Polizeioberrat. Natürlich haben die Herren sich nicht für eine DNA-Probe zur Verfügung gestellt. Ich hab sie auch nicht drum gebeten. Vielmehr haben sie uns ihre DNA praktisch auf dem Silbertablett serviert. Ich musste quasi nur einsammeln, was die Herren unachtsam zurückgelassen haben«, erklärte Oskar.
»Was haben Sie verdammt noch mal getan, Sie Irrer? Sind Sie eigentlich von allen guten Geistern verlassen? Ich denke,

Sie sollten sich lieber einen anderen Job suchen. Sie haben nämlich bald keinen mehr!«
»Langsam, Horst, ganz Unrecht hat Oskar nicht. Er hat lediglich Beweismaterial in einem Mordfall gesammelt. Ein benutztes Rotweinglas von Richter Gnädig, eine weggeworfene Kippe von Oberdieck und ein Haar aus dem Hut von Graf von Hohenhorst. All das war frei zugänglich und hätte auch von jeder anderen Person eingesammelt werden können.«
»Zwei.«
»Was zwei?«
»Ich hab zwei Haare aus dem Hut gezogen.«
»Na dann eben zwei, Oskar«, verdrehte Josie die Augen.
»Dummes Zeug, Rico, und das weißt du auch. Ihr habt euch widerrechtlich Zugang zur DNA dieser Personen verschafft. Ein DNA-Test darf nur mit der ausdrücklichen Erlaubnis einer Person durchgeführt werden, es sei denn, es liegt eine richterliche Anordnung vor. Beides ist hier nicht der Fall. Also dürfen diese Ergebnisse vor Gericht auch nicht verwendet werden.«
»Da wäre ich mir nicht so sicher, Horst, es geht hier im Mord, nicht um Fahrraddiebstahl. Und wir haben uns überhaupt nichts widerrechtlich besorgt, sondern nur das verwendet, wozu jeder andere auch freien Zugang gehabt hätte«, sagte Rico Standing.
»Darum geht's doch hier gar nicht, Leute«, schaltete sich Hannah ein. »Niemand hier im Raum zieht ernsthaft in Erwägung, dass einer dieser drei Männer die beiden Frauen umgebracht hat. Doch jetzt steht fest, dass Gnädig und Oberdieck in diesen Fall verwickelt sind. Vom Richter wussten wir ja schon, dass er Sex mit den Opfern hatte, aber dass Oberdieck ebenfalls mit einer der Damen geschlafen hat, ist neu. Was so viel bedeutet, dass der Oberstaatsanwalt den Fall sofort abgeben muss.«

»Bist du verrückt, Hannah? Wie soll das denn gehen? Du willst allen Ernstes Oberdieck mit einer DNA-Probe zu Fall bringen, die er nie abgegeben hat? Damit kommen wir niemals durch.«

»Offiziell unternehmen wir gar nichts, Horst. Aber wir können unser inoffizielles Meeting mit den Herren wiederholen und sie mit unseren Erkenntnissen konfrontieren. Ich hänge mich jetzt mal weit aus dem Fenster und behaupte, dass Podelczik nicht der Täter ist. Das bedeutet, dass wir unsere Ermittlungen weiterführen müssen und zwar mit einem Staatsanwalt, der unvoreingenommen an diesen Fall herangeht. Oberdieck zieht sich freiwillig zurück und wir verzichten zunächst darauf, die Ergebnisse der DNA-Vergleiche in unsere Ermittlungen einzubeziehen. Weigert sich Oberdieck, werden wir diese an den zuständigen Richter weiterleiten.«

»Aha, und ich bin jetzt der Dumme, der Oberdieck diesen Deal vorschlagen soll, oder wie?«

»Nein, Horst, du sollst nichts vorschlagen, sondern Oberdieck klarmachen, dass er gar keine Wahl hat. Er steckt bis zur Halskrause in der Sache drin und ist gerade dabei, einen Unschuldigen zu opfern, um sich und seinen Logenbruder vor unangenehmen Fragen zu schützen.«

»Mensch, Rico, dir ist wohl nicht klar, mit wem wir uns da anlegen: Ein Bundesrichter, ein Oberstaatsanwalt und ein ehemaliger Großindustrieller mit riesigem Einfluss und 'ner Menge von mächtigen Freunden. Die könnten uns wie 'ne Horde aufmüpfiger Schaben zertreten.«

»Jetzt mach mal halblang, Horst. So kenn ich dich ja gar nicht. Diese Kerle haben Dreck am Stecken. Im wahrsten Sinne des Worte«, grinste Josie, »und du willst so einfach den Schwanz einziehen? Übrigens haben wir durch die DNA-Vergleiche jetzt Sicherheit, was die Identität der Opfer anbelangt. Bisher hatten wir noch keine endgültigen Beweise, dass es sich bei den Frauen um Natascha Ponomarova und

Nadeschda Kurkova handelt. Wir hätten abwarten müssen, bis wir die Köpfe gefunden hätten. Das könnten wir der Presse mitteilen, ohne zu sagen, woher wir das wissen. Aber wenn Oberdieck und Gnädig nicht einsichtig sind, werden sie in Kauf nehmen müssen, dass irgendjemand gegenüber der Presse Ross und Reiter nennen wird. Mir ist es doch letztlich scheißegal, woher die DNA-Proben kamen. Ich habe meine Arbeit gemacht und meine Ergebnisse erhalten.«
Der Polizeioberrat runzelte die Stirn. »Wie es aussieht, seit ihr euch ja einig. Na gut, ich werde die beiden morgen Früh zu mir bitten. Rico und Jan, ihr seid dabei, wenn Josie ihre Ergebnisse präsentieren wird. Dann werden wir sehen, wie die Herren reagieren«, seufzte Waffel.
»Gut«, sagte Josie, »aber das ist noch nicht alles.«
»Was denn noch?«, war Waffel genervt.
»Die Kugel aus dem Bauch des Toten stammt nicht aus der Waffe von Ivan Skutin«, sagte Josie.
»Des Toten?«, hakte Hannah nach.
Josie nickte. »Ja, der Mann ist vor einer Stunde seinen Verletzungen erlegen.«
»Das heißt, wir ermitteln jetzt auch in diesem Fall wegen Mordes«, stellte Rico fest.
»Ein Grund mehr, diesen Adam zu finden«, meinte Jan.
»Tja, dann werden wir Skutin wieder auf freien Fuß setzen müssen, ob wir wollen oder nicht."
»Nicht so schnell, Horst, die Achtundvierzigstundenfrist läuft erst morgen Mittag ab«, wandte Rico ein.
»Ach ja, hätt ich fast vergessen. Ivan Skutin hat auf Kerim geschossen und zwar mit der Waffe eines seiner Leute. Natürlich heißt das nicht zwingend, dass er auch der Todesschütze war. Da wurde ja offensichtlich wild durcheinander geballert«, sagte Oskar.
»Und woher wissen Sie das Herr..., äh, Oskar,... diesen Namen werde ich nie behalten, verdammt.«

»Oskar ist in Ordnung, Herr Polizeioberrat. Das hat mir meine Informantin erzählt, die behauptet, selbst gesehen zu haben, wie Skutin einem seiner Männer die Waffe entrissen und wie wild auf den Tschetschenen gefeuert hat.«
»Und wer ist ihre Informantin?«, wollte Waffel wissen.
»Eine junge Dame aus Skutins Harem, die ihm sehr nahe steht und von der Kosakenfront in den Skutin-Clan eingeschleust worden ist.«
»Ja, zum Teufel, dann muss die eben als Zeugin aussagen, dass Skutin auf den Tschetschenen geschossen hat.«
»Wäre im Moment blöd. Sie ist uns als Informantin zurzeit noch wichtiger. Außerdem wäre das vermeintlich ihr Todesurteil. Ich hab ihr versprochen, dichtzuhalten«, sagte Oskar.
Jan nickte. »Stimmt, außerdem ist Skutin nach wie vor ein Verdächtiger. Gut möglich, dass er die Frauen hat umbringen lassen, um der Kosakenfront zu demonstrieren, wer in Leipzig der Platzhirsch ist. Außerdem handelt das Schwein mit Organen. Nicht auszuschließen, dass er selbst die Köpfe verkauft hat. Hab gehört, im chinesischen Untergrund hat es bereits die ersten Kopfverpflanzungen gegeben.«
»Bäh, igittigitt«, schüttelte sich Hannah.
»So jetzt reicht's, ich muss jetzt erst mal eine Rauchen. Die Ergebnisse dieser Besprechung bleiben zunächst hier im Raum. Kein Sterbensörtchen davon dringt nach draußen. Haben wir uns verstanden?«
Alle Anwesenden nickten.
»Gut, dann macht eure Arbeit. Ich rufe euch morgen Früh in mein Büro, wenn Gnädig und Oberdieck eingetroffen sind. Und jetzt rück endlich 'ne Fluppe raus, Rico, mein Körper braucht dringend Nikotin«, sagte Waffel, stand auf und folgte Rico Steding zu seinem Schreibtisch.

Hannah und Jan waren froh, heute mal eher nach Hause zu kommen. Die letzten Tage waren anstrengend und hatten

ihre volle Konzentration in Anspruch genommen. Dieser Fall war eben wohl doch weitaus komplexer, als es zu Beginn der Ermittlungen den Anschein hatte. Ginge es nach Oberstaatsanwalt Oberdieck, wäre das Problem allerdings bereits gelöst. Bruno Podelczik war der Täter, jetzt musste nur noch der Richter seiner Argumentation folgen, was anhand der glasklaren Beweise nach Oberdiecks Meinung nur eine reine Formsache wäre. Jan beschlich das ungute Gefühl, dass Oberdieck tatsächlich mit seiner Blitzattacke gegen Podelczik Erfolg haben würde. Wahrscheinlich hatte er diese Strategie mit Richter Sören Gnädig abgesprochen. Sie wollten den ehemaligen Mathematiklehrer vor Gericht bringen, bevor überhaupt irgendwelche Zweifel an der Schuld des Angeklagten aufkommen würden. Oberdieck vermittelte den Eindruck, als hätte er der Gesellschaft einen Riesengefallen getan, diese Bestie im Eilverfahren aus ihrer Mitte gerissen und endgültig aus dem Verkehr gezogen zu haben. Immerhin erwartete Podelczik als Wiederholungstäter eine lebenslange Haftstrafe ohne Aussicht auf vorzeitige Entlassung.
Jan machte einen kleinen Umweg, um Oskar am Studentenwohnheim abzusetzen.
»Bitte, Oskar, tu mir einen Gefallen und geh heute Nacht nicht wieder auf Verbrecherjagd. Ich möchte endlich mal in Ruhe acht Stunden durschlafen, klar?«, gab ihm Jan mit auf dem Weg, als Oskar ausstieg.
»Aye aye, Sir«, salutierte Oskar. »Werde mich gleich aufs Ohr hauen. Bin gespannt, was morgen bei der Sache mit Oberdieck und Gnädig rauskommt. Danke fürs Mitnehmen.«
»Oskar, du hast gehört, was Waffel gesagt hat. Kein Sterbenswörtchen über die DNA-Tests. Zu Niemandem, verstanden?«, mahnte ihn Hannah.
»Natürlich, Frau Hauptkommissarin, ich wünsche einen schönen Abend.«

Als Jan gewendet hatte und Richtung Stadtmitte zurückfuhr, drehte Hannah das Radio leiser. »Glaubst du ihm?«, fragte sie.
»Wem, Oskar?«
Hannah nickte.
„Oskar ist zwar etwas strange, aber total harmlos, Hannah. Allerdings bin ich mir nicht so ganz sicher, dass der sich jetzt schlafen legt. Der Kerl ist hyperaktiv und zudem extrem besessen von dem, was er tut. Wahrscheinlich wird ihm sein Übereifer irgendwann zum Verhängnis werden. Entweder fliegt der Mal achtkantig raus, oder aber, was ich ihm natürlich nicht wünsche, er gerät bei seinen Soloermittlungen an den Falschen und wird erledigt.«
»Aha, na, das sagt ja der Richtige«, motzte Hannah.
Jan lachte. »Ich gerate niemals an den Falschen und weißt du auch warum?«
»Nein, aber du wirst es mir erzählen.«
»Weil *ich* der Falsche bin.«
»Na klar, wer denn sonst, Herr Supermann? Hätte ich ja fast vergessen. Wie konnte ich nur?«
Jan kniff Hannah in die Seite. »Nicht frech werden, Mädchen.«
»Sonst passiert was?«
»Na ja, sonst lege ich dir Handschellen an und versohle dir so richtig den Hintern.«
»Fahr schneller, ich kann's kaum noch erwarten.«
Die beiden mussten laut lachen. Jan fiel auf, dass es das erste Mal seit geraumer Zeit war, dass sie wieder zusammen lachten. Dieser verdammte Stress würde eines Tages noch ihre Beziehung killen, wenn sie nicht aufpassten. Jan kannte das. So oder so ähnlich war es immer, wenn er eine Frau kennenlernte. Polizist zu sein, war alles andere als förderlich für eine Partnerschaft. Zuerst killte der Job sämtliche sozialen Kontakte, die bei einem Polizisten eh rar gesät sind, dann

zerstörte er nach und nach jede noch so feste Beziehung und schließlich erledigte er einen selbst, ohne, dass man es überhaupt mitbekam. Oft genug hatte Jan die Reißleine gezogen, wenn er merkte, dass sein Beruf das Leben seiner Partnerin zur Hölle machte. Auch bei Esther hatte er das getan. Er hatte sie über alles geliebt und wollte sie auf gar keinen Fall verletzen. Doch einfach nur die Beziehung mit ihr zu beenden, schaffte er damals nicht. Er musste weg. Er konnte unmöglich in Hamburg bleiben, denn dort, das wusste er genau, konnte er Esther niemals verlassen, ohne immer wieder zu ihr zurückzukehren. Er ließ sich nach Leipzig versetzen, weit weg von Hamburg, weit weg von Esther. Und jetzt, jetzt war sie plötzlich wieder da. Und mit ihr waren nicht nur die Erinnerungen zurückgekehrt, sondern auch dieses Kribbeln im Bauch, das er empfand, sobald er sie nur sah.
»Was ist los? Woran denkst du?«, holte ihn Hannah aus seinen Gedanken. Für einen kurzen Moment fühlte Jan sich ertappt.
»Äh, ich denke über..., ich denke über unseren Fall nach«, log er.
»Aha, an was solltest du auch sonst denken?«
»Gehen wir mal davon aus, dass Podelczik nicht der Täter ist...«
»Ist er nicht, Jan. Über diesen Punkt sind wir ja wohl hinaus, oder?«
Jan nickte. »Klar, natürlich, aber wer war es dann? Irgendwie drehen wir uns seit Tagen im Kreis. Es gibt eine Liste von Verdächtigen, aber eine richtige Spur haben wir nicht, allenfalls ein paar Indizien, die uns nicht weiterbringen", seufzte Jan, der froh war, gerade noch mal die Kurve gekriegt zu haben. Das Letzte was er wollte, wäre, Hannah weh zu tun. Was Esther anbetraf, musste er sich einfach zusammenreißen. Er durfte unter keinen Umständen nochmal Kontakt mit

ihr aufnehmen. Der Verlockung, von der verbotenen Frucht zu kosten, musste er widerstehen.

»Na ja, ich denke schon, dass Ivan Skutin seine Finger im Spiel hat. Immerhin war eines der Opfer die Schwester seines Hauptkonkurrenten Oleg Ponomarov und das andere Mädchen war ebenfalls Mitglied der Kosakenfront. Für ihre außerordentliche Brutalität ist die Russenmafia bekannt. In diesem Fall kommt noch dazu, dass Grigori erzählt hat, Skutin würde neuerdings mit Organen handeln. Da passt ins Bild, dass Josie festgestellt hat, dass die Organe derart fachmännisch entfernt worden waren, dass sie noch zu einer zeitnahen Transplantation geeignet waren. Also hat Skutin gleich zwei Fliegen mit einer Klappe geschlagen. Er hat seinem Widersacher einen schweren Schlag versetzt und gleichzeitig mit den Innereien und den Köpfen der Opfer noch eine nicht unerhebliche Stange Geld verdient.«
Jan nickte. »Möglich, allerdings könnte auch Ponomarov einen Grund gehabt haben, die Morde zu begehen.«
»Nein, Jan, der bringt doch nicht seine eigene Schwester um.«
»Ponomarov ist Boss der momentan größten Organisation der Russenmafia. In Moskau tanzen alle nach seiner Pfeife. Ein derart mächtiger Mann muss hart und unnachgiebig sein, sonst verliert er sein Ansehen und bald danach auch seine Position. Dieser Oleg will seinen Konkurrenten Skutin in Leipzig ausschalten und selbst die lohnenden Geschäfte in den Bereichen Drogenhandel und Prostitution übernehmen. Also schickt er nach und nach seine Leute nach Leipzig, um den Skutin-Clan zu unterwandern und zu schwächen. Oskars Informantin ist die Freundin von Skutin, die von Oleg beauftragt wurde, seinen Feind auszuhorchen. Sie trägt eine kleine rote Rose am rechten Arm. Sie ist ein Leutnant der Kosakenfront, wie Oskar festgestellt hat. Entweder kennt Skutin

die Bedeutung dieses Tattoos nicht, oder aber, sie verbirgt es geschickt vor ihm. Wie auch immer, Olegs Schwester Natascha hatte den Auftrag, Schritt für Schritt in das lohnende Geschäft mit der Prostitution einzusteigen. Sie gründete einen Escortservice, beschäftigte junge, russische Frauen, wie diese Nadeschda und suchte sich solvente Kundschaft. Das Problem bei der Sache war allerdings, dass sie anscheinend ihr eigenes Ding machte. Sie arbeitete selbst mit und verdiente bereits nach kurzer Zeit 'ne Menge Geld. Kein Wunder, diese Natascha war eine bildhübsche Frau, übrigens genau wie Nadeschda und die anderen russischen Mädchen auch. Männer wie Richter Gnädig, Graf von Hohenhorst oder auch unser Freund Oberdieck sind solvente Kunden, die schon mal tief in die Tasche greifen, um diese Vollgranaten ins Bett zu kriegen. Und die umtriebige Natascha hatte schnell gemerkt, wie unaufmerksam die alten Herren beim Liebesspiel waren und hat nebenbei mit der Handykamera ein paar nette Aufnahmen gemacht. Im Fall von Richter Gnädig hat sie verlangt, dass der ein verurteiltes Mitglied der Kosakenfront in der Revision rauspaukt, ansonsten würde der seinen runzligen Schwanz auf der Titelseite der *Blitz* wiedersehen. Das tat sie, um ihrem Bruder zu beweisen, dass sie immer noch alles für die Organisation gab. In allen anderen Fällen hat sie ihre Freier aber um horrende Summen erleichtert, in dem sie denen mit der Veröffentlichung dieser kompromittierenden Fotos drohte. Irgendwann ist ihr Bruder ihr aber auf die Schliche gekommen. Und da im Umfeld noch andere vom falschen Spiel seiner Schwester wussten, blieb Oleg gar nichts anderes übrig, als ein Exempel zu statuieren. Er ließ nicht nur seine eigene Schwester umbringen sondern auch deren Vertraute Nadeschda Kurkova. Und um die Morde so aussehen zu lassen, als hätte der Organhändler Skutin seine Finger im Spiel gehabt, hat er den Opfern auch noch Kopf und Organe entfernen lassen.«

»Das sind doch keine Menschen, Jan. Diese Typen sind Abschaum, gewissenlose, skrupellose Mörder, die nicht mal vor ihrer eigenen Familie halt machen. Denen ist nichts heilig, außer Gewalt, Macht und Geld.«
»Ist nichts Neues. Oberst Gorlukov, Pjotr Skutin oder Viktor Rasienkov waren aus dem gleichen Holz geschnitzt.«
»Die sind aber Gott sei Dank nicht mehr am Leben.«
»Tja, die Halbwertzeit eines Russenmafiosi ist eben begrenzt. Wenn da einer das Rentenalter erlebt, ist er die große Ausnahme.«
Hannah nickte. »Und was ist mit den Albanern? Du hast doch Kontakt zu dem Oberhaupt dieser Typen, der in Hamburg sitzt, oder?«
»Du meinst, Krenor. Ja, der Mann ist ein ausgekochtes Schlitzohr, ein windiger Geschäftsmann, ein Spieler und Betrüger. Aber er ist kein Mörder, Hannah. Die Albaner sind seit mehr als zwanzig Jahren in Hamburg. Bis jetzt ging noch kein einziger Mord auf deren Konto.«
»Weil diese Blindgänger die Albaner bisher nicht des Mordes überführen konnten. Du hast doch selbst gesagt, dass Wiswedel und Konsorten unfähig sind.«
Jan lachte. »Na ja, unfähig sicher nicht. Da hab ich mich von meiner Wut leiten lassen. Trotzdem, selbst wenn da tatsächlich etwas übersehen wurde, in der Regel bringen die Albaner niemanden um. Was natürlich auch mit der Art ihrer Geschäfte zusammenhängt. Wenn die ihre Kreditkunden, oder die Geschäftsleute, von denen Sie Schutzgelder erpressen, umbringen würden, wäre das ja grob fahrlässig. Erstens würden sie ihre Außenstände nicht mehr reinholen - ein Toter kann schließlich nichts zurückzahlen - und darüber hinaus würde sich keiner mehr Geld bei denen leihen, wenn er damit rechnen müsste, gleich getötet zu werden, wenn man mal mit 'ner Rate in Verzug ist. Nein, Krenor hat mit den Morden in Leipzig nichts zu tun. Er hat mir versichert, dass

Ardian Shala zwar ein Heißsporn ist, aber grundsätzlich nur auf seine Anweisung hin handelt. Krenor ist der Clan-Chef und bestraft jeden, der sich ihm widersetzt. Er hätte mit Ardian noch nie Schwierigkeiten gehabt und lege für ihn die Hand ins Feuer, hat er beteuert.
»Na, hoffentlich verbrennt er sie sich nicht. Die Albaner wollen, wie man hört, die aufkommende Fehde unter den Russen nutzen, um selbst das Geschäft mit der Prostitution zu übernehmen. Auch am Drogenhandel zeigen sie sich in letzter Zeit auffällig interessiert. Also heizen sie den Konflikt unter den Russen kräftig an, damit die sich gegenseitig zerfleischen. Und wenn die einzelnen Organisationen der Russenmafia geschwächt sind, schlagen die Albaner zu. Ein Indiz dafür ist, dass Ardian Shala aller Wahrscheinlichkeit nach diesen Vitus gekauft hat und ihn bei Natascha Ponomarovas Escortservice einzuschleusen. Von dem haben sie erfahren, wann und wo sie die Frauen schnappen und umbringen können. Und sie haben es eben auch so aussehen lassen, dass man vermuten könnte, dass Skutin und seine Leute die Täter waren. So ganz nebenbei können die Albaner alle sehr gut mit 'nem Messer umgehen. Die schlachten ihre Ziegen und Lämmer selbst und nehmen sie fachmännisch aus. Also werden die das auch bei einem Menschen können«, sagte Hannah und fuhr fort: »Übrigens hat sich Benjamin in seiner Verzweiflung ja auch Geld bei den Albanern geliehen und als er mit den Raten in Verzug kam, haben die ihm 'ne saftige Abreibung verpasst.«
»Klar, damit ist zu rechnen. das ist ihr Mittel, den Druck auf den Schuldner zu erhöhen. Aber wie ich schon gesagt habe, die bringen keinen um. Und deshalb glaube ich auch nicht, dass die so dumm waren, zwei Frauen zu töten, nur um die Russen gegeneinander auszuspielen. Die wissen genau, wie weit sie gehen können, um von den Behörden halbwegs unbehelligt zu bleiben.«

Hannah nickte. »Kann sein, aber so sicher bin ich mir da nicht. Was ist eigentlich mit den Tschetschenen? Arbeiten die für Ponomarov oder machen die auch ihr eigenes Ding?«
»Grigori hat erzählt, dass dieser Ruslan eine Zeit lang Olegs bester Mann war. Allerdings ließe sich der ehemalige Anführer einer Gruppe tschetschenischer Rebellen nur sehr schwer kontrollieren. Er war 1999 beim Angriff der Tschetschenen auf die russische Provinz Dagistan beteiligt, als fast hundert russische Soldaten massakriert und die dreifache Anzahl verletzt worden waren. Später war er an einigen gezielten Attentaten der Rebellen in Moskau beteiligt. Er verbüßte eine mehrjährige Haftstrafe in einem russischen Gefängnis, bis Oleg Ponomarov ihn freikaufte und in seine Dienste stellte. Ruslan sei hinterhältig, unberechenbar und ultrabrutal. Grigori hat mich ausdrücklich vor diesem Mann gewarnt. An der Attacke gegen Skutins Leute war er aber definitiv nicht beteiligt, weil er im Krankenhaus liegt. Ist natürlich gut möglich, dass er seinen Adjudanten Adam und Kerim befohlen hat, Skutin im Namen von Oleg Ponomarov anzugreifen. Vielleicht wollen die Tschetschenen aber ähnlich wie Natascha Ponomarova ihr eigenes Ding machen. Sie werden bemerkt haben, dass hier in Leipzig ein Kampf um die Fleischtöpfe tobt, in dem sich die einzelnen Organisationen der Russenmafia aufreiben. Ruslan und seine Leute haben längst Witterung aufgenommen und schleichen wie ein Rudel Wölfe um die Fleischtöpfe herum, um im geeigneten Moment zuzuschlagen. Ruslan ist durchaus zuzutrauen, dass er Olegs Schwester und ihre Freundin abgeschlachtet und ausgeweidet hat, um den Konflikt zwischen Skutin und Ponomarov anzuheizen, ähnlich wie es die Albaner auch getan haben könnten, was ich allerdings nicht glaube.«
»Ja, aber haben die dann auch den Verdacht auf Bruno Podelczik gelenkt? Wohl eher nicht, woher sollten die Podelczik und seine Geschichte kennen? Nein, Jan, der oder die Täter

wussten genau, wann und wie sie Podelczik ans Messer liefern konnten. Da war 'ne Menge Detailwissen im Spiel, das Ruslan und seine Leute gar nicht haben konnten. Skutin und Shala sind schon lange in Leipzig. Gut möglich, dass die über Podelczik Bescheid wussten. In diesem Zusammenhang stellt sich die Frage, ob unsere Herren Freimaurer tatsächlich so unschuldig sind, wie wir bisher angenommen haben?«

»Hm, na ja, was die Sache mit Podelczik anbelangt, hast du natürlich recht. In diesem Fall waren der Richter und der Oberstaatsanwalt absolute Insider. Sie kannten Podelcziks Geschichte, wussten, dass er wieder auf freiem Fuß war und dass er in Hartmannsdorf in seinem ehemaligen Elternhaus wohnte«, sagte Jan.

»Und sie hatten durchaus ein Motiv, die beiden Frauen zu töten. Der Richter wurde von Natascha Ponomarova erpresst. Er hatte bereits einen verurteilten Straftäter aus dem Kreis der Kosakenfront in der Revision freisprechen müssen und musste damit rechnen, dass er weiterhin mit diesen Fotos erpresst wird. Oberdieck hatte gehofft, nicht mit in diese unappetitliche Sache hereingezogen zu werden und hat deshalb versucht, mit Bruno Podelczik möglichst schnell den Schuldigen zu präsentieren, bevor bekannt werden würde, dass auch er mit Natascha Ponomarova geschlafen hatte.«

»Möglich, aber warum hat er dann den Richter intern zur Anzeige gebracht? Er hätte doch die Füße stillhalten können?«, fragte Jan.

»Na ja, er musste natürlich damit rechnen, dass wir im Laufe der Ermittlungen auf die Freimaurer stoßen würden und dann später womöglich auch er ins Fadenkreuz geraten würde. Richter Gnädig wusste wahrscheinlich gar nicht, dass auch Oberdieck mit der oder den Frauen Sex hatte. Diesen Tatbestand hat der Oberstaatsanwalt genutzt und dem Richter empfohlen, der Polizei gegenüber in die Offensive zu gehen, um nicht in den Verdacht zu geraten, man wolle diese Sache vertuschen. Wie gesagt, Sex mit Prostituierten ist selbst einem Richter nicht verboten. Es war natürlich clever von Oberdieck, die Sache intern zu behandeln. Denn es gibt weder Audiomitschnitte noch ein schriftliches Protokoll dieses inoffiziellen Meetings im Büro des Polizeioberrats. Alles, was dort besprochen wurde, gilt rechtlich als gegenstandslos.«

»Stimmt, Hannah. Und in der Tat hätte die Sache für beide schwerwiegende Folgen, wenn ihre regelmäßigen Sexabenteuer mit hochbezahlten Edelnutten an die Öffentlichkeit geraten würden. Die könnten sofort ihren Hut nehmen und wären beruflich ein für allemal erledigt. Da denkt man vielleicht schon mal darüber nach, wie man diesem Albtraum ein Ende setzen könnte.«

»Und Kontakte zu einigen schweren Jungs werden die beiden wohl allein schon auf Grund ihrer langjährigen beruflichen Tätigkeit mehr als genug haben. Da haben sie womöglich lieber einmal richtig in einem Auftragskiller investiert, als sich weiterhin von Natascha Ponomarova erpressen zu lassen. Da sie natürlich auch die Problematik zwischen Skutin und Ponomarov genau kannten, haben sie dem Mörder erklärt, was er zu tun habe.«

»Ja, auch das ist richtig. Und für Oberdieck geht's auch darum, nicht seine gesamte Familie mit in den Schmutz zu ziehen. Schließlich ist er mit einer angesehenen Anwältin verheiratet, die aus der Oetker-Familie stammt. Und die würden ihn vierteilen, wenn herauskäme, dass er mit irgendwelchen Nutten rumvögelt. Also läuft Oberdieck Gefahr, sowohl beruflich als auch familiär alles zu verlieren«, sagte Hannah.

Jan nickte. »Und es kommt noch ein weiterer Punkt dazu. Oberdieck kannte nicht nur Podelcziks Vergangenheit, sondern auch seine momentanen familiären Verhältnisse. Der Mann war zunehmend mit der Pflege seiner demenzkranken

überfordert. Es fehlte ihm wahrscheinlich auch das nötige Geld, seine Mutter in einer Pflegeeinrichtung unterzubringen. Podelczik selbst hatte mit seinem Leben bereits irgendwo abgeschlossen und hatte nur noch den Wunsch nach einem würdigen Ende für seine Mutter, für das er allein nicht in der Lage gewesen wäre, dies zu gewährleisten. Er war hilflos und verzweifelt. Oberdieck wusste das und hat ihn womöglich mit den Morden beauftragt, um ihm dann später in aller Eile sein Geständnis für einen garantierten Pflegeplatz für seine Mutter zu erkaufen.«
»Verdammt, so wird's gewesen sein. Also war Podelczik doch der Täter und Oberdieck der Strippenzieher?«
»Klar, so könnte es gewesen sein. Aber so war es nicht, Hannah. Ich glaube, dass Bruno Podelczik weder vor dreißig Jahren noch heute irgendwelche Frauen ermordet und massakriert hat. Der Mann ist ein Bauernopfer der Stasi und der Justiz geworden. Ich habe ihm gegenüber gesessen, mit ihm gesprochen und konnte dabei in seine Augen sehen. Darin habe ich einen gebrochenen Mann gesehen, der gar nicht mehr in der Lage war, solch abscheuliche Verbrechen zu begehen. Außerdem wissen wir doch beide, dass man ihm die angeblichen Beweise untergeschoben hat, oder? Nein, Hannah, Bruno Podelczik ist nicht der Täter, nie und nimmer.«
Hannah legte die Stirn in Falten und zuckte mit den Schultern. »Nehmen wir mal an, du hast recht, das heißt aber noch lange nicht, dass Gnädig und Oberdieck nicht doch einen anderen Auftragskiller angeheuert haben, vielleicht sogar aus dem Kreis der Russenmafia. Da würde sich der Kreis schließen.«
»Möglich, ohne Frage. Wir müssen jetzt zunächst mal die Besprechung bei Waffel abwarten. Dort werden wir Oberdieck und Gnädig richtig auf den Zahn fühlen«, sagte Jan, als

er gerade dabei war, den Wagen vor Hannahs Haus einzuparken.

Nach achtstündigem Schlaf trafen Hannah und Jan gut erholt um Viertel vor acht im Präsidium ein. Zu ihrer Überraschung brannte bereits Licht in ihrem Büro. Als die beiden eintraten, staunten sie nicht schlecht, als sie freundlich von Oskar begrüßt wurden. Der saß gut gelaunt an Jans Schreibtisch vor seinem Laptop, daneben stand ein Becher Automatenkaffee und ein Pappteller mit einem belegten Brötchen, das in Plastikfolie gewickelt war und ebenfalls aus einem Automaten im ersten Stock des Präsidiums stammte.
»Guten Morgen zusammen. Habt ihr gut geschlafen?«
»Sag mal, Oskar, was machst du denn schon hier? Anscheinend hast du weniger gut geschlafen, oder?«
»Nein nein, Jan, alles gut. Ich brauche nicht viel Schlaf. Vier, fünf Stunden maximal. Keine Ahnung, warum.«
»Wahrscheinlich, weil du Angst hast, irgendwas zu verpassen, wenn du zu lange im Bett liegst.«
»Kann schon sein, Hannah, aber die Wahrheit ist wohl, dass die weiche Matratze im Studentenwohnheim Gift für meinen Rücken ist. Mehr als ein paar Stunden ohne Schmerzen sind nicht drin. Leg mich nachts manchmal mit 'ner Decke auf den Boden, ist allerdings auch nicht gerade bequem. Wird Zeit, dass ich mir irgendwo 'ne vernünftige Bude mit einem richtigen Bett besorge.«
»Ach, deswegen gehst du wohl nachts so gern auf Wanderschaft?«, meinte Jan.
»Nee, eigentlich nicht. Wenn ich nicht schlafen kann, lese ich, surfe im Internet oder trainiere mit meinem Kendo-Schwert. Manchmal vertrete ich mir vor der Tür die Beine, aber gewöhnlich nur ein paar Minuten.«
»Wie ich sehe, hast du noch nicht gefrühstückt. Ich hole vom Bäcker um die Ecke Kaffee und frische Croissants. Schmeiß

das Automatenbrötchen in den Müll und schütte den ekligen Muckefuck in die Spüle. Willst dich wohl vergiften, Oskar?«
»Oh, okay, Frau Haupt..., äh, Hannah, danke. Mach ich.«
»Wieso bist du schon so früh hier? Hat das einen besonderen Grund?«, wollte Jan wissen.
»Äh, na ja, ich dachte, diese Fotos hier, die solltet ihr sehen, bevor nachher das Meeting mit dem Richter und dem Oberstaatsanwalt beginnt.«
»Welche Fotos?«
Oskar drehte sein Laptop in Jans Richtung. »Die habe ich gestern Abend gemacht. Mehr zufällig, als ich noch mal kurz frische Luft schnappen wollte.«
»Aha, wie lange hat denn dein nächtlicher Ausflug diesmal gedauert?«
Oskar schüttelte den Kopf. »Nein, nicht was du denkst, Jan. Ich hatte im Internet gesehen, dass das *Red Rose*, also dieser Escortservice, sein Büro nur ein paar hundert Meter entfernt vom Studentenheim hat. Also bin ich da mal hingestiefelt, nur so auf Verdacht, verstehst du.«
Jan nickte. »Verstehe.«
»Ja und zunächst war da alles ruhig. Das Büro im ersten Stock war dunkel, es war keine Menschenseele zu sehen. Als ich gerade wieder abhauen wollte, kam plötzlich ein Mann aus der Haustür, schloss hinter sich ab und ging zügig Richtung Stadtmitte. Ich dachte mir, dass könnte vielleicht dieser Vitus sein und bin hinterher.«
»Oskar, wir haben doch eine Abmachung. Du erinnerst dich, oder?«
»Ja, natürlich, Jan. Ich wollte ja nur mal sehen, wo der hingeht.«
»Nee, is klar, und wohin ist er gegangen?«
»Nur ein paar hundert Meter weiter in so 'ne Art Bistro. *Chez Pierre*, heißt der Laden.«
»Und du bist ihm da hinein gefolgt?«

»War nicht nötig. Der setzte sich an einen Tisch direkt neben einem großen Fenster. Der saß da wie auf dem Präsentierteller und mit ihm diese beiden Männer.«
Oskar drehte den Bildschirm komplett in Jans Richtung und vergrößerte das Bild. »Ich habe im Internet recherchiert und herausgefunden, dass der Mann rechts von Vitus Ardian Shala ist, der Boss der Albanermafia. Den anderen Kerl habe ich allerdings noch nie gesehen.«
Jan warf einen Blick auf das Trio. »Hm, woher weißt du eigentlich, wie Vitus aussieht?«
»Es gibt ein Internetportal *Red Rose*. Die Firma ist auf den Namen Natascha Ponomarova angemeldet. Es gibt da unter anderem ein Foto, das zwei weitere Mitarbeiter der Firma zeigt. Nadeschda Kurkova, die als Büromanagerin vorgestellt wird und von Vitus Stancius, zuständig für die Organisation.«
Jan nickte. »Der dritte Kerl sieht aus wie Adam. Eine wirklich interessante Konstellation.«
»Wer ist Adam?«, wollte Oskar wissen.
»Einer der drei Tschetschenen, die versucht haben, Eddys Gym aufzumischen. Ruslan liegt wahrscheinlich noch im Krankenhaus und Kerim wurde bei der Schießerei vor Skutins Club getötet. Das ist der Mann, den wir im Krankenhaus besucht haben, du erinnerst dich?«
»Der Kerl mit dem Bauchschuss. Und der ist tot?«
»Ja, hat's bedauerlicherweise nicht geschafft. Der geht auf Skutins Konto. Leider können wir das nicht beweisen.«
»Ja, Josie...äh, Frau Doktor Nussbaum, hat ja festgestellt, dass das Projektil nicht aus der Waffe stammte, mit der Skutin geschossen hat.«
Jan nickte erneut. »Tja, das ist ja eine spannende Runde, die du da abgelichtet hast. Ardian Shala, der den Mord an den Frauen in Auftrag gegeben hat, Vitus, der ihm verraten hat, wann und wo er die Frauen schnappen kann und Adam, der wahrscheinlich zusammen mit Ruslan und Kerim die Frauen

getötet, geköpft und ausgeweidet hat. Eine Anti-Russen-Koalition, die mit dieser Aktion die beiden Leitwölfe Oleg Ponomarov und Ivan Skutin aufeinanderhetzt. Geschickt eingefädelt, würde ich mal behaupten. Doch bis auf dieses nette Foto fehlen uns für dieses durchaus denkbare Szenario leider ebenfalls die nötigen Beweise.«

»Klingt logisch, Jan, aber da gibt es ein Problem.«

Jan zuckte mit den Schultern. Er hatte keine Ahnung, worauf Oskar hinaus wollte.

»Na ja, von denen kannte niemand Bruno Podelczik und seine Vorgeschichte. Die Morde hat er Ende der Achtziger begangen, das weiß heute kaum noch jemand und diese drei Typen schon gar nicht. Da waren die wahrscheinlich noch Quark im Schaufenster. Also kommen sie auch nicht für die Manipulation der Beweise in Frage. Und wenn die drei tatsächlich das Täter-Trio bilden, wer hat dann Bruno Podelczik belastet?«

»Denk mal nach, Oskar. Jemand, der Podelczik kannte und wusste, dass er wieder auf freiem Fuß war und ihn unbedingt als Täter präsentieren will, um nicht selbst ins Fadenkreuz der Ermittlungen zu geraten.«

Oskar kratzte sich am Kopf. »Der Oberstaatsanwalt?«

»Ja, vielleicht, aber der ist nicht von Natascha Ponomorova erpresst worden. Außerdem fehlt dem Mann jegliche kriminelle Energie, da muss ich nicht Psychologie studiert haben, um das zu erkennen.«

»Das können wir nicht mit Bestimmtheit sagen, Jan. Vielleicht hat sie ihm die Fotos gezeigt und von ihm Geld gefordert?"

»Ja, kann sein, Oskar, glaube ich aber nicht. Dann hätte Oberdieck wohl kaum den Stein ins Rollen gebracht, als er den Richter beim Polizeioberrat inoffiziell angeschwärzt hat. Er wusste, dass der Richter von Natascha erpresst wurde und aus diesem Grund einen verurteilen Kriminellen der

Kosakenfront in der Revisionsverhandlung freigesprochen hat. Natürlich hatte er gehofft, dass niemals herauskommen würde, dass auch er mit der Frau geschlafen hatte. Und bis jetzt ist es das auch nicht, jedenfalls nicht offiziell.«
»Also hat der Richter die drei Männer beauftragt, Natascha Ponomarova und Nadeschda Kurkova umzubringen und anschließend dafür gesorgt, dass Podelczik als Täter präsentiert werden konnte.«
»Ja, so könnte es gewesen sein«, meinte Jan.
»Und das Entfernen der Köpfe und Organe sollte auf Skutin als Täter hindeuten.«
Jan nickte. »Möglich, aber das alles sind im Moment nichts als Spekulationen. Die Frage ist, wie wir das alles beweisen wollen?«
»Wir müssen uns die drei Typen schnappen und kräftig in die Mangel nehmen«, schlug Oskar vor.
»Wen wollt ihr in die Mangel nehmen?«, fragte Hannah, als sie mit einem Papptablett mit drei großen Kaffeebechern und einer riesigen Tüte Croissants zurück ins Büro kam.
»Sieh dir mal das Foto an, das Oskar gestern Abend in einem Bistro in der Stadtmitte geschossen hat. Ich denke, wir sind der Lösung einen großen Schritt näher gekommen«, glaubte Jan.

Pünktlich um neun waren alle Beteiligten im Büro von Polizeioberrat Horst Wawrzyniak eingetroffen. Während Richter Sören Gnädig einen eher gelangweilten Eindruck vermittelte, war Oberstaatsanwalt Oberdieck dermaßen verärgert, dass ihm die Zornesröte im Gesicht stand. »Verdammt, Horst, was soll denn dieser ganze Unsinn hier? Glaubst du vielleicht der Richter und ich hätten unsere Zeit gestohlen?«
Jan fiel auf, dass sich Waffel unwohl fühlte. Er rutschte auf seinem Stuhl, der vor Kopf des ovalen Konferenztisches stand, nervös hin und her. »Tja, tut mir leid, Ralf, aber die

Ermittlungen haben neue Erkenntnisse ergeben, die dieses Treffen dringend notwendig gemacht haben.«

»Welche Ermittlungen denn? Die sind längst abgeschlossen. Der Mörder der beiden Frauen ist gefasst, sitzt im Gefängnis und wartet auf seinen Prozess. Was zur Hölle nochmal sollte es da für neue Erkenntnisse geben?«

Waffel starrte hilfesuchend in Richtung seiner beiden Hauptkommissare. Der Polizeioberrat war ein harmoniebedürftiger Mensch. Er hasste es, wenn er unangenehme Dinge zu verkünden hatte. Erst recht, wenn davon seine Freunde oder engsten Mitarbeiter betroffen waren. Er zuckte mit den Achseln, als wollte er sich für diese unangenehme Situation entschuldigen.

»Die kriminaltechnischen Untersuchungen, die gestern Abend unter der Leitung von Frau Doktor Nussbaum zum Abschluss gebracht worden sind, haben Ergebnisse geliefert, die bisher nicht bekannt waren und ein völlig neues Licht auf unseren Fall werfen. Dem müssen wir Rechnung tragen, ob wir wollen oder nicht. Und da es sie betrifft, meine Herren, haben wir sie heute Morgen zu diesem Gespräch gebeten, um sie über die neueste Entwicklung zu informieren und ihnen Gelegenheit zu geben, sich zu äußern. Und zwar zunächst intern, bevor wir womöglich gezwungen sind, diese neuen Erkenntnisse öffentlich zu machen.«

Oberdieck sprang auf. »Sagen Sie mal, Steding, was erlauben Sie sich? Haben Sie den Verstand verloren? Sie behandeln uns wie Schwerverbrecher, ist ihnen das klar?«

Rico schüttelte den Kopf. »Nein, Herr Oberstaatsanwalt. Nichts dergleichen ist meine Absicht. Hätten Sie uns jedoch bereits in unserem ersten Gespräch die Wahrheit gesagt, hätten wir uns diese unangenehme Veranstaltung sparen können.«

»Keine Ahnung, worauf Sie hinauswollen, Steding.«

»Na gut, kommen wir zur Sache«, übernahm Jan. »Sie haben uns verschwiegen, dass Sie am Vorabend ihres Todes mit Natascha Ponomarova geschlafen haben, Herr Oberstaatsanwalt.«
»Also doch«, kicherte der Richter, »und ich dachte schon, du wärst impotent. Hat dir der Graf wohl mit 'ner blauen Pille ausgeholfen. Na ja, Gott sei Dank brauch ich die Dinger nicht. Bin eben immer im Training geblieben, das zahlt sich jetzt aus.«
»Blödsinn, wie kommen Sie zu dieser Behauptung, Krüger?«, versuchte sich Oberdieck wieder zu beruhigen. »Für eine dermaßen infame Unterstellung müssten Sie schon handfeste Beweise liefern und die ...«
»...haben wir, Herr Oberstaatsanwalt«, fiel ihm Jan ins Wort, »ein DNA-Abgleich hat einwandfrei ergeben, dass Sie mit dem Opfer Sex hatten. Sie haben Ihren genetischen Fingerabdruck hinterlassen, Herr Oberdieck, daran gibt es keinen Zweifel.«
»So? Für einen solchen Vergleich bräuchten Sie ja wohl zuerst mal meine DNA. Ich kann mich jedoch nicht daran erinnern, einen Gentest gemacht zu haben.«
»Haben Sie auch nicht.«
»Tja, also dann, was sollen diese unsinnigen Behauptungen, Krüger?«
»Sehen Sie, Herr Oberstaatsanwalt, in manchen Dingen steht schon mal der Zufall Pate, oder eben ein ausgeschlafener Polizeibeamter mit ausgeprägtem Einfallsreichtum. Sie hätten ihre Kippen wohl lieber in den Mülleimer werfen sollen, anstatt sie regelmäßig auf dem Boden des Balkons gegenüber ihrem Dienstzimmer auszutreten.«
»Was denn, Sie haben meine Zigarettenstummel aufgesammelt und ins Labor zur Untersuchung gebracht? Sagen Sie mal, sind Sie eigentlich von allen guten Geistern verlassen? Vorausgesetzt, das wären tatsächlich meine, was ich hiermit

eindeutig in Frage stelle, wissen Sie ja wohl, auf welch dünnem Eis Sie sich mit dieser Aktion bewegen, oder?«

Jan zuckte mit den Schultern. »Ja, kann sein, dass es da rechtliche Probleme geben kann. Die werden aber nichts an der Tatsache ändern, dass ihr Sperma in der Vagina der Toten gefunden wurde. Also haben Sie nicht nur gelogen, als Sie behauptet haben, Sie wären direkt nach dem Eintreffen der Prostituierten nach Hause gefahren, und, was noch viel schwerwiegender ist, Sie haben ein Mordmotiv, Herr Oberstaatsanwalt.«

»Wie bitte? Mit Prostituierten zu schlafen, ist nicht verboten. Ich habe das nicht erwähnt, weil es mir für diesen Fall unerheblich erschien. Aber ich warne Sie, Krüger, gehen Sie nicht zu weit. Aus welchem Grund hätte ich die junge Frau ermorden sollen? Das ist doch abwegig, der blanke Unsinn.«

»Natascha Ponomarova hat mit ihrem Handy, während es zur Sache ging, heimlich Fotos gemacht, das ist Ihnen scheinbar entgangen, Herr Oberstaatsanwalt. Und auf der Titelseite der *Blitz* sehen die nicht gerade vorteilhaft aus. Sie hat sie erpresst, genau wie den Richter.«

»Ach was, das ist an den Haaren herbeigezogen, sonst nichts. Ich weiß nichts von irgendwelchen Bildern, noch wurde ich erpresst. Na schön, ich habe nicht ganz die Wahrheit gesagt, aber das hat nichts mit unserem Fall zu tun. Ich bin an diesem Abend nach Haus gefahren und habe noch gesehen, wie Natascha Ponomarova und zwei andere Mädchen vom Fahrdienst des Escortservices abgeholt worden sind. Also kommt von uns niemand als Täter in Frage. Weder der Richter, noch der Graf oder meine Wenigkeit.«

»Ich kann bestätigen, was Ralf sagt. Als ich ins Taxi stieg, warteten die drei Frauen draußen auf der Straße. Kurz darauf kam uns ein weißer VW-Bus entgegen, der die Frauen eingesammelt hat. Beim zweiten Opfer, dieser Nina, wie sich nannte – sie hieß wohl Nadeschda mit richtigem Namen –

habe ich der jungen Dame angeboten, sie noch mit zu mir nach Hause zu nehmen, aber sie hat abgelehnt. Daraufhin bin ich allein mit dem Taxi zu mir gefahren. Sie haben ja bereits mit dem Fahrer gesprochen und der hat meine Aussage bestätigt.«

Rico Steding nickte. »Haben wir, Herr Richter. Auch ihre DNA haben wir mit der bei den beiden toten Frauen entdeckten Spermaspuren verglichen. Auch dabei hat sich einwandfrei ergeben, dass sie mit beiden Opfern kurz vor ihrem Tod Verkehr hatten.«

»Aha, verstehe und woher haben sie sich meine DNA besorgt? Haben sie vielleicht in meiner Mülltonne gewühlt oder ein gebrauchtes Taschentuch aus meiner Manteltasche entwendet?«

»Nein, das haben wir nicht getan, Herr Richter. Auch in Ihren Fall ist die Antwort auf Ihre Frage die Gleiche wie beim Oberstaatsanwalt. Einer unserer Leute hat ein Glas sichergestellt, aus dem Sie getrunken haben. Nichts Aufregendes, würde ich sagen.«

»Ach nee, dieses kleine, dicke Bürschchen, das mich im Restaurant während des Essens belästigt hat und mir Rotwein aufs Hemd geschüttet hat, das war ein Polizeibeamter? Und dann hat er mein Rotweinglas mitgehen lassen? Na, wie dem auch sei, ich habe ja nie abgestritten, mit diesen Frauen geschlafen zu haben. Die Mühe hätten sie sich sparen können.«

»Nein, wir konnten die Frauen ja erst mittels ihrer DNA einwandfrei identifizieren. Aber darum geht es nicht, wie Sie bereits richtig bemerkt haben.«

»Worum denn dann? Ich habe in beiden Fällen für die Tatzeit ein Alibi und dazu überhaupt keinen Grund gehabt, diese beiden jungen Mädchen umzubringen. Im Gegenteil, ich hatte mich schon darauf gefreut, sie nach unserer nächsten Clubsitzung wiederzutreffen.«

»Sie sind ebenfalls erpresst worden, Herr Gnädig. Sie sollten ein Urteil im Revisionsverfahren gegen ein Mitglied der Kosakenfront kippen, was Sie dann ja auch getan haben«, sagte Rico.
»Stimmt, ich habe diesen Mann freigesprochen. Aber nicht, weil ich erpresst worden bin, sondern weil das Landgericht einen schwerwiegenden Verfahrensfehler gemacht hat. Die Polizei hat ohne richterlichen Beschluss seine Wohnung durchsucht. Das dabei gefundene belastende Material durfte darauf hin nicht vor Gericht verwendet werden. Ebenso übrigens, wie diese Kippe oder das Weinglas, wo sie sich ihre DNA besorgt haben. Vor Gericht leider nicht verwertbar, daher gegenstandslos, meine Herren. So und jetzt würde ich gern gehen, ich habe noch einige wichtige Termine. Der Täter ist gefasst und wird zeitnah vor Gericht stehen. Die Aufgabe der Polizei ist beendet.«
»Das sehen wir leider anders, meine Herren. Neben neuen Erkenntnissen sind im Fall Podelczik auch weitere Fragen aufgetaucht«, sagte Rico.
»Wie bitte, ich höre wohl nicht richtig«, empörte sich Oberdieck, »*Sie* haben doch die Ermittlungen gegen Podelczik geführt und ihn anhand der vorliegenden Beweise verhaftet. Daraufhin hat der Mann ein umfassendes Geständnis abgelegt. Jetzt sitzt er in Untersuchungshaft und wartet auf seinen Prozess. Ich habe vorhin noch mit seinem Anwalt gesprochen, auch ihm gegenüber hat Podelczik die Morde zugegeben. Er hat ihm geraten, einen Psychologen einzubeziehen, der möglicherweise Podelcziks eingeschränkte Schuldfähigkeit aufgrund schwerer psychischer Störungen feststellen und so vielleicht noch eine lebenslange Haftstrafe abwenden könnte. Aber wissen sie was? Podelczik hat abgelehnt und dem Anwalt mitgeteilt, dass er darauf verzichtet."
»Podelczik hat einen Anwalt?«, fragte Jan.

»Sicher, das Gericht hat ihm einen Pflichtverteidiger zur Seite gestellt.«
»Aha, und wen, wenn man fragen darf?«
»Die Aufgabe wurde Dr. Klatt übertragen.«
»Moment, das ist doch auch Ihr Anwalt, Herr Gnädig?«, wunderte sich Jan.
»Ja, haben Sie etwas dagegen einzuwenden? Dr. Klatt ist ein erstklassiger Jurist. Einen besseren Verteidiger konnte dieser Mörder gar nicht kriegen.«
»Sie hatten es ja verdammt eilig damit, Podelczik der Öffentlichkeit als Täter zu präsentieren, Herr Oberstaatsanwalt. Warum eigentlich? Und wieso haben Sie mit allen Mitteln verhindert, dass die Mordkommission mit dem Mann reden kann? Das ist immer noch unsere Aufgabe, nicht die der Staatsanwaltschaft, oder?«
»Das haben Sie ja dann nachgeholt, Krüger. Übrigens entgegen meiner ausdrücklichen Anweisung. Sie werfen mir vor, dass ich vorschnell gehandelt habe? Ich frage mich, warum sie plötzlich versuchen, das Tempo zu drosseln? Die Beweise, die sie geliefert haben, haben Podelczik gar nicht erst auf die Idee kommen lassen, zu leugnen. Sie haben den Mann überführt, meine Herren. Er hat die Taten gestanden, was wollen sie denn noch, verdammt?«
»Podelczik hat ein Alibi für den Mord an Nadeschda Kurkova, der Gentest hat ergeben, dass er nicht mit den beiden Opfern geschlafen hat und sein Geständnis haben Sie gekauft, Herr Oberstaatsanwalt«, sagte Rico Steding.
Oberdieck runzelte die Stirn. Er sah verstohlen herüber zum Richter, als wollte er ihn fragen, was er denn jetzt erwidern sollte. »Passen Sie auf, was Sie sagen, Steding. Ich bin Oberstaatsanwalt und kein Krimineller. Wie können Sie sich anmaßen, zu behaupten, ich hätte Podelczik Geständnis gekauft? Im Gegenteil, der Mann hat angeboten, im vollen Umfang zu kooperieren, wenn ich garantieren könnte, dass sei-

ne demenzkranke Mutter einen Pflegeplatz in einer entsprechenden Einrichtung erhalten würde. Natürlich war das ein Elfmeter, den ich umgehend verwandelt habe. Die Frau hätte ohnehin einen Platz in einem Pflegeheim bekommen. Oder glauben Sie, der Staat hätte sie allein im Haus ihrem Schicksal überlassen, wenn ihr Sohn ins Gefängnis gegangen wäre? Der Gentest und der daraus resultierende DNA-Vergleich ist im Grunde ohne jede Aussagekraft. Niemand hat behauptet, dass der Mörder vorher mit den Opfern sexuellen Kontakt hatte. Bleibt die Frage nach seinem Alibi. Ich bin ganz Ohr, meine Herren.«
»Da muss ich etwas ausholen«, begann Rico Steding. »Nach Aussage der Gerichtsmedizin wurde Nadeschda Kurkova zwischen acht und zehn Uhr morgens getötet. Wahrscheinlich hat der Täter sie irgendwann gegen vier Uhr in der Nacht gekidnappt, dann an einen unbekannten Ort gebracht und dort sediert, geköpft und ausgeweidet. Etwa gegen neun Uhr morgens wurde der rote Opel Corsa von Zeugen am Ufer des Cospuderer Sees gesehen, gegen zwölf wurde die Leiche von uns aufgefunden und geborgen. Danach sind wir direkt zu Podelcziks Haus gegangen. Um halb eins hat er uns die Tür geöffnet.«
»Ja, alles richtig. das wissen wir bereits«, wurde der Oberstaatsanwalt ungeduldig.
»Podelczik war, wie jeden Morgen, um halb acht beim Bäcker in Hartmannsdorf und hat Brötchen geholt. Etwa eine Stunde später hat ein Taxi ihn und seine Mutter zu Hause abgeholt und zu einem Internisten ebenfalls in Hartmannsdorf gefahren. Die beiden haben dort etwa eine Stunde gewartet, bis die Behandlung der Mutter begann. Um kurz vor elf wurden die beiden von gleichen Taxifahrer abgeholt und wieder nach Haus gebracht. Es gab einen kurzen Zwischenstopp an einer Apotheke. Um Viertel nach elf setzte das Taxi seine Fahrgäste vor ihrem Haus ab. Podelczik brachte seine

Mutter ins Haus und fuhr danach mit seinem Wagen um die Ecke zum Einkaufen. Eine halbe Stunde später, also etwa gegen Viertel vor zwölf, war er wieder zu Haus und begann mit den Vorbereitungen zum Mittagessen. Um halb eins öffnete seine Mutter uns die Tür. Podelczik hat uns in die Küche gebeten und uns Kaffee angeboten.«

»Und woher wissen sie, dass er auch wirklich die ganze Zeit beim Arzt war? Wenn er um vier Uhr morgens die Frau in seine Gewalt gebracht hat und sie auf direktem Weg in sein Haus nach Hartmannsdorf verschleppt hat, hätte er zwischenzeitlich irgendwann zwischen zehn und elf vom Arzt zurückkommen können, die Frau ungestört töten und runter zum Ufer des Sees schaffen können. Kurz bevor das Taxi seine Mutter und ihn zu Haus abgeholt hat, ist er mit seinem Wagen zum See gefahren und hat nach einem geeigneten Platz Ausschau gehalten, wo er die Leiche entsorgen konnte.«

»Ja sicher, Herr Oberstaatsanwalt. So könnte es auch gewesen sein. Aber wir haben die Aussage des behandelnden Arztes sowie von zwei Sprechstundenhilfen, dass Bruno Podelczik die gesamte Zeit, also zwischen Viertel nach neun bis kurz nach elf Uhr morgens, in der Praxis anwesend war und auf seine Mutter gewartet hat. Zudem hat die Spurensicherung im Haus nichts gefunden, was darauf hätte hindeuten können, dass Nadeschda Kurkova dort gewesen ist, geschweige denn dort getötet, geköpft und ausgeweidet wurde. Wäre das der Fall gewesen, hätte die Spusi hundertprozentig irgendwelche Hinweise auf die Tat gefunden. In der Kürze der Zeit hätte Podelczik nie und nimmer alle Spuren beseitigen können.«

»Also wollen sie jetzt allen Ernstes behaupten, Podelczik hätte gestanden, obwohl er die Frauen gar nicht umgebracht hat?«

»Nein, wir behaupten gar nichts. Aber die Aussagen der drei Zeugen belegen eindeutig, dass Bruno Podelczik Nadeschda Kurkova nicht getötet haben kann«, stellte Jan fest.
Oberstaatsanwalt Oberdieck hatte mittlerweile einen hochroten Kopf. Feine Schweißperlen überzogen seine Stirn. Er nahm ein sauber gefaltetes Stofftaschentuch aus seiner Hosentasche und wischte sich durch sein Gesicht.
»Die Beweise sagen da aber etwas ganz anderes. Da ist es doch wahrscheinlicher, dass sich dieser Arzt und seine Mitarbeiterin in der Zeit geirrt haben. Oder aber Podelczik hat den Eindruck erweckt, er wäre die gesamte Zeit über in der Praxis gewesen, hat sich aber zwischenzeitlich heimlich entfernt und ist nach der Tat zurückgekommen, ohne dass es die Mitarbeiterinnen bemerkt haben. Wir werden den Arzt und die beiden Frauen aufs Präsidium bestellen. Dann sehen wir weiter. Ich bin sicher, dass sich diese Sache aufklären wird. Podelczik hat die Frauen getötet, daran gibt es überhaupt keinen Zweifel.«
»Tja, da sind wir anderer Meinung. Die Aussagen der Zeugen sind eindeutig und entsprechen der Wahrheit. Ganz im Gegensatz zu den vermeintlichen Beweisen gegen Podelczik, die ihm, während er mit seiner Mutter beim Arzt war, untergeschoben wurden. Und zwar von Leuten, deren Auftraggeber den Fall Podelczik aus den achtziger Jahren genau kannten. Und diese Auftraggeber hatten Zugang zu den Akten, die bis heute als Verschlussache gelten. Da kommen nur Staatsanwälte und Richter dran.«
»Aha, daher weht der Wind. Sie wollen uns den Schwarzen Peter zuschieben«, ätzte Oberdieck.
»Das wäre eine reine Verniedlichung der Sachlage und würde der Schwere der Taten nicht gerecht werden. Sowohl Sie, Herr Oberstaatsanwalt, als auch Sie, Herr Richter, gelten ab sofort als dringend verdächtig, den Mord an den Frauen in Auftrag gegeben und veranlasst zu haben, Bruno Podelczik

die vermeintlichen Beweise unterzuschieben. Ich fordere sie daher auf, ihre Ämter mit sofortiger Wirkung ruhen zu lassen und Leipzig nicht zu verlassen. Sollten sie sich nicht daran halten, werden sie sofort festgenommen.«
Für einen Moment herrschte betretenes Schweigen. Während es im Oberstaatsanwalt brodelte, machte Richter Gnädig nach wie vor einen tiefenentspannten Eindruck. Dieser Mann schien sich durch nichts und niemanden aus der Ruhe bringen zu lassen. Polizeioberrat Wawrzyniak war die Situation spürbar peinlich. Er rutschte nervös auf seinem komfortablen Schreibtischsessel herum, sein Blick richtete sich ins Leere. Die beiden Hauptkommissare warteten geduldig auf eine Antwort.
»Also, meine Herren, wenn ich sie richtig verstehe, halten sie Podelczik für unschuldig und glauben, dass der Richter und ich die Drahtzieher hinter den Kulissen sind, die die Morde an den Frauen in Auftrag gegeben haben?«
Als keine Antwort kam, fuhr der Oberstaatsanwalt fort. »Na gut, ich deute ihr Schweigen mal als ein Ja. Dann sage ich ihnen jetzt mal was. Bruno Podelczik bleibt in Haft und ihm wird so schnell wie möglich der Prozess gemacht. Sein Anwalt Dr. Klatt hat die Gelegenheit, alle Zeugen, die seinen Mandanten entlasten können, vorzuladen und vor Gericht zu befragen. Sollten die Zeugen unter Eid bestätigen, was sie uns soeben vorgetragen haben, muss der Richter entscheiden, ob er die vorgelegten unumstößlichen Beweise gegen Podelczik weniger berücksichtigt, als die Aussage von Zeugen, die sich möglicherweise geirrt haben oder aber keine genauen Zeitangaben machen können. Denn genau das ist hier der springende Punkt. Immerhin besteht die Möglichkeit, dass Podelczik die Praxis zwischendurch verlassen hat, die Frau ermordet hat und später wieder unauffällig zurückgekehrt ist. Es wird mir ein Vergnügen sein, den Arzt und seine beiden Mitarbeiterinnen vor Gericht ins Kreuzverhör

zu nehmen. Glauben sie mir, meine Herren, danach wird nicht mehr viel von ihren Aussagen übrig bleiben. Und dass die bei den Opfern festgestellte DNA nicht mit der von Podelczik korreliert, heißt nicht, dass der Mann diese Frauen nicht ermordet hat. Er hatte keinen Sex mit ihnen, das war's.«

»Kennen Sie Ardian Shala und Vitus Stancius?«, fragte Jan Richter Gnädig.

»Hm, ich glaube ja. Shala ist der Chef der albanischen Mafia in Leipzig und dieser Vitus könnte der Mann vom Escortservice sein, der die jungen Frauen betreut hat. Ich kenne allerdings nur seinen Vornamen.«

»Haben Sie sich mit diesen Männern getroffen, um sie zu beauftragen, die Frauen zu töten?«, fragte Jan direkt.

»Also jetzt reicht's, das geht eindeutig zu weit, Krüger«. echauffierte sich Oberdieck.

»Nein nein, schon gut, Ralf. Besser wir stehen jetzt hier Rede und Antwort als später vor Gericht. Während der Revisionsverhandlung gegen den Russenmafiosi kam dieser Shala auf mich zu und hat mir Geld geboten, wenn ich das Urteil bestätigen würde. Ich habe zwar freundlich abgelehnt, aber von diesem Tag an hat er immer wieder den Kontakt zu mir gesucht, um mich für eine Allianz gegen die Russen zu gewinnen. Ich muss dazu sagen, dass der Mann immer höflich blieb und mich zu keiner Zeit unter Druck gesetzt hat. Als es schien, dass mir das Problem mit Natascha Ponomarova über den Kopf wachsen würde, habe ich Shala kontaktiert und ihn gefragt, ob er sich die junge Dame mal vorknöpfen und ihr deutlich machen könnte, dass es besser wäre, mich zukünftig in Ruhe zu lassen. Als die Frau dann etwa zwei Wochen später auf diese grässliche Weise ermordet aufgefunden wurde, habe ich Shala sofort angerufen. Er hat mir damals versichert, mit dem Mord nichts zu tun zu haben. Er hätte bis zu diesem Zeitpunkt nicht mal mit ihr gesprochen.

Allerdings verhehlte er auch nicht seine Genugtuung darüber, dass sich die beiden konkurrierenden Organisationen der Russenmafia gegenseitig bekämpften. Für ihn war sofort klar, dass Ivan Skutin Natascha Ponomarova getötet, enthauptet und ausgeweidet hat, um seinen größten Konkurrenten, Oleg Ponomarov, bis ins Mark zu treffen. Als dann später auch noch Nadeschda Kurkova auf die gleiche Weise getötet worden war, hat er sich bei mir gemeldet. Er sagte mir, er hätte Beweise dafür, dass Ivan Skutin auch diese Frau umgebracht hätte. Er schickte mir eine SMS von diesem Vitus an Ivan Skutin, in der er ihm mitgeteilt hat, wann und wo er Nadeschda schnappen könnte. Ich habe damals sofort den Oberstaatsanwalt informiert und ihm erzählt, dass wahrscheinlich Skutin hinter den Morden stecken würde.«

»Was soll das denn jetzt, Sören? Das stimmt doch so gar nicht. Ich wusste überhaupt nichts von dem, was du hier gerade erzählst«, schimpfte Oberdieck.

»Hör auf, Ralf, bleib bitte bei der Wahrheit. Zu diesem Zeitpunkt wusste ich noch nicht, dass du auch mit Natascha geschlafen hast und somit genau wie ich auch ins Visier der Ermittler geraten würdest. Dann hast du mir von der Idee mit Podelczik erzählt und gemeint, dass ich so auf einen Schlag alle Probleme loswerden könnte. Damals wusste ich noch nicht, dass du eigentlich deine Probleme gemeint hast. Daraufhin habe ich Shala angerufen, und ihn um einen kleinen Gefallen gebeten.«

»Also hat Shala die Beweise gegen Podelczik gefälscht?«

»Keine Ahnung. Dann hätte er ja die Leiche von Nadeschda Kurkova finden müssen und raus nach Hartmannsdorf geschafft haben. Und das halte ich für höchst unwahrscheinlich.«

»Aber was sollte Shala denn sonst für Sie tun?«

»Na ja, er sollte Oleg Ponomarov gegenüber lancieren, dass Skutin diesen Podelczik beauftragt hätte, seine Schwester und deren Freundin zu ermorden. Shala hätte damit den Zwist unter den Russen angeheizt und die Polizei hätte mit Podelczik den potentiellen Mörder quasi frei Haus geliefert bekommen. Der Oberstaatsanwalt war von dieser Idee begeistert und hat die Mordkommission auf Podelczik angesetzt. Offenbar mit Erfolg: Schließlich haben sie die vermeintlichen Beweise ans Tageslicht befördert und Oberdieck hat sich sofort wie eine Hyäne auf Podelczik gestürzt, um ihn im Eilverfahren zur Strecke zu bringen.«

Der Oberstaatsanwalt schüttelte vehement den Kopf. »Das ist nicht wahr und das weißt du auch, Sören. Die Wahrheit ist, dass auch wir nicht wissen, wer hinter diesen Morden steckt. Klar scheint allenfalls, dass Podelczik beauftragt wurde, diese beiden Frauen zu töten. Ich denke, dass Pocdelczik bei seinem Auftraggeber die gleiche Forderung gestellt hat, wie zuletzt mir gegenüber. Seine Mutter sollte in ein ordentliches Pflegeheim gebracht werden, wo sie ihre letzten Jahre in Ruhe und Würde verleben könnte.«

Jan nickte. »Also ist derjenige, der Podelczik die Leiche untergeschoben hat auch der Täter.«

»Ja, es sei denn, Podelczik war tatsächlich der Täter. Und genau das glaube ich. In diesem Fall musste ihm niemand etwas unterschieben. So, genug jetzt, warten wir doch ab, was die Gerichtsverhandlung bringen wird. Ihre Forderung, diesen Fall sofort abzugeben oder gar von meinem Amt zurückzutreten, werde ich selbstverständlich nicht erfüllen. Dafür sehe ich nach wie vor überhaupt keinen Grund. Darüber hinaus weise ich sie an, bis zur Gerichtsverhandlung gegen Podelczik, die voraussichtlich in einer Woche stattfinden wird, keine weiteren Ermittlungen zu führen. Sollte der Mann wider Erwarten nicht verurteilt werden, müssen wir die Lage neu bewerten.«

»Gut«, meldete sich Waffel zu Wort. »So machen wir das. Ich verbürge mich dafür, dass meine Leute so lange ihre Füße stillhalten. Sollte sich jedoch herausstellen, dass Podelczik überhaupt nichts mit der Sache zu tun hatte, werden sie sich für ihr Handeln verantworten müssen. Bis dahin wird unser heutiges Gespräch strikt vertraulich behandelt und nichts von dem, was hier gesagt worden ist, wird nach außen dringen. Sie haben mein Wort, meine Herren!«

»Du hättest sie härter anfassen müssen, Horst. Die haben Angst davor, dass ihre Heldentaten an die Öffentlichkeit gelangen. Deshalb haben sie sich ein Bauernopfer gesucht und gefunden. Einen gebrochenen Mann, der vor dreißig Jahren ein Opfer der Stasiwillkür geworden war und auch später von einem gesamtdeutschen Gericht nicht rehabilitiert wurde. Er wurde zum Köpfer von Hartmannsdorf und der ist er in den Augen der Leute bis heute geblieben. Wahrscheinlich hätte Bruno Podelczik sich schon längst aus diesem Leben verabschiedet, wenn seine kranke Mutter nicht gewesen wäre. Und der galt bis zuletzt seine ganze Liebe und Aufmerksamkeit. Und jetzt hat er unverhofft die Chance erhalten, seiner demenzkranken Mutter doch noch einen würdigen Lebensabend zu gewährleisten. Deshalb hat er die Taten gestanden und will jetzt nur noch seinen Frieden haben. Und das Gefängnis ist für ihn der einzige Ort, wo das möglich ist. Da hat er mehr als sein halbes Leben verbracht, dort ist sein Zuhause. Es mag merkwürdig klingen, aber hinter den Gefängnismauern fühlt er sich geborgen. Podelczik wird den Teufel tun, sich vor Gericht gegen die Vorwürfe zu verteidigen. Sein Pflichtverteidiger, Dr. Klatt, der rein zufällig auch noch der Anwalt von Richter Sören Gnädig ist, wird sich mit dem Oberstaatsanwalt geschickt die Bälle zuspielen. Die Verhandlung wird nicht lange dauern, dann sperren sie Bruno Podelczik für den Rest seines Lebens weg und alle sind zufrieden.«

»Tja, so wird's wohl kommen, Rico. Aber was sollen wir machen, wenn Podelczik sich mit seinem Schicksal abgefunden

hat und sich nicht helfen lassen will? Da sind uns dann auch die Hände gebunden.«
»Quatsch, Horst, unsere Aufgabe ist es, den Täter und seine vermeintlichen Hintermänner zu ermitteln und wegzusperren, vollkommen unabhängig von der Person Podelczik. Deshalb werden wir jetzt auf gar keinen Fall die Hände in den Schoß legen, sondern werden unsere Arbeit machen. Und daran wird uns niemand hindern, schon gar nicht diese notgeilen, senilen Logenbrüder.«
»Jetzt beruhige dich mal, Rico. Du glaubst doch wohl nicht im Ernst, dass Gnädig und Oberdieck irgendwas mit den Morden an den jungen Frauen zu tun haben. Sicher, sie haben einen Fehler gemacht und haben jetzt panische Angst davor, dass ihre Sexgeschichten an die Öffentlichkeit gelangen. Das würde nicht nur das Ende ihrer Karrieren bedeuten, sondern im Fall Oberdieck wohl auch erhebliche familiäre Probleme nach sich ziehen.«
»Und das rechtfertigt, dass sie einen unschuldigen, wehrlosen Mann ans Kreuz nageln? Was reden Sie da nur für einen Blödsinn, Herr Polizeioberrat? So wenig Empathie hätte ich bei Ihnen gar nicht für möglich gehalten«, war Jan erbost.
Waffel fühlte sich schlecht. Warum in aller Welt wurde er ein Jahr vor seiner Pensionierung noch in eine derart skandalöse Geschichte hineingezogen? Hätte dieser Scheiß nicht seinem Nachfolger passieren können? Für diesen Mist hatte er einfach keine Nerven mehr.
»Tut mir Leid, Jan. Sie haben ja recht. Natürlich dürfen wir nicht tatenlos zusehen, wie diese Kerle sich auf Kosten eines Unschuldigen reinwaschen. Aber was sollen wir machen? Wir dürfen nichts von dem, was wir über Oberdieck und Gnädig wissen, verwenden, nicht mal ihre DNA-Analysen.«
»Wir müssen versuchen, Podelczik umzustimmen. Der soll die Wahrheit sagen. Und wir müssen weiter nach dem Täter fahnden und ihn finden, bevor der nächste Mord geschieht.

Immerhin besteht die Möglichkeit, dass wir es mit einem Serienkiller zu tun haben, der überhaupt nichts mit den Machtkämpfen des organisierten Verbrechens zu tun hat. Dem wird nicht gefallen, dass sich die ganze Aufmerksamkeit auf Podelczik richtet. Er wird versuchen, die Sache gerade zu rücken und wird der Öffentlichkeit zeigen wollen, wer hier die Regeln macht. Serienmörder sind Narzissten, die es gar nicht mögen, wenn sich andere mit ihren Lorbeeren schmücken. Ich habe kein gutes Gefühl«, gestand Rico, »der nächste Mord wird nicht mehr lange auf sich warten lassen.«
»Hat sich eigentlich jemand darum gekümmert, dass dieser Begleitservice, bei dem die beiden Opfer tätig waren, vorerst seine Tätigkeit eingestellt hat?«, wollte Waffel wissen.
Jan zuckte mit den Schultern. »Keine Ahnung, aber Natascha Ponomarova war die Inhaberin, also wird da wohl im Moment nicht gearbeitet werden. Aber wir werden dort nochmal nachhaken.«
»Gut, also macht weiter, aber lasst, wenn irgend möglich, Oberdieck und Gnädig vorerst aus der Sache heraus. Versucht nochmal, mit Podelczik zu reden. Vielleicht bringt's ja was«, sagte Waffel, zog die Schreibtischschublade auf und griff nach seinen Zigaretten.

Die Dienstbesprechung war beendet, die Aufgabenverteilung für die kommenden Stunden abgeschlossen. Hannah sollte in die Justizvollzugsanstalt fahren und unter vier Augen mit Bruno Podelczik sprechen. Sie sollte ihn davon überzeugen, von seiner fatalistischen Haltung abzurücken und sich gegen die Vorwürfe, die gegen ihn erhoben wurden, zur Wehr zu setzen. Irgendwie schien der Mann sich mit seinem Schicksal abgefunden haben. Hannah wollte ihn dazu bewegen, die angenommene Unvermeidlichkeit des Schicksalsablaufs nicht zu akzeptieren. Sie musste ihn irgendwie aus dem tiefen Tal der totalen Resignation befreien. Eine schwierige

Aufgabe, aber nach Ansicht aller Beteiligten war Hannah die Einzige, die jetzt noch eine Verbindung zu Podelczik aufbauen könnte.
Jan sollte versuchen, Adam zu finden. Er war der Letzte des Tschetschenen-Trios, der momentan noch gefährlich werden konnte. Kerim war von Skutins Leuten erschossen worden und ihr Anführer Ruslan lag mit einer gebrochenen Kniescheibe im Krankenhaus. Adam hatte sich zwei Tage zuvor mit Vitus Stancius und Ardian Shala getroffen. Jan vermutete, dass die drei gerade dabei waren, eine Koalition gegen die Russenmafia zu schmieden. Der Albaner Shala wollte die Russen am besten vollständig aus Leipzig vertreiben. Ruslan und Adam malten sich aus, in diesem Fall einen Teil der Geschäfte der Russen übernehmen zu können und Vitus wollte Rache an Skutin und Ponomarov nehmen, weil er der Ansicht war, dass Natascha und Nadeschda, mit denen er gerade dabei war, einen profitablen Escortservice aufzubauen, zwischen die Fronten der beiden großen Widersacher geraten waren und entweder von Skutin umgebracht worden waren, der damit Ponomarov treffen wollte, oder aber sogar von Ponomarov selbst getötet worden waren, weil der nicht hinnehmen wollte, dass seine Schwester an ihm vorbei ihr eigenes Geschäft vorantrieb. Jan hielt es durchaus für möglich, dass Adam und Kerim im Auftrag von Shala die beiden Russinnen ermordet hatten. Die Tschetschenen waren für ihre Brutalität bekannt. Sie waren Spezialisten darin, ihre Gegner auf übelste Weise zu massakrieren. In wie weit sie auch in der Lage waren, den Opfern die Köpfe abzutrennen und danach ihre Organe derart geschickt zu entfernen, dass diese anschließend noch für eine Transplantation geeignet waren, wusste Jan nicht.
Oskar sollte sich an die Fersen von Vitus Stancius heften und herausfinden, was der Litauer machte und mit wem er sich traf. Danach sollte der Mann festgenommen und verhört

werden. Aber das lohnte sich erst, wenn genügend belastendes Material gegen ihn vorlag. Rico und Jan hatten Oskar vorher nochmal eindringlich ermahnt, nichts auf eigene Faust zu unternehmen.
Horst Wawrzyniak und Rico Steding wollten sich derweil um den Oberstaatsanwalt und den Richter kümmern. Rico hatte die Kollegen Jungmann und Krause von der Sitte in aller Verschwiegenheit dafür gewinnen können, die beiden Juristen rund um die Uhr zu observieren. Die beiden Polizisten waren es gewohnt, sich die Nächte um die Ohren zu schlagen, um den Leipziger Straßenstrich im Auge zu behalten, ein Hauptumschlagplatz der Drogendealer.
Josie hatte den Auftrag, die Opfer nochmal gründlich zu untersuchen, ob sie nicht doch noch irgendwo verwertbare Spuren entdecken könnte, die möglicherweise übersehen worden sind. Allerdings bestand allgemein wenig Hoffnung, dass dabei irgendwas Brauchbares herumkommen würde, das Wort Fehler existierte im Zusammenhang mit Frau Dr. Nussbaum nicht.
Das gesamte Team der Spurensicherung der Leipziger Polizei erhielt von Polizeioberrat Horst Wawrzyniak die Aufgabe, in einer großangelegten Suchaktion an den Auffindeorten an der Neuen Luppe und am Cospuderer See nochmal jeden Grashalm umzudrehen. Polizeitaucher sollten zum Einsatz kommen und zumindest die Uferregionen nach den Köpfen und den Überbleibseln der entfernten Organe absuchen.
Jan machte sich direkt nach der Dienstbesprechung auf den Weg nach Leutzsch. Das Kampfsportcenter *Roter Drache* seines Freundes Eddy lag in der Georg- Schwarz-Straße ganz in der Nähe des Lindner-Hotels. Vielleicht hatte Eddy den Tschetschenen irgendwann in den letzten Tagen gesehen. Gewöhnlich trainierten Ex-Soldaten mehrmals die Woche, um sich fit zu halten. Mit ganz viel Glück würde er diesen Adam sogar in Eddys Gym antreffen. Adam war nicht so ein

Hitzkopf wie Ruslan, der für seine große Klappe einen hohen Preis gezahlt hatte und deshalb jetzt mit einem lädierten Knie im Krankenhaus lag. Es hätte für Eddy also keinen Grund gegeben, Adam abzuweisen, wenn der dort wieder zum Training erschienen wäre. Unterwegs fiel Jan ein, dass er sich schon seit Wochen vorgenommen hatte, bei Gelegenheit das neue Buch von *Lee Child* zu besorgen. Die Hauptfigur Jack Reacher ähnelte ihm in gewisser Weise. Reacher war ein Ex-Militärpolizist, der nach seiner Zeit bei der Army ohne festen Wohnsitz und nur mit einer Zahnbürste im Gepäck durch Amerika reiste und immer wieder in irgendwelche Konflikte verwickelt wurde. Der Mann war ein Hüne von fast zwei Metern und wog weit über hundert Kilo, war dabei aber schlank und muskulös. Umso enttäuschter war Jan, als in der Verfilmung der Jack Reacher Story ausgerechnet der Winzling *Tom Cruise* die Hauptrolle übernahm. Der Regisseur hatte, aus welchem Grund auch immer, aus Goliath einen David gemacht. Scheinbar glaubten die Filmemacher unbedingt einen Superstar in dieser Rolle präsentieren zu müssen, damit der Film auch ein Erfolg werden würde. Jan hätte für diese Rolle eher *Gerad Butler* ausgewählt. Der sah gut aus, war ein Top-Schauspieler und immerhin fast eins neunzig groß.
Im Leipziger Bahnhof gab es die *Buchhandlung Ludwig*. Kurzentschlossen stellte Jan seinen Dienstwagen am Taxistand direkt vorm Haupteingang ab, platzierte das magnetische Blaulicht auf dem Wagendach und legte seinen Dienstausweis ins Fenster. Er sprintete die Treppen hinauf in die Bahnhofshalle. Fünf Minuten später verließ er den Buchladen mit dem neuen *Lee Child* Roman *Die Gejagten* in der Hand. Er wollte gerade einen Blick auf die Rückseite werfen, um nachzulesen, um was es in diesem Buch ging, als ihn unverhofft der Blitz traf. Ein paar Meter weiter sah er Esther

aus dem Subway kommen. Sie steuerte mit einer Tüte in der Hand direkt auf ihn zu. Wie angewurzelt blieb er stehen.
»Hallo Jan, na, das ist ja eine Überraschung. Was machst du denn hier?«, fragte sie freundlich.
»Äh, ich wollte..., ich hab mir ein Buch gekauft«, stotterte er.
»Klar, was soll man sonst in einer Buchhandlung kaufen? Ich habe gerade Mittagspause und hab mir auf die Schnelle einen Salat geholt. Arbeite gegenüber im Marriott, aber das hatte ich dir ja schon erzählt.«
»Ja stimmt, als wir uns bei Karstadt getroffen haben, ich erinnere mich.«
»Hast du's eilig? Ich habe noch ein paar Minuten Zeit. Sollen wir vielleicht einen Kaffee zusammen trinken?«, schlug sie vor.
Jan starrte Esther an. Sie sah atemberaubend aus. Sie trug, wie üblich, Schuhe mit einem zehn Zentimeter hohen Absatz, die sie fast auf Augenhöhe hievten. Sie musste Ende vierzig sein, sah aber aus wie fünfundzwanzig. Sie war groß, schlank und drahtig, hatte nicht eine Falte im Gesicht und sah mit ihrem blonden Bubikopf aus wie ein Engel. Esther war noch schöner, als er sie in Erinnerung hatte, dachte er.
»Jan?«, weckte ihn Esther aus seinem Tagtraum auf.
»Ähm, ja ja, natürlich. Eine Etage tiefer gibt es ein nettes Bistro.«
»Schön, ich freue mich«, antwortete Esther und hakte sich bei ihm unter.
Als er ihren Körper so nah an seinem spürte, fühlte er die Schmetterlinge in seinem Bauch. In diesem Augenblick schien ein ganzer Schwarm durch seine Eingeweide zu rasen. Wie sehr hatte er diese Berührung vermisst. Was in aller Welt hatte er nur getan? Warum hatte er diese Frau einfach Hals über Kopf sitzen lassen und sich still und heimlich, ohne ein Wort der Erklärung, vom Acker gemacht?

Welcher Teufel hatte ihn nur geritten, eine derartige Dummheit zu begehen? Esther Hofmann war eine Traumfrau und zwar in allen Belangen. Sie war jung, bildhübsch und besaß eine Traumfigur. Sie war intelligent, eloquent und hatte Humor. Obwohl sie nie darüber gesprochen hatten, glaubte Jan damals, dass Esther ihn unbedingt heiraten wollte. Womöglich hatte er ihre Signale falsch gedeutet, wenn sie von Familie und Kindern sprach. Sie mochte kleine Kinder. Jan eigentlich auch, aber es mussten nicht unbedingt seine eigenen sein. Irgendwie war er damals in Panik geraten, als er glaubte, dass Esther seine Frau werden wollte. Was sollte er als der Prototyp des einsamen Wolfes mit einer Familie anfangen? Jan tat, was er immer tat, wenn eine zu enge Bindung drohte, ihm die Luft zum Atmen zu nehmen. Er knöpfte seinen Kragen weit auf, atmete kräftig durch und verschwand, ohne ein Wort des Abschieds. In diesem Moment wusste er, dass er den Fehler seines Lebens begangen hatte.
Jan bestellte sich einen doppelten Espresso, Esther eine Tasse Kaffee.
»Immer noch schwarz, ohne Milch und Zucker?«, fragte Jan.
Esther lachte und nickte. »Na klar, ich muss doch mit fast fünfzig auf meine Figur achten, sonst schaut mich doch kein Mann mehr an.«
»Wieso, bist du auf der Suche?«
»Nee, weiß Gott nicht. Außerdem will ich lieber gefunden werden, ist doch viel romantischer.«
»Also hast du im Moment niemanden?«
Esther schüttelte den Kopf. »Nein und du?«
»Na ja, verheiratet bin ich jedenfalls nicht, wenn du das meinst.«
»Aber du hast eine Freundin?«
»Ja.«
»Eine Kollegin?«

Jan nickte.
»Bist du wegen ihr nach Leipzig gegangen?«
»Nein, hab sie erst hier kennengelernt.«
»Habt ihr Kinder?«
»In unserem Job? Nein, außerdem bin ich zu alt dafür.«
Esther lachte. »Dafür ist man nie zu alt. Außerdem ist deine Partnerin noch jung, oder?«
»Ja, aber sie denkt genauso.«
»Bist du sicher? Ein Frauenversteher bist du nämlich nicht, Jan Krüger.«
Er zuckte mit den Schultern. »Das war wahrscheinlich schon immer mein Problem.«
»Da ist was dran, mein Lieber.«
»Hast du eine schöne Wohnung gefunden?«, wechselte Jan schnell das Thema.
»Ja, das ist in Leipzig bei weitem nicht so schwierig wie in Hamburg. Ich habe eine gemütliche Altbauwohnung im Waldstraßenviertel gefunden. Drei Zimmer mit Balkon zur Südseite. Und die Miete ist unglaublich günstig. Dafür bekommst du in Hamburg nicht mal 'ne Garage.«
»Jedenfalls nicht in am Harvestehuder Weg.«
»Nee, da sind die Garagen auch größer als ein normales Einfamilienhaus«, grinste Esther.
»Hast du noch Kontakt zu Patrick?«, fragte Jan.
»Wir telefonieren manchmal. Er bekniet mich jedes Mal, zurückzukommen. Er meinte, das Radisson wäre ohne mich wie ein Palast ohne Königin, nobel aber glanzlos.«
»Ein echter Charmeur, unser Patti. Aber er hat recht.«
Esther schaute etwas verlegen. Jetzt wechselte sie das Thema.
»Sag mal, das mit diesen Frauenmorden ist ja eine fürchterliche Geschichte. Aber ihr habt den Täter ja Gott sei Dank gefasst. Kaum zu glauben, zu was Menschen alles imstande sind. Hat der Kerl denen tatsächlich die Köpfe abgetrennt?«

»Ja, er hat seine Opfer geköpft und ausgeweidet.«
»Grausam. Wie geht man als Polizist mit solchen Menschen um?«
»Professionell, Esther, man muss sich zwingen, seine Emotionen außen vor zu lassen. Wenn man dazu nicht in der Lage ist, darf man diesen Beruf nicht ausüben.«
»Na ja, dass du hart im Nehmen bist, hast du in Afghanistan oft genug bewiesen. Insofern bist du ja einiges gewohnt.«
»Nein, Esther daran gewöhnt man sich nie. Und wenn doch, ist es höchste Zeit aus dem Polizeidienst auszuscheiden.«
»Sag mal, fährst du eigentlich deinen Oldtimer noch, diesen ockergelben Audi? Ich war verliebt in dieses Auto.«
»Nur in das Auto?«
Esther lächelte und trank einen Schluck Kaffee. »Nein, nicht nur in das Auto.«
»Gibst du mir deine Handynummer?«, fragte Jan.
»Diese Frage hast du mir schon mal gestellt. Ich erinnere mich, dass du nachmittags im Radisson eingecheckt hast und mich nicht mal eine Stunde später nach meiner Handynummer gefragt hast.«
»Stimmt, ich wollte keine Zeit verlieren.«
Esther wäre vor Lachen fast ihre Kaffeetasse aus der Hand gefallen. »Ja, das Gefühl hatte ich damals auch. Ich dachte, der Typ sucht nur 'ne schnelle Nummer, einen One Night Stand oder 'nen Quickie auf der Damentoilette, oder so.«
»Und das hat dich abgeschreckt", vermutete Jan.
„Nein, wieso. Im Gegenteil, ich war sogar ein wenig enttäuscht, dass du das nicht versucht hast.«
Jan zog seine Visitenkarte aus der Brustinnentasche seiner Jacke und legte sie auf den Tisch.
»Brauche ich die?«, fragte Esther.
»Das musst du entscheiden, aber ich hoffe es.«
»Aus dir soll mal einer schlau werden, Jan. Erst lässt du mich einfach sitzen und jetzt baggerst du mich wieder an? Was

wird denn deine Freundin dazu sagen, wenn sie erfährt, dass du wieder mit deiner Ex anbandelst?«
Jan zuckte mit den Schultern. »Ich möchte dich wiedersehen, Esther, alles andere ist im Moment nicht wichtig.«
Esther schob die Karte zurück. »Nein, Jan. Du hast damals deine Entscheidung getroffen als du mich verlassen hast. Ich kenne dich, du hast dich nicht geändert. Ich möchte nicht nochmal enttäuscht werden. So und jetzt muss ich los. War nett, dich getroffen zu haben. Wir laufen uns bestimmt mal wieder über den Weg.«
Jan winkte der Bedienung, bezahlte die Getränke und half Esther in ihren Mantel.
»Ich glaube, wir haben den gleichen Weg. Mein Wagen steht vor dem Haupteingang am Taxistand.«
Esther nickte. Auf der Rolltreppe nach oben tastete sie plötzlich etwas verlegen nach seiner Hand. Jan zögerte keinen Moment und ergriff sie. Händchenhaltend wie ein frisch verliebtes Paar verließen sie den Bahnhof. Draußen am Taxistand umarmten sie sich kurz. Als Jan sich umdrehen und gehen wollte, riss Esther ihn an der Schulter herum und küsste ihn flüchtig auf den Mund.
»Deine Handynummer habe ich längst. Patrick hat gelacht, als ich ihn danach gefragt habe.«
»Dann weiß ich jetzt ja, woher ich deine bekommen kann«, grinste Jan und stieg unter den bösen Blicken der Taxifahrer in seinen Wagen.

Wie ein Häufchen Elend saß Bruno Podelczik zusammengekauert und mit gesenktem Kopf am Vernehmungstisch der Justizvollzugsanstalt.
Als Hannah ihn zur Begrüßung freundlich ansprach, reagierte er überhaupt nicht. Sie hatte den Eindruck, als wäre der Mann in tiefer Lethargie versunken und mit seinen Gedanken längst nicht mehr gegenwärtig.

»Ich frage Sie jetzt nicht, wie es Ihnen geht, aber ich muss mit Ihnen reden, Herr Podelczik. Wir wissen längst, dass Sie die Frauen nicht getötet haben. Heute nicht und auch nicht vor dreißig Jahren. Was Ihnen damals widerfahren ist, kann leider niemand wieder gut machen, aber umso mehr werden wir dafür eintreten, dass gleiches Unrecht nicht nochmal geschieht.«
Bruno Podelczik rührte sich nicht, starrte weiter teilnahmslos zu Boden.
»Haben Sie mich verstanden? Wir wollen Sie hier rausholen«, hakte Hannah nach.
»Ich glaube, es hat keinen Sinn, Frau Hauptkommissarin«, flüsterte der Justizvollzugsbeamte, der einen Meter entfernt an der Wand stand. »Der Mann verweigert die Nahrung und spricht kein Wort. Wir werden ihn spätestens Morgen auf die Krankenstation verlegen müssen.«
Hannah holte tief Luft und nickte. Dann wandte sie sich erneut an Podelczik. »Wir wissen mittlerweile, dass Sie ein wasserdichtes Alibi haben. Warum haben Sie der Staatsanwaltschaft nichts von Ihrem Arztbesuch zum Zeitpunkt des zweiten Mordes erzählt? Zudem stimmen die Ergebnisse Ihres Gentests nicht mit der bei den Opfern gefundenen DNA überein. Außerdem gibt es Hinweise darauf, dass man Ihnen eine Falle gestellt hat. Wir haben einen starken Verdacht, wer Ihnen den Sack mit der Leiche untergeschoben haben könnte. Außerdem hatten Sie überhaupt kein Motiv, diese Frauen zu töten. Sie kannten sie nicht mal. Da gibt es eine ganze Reihe von Verdächtigen, von denen man das nicht behaupten kann. Setzen Sie sich zur Wehr und sagen Sie die Wahrheit und zwar, bevor der Prozess beginnt. Hören Sie, Herr Podelczik, geben Sie jetzt nicht auf«, beschwor ihn Hannah.
Der Angesprochene regte sich nicht. Er saß weiter stumm und vollkommen apathisch auf seinem Stuhl, den Blick wei-

ter zu Boden gerichtet. Es schien, als hörte er schon längst nicht mehr, was Hannah sagte. Er war geistig nicht anwesend, schien bereits in anderen Sphären zu schweben, die an ihn gerichteten Worte drangen nicht mehr zu ihm durch.
»Haben Sie dem Mann irgendwelche Medikamente verabreicht?« fragte Hannah den Beamten.
Der zuckte mit den Schultern. »Keine Ahnung, müssen Sie den Arzt fragen.«
»Herr Podelczik, wenn Sie sich aufgegeben haben, ist das Ihre Sache, dagegen kann ich nichts machen. Aber wenn Sie sich hier wie ein Schaf zur Schlachtbank führen lassen und den Kopf für einen anderen hinhalten wollen, wirft das ein schwerwiegendes Problem auf. Sie schützen damit nämlich den wahren Mörder. Und nicht nur das, Sie werden dafür verantwortlich sein, wenn es weitere Opfer geben wird. Und die wird es geben, Herr Podelczik, das ist sicher, ganz sicher.«
Hannah war der Verzweiflung nahe, ihre Worte erreichten den Mann offensichtlich nicht mehr. Plötzlich knallte sie mit der Faust auf den Tisch, so vehement, dass die Tischplatte vibrierte. Podelczik schreckte hoch.
»So, jetzt sind Sie hoffentlich wach, verdammt. Haben Sie gehört, was ich Ihnen gesagt habe«, schnauzte ihn Hannah an.
Podelczik sah Hannah kurz an und nickte einmal kaum wahrnehmbar.
»Na also, sagen Sie was, Mann, das ist Ihre letzte Chance. Die Staatsanwaltschaft und Ihr Verteidiger stecken unter einer Decke. Die haben nämlich ihre dreckigen Finger mit im Spiel. Der Oberstaatsanwalt hat mit einem der Opfer geschlafen, Bruno, der zählt zum Kreis der Verdächtigen, ebenso wie ein bekannter Bundesrichter, dessen Anwalt zufälligerweise ihr Pflichtverteidiger, Dr. Klatt, ist. Lassen Sie sich doch nicht sinnlos verheizen, Bruno. Sie können sich auf un-

sere Unterstützung verlassen, das verspreche ich Ihnen«, gab Hannah alles.
»Diesen Satz hat die Staatssicherheit auch gesagt«, antwortete Podelczik kaum hörbar.
»Mensch, Bruno, wir sind doch nicht die Stasi, wir sind die Leipziger Mordkommission, verdammt!«
»Macht das einen Unterschied?«
»Wie bitte? Das denke ich schon.«
»Ich habe ein Geständnis abgelegt und unterschrieben. Mehr habe ich nicht zu sagen.«
Hannah runzelte die Stirn und schob sich über den Tisch etwas näher an Podelczik heran.
»So, mein Lieber, anscheinend glauben Sie, dass der Oberstaatsanwalt Ihr großer Wohltäter ist, wie? Weil er Ihnen die Zusage gegeben hat, sich um ihre Mutter zu kümmern? Wissen Sie eigentlich, was diese Zusage wert ist? Einen Scheißdreck, Bruno, nicht mal das Schwarze unter den Fingernägeln. Wenn der Fall abgeschlossen ist, und Sie für den Rest Ihres Lebens hinter Gitter sitzen, wird der Typ sich nicht mehr an sein Versprechen erinnern. Wenn Sie Glück haben, kümmert sich das Sozialamt um Ihre Mutter und die Krankenkasse steckt sie in die letzte Absteige, wo sie eingehen wird, wie 'ne Primel. Wie naiv sind Sie eigentlich, diesem Mann, der Sie lediglich benutzt, um sich selbst zu schützen, zu vertrauen?«
Hannah sah, wie Podelcziks Augen nervös im Raum umherirrten, als suchten sie einen bestimmten Punkt, an dem sie sich festmachen konnten. Er fing an, leicht mit dem Kopf hin und her zu wackeln. Scheinbar war es Hannah gelungen, ihn zum Nachdenken zu bewegen. Sie schöpfte wieder Hoffnung und legte sofort nach. »Ich mache Ihnen einen Vorschlag. Ich werde heute noch den zuständigen Richter aufsuchen und ihn eine Verfügung unterschreiben lassen, dass Ihre Mutter für den Fall, dass Sie verurteilt werden, in einem Leipziger

Pflegeheim Ihrer Wahl untergebracht wird. Die Kosten dafür trägt die Staatskasse. Und wissen Sie auch, warum der das unterschreiben wird?«
Podelczik schüttelte den Kopf.
»Weil ich ihm klar machen werde, dass es zu keiner Verurteilung kommen wird, wenn Sie die Wahrheit sagen. Dann können Sie sich selbst weiterhin um ihre Mutter kümmern, zumindest solange, wie sie noch kein Fall für die Intensivpflege ist.«
Hannah sah Podelczik erwartungsvoll an. Der Mann war ehemaliger Mathematiklehrer, kein einfältiger Krimineller, der überhaupt nicht verstand, was Hannah ihm erzählte. Sie hoffte eindringlich, endlich zu ihm durchgedrungen zu sein.
»Bringen Sie mich in meine Zelle zurück. Es ist alles gesagt«, antwortete er vollkommen ungerührt.
»Machen Sie jetzt keinen Fehler, Bruno, der wird später nicht mehr zu korrigieren sein. Schlafen Sie eine Nacht drüber. Ich komme morgen wieder.«

Auf dem Weg zum Kampfsportcenter klingelte das Handy. Josie rief an. Jan benutzte die Freisprechanlage.
»Was gibt's, meine Beste?«, fragte Jan gut gelaunt.
»Oh, da ist aber einer gut drauf. Hast du heute Morgen 'nen Kasper gefrühstückt?«
»Nee, wieso?«
»Na ja, du trällerst wie 'ne Nachtigall.«
Jan lachte. »Ich wollte dich nur nett begrüßen. Mach ich doch immer, oder nicht?«
»Hm, bist du sicher, dass bei dir alles okay ist?«
»Klar, warum fragst du?«
»Nur so, egal. Also, normalerweise bin ich kein Freund von angeordneten Nachuntersuchungen. Wir machen unsere Arbeit zügig, gewissenhaft und gewöhnlich fehlerfrei. Außerdem wären die Leichen ja auch längst zur Bestattung

freigegeben, wenn nicht ein paar Teile fehlen würden. Ich habe meine Assistenten damit beauftragt, die Opfer anhand unserer Checkliste erneut zu untersuchen. Die beiden Jungs kommen frisch von der Uni und arbeiten ausnahmslos mit Hilfe der Mikroskopie. Die legen alles, was sie in die Finger kriegen, unter dieses millionenteure Supermikroskop, ziehen sich die Vergrößerungen auf ihre Laptops und bearbeiten die Bilder bis zu einer Auflösung von 0,5 Nanometer, das entspricht einer Größenordnung, die nur ein Elektronenmikroskop erreicht. Ehrlich gesagt weiß ich gar nicht genau, wie die das machen. Ich verlass mich da lieber auf den Bereich der Makroskopie.«

»Was heißt das?«

»Ich benutze meine Augen, Jan. Ich kann eine Stichwunde auch ohne Mikroskop von einer Schusswunde unterscheiden. Auch kleinere Verletzungen muss ich mir nicht erst optisch vergrößern, um zu wissen, was ich da vor mir habe. Man nennt das Erfahrung. Es gibt sicher nichts, was ich nicht schon mal gesehen habe. In erster Linie bin ich Pathologin und erst dann Gerichtsmedizinerin. Und wenn es dann tatsächlich etwas gibt, was ich nicht mit bloßem Auge identifizieren kann, schicke ich das Objekt ins Labor.«

»Tja, Josie, so ist das. Die jungen Leute meinen immer, sie können alles besser. Oskar denkt ja auch, er hätte ein Fossil aus der Steinzeit vor sich, wie der mich manchmal anstarrt, wenn er mich mal gerade wieder belehrt. Aber es geht eben doch nichts über Erfahrung. Die kann auch der beste Universitätsabschluss nicht ersetzen.«

»Na ja, manchmal eben doch. Die beiden Grünschnäbel haben nämlich tatsächlich was gefunden. Ich hatte sie gebeten, sich vor allem die Halspartien der Opfer nochmal genauer anzusehen, um vielleicht doch noch irgendwelche Hinweise auf die Tatwaffe zu entdecken.«

»Und, was haben sie gefunden?«

»Metallspäne.«
»Dann war das Tatwerkzeug eine Eisensäge, oder sowas?«
»Meine beiden Schlauberger meinen, es handele sich um Stahlspäne.«
»Stahl? Wer benutzt denn eine Stahlsäge? Gibt es die überhaupt? Ich meine, zum Schneiden von Stahl benutzt man Schneidbrenner, oder?«
»Tja, das gilt es jetzt zu untersuchen. Jedenfalls könnt ihr euch von dem Thema Samuraischwert verabschieden. Der Täter hat definitiv eine Säge benutzt. Wahrscheinlich mit einer Trennscheibe von etwa 300 bis 500 mm Durchmesser. Da beide Schnitte vollkommen glatt sind, ist davon auszugehen, dass die Säge enorme Power hatte und das Sägeblatt oder die Trennscheibe ultrascharf war. Ich denke, der Täter hat angesetzt und einmal kurz Vollgas gegeben. Der hat durch Fleisch und Knochen geschnitten, wie ein heißes Messer durch die Butter.«
»Und mit so einem Ding muss man umgehen können. Also war der Täter ein Experte, ein Profi im Umgang mit derartigen Werkzeugen.«
»Sieht so aus, Jan. Aber das müsst ihr herausfinden. Ich denke, dass wir bestenfalls noch in Erfahrung bringen können, aus welchem speziellen Material diese Späne sind und die dann vielleicht sogar einer bestimmten Art von Trennscheiben zuordnen können.«
»Stahlspäne sagtest du doch, oder?«
»Ja, aber es gibt verschiedene Sorten von Stahl. Stahl ist ein komplexes Gemisch diverser chemischer Elemente. In legiertem Schienenstahl zum Beispiel befindet sich jede Menge Roheisen.«
»Woher weißt du das, Josie? Ich bin beeindruckt.«
»Hab ich vorhin gegoogelt, bevor ich dich angerufen habe.«
»Was?«

»Nee, im Ernst, Jan, ich bin Wissenschaftlerin und Chemie ist eines meiner Studienfächer gewesen. Mein Gebiet ist zwar mehr die Biochemie, aber auch anorganische Chemie hat mich immer sehr interessiert, vor allem die Metallkunde.«
»Du bist ein Ass, Josie. Jetzt haben wir ja mal endlich 'ne konkrete Spur, der wir nachgehen können.«
»Na ja, ich will mich nicht mit fremdem Federn schmücken. Das Lob gehört meinen beiden Assistenten.«
»Klar, aber das haben die von dir gelernt. Ist doch klar.«
»Hast du schon was von Hannah gehört? Hat sie schon mit Podelczik gesprochen?«
»Äh, nee, keine Ahnung, ich bin gerade auf dem Weg zu Eddys Gym. Werde sie gleich mal anrufen. Wir sehen uns um sechs im Präsidium. Gut gemacht, Josie.«
Jan legte auf. Hatte er tatsächlich dermaßen fröhlich gewirkt, dass es Josie sofort aufgefallen war? Verdammt, was hatte die Begegnung mit Esther nur mit ihm gemacht? War es tatsächlich möglich, dass es bei ihm gefunkt hat? Und wenn ja, konnte man ihm das tatsächlich anmerken? Und wenn Josie das bemerkt hat, würde es Hannah dann nicht auch auffallen? Verdammt, dachte Jan, was hab ich mir da nur für einen Scheiß eingebrockt?
Der Parkplatz neben dem Kampfsportcenter war gut gefüllt. Trotz des frühen nachmittags war scheinbar reger Betrieb in Eddys Gym. Als Jan gerade aussteigen wollte, fiel ihm im Rückspiegel ein weißer VW-Bulli mit einer roten Rose an der Schiebetür auf, der quer hinter ihm stand. Er griff zum Handy und rief Oskar an.
»Wo treibst du dich rum, Oskarchen?«, wollte Jan wissen.
»Hi, Jan. Alles im Griff. Ich bin Vitus auf den Fersen«, antwortete Oskar.
»Aha. Ist der Typ mit dem VW-Bus vom Escortservice unterwegs?«
»Ja«, bestätigte Oskar.

»Na, dann gibt's da wohl mehrere von.«
»Nicht, dass ich wüsste. Die haben nur diesen einen mit der Nummer L-RR 69. Und den sehe ich hier gerade vor mir.«
»So so. Und wo ist hier, wenn ich fragen darf?«
»Genaugenommen etwa fünf Meter hinter dir«, Oskar schlug mit der flachen Hand zweimal kurz auf das Dach von Jans blauem Ford Focus Turnier.
»Verdammt, wie kannst du mich so erschrecken?«, fluchte Jan.
»Sie sind aber sehr unaufmerksam, Herr Hauptkommissar. Wäre ich jetzt einer von den Bösen mit 'ner geladenen Knarre im Anschlag, befänden Sie sich in einer ausgesprochen unangenehmen Lage.«
»Lass den Scheiß, Oskar. Könnte nämlich sein, dass ich doch nicht so unvorbereitet bin, wie du annimmst.«
Im selben Moment schnellte Jan herum und zielte mit seiner P6 auf Oskars Kopf, der neugierig durch das Beifahrerfenster ins Wageninnere starrte.
Oskar wich überrascht zurück und ließ dabei vor Schreck sein Handy fallen. Damit hatte er offensichtlich nicht gerechnet.
Jan stieg aus und lachte.
»Vorsicht vor alten Männern, die werden allzu leicht unterschätzt.«
»Oh, Mann, wo hast du die denn so schnell hergeholt? Hab ich echt nicht mit gerechnet. Na ja, du musst sowas auch können, schließlich bist du ja der Schwarze Drache, oder?«
»Wie bitte? Wo hast du das denn aufgeschnappt?«
»Alles im Internet gelesen. Muss ja super aufregend gewesen sein, mit den *Snipern* nachts auf Talibanjagd zu gehen.«
»Blödsinn, Oskar. Das war nicht aufregend, sondern gefährlich. Allerdings hab ich im Internet noch nie was über die *Sniper* und den *Schwarzen Drache* gelesen. Und weißt du auch warum, Oskar, weil unsere Mission streng geheim war

und nirgendwo auch nur ein Satz darüber nachzulesen ist. Also erzähl mir nicht solchen Unsinn.«
»Schon mal was vom Darknet gehört? Unter den Peer-To-Peer Usern ist der *Black Dragon* mittlerweile eine Legende. Es gibt sogar ein *Black Dragon* Comic als Hidden Service. Ist echt der Renner, Jan.«
»Moment Mal und da steht etwa auch mein Name?«
»Nee, aber wenn man alle Informationen auswertet, ist es durchaus möglich, dass man irgendwann auch auf Namen stößt.«
»Behalt diesen Unsinn bloß für dich, Oskar. Darknet, so ein Blödsinn, ich fass es nicht.«
Oskar zuckte mit den Schultern. »Ich dachte, du wüsstest das.«
Jan schüttelte den Kopf. »Aber wenn in diesem Darknet so viel Geheimnisvolles zu finden ist, dann kannst du ja mal checken, ob da einer was über unseren Fall weiß.«
»Hab ich längst gemacht. Zwei enthauptete und ausgeweidete Frauenleichen stoßen natürlich auf reges Interesse. Da werden die wildesten Verschwörungstheorien verbreitet. Von Terroristen und religiösen Fanatikern bis hin zu Satanisten ist da alles vertreten. Einen konkreten Hinweis findet man da selten. Die User des Darknets sind eher irgendwelche Nerds, keine Kriminellen. Ist technisch nicht ganz so einfach, sich da einzuloggen. Ich würde sogar behaupten, dass das Darknet eher eine Plattform für beziehungsunfähige Eigenbrötler ist, die nachts nicht schlafen können und denen das Surfen im Internet zu langweilig ist.«
Jan lag ein bitterböser Satz auf der Zunge, aber es gelang ihm, den in letzter Sekunde herunterzuschlucken.
Doch Oskar hatte ihm längst angesehen, was er dachte.
»Ja, genau für Typen wie mich.«
»Hey, das hab ich nicht gesagt.«
»Nee, gesagt hast du das nicht.«

»Seit wann steht der Wagen hier?«, wechselte Jan das Thema.
»Seit genau zwölf Minuten.«
»Ist Vitus allein?«
»Nee, Adam ist dabei. Hatten beide 'ne Sporttasche in der Hand.«
»Verdammt, Oskar, warum hast du mich nicht sofort angerufen?«
»Guck mal auf dein Handy. Hab dich angerufen und dir eine Nachricht geschickt.«
Oskar hatte recht. Als Jan mit Esther im Bistro des Hauptbahnhofs saß, hatte er sein Handy stumm geschaltet. Erst die Freisprechanlage im Auto hatte den Klingelton wieder aktiviert.
»Stimmt, mein Fehler. Ich hatte einen wichtigen privaten Termin, da hab ich mein Gerät kurz auf lautlos gestellt.«
»Klar, hätte ich auch gemacht, wenn ich 'n Date mit Esther Hofmann gehabt hätte.«
»Wie bitte? Tickst du nicht ganz richtig? Und woher kennst du überhaupt diesen Namen?«, fiel Jan förmlich aus allen Wolken.
Oskar lachte. »Hab euch vor dem Bahnhof stehen sehen, als ich auf dem Weg hierher war. Dass ich diese Vollgra..., äh, Frau, kenne, ist reiner Zufall. Bevor ich die Bude im Studentenwohnheim hatte, hab ich ein paar Tage im Marriott gewohnt und sie da natürlich öfter gesehen. Wollte sie erst zum Kaffee einladen, aber dann dachte ich, dass ich ihr wahrscheinlich zu jung bin. Wenn die einen anlächelt, Junge, Junge, da kann man weiche Knie kriegen. Woher kennst du sie denn?«
»Aus Hamburg. Wir haben uns zufällig in der Bahnhofsbuchhandlung getroffen.«
»Kanntet ihr euch gut? Immerhin hat sie dich geküsst.«

»Tu mir einen Gefallen, Oskar, und vergiss diese Geschichte. Sie ist eine alte Bekannte, mehr nicht und ich wäre dir sehr verbunden, wenn du Hannah nichts von dieser Zufallsbegegnung erzählst.«
»Verstehe, Frauen kriegen solche Sachen schnell in den falschen Hals.«
»Welche Sachen? Da war nichts und damit hat sich das, verstanden?«
Oskar hob beschwichtigend beide Arme. »Ich mein ja nur.«
»So, ich erkläre dir jetzt meinen Plan. Du gehst in den Laden und provozierst die beiden. Und zwar solange, bis einer von denen handgreiflich wird. Ich nehme den Hintereingang und beobachte dich auf der Überwachungskamera in Eddys Büro. Sobald die zur Attacke gegen dich blasen, greife ich ein. Du zuckst deinen Dienstausweis und wir verhaften sie wegen Tätlichkeit gegen einen Polizeibeamten. Aber sei vorsichtig, Oskar, Adam ist ein knallharter Bursche. Lass dich nicht von dem erwischen, das könnte böse Folgen haben, verstanden?«
Oskar nickte und setzte sich in Bewegung.
Natürlich hatte Jan Bedenken, den unerfahrenen, jungen Kollegen in eine derart gefährliche Situation zu bringen. Der Tschetschene war ein unberechenbarer, skrupelloser Krimineller, der überhaupt keine Hemmungen kannte. Jan vermutete, dass die Reizschwelle dieses Typen irgendwo gegen Null tendierte. Wahrscheinlich würde er sofort auf Oskar losgehen. Und dafür würde es womöglich schon ausreichen, wenn Oskar ihm nur gerade in die Augen sehen würde.
Nachdem Jan Eddy auf dem Handy angerufen hatte und der ihm die Hintertür zu seinem Büro geöffnet hatte, wagte er einen vorsichtigen Blick aus der Bürotür, um zu sehen, ob Oskar seine Zielpersonen bereits gefunden hatte. Etwa zwanzig Meter entfernt am anderen Ende des Raumes bearbeiteten Adam und Vitus im Wechsel einen Sandsack. Oskar

hatte sich provozierend nahe danebengestellt und sah den beiden dabei zu. Jan entschloss sich, im Türrahmen stehen zu bleiben und die Szene nicht am Bildschirm der Überwachungskamera in Eddys Büro zu verfolgen. Wenn es gleich losgehen würde, zählte jeder Meter und von der Bürotür aus war der Weg rüber zum Ort des Geschehens gute zehn Meter kürzer.
»Hey Jungs, versucht's doch mal mit Technik, ihr klopft ja auf dem Sack rum wie auf 'nem zähen Schnitzel«, provozierte Oskar die beiden Männer.
»Ey, Freundchen, verpiss dich und lass uns in Ruhe trainieren, verstanden«, antwortete Vitus, während Adam weiter auf den Sandsack einprügelte.
Oskar zuckte die Schultern. »Ihr könnt nur froh sein, dass der Sandsack nicht zurückschlagen kann.«
»Komm, zisch ab, du Spastiker, sonst mach ich dir Beine«, warnte Vitus, unternahm aber noch nichts.
Oskar musste noch einen drauflegen. »Ist ja 'n Wunder, dass der Sack noch nicht geplatzt ist.«
»Du platzt gleich, du Idiot«, brüllte Vitus.
»Ja, vor Lachen, wenn ich euch Anfänger weiter zusehe.«
Vitus stupste Adam kurz an und zeigte auf Oskar. »Der Typ hier hat 'ne große Fresse.«
Adam musterte Oskar von Fuß bis Kopf. »Willst du Ärger, Kleiner? Verschwinde, sonst...«, sagte er.
»...was sonst?«, baute sich Oskar vor ihm auf, ein Bild als wollte sich ein Fischkutter mit einem Zerstörer anlegen.
Noch bevor Jan sich in Bewegung setzen konnte, flogen die Fäuste. Adam versuchte Oskar mit einem mächtigen Schwinger zu Boden zu befördern. Doch Oskar war klein und wendig. Es gelang ihm, unter dem Heumacher hinweg zu tauchen. Doch das nächste Unheil drohte bereits, als Vitus ihn mit einem Kick gegen den Kopf außer Gefecht setzen wollte, aber Oskar offensichtlich mit dieser Attacke gerechnet hatte

und soeben noch ausweichen konnte. Als Adam zu einem erneuten Schlag ausholen wollte, packte ihn Jan von hinten am Handgelenk und drehte ihm den Arm auf den Rücken. Der Tschetschene versuchte sich aus der Umklammerung zu befreien, aber Jan ließ nicht locker.
»Beruhige dich, Freundchen, sonst brech ich dir den Arm, klar?«, warnte Jan.
Als Vitus überrascht zu seinem Kollegen hinübersah, nutzte Oskar dessen Unaufmerksamkeit. Mit einem ansatzlosen Kinnhaken schickte er den Litauer zu Boden.
»Hut ab, Oskar, wo hast du den denn hergeholt?«, war Jan erstaunt. Er hätte Oskar alles zugetraut, nur das nicht.
»Habe alle *Tyson*-Kämpfe auf Youtube gesehen und seine Knockouts genau studiert. Der kurze, ansatzlos geschlagene, rechte Haken gegen das Kinn war seine wirkungsvollste Waffe.«
»Na klar, nur dass *Iron Mike* den Punch eines Schwergewichtsboxers hatte und du wahrscheinlich nicht mal drei Liegestütze schaffst«, grinste Jan.
»Das ist keine Frage der Kraft, sondern der Technik und der Präzision. Außerdem ist Vitus ja nicht gerade ein Schwergewicht und zu deiner Information: ich mache jeden Morgen fünfzig Liegestütze.«
Jan schüttelte fassungslos den Kopf. »Du überrascht mich immer wieder, Oskar, aber jetzt ruf 'nen Streifenwagen, der die Typen hier abholt und ins Präsidium bringt. Wir werden einiges mit den beiden zu besprechen haben.«

Hannah war besorgt. Bruno Podelczik befand sich in einem labilen Zustand, der das Schlimmste befürchten ließ. Sie hatte umgehend den wachhabenden Vollzugsbeamten gebeten, Podelczik nicht aus den Augen zu lassen, besser noch, sofort in die Krankenabteilung zu überstellen, da er aus ihrer Sicht unter schweren Depressionen litt. Der Mann hatte ganz of-

fensichtlich aufgegeben. Er hatte mit sich und dem Leben abgeschlossen. Ihre Hoffnung, dass er doch noch bereit wäre, die Wahrheit zu sagen, tendierte in diesem Moment gegen Null.
Sie hatte gerade das Gefängnis verlassen, als ihr Handy summte, das sie während der Unterhaltung mit Podelczik auf lautlos gestellt hatte. Auf dem Display stand das Wort *anonym*, normalerweise ein Grund, den Anruf nicht anzunehmen. Doch im Augenblick waren sie weit von der Lösung dieser Mordfälle entfernt und mussten nach wie vor jedem Hinweis nachgehen, auch wenn er noch so unbedeutend erschien.
»Wir haben Besuch von ihrem Ex-Mann, Frau Kommissarin. Der junge Mann schuldet uns noch 'ne Menge Geld«, sagte eine männliche Stimme mit unüberhörbarem osteuropäischem Akzent. »Leider kommt er seinen Verpflichtungen zur Rückzahlung des Kredits im Moment nicht nach. Wir haben ihn jetzt schon mehrfach Aufschub gegeben, sind jetzt aber mit unserer Geduld am Ende. Sie wollen ihm nicht vielleicht aus dieser, sagen wir, unangenehmen Situation heraushelfen?«
»Wer immer Sie auch sind, ich warne Sie, lassen Sie Benjamin in Ruhe. Er hat einen festen, gutbezahlten Job und wird seine Schulden bezahlen.«
»Na ja, wenn da nur das Problem mit den Drogen nicht wäre, Frau Kommissarin. Der gute Mann kann leider die Finger nicht vom Koks lassen. Ich muss Ihnen ja nicht erklären, dass koksen ein enorm kostenintensives Hobby ist, Frau Kommissarin, oder?«
»Unsinn, Benjamin nimmt keine Drogen. Sein Problem sind eure beschissenen Spielhallen, mit denen ihr die Leute ausnehmt. Ich werde mit meinem Ex-Mann reden, dass er seine Schulden bei euch bezahlt. Gebt mir eine Woche Zeit.«

Der Anrufer lachte hämisch. Bis dahin hat der seine restliche Kohle für diesen Monat auch noch verkokst. Nee, wir haben ihm schon mehr Zeit als üblich eingeräumt. Morgen ist Samstag, dann bekommen wir fünftausend Euro, ansonsten brechen wir dem Kerl beide Beine, verstanden?«
»Das ist ja ganz clever. Wenn er nicht mehr arbeiten kann, werdet ihr euer Geld nie zurückbekommen.«
»Blödsinn, ihr Deutschen seid doch alle versichert. Außerdem ist es uns egal, woher die Kohle kommt. Entweder ihr zahlt, oder ...«
»... oder was? Wollt ihr Benjamin etwa umbringen? Ich glaube nicht, dass Ardian Shala so dumm ist, und den Mann einer Polizistin tötet. Ich denke, ich werde mal mit Krenor reden, glaube nicht, dass ihm gefällt, was ihr hier gerade abzieht.«
Als der Anrufer nicht sofort antwortete, wusste Hannah, dass sie direkt ins Schwarze getroffen hatte.
»Hannah, mach keinen Blödsinn, hörst du? Das ist kein Spaß, die machen mich fertig, wenn morgen das Geld nicht da ist. Bitte, lass mich jetzt nicht im Stich, verdammt?«, flehte Benjamin, dem die Albaner offensichtlich das Handy in die Hand gedrückt hatten, um Hannah umzustimmen.
»Hör bloß auf zu jammern. Den Mist hast du dir doch selbst eingebrockt. Ich habe keine fünftausend Euro, die ich dir geben könnte. Meine Ersparnisse sind für die Abzahlung der Hauskredite draufgegangen, weil du deinen Anteil nicht gezahlt hast. Im Gegenteil, du hast mich erpresst, mein Lieber, damit du es dir mit deiner blonden Friseuse in *meinem* Haus gemütlich machen konntest. Jetzt musst du dir leider selber helfen, Benjamin, ich kann nichts für dich tun.«
»Dann pump eben deinen scheiß Bullenfreund an, der hat doch damals mal eben ganz locker die zehn Mille für deinen Kredit auf den Tisch gelegt, oder braucht der sein Geld jetzt für seine neue Flamme?«

»Was redest du da für einen Mist, Benjamin«
»Mist? Das ist kein Mist. Ich hab deinen Supermann heute mit so 'ner rassigen Blondine am Hauptbahnhof gesehen. Haben Händchen gehalten und sich Küsschen gegeben. Wie seine Schwester sah die Madame jedenfalls nicht aus.«
»Du hast dir dein Gehirn weggekokst, aber bei dem bisschen, was noch da war, war das wahrscheinlich gar nicht so schwer.«
»Dann schau dir doch das mal an«, sagte Benjamin.
Im selben Moment meldete Hannahs Handy den Eingang einer Whatsapp-Nachricht. Benjamin hatte ihr ein Foto geschickt. Was sie darauf sah, versetzte ihr einen Stich ins Herz. Jan stand draußen vor dem Bahnhof am Taxistand, hielt Händchen mit einer blonden Frau und küsste sie.
»Tja, Hannah, die Blondinen sind anscheinend dein Schicksal. Tut mir leid für dich, aber ich habe dir einen Gefallen getan, sonst hätte der Kerl dich wahrscheinlich noch lange weiter verarscht.«
»Das ändert gar nichts, Benjamin, im Gegenteil, du warst und bist ein Scheißkerl. Ich kann nichts mehr für dich tun. Ruf mich nie wieder an, hörst du, sonst lass ich dich wegen Stalkings verhaften, klar!«
»Das wirst du bereuen, du Miststück, warte ab. Ach ja, wie ich gehört habe, habt ihr den Mörder bereits gefasst. Na ja, dann wollen wir mal hoffen, dass die Sache damit erledigt ist. Oder vielleicht doch nicht?«
»Verpiss dich, du Idiot«, schrie Hannah wütend und legte auf.
Auf dem Weg zu ihren Wagen zitterte Hannah vor Wut. Sie war wütend auf Benjamin, auf Jan und auf sich selbst. Was machte sie nur falsch, dass die Männer sie ständig mit anderen Frauen betrogen? Eine Träne lief ihr die Wange herunter, als sie einstieg und den Wagen startete. »Fickt euch doch alle«, schrie sie und schlug verzweifelt auf das Lenkrad.

Schließlich habe ich den Mann ausgebildet. Der weiß genau, was er tun und was er lassen soll«, griente er.
Dr. Klatt nickte. »Na gut, dann wäre dieser Punkt geklärt. Allerdings ist ein neues Problem aufgetaucht. Bruno Podelczik war nach Aussage des behandelnden Arztes seiner Mutter zur Tatzeit des zweiten Mordes in seiner Praxis in Hartmannsdorf. Zwei seiner Mitarbeiterin könnten das bestätigen.«
»Wer weiß davon?«, fragte der Oberstaatsanwalt.
»Die Polizei. Die haben über die Abrechnungsstelle der Krankenkasse von diesem Termin erfahren und daraufhin den Arzt und seine Mitarbeiterinnen befragt. Heute Mittag war eine Kommissarin bei Podelczik im Gefängnis und hat ihn wegen dieser Sache zur Rede gestellt. Er hat ihr gesagt, dass er zwischenzeitlich die Praxis verlassen und die Frau in seinem Keller getötet hätte. Danach sei er sofort wieder zurück gefahren. Die Zeugen bestreiten das allerdings vehement. Podelczik hätte fast zwei Stunden im Wartezimmer gesessen und Zeitungen gelesen. Sie hätten ihn von der Rezeption aus jederzeit im Blick gehabt. Es wäre ihnen aufgefallen, wenn er zwischendurch eine längere Zeit weg gewesen wäre.«
»Hm, das könnte in der Tat haarig werden. Ich werde versuchen, dieses Alibi zu entkräften. Der Arzt konnte aus dem Behandlungszimmer heraus nicht sehen, ob sich Podelczik die ganze Zeit über im Wartezimmer aufgehalten hat. Und die Arzthelferinnen hatten am Empfang sicher reichlich zu tun, Telefonate führen, Termine absprechen, Rezepte ausfüllen. Da blieb wohl kaum Zeit, darauf zu achten, was im Wartezimmer passierte.«
»Trotzdem, Herr Oberdieck, ein fader Beigeschmack wird bleiben. Der Arzt wird sich nicht so einfach aus der Ruhe bringen lassen. Er hat der Polizei gegenüber ausgesagt, dass er ständig zwischen zwei Behandlungszimmern wechseln würde und dabei jedes Mal an der geöffneten Tür zum War-

tezimmer vorbei müsste. Podelczik hätte gleich vorn neben der Tür gesessen und Zeitung gelesen.«

»Dagegen steht die Aussage des Angeklagten, der zugibt, die Praxis zwischendurch verlassen zu haben«, zuckte Oberdieck mit den Schultern.

Dr. Klatt nickte. »Ich kann natürlich nicht auf eine Befragung der Zeugen verzichten, werde aber die Frage stellen, ob sie sich erklären könnten, warum mein Mandant behauptet, er wäre eben nicht die gesamte Zeit in der Praxis gewesen.«

»Diese Frage werden sie nicht beantworten können. Damit hat sich die Sache fast schon erledigt", meinte Richter Gnädig.

»Mitnichten, Herr Gnädig. Im Bericht der Gerichtsmedizin steht, dass der Gentest von Podelczik negativ war, also nicht mit der bei den Opfern gefundenen fremden DNA korreliert. Aufgrund der nicht genehmigten und damit inoffiziellen DNA-Tests, die ohne ihr Einverständnis und ohne ihr Wissen durchgeführt worden sind, dürfen diese Daten vor Gericht nicht verwendet werden. Das heißt aber nicht, dass sie überhaupt keine Rolle spielen. Die Polizei weiß, dass sie beide mit den Opfern geschlafen haben. Wir müssen damit rechnen, dass die das im Zeugenstand ungefragt aussagen werden. Tun sie das, wird Frau Dr. Nussbaum das wohl oder übel bestätigen müssen. Sie wird nicht wegen ihnen vor Gericht lügen, meine Herren.«

»Tja, das stellt wahrlich ein Problem dar. Ich werde mit Polizeioberrat Wawrzyniak reden, der soll seine Leute gefälligst zur Räson bringen. Immerhin wissen die, dass wir nichts mit diesen Morden zu tun haben. Zudem droht ihnen jede Menge Ärger wegen der illegal durchgeführten Gentests. Also was hätten die davon, uns zu belasten? Nichts, rein gar nichts. Zudem sollten sie froh sein, das wir diesen Fall so schnell abgeschlossen haben. Schließlich wird die zügige Aufklärung dieser Mordfälle als das Verdienst der Mord-

kommission angesehen. Auf Horst Wawrzyniak konnte ich mich bisher immer verlassen. Außerdem wird er so kurz vor seiner Pensionierung keinen Ärger mehr haben wollen.«
»Wenn du mit den Morden überhaupt nichts zu tun hast, Ralf, warum hast du dann verschwiegen, dass du diese Natascha gevögelt hast? Und was ist mit den Kerlen, die du beauftragt hast, der Frau auf den Zahn zu fühlen, ob sie tatsächlich im Besitz von kompromittierendem Fotomaterial ist? Ist es denn so abwegig, dass es die Russen waren, die die Frauen ermordet haben?«
»Blödsinn, Sören, ich habe niemanden beauftragt. Die Tschetschenen hatten über einen Mittelsmann angeboten, das Bildmaterial zu besorgen. Angeblich hätten sie gute Kontakte zu Natascha Ponamorova, die sie aus Moskau kannten. Doch bevor ich denen überhaupt antworten konnte, war Natascha bereits tot. Außerdem wurde einer von denen von Skutins Leuten erschossen, der Zweite liegt mit gebrochenem Bein im Krankenhaus und der Dritte ist spurlos verschwunden. Podelczik hat gestanden. Er ist der Mörder. Punkt aus.«
»Es bringt nichts, sich gegenseitig zu verdächtigen oder irgendwelche Vorwürfe zu machen, meine Herren. Es gibt da allerdings noch einen weiteren Punkt, der vor Gericht eine nicht unbedeutende Rolle spielen könnte. Angeblich sollen Sie Podelczik als Gegenleistung für ein sofortiges und umfassendes Geständnis angeboten haben, seine Mutter unverzüglich in eine erstklassige Pflegeeinrichtung für demenzkranke Patienten zu überstellen und die dafür entstehenden Kosten zu tragen. Ist das wahr?«
Oberdieck schüttelte energisch den Kopf. »Nein, wer behauptet denn so etwas?«
»Podelczik. Er hat mich heute Mittag bei meinem letzten Besuch im Gefängnis gefragt, ob er sich auf ihre Zusagen verlassen könnte, Herr Oberstaatsanwalt.«

»Unsinn, ich habe dem Mann lediglich erklärt, dass sich im Falle seiner Verurteilung der Staat um seine Mutter kümmern würde, die ja außer ihm keine Verwandten mehr hätte. Die Kosten würde zum größten Teil die Krankenkasse übernehmen müssen.«
»Natürlich ist es möglich, dass er das auch der Kommissarin gegenüber behauptet hat. Wir müssen darauf vorbereitet sein, dass dieses Thema vor Gericht durch die Polizei angesprochen wird.«
»Dann werde ich sagen, dass das nicht stimmt. Für diese Behauptung gibt es zudem keine Zeugen.«
Dr. Klatt nickte. »Gut, wir werden den Prozess zügig abwickeln. Die Verteidigung wird das Geständnis des Angeklagten nicht in Frage stellen und auf eingeschränkte Schuldfähigkeit plädieren, auch wenn mein Mandant dazu nicht explizit sein Einverständnis gegeben hat. Ich habe einen ausgewiesenen Experten als Sachverständigen hinzugezogen, der vor Gericht die Taten und die damit verbundenen Grausamkeiten mit einer zwanghaften Persönlichkeitsstörung des Angeklagten begründen wird. Der Mann litt sein Leben lang unter einem ausgeprägten Mutterkomplex. Seine Mutter hat andere Frauen im Leben ihres Sohnes stets komplett abgelehnt. Sie hat ihm eingeredet, dass Frauen hintertriebene, herzlose Huren seien, die nur darauf aus wären, sich wie Parasiten ins gemachte Nest zu setzen. Ihre Köpfe wären voll von schlechten Gedanken. Sie hätten nur ein Ziel, ihren Sohn, der als Beamter ein gutes Auskommen hatte, auszunutzen und zu hintergehen. Podelczik hatte ein vollkommen gestörtes Frauenbild, das dazu geführt hat, Frauen zu hassen und schließlich sogar zu töten. Deshalb hat er diesen herzlosen, von bösen Gedanken besessenen, Kreaturen die Herzen rausgerissen und ihnen die Köpfe abgeschnitten.«
Richter Dr. Sören Gnädig nickte zustimmend. »Kompliment, mein Lieber, das nenne ich eine professionelle Verteidi-

gungsstrategie. Hätte ich den Vorsitz in diesem Verfahren, würde ich zumindest darüber nachdenken, den Mann nicht lebenslang hinter Gitter zu bringen, zumal er ja schon fünfundzwanzig Jahre für eine Tat abgesessen hat, die er möglicherweise gar nicht begangen hat.«
Auch Oberstaatsanwalt Ralf Oberdieck schien mit dem soeben Gehörten einverstanden. »Ich werde mich auf unerwarteten Gegenwind von Seiten der Mordkommission einstellen, auch wenn ich darauf setze, dass der Polizeioberrat seine Leute zurückpfeifen wird.«
»Ich drücke ihnen die Daumen, meine Herren, dass sie aus dieser unangenehmen Situation mit einem blauen Auge herauskommen. Und erlauben sie mir zum Abschluss, ihnen noch einen Rat zu geben: Ab jetzt sollten sie nach ihren Sitzungen auf die dritte Halbzeit verzichten. Das wäre sicher auch im Sinne der Integrität ihrer Organisation«, sagte Dr. Klatt, erhob sich und reichte seinen Besuchern die Hand.

Als Hannah zurück im Präsidium war, beschloss sie, den Anruf von Benjamin zunächst nicht zu erwähnen. Sie hoffte, dass Jan ihr von sich aus erzählte, was er am Bahnhof gemacht hatte und was es mit dieser unbekannten Frau auf sich hatte. Vielleicht war ja auch alles ganz harmlos.
»Hallo Hannah, Jan und Oskar haben die beiden Männer gefunden und verhaftet. Jan sitzt gerade mit diesem Vitus im Vernehmungsraum«, sagte Rico, dem sie auf dem Flur zu ihrem Büro begegnet war.
Im Nebenzimmer trafen sie Oskar, der durch die Spiegelglasscheibe die Befragung verfolgte und Hannah und Rico in wenigen Sätzen schilderte, was im Kampfsportcenter vorgefallen war.
»Sie heißen Vitus Stancius und kommen aus Litauen?«, begann Jan das Verhör.
»Ja, aus Wilnius.«

»Sie arbeiten für den Escortservice *Red Rose*?«
»Und zwar vollkommen legal.«
»Natürlich, wir werden das überprüfen. Wir haben ihre beiden Mitarbeiterinnen Natascha Ponamarova und Nadeschda Kurkova tot aufgefunden. Was können Sie mir dazu sagen?«
»Ja, das ist schrecklich. Warum hat dieser arme Irre das getan?«
Jan zuckte mit den Schultern. »Hat er das getan?«
Vitus zog die Augenbrauen hoch. »Ja sicher, sie haben den Kerl doch verhaftet und laut Presse hat er die Taten gestanden, oder?«
»Was haben Sie mit dieser Sache zu tun, Vitus? Haben Sie Skutin verraten, wann und wo er die Frauen entführen und umbringen kann?«
»Hey hey, was soll denn das jetzt? Sind Sie verrückt? Klar, Skutin war unser Geschäft ein Dorn im Auge. Er wollte uns mit aller Macht kaputtmachen. Wir waren extrem erfolgreich, hatten viele solvente Kunden. Aber ich glaube nicht, dass er sich mit uns angelegt hätte. Erstens waren wir im Vergleich zu ihm immer noch viel zu unbedeutend und zweitens hätte er deswegen keinen offenen Konflikt mit Oleg heraufbeschworen.«
»Oleg Ponamorov, dem Bruder ihrer Chefin und dem Anführer der Kosakenfront?«
»Ja, aber Natascha war nicht meine Chefin, wir waren Geschäftspartner.«
»Na ja, jetzt wo sie tot ist, gehört Ihnen der Laden doch allein, oder?«
Vitus nickte. »Nadeschda war ebenfalls Teilhaberin. Aber um Ihnen da gleich den Wind aus den Segeln zu nehmen, die beiden haben extrem erfolgreich gearbeitet. Ihr Stundenhonorar betrug bis zu fünfhundert Euro. *Sie* haben das Geld verdient, nicht ich. Ohne die beiden Mädchen ist das *Red Rose* wertlos.«

»Wann haben Sie die beiden zum letzten Mal gesehen? Sie haben sie doch gefahren, oder?«
»Ja, Natascha habe ich in der Nacht vor ihrem Tod wie immer von einem Kunden abgeholt und nach Hause gebracht. Nadeschda ist nach ihrem Besuch bei diesen alten Knackern mit mir zusammen zurück in die Firma gefahren. Da haben wir noch zusammen einen Kaffee getrunken, dann ist sie etwa gegen sechs Uhr morgens nach Hause gegangen. Sie wohnt nicht weit von unserem Büro entfernt.«
»Und was haben Sie gemacht?«
»Ich habe im Büro eine Schlafcouch. Eine eigene Wohnung kann ich mir noch nicht leisten.«
»Und wann und wie haben Sie vom Tod der beiden Frauen erfahren?«
»Wenn die Frauen nachts durchgearbeitet hatten, haben wir gewöhnlich am Nachmittag des folgenden Tages telefoniert und die weiteren Termine abgesprochen. Es kam schon mal vor, dass ich sie nicht gleich erreicht habe. Vor allem Natascha hatte ihren eigenen Kopf, hat sich manchmal mehrere Tage nicht gemeldet. Wenn sie keine Lust hatte zu arbeiten, ist sie einfach untergetaucht.«
»Also haben Sie sie am nächsten Tag nicht vermisst?«
»Nein, auch nach den beiden nächsten Tagen nicht. Erst als ich von dem Mord an einer jungen Frau gehört hatte, hab ich nach ihr gesucht.«
»Und warum haben Sie danach ihr Verschwinden nicht der Polizei gemeldet?«
»Natascha ist auch einfach mal so eben nach Moskau gefahren, oder wer weiß wohin. Klar, hab ich mir nach dieser Nachricht große Sorgen gemacht, hab versucht, sie anzurufen. Aber wer denkt denn gleich an Mord?«, zuckte Vitus die Achseln.
Jan hatte schon unzählige Verhöre geführt. Er konnte in der Regel an der Körpersprache eines Verdächtigen ablesen, ob

jemand die Wahrheit sagte, oder nicht. Vitus schien tatsächlich nicht zu lügen. Er antwortete flüssig, ohne zu stocken und das, was er sagte, erschien durchaus schlüssig.
»Wann haben Sie von Nadeschdas Tod erfahren?«
»Nadeschda war im Gegensatz zu Natascha äußerst zuverlässig. Sie wollte immer arbeiten und Geld verdienen. Sie hatte sich fest vorgenommen, wieder zurück nach Rostow am Don zu gehen, wenn sie genug verdient hätte, um sich dort ein eigenes Geschäft aufzubauen. Als ich nach zwei Tagen nichts von ihr gehört hatte, habe ich sie bei der Polizei als vermisst gemeldet.«
Jan nickte. »Ist Ihnen in den letzten Tagen vor dem Tod der beiden Frauen aufgefallen, dass sie beobachtet worden, oder dass ihnen jemand gefolgt war?«
»Klar, Skutins Leute haben uns permanent beschattet.«
»Sind Sie sicher, dass das Skutins Männer waren?«
»Natürlich, wer denn sonst?«
»Die Albaner zum Beispiel? Sie haben sich doch gestern Abend mit Ardian Shala getroffen. Arbeiten Sie jetzt neuerdings für ihn?«
»Blödsinn, nein. Ich wollte mich mit Adam treffen. Er wollte mir ein Angebot machen. Als ich in dem Bistro eintraf, saß auch plötzlich dieser Ardian mit am Tisch.«
»Aha, und was gab es dort Schönes zu besprechen? Haben sie die nächsten Morde geplant? Shala bringt die Frauen mit Hilfe der Tschetschenen um, köpft und weidet sie aus, um die Handschrift des Organhändlers Skutin zu kopieren, um Oleg Ponomarov auf den Plan zu rufen, damit er mit Skutin in den Krieg zieht?«
»Häh? Was sind das denn für Märchen? Ich denke, Sie haben den Mörder gefasst? Die Konkurrenz zwischen Skutin und Ponomarov ist groß, keine Frage und Shala tut alles, um sie gegeneinander auszuspielen, um die Rolle des lachenden Dritten einzunehmen, aber sie bringen sich nicht gegenseitig

um. Ein offener Krieg wäre das Letzte, was die wollen. Nein, außerdem sind Prostitution und Drogenhandel nicht die Geschäfte der Albaner. Das machen die Russen unter sich aus. Skutin gehört Leipzig, Ponomarov Dresden und Berlin teilen sie sich. Es gibt keinen Bandenkrieg, Herr Kommissar, verabschieden Sie sich von dieser These.«
Jan war erstaunt, wie viel der Litauer wusste und hakte nach. »Nein? Und was war mit der Schießerei vor Skutins Club?«
»Das hatte nichts mit der Kosakenfront zu tun. Das waren die Tschetschenen, die unbedingt was vom Kuchen abhaben wollen und momentan allen auf den Senkel gehen. Einer von denen ist dabei erschossen worden und ein anderer liegt im Krankenhaus. Adam ist der Einzige, der noch übrig ist und der versucht's jetzt nicht mehr mit Gewalt, sondern mit Diplomatie.«
»Und was wollte der dann von Ihnen?«
»Er hat mir vorgeschlagen, zusammen mit Ardian Shala in meine Firma einzusteigen. Adam besorgt die Frauen aus Rumänien und Bulgarien, Ardian schützt uns vor den Russen und ich führe weiterhin das operative Geschäft.«
»Und was halten Sie davon?«
»Na ja, allein kann ich nicht weitermachen. Ich hab denen gesagt, dass ich's mir überlege. Außerdem hat mich Oleg angerufen und mich zu einer geschäftlichen Besprechung nach Moskau eingeladen.«
»Wollen Sie dahinfahren? Haben Sie keine Angst, dass er Sie für den Tod seiner Schwester verantwortlich macht?«
»Warum sollte er? Er weiß doch mittlerweile auch, dass dieser Wahnsinnige die Mädchen umgebracht hat.«
Jab schüttelte den Kopf. »Nein, der war's nicht.«
»Wie bitte? Das ging doch schon durch sämtliche Medien. Der Typ soll sogar ein Geständnis abgelegt haben, das hat doch der Staatsanwalt im Fernsehen gesagt, oder?«

»Der oder die Mörder laufen noch frei herum und sie werden weiter morden. Passen Sie auf, dass Sie nicht der Nächste sind. Ich würde Ihnen raten, einfach mal ein paar Tage kürzer zu treten. Könnte nämlich sein, dass Ihre neuen Geschäftspartner bereits hinter ihrem Rücken die Messer wetzen«, warnte Jan den Litauer.
Vitus Stancius wurde unmittelbar nach der Vernehmung wieder auf freien Fuß gesetzt. Gegen den Litauer lagen keine Beweise vor, dass er an den Morden mitgewirkt haben könnte, in welcher Form auch immer.
Danach ging Jan hinunter in den Zellentrakt. Er wollte den Tschetschenen allein und ohne Zeugen in der Enge seiner Zelle vernehmen. Während gegen Vitus von Vornherein nur ein schwacher Verdacht bestand, galt Adam als derjenige, der entweder allein oder zusammen mit seinen Freunden, die beiden Frauen im Auftrag umgebracht haben könnte. Der Auftraggeber, so vermutete Jan, hieß mit ziemlicher Sicherheit Ardian Shala.
»Könnte da unten etwas härter zur Sache gehen, Oskar. Das ist nichts für zarte Gemüter«, warnte Rico Steding.
»Ist das nicht viel zu gefährlich? Dieser Adam ist ein aggressiver Typ. Was ist, wenn der da unten ausflippt?«
Rico grinste. »Könnte passieren.«
»Wir müssen die Aktion an den Überwachungskameras verfolgen«, meinte Oskar.
»Sind leider defekt«, zuckte Rico mit den Schultern.
»Und wer greift ein, wenn die Lage eskaliert?«, wollte Oskar wissen.
»Jan«, sagte Rico.
»Ja, aber...«
»Nichts aber, Oskar. Komm mit, wir trinken im Büro einen Kaffee und warten, bis Jan da unten fertig ist.«
»Das geht doch nicht, das ist...«

»...alles in Ordnung.« Rico fasste Oskar am Arm und nahm ihn mit.
»Nehmen Sie dem Mann die Handschellen ab und warten Sie draußen«, wies Jan den Beamten an. »Ich klopfe an der Tür, wenn ich Sie brauche.«
»Das ist gegen die Vorschrift, Herr Hauptkommissar«, antwortete der Hauptwachtmeister.
»Nur, wenn Sie petzen gehen, Kollege.«
»Hm, und was ist, wenn...«
»Bleiben Sie vor der Tür. Ich mache mich bemerkbar, wenn ich Verstärkung brauche, okay?«
Widerwillig verließ der Polizist die Zelle und schloss die Tür.
»Wie ist Ihr vollständiger Name?«, begann Jan die Vernehmung.
»Adam Umaev aus Grosny«, antwortete der Mann.
»Sie sprechen sehr gut Deutsch. Wo haben Sie das gelernt?«, wollte Jan wissen.
»Ich war Ende der Achtziger als Soldat drei Jahre in der DDR stationiert.«
»Wie alt sind Sie?«
»Neunundvierzig.«
»Aus welchem Grund sind Sie nach Leipzig gekommen?«
»Ein bisschen Urlaub machen. Ist eine sehr schöne Stadt«, antwortete Adam.
»Natürlich, was auch sonst? Wie sind Sie nach Deutschland eingereist?«, fragte Jan.
»Mit dem Auto.«
»Und von wo sind Sie gekommen?«
»Moskau. Ich arbeite dort.«
»Zusammen mit Ruslan und Kerim nehme ich an?«
Adam zuckte die Achseln. »Kenne ich nicht.«
»Nein? Das ist aber merkwürdig. Sie waren doch mit den beiden in Eddy's Gym, als ich Ruslan 'ne Tracht Prügel verabreicht habe. Also erzählen Sie keinen Mist.«

Adams Miene verdunkelte sich. Offenbar hatte er Jan nicht sofort wiedererkannt.
»Ruslan wird dich töten, Bulle«, giftete er.
»Der soll sich bei mir melden, wenn seine Reha zu Ende ist. Jetzt geht es um Sie. Also, was wollen Sie hier? Wer hat Sie geschickt?«
»Niemand.«
»Ich weiß, dass sie alle drei für Oleg Ponomarov arbeiten. Sie sind Mitglieder der Kosakenfront, die den Auftrag haben, Ivan Skutin aus dem Weg zu räumen. Der Versuch ist leider kläglich gescheitert. Ihr Kollege Kerim ist dabei erschossen worden.«
»Wir arbeiten für niemanden. Die Zeiten sind vorbei. Wir sind jetzt unsere eigenen Herren.«
Jan nickte. »Weiß Oleg, dass sie in Leipzig sind?«
»Oleg interessiert uns nicht. Ruslan war früher sein bester Mann. Er hat die Drecksarbeit für ihn erledigt und Oleg hat ihm dafür einen Hungerlohn gezahlt. Die Zeit ist vorbei. Jetzt machen wir unsere eigenen Geschäfte.«
»Aha, und welcher Art sind diese Geschäfte?«, fragte Jan.
»Wir machen das, was wir gelernt haben«, grinste Adam.
»Dachte ich mir«, sagte Jan. »Ihr schlitzt wehrlose Frauen auf, weidet sie aus und schneidet ihnen die Köpfe ab. Genauso wie ihr das im Krieg gegen die Russen unzählige Male getan habt. Ihr sollt ja wahre Experten im Umgang mit dem Messer sein, wie man so hört.«
Adam sprang auf und schrie Jan an. »Halt dein Maul, oder ich schneide dir die Kehle durch, du Hund.«
»Setz dich«, blieb Jan ruhig aber bestimmt.
Adams Augen funkelten, sein Körper war zum Zerreißen angespannt, als er sich bedrohlich nah vor Jan aufgebaut hatte.
»Ich habe gesagt, setz dich«, befahl Jan mit fester Stimme.
Widerwillig leistete Adam der Aufforderung Folge.

»Also, Adam, habt ihr Natascha Ponomarova und ihre Freundin umgebracht, um euch an Oleg zu rächen, dafür dass er euch schlecht behandelt hat, oder habt ihr den Auftrag von Ardian Shala erhalten?«
»Fick dich, Bulle. Du bist so gut wie tot«, schrie Adam.
»Du hast die Wahl, Adam«, sagte Jan und stand auf.
»Was? Wobei?«, wollte Adam wissen.
»Soll ich dir zuerst den linken oder den rechten Arm brechen?«
Das war zu viel für den Tschetschenen. Er sprang auf und stürzte sich auf Jan. Adam war ein großer, schwerer Mann, ein kräftiger Bursche von mehr als hundert Kilo. Jan wich mit einem schnellen Schritt zur Seite aus. Adam fing sich an der Zellenwand ab und drehte sich um. Die beiden standen sich gegenüber und belauerten sich. Der Tschetschene war in seinem Element. Er war ein erfahrener Kämpfer. Was sollte so ein Großstadtpolizist gegen ihn schon ausrichten können? Er grinste Jan siegessicher an.
»Du hast nicht auf meine Frage geantwortet. Zuerst rechts oder links?«, provozierte Jan.
Diesmal holte Adam nicht zum Schlag aus. Er hatte gelernt. Heute Mittag im Kampfsportcenter war das ein Fehler, den er nicht wiederholen würde. Ansatzlos feuerte er eine rechte Gerade auf Jans Kopf ab. Jan wich mit dem Oberkörper zurück und pendelte den Schlag aus, der ihn nur leicht am Kinn traf. Adam machte einen Schritt nach vorn und ließ einen linken Haken folgen, den Jan mit dem Ellenbogen abblockte.
»Ist das alles, oder brauchst du ein Messer?«, brachte Jan seinen Gegner fast zur Weißglut.
»Halt's Maul«, schrie Adam und startete einen erneuten Angriff mit den Fäusten, doch Jan wich seinen wilden Attacken geschickt aus.
Dann packte er blitzschnell den Schlagarm des Tschetschenen, riss den Mann herum und drückte ihn zu Boden, ohne

den Arm loszulassen. Adam schrie mehr vor Wut als vor Schmerzen. Jan zog ein paar Plastikfesseln aus seiner Tasche, band die Handgelenke des Tschetschenen zusammen und drückte ihn zurück auf den Stuhl.
»So, du hattest deine Auftritt, Adam, jetzt bin ich dran. Also wer hat euch beauftragt, die Frauen zu ermorden?«, raunzte ihn Jan an.
Adam zog die Nase hoch und spuckte demonstrativ vor Jans Füße.
Jan zog langsam eine Plastiktüte und ein Einweckgummi aus seiner Hosentasche und legte beides auf den Tisch. Irritiert sah Adam zu ihm auf.
»Antworte, solange du noch kannst«, warnte ihn Jan.
»Geh zum Teufel, Bulle«, brüllte Adam wütend.
Jan packte Adam, zog ihm die Plastiktüte über den Kopf und stülpte das Einweckgummi darüber. Als der versuchte, aufzustehen und sich zu befreien, verpasste ihm Jan einen kurzen Haken in die Nieren.
Adam stöhnte vor Schmerzen. Der Atem wurde kürzer und schneller. Jan zog das Einweckgummi noch enger um seinen Hals. Sein eiserner Griff um Adams Hals schnürte ihm zusätzlich die Luft ab.
Der Tschetschene wand sich wie ein Aal und versuchte sich aus der Umklammerung zu lösen. Vergeblich. Nach knapp zwei Minuten verlor er das Bewusstsein und sackte zusammen. Jan entfernte die Plastiktüte und holte Adam mit zwei kräftigen Backpfeifen zurück ins Leben.
»So, Freundchen, das ist deine letzte Chance. Wer hat euch beauftragt?«
»Du bluffst Bulle. Du wirst mich nicht töten. Nicht in einem deutschen Gefängnis«, röchelte Adam.
»Nein, natürlich nicht. Du bist an einem Herzanfall verstorben. Die Aufregung, tja, so was kann passieren, leider.«

Jan nahm die Plastiktüte auf, griff nach dem Einweckgummi und stülpte beides erneut über Adams Kopf. Dann drückte er dem Tschetschenen den Unterarm gegen die Halsschlagader. Adam geriet in Panik, röchelte und versuchte, Jans Arm abzuwehren. Doch sein Widerstand war zwecklos.
»Der Staats..., der Staatsanwalt«, stammelte der Tschetschene mit letzter Kraft.
Jan hielt kurz inne. »Der Staatsanwalt hat euch beauftragt? Du meinst Oberstaatsanwalt Oberdieck?«
Adam nickte mehrmals, während er nach Luft rang.
»Gut, du wirst diese Aussage schriftlich machen und unterschreiben, verstanden?«
»Ja ja, verdammt«, krächzte Adam, als Jan ihm die Plastiktüte vom Kopf zog.
»Los, schreib, meine Geduld mit dir ist am Ende, Freundchen. Und beeil dich«, forderte Jan, während er demonstrativ mit der Plastiktüte knisterte.

Irina war unruhig. Ihr fehlten noch dreihundert Euro und viel Zeit blieb ihr nicht mehr. Es war bereits Viertel nach drei Uhr morgens und es waren kaum noch Freier unterwegs. Vor allem nicht in einer solch kalten Februarnacht. Sie hoffte, dass wenigsten noch einer an die Tür des Wohnmobils klopfte und sich dann das volle Programm gönnen würde. Im Sommer war es einfacher, da konnte sie sich in den Straßen rund um den Hauptbahnhof bewegen und nach Kundschaft Ausschau halten, aber heute Nacht würde sie wahrscheinlich erfrieren, wenn sie sich aus ihrem warmen Auto nach draußen begeben würde. Für die Nacht von Samstag auf Sonntag lag ihr Mindestumsatz bei tausend Euro. Würde sie den nicht erreichen, bekäme sie nicht, wie üblich, fünfundzwanzig, sondern lediglich zehn Prozent ihrer Einnahmen. Aber viel schlimmer wäre, dass sie sich wahrscheinlich ein paar Ohrfeigen einfangen würde, wenn Ivan um acht zum Abkassie-

ren auftauchte. Am Wochenende kümmerte sich der Chef selbst um seine Mädchen. Ein Umstand, der im Moment für Irina beunruhigend war, ihr sogar Angst machte. Ivan Skutin war Choleriker, ein unberechenbarer Schläger, die Mädchen wussten nie, wie er reagierte. Aber wenn die Kasse nicht stimmte, zeigte er sich selten nachgiebig. Wenn sie Glück hatten, blieb es bei einer Ohrfeige, wenn nicht, schlug er schon mal mit der Faust zu, oder schlimmer noch, würgte und vergewaltigte er sie.
Irina kannte Ivan gut. Sie hatte panische Angst vor ihm. Deshalb wollte sie solange im Wagen warten, bis endlich noch ein Freier vorbeikam. Dann würde sie ihm die dreihundert Euro aus dem Hirn vögeln, dass hatte sie sich fest vorgenommen. Und wenn in der nächsten Stunde nichts passierte, würde sie sich die dicke Jacke anziehen und raus auf die Straße gehen. Besser frieren als vermöbelt werden.
Außerdem waren zweihundertfünfzig Euro weitaus verlockender als siebzig. Die Mädchen lebten zu zweit oder zu dritt in kleinen Wohnungen, die Ivan für sie angemietet hatte. Es war ihnen jedoch streng untersagt, Freier mit nach Hause zu nehmen. Entweder stiegen sie zu den Kunden ins Auto oder nahmen sie mit ins Wohnmobil, wenn sich dort gerade keine anderen Mädchen aufhielten.
Um kurz vor vier zog Irina ihre dicke Jacke an, ging hinaus auf die Straße und hielt Ausschau nach sexhungrigen Männern, die noch eine schnelle Nummer suchten, bevor sie brav nach Haus zu ihren Frauen gingen. Irina war ein junges, hübsches Mädchen, gerade mal zwanzig Jahre alt. Sie war groß, schlank, hatte einen knackigen, runden Hintern und große, feste Brüste. Für den Straßenstrich war sie eigentlich viel zu hübsch, aber Ivan meinte, sie solle sich erst mal beweisen, dann würde er ihr vielleicht einen Job in einer seiner Pole Dance Bars geben.

Irina war dunkelhaarig, trug bei der Arbeit aber eine blonde Perücke. Erstens liebten deutsche Männer Blondinen und zweitens wollte sie ja nicht gleich überall erkannt werden, wenn sie privat in der Stadt unterwegs war. Ach, bist du nicht die Kleine, die mir gestern Abend einen geblasen hat, hatte sie mal ein Typ beim Einkaufen angequatscht, als sie noch ohne Perücke arbeitete. Darauf hatte sie nun wahrlich keinen Bock.

Als sich eine halbe Stunde später immer noch nichts ergeben hatte, war Irina dermaßen durchgefroren, dass sie aufgeben wollte. Dann würde sie Ivan eben erklären, dass es heute Nacht viel zu kalt war und die Freier eben ihr Glück nicht auf der Straße suchten, sondern irgendwo in der Behaglichkeit eines Nachtclubs. Sie hoffte, dass die anderen Mädchen auch nicht mehr eingenommen hatten.

Als Irina auf dem Rückweg zum Wohnmobil war, fiel ihr der Wagen auf, der bereits vor einer halben Stunde dort gestanden hatte. Sie konnte erkennen, dass jemand auf der Fahrerseite saß, das Seitenfenster ein Stück heruntergelassen, aus dem Schwaden von Zigarettenrauch in die eisige Nachtluft zogen. Sie überlegte kurz, ihre Jacke zu öffnen und den Kerl zu animieren, ihr in die wohlige Wärme des Wohnmobils zu folgen, als der Mann plötzlich kurz zweimal hintereinander seine Lichthupe betätigte.

Einen Versuch ist es wert, dachte Irina und ging zu dem Auto hinüber. Wenn der Kerl allerdings nur für fünfzig Euro einen runtergeholt haben wollte, würde sie ablehnen und für heute Feierabend machen. Das Auto war ein großer Mercedes, sicher schweineteuer, dachte Irina, der Typ musste Geld haben. Sie würde versuchen, ihm das volle Programm schmackhaft zu machen. Mit der Hand anwichsen, vorsichtig anblasen und dann ohne Kondom ficken, wenn er wollte auch einen Abstecher in den Hintereingang zulassen. Dafür

würde sie eben die noch fehlenden dreihundert Euro verlangen.
Als sie durch das Fenster in den Wagen sah, wich sie überrascht einen Schritt zurück. »Ach was, unser kleines Richterlein. Was willst du denn hier draußen? Hab dich hier noch nie gesehen. Sollen wir nicht lieber zu dir nach Hause fahren? Hab bis um halb acht Zeit.«
»Nein, steig ein«, forderte der Mann.
Irina ließ sich nicht zweimal bitten. Sie hatte den Richter bereits mehrmals getroffen. Meist nahm er sie mit nach Haus. Er bewohnte eine Villa irgendwo draußen in Leutzsch. Der Richter war ein älterer, geiler Bock, aber ein durchaus gutaussehender Mann, der für sein Alter über ein beträchtliches Stehvermögen verfügte. Irina musste hart arbeiten, um den gutbestückten Richter vollends zufriedenzustellen. Sie vermutete, dass er mit den kleinen blauen Pillen etwas nachhalf, weil seine Erektion nicht nachließ, nachdem er gekommen war. Sie war jedes Mal fix und alle, wenn der Richter mit ihr fertig war. Sie musste sich sogar eingestehen, dass auch sie durchaus ihren Spaß hatte, wenn der Richter sie in den unmöglichsten Stellungen durchfickte. Irgendwie war sie sogar ein bisschen verliebt in diesen taffen, alten Kerl.
Doch diesmal ging es gleich an Ort und Stelle zur Sache. Das Vorspiel fiel aus, weil der Richter bereits einen mächtigen Ständer in der Hose hatte. Er hatte seine Potenzpille wahrscheinlich schon vor einer halben Stunde eingeworfen und musste deshalb sofort zur Sache kommen. Irina zog ihre Hose aus, schob ihren Slip zur Seite und bestieg den Richter auf seinem Fahrersitz. Dann ging es wie immer heftig zur Sache. Es dauerte fast eine halbe Stunde, bis der Richter genug hatte. Zwischenzeitlich war er dreimal in ihr gekommen, bevor er sie absteigen ließ.

»Donnerwetter, Richterlein, bist wie immer in Hochform, wie? Das nächste Mal bring ich noch 'ne Kollegin mit, du vögelst mich ja ganz wund«, jammerte Irina.
»Untersteh dich, Mädchen, ich will nur dich«, sagte der Richter und steckte ihr zwei fünfhundert Euro-Scheine zu.
»Eigentlich könntest du mich auch heiraten, dann hättest du alles frei Haus, Richterlein, exklusiv sozusagen. Na, was meinst du?«, grinste Irina.
»Dann wäre das zunehmend ein Fick ohne Kick, Mädchen. Das hatte ich schon, danke. Ich melde mich, auf bald, Kleine«, sagte der Richter.
Irina stieg aus und lief über die Straße. Der Abend war gerettet. Wie immer hatte ihr der Richter zwei große Scheine zugesteckt. Einer war für die Abrechnung, der andere ihr Trinkgeld. Jetzt konnten alle zufrieden sein. Ivan bekam neunhundert Euro und sie hatte in einer Nacht satte achthundert Mäuse kassiert.
Als Irina um das Wohnmobil herum zum Eingang gehen wollte, packte sie plötzlich ein Arm von hinten und zog sie rücklings zu Boden. Sie wollte schreien, aber dann bemerkte sie den spitzen Gegenstand an ihrem Hals.
»Halt's Maul, Hure. Los steh auf«, befahl der Kerl.
„Hey, was willst du von mir? Wenn du 'ne knallharte Nummer brauchst, können wir das auch im Wagen machen. Kannst auch dein Spielzeug benutzen, wenn's dir Spaß macht. Kostet dreihundert.«
Der Mann zog sie hoch, drehte sie um und schob sie vor sich her die Straße hinunter. Mit einer Hand umfasste er ihre Hüfte, mit der anderen hielt er ihr ein Messer an den Hals.
»Ein Ton und ich stech dich direkt hier ab, verstanden?«
»Ich kann dir Geld geben, wenn du das willst. Ich hab tausend Euro in der Tasche«, versuchte Irina den Mann zu beschwichtigen.
»Schnauze, ich will dein dreckiges Nuttengeld nicht.«

»Verdammt, was willst du dann, du armer Irrer? Ivan wird jeden Moment hier sein. Lass mich los, du Idiot«, schrie Irina.
»Sei still! Ich hab dir gesagt, du sollst nicht schreien«, raunzte der Kerl sie an und ritzte ihr eine tiefe Schramme in den Hals. Das warme Blut lief an ihr herunter und tropfte zu Boden.
Irina geriet in Panik. Wollte der Typ sie etwa umbringen? Sie hatte von den beiden toten Frauen gehört, die in den letzten beiden Wochen in Leipzig bestialisch abgeschlachtet und zugerichtet worden waren. Aber hatte sie nicht auch irgendwo gelesen, dass der Täter längst gefasst worden war?
»Los, rein da«, forderte sie der Mann auf, nachdem er die Hintertür eines parkenden Autos geöffnet hatte, das am Ende der Straße am Gehsteig stand. Als Irina gerade einsteigen wollte, traf sie ein harter Gegenstand am Hinterkopf. Sie verlor augenblicklich das Bewusstsein.

Hannah verbrachte das Wochenende bei ihren Eltern In Markranstädt. Sie hatte Jan erzählt, ihre Schwester käme mit ihrer Familie zu Besuch und sie wollten zusammen den Geburtstag ihrer Mutter nachfeiern. Jan wunderte sich zwar, dass sie ihn nicht gefragt hatte, ob er mitkommen wollte, war aber dann ganz froh darüber, ein paar Stunden Zeit zu haben, um in Ruhe nachzudenken. Er fuhr trotz des nasskalten Wetters bereits in der Frühe heraus nach Abtnaundorf, um nach langer Zeit endlich mal wieder Laufen zu gehen. Die frische Luft würde ihm gut tun, ihm vielleicht helfen, wieder auf den Boden der Tatsachen zurückzukommen. Er musste endlich seinen Verstand einschalten. Er war schließlich kein Teenager mehr, der sich alle paar Wochen neu verliebte. Wenn er nur einen Schalter finden würde, um dieses verdammte Kribbeln im Bauch auszuschalten, wenn er an Esther dachte. Hannah würde das bemerken, wenn sie es nicht schon längst getan hätte. Sie verhielt sich seit gestern merkwürdig zurückhaltend, als wartete sie auf eine Erklärung. Er war ihr gegenüber in den letzten zwei Wochen ziemlich schroff gewesen und auch im Bett war nichts mehr gelaufen. Anfangs dachte er, dass die angespannte berufliche Situation für beide dermaßen belastend war, dass sie im Moment keine Lust aufeinander hatten. Aber Jan wusste es mittlerweile besser. Es gab in den letzten Tagen kaum eine Minute, in der er nicht an Esther gedacht hatte. Verdammt, konnte es tatsächlich sein, dass er sich erneut in sie verliebt hatte? Nein, er durfte diesen Gedanken einfach nicht zulassen. Betrug fing im Kopf an und er wollte Hannah nicht betrügen, das hatte sie schlichtweg nicht verdient. Sie war eine wunderbare Frau, eine tolle Kollegin und dazu eine erstklassige Polizistin, mit der die Zusammenarbeit auch in den schwierigsten Situationen einwandfrei funktionierte.

Als die beiden am Montagmorgen zusammen zur Dienstbesprechung fuhren, herrschte zunächst Funkstille im Wagen. Jan hatte die Musik laut aufgedreht, Hannah beschäftigte sich mit ihrem Handy. Sie war erst spät am Abend von ihrer Familienfeier zurückgekehrt, als Jan, todmüde vom Training, längst schlief.

Die Dienstbesprechung war für neun Uhr angesetzt. Wenn sie den Prozess gegen Bruno Podelczik noch verhindern wollten, mussten sie sich beeilen. Die Verhandlung war für Mittwochvormittag im Langgericht Leipzig anberaumt. Plötzlich klingelte Hannahs Handy. Oskar rief an. »Mannomann, wo seid ihr denn? Ich versuche euch seit gestern im Stundentakt zu erreichen.«

»Was gibt's Oskar?«, war Hannah kurz angebunden.

»Krause hatte von Samstag auf Sonntag Nachschicht. Er hat in den frühen Morgenstunden in der Weinert-Straße die Mercedes S-Klasse von Richter Gnädig gesehen. Der hat in seiner Nobelkarosse 'ne Nutte gebumst.«

»Ist erstens nichts Neues und zweitens nicht verboten, auch nicht, wenn man Richter ist.«
»Ja, aber...«
»Nichts aber, Oskar. Wir sehen uns gleich«, legte Hannah auf.
»Was wollte er?«, fragte Jan.
»Nichts Wichtiges«, blockte Hannah ab und sah geistesabwesend aus dem Seitenfenster.
Blitzartig wurde Jan klar, dass Hannah zumindest ahnte, dass irgendetwas nicht in Ordnung war. Frauen besaßen einen siebten Sinn, was die Körpersprache ihrer Partner anbetraf. Er hatte das Gefühl, als könnte sie in ihm lesen, wie in einem offenen Buch. Er fühlte sich ertappt. Sein schlechtes Gewissen hatte ganze Arbeit geleistet.
»Glaubst du, Podelczik ist übers Wochenende zur Einsicht gelangt?«, versuchte er abzulenken.
»Keine Ahnung«, antwortete Hannah teilnahmslos und sah weiter aus dem Fenster.
»Hm, auf jeden Fall werden wir den Prozess nicht verhindern können, wenn er sein Geständnis nicht widerruft«, blieb Jan beim Thema.
»Nein«, sagte Hannah.
»Bin gespannt, ob die Observationen von Adam und Vitus neue Erkenntnisse gebracht haben? Zumindest haben wir Adams schriftliche Aussage, dass Oberdieck ihn beauftragt hat, herauszufinden, ob Natascha Ponomarova tatsächlich belastendes Fotomaterial gegen ihn in ihren Händen hielt. Und von Vitus wissen wir, dass die Albaner vorhaben, in Sachen Prostitution zukünftig ein Wörtchen mitzureden. Dabei hat mir Krenor hoch und heilig versichert, dass er daran kein Interesse hat. Vielleicht versucht Ardian Shala in Leipzig einen Alleingang zu machen? Ich werde Krenor nachher mal anrufen.«
»Tu das«, blieb Hannah einsilbig.

Die Mordkommission war vollzählig zur Dienstbesprechung in Rico Stedings Büro versammelt. Neben Rico, Hannah, Jan und Oskar, waren auch Krause und Jungmann von der Sitte anwesend. Josie war ausnahmsweise mal pünktlich und auch Waffel war bereits eingetroffen und hielt einen großen Kaffeepott in seinen mächtigen Pranken.
»Tja, es fällt mir zwar an diesem frühen Montagmorgen schwer, aber ich muss eingestehen, dass wir bei der Obduktion tatsächlich etwas übersehen haben. Meine beiden fleißigen und kompetenten Assistenten haben an den Schnitträndern im Halsbereich beider Opfer Metallspäne gefunden. Die Teile sind so winzig, dass es selbst unter dem Mikroskop schwierig war, sie zuzuordnen. Unter Hinzuziehung der neuesten Technik ist es schließlich gelungen, das Material zu identifizieren. Es handelt sich um Stahlspäne. Genauer gesagt, um ein komplexes Gemisch diverser chemischer Elemente, wie zum Beispiel Roheisen.«
»Also hat der Täter den Opfern mit einer Metallsäge, die sogar Stahl durchtrennen kann, die Köpfe abgeschnitten?«, war Rico entsetzt.
Josie nickte. »Ja, klingt unglaublich, aber es gibt kaum Zweifel.«
»Stahl wird nicht zersägt, sondern mit Schneidbrennern getrennt, soviel ich weiß«, sagte Jan.
»Nicht unbedingt«, meldete sich Oskar. »Man benutzt dafür auch Benzintrennschleifer mit diamantbeschichteten Trennscheiben. Die haben normalerweise einen Durchmesser von fünfunddreißig Zentimetern. Damit schneidest du in Sekundenschnelle einen Kopf ab, ohne das Gerät abzusetzen. Um Stahl zu trennen, braucht man allerdings eine Halterung, die die Maschine führt.«
»Woher weißt du denn das jetzt wieder?«, wunderte sich Rico.

Oskar zuckte mit den Schultern. »Hab mal bei Youtube recherchiert, welche Art von Sägen es so gibt und dabei bin ich unter anderem auch auf diesen Benzintrennschleifer gestoßen.«
»Und was haben die damit geschnitten?«, fragte Jan.
»Legierten Schienenstahl«, antwortete Oskar.
»Wie bitte?«, konnte Waffel nicht glauben, was er da gehört hatte. »Warum benutzt einer eine derart kräftige Säge, um einen Kopf abzutrennen? Das hätte der Kerl wahrlich einfacher haben können. Vielleicht hatte Poldelczik einen Mittäter, der zu einer solchen Maschine Zugang hat?«
»Podelczik ist nicht unser Mann, Horst, da sind wir uns mittlerweile sicher. Wir wissen, dass...«, wollte Rico gerade erklären, als Waffel ihm das Wort abschnitt.
»...der Täter gefasst ist, ein umfassendes Geständnis abgelegt hat und Mittwoch vor Gericht stehen wird«, erklärte der Polizeioberrat. »Und wir werden jetzt zunächst abwarten, was das Gericht entscheidet, bevor wir unsere Ermittlungen fortsetzen. Sollte Podelczik freigesprochen werden, was ich komplett ausschließe, müssen wir die Lage neu bewerten. Solange, meine Damen und Herren, halten sie bitte die Füße still. Habe ich mich deutlich genug ausgedrückt?«
»Aber Podelczik hat behauptet, er hätte den Opfern mit einem Samuraischwert die Köpfe abgeschlagen und wir wissen inzwischen, dass das nicht stimmt. Im Grunde ist eigentlich alles widerlegt, was der Mann behauptet. Verdammt, Horst, der war es nicht«, regte sich Rico auf.
»Was zum Teufel nochmal hast du an meinem Befehl nicht verstanden, Rico? Schluss jetzt. Wir warten ab, was das Gericht entscheidet und setzen uns danach wieder zusammen. Ist das klar?«
Jan wusste genau, woher der Wind wehte. Waffel stand unter enormen Druck. Wahrscheinlich hatten der Richter und der Oberstaatsanwalt ihm dringend geraten, seine Leute im

Zaum zu halten. Es war bereits durchgesickert, dass nur Rico Steding als Leitender Ermittler der Mordkommission vor Gericht aussagen sollte. Jan schätzte Rico, aber er bezweifelte, dass der ehemalige DDR-Polizist und Stasi-Mitarbeiter seine Karriere aus Spiel setzen würde, um jemanden zu retten, der gar nicht gerettet werden wollte. Außerdem würde er sich komplett gegen Richter, Staatsanwaltschaft und sogar gegen seinen Freund und Vorgesetzten Polizeioberrat Horst Wawrzyniak stellen. Nein, damit war nicht zu rechnen und Jan würde Rico wahrscheinlich nicht mal einen Vorwurf machen. Manchmal gibt es im Leben Dinge, die einfach ihren Lauf nehmen und man kann rein gar nichts dagegen tun, wusste Jan und musste sofort wieder an Esther denken.

Als sie aufwachte, war alles um sie herum dunkel. Irina brauchte einen Moment, um sich orientieren. Was war passiert und wo war sie? Langsam setzte ihr Erinnerungsvermögen wieder ein. Sie hatte einen Schlag auf den Hinterkopf bekommen und war bewusstlos zusammengebrochen. Irgend so ein Irrer hatte ihr in der Nacht vor ihrem Wohnmobil aufgelauert, sie ausgeknockt und auf den Rücksitz seines Autos verfrachtet. Wahrscheinlich hatte der Typ sie vorher beim Sex mit dem Richter beobachtet, sich daran aufgegeilt und sie auf dem Rückweg verfolgt, niedergeschlagen und entführt. War das etwa dieser Frauenmörder, der in den letzten beiden Wochen bereits zwei ihrer Kolleginnen getötet hatte? Irina lief ein kalter Schauer den Rücken herunter. Sie lag auf einer harten Pritsche, Füße und Hände gefesselt. Sie trug eine Augenbinde und in ihrem Mund steckte ein dicker Knebel, der ihr das Atmen erschwerte. Durch die Nase bekam sie schon seit ihrer Kindheit wegen einer ausgeprägten, wahrscheinlich von ihrer Mutter vererbten, Nasenscheidewandverdickung kaum Luft. Sie hatte sich im Laufe der Jahre daran gewöhnt, vermehrt durch den Mund zu atmen,

nicht zuletzt, weil sie Angst vor einer Operation hatte. Sie hatte von Freunden gehört, dass dieser Eingriff sehr unangenehm wäre, vor allem das Entfernen der Tamponade aus der blutverkrusteten Nase nach etwa achtundvierzig Stunden wäre äußerst schmerzhaft und würde oft die Wunde wieder aufreißen. Außerdem wäre nicht gewährleistet, dass eine operative Begradigung der Nasenscheidewand die Probleme in Gänze beheben würden. Zudem wollte sie solch einen Eingriff nicht unbedingt in Rumänien machen lassen, sondern, wenn es schon nötig wäre, in einem deutschen Krankenhaus. Allerdings fehlte ihr da zurzeit noch die Krankenversicherung. Ivan hatte den Mädchen schon seit Langem versprochen, sie in einem ordentlichen Arbeitsverhältnis zu beschäftigen, allein das Umsetzen in die Tat ließ immer noch auf sich warten.
Irina hielt kurz den Atem an, bewegte sich nicht, um aufmerksam zu lauschen, ob nicht irgendwelche identifizierbaren Geräusche zu ihr durchdrangen. Dann glaubte sie, ein metallisches Klacken zu vernehmen, so, als würde jemand mit einem Hammer auf einen Amboss schlagen, weit entfernt, aber trotzdem recht deutlich zu hören. War vielleicht irgendwo in der Nähe eine Schmiede? Gab es eigentlich noch Schmiede, oder war dieses Handwerk längst ausgestorben? Sie wusste es nicht.
Was wollte dieser Kerl von ihr? Was das irgendein Perverser, der sie missbrauchen und vergewaltigen wollte? Oder war dieser abartige Frauenmörder womöglich doch noch auf freiem Fuß und sie würde sein nächstes Opfer werden? Ivan hatte seinen Mädchen schon Mitte der Woche Entwarnung gegeben. Er hatte gesagt, dass die Polizei dieses dreckige Schwein gefasst hätte und wir jetzt wieder auf der Straße arbeiten könnten. Außerdem hatte er Schogetten Siggi, der zum Schutz der Mädchen mit seinen Leuten rund um die Uhr im Bereich des Hauptbahnhofes patrouillierte, wieder abge-

zogen. Der ehemalige Stasi-Offizier hatte in der Vergangenheit im Auftrag der Staatssicherheit gnadenlos und unerbittlich Regimekritiker gejagt und zur Strecke gebracht. Major Siegfried Jähnicke hatte dafür gesorgt, dass in Bautzen keine Zelle unbesetzt blieb. Sofort nach der Wende war er nach Moskau geflohen und hatte dort viele Jahre bei den berühmt berüchtigten Nachtwölfen gedient. Die Rockerbande stand Wladimir Putin nahe und galt als eine seiner stärksten Waffe bei innenpolitischen Auseinandersetzungen. Nicht selten waren die Nachtwölfe für das spurlose Verschwinden von Systemkritikern verantwortlich, wenn man der unabhängigen russischen Presse Glauben schenken konnte. Schogetten Siggi sprach perfekt russisch und hatte sich irgendwann der Organisation von Ivan Skutin angeschlossen, der ihn später nach Leipzig geholt hatte, um hier die Drecksarbeit für ihn zu erledigen. Seinen Spitznamen erhielt Siggi, weil er pausenlos Süßigkeiten in sich hineinstopfte, am liebsten feine Vollmilchschokolade. Allerdings sah man das merkwürdigerweise seiner Figur überhaupt nicht an. Schogetten Siggi war ein großer, kräftiger Bursche, der jede freie Minute im Fitnesscenter Gewichte stemmte und das, obwohl er schon fast Mitte sechzig war. Was hätte sie jetzt dafür gegeben, wenn sich gleich die Tür öffnen würde und anstatt dieses widerlichen Perversen Schogetten Siggi hereinkäme, um sie zu retten? Aber darauf konnte sie wohl kaum hoffen. Womöglich vermisste sie im Moment noch nicht mal jemand. Gewöhnlich schlief sie nach dem Nachtdienst bis Mittags und wurde erst am Abend wieder von Ivans Fahrer abgeholt.

Irina zermarterte sich den Kopf, welche Optionen sie hatte, um aus dieser aussichtslosen Lage zu entkommen. Sie versuchte, den Knebel aus ihrem Mund zu drücken, doch der saß dermaßen fest, dass sie ihre Zunge nicht bewegen konnte. Dann zog sie mit aller Kraft an ihren Fesseln, mit dem Ergebnis, dass ihr die Riemen noch tiefer ins Fleisch schnit-

ten. Auch der Versuch, sich zu winden, zu strampeln und zu treten, um die Pritsche, auf der sie lag, umzukippen, schlug ergebnislos fehl.
Plötzlich vernahm sie das knarrende, schleifende Geräusch einer sich langsam öffnenden, schweren Tür. Ein Lichtstrahl fiel ins Innere des Raumes und ließ die Umrisse einer Person erkennen. Ein leichter Hoffnungsschimmer auf Rettung kam auf. Vielleicht war jemand auf sie aufmerksam geworden, als sie versucht hatte, die Liege zum Kippen zu bringen und hatte draußen die Geräusche gehört. Die Gestalt kam näher und blieb einen Moment regungslos vor ihrer Pritsche stehen. Irina versuchte zu sprechen, zog an ihren Fesseln und schlängelte sich verzweifelt hin und her. Doch die graue Silhouette verharrte stumm vor ihrer Bank. Verdammt nochmal, was hatte dieser Irre mit ihr vor? Wenn er sie ficken wollte, sollte er es endlich tun und sie dann gehen lassen. Irgendwie musste sie dem Kerl das klarmachen, aber wie?
Dann spürte sie den Einstich in ihren Hals. Sie wollte sich wehren, krümmte, bog und drehte sich, so heftig sie nur konnte, doch es nutzte nichts. Sekunden später bemerkte sie, wie ihr Körper heiß und schwer wurde, bis sie sich nicht mehr bewegen konnte. Ein merkwürdiges Gefühl stellte sich ein. Es schien, als wäre sie vom Hals ab gelähmt. Ihre Sinne arbeiteten jedoch noch einwandfrei. Sie konnte durch ihre nicht vollständig abdunkelnde Augenbinde erkennen, wie die Gestalt sich umdrehte, einige Schritte zurückging und hörte dann, wie der Kerl irgendwas zusammensetzte. Was hatte dieser verfluchte Kerl nur vor? Wenn er sie tatsächlich töten wollte, sollte er ihr doch 'ne Kugel in den Kopf jagen, das wäre zumindest kurz und schmerzlos. Verdammt, was waren das für entsetzliche Geräusche? Es hörte sich an, als wollte der Kerl den Motor eines Rasenmähers starten. Ein fürchterliches Kreischen setzte ein, das sich zu einem hochfrequenten Singen steigerte, so als betätigte der Typ eine

Bohrmaschine. Oh Gott, dachte Irina, was geschieht mit mir? Sie wollte um Hilfe schreien, doch ihre verzweifelten Versuche blieben ihr im Hals stecken.
Die graue Gestalt kam näher, die Maschine, die er in den Händen hielt, schwebte über ihrem Kopf.
Verdammt, nein, was hatte dieser Wahnsinnige nur vor? Die Panik wich purer Todesangst. Irina bemerkte kaum noch, dass sich Darm und Blase schwallartig entleerten. So sehr sie es auch versuchte, sie war vollkommen bewegungsunfähig. Die Teufelsmaschine senkte sich langsam in Richtung ihres Halses. Das apokalyptische Kreischen dieser Höllenmaschine ließ ihr Trommelfell platzen, als der Kerl Vollgas gab und sie spürte, wie die scharfen, metallischen Zähne dieses Werwolfes aus Stahl in ihre Haut schnitten. Dann fraß sich das rasiermesserscharfe Sägeblatt mit einem heftigen Ruck durch die Muskeln und Knochen ihres Halses. Das Letzte, was Irina spürte, waren merkwürdigerweise nicht die wahnsinnigen Schmerzen des sich durch ihr Fleisch fräsendes Sägeblattes, sondern die Feuchtigkeit und Wärme ihres Blutes, das ihr ins Gesicht spritzte. Dann kehrte Ruhe ein.
Irina dachte an die wunderbar in der Sonne leuchtenden gelben Rapsfelder in ihrer rumänischen Heimat, an denen sie mit ihren Freundinnen vorbeiradelte, wenn sie zusammen in den warmen Sommermonaten heraus an den kleinen Waldsee zum Schwimmen fuhren. Das gleißende Licht der Sonne blendete sie, ihre Augen blinzelten. Mit einem Mal verschwand das weiße Licht. Sie sah nur noch das kurze, heftige Aufflackern eines Blitzes, dann wurde es schlagartig dunkel. Als hätte jemand den Lichtschalter ausgeknipst, verwandelte sich das lebensspendende Licht in ein unendlich tiefes und undurchdringliches Schwarz. Lass los, Irina, es ist vorbei, flüsterte ihre Seele.

Den gesamten Montag über herrschte Katerstimmung in der Mordkommission an der Dimitroffstraße. Offensichtlich hatten sich Oberdieck und Gnädig durchgesetzt. Der Oberstaatsanwalt hatte Waffel eine Ansage gemacht, endlich seinen Laden in den Griff zu bekommen und seine Leute zurückzupfeifen, ansonsten würde er dafür verantwortlich gemacht, wenn der Prozess gegen Bruno Podelczik auf den letzten Metern noch scheitern würde. Und sich so kurz vor seiner Pensionierung noch mit Richter und Staatsanwaltschaft anzulegen, wollte Waffel natürlich unter allen Umständen vermeiden. Rico kannte seinen Boss. Er hatte fast dreißig Jahre mit ihm zusammengearbeitet. In gewisser Weise hatte er Verständnis dafür, dass Waffel keinen Bock darauf hatte, sich Ärger einzuhandeln. Schließlich hatte der Verdächtige ein vollständiges und lückenloses Geständnis abgeliefert und einen besseren Tatverdächtigen gab es nicht. Aber Horst Wawrzyniak war stets ein fähiger Polizist und ein erstklassiger Ermittler gewesen, um nicht zu wissen, dass dieser Fall an allen Ecken und Kanten stank. Und zwar dermaßen, dass man den üblen Geruch noch hundert Meter gegen den Wind wahrnehmen konnte. Trotzdem unternahm Rico keinen Versuch mehr, ihn umzustimmen. Er hatte ja vor ein paar Tagen noch grünes Licht gegeben, im Hintergrund und möglichst unauffällig an diesem Fall weiterzuarbeiten. Allerdings lief ihnen die Zeit davon. Bereits Übermorgen sollte der Prozess gegen Bruno Podelczik beginnen, und nach Stand der Dinge würde der nicht lange dauern. Der ehemalige Mathematiklehrer aus Hartmannsdorf hatte sich scheinbar mit seinem Schicksal abgefunden und war nicht bereit, sein offensichtlich falsches Geständnis zu widerrufen, obwohl mittlerweile Beweise für seine Unschuld vorlagen. Richter, Staatsanwaltschaft und Verteidigung würden kurzen Prozess mit Podelczik machen und das schien sogar in seinem Sinne zu sein. Rico Steding war als Leiter der Mord-

kommission als einziger Zeuge der Polizei vom Gericht bestellt. Er war sich bewusst darüber, dass Anklage und Verteidigung im gleichen Team spielten. Er würde nur auf Fragen antworten müssen, die den Angeklagten belasten. Die Beweise für die Unschuld Podelcziks würden überhaupt nicht zur Sprache kommen, es sei denn, er würde vor Gericht ungefragt zum Rundumschlag ausholen. Allerdings war er sicher, dass er nicht mal einen Satz beenden würde können, so schnell hätte der Richter ihm das Wort entzogen. Und selbst dieser Halbsatz würde auf Anordnung des Gerichts aus dem Protokoll gestrichen werden.
»Das war's Leute. Wir werden tatenlos zusehen müssen, wie ein Unschuldiger des Mordes bezichtigt und verurteilt wird. Wenn nicht noch ein Wunder geschieht, wandert Bruno Podelczik für den Rest seines Lebens ins Zuchthaus und der oder die Täter kommen ungestraft davon«, zuckte Rico Steding mit den Schultern.
»Nee, Rico, so leicht werden die nicht davonkommen. Wir werden weiter ermitteln und zwar solange, bis wir diesen Fall aufgeklärt haben«, sagte Jan.
»Und, was bringt das? Nichts als Ärger. Und das alles für einen Mann, der sich gar nicht helfen lassen will. Nein, ich muss diesen Job noch ein paar Jahre machen und werde mir für einen solchen Idioten nicht meine Karriere zerstören. Ihr könnt ja gern weiter den edlen Ritter hoch zu Ross spielen, aber ich bin raus, Freunde.« Hannah stand auf, nahm ihre Jacke und verließ das Büro.
Rico, Jan und Oskar sahen ihr sprachlos hinterher.
»Was ist denn mit dem Mädchen los? So einen Auftritt hätte ich ihr gar nicht zugetraut«, wunderte sich Rico.
»Keine Ahnung«, log Jan, der ahnte, warum Hannah dermaßen schlecht drauf war. »Die letzten Tage waren extrem stressig. Außerdem wird sie nicht damit fertig, dass Podelczik sich nicht von ihr helfen lassen wollte. Und ich glaube, dass

da irgendwas in ihrer Familie vorgefallen ist, worüber sie nicht spricht. Sie hat sich gestern mit der Familie ihrer Schwester bei ihren Eltern getroffen. Danach war sie übel gelaunt nach Haus gekommen und ist sofort ins Bett verschwunden. Sie wird sich schon wieder beruhigen. Ich werde mit ihr reden.«
»Wird schon«, meinte Rico.
»Vielleicht sollten wir noch einen letzten Versuch unternehmen, Podelczik doch noch zur Vernunft zu bringen«, schlug Oskar vor.
Rico schüttelte den Kopf. »Keine Chance, wir haben eine klare Anweisung erhalten. Offiziell können wir nichts mehr tun.«
»Und wenn ich...«, kam Oskar nicht mehr dazu, seinen Satz zu vollenden.
»Nein, Oskar, du hast gehört, was Rico gesagt hat«, unterbrach ihn Jan. »Allerdings kann uns niemand verbieten, weiter Augen und Ohren offen zu halten. Wir sollten auf jeden Fall an Adam dranbleiben. Diese Liaison zwischen den Albanern, den Tschetschenen und unserem Freund Vitus könnte der Schlüssel zur Aufklärung der Mordfälle sein. Ich glaube nach wie vor nicht, dass Ponomarov oder Skutin dahinterstecken. Ich werde noch mal mit Krenor reden. Könnte durchaus sein, dass Adrian Shala mächtig am Stuhl seines Chefs sägt. Sein Ziel ist, das Geschäftsfeld umfangreich zu erweitern und dazu muss er zunächst mal die Russen aus dem Spiel nehmen. Gleichzeitig wird er versuchen, das Oberhaupt der Albanermafia, Krenor Hasani, zu entmachten und aus dem Weg zu räumen. Das wird allerdings nicht so einfach sein. Ich kenne Krenor. Der Mann ist ein knallharter Bursche, der niemanden schont, der sich gegen ihn stellt.«

Jan fuhr am Nachmittag nochmal heraus nach Leutzsch, um in Eddys Gym zu trainieren und Ausschau nach Adam und

Vitus zu halten. Die beiden hatten im Kampfsportcenter einen Monatsvertrag unterschrieben. Aus diesem Grund war die Wahrscheinlichkeit hoch, sie dort anzutreffen. Wenn nicht, würde Eddy ihm eine Nachricht schicken, sobald die beiden dort wieder aufkreuzten. Jan beschloss, Hannah zunächst in Ruhe zu lassen, aber ihm war durchaus bewusst, dass er mit ihr reden musste, um die Situation nicht eskalieren zu lassen. Sie ahnte was, das wusste er genau. Dass sein Verhalten ihr merkwürdig vorkommen musste, war ihm längst selbst aufgefallen. Er musste den Gedanken an Esther unbedingt verdrängen, endlich wieder seinen Verstand walten lass. Etwas Besserem als Hannah war er in seinem Leben nie begegnet und ihm war klar, dass er ihre Beziehung unter keinen Umständen aufs Spiel setzen durfte. Sie war seine Zukunft und nicht irgendwelche Hirngespinste um eine längst vergangene Liebelei.
Oskar hatte die Aufgabe, in die Rechtsmedizin zu fahren und sich von Josie nochmal erklären zu lassen, was es mit den gefundenen Metallspänen in der Halsöffnung der Opfer auf sich hatte. Vielleicht ließen die sich ja irgendeiner bestimmten Art von Säge zuordnen. Oskar hatte ja bereits die Vermutung, dass die Späne zu einem diamantbeschichteten kreisrunden Sägeblatt gehören würden, mit dem unter anderem Schienenstahl getrennt wird. Zu einem solchen Spezialwerkzeug hatte nicht jeder Zugang und nur wenige konnten ein solches Gerät fachgerecht bedienen.
Rico blieb im Büro und wollte sich auf seine Aussage vor Gericht vorbereiten. Wahrscheinlich würde er keine Gelegenheit erhalten, seine Sicht der Dinge im Zeugenstand darzulegen. Er würde ausschließlich die Fragen beantworten müssen, die ihm Staatsanwaltschaft und Verteidigung stellten und seine Antworten darauf würden Podelczik kaum helfen. Sollte er trotzdem versuchen, seine erheblichen Zweifel an der Schuld des Angeklagten zu formulieren, oder sollte er

besser den Mund halten? Wäre er noch Polizist in der ehemaligen DDR und würde als Zeuge vor Gericht einen von der Staatssicherheit verhafteten und angeklagten Mörder in Schutz nehmen, wäre das mit absoluter Sicherheit seine Fahrkarte nach Bautzen gewesen. Aber jetzt war er der Chef der Leipziger Mordkommission und lebte in einem Rechtsstaat. War es jetzt nicht seine verdammte Pflicht, Unrecht zu verhindern? Rico rutschte hin und hergerissen auf seinem Bürostuhl herum. Würde er Partei ergreifen, würde er sich mächtige Feinde machen und damit seine Karriere gegen die Wand fahren. Würde er den Mund halten, hätte er rein gar nichts aus den Gräueltaten der Stasi zu DDR-Zeiten gelernt. Und dafür würde er sich hassen, das war ihm vollkommen klar.
Hannah hatte keine Lust mehr. Der Fall Podelczik trieb sie beinahe in den Wahnsinn. Ein Mörder, der keiner war, aber unbedingt einer sein wollte. Ein Richter und ein Staatsanwalt, die regelmäßig Prostituierte vögelten und zu allem Überfluss auch noch mit den Mordopfern geschlafen hatten. Ein Polizeichef, dessen Rückgrat weich wie Pudding war und ein Kollege, der vorgab, sie zu lieben, aber heimlich fremd ging und nicht den Arsch in der Hose hatte, ihr reinen Wein einzuschenken. Zu allem Überfluss kam noch ein handfester Familienstreit dazu. Ihre Schwester hatte sich ein Jahr vor der Wende in den Westen verabschiedet und dadurch ihre ganze Familie in Schwierigkeiten gebracht. Ihr Vater hätte beinahe seine Anstellung verloren, ihre Mutter musste ihren Job im Kindergarten vorübergehend aufgeben und Hannah durfte nicht die Schule wechseln. Nur der gute Draht eines engen Familienfreundes zu einem Führungsoffizier der Staatssicherheit konnte damals Schlimmeres verhindern. Ihre neun Jahre ältere Schwester hatte nach ihrer Flucht über ein Jahr keinen Kontakt zu ihrer Familie gehabt. Nach der Wende schien sie dann das Interesse an ihren Verwand-

ten im Osten in Gänze verloren zu haben. Das Verhältnis zu ihrer Schwester kühlte ab und existierte schließlich nicht mehr. Erst als es Hannahs Vater vor zwei Jahren so schlecht ging, dass schon das Schlimmste befürchtet werden musste, ließ sich ihre Schwester wieder in Markranstädt blicken. Am Sonntag war sie mit ihrem Mann und den beiden Kindern zu Besuch bei ihren Eltern. Als das Gespräch auf die Ex-DDR kam, hatte ihre Schwester Ihr vorgehalten, sie hätte jahrelang mit ehemaligen Stasileuten zusammen bei der Polizei gearbeitet. Sie nannte unter anderem auch den Namen Hans Bernstein. Hannah, die ohnehin nicht gut drauf war, platzte fast vor Wut. Wie konnte man nur dermaßen selbstgerecht sein? Sie geigte ihrer Schwester unverblümt die Meinung, trank eine halbe Flasche Whiskey, setzte sich ins Auto und fuhr stark angetrunken nach Hause. Jan schlief bereits, als sie sich vollkommen fertig ins Bett fallen ließ.
Hannah hatte beschlossen, sich nach dem Ärger im Büro einen halben Tag frei zu nehmen. Sie fuhr nach Hause. Sie musste jetzt erst mal in Ruhe nachdenken und zwar allein. Als sie gerade ihren Wagen vor der Tür einparken wollte, klingelte ihr Handy. Benjamin rief an. Verdammt, der Kerl war jetzt so ungefähr das Allerletzte, was sie gebrauchen konnte. Warum sie das Gespräch trotzdem annahm, wusste sie selbst nicht.
»Hannah, hör zu, ich...«, begann ihr Ex-Freund.
»Meine Antwort ist nein, hörst du, nein«, unterbrach ihn Hannah.
»Hey, ich wollte dir nur sagen, dass ich weiß, mit wem sich dein netter Kollege getroffen hat.«
»Ach ja und woher?«
»Die Frau heißt Esther Hofmann und arbeitet im Marriott. Ist in der Tat ein echt scharfes Teil, wenn du mich fragst.«
»Ich frage dich aber nicht. War's das?«

»Hannah, du weißt, dass ich bis letzten Samstag fünf Riesen an die Albaner zahlen musste. Ich bin momentan auf der Flucht, aber irgendwann werden die mich erwischen. Dann machen die Kleinholz aus mir. Bitte, ich brauche dringend Geld. Keine Fünftausend, aber wenn ich denen gar nichts anbieten kann, hab ich verdammt schlechte Karten. Leih mir wenigstens einen Tausender, damit kann ich sie vielleicht bis zum Monatsende ruhigstellen.«
»Du hältst mich wohl für besonders blöd, oder? Meinst du, ich habe nicht gesehen, was mit dir los ist, Benjamin? Schweißperlen auf der Stirn, aschfahl im Gesicht, zittrige, feuchte Hände. Die Albaner sind nicht dein Problem. Du brauchst dringend Koks, deswegen pumpst du mich an. Ist teuer geworden das Zeug, seitdem die Lieferungen aus Moskau nicht mehr kommen, oder?«
»Hannah, ich schwöre, ich nehm das Zeug so gut wie gar nicht mehr...«
»Glaub ich dir. Weil du pleite bist. Aber sobald du wieder Kohle hast, geht es schnurstracks zum Dealer deines Vertrauens.«
»Nein Hannah, bitte, du musst mir helfen. Ich muss meine Schulden zahlen, ehrlich.«
»Ich glaube dir kein Wort, Benjamin. Du bist 'n Junkie, denen ist jedes Mittel recht, an Geld zu kommen. Ich rate dir, zieh einen Schlussstrich unter deine Drogenabhängigkeit und mach 'nen Entzug. Das ist das Einzige, was dich noch retten kann. Und jetzt lass mich in Ruhe. Ich will nichts mehr mit dir zu tun haben, verstanden.«
»Du verdammte Schlampe, das wirst du bereuen. Ich...«, weiter kam Benjamin nicht. Hannah hatte das Gespräch beendet und ihr Handy ausgestellt.

Die Spur zu Adam und Vitus hatte sich verloren. Die beiden hatten es offensichtlich vorgezogen, nach ihren vorübergehenden Festnahmen für eine Weile unterzutauchen. Jedenfalls waren sie weder im Kampfsportcenter noch an denen von ihnen angegebenen Adressen auffindbar. Adam wohnte in einer kleinen Pension am Stadtrand in Grünau, Vitus schlief in einem Zimmer, das zum Bürokomplex des *Red Rose* gehörte. Beide waren am gestrigen Abend nicht an diesen Orten aufgetaucht. Oskar war nach seinem Besuch in der Rechtsmedizin in die Stadt gegangen, um in dem Bistro in der Nähe der Begleitagentur nach den Männern zu suchen. Jan hatte einen Abstecher nach Grünau gemacht und sich in der Pension nach Adam erkundigt, der dort immer noch wohnte, aber nach Aussage der Inhaberin in den letzten beiden Tagen dort nicht aufgekreuzt war.
Mittlerweile hatten sich Adam und Vitus auf der Liste der Verdächtigen einen Spitzenplatz erobert.
Entweder waren sie von Richter Gnädig beauftragt worden, das gewisse »Problem« aus der Welt zu schaffen, oder, was Jan für wahrscheinlicher hielt, sie hatten sich von Ardian Shala kaufen lassen, der ihnen zudem versprochen hatte, sie an den Geschäften mit Prostitution und Drogenhandel zu beteiligen, sobald Ivan Skutin und seine Leute eliminiert worden waren. Er hatte ihnen gesagt, dass sie die Morde so aussehen lassen sollten, als wäre Skutin der Täter gewesen. Da mittlerweile durchgesickert war, dass Skutin im internationalen Organhandel tätig war, hat Adam, der geschickt im Umgang mit dem Messer war, den Opfern die Organe entfernt und den Kopf abgeschnitten. Außerdem würde Oleg Ponomarov sich für den Tod seiner Schwester an Skutin rächen wollen. Damit hätte Ardian Shala erreicht, dass sich die beiden Organisationen der in Leipzig ansässigen Russenmafia gegenseitig bekämpfen würden.

Auf dem Rückweg von Grünau, versuchte Jan Hannah anzurufen, doch ihr Handy war ausgestellt. Vielleicht ganz gut so, dachte Jan, Hannah brauchte sicher etwas Zeit, um wieder runterzukommen. Er würde mit ihr reden, sobald er zu Haus wäre. Er musste ihr reinen Wein einschenken und ihr erklären, was passiert war. Er würde ihr hoch und heilig versprechen, dass die Sache mit Esther ein kurzfristiger emotionaler Aussetzer war, der sich nicht wiederholen würde und er nahm sich vor, sich für sein schroffes Verhalten in den letzten Tagen ihr gegenüber zu entschuldigen. Plötzlich riss ihn der Klingelton seines Handys unvermittelt aus seinen Gedanken. Patrick Hagen rief an.
»Hallo Patrick, was gibt's mein Freund?«, meldete sich Jan höflich.
»Hi, Jan. Weißt du, dass Esther Hofmann jetzt in Leipzig arbeitet?«
»Äh, ja, warum?«
»Also hast du sie bereits getroffen?«
»Ja, wir sind uns zufällig bei Karstadt über den Weg gelaufen. Sie hat mir erzählt, dass sie eine Stelle im Marriott als Empfangschefin angenommen hat.«
»Und du glaubst tatsächlich, dass eure Begegnung ein Zufall war?«
»Ja, natürlich, warum fragst du?«
»Esther hat noch nie irgendwas dem Zufall überlassen, Jan. Sie war damals stinksauer auf dich, als du sie einfach über Nacht sitzen gelassen hast. Als ich ihr irgendwann später mal erzählt habe, dass du nach Leipzig gegangen bist und dort jetzt mit einer Kollegin liiert bist, haben ihre Augen Funken gesprüht. Sie war total wütend.«
»Hm, du meinst, sie könnte versuchen, wieder mit mir zusammenzukommen?«
»Und, hat sie?«
»Quatsch, natürlich nicht«, log Jan.

»Du bist ein schlechter Lügner, Jan. Ihr habt euch auf einen Kaffee getroffen, von den alten Zeiten geschwärmt und beim Abschied leidenschaftlich geküsst. Das hat sie jedenfalls Katja, ihrer Freundin und meiner neuen Empfangschefin erzählt.«
»Unsinn, ich war nur höflich, ohne jeden Hintergedanken.«
»Das sieht Esther scheinbar komplett anders. Sei bloß vorsichtig, sie wird versuchen, dich zurückzugewinnen und zwar mit allen Mitteln. Sie ist unberechenbar, glaub mir, ich weiß, wovon ich rede.«
»Also, jetzt übertreib mal nicht, Patrick. Esther ist eine bildhübsche Frau im besten Alter. Die ist beileibe nicht auf mich angewiesen. Die kann praktisch jeden haben, den sie will. Und sie weiß, dass ich in festen Händen bin.«
»Und genau das ist ihr Problem. Sie ist geradezu krank vor Eifersucht. Sie wird alles versuchen, um dich und Hannah auseinanderzubringen. Und wenn ich sage, alles, dann meine ich auch alles!«
»Das klingt ja geradezu so, als wäre sie geisteskrank.«
»Dazu sage ich lieber nichts, Jan. Aber Esther ist zu allem fähig, davon bin ich überzeugt.«
»Na, so schlimm wird's nicht sein, aber danke, Patrick, dass du mich gewarnt hast. Ich habe allerdings ohnehin nicht vor, mich wieder mit ihr zu treffen.«
»Du nicht, aber sie, davon solltest du ausgehen.«
»Ich werde aufpassen. Also, dann nochmal vielen Dank, Patrick. Bis bald.«
»Ach, da ist noch was, was dich sicher interessieren wird. In der Nacht von Samstag auf Sonntag haben sie die Leiche von Krenor Hasani mit durchschnittener Kehle aus der Elbe gefischt.«
„»Wie bitte? Krenor ist tot?«
»Ja, ich hab gestern Abend deinen alten Kollegen Gerd Freese in der Sauna getroffen, der hat's mir erzählt. Du sollst ihn

anrufen, wenn du mehr darüber wissen willst. Stand aber auch heute Morgen groß und breit in der *Blitz*, dass der Boss der Albanermafia umgebracht wurde. Die Polizei vermutet, wie immer in solchen Fällen, einen Bandenkrieg. Freese meinte aber, der Täter könnte auch aus den eigenen Reihen der Albaner kommen. Es gäbe da Hinweise darauf. Am besten, du sprichst selbst mit ihm.«
»Ja, du hast recht, Patrick.«
»Halt dich gerade, Großer, und bau keinen Scheiß, hörst du? Hannah ist 'ne super Frau.«
»Versprochen, mein Freund.«
Jan schoss blitzartig durch den Kopf, dass vielleicht Ardian Shala seinen Boss ermordet hatte oder zumindest für seinen Tod verantwortlich war. Kein Wunder, dass Adam und Vitus von der Bildfläche verschwunden waren. Womöglich hatte er die beiden beauftragt, Krenor umzubringen. Jemanden die Kehle durchzuschneiden, war für den Tschetschenen Adam keine große Sache. Jan wollte sich erst gar nicht vorstellen, wie viele Menschen Adam im Unabhängigkeitskrieg gegen die Russen auf diese bestialische Weise massakriert hatte. Die tschetschenischen Kämpfer galten als besonders brutal und skrupellos. Sie machten auch vor Frauen und Kindern keinen Halt. Diese Männer waren gewissenlose Schlächter, jede Art von Empathie war ihnen vollkommen fremd.
Die Spur zu Ardian Shala wurde immer heißer. Er steckte hinter den Morden an den beiden Frauen, davon war Jan mehr denn je überzeugt. Fragte sich nur, wer der oder die Täter waren? Umso mehr quälte ihn jetzt der Gedanke, dass übermorgen ein Bauernopfer für diese Morde verantwortlich gemacht werden sollte. Und das nur, weil ein Richter und ein Oberstaatsanwalt um ihren guten Ruf bangten. Eines stand für Jan bereits felsenfest. Selbst wenn Bruno Podelczik verurteilt werden sollte, die beiden Juristen würden nicht so

einfach davonkommen, dafür würde er höchstpersönlich Sorge tragen.

Hannah hatte die Nase voll. Die Ereignisse der letzten Tage und Stunden hatten sie schlichtweg überfordert. Wutentbrannt hatte sie das Präsidium verlassen, weil ihre Kollegen im Fall Podelczik nicht einsehen wollten, dass sie gegen Richter und Staatsanwaltschaft den Kürzeren gezogen hatten. Sicher, die ganze Sache stank förmlich zum Himmel, aber was sollten sie dagegen tun, ohne dabei ihren Job aufs Spiel zu setzen? Die Mordkommission hatte eine klare Anweisung erhalten, in diesem Fall nicht weiter zu ermitteln. Hannah akzeptierte diese Vorgehensweise ebenso wenig wie ihre Kollegen, sah jedoch keinen Sinn darin, sich dieser unmissverständlichen Auflage zu widersetzen.
Mit einer Flasche halbtrockenem Rotwein machte sie es sich unter einer warmen Decke auf ihrem Sofa bequem und wollte sich beim Lesen auf andere Gedanken bringen. *Winter der Welt*, so der Titel von *Ken Folletts* zweitem Band der Jahrhundert-Saga um das Schicksal zweier russischer Brüder im frühen zwanzigsten Jahrhundert, war der Titel des Buches, dessen ersten Teil sie quasi verschlungen hatte, später aber einfach nicht mehr dazu gekommen war, die Fortsetzung zu lesen.
Schon nach den ersten Seiten musste Hannah jedoch einsehen, dass sie weder die Konzentration aufbrachte, noch über die notwendige Ruhe verfügte, ein Buch zu lesen. Die Gedanken schwirrten in ihren Kopf herum wie ein orientierungsloser Bienenschwarm. Sie stellte ihr Handy aus, stürzte ein halbes Glas Rotwein in einem Zug herunter, zog sich die flauschige Decke über den Kopf und streckte sich auf dem Sofa aus. Nichts mehr sagen, nichts mehr sehen und vor allem, nichts mehr hören. Einfach mal alle Systeme ausschalten. Keine fünf Minuten später war sie eingeschlafen.

Jan hatte sich am Nachmittag mit Rico nochmal darüber abgesprochen, wie sie sich morgen in der Verhandlung gegen Bruno Podelczik verhalten wollten. Während die anderen Mitglieder der Mordkommission möglichst kommentarlos den Prozess aus dem Zuschauerraum verfolgen würden,
würde Rico in seiner Eigenschaft als Dezernatsleiter im Zeugenstand die Fragen der Staatsanwaltschaft und der Verteidigung beantworten, ohne überhaupt nur den Versuch zu unternehmen, den Sachverhalt aus der Sicht der Mordkommission zu schildern. Die Dinge würden ihren Lauf nehmen und das würden sie allem Anschein nach nicht beeinflussen können, darüber waren sich die beiden einig. Sollte sich allerdings wider Erwarten die Gelegenheit ergeben, Klartext zu reden, sollte Rico die Chance ergreifen. Doch damit war nicht zu rechnen. Oberstaatsanwalt Oberdieck, Rechtsanwalt Klatt und Richter Gnädig hatten den Ablauf der Verhandlung bis ins kleinste Detail geplant. Ihnen würde morgen kein Fehler unterlaufen, auch nicht in der Befragung der Zeugen, die Podelczik zur Tatzeit in der Arztpraxis gesehen haben wollten. Oberdieck würde deren Aussage nicht nur in Frage stellen, sondern letztendlich sogar als Irrtum darstellen. Klatt würde an der Schuld seines Mandanten keinen Zweifel lassen und versuchen, ihn gegen seinen ausdrücklichen Willen durch eine Expertise eines Psychologen zumindest als eingeschränkt schuldfähig erklären zu lassen. Podelczik sollte als Psychopath für immer hinter den Türen einer geschlossenen Anstalt verschwinden.
Ab übermorgen würde die Mordkommission dann mit Volldampf weiter an der Aufklärung dieser grässlichen Verbrechen arbeiten und versuchen, die wahren Täter zu ermitteln. Jan behielt den Tod von Krenor Hasani zunächst für sich. Er wollte erst nochmal mit seinem Hamburger Ex-Kollegen Gerd Freese sprechen, um Näheres über die Umstände des Todes in Erfahrung zu bringen. Oskar würde derweil weiter

versuchen, die Spur von Adam und Vitus wieder aufzunehmen. Der junge Kriminalassistentenanwärter stand im Gegensatz zu Hannah, Rico und Jan nicht im Fokus der Beobachtungen der Staatsanwaltschaft und konnte daher zumindest auf Sparflamme am Fall weiterarbeiten.
Als Jan nach Hause kam, schlief Hannah tief und fest auf dem Wohnzimmersofa. Die leere Flasche Rotwein auf dem Tisch war ein Indiz dafür, dass Hannah nervlich am Ende war. Ein Grund dafür war mit Sicherheit das zusehends angespannte Verhältnis zwischen ihm und seiner Freundin. Jan hatte längst eingesehen, dass er in den letzten Tag des Öfteren viel zu schroff zu Hannah gewesen war und der Grund dafür war nicht nur die ausgeprägte Frustration, die durch den Fall Podelczik ausgelöst worden war, sondern das Hannah womöglich ahnte, dass irgendwas bei ihm nicht stimmte. Eigentlich konnte sie von seinem Zusammentreffen mit Esther gar nichts wissen, aber Frauen bemerkten eben viel schneller, wenn ihr Partner eine Affäre hatte und krampfhaft versuchte, diese zu vertuschen. Hannah war stark, konnte viel aushalten, aber auch starke Menschen litten. Sie zerbrachen ebenso in tausend Teile wie andere, hatten aber gelernt, keinen Lärm dabei zu machen.
Es war mittlerweile kurz nach sieben. Jan nahm Hannah, trug sie ins Schlafzimmer, zog ihr Bluse und Hose aus und legte sie ins Bett. Vielleicht würde sie ja bis morgen früh durchschlafen um dann einigermaßen erholt aufzuwachen. Dann würde er mit ihr reden und zwar noch bevor sie ins Landgericht zur Verhandlung fuhren.
Jan ging in die Küche, schmierte sich zwei Brote, nahm eine Flasche Bier aus dem Kühlschrank und setzte sich vor den Fernseher. Er würde heute Nacht auf dem Sofa schlafen, um Hannah nicht zu stören. Um kurz vor zwölf waren aus dem einen Bier mittlerweile sechs geworden. Todmüde schlief Jan vor dem laufenden Fernsehapparat ein.

Bruno Podelczik grinste ihn provozierend an. Mit seiner rechten Hand streckte er triumphierend sein blutverschmiertes Samuraischwert in die Höhe. Mit der anderen Hand versteckte er irgendwas hinter seinem Rücken. Neben Podelczik stand Oberstaatsanwalt Oberdieck, der dem Angeklagten aufmunternd auf die Schulter klopfte und dabei dem Richter siegessicher zulachte. Der Richter nickte und schlug mit seinem Holzhammer zweimal kräftig auf den Tisch. Die Menge im Gerichtssaal brach in tosendem Jubel aus. Richter Gnädig hielt zwei junge Frauen im Arm und küsste die beiden abwechselnd leidenschaftlich auf den Mund. Jan konnte nur erkennen, dass sie blondes Haar hatten. Ihre Gesichter sah er nicht. Rechtsanwalt Klatt tanzte vor Freude engumschlungen mit einem älteren Mann im weißen Kittel durch den Saal und ein ganz in schwarz gekleideter Gerichtsdiener servierte Sekt auf einem überdimensional großen Silbertablett. Plötzlich wurde wie durch Geisterhand die Tür zum Gerichtssaal aufgerissen und ein riesiger, nicht enden wollender, Schwarm Fledermäuse strömte unaufhaltsam herein und verdunkelte den Raum. Ihr ohrenbetäubendes Geschrei übertönte das Gelächter der Menge, die erschrocken ihre Köpfe einzog. Jan bemerkte, dass die Tiere irgendetwas in ihren Krallen hielten, was sie plötzlich auf die Menschen im Saal herabfallen ließen. Als er sich bückte, um etwas davon aufzuheben, was direkt vor seine Füße gefallen war, hielt er plötzlich ein noch warmes, pochendes Herz in den Händen. Teile nicht mehr ganz vollständiger Organe klatschten neben ihm auf den Boden und das Blut spritzte durch den Saal. Die beiden jungen Frauen, die sich gerade noch mit Richter Gnädig vergnügt hatten, krochen auf Knien über das blutverschmierte Parkett und sammelten hektisch die Reste der über den gesamten Saal verteilten Organe auf und stopften sie verzweifelt in den Schlitz ihrer offenen Bauch- und Brustdecke zurück in ihre Körper. Polizeioberrat Horst Wawrzyniak sprang freu-

dig erregt wie ein kleines Kind durch den Gerichtssaal und wedelte jubelnd mit einem DIN-A 4 großen Blatt Papier n der Luft herum. Jan konnte erkennen, wie er nacheinander den Oberstaatanwalt und den Richter umarmte. Dann ergriff er die Hand einer alten Frau, die aussah, wie die Mutter des Angeklagten und führte sie aus dem Saal. Ardian Shala, Adam und Vitus hatten am Richtertisch Platz genommen. Die Frauen im Saal standen auf, liefen langsam hintereinander in einer Reihe wie bei einem Casting am Richtertisch vorbei und lächelten die drei Männer erwartungsvoll an. Auf ein Zeichen von Vitus nahmen Einige von ihnen auf Stühlen seitlich des Podestes Platz, die anderen verließen den Saal durch eine Nebentür. Adam erhob sich und ging hinunter zu den Stühlen, auf denen die Auserwählten saßen, packte eine nach der anderen und schlitzte mit einem riesigen Messer Bauch und Brust der Frauen auf. Dann riss er ihnen mit bloßen Händen die Organe aus dem Leib und warf sie den vorbeifliegenden Fledermäusen zu. Jan war entsetzt, wollte den Frauen zu Hilfe eilen, aber eine unsichtbare Hand hielt ihn mit eisernem Griff fest. Als er versuchte, sich aus der Umklammerung zu befreien, erkannte er, dass Hannah hinter ihm stand. Sie war riesengroß und kräftig wie ein Stier. Ohne ihren Griff zu lockern, durchbohrte sie ihn mit ihren glutroten Augen und schüttelte ihren massigen Kopf, der auf einem muskulösen Stiernacken thronte. Sie sah aus wie der Minotauros aus der griechischen Sage. Bei diesem Anblick lief ihm ein eiskalter Schauer den Rücken herunter. Eine der beiden jungen Frauen, die der Richter geküsst hatte, wurde von den Fledermäusen gepackt, in die Höhe gerissen und aus dem Fenster in die Tiefe geschleudert. Dabei verlor sie ihren Kopf, der direkt vor Jans Füße rollte und ihn mit weit aufgerissenen Augen anstarrte. Jan erschrak, als er erkannte, dass das abgetrennte Haupt der Kopf seiner Schwester Sylvia war. Als er ihn aufheben wollte, biss ihm der abgetrennte Schädel in die Hand.

Erschrocken ließ Jan den Kopf seiner Schwester fallen, der auf dem Boden aufschlug und zu Staub zerfiel. Bruno Podelczik funkelte ihn mit roten Augen an und grunzte tief und grollend wie ein rollender Donner, der direkt aus dem Schlund der Hölle aufzusteigen schien. Er baute sich unmittelbar vor Jan auf. Sein Atem stank nach Fäulnis und Verwesung. Er fletschte bedrohlich die Zähne, scharf wie Rasierklingen und blutverschmiert. Seine stechenden Augen schienen sich in Jans Schädel bohren zu wollen. Jan versuchte verzweifelt, seinen Kopf wegzudrehen, aber Hannah, die immer noch hinter ihm stand, fixierte ihn mit der Kraft von Schraubzwingen und zwang ihn, weiter nach vorn zu sehen. Dann schnellte Podelcziks Arm hinter seinem Rücken hervor. Jans Blut schien ihm in den Adern zu gefrieren, als er sah, welche Trophäe der Mann stolz in die Höhe streckte. Er hielt den blonden Haarschopf eines abgetrennten Frauenkopfes in der Hand, aus dem immer noch Blut zu Boden tropfte. Plötzlich öffnete die Frau die Augen und starrte Jan aus nächster Nähe an. Es waren Esthers Augen. Ein markerschütternder Schrei durchdrang die Nacht, wie das grelle Pfeifen einer Kreissäge.
Jan schoss hoch wie vom Blitz getroffen. Verdammt, was war das? Der Fernseher lief und das Licht war an. Er sah auf sein Handy. Drei Uhr achtzehn. Er war auf dem Sofa eingeschlafen. Muss einer dieser verfluchten Alpträume gewesen sein, die ihn manchmal heimsuchten, seit er aus Afghanistan zurückgekehrt war. Meistens träumte er von den Einsätzen gegen die Taliban, wenn er mit den *Snipern* nachts in den Bergen des Hindukusch auf die Jagd gegen die Terroristen unterwegs war. Dort hatte er viele schreckliche Dinge erlebt und gesehen, die sich unauslöschlich in seine Festplatte gebrannt hatten und die sein Gehirn immer wieder aus den Tiefen seines Unterbewusstseins hervorkramte. Diese Bilder kamen immer nachts, nicht oft, aber mit einer gewissen Regelmäßigkeit. Dann wachte er schweißgebadet auf und

brauchte einige Minuten, um sich wieder zu beruhigen. Mittlerweile hatte er sich an diese Träume gewöhnt. Seit er Hannah kannte, waren sie nicht mehr so häufig aufgetreten wie früher. Das führte er darauf zurück, dass das Glück, eine solch wunderbare Frau gefunden zu haben, ihn zu einem rundum zufriedenen Menschen gemacht hatte. Da war plötzlich gar kein Platz mehr für diese fürchterlichen Alpträume. Als er gerade darüber nachdachte, dass dieser Traum einen aktuellen Bezug hatte und überhaupt nichts mit Afghanistan zu tun hatte, hörte er ein Geräusch, als würde jemand Stöhnen. Es kaum zweifelsfrei von oben. Jan stand auf, ein aufkommendes Schwindelgefühl brachte ihn für einen Moment ins Schwanken, dann lief er die Treppe hoch in den ersten Stock. Durch die angelehnte Schlafzimmertür schlug ihm ein fürchterlicher Gestank entgegen. Er drückte die Tür auf und schaltete die Deckenbeleuchtung ein. Für einen kurzen Augenblick verfiel er in Schockstarre, unfähig sich zu bewegen oder irgendwas zu sagen. Der Anblick, der sich ihm bot, war grauenhaft. Hannah lag regungslos und blutüberströmt im Bett, der üble Gestank nach verwesendem Fleisch ließ seinen Atem stocken. Er kannte diesen beißenden, nach Fäulnis stinkenden Geruch. Jedes Mal, wenn sie eine Leiche fanden, die bereits ein paar Tage tot war und in einem geschlossenen Raum gelegen hatte, stieg ihnen dieser ätzende Gestank in die Nase, der sich nachhaltig auf die Atemwege legte und den sie oft stundenlang nicht los wurden. Hannah hatte eine Platzwunde am Hinterkopf, die stark blutete, doch er konnte ihren Puls deutlich fühlen. Sie lebte. Gott sei Dank, dachte Jan und sah sich im Zimmer um. Die Tür zum Balkon war ebenso verschlossen, wie das Fenster. Er holte Handtücher und Verbandsmaterial aus dem Badezimmer, reinigte die Kopfwunde, die gottlob nicht tief war, desinfizierte sie mit einem Spray und legte ihr einen provisorischen Verband an. Inzwischen war Hannah auf dem

Weg, das Bewusstsein wiederzuerlangen. Sie bewegte sich, atmete kräftiger und schneller. Jan hatte immer noch keine Erklärung für diesen bestialischen Gestank. Hannah öffnete ihre Augen und sah ihn an, erst orientierungslos wie einen Fremden, dann hatte sie ihn offenbar erkannt. Jan half ihr, sich im Bett aufzusetzen. Er reichte ihr ein Glas Wasser, das er in einem unbenutzten Zahnputzbecher aus dem Badezimmer mitgebracht hatte.
»Um Gottes willen, Hannah, was ist passiert?«, fragte er.
»Ich weiß nicht«, war Hannah noch benommen, »ist er noch im Haus?«
»Wer?«
»Eine schwarz gekleidete Gestalt. Ich hab ihn nur ganz kurz gesehen.«
»Nein, das hätte ich bemerkt. Aber wie ist er hier herein gekommen? Alle Türen und Fenster sind verschlossen.«
Hannah verzog schmerzverzerrt ihr Gesicht und tastete nach ihrer Kopfwunde.
»Was in aller Welt ist das für ein fürchterlicher Gestank?«
Jan erhob sich vom Bett, sah sich nochmal im Zimmer um. Als er in die Knie ging, um unter das Bett zu sehen, zog Hannah ihre Füße unter der Bettdecke hervor. Sie waren blutverschmiert und beförderten diesen faulenden, nach Verwesung stinkenden Mief unter der Decke hervor.
Jan sprang auf, schlug mit einem Ruck die Bettdecke zurück und wich vor Schreck einen Schritt zurück. Er wurde augenblicklich kreidebleich, musste würgen, drohte sich zu übergeben. Am Fußende des Bettes lagen drei blutverschmierte, abgetrennte Köpfe, die ihn aus ausdruckslosen, toten Augen anstarrten.
»Verdammt, was geht hier vor, zum Teufel noch mal?«, rief Jan entsetzt.
Hannah schrie vor Schreck, zog blitzschnell ihre Füße an.

»Die abgehackten Frauenköpfe! Aber wieso zum Teufel sind das drei?«, hatte Jan schnell die Fassung wieder gefunden.
»Wer hat die hierher gebracht, verflucht?", war Hannah außer sich.
Jan öffnete die Balkontür und das Fenster. Dann griff er zu Hannahs Handy und rief Rico Steding an.
»Die Kollegen sind gleich da«, erklärte er Hannah.
»Ruf bitte auch Josie an, sofort«, bat Hannah.
Jan nickte. »Okay, aber das hätte Rico ohnehin getan.«
Hannah wischte sich das Blut von den Füßen und stieg aus dem Bett. Sie hielt sich ein Taschentuch vor die Nase und beugte sich zu den Köpfen am Fußende des Bettes hinunter.
»Natascha und Nadeschda«, stellte sie wenig überrascht fest. Vitus Stancius hatten ihnen Fotos der Frauen überlassen anhand derer sie die Köpfe sofort erkannt hatte. »Aber wer zum Henker ist die dritte Frau?«
»Sieh mal, das Blut stammt beinahe ausnahmslos aus ihrem Kopf. Die Frau kann noch nicht lange tot sein. Vielleicht ein paar Stunden, wenn überhaupt«, stellte Jan fest.
»Hast du sie schon mal irgendwo gesehen?«
Jan schüttelte den Kopf. Er war heilfroh, dass dieser Teil seines Alptraums nicht wahr geworden war und dass nicht der Kopf von Esther am Fußende ihres Bettes lag.
»Also war das keine Tat aus Eifersucht«, schlussfolgerte Hannah.
Jan zuckte kurz zusammen. »Was? Wieso Eifersucht? Nee, wie kommst du denn darauf?«
»Also ist die dritte Tote nicht die Frau, mit der du dich mehrfach getroffen hast?«
„Nein, was soll das denn jetzt? Wie kommst du auf solch einen Blödsinn?"
»Blödsinn? Mit wem triffst du dich dann?«
»Hannah, das ist jetzt nicht der Moment...?«

»... endlich mit der Wahrheit herauszurücken? An welchen Moment hast du denn gedacht?«
»Hör zu, meine kurze und vollkommen harmlose Begegnung mit einer Ex-Freundin aus Hamburg hat weder etwas mit dir noch mit diesem Fall zu tun. Das erkläre ich dir später. Wir sollten jetzt lieber darüber nachdenken, wer verflucht nochmal diese Köpfe in unser Bett gelegt hat und wie in aller Welt er hier hereingekommen ist?«
»Sieh dir mal die Haustür an, ich wasche mir das Blut ab und zieh mich an«, wechselte Hannah das Thema. Ihr war klar, dass dies sicher nicht der richtige Augenblick für einen Beziehungsstreit war.
»Kannst du allein aufstehen?«
»Ist nur 'n Kratzer, nicht so schlimm. Geht schon«, meinte Hannah und verschwand im Badezimmer.
Eine Viertelstunde später waren Polizei und Krankenwagen eingetroffen. Auf Hannahs ausdrücklichen Wunsch tackerte der Notarzt ihre Kopfwunde an Ort und Stelle und gab ihr eine Tetanusspritze.
»Wenn Sie starke Kopfschmerzen bekommen sollten oder Ihnen schwindelig wird, kommen Sie bitte sofort ins Krankenhaus. Mit einem solch harten Schlag auf den Hinterkopf ist nicht zu spaßen«, schrieb er Hannah ins Stammbuch.
Weitere fünf Minuten später traf Josie mit ihrem Team ein.
»Um Gottes willen, mein Täubchen, was ist denn hier passiert?«, kümmerte sie sich sofort um Hannah.
»Ich bin in Ordnung, Josie. Sieh dir lieber mal diese Sauerei da oben an. Wir haben ein drittes Opfer.«
Nach der ersten Besichtigung des Tatortes nahm Rico Steding Jan zur Seite. „»Hast du 'ne Ahnung, wer das getan haben könnte?«
»Die Frau umgebracht, oder hier eingebrochen zu sein?«
»Ja, beides natürlich, oder zweifelst du daran, dass das ein und derselbe Mann war?"

»Keinen Schimmer. Auf jeden Fall wusste der Täter, wo wir wohnen und wie er ohne einzubrechen ins Haus gelangt«, zuckte Jan die Achseln.
»Du meinst, der Kerl hatte womöglich 'nen Schlüssel? Aber woher denn?«
»Ich hab mir das Türschloss bereits näher angesehen. Es gibt keine Spuren einer gewaltsamen Öffnung. Das Schloss ist nicht mal zerkratzt.«
»Vielleicht mit 'nem Dietrich oder sogar mit 'ner einfachen Kreditkarte geöffnet?«
»Nein, die Tür war zweifach verschlossen.«
»Als du nachgesehen hast auch?«
»Stimmt, nein.«
»Also besaß der Einbrecher wahrscheinlich einen Schlüssel."
»Keine Ahnung, verdammt, woher soll ich das wissen? Von mir hat er den jedenfalls nicht«, wurde Jan sauer.
»Hm, na gut. Vielleicht hat ja Hannah 'ne Idee, wer einen Schlüssel zum Haus haben könnte. Hast du das jüngste Opfer schon mal gesehen?«
»Nein«, schüttelte Jan den Kopf.
»Okay, jetzt wissen wir jedenfalls hundertprozentig, dass Podelczik nicht der Mörder ist. Eigentlich müsste die Verhandlung morgen ausgesetzt werden. Ich werde Oberdieck gleich informieren.«
»Vorsichtig mit voreiligen Schlüssen, Rico. Es könnte auch zwei Täter geben. Ein Beweis für Podelcziks Unschuld ist der Tod des dritten Opfers nicht. Könnte auch 'n Trittbrettfahrer gewesen sein, oder ein bisher unbekannter Komplize. Wir haben ja bereits vermutet, dass hier womöglich kein Einzeltäter am Werk war.
»Mag sein, Jan, aber vielleicht auch nicht. Jedenfalls steht fest, dass das dritte Opfer nicht von Podelczik getötet worden sein kann.«
Fünf Minuten später kam Josie die Treppe herunter.

»**Guten** Tag, meine Herren, nehmen sie bitte Platz«, begrüßte Rechtsanwalt Dr. Klatt Richter Gnädig und Oberstaatsanwalt Oberdieck zur letzten Lagebesprechung vor Prozessbeginn. Dass ein solches Treffen zwischen dem Verteidiger und dem Staatsanwalt besser nicht bekannt werden würde, war allen Beteiligten klar. Allerdings war es durchaus üblich, dass beide Seiten vor Beginn der Verhandlung der jeweils anderen Partei ihren Standpunkt deutlich machten und so versuchten, möglichst für ein reibungsloses Verfahren zu sorgen. Nicht selten wurden dabei Verabredungen getroffen, mit denen beide Seiten gut leben konnten. Diese Vorgehensweise sollte sowohl der Verteidigung als auch der Staatsanwaltschaft den Prozessverlauf erleichtern und es sollte verhindert werden, die jeweils andere Partei während der Verhandlung mit unliebsamen Überraschungen zu konfrontieren.
Der Grund des heutigen Treffens betraf allerdings einzig und allein die Frage, wie man den Prozess schnell und erfolgreich zu Ende bringen könnte.
»Ich habe versucht, den Angeklagten dazu zu bewegen, einen Psychologen hinzuzuziehen, um auf eingeschränkte Schuldfähigkeit zu plädieren. Das hat er allerdings strikt abgelehnt. Er wolle für seine Taten die volle Verantwortung übernehmen, hat er gesagt. Sein Platz für den Rest seines Lebens sei das Zuchthaus und nicht die Klappsmühle.«
»Na, dann ist doch alles bestens, Dr. Klatt«, freute sich Richter Gnädig.
»Nicht ganz. Ich habe in seinem Geständnis einige nicht nachvollziehbare Aussagen gelesen. Wenn der Richter da nachhakt, besteht durchaus die Gefahr, dass Podelczik in erhebliche Erklärungsnöte geraten wird.«
Sören Gnädig schüttelte den Kopf. »Der zuständige Richter hat das schriftliche Geständnis bereits erhalten und wird etwaige Fragen dazu der Staatsanwaltschaft überlassen.

»Wenn die Spusi durch ist, nehm ich die Köpfe mit. Die älteren Opfer sind zwischen ein und zwei Wochen tot, das Jüngste erst ein paar Stunden. Alles andere kann ich erst sagen, wenn ich sie auf meinem Tisch hatte.«
Sie schüttelte immer noch fassungslos den Kopf. »Was für eine ekelhafte Sauerei. Langsam werde ich zu alt für solch einen Mist. Wieso hat der Kerl die Köpfe in euer Bett gelegt? Hat da womöglich noch einer 'ne Rechnung mit dir offen, Jan?«
»Wieso mit mir? Warum nicht mit Hannah, oder sogar der gesamtem Mordkommission?«, fragte Jan gereizt.
»Entschuldige, war nur 'ne Frage. Also, ich bin dann mal weg. Lege 'ne Nachtschicht ein. Alles andere morgen früh. Pass auf Hannah auf. Am besten, ihr fahrt gleich nochmal ins Krankenhaus. Nur zur Vorsicht.«
»Ja gut, Josie, danke«, hatte sich Jan wieder beruhigt.
»Josie hat recht, ihr solltet...«
»Das musst du Hannah sagen, Rico, nicht mir«, war Jan genervt.
»Äh, na gut. Wir können jetzt hier nichts mehr tun. Am besten ihr packt eure Sachen und fahrt ins Lindner. Ein paar Stunden Ruhe werden euch sicher gut tun.«
»Quatsch, wir haben unten noch ein Gästezimmer. Ihr könnt das obere Stockwerk absperren, das reicht.«
»Wie ihr wollt. Wenn ihr diesen Gestank im Haus ertragen könnt, meinetwegen. Wir sehen uns um halb neun im Gericht. Ich lasse zwei Kollegen vor der Tür, nur zur Sicherheit.«
»Gut, Rico, danke.«
Als Jan zurück ins Haus ging, saß Hannah am Küchentisch, hatte sich im Gäste-WC geduscht, sich angezogen und Kaffee gekocht. Es war mittlerweile kurz vor sechs. Es roch nach Raumspray. Hannah hatte alle Fenster aufgerissen, über eine Stunde durchgelüftet und danach den üblen Verwesungsge-

stank mit einer ganzen Flasche Rosenduft bekämpft. Sie schwenkte Jans Kaffeepott.
»Willst du auch einen?«
Jan nickte. »Gern, mir brummt der Schädel als wär da 'n vollbeladener Güterzug durchgerauscht.«
»Wenn ich die leeren Bierflaschen auf dem Wohnzimmertisch zähle, ist das allerdings kein Wunder.«
Jan zuckte mit den Schultern. »Konnte nicht einschlafen.«
»Also, du wolltest mir erzählen, was es mit deiner Ex-Freundin aus Hamburg auf sich hat.«
Jan nickte, nahm einen großen Schluck heißen Kaffee und erzählte Hannah von den beiden mehr oder weniger zufälligen Treffen mit Esther.
»Und du hast sie am Taxisstand vorm Bahnhof nicht geküsst, oder?«
»Nein, verdammt, wer hat das denn gesagt?«
Hannah nahm ihr Handy und zeigte Jan das Foto, das Benjamin geschossen und ihr geschickt hatte.
»Woher hast du das?«
»Von Benjamin, der hat euch da zufällig gesehen.«
»So ein Arschloch. Na ja, dass der Rache will, ist klar. Also, Esther hat mir beim Abschied einen harmlosen Kuss gegeben. Ende der Geschichte.«
»Abschied?«
»Ja, Abschied. Es sind keine weiteren Treffen geplant.«
»Na, da bin ich ja beruhigt, mein Schatz.«
»Sag mal. Hannah, kann es sein, dass du tierisch eifersüchtig bist? Ich dachte immer, so was gibt es bei euch Jungpionieren gar nicht. Ihr hattet doch immer eine ausgesprochen liberale Einstellung zu Partnerschaften. Freie Liebe wurde das genannt, oder?«
»Darum geht es nicht. Wenn du keinen Bock mehr auf mich hast, dann möchte ich einfach nur, dass du so ehrlich bist und mir das sagst.«

»Klar, sollte das irgendwann mal so weit kommen, werde ich das tun, versprochen.«
Hannah grinste. »Aber du weißt, gleiches Recht für alle, oder?«
»Na klar doch, im Zuge der Gleichberechtigung ist das doch nur recht und billig.«
Jan beugte sich über den Tisch und drückte Hannah einen Kuss auf.
»Aua, pass doch auf, mein Schädel brummt wie 'n Grizzly auf Brautschau.«
»Sollen wir nicht doch lieber in die Klinik fahren?«, fragte Jan.
Hannah schüttelte den Kopf und wechselte das Thema. »Wer war das hier heute Nacht? Ardian Shala? Wahrscheinlich sind wir ihm zuletzt zu sehr auf die Füße getreten, oder?.«
»Möglich, aber im Moment kommen noch andere In Frage. Vielleicht waren das Skutins Leute, oder sogar Ponomarov, der die Morde Skutin in die Schuhe schieben will. Nicht auszuschließen, dass der Richter hinter dieser Sache steckt, um ebenfalls Skutin als Täter hinzustellen.«
»Da fällt mir ein, was macht eigentlich Oskar?«
»Du glaubst doch nicht immer noch, dass Oskar der Mörder ist, oder?«
»Tja, wo war der denn gestern Mittag und vor allem, wo war er heute Nacht?«
Jan schüttelte energisch den Kopf. »Unsinn, Hannah, hör auf damit, Oskar hat mit der Sache nichts zu tun. Du glaubst doch nicht wirklich, dass er ein Mörder ist?«
»Ich bin Polizistin, ich glaube gar nichts, ich halte mich an Fakten. Und die sagen mir, dass Oskar zum Kreis der Verdächtigen gehört.«
»Hm, na meinetwegen. Ich hab's schon mal gesagt, du befindest dich auf dem Holzweg, Hannah. Aber mal eine ande-

re Frage: Wer hat eigentlich alles einen Schlüssel für das Haus?«
Hannah überlegte kurz. »Außer uns nur meine Eltern. Äh, nee, einen hab ich bei den Nachbarn hinterlegt. Die beiden alten Herrschaften sind total nett und sie sind vor allem immer zu Hause. Nur für den Fall, dass einer von uns mal ohne Schlüssel vor der Tür steht.«
»Sonst niemand? Was ist mit den Vormietern oder deinem Ex und seiner Ex-Verlobten?«
Hannah schüttelte den Kopf. »Wir haben im letzten Jahr das Türschloss auswechseln lassen, du erinnerst dich?«
»Ja, stimmt, hatte ich vergessen.«
»Glaubst du, dass Oberdieck morgen die Verhandlung gegen Podelczik abbläst, wenn er von dem erneuten Mord erfährt?«
»Nein, garantiert nicht. Im Gegenteil, der wird sich mehr denn je beeilen, Podelczik in den Knast zu bringen. Er wird sich nach wie vor auf dessen Geständnis berufen und den erneuten Mord einem Trittbrettfahrer oder einem möglichen Komplizen in die Schuhe schieben.«
»Bin mal auf die Ergebnisse von KTU und Rechtsmedizin gespannt. Vielleicht hat der Täter diesmal einen entscheidenden Fehler gemacht.«
Jan nickte. »Ja, vielleicht. Was hältst du davon, wenn wir uns noch 'n Stündchen hinlegen, bevor wir losmüssen?«
»Aber du lässt die Finger von mir, verstanden. Ist noch zu früh für Versöhnungssex. Außerdem brummt mein Schädel.«
»Versprochen. Ich werde dich behandeln wie ein rohes Ei.«

Um kurz vor acht verließen Hannah und Jan das Haus. Sie hatten auf der Couch im Gästezimmer geschlafen. Der üble Gestank war zwar merklich abgeebbt, aber immer noch allgegenwärtig und das würde wohl auch noch eine Zeit lang so bleiben, selbst nachdem sie ihr Schlafzimmer gründlich ge-

putzt und desinfiziert hätten. Die Kollegen von der KTU waren immer noch nicht fertig. Möglicherweise würden sich die Untersuchungen noch über den ganzen Tag hinziehen. Hannah hatte beim Frühstück vorgeschlagen, für ein paar Tage im Marriott zu übernachten. Jan war einverstanden, hatte sich aber für das Lindner Hotel ausgesprochen und sich schließlich, nachdem er ein paar Schweißtropfen vergossen hatte, mit der Begründung, dass das Lindner günstiger und ruhiger sei, auch durchgesetzt.
»Spricht einiges dafür, dass Shala und seine Albaner hinter dieser Schweinerei stecken, oder?«, glaubte Hannah. »Fragt sich nur, wie die reingekommen sind. Ich hab im Moment noch immer keine Erklärung dafür. Einen Schlüssel hatten die jedenfalls nicht.«
Jan zog die Augenbrauen hoch und schürzte die Lippen. »Tja, aber irgendwie müssen die ja ins Haus gelangt sein, ohne Türen oder Fenster aufzubrechen. Hast du eigentlich auch das Schloss an der Garage auswechseln lassen?«
»Sicher«, nickte Hannah.
»Auch am Seiteneingang zum Garten?«
Hannah schüttelte den Kopf. »Nee, aber das weiß ja niemand. Außerdem hätte der Kerl ohnehin übern Zaun in den Garten klettern müssen, um nicht entdeckt zu werden. Die Bewegungsmelder hätten in diesem Fall allerdings sofort reagiert. Und selbst, wenn er in die Garage gelangt wäre, die Zwischentür zum Haus hat ebenfalls ein neues Schloss.«
»Also bleibt in der Tat nur noch die Möglichkeit, dass der Einbrecher im Besitz eines Schlüssels war, wo auch immer er den herhatte. Denk noch mal nach, Hannah, ob nicht doch noch irgendwo ein weiterer Schlüssel existiert. Und wenn wir zurück sind, werden wir unseren Nachbarn einen Besuch abstatten. Bin gespannt, ob die ihren Schlüssel noch haben.«
»Mach mal leiser, was ist das?«, stutzte Hannah, die von irgendwoher ein Geräusch gehört hatte.

»Ach, Shit, hab ich ganz vergessen, mach mal das Handschuhfach auf. Hab mein Handy gestern Abend da reingelegt und beim Aussteigen nicht mehr dran gedacht.«
»Hast du nicht vorhin Rico angerufen?«, wunderte sich Hannah.
»Ja, mit deinem Handy. Ich dachte, ich hätte meins unten im Wohnzimmer liegen gelassen.«
»Oh, verdammt, Josie«, sagte Hannah mit Blick auf das Display.
Jan nickte ihr kurz zu, dass sie das Gespräch annehmen sollte.
»Was ist los bei euch? Ich versuche euch seit einer Stunde pausenlos zu erreichen und höre immer nur die verdammte Mobilbox. Wart ihr im Krankenhaus?«
»Nee, Josie. Ist soweit alles in Ordnung, war nur 'n Kratzer. Geht schon wieder. Jan hatte sein Handy im Handschuhfach liegenlassen und bei meinem war der Akku leer.«
»Äußerst professionell, meine Turteltäubchen. Seid ihr beim Malteser Hilfsdienst oder bei der Kripo?«
»Hast ja recht, aber die drei abgeschnittenen Köpfe in meinem Bett haben dann doch kurzzeitig für eine gewisse Verwirrung gesorgt, um es mal milde auszudrücken.«
»Hm, okay, die Entschuldigung kann ich gelten lassen. Ich nehme an, ihr seid auf dem Weg ins Landgericht?«
»Ja, dann sehen wir uns gleich«, sagte Hannah.
»Vielleicht«, antwortete Josie. »Also, Podelczik hat die Frauen nicht umgebracht. Er ist definitiv unschuldig.«
»Ist das jetzt endgültig klar?", wollte Hannah wissen.
»Ja, die Köpfe aller drei Opfer wurden mit dem gleichen Sägeblatt abgetrennt. Die Schnitte am Hals weisen alle dasselbe Zackenmuster auf und bei allen dreien haben wir die gleichen Metallspäne gefunden."
»Sicher?«

»Ganz sicher, meine Liebe, aber es kommt noch besser. Wir haben bei dem letzten Opfer fremde DNA gefunden.«
»Im Gesicht?«
»Nein, im Mund. Die Kleine hatte kurz vor ihrem Tod Sex gehabt. Und dreimal dürft ihr raten, wem sie einen geblasen hat?«
»Wie, das wisst ihr?«
»Ja, ich hatte da so einen siebten Sinn und habe die DNA mit der unserer Freunde von der Justiz verglichen. Und siehe da, bereits der erste Versuch war ein Volltreffer.«
»Der Richter«, platzte es aus Hannah heraus.
»Bingo«, antwortete Josie.
»Kein Zweifel?«
»Nee, ist so sicher wie das Amen in der Kirche.«
»Wer weiß davon?«
»Was soll denn die Frage? Nur ihr natürlich.«
»Okay, Josie, super gemacht. Wir werden diese Info für uns behalten. Sollen die Idioten ihren Spaß haben und Podelczik verurteilen. Danach werden wir ihnen kräftig den Arsch aufreißen und zwar bis zum Stehkragen. Wir sehen uns gleich, bring am besten gleich den Obduktionsbericht mit. Wir haben diese Schweine am Kanthaken.«
»Aber nicht den Täter«, meinte Josie.
»Im Moment interessiert mich das so viel, als würde irgendwo in China 'n Sack Reis umfallen.«
»Na dann, bis gleich, Täubchen.«

Richter Sören Gnädig saß völlig entspannt am Frühstückstisch und studierte in aller Ruhe die Leipziger Volkszeitung, als sein Handy klingelte. »Schönen guten Morgen, Ralf, alles im Griff?«, nahm er das Gespräch gut gelaunt entgegen.
»Schön ist was anderes, Sören, es gibt ein weiteres Opfer. Heute am frühen Morgen wurde der Kopf einer jungen Frau

gefunden. Er lag zusammen mit den Köpfen der beiden anderen Opfer im Bett von Hauptkommissarin Dammüller.«

»Oh, üble Sache…, aber das war ja fast schon zu erwarten. Im Bett dieser blonden, gutgebauten Polizistin, sagst du? Da würde mir doch glatt was Besseres einfallen.«

»Wie bitte? Ist das alles, was du dazu zu sagen hast? Wir sind geliefert, Sören. Podelczik sitzt im Gefängnis, der wird die Frau wohl kaum umgebracht haben und damit wird unser Prozess zur Farce. Wir können einpacken und sind gut beraten, umgehend unsere Strategie zu ändern.«

»Ruhig Blut, Kollege, es gibt überhaupt keinen Grund zur Panik.«

»Du hast gut reden, du musst nicht gleich einen Prozess…«

»Diese Nachricht muss unbedingt unter Verschluss bleiben«, fiel der Richter dem Oberstaatsanwalt ins Wort, »und zwar bis die Verhandlung beendet ist. Nach Stand der Dinge könnte bereits morgen das Urteil gesprochen werden. Du musst Wawrzyniak die Anweisung erteilen, vorerst nichts an die Presse zu geben.«

»Längst geschehen. Die Frage ist nur, ob nicht bereits was durchgesickert ist.«

»Na und? Und wenn schon, dann haben wir eben einen neuen Fall. Podelczik hat gestanden und niemand hat ihn dazu gezwungen, basta! Die Staatsanwaltschaft vertritt die Anklage und nicht die Verteidigung des Beschuldigten. Von seinem Rechtsbeistand lässt sich der Angeklagte nicht helfen. Was bitte soll da am Ende anderes bei herumkommen, als eine lebenslange Haftstrafe?«

»Mag sein, aber da sind immer noch die Zeugenaussagen des Arztes und seiner Mitarbeiterinnen, die Podelczik zur Tatzeit in ihrer Praxis gesehen haben wollen.«

»Darüber brauchst du dir keine Sorgen machen. Die werden ihre Aussagen relativieren, vielleicht sogar komplett zurückziehen.«

»Wie kommst du denn da drauf? Das glaube ich nicht.«
»Klatt war gestern in der Praxis in Hartmannsdorf und hat dem Arzt Podelcziks Geständnis vorgelegt. Er hat ihm geraten, auszusagen, dass er und seine Angestellten sich wohl doch geirrt hätten.«
»Was? Bist du von allen guten Geistern verlassen? Was ist, wenn der Arzt vor Gericht von Klatts Besuch erzählt?«
»Nun mach mal halblang, Ralf. Der wird den Teufel tun. Klatt hat ihm sogar einen Gefallen getan. Ansonsten liefe der gute Mann Gefahr, eine Falschaussage zu machen. Der wird sich nicht in die Nesseln setzen, glaub mir.«
»Ist jetzt ohnehin nicht mehr zu ändern. Ich muss jetzt los, in einer Stunde beginnt der Prozess. Wir sehen uns im Landgericht.«
»Das schafft ihr locker allein, ihr braucht mich nicht. Wenn ich da erscheine, könnte noch jemand auf den Gedanken kommen, dass ich womöglich ein persönliches Interesse an diesem Fall hätte. Da werden nur schlafende Hunde geweckt. Morgen ist der ganze Spuk vorüber. Podelczik wandert ins Gefängnis und wir sind endgültig raus aus der Sache.«
»Du hast Nerven, aber gut, vielleicht hast du sogar recht. Ich melde mich nach der Verhandlung.«
Nachdem er aufgelegt hatte, schüttelte der Richter den Kopf. »Wie konnte so ein Weichei nur Oberstaatsanwalt werden?«, flüsterte er fassungslos vor sich hin.
Er schlug den Sportteil der Tageszeitung auf und las den Vorbericht zur heutigen Champions-League Begegnung zwischen RB Leipzig und dem FC Porto. Er fieberte dem Spiel schon mit großem Interesse entgegen, jedenfalls bedeutend mehr als dem Ausgang dieses Prozesses. Im Gegensatz zum Fußballspiel stand da das Ergebnis bereits schon vor dem Abpfiff fest.

Das Landgericht Leipzig war ein imposantes zweieinhalbstöckiges, mächtiges Gebäude, das 1878 von Architekt Emil Anton Buschick ursprünglich als königlich-sächsisches Landgericht erbaut worden war.
Exakt fünf Minuten vor neun wurde die Tür zum Saal der Großen Strafkammer des Landgerichts in der Harkortstraße von den Gerichtsdienern geschlossen. Der Raum war brechendvoll, bis auf den letzten Platz besetzt. Im Zuschauerbereich saßen nahezu ausschließlich Presse- und Medienvertreter. Interessierte Besucher der öffentlichen Verhandlung fanden keinen Einlass mehr, was die Leute mit deutlich vernehmbaren Unmutsäußerungen draußen auf dem Flur kundtaten. Jan schätzte, dass im Zuschauerraum maximal fünfzig Personen Platz fanden, zu wenig für einen aufsehenerregenden Mordprozess dieser Tragweite.
Hannah und Jan saßen in der ersten Reihe neben Rico Steding und Polizeioberrat Horst Wawrzyniak. Im rechten Winkel vor ihnen hatte die Verteidigung Platz genommen. Gegenüber saßen die Vertreter der Staatsanwaltschaft umgeben von Schriftführern, Protokollanten und Gerichtsdienern, einer ganze Armee von Justizangestellten.
Am erhöhten Richtertisch hatte der Vorsitzende Richter Dr. Schmidt Platz genommen, zu beiden Seiten von jeweils zwei Beisitzern flankiert. Bis auf Rico Steding hatten sämtliche Zeugen zunächst außerhalb des Sitzungssaales Platz genommen. Der Chef der Mordkommission wurde lediglich als Leitender Ermittler in den vorliegenden Mordfällen zur Sache gehört. Allerdings war bereits beschlossen, dass er ausschließlich auf die Fragen von Gericht, Staatsanwaltschaft und Verteidigung zu antworten hatte und tunlichst darauf verzichten sollte, den Sachverhalt aus seiner Sicht zu schildern. Dies hatte ihm Oberstaatsanwalt Oberdieck vorher unmissverständlich klar gemacht. Der Fall Podelczik war gelöst, der Täter hatte ein lückenloses Geständnis abgelegt.

Sämtliche relevanten Fakten lagen auf dem Tisch, es waren keine Fragen mehr offen. Der Angeklagte würde sich in allen Punkten vor Gericht schuldig bekennen, der Verteidiger würde dies bestätigen und lediglich einen Antrag auf mildernde Umstände wegen eines gewissen Grades von verminderter Schuldfähigkeit stellen. Ein dementsprechend sachverständiger Psychologe würde die Begründung dafür in einem ausführlichen Gutachten bei Gericht vortragen. Jan war sich relativ sicher, dass Podelczik von dieser Aktion seines Anwalts keine Ahnung hatte und damit auch in keinster Weise einverstanden war. Podelczik wollte zurück ins Gefängnis, nicht in die Psychiatrie.
Jan sah auf die Uhr. Es war bereits fünf nach neun, vom Angeklagten war noch nichts zu sehen. Allerdings war es um diese Zeit durchaus möglich, dass die Wagenkolonne, die den Angeklagten aus der Justizvollzugsanstalt aus Wachau in die Innenstadt nach Reudnitz bringen sollte, irgendwo unterwegs im dichten Verkehr steckengeblieben war. Das Landgericht lag in unmittelbarer Nähe zum Polizeipräsidium in der Dimitroffstraße. Trotzdem waren Hannah und Jan mit ihrem Wagen direkt auf den Parkplatz des Landgerichts gefahren, um nicht Gefahr zu laufen, zu spät zu kommen und womöglich keinen Platz mehr im Sitzungssaal zu finden. Sie waren in diesem Prozess nicht als Zeugen geladen und galten lediglich als interessierte Zuhörer.
Als der Angeklagte um zehn nach neun immer noch nicht erschienen war, machten sich die ersten Anzeichen von Unruhe im Saal bemerkbar. Weitere fünf Minuten später winkte der Vorsitzende Richter Staatsanwaltschaft und Verteidigung zum Richtertisch. Fast im selben Augenblick öffnete sich eine Seitentür und ein Polizeibeamter in Uniform betrat, begleitet von einem Gerichtsdiener, den Saal und steuerte zielstrebig auf den Richtertisch zu. Der Beamte übergab dem Richter einen Umschlag. Der Richter sprach kurz mit dem

Polizisten, dann öffnete er das Couvert. Jan glaubte aus einer Entfernung von gut zehn Metern erkennen zu können, wie der Richter plötzlich kreidebleich wurde.
Wieder steckten die drei Männer die Köpfe zusammen. Oberstaatsanwalt Oberdieck trat erschrocken einen Schritt zurück, Rechtsanwalt Dr. Klatt schüttelte ungläubig den Kopf, als sie vernahmen, was Richter Dr. Schmidt ihnen zu mitzuteilen hatte. Schließlich kehrten die beiden auf ihre Plätze zurück, setzten sich und flüsterten hektisch mit ihren Assistenten. Dann schlug der Vorsitzende mit dem Holzhammer zweimal kurz auf den Tisch, zum Zeichen, dass er etwas zu verkünden hatte. Es wurde umgehend mucksmäuschenstill im Saal. Die Leute ahnten bereits, dass irgendetwas Unvorhergesehenes eingetreten war.
»Meine Damen und Herren, die heutige Sitzung des Landgerichts wird vertagt. Ich bitte um ihr Verständnis. Die Begründung geht den anwesenden Vertretern der Medien im Laufe des Tages per e-mail zu.«
Richter Dr. Schmidt packte eilig seine Unterlagen zusammen und verließ schnellen Schrittes den Sitzungssaal, um keine weiteren Fragen beantworten zu müssen. Horst Wawrzyniak hatte sich erhoben und war auf den Weg zu Oberstaatsanwalt Oberdieck. Unter den Pressevertretern machte sich sofort hektische Betriebsamkeit breit. Sie liefen wie eine Horde angeschossener Karnickel orientierungslos durch den Saal und versuchten, von Staatsanwaltschaft und Verteidigung Stimmen einzufangen. Die Gerichtsdiener hatten alle Hände voll zu tun, um die Medienvertreter aus dem Saal zu bitten. Jan sah, wie es einigen Journalisten gelungen war, trotzdem zum Oberstaatsanwalt durchzudringen. Der winkte verärgert ab und versuchte, umringt von den lästigen Presseleuten, durch eine Seitentür den Sitzungssaal zu verlassen.
»Verdammt, was ist da los?«, wunderte sich Rico.
»Keine Ahnung«, zuckte Jan mit den Schultern.

»Ich ahne Böses«, hatte Hannah ein mulmiges Gefühl.
Als sie das Gesicht von ihrem Chef Horst Wawrzyniak sah, als er von Oberstaatsanwalt Oberdieck zurückkam, fühlte sie sich bestätigt.
»Podelczik ist tot. Der hat sich heute Morgen in der Waschkaue mit einer Rasierklinge die Pulsadern aufgeschnitten. Jede Hilfe kam zu spät. Verdammte Scheiße, jetzt haben wir den Salat«, war Waffel fassungslos.
»Um Gottes willen«, platzte es aus Rico Steding heraus.
»So schlimm das auch ist, wundern tut's mich ehrlich gesagt wenig. Das war doch abzusehen, verdammt. Die hätten auf den Mann aufpassen müssen, er war hochgradig suizidgefährdet«, sagte Hannah.
»Hm, viel besser hätte es für diese Justizmafiosi gar nicht laufen können - wenn es nicht diesen erneuten Mord gegeben hätte. Das wird sie in Erklärungsnot bringen. Und wenn Oberdieck erfährt, dass sein Freund und Leidensgenosse bereits wieder mitten im Fokus der Ermittlungen steht, wird er dem Herzinfarkt nahe sein«, meinte Jan.
»Was, wieso?«, wollte Waffel wissen.
»Beim jüngsten Opfer wurde die DNA von Richter Gnädig gefunden«, antwortete Hannah.
»Und es kommt noch besser, Chef. Der Kopf der Frau ist mit dem gleichen Sägeblatt abgetrennt worden, wie die Köpfe der ersten beiden Opfer«, fügte Jan hinzu.
»Was dann ja wohl beweist, dass Bruno Podelczik komplett unschuldig ist, äh, war, oder?«, schlussfolgerte Rico treffend.
Polizeioberrat Wawrzyniak schüttelte entsetzt den Kopf. »Und das ist alles ganz sicher?«
»Josie hat uns heute Morgen kurz vor Beginn der Verhandlung über die Ergebnisse der nächtlichen Obduktion des Opfers unterrichtet. Sie wird jeden Moment mit ihrem schriftlichen Bericht hier auftauchen«, sagte Hannah.

»Also gut, Hannah und Jan, ihr beiden fahrt sofort in die Justizvollzugsanstalt und seht, was ihr dort herausfinden könnt«, ordnete Waffel entschlossen an. „Rico, du wartest hier auf Frau Dr. Nussbaum und dann kommt ihr sofort ohne Umwege in mein Büro. Jetzt werden wir uns die Kameraden mal richtig zur Brust nehmen«, schaltete der Polizeioberrat in den Kampfmodus.
»Wo ist eigentlich Oskar?«, fragte Rico.
»Möchte ich auch gern mal wissen«, antwortete Hannah.
»Den hab ich auf Adam und Vitus angesetzt. Wir werden gleich im Auto versuchen, ihn zu erreichen«, erklärte Jan.
Draußen vorm Gericht hatten sich bereits mehrere Fernseh- und Rundfunkanstalten aufgebaut und berichteten vom geplatzten Prozess gegen Bruno Podelczik. Wahrscheinlich wussten die mittlerweile, dass der Mann Selbstmord begangen hatte.
»Na, dann werden wir gleich mal das Radio anstellen. Irgendeiner wird mit Sicherheit bereits aus dem Nähkästchen geplaudert haben. Bin gespannt, ob die auch schon wissen, dass es ein weiteres Opfer gegeben hat?", rätselte Jan.
Hannah zuckte mit den Achseln. »Ist jetzt auch egal. Gib Gas, wir müssen uns beeilen, sonst versuchen unsere Freunde von der Justiz vielleicht noch, irgendwas zu vertuschen. Zuzutrauen ist denen das jedenfalls.«
In den zehn Uhr Nachrichten war noch nichts von den Vorfällen in der JVA und im Landgericht zu vernehmen. Allerdings würde dieser Zustand nicht mehr lang anhalten, wusste Jan aus Erfahrung. Die Spekulationen der Presse würden jeden Moment an die Öffentlichkeit gelangen, allerdings ohne offizielle Bestätigung von Polizei und Staatsanwaltschaft.

In der JVA in Wachau herrschte regte Betriebsamkeit, von übertriebener Hektik konnte allerdings nicht die Rede sein. Leider kam es immer mal wieder vor, dass ein Häftling Suizid

beging oder es zumindest versuchte. Die Vollzugsbeamten waren in dieser Hinsicht einiges gewohnt und blieben deshalb auch einigermaßen gelassen.
Hannah und Jan fanden Bruno Podelczik in einem relativ kleinen Waschraum in unmittelbarer Nähe zum Aufenthaltsraum des Wachpersonals. Er saß blutüberströmt mit ausgestreckten Beinen mit dem Rücken an der Wand einer einzelnen Duschkabine und hielt in seiner rechten Hand einen Nassrasierer, an dem die schützende Plastikverkleidung von der Klinge abgetrennt worden war. Podelczik hatte tiefe Einschnitte am Hals und an beiden Handgelenken.
»Das ist doch nicht die Waschkaue für Häftlinge. Wieso befindet der sich in der Personaldusche? Was soll das?«, fragte Jan. »Wer hat das veranlasst?«
Der diensthabende Wachmann, ein mittelgroßer, eher unauffällig wirkender Mittfünfziger mit Geheimratsecken und dicker Knollennase, zuckte mit den Schultern. »Ein mehrfacher Frauenmörder ist nicht gerade beliebt bei seinen Mithäftlingen. Wir konnten den unmöglich zusammen mit den anderen Gefangenen in die Waschkaue schicken, da fehlt uns die Kontrolle.«
»So, und was ist mit den Überwachungskameras?«, wollte Hannah wissen.
»Kameras in der Waschkaue? Gibt es da nicht. Müssten sie eigentlich wissen. Die Tür bleibt offen, ein Beamter steht zur Beobachtung davor. Mehr ist leider nicht möglich. Wenn die einen auf dem Kieker haben, finden die Kerle immer wieder Mittel und Wege, sich den Typen vorzunehmen und ihm zumindest 'ne Tracht Prügel zu verpassen. Frauenmörder stehen bei denen ganz oben auf der Liste. Gleich hinter Pädophilen und Kinderschändern.«
»Ach so, na ja, dann lieber einen Selbstmord in Kauf nehmen, als ein paar blaue Flecken, oder wie? Sagen Sie, sind Sie eigentlich total bescheuert, einen derart stark suizidge-

fährdeten Mann allein und unbeaufsichtigt mit einem Rasiermesser in der Hand in einen abgeschlossenen Duschraum zu sperren?«

»Nee nee, Herr Kommissar, das Ding können Sie uns nicht anhängen. In der Akte des Mannes gab es keinen Vermerk, dass der Typ selbstmordgefährdet war. Wir haben vorher mit seinem Anwalt gesprochen und der war mit der Maßnahme, den Häftling vorsichtshalber nicht in den Waschraum der Häftlinge zu lassen, einverstanden. Der hat ihm doch auch heimlich das Rasiermesser zugesteckt. Bei uns dürfen nur Einwegrasierer unter strenger Aufsicht benutzt werden, die von der Anstalt ausgegeben und kontrolliert werden. Nach Benutzung werden die sofort wieder vom Personal eingesammelt.«

»Ja, haben Sie Podelczik denn nicht gefilzt, bevor er die Dusche betreten hat?«, fragte Hannah.

»Der Mann sollte duschen und sich rasieren. Da reicht ein Handtuch und ein Stück Seife nicht. Zudem, und ich wiederhole mich, galt der Mann nicht als suizidgefährdet.«

»Wer entscheidet eigentlich darüber?«

»Der Staatsanwalt, Frau Kommissarin, oder ein staatlich bestellter Gutachter, ein Arzt, Psychologe oder Psychiater.«

Jan legte Hannah die Hand auf den Arm und nickte ihr kurz zu. »Schon gut, Hannah. Die Spurensicherung wird jeden Moment eintreffen. Ich hoffe, dass hier bisher niemand etwas angefasst hat. Wie lange war Podelczik unbeaufsichtigt in der Dusche?«

»Fünfzehn Minuten etwa", sagte der Beamte, dessen Gesicht mittlerweile puterrot angelaufen war. Entweder Stress oder hoher Blutdruck, dachte Jan, dem die Schweißperlen auf der Stirn des Beamten aufgefallen waren. Ein Indiz dafür, dass der Mann soff wie ein Berserker, daher stammte womöglich auch die monströse, rötliche Knollennase. Oder plagte den Mann nur sein schlechtes Gewissen?

»Ein Kollege hat den Mann gefunden und natürlich sofort versucht, ihm noch zu helfen. Aber als er den Puls fühlen wollte, war der Mann bereits tot.«
»Okay, der Kollege soll sich sofort bei den Mitarbeitern von der Spurensicherung melden und eine DNA-Probe abgeben. Sie kennen das. Ach ja, und Sie können definitiv ausschließen, dass jemand den Duschraum betreten hat, während Podelczik dort drinnen war?«
»Na ja, die Personaldusche kann man von innen verriegeln. Als wir ihn fanden, war die Tür offen. Schon möglich, dass da jemand reingegangen ist. Aber das können wir feststellen, auf dem Flur gibt es eine Überwachungskamera. Allerdings dürfen sich Häftlinge in diesem Bereich nicht frei bewegen. Derjenige hätte also am Wachpersonal vorbeigehen müssen.«
»Gut, schicken Sie uns bitte umgehend das Überwachungsvideo und beantworten Sie bitte keine Fragen, wenn die Presse sich, auf welchem Weg auch immer, hier melden sollte. Es gilt vorerst eine strikte Nachrichtensperre, klar?«
»Selbstverständlich, Herr Kommissar«, sagte der Wachmann, als im gleichen Moment die Kollegen von der Spurensicherung eintrafen. Josie Nussbaum war nicht dabei.
»Wo ist die Chefin?«, erkundigte sich Hannah.
»Kommt nach, ist erst noch ins Präsidium gefahren, um einen Bericht abzugeben«, antwortete ein junger Beamter, der aussah wie einer von Josies Assistenten aus der Gerichtsmedizin.
»Gut, dann stellt mal den Laden hier mal gründlich auf den Kopf. Sieht so aus, als hätte es keine Fremdeinwirkung gegeben. Der Beamte, der den Mann gefunden hat, meldet sich gleich bei euch. Wir sehen uns das Überwachungsvideo an und geben euch Bescheid, wenn jemand in der fraglichen Zeit den Duschraum betreten hat. Davon gehen wir im Moment allerdings nicht aus.«

Auf dem Weg zurück ins Präsidium rief Oskar an. Jan nahm das Gespräch an und stellte auf Lautsprecher.
Endlich, wo zum Teufel treibst du dich eigentlich rum und warum gehst du nicht ans Handy, verdammt?", war Jan angefressen.
Hannah schüttelte, wie so oft, verständnislos den Kopf.
»Der Kerl macht eben, was er will und niemand schreitet ein«, kommentierte sie halblaut.
»Bei Observationen ist das Handy auf lautlos zu stellen, so steht's im Handbuch für moderne Polizeiarbeit. Müsstest du eigentlich wissen.«
»Was? Welches Handbuch? Tickst du noch ganz richtig? Du musst im Dienst jederzeit für deine Kollegen erreichbar sein, das steht auch im Handbuch, du Trottel.«
»In welchem?«
»In meinem.«
»Wusste ja gar nicht, dass du...«
»Halt einfach die Klappe, Oskar und erzähl, was es Neues gibt.«
»Ja, äh, eigentlich nichts, was wir nicht schon wüssten. Bis auf die Tatsache, dass aus dem Trio ein Quartett geworden ist. Ruslan ist aus dem Krankenhaus und humpelt auf Krücken herum. Er hat sich mit Adam, Vitus und Ardian Shala im Büro der Begleitagentur getroffen. Schätze, dass die Albaner den Laden übernehmen wollen, um ihren Einstieg in die Prostitution einzuläuten. Vitus behält seinen Job, Die beiden Tschetschenen werden beteiligt. So muss sich Ardian als neuer Eigentümer nicht selbst um alles kümmern. Er wird allerdings ein paar neue, hübsche Mädchen besorgen müssen, aber daran sollte es ja nicht scheitern. Vitus kennt die Stammkunden und wird sie demnächst mit Frischfleisch versorgen. Adam und Ruslan werden die Mädchen beschützen und abkassieren.«

Jan nickte. »So oder so ähnlich war's ja zu erwarten. Was uns jetzt noch fehlt, ist ein Hinweis auf eine Verbindung zwischen Shala und Richter Gnädig. Möglicherweise hat Vitus die beiden zusammengebracht. Der kannte den Richter zwar nicht persönlich, wusste aber, dass er bei den Freimaurern ist und zu den Männern gehörte, die Natascha und Nadeschda regelmäßig gevögelt haben. Und er wusste vielleicht auch, dass Natascha den Richter erpresst hat. Ist durchaus möglich, dass Vitus Ardian Shala von dieser Erpressung erzählt hat und der daraufhin dem Richter angeboten hat, das Problem auf seine Art zu lösen. «
»Und um nicht selbst Hand anlegen zu müssen, hat Ardian die drei Tschetschenen angeheuert, die die Mädchen umgebracht haben«, ergänzte Oskar.
Jan nickte. »Und um seinen Widersacher Ivan Skutin zu belasten, hatten die Männer den Auftrag, die Frauen zu köpfen und ihnen die Organe rauszuschneiden. Es sollte danach aussehen, als hätten Organhändler die jungen Frauen ermordet.«
»Und Ponomarov hat daraufhin Skutin ins Visier genommen und hat ihn mit seinen Leuten vor Skutins Club aufgelauert und angegriffen.«
»Das allerdings glaube ich nicht, Oskar. Auch das hat Ardian Shala geschickt eingefädelt, indem er die Tschetschenen auf Skutin gehetzt hat. Es sollte für Skutin so aussehen, als würde er von Ponomarovs Leuten attackiert werden. Wie gesagt, Shala versucht, die Russen gegeneinander auszuspielen und das ist ihm bisher scheinbar ganz gut gelungen.«
»Aber hat ihm dieser Hamburger Chef-Albaner nicht untersagt, sich in die Prostitution und den Drogenhandel einzumischen?«, schaltete sich Hannah ein.
»Hat er und deswegen ist Krenor jetzt tot.«

»Ach du Scheiße«, entfuhr es Oskar. »Also hat Shala jetzt freie Bahn, oder? Na, dann wird`s hier jetzt wohl erst richtig losgehen.«
»Hör zu, Oskar, bleib an diesem Quartett dran. Irgendwie muss es eine Verbindung zu Gnädig geben und die müssen wir finden, sonst haben wir nichts gegen den Richter in der Hand. Es hat übrigens noch einen weiteren Mord gegeben. Eine junge Prostituierte ist in der Nacht auf Sonntag umgebracht, enthauptet und ausgeweidet worden. Und wieder ist die DNA von Richter Gnädig gefunden worden.«
»Was? Das gibt's doch gar nicht. Das heißt dann ja wohl, dass Podelczik endgültig aus der Nummer raus ist, oder?«
»Ja, aber das wird ihm jetzt leider auch nichts mehr nutzen.«
»Wieso, ist er bereits verurteilt worden? Das ging ja schnell.«
»Nein, Oskar, Bruno Podelczik ist tot. Er hat sich heute Morgen im Gefängnis die Pulsadern aufgeschnitten.«
Für einen Moment herrschte Schweigen.
»Selbstmord? Ist das sicher?«
»Sieht so aus. Wir kriegen gleich die Bilder der Überwachungskamera. Die Spusi ist noch vor Ort. Rechtsanwalt Klatt hat Podelczik ein Rasiermesser zugesteckt und dafür gesorgt, dass er unbeaufsichtigt im Waschraum des Personals duschen konnte.«
»Und er hat Podelczik wahrscheinlich erzählt, dass ein Psychiater ein Gutachten erstellt hat, dass ihn womöglich in die Klapsmühle bringen wird«, ergänzte Hannah.
»Wie bitte? Das ist ja Mord. Der hatte den Auftrag von Gnädig und Oberdieck, ist doch sonnenklar«, ereiferte sich Oskar.
»Ich glaube nicht, dass der Oberstaatsanwalt das gewusst hat. Nein, das haben Gnädig und Klatt allein ausgeheckt. Und wahrscheinlich wären sie damit sogar durchgekommen, wenn es nicht ein erneutes Opfer gegeben hätte. Jetzt wer-

den wir Gnädig an Kreuz nageln. Die Nägel musst du allerdings noch besorgen, Oskar. Wir brauchen die Verbindung dieser Typen zum Richter. Jetzt kannst du zeigen, was du drauf hast. Gib Gas Oskar. Wir fahren ins Präsidium und nehmen uns den Richter vor.«

Im Polizeipräsidium in der Dimitroffstraße herrschte aufgeregte Betriebsamkeit. Der Tod von Bruno Podelczik, der daraufhin geplatzte Prozess gegen den bis dato Hauptverdächtigen und der erneute Mord an einer jungen Prostituierten, hatten die Ausgangslage schlagartig verändert. Als Hannah und Jan im Büro von Polizeioberrat Wawrzyniak eintrafen, saß der bereits mit Oberstaatsanwalt Oberdieck, Dezernatsleiter Rico Steding und der Chefin der Gerichtsmedizin, Dr. Josephine Nussbaum, am runden Tisch und diskutierte die vollkommen neu entstandene Lage.
»Die Ereignisse überschlagen sich im Moment. So wie sich die Situation jetzt darstellt, haben wir einen neuen Hauptverdächtigen. Die Staatsanwaltschaft hat einen Haftbefahl gegen Richter Sören Gnädig erlassen. Die Kollegen befinden sich bereits auf dem Weg zu ihm«, sagte Horst Wawrzyniak.
»Allerdings wäre es fehl am Platze, voreilige Schlüsse zu ziehen. Die Tatsache, dass es einen erneuten Mordfall gibt, heißt noch lange nicht, dass Podelczik unschuldig ist, äh..., war. Immerhin liegt uns sein schriftliches Geständnis vor«, gab Oberdieck zu bedenken.
»Jetzt hören Sie doch endlich auf, sich an dieses vermeintliche Geständnis zu klammern. Merken Sie eigentlich noch immer nicht, was Gnädig für ein falsches Spielchen treibt? Sind Sie tatsächlich so naiv oder haben Sie mehr zu verbergen, als Sie bisher zugegeben haben?«, ereiferte sich Rico Steding.
»Immer ruhig Blut meine Herren. Wir müssen sachlich bleiben. Auch wenn uns das überhaupt nicht gefällt, das vorlie-

gende Geständnis des bisher Hauptverdächtigen ist zwar durch den erneuten Mordfall, der vom Ablauf her identisch mit den ersten beiden Morden ist, in Frage gestellt, aber noch längst nicht vom Tisch. Immerhin ist es möglich, dass es mehrere Täter sind. Ich muss ihnen hier nicht erst erzählen, wie häufig es in Mordfällen Trittbrettfahrer gibt, die so irre sind, eine Tat eins zu eins nachzuahmen. Das könnte auch hier der Fall sein.«
»Durchaus möglich, Chef, aber in unserem Fall gibt es eine Person, die eine Verbindung zwischen allen drei Taten herstellen lässt. Der Richter hatte kurz vor dem Tod mit allen drei Frauen Sex gehabt.«
»Wie bitte, was sagen Sie da, Frau Kollegin?«, war Oberdieck entsetzt.
Josie Nussbaum zuckte mit den Schultern. »Das ist Fakt, mein Lieber. Ihr Kollege hat auch mit dem letzten Mordopfer geschlafen. Irrtum ausgeschlossen.«
»Sie sollten sich langsam eingestehen, dass Sie sich verzockt haben, Herr Oberstaatsanwalt. Durchaus nachvollziehbar, dass Sie gehofft haben, mit der Verurteilung Podelcziks aus dem Schneider zu sein. Deshalb haben Sie dermaßen aufs Gaspedal gedrückt, um den Fall schnell abzuschließen. Immerhin haben Sie auch mit einem der ersten Mordopfer geschlafen. Sie haben einen fatalen Fehler begangen und wollten den auf dem Rücken Podelcziks ungeschehen machen. Hat leider nicht geklappt. Ihr Freund hat Ihnen leider einen Bärendienst erwiesen. Eigentlich sollten Sie gar nicht mehr hier sein, Herr Oberstaatsanwalt. Ich empfehle Ihnen dringend, zurückzutreten und zwar noch heute. Wir werden prüfen, ob wir auch gegen Sie Haftbefehl beantragen müssen.«
»Was erlauben Sie sich, Steding, sind Sie verrückt...«
»Ich denke, es reicht jetzt, Ralf. Du hast verloren und das weißt du auch. Euer vermeintlich wasserdichtes Szenario ist zusammengebrochen wie ein Kartenhaus.«

»Das ist doch Unsinn, Horst. Ich habe mich lediglich an die Fakten gehalten. Natürlich haben weder der Richter noch ich Interesse daran, dass gewisse Dinge an die Öffentlichkeit gelangen. Aber ich erinnere daran, dass das, was wir getan haben, zwar moralisch verwerflich, jedoch in keinster Weise strafbar ist. Glaub mir, Horst, es vergeht kein Tag, wo ich diesen besagten Abend nicht bereue. Allerdings haben wir die Karten auf den Tisch gelegt und nicht versucht, die Sache zu vertuschen. Und meine Vorgehensweise in den Mordfällen hat diese unschöne Angelegenheit auch in keinster Weise beeinflusst.«
Horst Wawrzyniak schüttelte den Kopf. »Ich denke, dass hier jeder in der Runde der Meinung ist, dass du nach bestem Wissen und Gewissen gehandelt hast. Trotzdem hast du dich von Richter Gnädig vor den Karren spannen lassen. Das mag naiv gewesen sein, ändert aber nichts an der Tatsache, dass du diesen Fall sofort abgeben musst. Am besten nimmst du ein paar Tage Urlaub, um lästigen Fragen aus dem Weg zu gehen. Ich glaube nämlich nicht, dass der Richter so fair sein und alles auf seine Kappe nehmen wird. Der wird dich, ohne mit der Wimper zu zucken belasten, Ralf. Ich möchte dich bitten, diesen wohlgemeinten Rat anzunehmen, bevor ich offiziell einen Antrag auf vorläufige Suspendierung vom Dienst stellen muss.«
Oberstaatsanwalt Oberdieck musste schlucken. Er nickte stumm, sammelte die vor ihm liegenden Dokumente zusammen, stand auf und verließ wortlos den Raum. Im gleichen Moment klingelte das Telefon. Horst Wawrzyniak nahm ab, nickte kurz und bedankte sich. »Es geht los. Richter Sören Gnädig sitzt im Vernehmungsraum. Rico und Jan, ihr übernehmt. Wir verfolgen das Gespräch aus dem Nebenraum«, sagte er mit Blick auf Hannah.
Wie so oft in Stresssituationen ging der Polizeioberrat zum *Du* über. Seine Leute hatten sich längst daran gewöhnt und

nahmen das schon gar nicht mehr wahr. Mit Rico duzte er sich ohnehin, nur in offiziellen Termin gingen die beiden wieder zum *Sie* über. Ebenso hielt es der Polizeioberrat mit Josie Nussbaum. Jan hatte er bisher noch nicht geduzt, auch bei Hannah hatte er sich mit Vertraulichkeiten stets zurückgehalten. Horst Wawrzyniak war ein absolut harmoniebedürftiger Mensch, der am liebsten die ganze Welt umarmen würde, wenn er gut drauf war. Es dauerte in der Regel lange, bis sein Geduldsfaden riss. War das jedoch der Fall, ging man besser in Deckung. Dann konnte er von der einen auf die andere Sekunde vom Dr. Jeckyll zum Mr. Hyde werden.

»Wir werden den Mann rabiat anfassen müssen. Ich denke, ihr schafft das. Gnädig ist eine harte Nuss, versucht, seine steinharte Schale zu knacken. Vor allem werden wir beweisen müssen, dass er mit Ardian Shala in Kontakt steht. Damit steht und fällt unsere gesamte Strategie. Aber Vorsicht, der Kerl kennt das Gesetz in und auswendig und weiß genau, was vor Gericht verwertbar ist und was nicht. Wenn's brenzlig wird, nehmt ihr eine Auszeit, damit wir uns besprechen können, klar?«

Jan nickte. »Wir gehen davon aus, dass Oberdieck Gnädig bereits auf den neuesten Stand der Dinge gebracht hat. Der weiß also, dass es einen erneuten Mord mit identischem Schema gegeben hat und dass Podelczik sich umgebracht hat.«

»Davon müssen wir ausgehen. Allerdings bedeutet das zunächst mal gar nichts. Wir müssen beweisen, dass er Shala beauftragt hat, die Frauen in seinem Auftrag zu töten«, sagte der Polizeioberrat.

»Okay, mal sehen, was der Mann zu sagen hat«, meinte Rico und erhob sich. Die anderen folgten ihm. Jetzt galt es, Richter Gnädig aus der Reserve zu locken und zu versuchen, den Fall in die richtige Richtung zu lenken. Einfach kann jeder, dachte Jan und schloss die Bürotür hinter sich.

Esther war gerade dabei, einen neuen Gast einzuchecken, als ihr eine Kollegin von hinten auf die Schulter tippte. »Da ist dieser Kerl schon wieder, der Typ, der schon ein paar Mal nach dir gefragt hat, du weißt schon«, flüsterte sie.
Esther drehte sich um und sah aus dem Fenster. Irgendwo hatte sie den Mann schon Mal gesehen, konnte sich aber im Moment nicht daran erinnern, wo.
»Kennst du den Typ?«, fragte Jana, eine ihrer Kolleginnen, mit der sie sich auf Anhieb gut verstanden hatte.
»Nein, keine Ahnung, wer das ist. Und der hat sich nach mir erkundigt, bist du sicher?«
»Klar, der wollte sogar deine Adresse haben. Er meinte, ihr kennt euch von früher.«
»Du hast dem doch hoffentlich nicht...«
»Ach woher, natürlich nicht. Aber der ist scharf auf dich, so penetrant wie der versucht, dich zu treffen.«
»Hm, dann kommt der hier wahrscheinlich gleich rein. Behalt den Kerl bitte im Auge, bis ich hier fertig bin«, bat Esther und widmete sich wieder dem Gast.
Als sie fertig war, drehte sie sich um, trat ans Fenster und sah nochmal nach dem Mann. Doch der war mittlerweile verschwunden.
»Der Kerl ist weg, hast du gesehen, wohin der gegangen ist?«, fragte Esther.
Jana stand vor ihrem Computerbildschirm und winkte Esther wortlos heran. Dann zeigte sie auf ein Bild der Überwachungskamera. In der Tiefgarage des Hotels entdeckten sie den Kerl wieder. Er war gerade dabei, in seinen Wagen zu steigen.
»Kannst du das Nummernschild erkennen?«, fragte Esther.
»Klar, gleich, wenn er vor der Schranke zur Ausfahrt steht. Ich halte das Bild an und drucke es dir aus.«
Mittlerweile hatte Esther eine vage Ahnung, wo sie den Kerl schon mal gesehen hatte. Allerdings wäre das bei weitem

nicht das erste Mal, dass irgendwelche Männer, die scharf auf sie waren, versuchten, sie Im Hotel anzuquatschen. Wahrscheinlich dachten diese Kerle, sie könnten sofort mit ihr auf einem Hotelzimmer verschwinden. Sie ärgerte sich nicht darüber, im Gegenteil, es schmeichelte ihr sogar ein wenig, wie selbst junge Männer versuchten, mit ihr Kontakt aufzunehmen.
»Sieh mal, der Typ ist ja noch grün hinter den Ohren, du könntest ja fast seine Mutter sein«, grinste Jana, als sie Esther den Ausdruck des Fotos der Überwachungskamera reichte.
»Tja, entweder schätzen die mich um einiges jünger oder sie stehen eben auf reifere Frauen. Aber der Kerl hat Pech. Sieht aus wie ein Milchbubi. Nicht mein Fall.«
»Dann wohl schon eher dieser hier, oder?«
»Moment, wo hast du das denn her?«
»Der hat auch nach dir gefragt. Ist ein paar Tage her. Ich dachte, kann ja nicht schaden, das Foto auszudrucken. Kennst du den?«
Esther nickte. »Ja, den kenne ich.«
»Okay, also, wenn du kein Interesse hast, den würde ich nicht von der Bettkante schubsen«, lachte Jana.
Esther grinste. Insgeheim freute sie sich, dass Jan nach ihr gefragt hatte. »Der Mann ist Polizist, ein alter Bekannter aus Hamburg. Hast du ihm etwa meine Adresse gegeben?«
Jana starrte Esther schuldbewusst mit großen Augen an. »Der hat so nett gefragt, da konnte ich nicht nein sagen.«
»Sag mal. spinnst du, Jana? Mach das bitte nicht nochmal«, spielte Esther die Entsetzte.
»Tut mir leid, aber er sagte, ihr wart verabredet und er hätte dich verpasst. Stimmt das?«
»Nein, natürlich nicht.«
»Oh, bitte entschuldige, kommt bestimmt nie wieder vor. Willst du diesen attraktiven Mann denn nicht treffen?«

»Du bist mir ein bisschen zu neugierig, meine Liebe.«
»Na ja, ich mein ja nur. Ich würde sofort für dich einspringen.«
»Du hast wohl 'n Knall. Wie alt bist du eigentlich? Der Mann ist Ende fünfzig, Der könnte dein Vater sein.«
»Hey, höre ich da etwa sowas wie Eifersucht heraus? Du stehst auf den, oder?«
»Vielleicht«, lächelte Esther vielsagend.
Als Esther um kurz nach fünf die Tiefgarage des Marriott-Hotels betrat, sah sie sich zunächst nach allen Seiten um, ob dieser Typ ihr nicht irgendwo hinter einem Pfeiler oder zwischen den parkenden Autos versteckt, auflauern würde. Sie hatte ein mulmiges Gefühl, nicht zuletzt wegen der Frauenmorde, die Leipzig seit einigen Wochen in Atem hielten. Auch wenn sie gehört hatte, dass der vermeintliche Täter bereits gefasst worden war und kurz vor der Verurteilung stand. Sie bewegte sich ohnehin höchst ungern in diesen großen, unübersichtlichen Tiefgaragen, die ihr immer das Gefühl gaben, dass jeden Moment irgend so ein perverser Typ über sie herfallen und sie vergewaltigen würde. Da beruhigte sie auch nicht die Vielzahl der Überwachungskameras. Sie wusste ja nur zu gut, dass diese Bilder oftmals stundenlang gar nicht auf den Bildschirmen in der Rezeption zu sehen waren, weil man sie gesondert aufrufen musste und der Computer den ganzen Tag mit Buchungen beschäftigt war.
Sie atmete einmal tief durch, als sie schließlich in ihrem Wagen saß. Sie verriegelte die Türen von innen und fuhr los.
Auf dem Weg durch den dichten Berufsverkehr quälte sie sich durch die Innenstadt von Ampel zu Ampel. Wo zum Teufel noch mal hatte sie diesen Mann schon mal gesehen? Und warum trieb der sich da dauernd vor dem Hotel herum und fragte nach ihrer Anschrift? Nervös sah sie in den Rückspiegel, ob dieses rote Auto, das vorhin aus der Tiefgarage des

Hotels gefahren war, irgendwo hinter ihr auftauchen würde. Sie kannte sich nicht besonders gut mit Autos aus, könnte aber ein VW gewesen sein. Ein Golf oder ein Polo vielleicht. Dann fiel ihr der Zettel ein, auf dem Jana die Autonummer notiert hatte. An der nächsten Ampel kramte sie in ihrer Handtasche, fand ihn aber nicht. Wahrscheinlich hatte sie ihn auf dem Tresen an der Rezeption liegen lassen. Mist, verdammter. Sie konnte sich lediglich daran erinnern, dass es ein Leipziger Kennzeichen gewesen war.
Als sie von der Jahnallee ins Waldstraßenviertel abbog, sah sie ihn plötzlich im Außenspiegel. Ein roter VW Golf klebte seitlich versetzt an ihrem Heck. Sie konnte den Fahrer nicht erkennen, er hatte sich dermaßen geschickt schräg hinter ihren Wagen gesetzt, dass das Fahrzeug sich im toten Winkel befand.
Scheißkerl! Was will der?, dachte sie und lenkte ihren Wagen an den Straßenrand. Sie überzeugte sich kurz davon, dass ihr Verfolger weiterfuhr und griff dann zum Handy um Jan anzurufen. Sie würde ihn bitten, herauszufinden, wer dieser Stalker war. Vielleicht würde er ja sogar zu ihr kommen, um auf sie aufzupassen. Jans Handy war aus. Sie sprach auf die Mobilbox und bat um Rückruf. Dann rief sie im Marriott an und bat eine Kollegin nach dem Zettel zu sehen und ihr die Autonummer durchzugeben. Doch auch ihre Kollegin konnte die Notiz nicht finden. Sie musste wohl oder übel bis morgen Früh warten. Dann würde auch Jana wieder im Dienst sein.
Esther überlegte kurz, was sie jetzt tun sollte. Möglicherweise war die ganze Sache total harmlos und der Typ versuchte lediglich, sie anzubaggern, ohne irgendwelche böse Absichten. Auf den ersten Blick sah der Mann gar nicht mal schlecht aus. Gut einsachtzig groß, schlank, braune Haare und nicht älter als vierzig. Sie war schon einige Zeit allein, hatte, seitdem Jan Hamburg vor zweieinhalb Jahren Hals

über Kopf verlassen hatte, keine feste Beziehung mehr gehabt. Wann hatte sie eigentlich das letzte Mal Sex? Gestern Abend, ja, unter der Dusche, gepflegter Solosex mit dem Vibrator, aber mit einem Mann war sie schon seit Monaten nicht mehr zusammen gewesen.
Ihr gelegentlicher Nebenjob als Escortdame schloss Sex mit den Kunden aus. Schließlich war sie keine Prostituierte. Wollte einer dieser reichen Kerle mehr, zog sie die Notbremse und beendete den Job.
Sie hatte sogar schon daran gedacht, wie es wäre, Jana zu sich nach Hause einzuladen. Sie war jetzt fast fünfzig und hatte noch nie mit einer Frau geschlafen. Fragte sich nur, ob Jana auch so dachte? Eher wohl nicht. Außerdem gäbe Sex mit einer Kollegin wohl nur Komplikationen. Nein, keine gute Idee. Sie stand auf Männer und das würde sich wohl auch nicht mehr ändern.
Esther stieg aus und blickte die Straße hinunter. Vom roten Golf war nichts zu sehen. Sie beschloss, nach Hause zu fahren und Jan später nochmal anzurufen, wenn er sich nicht gleich melden würde. Jana hatte dem Kerl ihre Adresse nicht herausgegeben. Trotzdem würde sie sich in ihrer Straße umsehen, ob der rote Golf nicht doch irgendwo auf sie warten würde. Vorsicht war bekanntlich die Mutter der Porzellankiste.
Sie fuhr die Straße vor ihrer Wohnung einmal rauf und runter und checkte die am Rand parkenden Fahrzeuge. Nichts. Sie suchte nach einem Parkplatz, stieg aus, drehte sich nochmal zu allen Seiten um und bewegte sich im Laufschritt Richtung Haustür. Nachdem sie die Eingangstür hinter sich ins Schloss hatte fallen lassen, atmete sie erleichtert durch. Genug Aufregung für heute, es sei denn, Jan käme tatsächlich noch bei ihr vorbei. Dieser Gedanke versetzte sie augenblicklich in Hochstimmung. Zuerst würde sie diesen beschis-

senen Vibrator in den Müll werfen und dann..., na ja, jetzt galt es abzuwarten.

Auf dem Weg zum Vernehmungsraum zog Jan Waffel kurz zur Seite. »Wir haben einen der Tschetschenen, der bei dem Angriff auf Skutins Leute dabei war, kurzzeitig in Haft genommen und verhört.«
Waffel nickte. »Ich weiß, kenne aber das Ergebnis noch nicht.«
»Im Moment überschlagen sich die Ereignisse, deswegen habe ich noch mit niemanden darüber gesprochen. Aber der eigentliche Grund, warum ich bisher nichts über dieses Gespräch habe verlauten lassen, ist ein anderer.«
»Nämlich?«
»Dieser Adam hat gestanden, dass er den Auftrag erhalten hatte, *sich um das Problem zu kümmern*, wie er es nannte.«
»Vermutlich von dem Albaner, oder?«
Jan schüttelte den Kopf. »Nein, vom Oberstaatsanwalt.«
»Was? Ist das sicher?«
»Ja und nein.«
Waffel sah Jan fragend an.
»Richtig scheint, dass die Tschetschenen in der Tat beauftragt worden sind, Natascha Ponomareva zur Räson zu bringen. Was aber nicht heißen muss, dass sie sie auch tatsächlich umgebracht und zerstückelt haben.«
»Ja, aber liegt das denn nicht nahe?«
»Nicht unbedingt. Ich denke, die Frau wurde ermordet, bevor die Tschetschenen sich ihrer annehmen konnten.«
»Ja, aber wer war das dann, verflucht nochmal?«
»Weiß ich nicht, ist ja bis jetzt auch nur eine Vermutung. Fest steht, dass Adam gesagt hat, dass er von Oberdieck beauftragt worden ist. Und er hat nicht gelogen.«
»Und woher weißt du, dass der die Wahrheit gesagt hat?«

Und da war es wieder, Waffels vertrauliches *Du*. Jan musste schmunzeln, ging aber nicht darauf ein.
»In dem Zustand, in dem er sich befand, sagt jeder die Wahrheit. Ausnahmslos.«
»Um Gottes willen, Krüger, Sie haben den Mann doch nicht etwa verletzt?« Polizeioberrat Wawrzyniak schaltete wieder in den Vorgesetztenmodus.
»Nein, keine Sorge, er ist wohlauf und hat keine bleibenden Schäden erlitten. Jedenfalls keine körperlichen.«
»Na gut, wie auch immer, ich will das gar nicht wissen. Wenn das stimmt, was der Mann sagt, steckt Oberdieck bis zur Halskrause im Schlamassel. Er wird das abstreiten. Gibt es Zeugen für Adams Behauptung?«
»Kaum. Ich denke jedoch nicht, dass der Oberstaasanwalt die Tschetschenen beauftragt hat, sondern jemand, der sich für ihn ausgegeben hat.«
»Sie meinen doch nicht etwa, Richter Gnädig hat...«
»Keine Ahnung, aber das werde ich herausfinden.«
»Und wie?«
»Adam soll anhand eines Fotos bestätigen, dass es Oberdieck war, der ihn kontaktiert hat.«
»Gute Idee, Sie zeigen ihm ein Bild vom Oberstaatsanwalt.«
»Klar, aber erst, nachdem er den Richter als den Mann identifiziert hat, der sich ihm gegenüber als Oberstaatsanwalt Oberdieck ausgegeben hat.«
»Hm, und Sie glauben das funktioniert?«
»Ja, ganz sicher. Er weiß, was ihm sonst blüht.«
»Hören Sie bloß mit ihren Gewaltorgien auf, Krüger, das bringt uns noch in Teufels Küche.«
»Uns nicht, aber diesen Adam, wenn er lügt.«

Richter Dr. Sören Gnädig hatte zusammen mit seinem Anwalt im Vernehmungsraum Platz genommen. Der Richter gehörte zum Typ Mensch, der einem Respekt einflößen

konnte. Er war groß, schlank, hatte ein kantiges Gesicht mit kräftigen Kieferknochen, volles schwarzgraues, drahtiges Haar und weit auseinanderstehende, dunkle Augen. Er hatte eine kerzengrade Haltung eingenommen und blickte mit erhobenem Kopf in Richtung Spiegelwand. Ein Blick, der Stärke und Selbstbewusstsein ausstrahlte und mit seiner ungeheuren Intensität das Spiegelglas zu durchbohren schien. Neben ihm hatte sein Anwalt Platz genommen. Ein eher unscheinbarer Typ, der wirkte wie ein Pennäler auf Klassenfahrt, das erste Mal weit weg von zu Hause. Sein blonder Bubikopf mit viel zu dünnen, strähnigen Haaren, leuchtete unter dem Neonlicht der Deckenlampen rötlich schimmernd. Eine randlose, ovale Brille saß auf den dem schmalen langen Nasenrücken, wie ein unsicherer Reitschüler in seiner ersten Reitstunde. Seine leicht gebeugte Haltung vermittelte Unsicherheit, sein verschlagener Blick wirkte gemein und hinterhältig wie der einer Ratte, die ihrem Nebenbuhler die Beute abjagen wollte. Das ungleiche Pärchen erinnerte an einen edlen Ritter und seinen unterwürfigen Knappen, an Don Quichote und Sancho Pansa oder an den adretten Dean Martin und seinen trotteligen Filmpartner Jerry Lewis.
Im Nebenraum beobachten Polizeioberrat Wawrzyniak, Rico, Hannah und Jan durch die einseitig durchsichtige Spiegelwand, wie die beiden Männer sich verhielten, während sie auf den Beginn der Vernehmung warteten. Oftmals verrieten die langen Minuten, in denen ein Verdächtiger allein oder mit seinem Anwalt auf den Beginn des Verhörs wartete, mehr über diese Menschen, als das selbst nach einem anstrengenden, stundenlangen Verhör der Fall war.
»Hat der Klatt abserviert?«, wunderte sich Hannah.
»Klar, den wollen die vorerst aus der Schusslinie nehmen. Den Kerl kaufen wir uns später. Der hat Bruno Podelczik auf dem Gewissen«, antwortete Jan.

»Wie bitte? Wieso denn das?«, war Horst Wawrzyniak erstaunt.
»Erst hat er dafür gesorgt, dass Bruno Podelczik durch ein psychiatrisches Gutachten in die Klappsmühle eingewiesen werden sollte, danach hat er die einzigen Zeugen, die Podelcziks Unschuld beweisen konnten, unter Druck gesetzt und bedroht und schließlich hat er dem suizidgefährdeten Mann ein Rasiermesser zugesteckt und den Vollzugsbeamten erzählt, Podelczik müsste beim Duschen von den anderen Gefangenen isoliert werden, damit die ihn nicht lynchen.«
»Können wir das beweisen, Rico?«, fragte Waffel.
Rico Steding nickte. »Ich denke schon.«
»Die verziehen keine Miene, aalglatt und abgezockt wie die sind«, meinte Hannah.
Jan zuckte mit den Achseln. »Was habt ihr erwartet? Dass die die Hosen voll haben? Der Richter ist dreimal chemisch gereinigt, den ficht das alles hier nicht an. Der weiß genau, dass wir an entscheidender Stelle passen müssen. Das ist sein Trumpf. Da hilft uns auch ein Grand mit vieren nicht. Wird verdammt schwierig werden, diese Partie zu gewinnen.«
»Leider, es sei denn, wir finden seine Verbindung zu Adrian Shala und können beweisen, dass er die Morde in Auftrag gegeben hat.«
»So ist es, Rico, aber wir werden den Kerl überführen, egal, was wir dafür tun müssen«, machte Jan Mut.
»Es sei denn, die Morde hat tatsächlich ein anderer begangen«, dämpfte Hannah die Erwartungen.
»Hannah hat recht. Bei aller Liebe, meine Herren, immerhin verdächtigen wir einen ehrenwerten Richter und einen angesehenen Oberstaatsanwalt der Anstiftung zum Mord. Ich kenne die beiden schon sehr lange, und kann mir nicht vorstellen, dass sie so weit gehen würden. Sicher, sie haben ein

großes Interesse daran, dass ihre sexuellen Verfehlungen nicht öffentlich werden, aber deshalb geben die noch lange keine Morde in Auftrag. Klar, Sören Gnädig ist ein mit allen Wassern gewaschener Jurist, aber ein solches Verbrechen traue ich ihm nicht zu, nicht in hundert Jahren. Und was Ralf, äh, Oberstaatsanwalt Oberdieck angeht, lege ich fast schon meine Hand ins Feuer, dass der sich niemals an einer derart niederträchtigen Tat beteiligen würde, egal ob ihm das Wasser bis zum Hals steht oder nicht. Der ist da gar nicht fähig zu, vollkommen ausgeschlossen.« Horst Wawrzyniak schüttelte den Kopf. »Nein, ich bin da eher bei Hannah, wir sollten uns nicht auf die beiden als Anstifter oder Täter versteifen und weiter in alle Richtungen ermitteln. Apropos ermitteln. Wo ist eigentlich unser neuer Azubi, der Herr von und zu...?«
»Hat sich an die Fersen der neuen Koalition zwischen Albanern und Tschetschenen geheftet. Oskar macht das fabelhaft. Ich treffe mich nachher mit ihm. Vielleicht kann er uns wichtige Neuigkeiten liefern. Er hat herausgefunden, dass sie zusammen mit dem Litauer Vitus den Escortservice *Red Rose* übernehmen wollen und ganz groß ins Geschäft mit der Prostitution einsteigen wollen, während Skutin und Ponomarov sich gegenseitig zerfleischen.«
»Na gut, also, meine Herren, schreiten sie zur Tat. Dann werden wir dem Herrn Richter mal auf den Zahn fühlen. Aber bitte, fallen sie nicht aus der Rolle, egal wie sehr sie der Mann auch provoziert. Darin ist er absoluter Spezialist. Seien sie auf alles gefasst.«
Waffen nickte Jan und Rico aufmunternd zu, als sie den Raum verließen.
Als die beiden das Vernehmungszimmer betraten, würdigten sie der Richter und sein Anwalt keines Blickes, sondern unterhielten sich weiter, als wären sie allein im Raum.
»Guten Tag, meine Herren, mein Name ist Rico Steding, Leiter der...«

»Lassen wir doch diese Förmlichkeiten. Ich weiß, wer sie sind, also kommen sie zur Sache, ich habe heute noch eine Reihe wichtiger Termine.«
»Wie Sie wollen, wenn Sie so freundlich wären und uns den Namen ihres Anwalts verraten würden?«, bat Rico.
»Mein Anwalt ist und bleibt Dr. Klatt. Da er leider keine Zeit für diesen Blödsinn hat, ist heute sein Junior Partner, Dr. Kronsbein, zugegen.«
Der Angesprochene nickte den beiden Polizisten kaum wahrnehmbar zu. Dann beugte er sich ein Stück vor, legte seine gefalteten Hände auf den Tisch und räusperte sich zum Zeichen, dass er etwas zu sagen hatte.
»Wenn sie bitte so freundlich wären und kurz darlegen würden, was sie meinem Mandanten vorwerfen. Und verschonen sie uns dabei bitte mit den bisher bekannten Tatsachen. Die wurden bereits in einem internen Gespräch mit Polizeioberrat Wawrzyniak und Oberstaatsanwalt Oberdieck geklärt und dürften deshalb kein Grund für ihr unverhältnismäßiges Vorgehen sein. Einen Bundesrichter aufgrund von derartig schwammigen Indizien zu verhaften, ist starker Tobak, meine Herren. Ich hoffe für sie, dass sie sich da nicht zu viel zugemutet haben. Also bitte, ich höre.«
Jan beachtete den vorlauten Advokaten gar nicht und sah stattdessen Richter Sören Gnädig in die Augen. »Schade, dass Dr. Klatt keine Zeit hatte. Das hätte ihm die Unannehmlichkeit erspart, verhaftet und in Handschellen abgeführt zu werden. Die Kollegen sind unterwegs. Dieser vermeintlich schlaue Schachzug, hier mit einem seiner Stellvertreter aufzukreuzen, ist schon mal gründlich in die Hose gegangen.«
»Spinnen Sie, oder was? Was unterstellen Sie mir da eigentlich?«, sagte der Richter, ohne dabei die Stimme zu erheben.
Jan ignorierte die Bemerkung. »Sie sind verdächtig, an den Morden an Natascha Ponomarova, Nadeschda Kurkova und Irina Cristea beteiligt zu sein. Die Untersuchungen der Ge-

richtsmedizin haben einwandfrei bewiesen, dass sie mit allen drei Opfern kurz vor ihrem Tod Geschlechtsverkehr hatten.«
»Tja, Herr Hauptkommissar, und damit sind wir bereits mit unserer Unterhaltung am Ende. Sie haben sich widerrechtlich eine DNA-Probe beschafft. Sie wissen, dass das unzulässig ist und als Beweismittel damit auch nicht herangezogen werden darf. Außerdem haben wir in einem gemeinsamen inoffiziellen Gespräch mit Polizei und Staatsanwaltschaft diesen Sachverhalt längst geklärt. Ich wiederhole zum x-ten Mal, ja, ich habe mit diesen Frauen geschlafen, aber das ist weder strafbar, noch hat das irgendetwas mit ihrem späteren Tod zu tun.«
»Das behaupten Sie. Wir stellen lediglich fest, dass Sie mit allen drei Opfern Sex hatten und für die jeweiligen Zeitpunkte ihrer Ermordung in keinem Fall ein Alibi vorweisen können.«
»Stimmt nicht. Ich war zu Hause, meine Ehefrau und unsere Haushälterin können das bestätigen. Sie sollten sich einfach mal die Mühe machen und die Frauen befragen.«
»Klar, selbstverständlich. Woher kommt die Haushaltshilfe? Russland, Rumänien, Bulgarien? Die würde dem Teufel ihre Seele verkaufen, nur um nicht wieder nach Hause zu müssen. Die Aussage dieser Dame ist nicht mal das Schwarze unter den Fingernägeln wert und ihre Frau wird sie wohl kaum belasten, auch wenn ihre Ehe nur noch auf dem Papier besteht, wie man hört«, schimpfte Rico.
»Beide sind Zeugen. Wollen sie das etwa anzweifeln? Im Gegensatz zu ihren kriminellen Methoden bei der Beschaffung der DNA meines Mandanten, wird das Gericht diese Zeugenaussagen berücksichtigen müssen«, giftete Anwalt Dr. Kronsbein.
»Sie wurden von Natascha Ponomarova erpresst. Sie forderte von Ihnen den Freispruch eines Mitgliedes der kriminellen

Vereinigung Kosakenfront in der Revisionsverhandlung vor dem Obersten Bundesgericht in Leipzig. Sie haben den Mann darauf hin freigesprochen.«
»Wer sagt denn so etwas, Herr Kommissar? Ich habe ihnen bereits ausführlich erzählt, dass ich gar keine andere Wahl hatte, als den Mann wieder auf freien Fuß zu setzen. Das Landgericht hat sich in seinem Fall einen folgenschweren Verfahrensfehler geleistet. Es wurden nicht zulässige Beweise verwendet, um den Mann zu verurteilen. Da müssten ihnen doch eigentlich die Ohren klingeln, meine Herren, oder?«
»Na, da waren Sie aber froh, Herr Dr. Gnädig, stimmt's? Das Problem war nur, dass es beim nächsten Mal nicht so rund laufen würde. Das wussten Sie genau. Irgendwann würde Ihnen diese ganze Sache um die Ohren fliegen. Also mussten Sie handeln. Sie haben sich im kriminellen Milieu nach Handlangern umgesehen und haben die auch gefunden. Schließlich haben Sie diesen Männern den Befehl erteilt, die Frau zu töten. Und damit diese Morde aussehen, als sei ein perverser Serienkiller auf der Jagd, haben sie die anderen beiden Frauen gleich mit beseitigen lassen.«
Der Richter lachte lauthals. »Eine rege Fantasie haben Sie, Herr Kommissar, Sie sollten Krimis schreiben wie viele Ihrer Kollegen, die wie Sie, kurz vor der Pension stehen.«
»Oder vor ihrer vorzeitigen Entlassung aus dem Dienst«, drohte der Anwalt.
»An ihrer Stelle würde ich ganz schnell von ihrem hohen Ross herunterkommen, Herr Gnädig. Vielleicht haben Sie ja sogar recht, was die DNA-Beschaffung angeht, aber Sie sind mit allen drei Frauen gesehen worden, wie Sie mit ihnen intim waren. Und diese Zeugen sind bereit, das auch vor Gericht auszusagen. Ich denke, das wird das Gericht nicht ignorieren können. Außerdem existieren die Aufnahmen, die Natascha Ponomarova bei ihren gemeinsamen Sexspielen

gemacht hat und die werden Ihnen möglicherweise noch um die Ohren fliegen. Oder glauben Sie, dass Oleg Ponomarov den Tod seiner Schwester so einfach hinnehmen wird?«
»Nichts als Mutmaßungen und leere Drohungen. Wenn sie sonst nichts haben, würde ich meinen Mandanten nun gern wieder mitnehmen«, sagte der Anwalt und erhob sich.
»Hinsetzen«, raunzte Jan den jungen Anwalt an. *»Wir* entscheiden ob und wann sie gehen können, verstanden? Sie können sich ja hinterher beschweren.«
»Na ja, ich muss sagen, ich sähe das ähnlich, wie mein junger Kollege. Wenn sie sonst nichts haben, werden wir jetzt gehen«, sagte der Richter betont gelassen.
»Kennen Sie einen Tschetschenen namens Adam?«
»Nein«, antwortete der Richter kurz angebunden.
»Sollten Sie aber. Das ist der Mann, den Sie beauftragt haben, die Frauen zu ermorden.«
»Märchen aus Tausendundeiner Nacht.«
»Uns liegt die schriftliche Aussage dieses Mannes vor, der sie anhand eines Fotos identifiziert hat. Da hätten Sie wohl etwas vorsichtiger sein müssen. Sich als Oberstaatsanwalt Oberdieck auszugeben, hat Ihnen leider nichts genutzt. Er schwört, dass *Sie* der Mann waren, der ihn angeworben hat.«
»So, tut er das. Was haben Sie diesem Kerl versprochen? Einen deutschen Pass oder gar einen lukrativen Job bei der Polizei?«
»Nein, er ist lediglich ein Zeuge, ebenso wie die anderen, die Sie zusammen mit den ermordeten Frauen gesehen haben.«
»Ich kenne keinen Adam und weiß nicht, was die anderen Zeugen Konstruktives zur Sache beitragen könnten. Ich habe ja bereits gesagt, dass ich mit diesen Frauen intim war und dass das nichts mit ihrem Tod zu tun hat. Also was soll das?«
»Wenn Sie sich so sicher sind, dass Sie unschuldig sind und nur rein zufällig in diese Sache hineingeschlittert sind, stellt

sich doch die Frage, warum Sie unbedingt Bruno Podelczik als Täter an den Pranger stellen wollten?«
»Da sollten Sie lieber mit dem Oberstaatsanwalt drüber reden. Ich habe mit Podelczik nichts zu tun. Man hat mich lediglich darüber informiert, dass der Täter ein umfassendes Geständnis abgelegt hat und der Fall somit vor dem Abschluss stand.«
»Und warum hat ihr Anwalt, Dr. Klatt, dann die Zeugen unter Druck gesetzt und den Suizid von Bruno Podelczik vorangetrieben?«, fragte Jan.
Gnädig zuckte mit den Schultern. »Tut mir leid, davon weiß ich nichts. Das müssen sie mit Dr. Klatt klären. War's das jetzt, oder ist Grimms Märchenstunde beendet?«
Wie zu erwarten, war Richter Dr. Sören Gnädig nicht aus der Reserve zu locken. Doch Jan wollte noch einen letzten Versuch starten.
»Wie viel Kohle kassieren Sie eigentlich von Ardian Shala, wenn der endgültig seinen Kontrahenten Ivan Skutin aus der Prostituierten-Szene verdrängt hat und hier in Leipzig das große Rad drehen wird? Das Ganze ist ein Millionengeschäft, da wird doch sicher ein stolzes Sümmchen für Sie abfallen, oder?«
»Adrian wie? Von wem reden Sie? Das wird ja immer abenteuerlicher. Ich habe diesen Namen noch nie gehört«, blieb der Richter weiterhin demonstrativ gelassen.
»So, ich denke, das reicht jetzt. Sie haben nichts als wilde Anschuldigungen, die durch gar nichts zu belegen sind. Ich werde in der Tat gegen diese Art von Verhör Beschwerde bei der Staatsanwaltschaft einlegen. Sie können sich warm anziehen. Ich möchte sie bitten, mir eine Kopie der Bandaufzeichnung zukommen zu lassen, von der sie uns übrigens vorher nicht informiert haben, was ihre Pflicht gewesen wäre.«

»Papperlapapp, Herr Anwalt, es gibt keine Bandaufzeichnung dieses Gespräches.«
»Wie bitte? Das wäre ja wohl ...«
»Sie können gehen. Wir melden uns, wenn wir mit Dr. Klatt gesprochen haben. Übrigens hat Oberstaatsanwalt Oberdieck diesen Fall abgegeben. Der neue Staatsanwalt hat eine Auflage erlassen, dass Sie bitte weiter zu unserer Verfügung stehen und Leipzig vorerst nicht verlassen. Sie bekommen das Schreiben noch heute zugestellt.«
»Meinetwegen. Ich hatte ohnehin nicht vor, zu verreisen. Übrigens, meine Herren, sie haben sicher recht, wenn sie behaupten, dass ich in diesen Fall involviert bin, das ist wohl leider so, aber ich habe nichts mit dem Tod der drei Frauen zu tun. Sie verschwenden ihre Zeit. Der oder die Mörder laufen frei herum und während sie sich auf den falschen Mann eingeschossen haben, wird es womöglich bald das nächste Opfer geben. Ich bin Richter, der unglücklich verheiratet ist und der ab und an mit Prostituierten verkehrt, aber sicher kein Krimineller und schon gar kein Serienkiller, der wehrlose, junge Frauen umbringt und verstümmelt. Außerdem ist das rein privat und soviel ich weiß immer noch nicht strafbar. Also rate ich ihnen, konzentrieren sie sich auf die Suche nach den wahren Mördern.«

»**Wir** hätten niemals diesem informellen Treffen mit dem Richter und seinem Anwalt zustimmen dürfen«, ärgerte sich Horst Wawrzyniak.
»Im Nachhinein ist man immer schlauer. Oberdieck und Gnädig haben uns ausgetrickst. Aber kein Vorwurf, Chef, wir hätten doch auch nicht für möglich gehalten, dass der Oberstaatsanwalt in diesen Fall verwickelt ist. Oberdieck bumst auf einer Veranstaltung der Freimaurer eine Edelnutte, die kurz darauf ermordet wird? Wer hätte da drauf kommen

sollen? Unfassbar«, nahm Rico Steding den Polizeioberrat aus der Verantwortung.
»Der Richter ist sich seiner Sache offenbar sehr sicher. Und so, wie sich die Dinge momentan darstellen, kriegen wir in der Tat keinen Zugriff. Ardian Shala wird jede Verbindung zum Richter oder zum Oberstaatsanwalt dementieren. Und selbst wenn wir Adam ein Foto von Gnädig vorlegen und der bestätigt, dass der ihn kontaktiert hat und nicht Oberdieck, wird uns das wenig nutzen, weil er dafür keine Zeugen hat«, sagte Jan.
»Wenn der überhaupt einen der beiden zu Gesicht bekommen hat. Ich denke eher, dass die das telefonisch in Absprache mit dem Albaner besprochen haben«, glaubte Rico.
Jan schüttelte den Kopf. »Nein, Adam hat mir gesagt, dass er sich mit dem vermeintlichen Oberstaatsanwalt auf dem Parkplatz hinter dem Bahnhof getroffen hat. Ich werde ihm das Foto von Gnädig zeigen, denn ich bin mir sicher, dass er es war, der mit dem Tschetschenen gesprochen hat.«
»Hat er ihm Geld gegeben?«
»Nein, Hannah, das Geld sollte er nach Erledigung seines Auftrags von Ardian Shala erhalten. Adam schwört jedoch Stein und Bein, dass er die Frauen nicht getötet hat.«
»Und du glaubst ihm?«
»Sagen wir mal so: Bisher gab es noch niemanden, der meine Fragen nicht beantwortet hat. In einer solchen Stresssituation ist Lügen keine Option, glaub mir.«
Hannah wusste genau, was unten in der Zelle des Polizeipräsidiums abgegangen war. Sie nickte stumm. Wohl war ihr bei dem Gedanken nicht, dass Jan wieder zu Plastiktüte und Einweckgummi gegriffen hatte, aber auch ihr war klar, dass sie jetzt jedes Mittel nutzen mussten, um die notwendigen Beweise zu beschaffen.
»Also gut«, seufzte Horst Wawrzyniak, »wir werden weiter gezielt in Richtung Gnädig ermitteln. Oskar soll unbedingt an

Shala und seinen Leuten dranbleiben. Wenn dieser Adam den Richter identifiziert, müssen wir versuchen, eventuelle Zeugen für dieses Treffen zu finden. Es gibt rund um den Bahnhof Überwachungskameras. Ich schicke Jungmann und Krause dahin, die sollen das überprüfen. Und vielleicht war Adam bei dem Treffen ja tatsächlich nicht allein. Sie müssen ihn nochmal befragen, Jan. Wie weit ist die Spurensicherung in eurem Haus? Möglicherweise haben wir Glück und die haben Hinweise auf den Eindringling gefunden.«

Waffel sprang mal wieder vom *Du* zum *Sie* und zurück, allerdings störte das schon längst niemanden mehr.

»Wird momentan noch dran gearbeitet. Schätze morgen Früh wissen wir mehr«, sagte Hannah.

Waffel schüttelte frustriert den Kopf. »Irgendwie hab ich das Gefühl, dass wir irgendwas übersehen haben. Dass Podelczik zumindest die letzten drei Morde nicht begangen hat, scheint mittlerweile sicher. Das falsche Geständnis hat er aus Frust und Verzweiflung abgelegt. Der wollte einfach nicht mehr, der Mann hatte schlichtweg die Nase voll. Und als Oberdieck ihm zugesichert hat, seine Mutter im Fall einer Verurteilung in einem geeigneten Pflegeheim unterzubringen, hat er den Wisch unterschrieben. Oberdieck und Gnädig haben Mist gebaut und versucht, die Angelegenheit zu vertuschen. Als ihnen das nicht gelang, haben sie Shala, der natürlich polizeibekannt ist und der ihnen öfter über den Weg gelaufen ist, um Hilfe gebeten. Der sollte dafür sorgen, dass Natascha Ponomareva den Mund hält und die Frau einen Denkzettel erhält. Einen Mordauftrag werden sie dem Albaner nicht gegeben haben. Dann hätten sie nämlich den nächsten Erpresser am Hals gehabt. So dumm sind die beiden nun wirklich nicht. Nein, das passt alles nicht zusammen, verdammt. Was ist eigentlich mit Skutin? Ist der mittlerweile bei den Ermittlungen außen vor?«

»Könnte doch aber sein, dass das Verpassen eines Denkzettels aus dem Ruder gelaufen ist und die Frau dabei getötet wurde?«, merkte Rico an.
»Nee«, sagte Jan, »wenn ich vorhabe, jemanden zu töten, zu enthaupten und die Organe herauszuschneiden, bedarf das einer gezielten Vorbereitung. Und warum sollten Oberdieck und Gnädig so einen bestialischen Mord in Auftrag gegeben haben? Das ist doch vollkommen sinnlos.«
»Na, um die Sache Skutin, der ja angeblich mit Organen handelt, in die Schuhe zu schieben und damit Oleg Ponomarov auf den Plan zu rufen, der versuchen würde, sich an Skutin für den Mord an seiner Schwester zu rächen. Die Albaner wären die Nutznießer dieser Auseinandersetzung innerhalb der Russenmafia.«
»Klar, Rico, durchaus möglich. Hatten wir ja bereits in Betracht gezogen. Also glaubst du, Shala hat die Tschetschenen beauftragt, diese drei Frauen nicht nur zu töten, sondern auch derart bestialisch zu massakrieren?«, fragte Hannah.
»Ja und zwar ohne Wissen von Gnädig und Oberdieck«, sagte Jan.
»Also gut, wir gehen vor, wie besprochen. Irgendwo werden wir einen neuen Ansatzpunkt finden, Fehler machen sie früher oder später alle«, munterte der Polizeioberrat seine Leute auf.

Bereits nach dem ersten Läuten war Oskar am Handy.
»Hallo Jan, hab die Typen im Auge, das Problem ist allerdings, dass die mich anscheinend bemerkt haben. Könnte hier gleich ungemütlich werden.«
»Wo bist du?«
»Die sitzen im Café Luise in der Innenstadt und halten in großer Runde Kriegsrat. Schätze, hier braut sich was zusammen.«
»Kannst du erkennen, wer da dabei ist?«

»Klar, sitze ja fast daneben. Ardian Shala, Adam, Vitus und noch drei weitere finstere Typen, einer davon mit Krücken.«
»Mach keinen Scheiß, Oskar, verschwinde, bevor die dich schnappen. Geh da raus und warte irgendwo in der Nähe auf mich. Ich muss mich nochmal dringend mit Adam unterhalten. Sollten die abhauen, bevor ich da bin, bleib an Adam dran, hörst du, den dürfen wir auf keinen Fall aus den Augen verlieren.«
»Okidoki, ziehe mich zurück und warte im Verfügungsraum.«
Jan schüttelte den Kopf, was hatte Oskar da eben gesagt? Hatte er bis jetzt so auch noch nie gehört. Typisch Oskar eben. Er sprang in seinen Wagen und fuhr, so schnell es eben ging, in Richtung Stadtmitte. Gut zehn Minuten später bog er von der Käthe-Kollwitz-Straße in die Gottschedstraße ein und suchte am Straßenrand nach einem Parkplatz. Er hatte Glück, nur ein paar Meter vor der Einmündung in die Bosestraße war gerade eine Lücke frei geworden. Von hier aus waren es keine hundert Meter mehr bis zum Café Luise. Er rief Oskar an, doch der reagierte nicht. Was sollte das denn jetzt wieder bedeuten? Als der auch beim dritten Versuch nicht abnahm, beschlich ihn ein ungutes Gefühl. Jan ging weiter, um von der gegenüberliegenden Straßenseite einen Blick in das Café werfen zu können. Er musste vorsichtig sein, immerhin kannte Adam ihn und hatte ihn sicher nicht gerade in sein Herz geschlossen. Durch die große Panoramascheibe konnte er erkennen, dass der Laden brechend voll war. Auf den ersten Blick war von den Männern, die er suchte, nichts zu sehen. Er blieb stehen und versuchte nochmals, Oskar auf dem Handy zu erreichen. Wieder nichts. Hatten die Oskar etwa erwischt? Jan steckte sein Mobiltelefon ein und betrat das Café. Das Risiko, erkannt zu werden, musste er eingehen. Sollten die Typen ihn entdecken, würde er in die Offensive gehen und sich Adam packen. Das war zwar gefährlich, aber im Moment alternativlos. Doch als er

sich in der Mitte des großen Raumes stehend nach allen Seiten umsah, musste er feststellen, dass die Männer nicht mehr da waren. Möglicherweise hatten die Oskar tatsächlich entdeckt und deshalb den Rückzug angetreten. Nicht auszuschließen, dass Oskar dabei unter die Räder gekommen war. Verdammt, murmelte Jan, verließ das Café, und sah sich draußen in alle Richtungen um, während er nochmals versuchte, Oskar anzurufen. Er ließ es solange klingeln, bis die Mobilbox ansprang.

»Verflucht, Oskar, wo bist du, melde dich«, blaffte er. Halb aus Frust, halb aus Angst, dass seinem Kollegen etwas zugestoßen sein könnte. Er steckte sein Handy zurück in die Jackentasche und drehte sich nochmal suchend in alle Richtungen um. Vergeblich. Weder von Oskar noch von den Männern war irgendetwas zu sehen.

»Scheiße, verdammte«, grummelte er und erntete dabei böse Blicke von zwei älteren Damen, die kurz stehenblieben und ihn missbilligend anstarrten.

»Was?«, raunzte er die beiden an, die darauf zusammenzuckten, als hätten sie gerade eine Hochspannungsleitung berührt.

Als er sich gerade bei den zu Tode erschrockenen Seniorinnen für sein ungehobeltes Verhalten entschuldigen wollte, meldete sich sein Handy. Umständlich fingerte er sein Mobiltelefon aus der engen Jackentasche, so dass es beinahe zu Boden gefallen wäre.

»Oskar?«

»Hallo Jan, ich bin's, Grigori. Hast du jemand anderen erwartet?«

»Äh, nein, ja doch, ich dachte, mein Kollege wäre dran.«

»Was ist los? Stress?«

»Kann man sagen. Wir wollten gerade einen der Tschetschenen fassen, ist aber leider entwischt.«

»Du glaubst immer noch, dass die drei Typen, die für Ponomarov gearbeitet haben, die Frauen umgebracht haben?«
»Der Fall ist kompliziert, Grigori. Möglich, dass die Tschetschenen im Auftrag gehandelt haben.«
»Hm, könnte natürlich sein. Aber wer war der Auftraggeber?«
»Wahrscheinlich Ardian Shala, der Chef der Albaner.«
»Klingt logisch. Schlitzt die Mädchen auf, um den Verdacht auf Skutin zu schieben und Ponomarov auf den Plan zu rufen.«
»Ja, scheint so. Dazu passt, dass vorgestern In Hamburg das Oberhaupt der Albanermafia tot aus der Elbe gefischt worden ist. Krenor hatte Ardian stets untersagt, sich in den Bereich der Prostitution vorzuwagen. Krenor hatte sich mit der Russenmafia arrangiert, was die Aufteilung der Geschäftsfelder in Leipzig anging.«
»Hm, na ja, jedenfalls brauchst du dir um Ivan Skutin vorerst keinen Kopf mehr zu machen.«
»Wieso? Hat der sich nach Moskau abgesetzt?«
»Vor ein paar Tagen. Er wollte sich zu einem Friedensgipfel mit Oleg Ponomarov treffen, nachdem bekannt geworden war, dass der vermeintliche Mörder der Frauen gefasst und vor Gericht gestellt werden sollte.«
»Und dann hat ihn Ponomarov erledigt?«
»Nee, Jan, Skutin wurde verhaftet. Ponomarov hat ihn angezeigt. Sie haben im Hotel große Mengen an Heroin in seinem Gepäck gefunden und dazu einen Metallkoffer, in dem sich drei Herzen von Kleinkindern befanden, erst wenige Tage alt und zur Transplantation geeignet.«
»Das ist ja widerlich. Die haben anscheinend überhaupt keine Skrupel, diese Brüder. Hat Ponomarov ganze Arbeit geliefert.«
»So ist es, Jan. Skutin ist Geschichte und Ponomarov wird demnächst in Leipzig dessen Geschäfte übernehmen.«

»Es sei denn, wir können Shala nichts nachweisen. Dann wird er hier der Platzhirsch sein. Er ist gerade dabei, sich eine Armee von Helfern und Verbündeten zu rekrutieren. Die beiden Tschetschenen Adam und Ruslan, die für Ponomarov gearbeitet haben, hat er bereits ins Boot geholt. Ebenso den Litauer Vitus, der die Geschäfte der *Red Rose* geführt hat, dem Escortservice von Natascha Ponomarova.«
»Oleg Ponomarov ist ein knallharter Bursche, seine Männer sind brutal und rücksichtslos. Die werden sich die Butter nicht so leicht vom Brot nehmen lassen. Das riecht gewaltig nach einem erneuten harten Bandenkrieg in Leipzig.«
»Mag sein, Grigori, aber es wird ohnehin nicht gelingen, die Russenmafia aus Leipzig zu vertreiben. Die sind wie eine vielköpfige Hydra. Schlägst du einen Kopf ab, wachsen gleich mehrere nach. Ich denke, dass die auf Dauer auch mit den Albanern fertig werden. Allerdings ist Ardian Shala eine harte Nuss. An dem könnte sich Ponomarov die Zähne ausbeißen. Wie auch immer, zunächst mal haben wir hier drei Morde aufzuklären und wenn Shala tatsächlich was damit zu tun hat, ist der Weg für Ponomarov ohnehin frei.«
»Das würde Oleg natürlich gefallen. Noch weiß der allerdings nicht, dass sich der Mörder seiner Schwester immer noch auf freien Fuß befindet.«
»Na ja, noch ist nicht klar, welche Rolle Bruno Podelczik in diesem Fall tatsächlich gespielt hat. Wir glauben, dass er überhaupt nichts mit den Morden zu tun hat. Allerdings liegt der Staatsanwaltschaft sein schriftliches Geständnis vor. Und solange nicht das Gegenteil bewiesen ist, gilt er als der Täter.«
»Aber dass der Mann sich umgebracht hat, stimmt doch, oder?«
»Ja, aber da wurde nachgeholfen. Allerdings wird es schwierig, das zu beweisen. Im Moment drehen wir uns im Kreis. Wir sind davon überzeugt, dass der Richter hinter der gan-

zen Sache steckt. Er wurde von Natascha Ponomarova erpresst und hatte deswegen Shala beauftragt, die Morde so aussehen zu lassen, als sei der vermeintliche Organhändler Skutin der Mörder gewesen.«
»Geschickt eingefädelt. Jedenfalls weißt du jetzt, dass Skutin aus dem Verkehr gezogen wurde und Ponomarov mit seinen Leuten zeitnah in Leipzig aufkreuzen wird.«
»Ja, danke für diese Information, Grigori. Wann kommst du zurück?«
»Morgen, ich nehme den ersten Flieger um fünf ab Domodevodo.«
»Okay, melde dich, sobald du eingetroffen bist. Wir werden noch einiges zu bereden haben.«
»Natürlich, Herr Hauptkommissar, stets zu Ihren Diensten.«
Jan lachte. »Das will ich doch hoffen, Grigori. Wir sehen uns.«
Als Jan aufgelegt hatte, zeigte ihm sein Handy eine nicht abgehörte Nachricht auf seiner Mobilbox an. Verwundert zog er die Augenbrauen hoch. Esther hatte ihm gestern am späten Nachmittag eine Nachricht auf seiner Sprachbox hinterlassen. Aus welchem Grund auch immer, war er jetzt erst darauf aufmerksam geworden. Scheiß Stress, dachte er und hörte seine Mobilbox ab:
Hi, Jan, ich hab da ein kleines Problem und wusste nicht, was ich machen sollte. Da ist so ein Typ, der mich scheinbar verfolgt. Erst hat er versucht, im Marriott meine Anschrift zu erfragen, dann hat er sich die ganze Zeit vor dem Hotel rumgedrückt und nach mir Ausschau gehalten. Offensichtlich kannte der Kerl meinen Namen, woher auch immer. Als ich Heim gefahren bin, ist er mir gefolgt. Ich hab dann in der Waldstraße angehalten und hab den Typ vorbeifahren lassen. Keine Ahnung, ob der mir danach wieder gefolgt ist. Als ich zu Hause angekommen bin, hab ich meine Beine in die Hand genommen, um schnell in meine Wohnung zu kommen.

Ich hab Angst, Jan. Könntest du vielleicht kurz bei mir vorbeischauen? Nur, um mal nach dem Rechten zu sehen? Ich wohne in der Goyastraße 7, im zweiten Stock. Danke.
Jan sah auf die Uhr. Kurz nach drei. Eigentlich musste er sich um Oskar kümmern. Allerdings hatte er im Moment nicht den Hauch einer Ahnung, wo der Kerl steckte. Er versuchte nochmals, ihn anzurufen, doch sein Handy war aus. Jan beschloss zurück ins Präsidium zu fahren und auf der Rückfahrt kurz im Marriott nach Esther zu schauen. Vielleicht hatte sich ja der ganze Spuk mittlerweile in Luft aufgelöst, hoffte er, eine weitere Baustelle konnte er jetzt ohnehin nicht gebrauchen.

»**Guten** Tag, ich würde gern mit Frau Hofmann sprechen«, sagte Jan der jungen Frau an der Rezeption.
»Sie ist leider nicht da, Herr Kommissar.«
Jan wunderte sich zunächst, dass die Frau ihn kannte, erinnerte sich dann aber mit Blick auf ihr Namensschild am Revers ihrer dunkelblauen Bluse, dass sie diejenige gewesen war, die er bereits vor ein paar Tagen nach Esther gefragt hatte.
»Ach, hat sie heute frei?«
»Nein«, schüttelte Jana den Kopf. »Sie hatte Frühschicht. Hätte eigentlich um sechs anfangen müssen. Ist aber nicht erschienen. Wir haben mehrfach versucht, sie anzurufen, aber sie meldet sich nicht.«
»Sie hat mir gestern Abend eine Nachricht geschickt, dass da so ein Kerl hinter ihr her gewesen wäre?«
Jana zuckte mit den Schultern. »Möglich, da war so 'n Typ, der nach ihrer Adresse gefragt und danach draußen vorm Hotel gewartet hat.«
»Die haben Sie ihm ja wohl nicht...«
»Natürlich nicht, Herr Kommissar.«

»Na gut, Frau Hofmann wohnt in der Goyastraße im Waldstraßenviertel, stimmt das?«
»Ja, Nummer sieben, glaube ich.«
Jan nickte. »Okay, dann sehe ich da mal nach dem Rechten. Wenn sie zwischenzeitlich hier auftaucht, möchte sie mich bitte umgehend anrufen, okay?«
»Ja, natürlich, Herr Kommissar, ich richte es aus.«
Als Jan in seinen Wagen stieg, rief Hannah an.
»Verdammt, Jan, warum meldest du dich nicht? Was ist passiert und wo bist du jetzt?«
»Die Männer waren bereits weg, als ich dort eintraf. Das ist allerdings momentan unser geringstes Problem. Oskar ist spurlos verschwunden. Sein Handy ist ausgeschaltet. Scheint so, als hätten die Typen ihn erwischt, als er denen zu nahe gekommen ist.«
»Wundert mich ehrlich gesagt wenig. Du kennst meine Meinung über Oskar. Für mich hat dieser Typ nicht alle Latten am Zaun. Wie kann der sich dermaßen in Gefahr bringen? Oder der steckt bis zur Halskrause in der Sache mit drin. Zutrauen würde ich dem das.«
»Ich weiß, Hannah, ich weiß, aber das hilft uns zurzeit auch nicht weiter. Fakt ist, dass er verschwunden ist und der Kontakt zu Shala und seinen Männern abgerissen ist.«
»Die werden wieder auftauchen, verlass dich drauf. Genau wie Oskar, da mach ich mir eigentlich keine Sorgen. Der Typ macht eh sein eigenes Ding und wir lassen das auch noch zu. Ich war gerade bei unseren Nachbarn und hab sie nach dem Schlüssel gefragt. Die haben sich gewundert und behauptet, *du* hättest den da abgeholt. Angeblich bereits vor zwei Wochen.«
»Wie bitte? Erstens kenne ich diese Leute überhaupt nicht und zweitens wusste ich bis vor Kurzem gar nicht, dass du bei denen einen Schlüssel hinterlegt hattest. Das ist blanker Unsinn, Hannah.«

»Tja, die sind zwar alt, aber meines Wissens nach nicht dement. Der Schlüssel ist dort abgeholt wurden und bisher nicht wieder aufgetaucht. Ich hab nochmal nachgefragt, ob sie sicher sind, dass du den Schlüssel dort abgeholt hast. Ganz sicher, haben sie geantwortet, sie würden dich ja kennen.«
»Schwachsinn.«
»Hm, vielleicht solltest du gleich mal hier vorbeikommen und selbst mit denen reden.«
»Klar, aber im Moment bin ich noch in der Stadt. Mein Wagen steht in der Tiefgarage. Wird noch dauern. Ich melde mich, sobald ich im Auto sitze.«
»Gut, aber beeil dich. Wir müssen die Sache klären. Wer weiß, wer den Schlüssel bei den Leuten abgeholt hat? Wahrscheinlich der, der uns die Köpfe ins Bett gelegt hat.«
»Nicht so voreilig, Hannah, wer weiß, was sich die Alten da zusammenreimen. Womöglich haben die den Schlüssel verloren oder verlegt. Ist doch möglich, oder?«
»Kann sein, aber wir müssen das prüfen. Mach hin, ich warte zu Hause auf dich.«
Jan legte auf und gab Gas. Bevor er nach Hause fuhr, musste er zuerst bei Esther vorbeischauen. Im Moment schien es ihm ratsam gewesen zu sein, Hannah nichts davon zu erzählen. Obwohl sie es nicht zugab, war sie fürchterlich eifersüchtig auf Esther und er musste sich eingestehen, dass diese Eifersucht durchaus berechtigt war. Nach wie vor besaß seine Ex-Freundin eine gewaltige Anziehungskraft, so stark, dass er diese Frau seit ihrem Wiedersehen nicht mehr aus dem Kopf bekam.
Nach knapp fünfzehn Minuten bog er von der Waldstraße in die Goyastraße ab, rechts und links der Straße standen ältere, aber sehr gepflegte dreistöckige Mehrfamilienhäuser. Das Waldstraßenviertel war eine beliebte Wohngegend, zentral, aber trotzdem relativ ruhig gelegen. Die Mietpreise

waren im Gegensatz zu den renovierten Altbauwohnungen in der Innenstadt allerdings gesalzen. Nicht jeder konnte sich hier eine Wohnung leisten. Hannah hatte ja mal ganz hier in der Nähe in der Feuerbachstraße gewohnt. Dort hatte sie ein kleines Appartement unterm Dach vorrübergehend von einer Freundin übernommen, die beruflich für längere Zeit ins Ausland musste. Dort kosteten fünfzig Quadratmeter immerhin fast achthundert Euro kalt. Hannah musste nur die Hälfte übernehmen, sonst hätte sie sich das gar nicht leisten können. Die Wohnungen in dieser Straße waren größer und kosteten sicher weit über tausend Euro. Wie konnte Esther das mit ihrem sicher nicht üppigen Gehalt bezahlen?
Jan parkte den Wagen am Straßenrand direkt vor der Hausnummer sieben, stieg aus, überquerte die Straße, und klingelte unten an der verschlossenen Haustür. Nichts. Er wartete einen Moment und schellte erneut. Wieder nichts. Dann drückte er auf alle drei Klingeln gleichzeitig. Die Sprechanlage ging an. »Ja, bitte?«, hörte er eine ältere Stimme fragen.
»Die Post. Hab ein Paket für Sie.«
»Ich habe nichts bestellt. Außerdem ist die Post längst durch. Verschwinden Sie, sonst hole ich die Polizei. Gesindel, verdammtes!«
»Halt, warten Sie, ich...«, weiter kam er nicht.
»Zu wem wollen Sie denn?", fragte plötzlich eine Stimme hinter ihm.
Jan drehte sich um und blickte in das freundliche Gesicht einer älteren Dame.
»Ich, äh..., ich möchte zu Frau Hofmann.«
»Haben Sie denn einen Termin?«
»Einen Termin? Äh, ja, natürlich, sicher, habe ich.«
»Tja, das ist merkwürdig, normalerweise lässt sie ihre Kunden nicht warten. Sie ist gestern spät abends noch mit einem Mann weggefahren. Ich hab sie heute den ganzen Tag noch nicht gesehen.«

Kunden? Was für Kunden, dachte Jan. Was für eine Art von Geschäft betrieb Esther denn hier? Oder verwechselte sie die ältere Dame womöglich.

»Sind Sie sicher, dass wir beide von der gleichen Frau reden?«, fragte Jan nach.

»Natürlich, Frau Hofmann ist schließlich meine Nachbarin. Na ja, sie muss ja selbst wissen, was sie so treibt, aber sie ist immer sehr nett und hilfsbereit. Ich mag sie. Außerdem ist das ja heutzutage ganz normal, dass, na ja, Sie wissen schon, mich stört's jedenfalls nicht.«

»Moment, Sie meinen, Frau Hofmann arbeitet hier als Prostituierte?«, erkundigte sich Jan.

»Nein nein, so würde ich das nicht nennen. Sie hat eben ab und zu mal Herrenbesuch. Manchmal bleiben sie in ihrer Wohnung, ein anderes Mal fahren sie zusammen weg. Ich bin allein, wissen Sie, mein Mann ist schon fast zehn Jahre tot. Ich sehe gern aus dem Fenster oder im Sommer vom Balkon. Da bekommt man wenigstens noch was mit vom Leben.«

»Aha, also Sie sagen, dass Frau Hofmann gestern am späten Abend mit einem Mann das Haus verlassen hat? Ist das richtig?«

»Hören Sie, junger Mann, Sie stellen ja Fragen wie diese Tatortkommissare im Fernsehen. Ist genau der gleiche Tonfall. Warum wollen Sie das denn alles so genau wissen?«

Jan atmete einmal tief durch und fingerte nach seinem Ausweis in der Jackentasche. Das Problem war, dass er heute Morgen eine andere Jacke angezogen hatte. Sein Ausweis steckte in seiner braunen Lederjacke und die hing zu Hause in der Garderobe.

»Gut aufgepasst, gnädige Frau, Sie erkennen einen Polizisten bereits an seiner Art Fragen zu stellen. Ihnen kann man in der Tat nichts vormachen.«

»Stimmt. Also sind Sie gar kein Kunde, sondern von der Polizei?«
Jan nickte.
»Darf ich mal ihren Ausweis sehen?«
Jan seufzte und schüttelte den Kopf. »Hab ich leider nicht dabei. Bin auch eher privat hier. Frau Hofmann ist eine alte Freundin.«
»Sie wollen eine alte Frau hinters Licht führen, oder? Ich glaube, unsere Unterhaltung ist beendet.«
»Nein nein, um Gottes willen. Es ist wie ich es sage, glauben Sie mir. Ich hatte eine Verabredung mit ihr und sie ist nicht gekommen. Ich mache mir Sorgen, dass ihr etwas zugestoßen sein könnte. Haben Sie den Mann gesehen, mit dem Esther, äh, Frau Hofmann gestern Abend das Haus verlassen hat?«
»Hm, ich weiß nicht, ob ich Ihnen trauen kann. Sie führen doch was im Schilde, junger Mann?«
»Moment«, sagte Jan, nahm sein Handy aus der Tasche, rief Rico Steding an und bat ihn, der alten Dame zu bestätigen, dass er Polizist war.
»Hier, nehmen Sie, der Leiter der Leipziger Mordkommission möchte mit Ihnen reden.«
Zögernd nahm die Frau das Handy.
»Sie wären eine richtiger Schussel hat ihr Chef gesagt, würden immer alles vergessen, sogar ihre Dienstpistole. Sie sind mir ja ein schöner Polizist, Herr Krüger.«
Jan zuckte mit den Schultern.
»Etwa einsachtzig groß, schlank, braune Haare, ungefähr vierzig Jahre alt. Und er war bisher noch nicht hier gewesen. Die beiden sind in einen roten Golf gestiegen, älteres Baujahr. Ach ja, der Mann hatte Frau Hofmann die Hände gefesselt und vor sich hergeschoben, als hätte er sie festgenommen. Ich dachte mir, das gehört wohl zu einem Rollenspiel,

das den Freier so richtig scharf machen sollte. Hab mir nichts weiter dabei gedacht.«
Jan glaubte seine Ohren nicht zu trauen. »Wie bitte? Was sagen Sie da? Haben Sie vielleicht die Autonummer erkennen können?«
»Nein, aber wenn das für die Polizei wichtig ist, achte ich beim nächsten Mal darauf.«
»Tun Sie das. Ich schreibe Ihnen meine Telefonnummer auf. Würden Sie mich bitte anrufen, wenn Frau Hofmann zurückkommt. Das wäre sehr nett von Ihnen.«
Die Frau griff in ihre Handtasche und zog ein iphone heraus. Rufen Sie mich einfach an, dann hab ich ihre Nummer gespeichert«, sagte sie und gab Jan ihre Handynummer.
»Und Sie heißen?«, fragte Jan.
»Saalfeld«, sagte sie und grinste.
»Was denn, wie die Leipziger Tatortkommissarin?«, wunderte sich Jan.
»Ich bin ein ganz großer Fan von Frau Thomalla müssen Sie wissen.«
»Na dann sind Sie ja fast eine Kollegin. Vielen Dank, Frau Saalfeld, gute Arbeit.«
Die ältere Dame schloss die Haustür auf und drehte sich nochmal um, bevor sie das Haus betrat. »Grüßen Sie bitte Frau Saalfeld von mir, wenn Sie wieder im Präsidium sind und passen Sie auf diesen Kepler auf, der trinkt zu viel, dieser Schwerenöter.«
Jan musste grinsen. Bereits einige Sekunden später war ihm das Lachen vergangen. War der Typ, der Esther gestern nachgestellt hatte, womöglich bei ihr zu Hause eingedrungen und hatte sie entführt? Vielleicht war dieser Mann sogar der gesuchte Serienkiller, an dessen Existenz Jan bisher nicht so recht glauben wollte? Waren ihre bisherigen Ermittlungen tatsächlich komplett ins Leere gelaufen? Womöglich hatten weder Bruno Podelczik, der Richter oder der Ober-

staatsanwalt, ebenso wenig ihre Finger im Spiel, wie die Albaner, Russen oder Tschetschenen? Das würde zumindest im Ansatz erklären, warum sie bisher nirgendwo zu einem greifbaren Ergebnis gelangen konnten. Verdächtige gab es viele, stichhastige Beweise keine, allenfalls Ahnungen und Vermutungen. Hatten sie bisher nur irgendwo ergebnislos im dichten Nebel gestochert, der sich einfach nicht auflösen wollte und sich in ihren Köpfen ausgebreitet hatte, wie ein unsichtbares, weißes Laken über verstaubten Polstermöbeln?

Gab es da draußen tatsächlich diesen einen, irren Psychopathen, der junge Frauen entführte, folterte und danach auf bestialische Weise ermordete, um sie anschließend zu köpfen und auszuweiden? Wenn ja, dann hatte dieser Kerl bisher ganze Arbeit geleistet. Nichts, aber auch gar nichts, hatte bisher auf einen gestörten Serienkiller hingedeutet. Nicht mal der kleinste Ansatz einer Spur, die zu diesem Kerl hätte führen können, konnte gefunden werden. Und irgendetwas fand die Spurensicherung immer. Meistens handelte es sich um für das Auge nicht sichtbar, winzige, anorganische Partikel, wie Stoffreste, Flusen oder Kunststoffteilchen, aber auch organische Mikropartikel, wie feinste Härchen, Speichelreste, Schuppen, Hornhautabrieb oder winzige Teile von abgebrochenen Fingernägeln.

»Verdammt«, brummelte Jan und schlug mit der flachen Hand aufs Lenkrad. Jetzt war guter Rat teuer. Es gab eine Personenbeschreibung und einen Hinweis auf einen vermeintlich roten Golf älteren Baujahrs. Sie würden jetzt das gesamte bisher zusammengebaute Puzzle wieder auseinandernehmen und danach die Einzelteile neu zusammenfügen müssen. Doch zuerst musste er versuchen, herauszufinden, was mit Esther geschehen war. Wenn die alte Dame recht hatte, arbeitete sie in der Tat als Callgirl und war womöglich nur mit einem Freier oder Kunden unterwegs. Dann würde sie wahrscheinlich noch im Laufe dieses Tages wieder auftauchen. Ob er wollte oder nicht, er musste jetzt Hannah und die anderen Kollegen informieren. Nur gemeinsam konnten und mussten sie nun die notwendige Energie entwickeln, diesen Fall zu lösen. Und zwar, bevor sie Esther irgendwo ohne Kopf und Organe aus dem Wasser fischen würden.

Mitten in seine morbiden Gedankengänge hinein klingelte plötzlich sein Handy. Wahrscheinlich, Hannah, dachte er, die nachfragen wollte, wo er denn bliebe. Beim Blick auf das Display zuckte er kurz zusammen. Oskar.

»Wo zum Teufel steckst du denn, wir versuchen schon seit Stunden...«, weiter kam er nicht.

»Guten Tag, Herr Kommissar. Ihr Kollege war so nett und hat mir kurz sein Handy geliehen. Er ist leider im Moment verhindert. Aber ich soll Sie grüßen, es geht ihm gut. Noch jedenfalls. Allerdings musste ich meinen Geschäftspartner davon abhalten, mit dem jungen Mann das Gleiche anzustellen, was Sie mit ihm gemacht haben. Ich wusste gar nicht, dass die Leipziger Polizei zu solchen Methoden greift? Bin ehrlich gesagt geschockt, Herr Kommissar. Aber Krenor hat mir mal erzählt, was für ein verdammt harter Hund Sie sind. Er meinte, Sie hätten die Taliban mit bloßen Händen erwürgt. Respekt, aber wir sind hier ja schließlich nicht in Afghanistan und befinden uns meines Wissens auch nicht im Krieg.«

»Shala, was wollen Sie? Was haben Sie mit meinem Kollegen gemacht?« raunzte Jan den Albaner an.

»Eins nach dem anderen, Herr Kommissar. Ich sagte ja bereits, dass es dem Mann gut geht. Und so soll das auch bleiben, wir sind ja schließlich Geschäftsleute und keine Horde von marodierenden Verbrechern.«

»Was Sie nicht sagen, Shala, deshalb haben meine Kollegen Krenor Hasani, mit dem Gesicht nach unten im Wasser treibend, aus der Elbe gefischt. Ist wohl beim Versuch, seine Prüfung zum Seepferdchen zu machen, mit einem Krampf in den Beinen ertrunken, wie?«

»Nein, er ist ermordet worden. Allerdings nicht, wie Sie vielleicht annehmen, von mir, weil ich scharf auf seinen Posten war, sondern aus einem anderen, wirklich ganz profanen Grund. Er konnte leider seinen Schwanz nicht in der Hose lassen. Hat regelmäßig und mit großer Begeisterung die Braut eines Rockerbosses gefickt. Und das hat dem guten Mann so gar nicht gefallen. Ich habe Krenor mehrfach gewarnt, aber er war schlichtweg besessen von dieser Dame. Pech gehabt, würde ich sagen.«

»So? Da wissen Sie ja mehr als die Hamburger Polizei. Die sind nämlich der Meinung, dass Krenor das Opfer interner Machtkämpfe geworden ist. Sie stehen dort ganz oben auf der Liste der Verdächtigen.«

»Tja, da muss ich ihre Kollegen enttäuschen. Ich habe niemanden umgebracht, wobei wir beim eigentlichen Thema wären, Herr Kommissar. Es stimmt, dass dieser notgeile Richter versucht hat, uns zu beauftragen, die Schwester von Oleg Ponomarov aus dem »Verkehr zu ziehen«, wie er es formuliert hatte. Als ich ihm geantwortet habe, dass wir für derartige Aufträge nicht zur Verfügung ständen, hat er sich an die Tschetschenen gewandt. Die wären beinahe so dumm gewesen, und hätten dem Richter seinen Wunsch erfüllt, aber bevor sie aktiv werden konnten, war die junge Frau bereits tot.«

»Grimms Märchen, Shala. Adam hat mir was anderes erzählt.«

»Klar, mit 'ner Plastiktüte überm Kopf. Da neigt man schon mal dazu, exakt das zu erzählen, was der Folterknecht hören möchte, oder?«

»Blödsinn, Sie haben Natascha Ponomarova mit Hilfe der Tschetschenen getötet und es so aussehen lassen, als wären

es Skutins Leute gewesen. Der Grund dafür liegt auf der Hand.«
»Ach ja? Und der wäre ihrer Meinung nach?»
»Den kennen Sie. Sie haben ein Auge auf die Geschäfte der Russen geworfen.«
»Falsch, unser Geschäftsfeld ist und bleibt das Glücksspiel und das Kreditgeschäft. Wir haben kein Interesse am Straßenstrich und an billigen Bumsbuden. Wir sind keine Zuhälter, die laufend ihre ungezogenen Nutten verprügeln. Das ist was für die Russen, Bulgaren und Rumänen.«
»So so, deshalb wollen Sie jetzt auch das *Red Rose* übernehmen, weil Sie ja an Prostitution so überhaupt kein Interesse haben, verstehe.«
»Nein, da sind Sie offenbar falsch informiert. Adam und Vitus sind auf mich zugekommen und haben mich um einen großzügigen Kredit gebeten, weil sie glauben, dass diese Begleitagentur ein gewinnbringendes Geschäft verspricht. Vitus hat mir die Zahlen vorgelegt. Und in der Tat hat diese russische Mafiabraut sich damit eine goldene Nase verdient. Vitus ist im Besitz der Kundendatei, da sind Leute dabei, Herr Kommissar, denen würden Sie so etwas im Leben nicht zutrauen. Na ja, wie auch immer, ich werde den beiden das Geld leihen und zur Sicherheit einige Geschäftsanteile übernehmen. Aber mit dem operativen Geschäft werde ich überhaupt nichts zu tun haben.«
»Wenn man Sie so reden hört, Shala, könnte man annehmen, Sie wären eher Wohltäter als Mafiaboss. Und jetzt sagen Sie mir, wo mein Kollege ist und lassen ihn sofort frei. Ansonsten komme ich ihn holen. Und glauben Sie mir, das wollen Sie nicht.«
»Wer wird denn gleich wieder so rabiat werden. Sie neigen in der Tat ein wenig zur Gewalt, Herr Kommissar. Dafür gibt es im Moment überhaupt keinen Grund. Ihr junger Kollege ruht sich im Kofferraum seines Dienstwagens ein wenig aus,

das ist alles. Man belauscht ja schließlich auch nicht vertrauliche Gespräche unter Geschäftspartnern. Das ist unangebracht und im höchsten Maße unhöflich. Sein Wagen steht in der Tiefgarage am Augustplatz. Das Handy lege ich auf einen Hinterreifen. Also, Herr Kommissar, suchen und finden Sie diesen perversen Frauenmörder, in unseren Reihen werden Sie ihn nicht finden, glauben Sie mir.«
Für einen Moment war Jan regelrecht sprachlos. Im Grunde genommen unterschied sich das, was ihm Shala soeben erzählt hatte, kaum von dem, was Adam ihm gesagt hatte. Der Richter wollte, dass die Tschetschenen Natascha Ponomarova einen Denkzettel verpassen sollten, ohne sie allerdings gleich umzubringen. Und schon gar nicht auf derart monströse Art und Weise. Sie hatten den Auftrag zwar übernommen, aber als sie zur Tat schreiten wollten, war die Frau längst tot. Wahrscheinlich stimmte das sogar. Natürlich gab es da immer noch Ivan Skutin, der seinem Widersacher Oleg Ponomarov eine Lektion erteilen wollte, wer hier in Leipzig das Sagen hat und hat deshalb Natascha, die mit ihrem florierenden Escortservice zu einer ernstzunehmenden Konkurrenz geworden war, aus dem Weg geräumt. Da er angeblich im großen Stil illegalen Organhandel betreibt, hat er sich gleich mal bei der toten Russin bedient und ihre Innereien gewinnbringend verwertet. Allerdings konnte er den Mord an dem dritten Opfer gar nicht begangen haben, weil er da schon in Moskau war. Laut Grigori hat man ihn dort verhaftet und eingesperrt, nachdem Oleg Ponomarov ihn bei den Behörden angezeigt hatte. Dummerweise fand man in seinem Gepäck auch noch große Mengen von Heroin. Sein Widersacher hatte ganze Arbeit geleistet, Ivan Skutin würde nun ein paar Jahre in einem russischen Knast abzusitzen haben. Somit war er für die deutsche Justiz nicht mehr greifbar. Und die Theorie, dass Oleg Ponomarov seine Schwester hat hinrichten lassen, weil sie auf eigene Faust und auf eige-

ne Rechnung in Leipzig tätig war und er sich von ihr hintergangen fühlte, war höchst unwahrscheinlich. Warum mussten dann noch zwei weitere Frauen sterben? Wie sich die Dinge im Moment darstellten, schien die Annahme, dass es sich bei diesem verdammten Frauenmörder tatsächlich um einen psychotischen Serienkiller handelt, immer mehr in den Fokus zu rücken. Und dieser Killer hieß nicht Bruno Podelczik.

Jan musste sich beeilen. Die Luft in einem verschlossenen Kofferraum konnte schon mal knapp werden. Er musste Oskar da rausholen. Hannah musste warten. Er stellte das magnetische Blaulicht aufs Wagendach und gab Gas. Eine knappe halbe Stunde später hielt er in der Tiefgarage am Augustusplatz Ausschau nach einem dunkelblauen Opel Astra mit Leipziger Kennzeichen. Immerhin hatte er vier Parkebenen abzusuchen. Langsam fuhr er die Reihen der parkenden Fahrzeuge ab. Dann endlich hatte er Oskars Wagen entdeckt. Er stand in der untersten Ebene mutterseelenallein auf einem Platz in der hintersten Ecke. Jan hielt und sprang aus seinem Auto. Hoffentlich hatte der Sauerstoff in diesem beschissenen Kofferraum ausgereicht, um Oskar überleben zu lassen. Er griff auf das rechte Hinterrad und fand dort tatsächlich den Schlüssel. Seine Hände zitterten, als er das Kofferraumschloss öffnete. Oskar lag zusammengekrümmt wie ein Embryo, geknebelt und gefesselt auf der Seite und blinzelte ihn an. Jan riss ihm sofort den Knebel aus dem Mund.

»Mensch, Jan, ich dachte schon, du kommst gar nicht mehr. Ich wäre hier drinnen beinahe vor Langerweile eingeschlafen. Kann ich die Zeit hier drinnen eigentlich als Überstunden abrechnen? Eigentlich hätte ich ja längst Feierabend.«

Jan schüttelte den Kopf, hievte Oskar wie ein Kleinkind aus dem Inneren des Kofferraums und nahm ihm die Fesseln ab.

»Sag mal, du verlierst wohl niemals deinen Humor, wie? Sei froh, dass dich diese Typen nicht erledigt haben.«
»Kein Gedanke, Jan. Ardian Shala war ausgesprochen höflich. Nur dieser Adam hatte Schaum vorm Mund. Er fuchtelte wie ein Wilder mit 'ner Plastiktüte von Aldi herum und meinte, er würde jetzt den Spieß umdrehen. Kein Ahnung, was der gemeint hat.«
»Egal«, überging Jan Oskars Ausführungen. »Hauptsache dir ist nichts passiert. Wieso in aller Welt hast du dich von denen erwischen lassen? Du hättest auf mich warten sollen.«
»Tja, ich hatte nicht damit gerechnet, dass Adam mich wiedererkennen würde. Aber offensichtlich hatte er sich meine Visage nach der Sache im Kampfsportcenter gemerkt. Als ich dachte, er würde auf die Toilette gehen, stand der urplötzlich hinter mir und drückte mir 'ne Knarre in den Rücken. Dann haben sie mich rausgebracht, mir mein Handy abgenommen, mich gefesselt und geknebelt, in den Kofferraum gesperrt und hierher gekarrt.«
»Das nächste Mal bleibst du im Hintergrund und wartest, bis Verstärkung da ist, kapiert? Habt ihr das auf der Polizeischule nicht gelernt?«
Oskar nickte.»Klar doch.«
»Na also. Du fährst jetzt sofort zurück ins Präsidium und erzählst Rico, was passiert ist. Ich treffe mich gleich noch mit Hannah, wir haben noch was zu erledigen. Und Oskar, warte dort auf uns, es gibt einiges zu besprechen«
»Okidoki, wird gemacht, Chef.«
Da war er wieder, dieser bekloppte Ausdruck. »Okidoki«, was für ein Schwachsinn, dachte Jan. Typisch Oskar eben.

Es wurde bereits dunkel an diesem nasskalten, grauen Februartag, als Hannah und Jan um kurz nach sechs bei ihren Nachbarn in der Schmutzlerstraße klingelten. Es dauerte eine gefühlte Ewigkeit, bis endlich jemand hinter der Tür

erschien und den Schlüssel betätigte. Offenbar hatten die alten Leute bereits ihre Haustür verschlossen. Wer sollte auch an einem solch verregneten, kalten Tag zu so später Stunde noch etwas von ihnen wollen?
»Guten Abend, Frau Mende, entschuldigen Sie bitte die Störung, es geht um unseren Haustürschlüssel, den wir bei ihnen für den Notfall hinterlegt haben«, begann Hannah.
»Ja, aber den haben wir doch gar nicht mehr«, antwortete die alte Dame, »das habe ich Ihnen doch bereits erzählt.«
»Wissen Sie noch, wann der Schlüssel abgeholt wurde?«
Die Frau zuckte mit den Schultern, drehte sich um und rief über ihre Schulter ins Innere des Hauses. »Heinz!«
»Was ist, Gerda?«
»Die junge Frau von nebenan ist da und fragt nach ihrem Schlüssel.«
Wieder dauerte es eine Weile, bis Herr Mende langsam und mit schlürfenden, kleinen Schritten hinter seiner Frau im Flur erschien.
»Na, das war vor etwa zwei Wochen, da hat ihr Mann den bei uns abgeholt. Ich glaube es war ein Dienstag. Gab Fußball im Fernsehen. Champions-League.«
Hannah nickte. »Und sie sind sich ganz sicher, dass das mein Mann war, dem sie den Schlüssel ausgehändigt haben?«
»Ja, natürlich, wer denn sonst?«, ärgerte sich Frau Mende über Hannahs Frage.
»Hat er auch gesagt, warum er den Schlüssel brauchte?«
»Hm, hatte sich wohl ausgesperrt. Er meinte, ihm wäre die Haustür zugefallen, als er nochmal ans Auto musste, weil er was vergessen hatte«, erinnerte sich Herr Mende.
»Wissen sie noch, wie der Mann aussah?«
Das ältere Ehepaar sah sich verwundert an. Was sollte denn jetzt diese Frage? Sie hatten doch nichts Unrechtes getan.
»Äh, tut mir leid, Frau...«
»Dammüller.«

»Ja, Entschuldigung, Frau Dammüller, wir verstehen die Frage nicht«, war Herr Mende irritiert.
»Die Frage ist ganz simpel. Beschreiben sie bitte den Mann, der bei ihnen unseren Schlüssel abgeholt hat«, forderte Hannah.
Jetzt waren die alten Herrschaften endgültig verunsichert.
»Ja, soll das etwa heißen, dass das gar nicht Ihr Mann war?", echauffierte sich der Hausherr.
»Erzählen Sie uns doch einfach, wie der Mann aussah. Daran werden sie sich doch wohl noch erinnern können, oder?«
»Na ja, es war ja schon dunkel und Ihr Mann, äh, ich meine, der Mann, hatte eine Kapuze auf. Ja, zum Teufel, wenn das nicht Ihr Mann war, wer war das dann?«
»Wir haben uns vor fast zwei Jahren getrennt. Mein Ex-Mann wohnt hier schon lange nicht mehr.«
»Oh, das wussten wir gar nicht. Na ja, man sieht sich eben nicht so oft. Liegt wohl an uns. Wir verlassen ja kaum noch das Haus.«
»Hören Sie, Herr Mende, ich mache ihnen überhaupt keinen Vorwurf. Sie haben nichts falsch gemacht. Trotzdem muss ich jetzt von ihnen wissen, wie dieser Mann aussah. War er groß oder klein, dick oder dünn, alt oder jung, trug er einen Bart und so weiter. Das werden sie doch noch wissen?«
»Gerda, was meinst denn du? Wie sah dieser Typ aus?«
»Ja, ganz normal eben. Ein junger Mann, nicht besonders groß. Ziemlich dünn war er, soweit ich das unter der dicken Jacke erkennen konnte. Das Gesicht konnte ich nicht genau sehen, weil er diese Kapuze aufhatte. Ja, ist denn was passiert, in Gottes Namen?«
»Bei uns wurde eingebrochen, Frau Mende, und wir vermuten, dass der Täter einen Schlüssel zum Haus hatte«, erklärte Hannah.
»Du meine Güte, davon haben wir ja gar nichts mitbekommen. Ist denn was gestohlen worden?«

Hannah schüttelte den Kopf. »Nichts von Wert, alles halb so wild. Aber wenn der Einbrecher tatsächlich in Besitz unseres Hausschlüssels ist, kommt er möglicherweise wieder.«
»Dann sollten Sie sofort die Schlösser austauschen lassen, Frau Dammüller. Aber bitte, wir wollen dann Ihren Schlüssel nicht mehr. Ist uns zu viel Aufregung.«
»Machen sie sich keine Sorgen, ich sagte ja bereits, sie haben richtig gehandelt. Sie mussten davon ausgehen, dass außer mir und meinem Ex-Mann ja niemand wusste, dass sie einen Schlüssel zu unserem Haus in Verwahrung hatten. Aber bitte, versuchen sie sich nochmal zu erinnern, ob ihnen nicht doch etwas aufgefallen an diesem Mann ist. Es wäre wirklich sehr wichtig.«
»Hatte der Kerl vielleicht einen Akzent, oder hat nur gebrochen Deutsch gesprochen?«, schaltete Jan sich ein, der immer noch hinter Hannah stand.
Heinz Mende starrte Jan mit weit aufgerissenen Augen fragend an.
»Ach ja, tut mir leid, ich habe mich ja noch gar nicht vorgestellt: Hauptkommissar Krüger, ich bin ein Kollege von Frau Dammüller«, sagte Jan.
»So so, ein Kollege. Dafür sind Sie aber ziemlich oft im Haus von Frau Dammüller«, grinste der alte Mann.
»Äh, wie bitte? Wie kommen Sie denn da drauf?«, wollte Jan wissen.
»Ich bin Frühaufsteher müssen Sie wissen und hab sie schon öfter morgens zusammen wegfahren gesehen. Na, aber das geht mich ja überhaupt nichts an.«
»Heinz, was redest du denn da? Gar nichts hast du gesehen. So ein Unsinn. Entschuldigen Sie bitte, Herr Kommissar«, zeigte sich Frau Mende peinlich berührt.
»Nein nein, schon gut. Sie haben recht, Herr Krüger und ich sind befreundet«, klärte Hannah auf.

»Sagen sie, trug der Mann vielleicht so einen olivgrünen Bundeswehrparka?«, fragte Hannah.
»Äh, warten Sie mal. Nein, das war so eine halblange, blaue Jacke. Und ja, jetzt erinnere ich mich wieder, auf dem Oberarm standen zwei Buchstaben. Ziemlich groß sogar.«
»Und Sie wissen nicht mehr, welche das waren?«, fragte Jan.
»Tja, wie gesagt, es war dunkel und es gab keinen Grund, den Mann besonders in Augenschein zu nehmen. Wir waren der Annahme, dass dieser Kerl Ihr Ehemann war, Frau Dammüller. Von der Figur und von der Stimme her hätte er das auch gut sein können.«
»Wenn ihnen noch etwas Wichtiges einfällt, rufen sie mich bitte sofort an. Ich lasse ihnen meine Karte hier.«
»DB.«
»Wie bitte?«
»Na, die Buchstaben. DB stand auf seinem Ärmel.«
»Sind Sie sicher?«
»Ja, ganz sicher.«
»Na, das ist doch was, Herr Mende. Danke für ihre Hilfe und noch einen schönen Abend.«

»**Benjamin**?«, ahnte Jan.
»Sieht verdammt danach aus.«
»Und was machen wir jetzt?«
»Na, wir knöpfen uns den Kerl vor, was denn sonst«, war Hannah stinksauer.
»Hm, glaubst du, dass er der...?«
»Keine Ahnung, aber er braucht dringend Geld, um seine Drogensucht zu finanzieren und da ich ihm nichts gegeben habe, dachte er sich vielleicht, dass er es sich auf diese Weise besorgen müsste.«
»Na ja, es gibt keinerlei Einbruchsspuren und er hatte die Schlüssel.«

»Benjamin ist eigentlich ein Feigling, der keiner Fliege was zu leide tun kann. Der ist normalerweise überhaupt nicht in der Lage, so was zu tun. Ein Loser vorm Herrn, wenn du so willst.«
»Du weißt doch ganz genau, was die Drogensucht mit einem Menschen machen kann, Hannah. Wenn diesen Junkies der Stoff ausgeht, tun die alles, um sich schnellstens neuen zu besorgen. Am Anfang pumpen sie Freunde und Verwandte an, dann fangen sie an zu klauen, begehen Einbrüche und Überfälle und irgendwann schrecken sie auch vor Raubmord nicht mehr zurück. Benjamin hat den Albanern 'ne Menge Kohle geschuldet. Vielleicht haben sie ihn für ihre schmutzigen Geschäfte missbraucht und er hat in ihrem Auftrag die Frauen umgebracht.«
»Hör gut zu, Jan. Die Antwort ist nein. Benjamin wäre niemals in der Lage, jemanden zu töten, und schon gar nicht, den Kopf abzutrennen und auszuweiden. Das ist schlichtweg ausgeschlossen. Aber es ist natürlich durchaus möglich, dass er denen den Schlüssel zu unserem Haus besorgt hat.«
Jan kniff die Lippen zusammen und nickte. »Wie es aussieht, ist Esther Hofmann letzet Nacht entführt worden und die Beschreibung einer Nachbarin passt haargenau zu deinem Ex-Mann.«
»Wie bitte? Und das erzählst du mir erst jetzt?«
Jan zuckte mit den Schultern.»Na ja, es gibt da auch noch die Möglichkeit, dass sie einfach nur mit einem Freier mitgegangen ist«, sagte Jan kleinlaut.
»Was denn, Esther ist 'ne Nutte?«
»So wie es aussieht, verdient sie sich was nebenbei, ja«, sagte Jan.
»Ich dachte, die arbeitet als Empfangschefin im Marriott?«
»Eher stundenweise als Rezeptionistin.«
»Aha und da reicht wohl die Kohle nicht?«

»Keine Ahnung. Fakt ist, dass ihr dort seit ein paarTagen ein Kerl nachstellt. Die Beschreibung dieses Typen passt zu Benjamin. Etwa vierzig, schlank, einsachtzig und kurze, braune Haare. Und genauso hat diese Nachbarin in der Goyastraße den Mann beschrieben, mit dem Esther weggefahren ist. In einem alten, roten Golf, wie sie gesehen haben will.«
»Na gut, dann fahren wir jetzt zu ihm nach Hause. Der wohnt zurzeit bei seiner Mutter, wie er mir erzählt hat.«
»Weißt du, wo die wohnt?«
»Klar, draußen in Connewitz.«
Jan rief im Büro an und bat Rico, das gesamte Team um acht zu einer Besprechung zu versammeln. Es hätten sich wichtige Neuigkeiten ergeben. Er wäre zusammen mit Hannah gerade auf dem Weg nach Connewitz, um dort einen Verdächtigen zu befragen. Sie wollten pünktlich zur Besprechung zurück im Präsidium sein. Er wollte gerade auflegen, als ihm noch etwas Wichtiges einfiel: »Ach Rico, bitte ruf Josie an. Sie muss dringend dabei sein. Bis gleich.«
Um kurz vor sieben bog Jan im Zentrum von Connewitz von der Bornaischen Straße in die Hildebrandtstraße ab. Nummer sechs befand sich in einem großen, weißen mehrstöckigen Häuserblock direkt an der Straße. Er parkte den Dienstwagen ein paar Meter weiter am Straßenrand gegenüber dem Haus. Die Eingangstür zum Hausflur war bereits verschlossen. Hannah klingelte. Es dauerte eine gefühlte Ewigkeit, bis schließlich der Türsummer ertönte und die beiden das Treppenhaus in den dritten Stock hochstiegen.
»Hannah! Na, das ist ja eine Überraschung. Schön dich zu sehen. Komm doch rein.«
»Hallo Lotte, das ist mein Kollege, Hauptkommissar Jan Krüger«, stellte Hannah Jan vor.
Lotte Kujau führte ihren Besuch in die Küche. »Kann ich euch was anbieten. Einen Kaffee vielleicht, oder auch ein Bier, ist ja schon spät.«

»Vielen Dank, Lotte, wir würden gern mit Benjamin sprechen. Dauert nicht lange.«
»Tja, der ist leider nicht zu Hause. Ich kann dir auch nicht sagen, wann er zurückkommt. Meistens schlafe ich dann schon. Aber worum geht es denn? Vielleicht kann ich ja auch behilflich sein.«
»Hast du 'ne Ahnung, wo er sein könnte?«
»Hm, wahrscheinlich trifft er sich mit Freunden. Benjamin macht im Moment eine schwere Zeit durch, Hannah. Er fühlt sich ausgebrannt. Die Ärzte haben ihm ein Burn-Out-Syndrom bescheinigt, er ist zurzeit in psychologischer Behandlung. Diese verdammten Nachtschichten bei der Bahn haben ihm schwer zugesetzt. Vor allem der immense Druck, dass die Reparaturen an den Lokomotiven stets bis zum nächsten Morgen fertig sein mussten. Ein Knochenjob, Hannah, und ewig steht einer hinter dir, der zur Eile mahnt. Das kann einem schwer zu schaffen machen. Benjamin sieht krank aus. Er hat stark abgenommen, isst kaum noch was. Sein Gesicht wirkt eingefallen, er hat dicke Augenränder unter den Augenhöhlen. Und er ist total reizbar, alles, was ich sage, ist falsch. Ach Hannah, ich glaube, eure Trennung hat er bis heute nicht überwunden. Seitdem ist er ein anderer Mensch. Es ist so schade. Vielleicht könntest du ja mal mit ihm reden?«
»Deswegen bin ich hier, Lotte.«
Lotte Kujau sah erst Hannah an, dann Jan. Ihr schien nicht klar zu sein, warum ihre ehemalige Schwiegertochter diesen Kollegen mitgebracht hatte.
»Dieser Besuch ist nicht privat. Wir sind dienstlich hier. Wir müssen dringend mit Benjamin sprechen.«
»Ja, aber warum denn nur, ist denn was passiert?«
»Das wissen wir noch nicht. Hat Benjamin finanzielle Probleme? Leiht er sich Geld bei dir?«

»Äh, ja, sein Arbeitgeber weigert sich, seine Krankmeldung anzuerkennen. Sie zahlen ihm im Moment kein Gehalt. Sie haben ihn zum Vertrauensarzt geschickt, der Junge sieht das aber nicht ein, wehrt sich dagegen. Jedenfalls war er noch nicht da. Er wollte sich einen Anwalt nehmen.«
»Also gibst du ihm Geld. Wofür, wenn ich fragen darf? Er wohnt bei dir. Er zahlt keine Miete, muss sich nicht selbst ernähren. Er fährt wahrscheinlich mit deinem Wagen. Also wofür braucht er Geld?«
»Fahren Sie zufällig einen roten Golf, Frau Kujau?«, fragte Jan.
»Äh, ja, warum wollen Sie das wissen?«
»Hör zu, Lotte, wo ist Benjamin? Ich muss das wissen. Er braucht dringend Hilfe.«
»Ja, aber aus welchen Grund denn nur?«, fragte Frau Kujau verzweifelt.
»Mensch, Lotte, Benjamin ist drogensüchtig. Hast du das denn nicht bemerkt, verdammt?«
»Ach, was redest du denn da, Hannah? Du hast dem Jungen das Herz gebrochen und jetzt unterstellst du ihm auch noch, er wäre drogensüchtig? Warum tust du das, Hannah? Er hat für dich sein ganzes Leben geopfert, hat sein Medizinstudium abgebrochen, um Geld zu verdienen, um ein Haus für dich zu bauen. Er hat Tag und Nacht geschuftet, nur um dir ein schönes Leben zu ermöglichen. Und jetzt unterstellst du ihm solche Sachen?«
Hannah nickte, atmete einmal tief durch und sagte: »Ich bin nicht hergekommen, um zu streiten, Lotte. Benjamin ist dringend verdächtig, an äußerst schwerwiegenden Verbrechen beteiligt zu sein und hat jetzt obendrein wahrscheinlich auch noch eine Frau entführt.«
»Wie bitte? Ich glaube, es reicht jetzt. Bitte geh, Hannah.«
»Hören Sie, Frau Kujau, Hannah ist hierhergekommen, um vernünftig mit Ihnen zu reden. Wäre es Ihnen lieber, wenn

ein Sondereinsatzkommando die Tür aufbricht und Ihre Wohnung stürmt? Genau das wird nämlich bald geschehen, wenn Benjamin sich nicht stellt. Sagen Sie ihm das. Wir geben Ihnen genau zwei Stunden Zeit, danach wird Benjamin mit Haftbefehl gesucht. Wollen Sie das, Frau Kujau?«
»Ich sagte doch bereits, dass ich nicht weiß, wo er ist«, blieb sie uneinsichtig.
»Dann ruf ihn zum Teufel nochmal an, Lotte. Er soll sich sofort bei mir melden, verstanden? Es reicht jetzt mit deiner Dickköpfigkeit. Wenn du versuchst, ihn zu beschützen, machst du alles nur noch schlimmer.«
Lotte Kujau stiegen die Tränen in die Augen. »Bitte raus jetzt hier. Alle beide. Ich will dich nie wieder sehen, Hannah. Du hast nur Unglück über unsere Familie gebracht. Du bist ein schlechter Mensch.«
»Da irren Sie sich aber ganz gewaltig, gute Frau. Ihr Sohn ist ein verdammter Mistkerl, charakterlos und feige. Und jetzt wahrscheinlich auch noch ein Mörder. Also halten Sie besser ihren Mund.«
»Lass gut sein, Jan, das bringt nichts. Auf Wiedersehen, Lotte. Tut mir leid, dass das alles so enden musste. Aber mein Kollege hat recht, Benjamin hat die Kontrolle über sein Leben verloren und versucht jetzt, andere in seinen Sumpf mit hineinzuziehen. Du steckst da bereits bis zur Halskrause mit drin. Pass bloß auf, dass du nicht gänzlich untergehst.«

Die Wohnungstür war noch nicht ganz geschlossen, als Jan Hannah am Arm festhielt. »Sag mal, geht's noch? Der Typ hat Medizin studiert und du hältst es nicht für nötig, das zu erwähnen? Ich fass es nicht.«
»Bis zum Physikum. Und er war sogar richtig gut. Josie hat mir mal erzählt, dass er im Fach Pathologie ihr bester Student war.«

»Ja, verdammt, Hannah, wie kannst du eine solch wichtige Information so einfach unter den Teppich kehren?«
»Beruhige dich mal, bis vor ein paar Stunden war Benjamin noch überhaupt kein Thema. Außerdem ändert das nichts daran, dass er als Täter in unseren Fällen nicht in Frage kommt. Er hat sein Medizinstudium geschmissen, weil er plötzlich gemerkt hatte, dass er kein Blut sehen konnte. Paradoxerweise betraf das nicht sein eigenes, sondern ausschließlich das Blut anderer.«
»Moment, du sagtest doch gerade, dass er im Fach Pathologie einer der besten war.«
»Ja, was die Theorie anbetraf.«
»Also hat der während seines Studiums niemals an einer Obduktion teilgenommen?«
»Doch, aber die Leichen hatten kein Blut mehr in den Adern, sondern Formalin.«
»Hm, und wie kam er dann zu der Erkenntnis, dass er kein fremdes Blut sehen kann?«
»Das war an dem Tag, als er zum ersten Mal im Krankenhaus bei einer Notoperation eines Unfallopfers hospitieren sollte. Schwerer Motorradunfall. Der Typ auf dem Operationstisch glich eher einem Zentner Gulasch, als einem menschlichen Wesen. Benjamin hat noch im Operationssaal seinen schönen weißen Kittel vollgekotzt. Das war's mit seiner Karriere als Arzt.«
»Also hat er sein Studium nicht hingeworfen, weil er endlich Geld verdienen wollte, um seiner Luxusbraut ein schönes Leben zu ermöglichen, sondern weil er kein Blut sehen konnte, oder?"
»So in etwa hat er das wohl seiner Mutter erzählt. Wenn es damals nur ums Geld gegangen wäre, hätte er sicher keine Lehre als Betriebsschlosser bei der Deutschen Bahn begonnen, oder?«

»Wie kam der auf die Idee, vom ambitionierten Medizinstudenten zum einfachen Schlosser umzuschulen?«
»Ein guter Freund war bei der Bahn. Er hat ihm die Vorzüge eines Beamten auf Lebenszeit angepriesen. Außerdem wurde der Job bereits in der Ausbildung gut bezahlt. Und siehe da, Benjamin hatte Spaß an dem Beruf. Jedenfalls solange er in der Ausbildung war. Danach wurde dieser Job mehr und mehr zur Knochenarbeit. Nachtschicht, Termindruck, und jede Menge Arbeit. Der musste richtig schwer malochen. Auf Dauer konnte das gar nicht gutgehen. Aber er hat das durchgehalten. Schließlich wurde er verbeamtet und hat relativ viel Geld verdient. Allerdings nicht so viel, dass er davon ein Haus hätte finanzieren können. Das musste ich mit A 13 im Rücken machen. Aber die ganze Story kennst du ja längst. Ging alles gut, bis er diese wasserstoffblonde Friseuse kennengelernt hatte. Von da an ging es mit dem guten Mann steil bergab.«
»Hm, trotzdem, wie wir's auch drehen und wenden, im Moment ist der Typ die klare Nummer eins auf der Liste unserer Verdächtigen. Auch wenn du der Meinung bist, dass er zu solchen Taten nicht fähig wäre. Menschen ändern sich, Hannah, vor allem dann, wenn Drogen im Spiel sind.«
Hannah schüttelte den Kopf. »Nein, soweit würde er nicht gehen, selbst wenn er wollte, er könnte das gar nicht. Nicht in tausend Jahren.«
Jan wurde langsam sauer. »Ich kann nicht verstehen, was dich da so sicher macht. Ich kenne diesen Kerl nur als ausgewiesenes Superarschloch und ich würde dem alles zutrauen.«
»Vollkommen klar, dass du ihn nicht leiden kannst...«
»Jetzt komm mir bloß nicht mit dieser Tour, ich glaube, du siehst den Wald vor lauter Bäumen nicht. Der Typ hat den Schlüssel für unser Haus, hat Medizin studiert, braucht dringend Kohle, ist drogenabhängig, stellt Prostituierten nach,

fährt einen roten Golf, mit dem wahrscheinlich Esther entführt worden ist und passt haargenau auf die Beschreibung, die zwei Personen unabhängig voneinander vom möglichen Täter abgegeben haben. Was willst du denn noch? Dein Bauchgefühl ist mittlerweile vollkommen fehl am Platze, Hannah, wir müssen den Kerl schnappen und zwar schnell.«

Als Esther wach wurde, lag sie an Händen und Beinen gefesselt zusammengekrümmt im Kofferraum eines Wagens. Wahrscheinlich in dem alten, roten Golf, in den sie ihr Entführer gezerrt und mit einer Spritze in den Hals in den Tiefschlaf gelegt hatte. In ihrem Mund steckte ein dicker Knebel, so groß und fest, dass sie beinahe würgen musste. Ihr war kalt, die Jacke, die sie getragen hatte, trug sie nicht mehr. Sie bekam schlecht Luft durch die Nase, die Ärzte hatten ihr schon mehrfach empfohlen, ihre verdickte und gekrümmte Nasenscheidewand operieren zu lassen, doch sie hatte von einer Freundin gehört, dass dieser Eingriff unangenehm war und kaum eine Verbesserung brachte. Also hatte sie darauf verzichtet, was sie im Moment allerdings bereute. Was, wenn sich ihre Nase gleich komplett zusetzen würde, wie es gerade in der kalten und nassen Jahreszeit immer wieder vorkam? Gott sei Dank hatte der Golf keinen geschlossenen Kofferraum, sondern war nach obenhin nur mit einer Abdeckung aus Kunststoff versehen. Sie versuchte sich zu bewegen, doch sie war eingeklemmt wie eine Ölsardine in der Blechbüchse. Sie versuchte zu schreien, doch der Ton blieb ihr bereits im Ansatz im Halse stecken. Was wollte dieser verdammte Kerl nur von ihr? War das etwa dieser psychopathische Frauenmörder, der seine Opfer köpfte und ausweidete wie ein Schlachtlamm? Aber hatte Jan ihr nicht erzählt, dass sie diesen Typ gefasst hätten? Was, wenn sich die Polizei geirrt hätte, und dieser Wahnsinnige immer noch frei herumlief und nach weiteren Opfern Ausschau hielt? Der

Kerl, der ihr vor dem Hotel aufgelauert hatte und ihr gefolgt war, hatte sie in seine Gewalt gebracht. Wie konnte sie nur so dumm sein und diesen Mann einfach so in ihre Wohnung lassen?
Als es um kurz vor Mitternacht bei ihr geschellt hatte, hatte sie geglaubt, dass Jan endlich ihre Nachricht abgehört hatte und jetzt gekommen war, um bei ihr nach dem Rechten zu sehen.
»Hallo, ich bin's«, hatte der Kerl gesagt. Diese verdammten Gegensprechanlagen in diesen beschissenen Wohnblöcken klangen wie ein verrosteter Blecheimer. Stimmen zu unterscheiden, war da kaum möglich. Sie dachte eben, dass es Jan war, der gleich zu ihr heraufkommen würde. Sie hatte die Wohnungstür einen Spalt offengelassen, war schnell ins Schlafzimmer gelaufen und hatte sich Jeans und Bluse angezogen. Zuhause lief sie gewöhnlich in Unterwäsche herum oder zog sich eine gemütliche Jogginghose und ein weites T-Shirt an. Voller Vorfreude war sie zurück an die Wohnungstür gelaufen und wollte ihren Ex-Freund in Empfang nehmen. Sie hatte sich fest vorgenommen, ihn nach allen Regeln der Kunst zu verführen und mit ihm eine heiße Liebesnacht zu verbringen. Sie wusste ganz genau, was sie tun musste, um Jan komplett aus der Fassung zu bringen. Er konnte ihr schon damals nicht widerstehen und daran hatte sich nichts geändert. Als sie sich unlängst mit ihm im Bahnhofscafé getroffen hatte, war ihr nicht verborgen geblieben, dass der Mann sie immer noch liebte, ja noch genauso vernarrt in sie war, wie früher. Sie war gut im Bett, sie konnte die Männer zum Wahnsinn treiben, dessen war sie sich stets bewusst. Die meisten Männer waren aber leider nicht in der Lage, bei ihr die gleichen Gefühle zu entfachen. Nicht so Jan. Er hatte sehr schnell erkannt, was sie brauchte, was sie antörnte bis zur Besinnungslosigkeit. Der Sex, den die beiden oft und regelmäßig und an allen möglichen Orten zu jeder Tages-und

Nachtzeit hatten, war überirdisch, einfach nicht von dieser Welt. Um es kurz zu sagen, die beiden ließen keine Gelegenheit aus, um übereinander herzufallen, oft mehrmals am Tag. Jan Krüger war ihre intensivste und erfüllendste Beziehung, die sie je gehabt hatte.
Doch es sollte an diesem späten Abend alles anders kommen. Als sie zurück zur Wohnungstür kam, war niemand zu sehen, weder draußen vor der Tür noch im Flur. Sie rief nach Jan und wollte gerade im Wohnzimmer nachsehen, als sie von hinten gepackt und zu Boden gerissen wurde.
»Wehr dich nicht, du alte Fotze«, brüllte sie der Kerl an. Dann schlug er ihr mehrfach mit der flachen Hand ins Gesicht, fesselte ihr mit Kabelbinder die Hände auf den Rücken und stopfte ihr einen Knebel in den Mund.
»Los aufstehen, wir machen jetzt einen schönen Ausflug. Bin mal gespannt, ob dein Superheld dir noch rechtzeitig zu Hilfe eilen wird, oder ob der einfach auf dich scheißt. Ist ja immerhin bis über beide Ohren verliebt, allerdings in die falsche Frau, nämlich in meine Frau. Er hat sie mir weggenommen, jetzt nehme ich ihm seine weg. So einfach ist das. Los, du Hure, beweg dich«, schrie er.
Er drückte ihr eine Waffe in den Rücken und schob sie vor sich her aus der Wohnungstür und die Treppe hinunter. Sie hatte noch gehofft, irgendjemanden zu treffen, der ihr zur Hilfe eilen würde, doch um diese Uhrzeit war anscheinend niemand mehr auf den Beinen. Er zerrte sie in den roten Golf und drückte ihr eine Nadel in den Hals.
Jetzt lag sie hier hilflos und verlassen in der Enge dieses kalten, muffigen Kofferraums und musste das Schlimmste befürchten. Obwohl es draußen Minustemperaturen waren, bemerkte sie, wie ihr der Schweiß die Stirn herunterlief. Angstschweiß, ein Ausdruck purer Verzweiflung. Hätte sie bloß nicht diese zwei großen Tassen grünen Tee getrunken, dachte sie. Lange würde sie nicht mehr aufhalten können,

dann würde sich ihre Blase entleeren, ohne sie um Erlaubnis zu fragen. Aber das war in Anbetracht ihrer ausweglosen Lage im Moment noch ihr geringstes Problem.
Sie versuchte den Kopf anzuheben und nach Geräuschen zu lauschen. Doch es war still, unheimlich still und stockdunkel. Nicht ein Lichtstrahl fand seinen Weg durch die Spalten der Kofferraumraumabdeckung. Entweder war es noch tiefschwarze Nacht oder der Wagen stand irgendwo in einer fensterlosen Halle oder einer geschlossenen Garage. Sie hatte keine Ahnung wie spät es war. Sie hatte jegliches Zeitgefühl verloren. Sie war gefangen in dieser engen, fensterlosen Kiste, ohne Aussicht auf Rettung. Die Tränen liefen ihr die Wangen herunter, als sie bemerkte, dass ihre Blase dem Druck nachgeben musste und sich ihre Hose mit warmem Urin tränkte. Womit zum Teufel hatte sie das verdient? Was hatte sie falsch gemacht? Sie war noch nicht bereit, zu sterben, aber das schien diesem widerlichen Dreckschwein vollkommen egal zu sein. Sie war dem Kerl ausgeliefert. Sie konnte nur noch auf ein Wunder hoffen. Das Problem war allerdings, dass sie nicht an Wunder glaubte, Scheiße, verdammte!

Um kurz nach acht erreichten Hannah und Jan das Präsidium in der Dimitroffstraße, in der Hoffnung, dass sich das gesamte Team immer noch dort aufhielt. Eigentlich hatten sie vor mehr als zwei Stunden offiziell Feierabend. Aber was bedeutete dieses Wort schon, wenn man Polizist war? Irgendwo war man immer im Dienst. Jeden Tag und rund um die Uhr.
Von einer Vierzig-Stunden-Woche oder freien Wochenenden konnte man als Polizist nur träumen. Gab es nicht, fertig. Nach getaner Arbeit gemütlich zu Hause die Füße hochlegen, war ein Luxus, in dessen Genuss ein Kriminalbeamter nur höchst selten kam.

Zu ihrer freudigen Überraschung saßen die Kollegen vollzählig versammelt am Tisch im Besprechungsraum. Sogar Oberstaatsanwalt Oberdieck war anwesend, obwohl der den Fall ja bereits offiziell abgegeben hatte. Jan sah Hannah an und zuckte kurz mit den Schultern. Sie hatten keine Ahnung, was der Mann hier noch wollte. Polizeioberrat Wawrzyniak war Jans Reaktion auf Oberdieck nicht entgangen, deshalb ergriff er als Erster das Wort.

»Ja, äh, so wie es aussieht, müssen wir wohl wieder bei null anfangen. Den Fall sozusagen auf Reset stellen, wie man in der Computersprache so schön sagt. Bevor wir beginnen, möchte Oberstaatsanwalt Oberdieck noch ein paar klärende Worte loswerden.«

»Ja, danke, Horst. Wie sie wissen, liebe Kollegen, habe ich den Fall, oder besser gesagt, die Fälle, abgegeben, weil ich mich von dem schriftliches Geständnis des Hauptverdächtigen habe leiten lassen, eindimensional zu ermitteln und offensichtlich einige wichtige Fakten außer Acht gelassen habe. Kurzum, für mich war klar, dass Podolczik der Täter war und deshalb wollte ich die Angelegenheit so schnell wie möglich vor Gericht bringen. Wenn ich mich richtig erinnere, hatte die Mordkommission keinerlei Einwand. Dass sich der Fall dann in eine solch unerfreuliche, oder besser gesagt, in eine derart dramatische Richtung drehen würde, war, so glaube ich, für niemanden vorhersehbar. Natürlich habe ich für diese Fehleinschätzung die Verantwortung übernommen und habe deshalb den Fall an einen Kollegen abgegeben. Ich möchte sie nun bitten, mit Staatsanwalt Dr. Strothmann vertrauensvoll zusammenzuarbeiten und ihn in seiner Arbeit nach Kräften zu unterstützen. Die Akten habe ich übergeben, er hat sich in den Fall bereits eingelesen.«

Ein junger, hagerer Typ, mit Hornbrille und dunklem Anzug erhob sich kurz von seinem Platz und nickte den Anwesenden artig zu.

»Dr. Strothmann ist noch nicht lange bei uns. Es ist, äh, sozusagen sein erster Fall«, erklärte der Oberstaatsanwalt.
»Ja, dann herzlich willkommen, Herr Staatsanwalt, auf gute Zusammenarbeit«, begrüßte ihn Polizeioberrat Wawrzyniak.
»Bevor hier jetzt Blumen überreicht werden und Sekt getrunken wird - ich vermisse ein Wort des Bedauerns, oder ist es Ihnen vollkommen egal, dass Sie zusammen mit Ihrem werten Logenbruder, Richter Gnädig, einen Unschuldigen in den Tod getrieben haben, nur um ihre Verfehlungen so schnell wie möglich zu vertuschen und unter den Tisch zu kehren? Das war 'ne ganz üble Nummer, Herr Kollege. So, ich denke, dass musste gesagt werden. Wie Sie selbst damit klar kommen wollen, ist mir allerdings schleierhaft. An Ihrer Stelle würde ich schleunigst meinen Hut nehmen.«
Josie Nussbaum fixierte den Oberstaatsanwalt mit bösem Blick. In diesem Moment hätte man eine Stecknadel fallen hören können, es war mucksmäuschenstill im Raum.
Oberdieck lief puterrot an. Er brauchte einen Moment, um sich zu sammeln. Mit einem derartigen Frontalangriff hatte er nicht gerechnet.
»Ich wüsste nicht, was ich mit dem Selbstmord eines Untersuchungsgefangenen zu tun habe, Frau Doktor. Ich habe mich jederzeit vorschriftsmäßig verhalten und die in einem solchen Fall notwendigen juristischen Abläufe in Gang gesetzt. Das ist meine Aufgabe und genau das habe ich getan. Ihre böswilligen Unterstellungen sind daher vollkommen fehl am Platz. Natürlich tut mir der Tod des Mannes leid.«
»Bruno Podelczik«, Herr Oberstaatsanwalt, »der Name des »Mannes«, wie Sie das Opfer nennen, ist Bruno Podelczik«, schob Josie Nussbaum verärgert hinterher.
»Äh, ich bitte sie, Kollegen, das bringt doch jetzt nichts mehr, wir sollten uns alle zusammenraufen und unsere wertvolle Energie auf die Lösung des Falles verwenden.«

»Na klar, Horst, Schwamm drüber, ist ja nichts passiert. Vergessen wir's. Was bedeutet schon der Tod eines verurteilten Frauenmörders? Der hätte sowieso den Rest seines jämmerlichen Lebens in einer Haftanstalt verbüßt. Also, so what.«
Wutentbrannt sprang Oberdieck auf, sein Stuhl kippte dabei um und krachte zu Boden. »Kommen Sie, Herr Dr. Strothmann, wir müssen uns so einen Blödsinn nicht länger anhören. Sie sollten lernen, sich zusammenzureißen, werte Frau Doktor. Eine Unverschämtheit, was Sie sich hier erlauben.«
Dr. Strothmann blieb ruhig auf seinem Stuhl sitzen.
»Na ja, da das jetzt mein Fall ist, möchte ich ungern Zeit verlieren. Wenn Sie erlauben, würde ich gern bleiben und mir anhören, was die Kollegen zum Stand der Ermittlungen sagen können.«
»Was? Meinetwegen. Tun Sie, was Sie nicht lassen können. Ich hoffe, Sie verschwenden nicht ihre Zeit. Etwas Konstruktives ist ja bisher von den Herrschaften noch nicht beigetragen worden und ich bezweifle, dass das heute Abend noch der Fall sein wird.«
Grußlos verließ der sichtlich angefressene Oberstaatsanwalt den Besprechungsraum, nicht ohne Josie noch einen wütenden Blick zuzuwerfen.
»Hau bloß ab, du Spastiker«, murmelte die Gerichtsmedizinerin.
Hannah musste grinsen, nur gut, dass Waffel nicht mehr so gut hören konnte, dachte sie.
»So, jetzt mal zu den wichtigen Dingen«, übernahm Rico Steding das Ruder. »Unsere bisherigen Ermittlungen waren in allen drei Mordfällen wenig zielführend. So wie sich die Lage im Moment darstellt, gibt es keine stichhaltigen Beweise gegen auch nur einen der Verdächtigen. Der von der Staatsanwaltschaft ins Visier genommene Bruno Podelczik hat sich das Leben genommen. Das ist besonders tragisch, da mittlerweile gesicherte Erkenntnisse vorliegen, dass er

keine der drei Frauen ermordet hat. Im Fall Nadeschda Kurkova liegen gleich mehrere Aussagen von Zeugen vor, die den Mann zum Zeitpunkt des Mordes an der Russin in einer Arztpraxis in Hartmannsdorf gesehen haben. Zum Zeitpunkt des Mordes an der Rumänin Irina Cristea war Podelczik bereits Tod. Bliebe noch der erste Mord an Natascha Ponomarova. Auch in diesem Fall scheidet Podelczik als Täter aus, weil alle drei Morde eindeutig die gleiche Handschrift aufweisen.«

»Und was ist mit den Russen und den Albanern?«, hakte Horst Wawrzyniak nach.

»Hm, also auch da sind wir nicht viel weiter gekommen, aber am besten sagt Jan was dazu. Da gibt es, glaube ich, ein paar Neuigkeiten«, antwortete Rico.

Jan nickte. »In derTat. Beginnen wir mit Ivan Skutin. Wie mir Grigori Tireshnikov mitgeteilt hat, ist Skutin gleich, nachdem wir ihn wegen der Schießerei vor seinem Laden festgenommen und kurz darauf wegen Mangels an Beweisen wieder auf freien Fuß gesetzt hatten, nach Moskau abgereist. In diesem Zeitraum lagen Mord Nummer zwei und drei. Also kann er unmöglich selbst an diesen Taten beteiligt gewesen sein. Mittlerweile sitzt er in Moskau in Untersuchungshaft, weil sein Gegner, Oleg Ponomarov, ihn bei den Behörden wegen des illegalen Handels mit Organen angezeigt hat. So wie es aussieht, werden wir Skutin wohl in Leipzig nicht so schnell wiedersehen. Seine Leute suchen bereits Kontakt zu anderen potentiellen Arbeitgebern. Die Russenmafia um Ivan Skutin steht zumindest in Leipzig vor der Auflösung.«

»Tja, dann wird jetzt ja wohl dieser Oleg Ponomarov hier aufkreuzen und versuchen, das Heft in die Hand zu nehmen, oder?«, glaubte Waffel.

»Nein, so wie Grigori die Sache sieht, ist es Ponomarov wichtiger, in Moskau die Zügel in Sachen Prostitution und Drogen in der Hand zu halten. Auch dort wird die Konkurrenz immer

größer. Sein größter Widersacher dort ist übrigens ein alter Bekannter. Wladimir Gorlukov hat nach wie vor einen guten Draht zu den Taliban und macht immer noch das lukrative Geschäft Waffen gegen Drogen, obwohl die Taliban sich schon lange nicht mehr mit altem Waffenschrott aus den Zeiten der Roten Armee zufrieden geben. Damit hatte sein mit allen Wassern gewaschener Onkel Oberst Gorlukov die afghanischen Rebellen jahrelang über den Tisch gezogen. Die Zeiten sind zwar vorbei, aber das Geschäft floriert nach wie vor«, führte Jan aus.
»Aber es gab ja auch das Gerücht, dass Oleg seine Schwester, die ebenfalls ein hochrangiges Mitglied der Kosakenfront war, umgebracht haben könnte, weil sie ungehorsam war und in Leipzig mit ihrem Escortservice in die eigene Tasche gearbeitet hat«, meldete sich Jungmann von der Sitte zu Wort.
»Möglich, aber aus welchem Grund hätte er die beiden anderen Frauen töten sollen? Zudem ist sicher, dass Ponomarov zum Zeitpunkt aller drei Morde nicht in Leipzig war«, sagte Jan.
»Nee, aber die drei Tschetschenen, die für ihn gearbeitet haben, oder?«, gab Krause, ebenfalls ein Kollege von der Sitte, zu Bedenken.
»Stimmt, Krause, aber die hatten sich schon, bevor sie nach Leipzig gekommen sind, von der Kosakenfront losgesagt. Sie hatten vor, hier auf eigene Rechnung zu arbeiten. Allerdings hat sich diese Gruppierung sehr schnell dezimiert. Ihr Anführer Ruslan lag zum Zeitpunkt der Morde mit gebrochener Kniescheibe im Krankenhaus und ein Mann namens Kerim wurde bei der Schießerei vor Skutins Laden erschossen. Wir dachten auch erst, dass Ponomarov die Tschetschenen beauftragt hatte, Skutin zu beseitigen, später hatte sich jedoch herausgestellt, dass die Albaner dahintersteckten, das weiß ich von dem dritten Tschetschenen, Adam. Er hat es mir bei

einer Vernehmung gestanden und arbeitet mittlerweile ganz offiziell für Ardian Shala, dem Boss der Albanermafia«, sagte Jan.
»Bleibt Ardian Shala, der offensichtlich stark daran interessiert ist, das Geschäft mit Prostitution und Drogen von den Russen zu übernehmen. Er hat Natascha Ponomarova getötet und den Mord so aussehen lassen, als wäre der Organhändler Skutin der Täter gewesen. Und um dieser Sache Nachdruck zu verleihen, hat er die anderen beiden Frauen auf die gleiche Art und Weise umgebracht. Natürlich wollte er damit erreichen, dass Ponomarov den Tod seiner Schwester rächt und die beiden Russenbanden aufeinander losgehen würden. Shala wäre in diesem Fall der lachende Dritte gewesen und ist es jetzt vermutlich auch«, glaubte Rico.
Jan schüttelte den Kopf. »Shala selbst kann wasserdichte Alibis zum Zeitpunkt aller drei Morde vorweisen. Zum Zeitpunkt der ersten beiden Morde gab es noch keinen Kontakt zwischen den Albanern und den Tschetschenen. Erst danach haben Adam und Kerim für ihn gearbeitet und höchstwahrscheinlich die Schießerei vor Skutins Laden inszeniert. Offiziell arbeitet Adam erst seit ein paar Tagen für Shala. Sie wollen zusammen mit dem Litauer Vitus das lukrative Geschäft mit dem Escortservice *Red Rose* weierführen. Allerdings ist Shala dort nur Kreditgeber und nicht am operativen Geschäft beteiligt, wie mir alle drei Geschäftspartner bestätigt haben. Shala hat mich angerufen und mir glaubhaft versichert, dass die Albaner sich weiter im Glückspiel und im Kreditgeschäft bewegen und weder mit Drogen noch mit Prostitution etwas zu tun haben wollen. Genau das hatte mir bereits der mächtigste Mann der Albanermafia in Deutschland, Krenor Hasani, mehrere Wochen zuvor in einem vertraulichen Gespräch mitgeteilt.«
»Aha und deshalb ist der jetzt tot, oder? Es wird gemunkelt, dass Shala seinen Boss aus dem Weg geräumt hat, um end-

lich auch seinen Hut in Sachen Prostitution und Drogen in Leipzig in den Ring zu werfen. Hasani hätte das nämlich niemals geduldet, wie zu hören war«, sagte Jungmann.
»Mit dem Tod von Krenor Hasani hat Shala nichts zu tun«, sagte Jan.
»Wie bitte? Woher willst du das denn wissen?«, provozierte Krause.
»Ardian Shala hat es mir geschworen«, antwortete Jan.
»Was hat der? Na, da sind wir aber alle beruhigt«, bemerkte Krause sarkastisch.
»Ihr beiden bewegt euch Tag und Nacht auf der Straße. Da solltet ihr die Befindlichkeiten der Russen und Albaner besser kennen, Kollegen. Die haben zwar ihre eigenen Regeln, aber unterliegen auch einem strengen Ehrenkodex. Wenn dir ein Albaner beim Leben seiner Mutter etwas schwört, ist das die Wahrheit, das weiß ich und ihr wisst das auch, wenn ihr euch mal näher mit diesen Leuten beschäftigt. Außerdem ist Krenor Hasani vom Boss einer Hamburger Rockerbande erschossen worden, weil er mit dessen Frau ein Verhältnis hatte. Das hat mir Ardian Shala erzählt und ich hab's den Kollegen in Hamburg weitergegeben. Erst daraufhin haben die den Täter gefasst.«
»Tja«, seufzte Waffel, »dann ist dieses ganze Szenario um die Russenmafia und den Albanern wohl nichts weiter als ein einziger Rohrkrepierer gewesen, oder?«
Jan zuckte mit den Achseln. »Die werden sich auf irgendeine Art und Weise ständig bekämpfen. Da müssen wir stets hellwach sein. Aber in diesen unseren konkreten Fällen haben Sie wohl recht, Herr Polizeioberrat. Mit aller gebotenen Vorsicht würde ich sagen, dass weder die Russen noch die Albaner etwas mit diesen Morden zu tun haben. Zumindest nicht direkt.«
»Das ist doch wohl nicht dein Ernst, Jan? Die Albaner haben im Auftrag des Richters die Frauen umbringen lassen und

haben dafür die Tschetschenen angeheuert und bezahlt. Und dann haben sie versucht, die Taten den Russen anzuhängen. Es sollte so aussehen, als wenn Ivan Skutin die Frauen umgebracht hat. Deshalb auch die Verstümmelungen der Leichen. Es geht das Gerücht um, dass Skutin mit Organen handelt. Das wiederum hat Oleg Ponomarov auf den Plan gerufen, der seine Schwester rächen und Skutin erledigen wollte. Was ihm ja letztendlich auch gelungen ist. Skutin sitzt in Moskau im Gefängnis.«
»Stimmt, Kollege Jungmann. Besser hätte man es nicht zusammenfassen können. Doch dazu ist es nicht gekommen. Bevor diese Pläne in die Tat umgesetzt werden konnten, waren die ersten beiden Frauen längst tot. Wir haben es also allen Anschein nach doch mit einem gestörten Serienkiller zu tun. Und den werden wir nun schnappen müssen«, sagte Jan.
»Hm«, stutzte Waffel, »der Richter hat bei seiner Vernehmung alle gegen ihn gerichteten Vorwürfe abgestritten. Dieser Sören Gnädig ist ein arroganter Fatzke mit zweifelhaften sexuellen Vorlieben für Prostituierte, aber er hat sicher niemanden umgebracht und auch keine Morde in Auftrag gegeben. Klar, er wollte zusammen mit Oberdieck vertuschen, dass sie mit diesen Frauen, die anschließend umgebracht wurden, geschlafen haben. Aus diesem Grund auch die Eile, das Verfahren gegen Podelczik zum Abschluss zu bringen. Die beiden hatten panische Angst, dass ihre Verfehlungen an die Öffentlichkeit gelangen könnten. Wahrscheinlich würden sie dann ihren Hut nehmen müssen, aber nicht wegen krimineller Machenschaften, sondern einzig und allein aus moralischen Gründen. Ein Richter und ein Staatsanwalt dürfen sich derartige Fehltritte eben nicht erlauben. Sie vertreten neben der rechtlichen immerhin auch die ethische und moralische Instanz in unserem Land.«

»Auch auf die Gefahr hin, dass sich Shala mit Gnädig und Oberdieck abgesprochen hat, exakt das hat auch der Albaner genauso bestätigt. Es gab eine lockere Verbindung, die daraufhin zielte, Natascha Ponomareva zur Vernunft zu bringen. Doch bevor es überhaupt konkrete Pläne gab, wie das geschehen sollte, war die Frau längst tot. Wie gesagt, Shala schwört, dass er nichts mit diesen Morden zu tun hat.«
»Wenn du da so sicher bist, Kollege Krüger, hast du ja wahrscheinlich auch schon einen potentiellen Täter im Visier. Denn wenn nicht, werden wir uns weiterhin an Shala und die Tschetschenen halten müssen. Ich glaube nach wie vor, dass das unsere Leute sind. *Sie* haben die Frauen umgebracht, geköpft und anschließend zerstückelt und sicher nicht ein imaginärer Mister Unbekannt.«
Jan legte seine Stirn in Falten. »Natürlich dürfen wir dieses Szenario jetzt nicht gänzlich verwerfen. Solange wir keinen anderen Täter haben, bleibt der Verdacht gegen Shala und seine Leute selbstverständlich bestehen.«
»Aber wir haben jetzt einen Mann im Visier, der dringend verdächtig ist, die drei Frauen getötet zu haben, oder zumindest an deren Ermordung beteiligt gewesen zu sein«, meldete sich Hannah unvermittelt zu Wort.
Im selben Moment wurde es totenstill im Raum. In gespannter Erwartung starrten alle Beteiligten auf Hannah.
»Na, dann mal raus damit, Frau Hauptkommissarin«, durchbrach Josie das Schweigen.
»Na ja, die Sache ist nicht so ganz einfach. Der Kerl, den wir in Verdacht haben...", wollte Jan seiner Freundin die Last abnehmen, den Namen zu nennen.
»... ist mein Ex-Mann Benjamin Kujau«, nannte Hannah das Kind beim Namen.
»Wie bitte? Benjamin? Nee, das glaube ich nicht? Wie kommt ihr denn ausgerechnet auf den?« Josie konnte nicht glauben, was sie soeben gehört hatte.

»Könnte mich mal jemand in Kenntnis setzen, um wen es hier eigentlich genau geht?«, fragte Horst Wawrzyniak.
»Das ist Hannahs ehemaliger Mann. Der Kerl ist in den letzten Jahren mehr und mehr auf die schiefe Bahn geraten. Erst hat er sich mit jungen Mädchen und jeder Menge Kokain beschäftigt und als er kurz darauf total pleite war, hat er versucht, sich durch exzessives Glücksspiel wieder Geld zu beschaffen, was natürlich gründlich in die Hosen gegangen ist. In seiner Verzweiflung hat er zu immer schwereren Drogen gegriffen und sich dabei erneut hoch verschuldet. In seiner Not hat er sich bei irgendwelchen Kredithaien Geld geliehen. Als er es nicht zurückzahlen konnte, hatte er Hannah mehrfach hart bedrängt, ihm das Geld zu geben. Als sie abgelehnt hat, hat er ihr gedroht, er würde es ihr heimzahlen, wenn sie ihm nicht helfen würde. Sie würde das noch schwer bereuen, hatte er verkündet«, erklärte Jan.
»Tja, das Problem ist allerdings, dass die Albaner nichts davon wissen«, sagte Hannah. »Ardian Shala sagt, dass Benjamin von ihnen kein Geld geliehen hat. Ich habe ihm angeboten, Benjamins Schulden zu bezahlen, aber er blieb dabei, dass mein Ex-Mann sich bei ihnen kein Geld besorgt hat.«
»Du hast mit Ardian Shala gesprochen?«, fragte Jan überrascht.
Hannah nickte. »Ich wollte Benjamin helfen. Ich konnte ihn doch nicht einfach seinem Schicksal überlassen«, hatte Hannah Tränen in den Augen.
»Ja, aber wie hat der Kerl denn dann seine Drogensucht finanziert? Die Russen verkaufen das Zeug nur gegen Bares, da gibt's keinen Kredit«, stellte Jungmann fest.
»Tja, das wissen wir nicht so genau. Er lebt bei seiner Mutter und wahrscheinlich hat er sich bei ihr das Geld besorgt. Außerdem ist er Beamter bei der Deutschen Bahn mit einem regelmäßigen Einkommen. Also verfügte er über Geld, aber allem Anschein nach nicht über diese immens hohen Sum-

men, die für seine Drogenabhängigkeit notwendig waren«, erklärte Hannah.
»Das heißt, ihr vermutet, dass er die Frauen gegen ein üppiges Honorar im Auftrag getötet haben könnte?«, fragte Rico Steding.
»Ja, das könnte sein, obwohl ich ihm keinen Mord zutraue. Ich vermute eher, dass er dem vermeintlichen Täter zugearbeitet hat«, antwortete Hannah.
Jan nickte. »Er hat sich unseren Hausschlüssel bei unseren Nachbarn abgeholt. Die alten Herrschaften waren der Annahme, Benjamin würde immer noch nebenan wohnen. Die verlassen schon seit langen kaum noch ihr Haus und bekommen nicht mehr viel mit. Diesen Umstand hat sich Benjamin zu Nutze gemacht.«
»Ja und? Was wollte er damit?«, hakte Waffel ein.
»Er hat die abgeschnittenen Köpfe der toten Frauen in unser Bett gelegt, sozusagen als einen Teil seiner Rache an seiner Ex-Frau, weil sie ihm nicht helfen wollte. Wir wissen nur noch nicht, ob er die Frauen selbst getötet hat, oder ob er sich die Köpfe vom Täter besorgt hat«, sagte Jan.
»Tja meine Lieben, ich wäre mir an eurer Stelle nicht so sicher, dass Benjamin Kujau nur der Laufbursche war. Der Mann hat Medizin studiert und war im Fach Pathologie mein bester Student. Soviel ich weiß, hat er erst nach dem Physikum aus mir unbekannten Gründen sein Studium hingeworfen. Auf jeden Fall hat er sich bei Obduktionen alles andere als dumm angestellt. Ich würde sogar behaupten, der Mann hatte für diesen Beruf Talent. Nicht jeder ist so ohne Weiteres in der Lage, an aufgeschnittenen Leichen herumzuschnippeln.«
»Also traust du ihm zu, dass er die Frauen getötet, enthauptet und dermaßen geschickt ausgeweidet hat, dass die Organe anschließend noch für Transplantationen geeignet waren?«, fragte Rico.

»Ja und nein. Die Fähigkeit, eine Leiche zu obduzieren, besitzt er. Aber einen solch schwierigen Eingriff kann man nur in einer Spezialklinik umgeben von Fachpersonal durchführen. Und in unseren Mordfällen sind die Organe der Opfer doch eher rabiat und ohne jegliches chirurgisches Feingefühl aus den Körpern geschnitten worden. Sieht so aus, als hätte jemand im Internet eine Anleitung zur Organentnahme im Eilverfahren gefunden. Also ein ausgewiesener Fachmann war da nicht am Werk, eher ein talentierter Amateur, würde ich behaupten. Selbst wenn Benjamin Kujau nur ein scharfes Messer zur Verfügung gehabt hätte, sähen die Schnitte jetzt anders aus.«

Jan nickte. »Trotzdem kommt er für diese Tat wohl kaum infrage. Sag mal, Josie, du sagtest doch, die Metallspäne, die ihr an den Opfern gefunden habt, wären eine spezielle Stahllegierung, wie sie zum Beispiel auch bei Eisenbahnschienen verwendet wird, oder?«

Josie nickte. »Ja, aber das könnte natürlich auch Brückenstahl sein, oder Gerüststahl, wie er bei der Errichtung von modernen Lagerhallen verbaut wird.«

»Hm, könnte mir vorstellen, dass die Instandsetzungseinheit der Deutschen Bahn auf dem Betriebsgelände des Leipziger Bahnhofs über eine oder mehrere Spezialsägen zum Schneiden von Schienenstahl besitzt. Und genau dort arbeitet Benjamin Kujau. Die Schlinge um den Hals dieses Mannes zieht sich langsam aber sicher zu. Wir werden ihn zur Fahndung ausschreiben müssen«, sagte Rico.

»Wir sollten Oskar sofort dort hinschicken, damit er sich da mal umsieht«, schlug Hannah vor.

»Äh, wo ist der überhaupt? Wieso ist der nicht hier? Ich habe ihn doch ausdrücklich darum gebeten, auf uns zu warten«, ärgerte sich Jan.

»Keine Ahnung«, zuckte Rico mit den Schultern. »Vorhin war er noch hier. Ich rufe ihn mal an.«

Rico sah mit dem Handy am Ohr in die Runde und schüttelte den Kopf. »Geht nicht ran. Versuche es gleich nochmal.«
»Äh, möchte noch jemand 'nen Kaffee?«, fragte Jungmann und erntete allgemeines Nicken am Tisch.
»Okay, würdest du mir beim Tragen helfen, Jan?"
»Äh, ja natürlich«, war Jan überrascht, stand auf und verließ mit Jungmann das Büro, um zum Kaffeeautomaten in den Ersten Stock zu gehen.
Während Jungmann Geld in den Automaten warf, wandte er sich an Jan. »Hör zu, bisher hat sich keine Gelegenheit ergeben, mit dir darüber zu sprechen. Es geht um euren Neuzugang. Ich war früher in Halle und hab da noch 'n paar gute Freunde sitzen. Kurz nachdem dieser Oskar bei uns anfing, rief mich ein Kumpel an und erzählte mir, dass der Typ in Halle kurz vor dem Rausschmiss stand. Der hatte sich ständig in der Rotlichtszene herumgetrieben, sich dort mit Nutten eingelassen und den Zuhältern gedroht, wenn sie ihn nicht gewähren ließen, würde er dafür sorgen, dass die Polizei ihren Laden auf rechts drehen würde.«
»Hm, ja, das haben wir schon gehört. Der junge Mann ist äußerst diensteifrig. Man muss ihn manchmal bremsen. Aber bisher hat er sich bei uns nichts zu Schulden kommen lassen«, sagte Jan.
Jungmann nickte. »Ich will dem guten Mann auch gar nichts, aber da gibt's noch 'ne Sache. Kurz bevor der Halle verließ, hat dort jemand aus der Personalabteilung festgestellt, dass es Unregelmäßigkeiten in seinen Personalunterlagen gab.«
»Oh, und welche?«
»Na ja, sein Abschlusszeugnis der Polizeischule Münster war von einem Ausbilder namens Thomas Herder unterschrieben worden.«
»Ja und?«
»Das Problem ist, dass Herder bereits ein Jahr zuvor von Münster nach Bochum gewechselt war.«

»Ist das verbrieft?«
»Tja, die Kollegen in Halle waren dabei, das zu überprüfen. Aber als dieser Oskar von und zu Oberdingsda dann seine Versetzung nach Leipzig beantragt hatte, ist diese Überprüfung wohl im Sande verlaufen. Die Kollegen waren nur froh, dass sie diesen Kerl los waren.«
»Okay, danke für die Information. Wir werden das prüfen.«
»Mit Milch?«
»Äh, was?«
»Na, willst du Milch in deinen Kaffee?«
»Nee, schwarz bitte.«

Nachdem Jan Staatsanwalt Dr. Strothmann darüber informiert hatte, dass Benjamin Kujau womöglich ein weiteres Opfer entführt und in seine Gewalt gebracht hatte, zögerte der nicht lange und erließ Haftbefehl gegen Hannahs Ex-Mann. »Setzen Sie alle Hebel in Bewegung, um diesen Mann zu finden. Ich denke, dass wir uns jetzt auf diese Spur konzentrieren sollten. Eine bessere haben wir nicht. Ich glaube auch nicht daran, dass Richter Sören Gnädig an der Ermordung der Frauen beteiligt war. Und nachdem ich Ihnen aufmerksam zugehört habe, Herr Krüger, werden wir zwar die Russen und Albaner nicht aus den Augen lassen dürfen, aber zwingend tatverdächtig sind die im Moment nicht. Trotzdem sollten Sie dafür sorgen, Herr Steding, dass diese Leute unter Beobachtung bleiben. Am besten, Sie stellen ein kleines Team dafür ab, alle anderen konzentrieren sich jetzt auf Benjamin Kujau. Wir müssen den Kerl finden, bevor es zu spät ist. Haben Sie vielleicht eine Ahnung, wo sich ihr Ex-Mann aufhalten könnte, Frau Dammüller?«
Hannah schüttelte den Kopf. »Er wohnt momentan bei seiner Mutter, seine Wohnung in Grünau hat er aufgegeben. Zuletzt hat er sich vermehrt im Zentrum aufgehalten, wo er in diversen Spielhallen versucht hat, wieder zu Geld zu

kommen. Oder er bewegt sich irgendwo in den Nebenstraßen rund um den Hauptbahnhof, um dort Drogendealer zu treffen, um sich seinen Stoff zu besorgen, immer vorausgesetzt, dass er genug Geld hat, um zu bezahlen.«
Dr. Strothmann nickte. »Gut, diese neuralgischen Punkte wird die Streife im Auge behalten. Wenn er dort aufkreuzt, werden wir ihn sofort schnappen. Die Frage, die sich stellt, ist, wo könnte er die Frau hingebracht haben? Er wird mit Sicherheit irgendwo ein Versteck haben, das ihm safe genug erscheint, um nicht entdeckt zu werden. Überlegen Sie, Frau Dammüller, gibt es vielleicht irgendwo ein Gartenhaus, eine Datscha in irgendeinem Kleingartenverein, ein unbewohntes Haus, oder ein stillgelegtes Fabrikgebäude?«
„Tja, vielleicht der alte Postbahnhof in der Konrad-Adenauer-Straße, da stehen die ausgedienten Ringlokschuppen. Da treibt sich des Nachts allerhand Gesindel herum, um in diesem Labyrinth von Räumen ein Plätzchen zum Schlafen zu finden. Das ganze Areal ist riesengroß und sehr unübersichtlich. Aber Benjamin kennt sich da gut aus. Ganz in der Nähe im Bereich der Berliner Straße hat er seinen Arbeitsplatz. Auf dem erweiterten Gelände des Bahnhofs hat die Instandsetzungseinheit der Deutschen Bahn ihre Dienstgebäude. Allerdings ist Benjamin momentan krankgeschrieben, also wird er sich dort wohl kaum aufhalten. Im Grunde könnte er überall und nirgends sein. Möglicherweise hält er die Frau auch in seinem Auto, oder besser gesagt in dem seiner Mutter, gefangen. Wir müssen nach einem alten, roten Golf IV mit dem Kennzeichen L– LK 202 suchen.«
»Haben Sie seine aktuelle Handynummer?«, wollte der Staatsanwalt wissen.
»Ja, sicher, aber das ist ausgeschaltet. Wir haben natürlich schon mehrfach versucht, ihn anzurufen. Die Technik hat seine Nummer und wird versuchen, es zu orten, sobald er sein Handy wieder einschaltet.«

»Gut«, nickte der Staatsanwalt, der bei Hannah bereits einen kompetenten und sympathischen Eindruck hinterlassen hatte.
»Sie kennen die Frau, die der Täter in seiner Gewalt hat?«, fragte Dr. Strothmann in Richtung Jan.
»Esther Hofmann, eine Bekannte aus Hamburg, die seit ein paar Monaten im Marriott am Bahnhof arbeitet.«
Hannah verdrehte die Augen. »Aha, eine Bekannte, na dann.«
»Sie sind mit Frau Dammüller befreundet, wie ich hörte? Kann es sein, dass Kujau diese Frau aus Eifersucht entführt hat, um sich an Ihnen zu rächen, Herr Krüger?«
»Hm, möglich ist alles. Ich musste mir den Kerl mal kräftig zur Brust nehmen, weil er Hannah erpresst hat. Freunde sind wir sicher nicht. Aber woher sollte der wissen, dass Esther Hofmann und ich mal ein Paar waren? Ich glaube nicht, dass sich diese Entführung gegen mich richtet. Ich denke eher, der Kerl hat aufgrund seiner Drogensucht vollkommen seinen Verstand verloren und glaubt vielleicht, dass er durch diese bestialischen Morde eine Plattform in der Öffentlichkeit bekommt. Er leidet unter einem ausgeprägten Aufmerksamkeitssyndrom. Er will zeigen, dass er kein Niemand ist, dass er durchaus Macht über andere Menschen hat und sie einfach töten kann, ohne, dass wir ihn aufhalten können. Wahrscheinlich ist Benjamin Kujau ein kranker Mann, ein Psychopath, der sein Hirn komplett weggekokst hat. Geistig verwirrt und unberechenbar. Und er hat aus seiner Sicht überhaupt nichts mehr zu verlieren, das macht ihn besonders gefährlich.«
»Er hat euch zusammen gesehen, Jan, als ihr euch vor dem Bahnhof geküsst habt, mich sofort angerufen und mir alles brühwarm erzählt. Er hat versucht, dich bei mir schlecht zu machen, wollte einen Keil zwischen uns treiben. Er hat euch sogar fotografiert und mir die Bilder geschickt. Und dann ist

wahrscheinlich bei ihm der Plan gereift, Esther aufzulauern und zu entführen. Ich denke schon, dass er dich mit dieser Tat treffen will. Er will dich dafür bestrafen, dass du ihm aus seiner Sicht die Frau weggenommen hast. Jetzt nimmt er dir deine Frau weg und du kannst nichts dagegen tun. Er will dich leiden sehen, Jan«, glaubte Hannah.
»Und da hätten wir dann also auch ein Motiv für diese Entführung«, schlussfolgerte der Staatsanwalt. »Vielleicht kannte er seine anderen Opfer ja auch. Möglicherweise hatte er mit diesen Frauen Sex in der Annahme, es wären »seine« Frauen. Und dann hat er realisiert, dass diese Frauen auch mit anderen Männern schliefen. Zur Strafe für ihre Untreue hat er sie ermordet und geschändet. Er hat ihnen den Kopf abgeschnitten und ihre Organe entnommen, um sie für andere Männer unsichtbar und unbrauchbar zu machen.«
»Donnerwetter, Herr Staatsanwalt, man möchte meinen, Sie hätten Psychologie studiert und nicht Jura. Aber ja, könnte in der Tat alles zutreffen, was Sie sagen«, nickte Jan anerkennend.
Dr. Strothmann schüttelte den Kopf. »Nein, aber während meines zweiten Staatsexamens am Landgericht Lüneburg habe ich einen ähnlichen Fall erlebt. Der Täter hat die Prostituierten erwürgt, anschließend mit Benzin übergossen und verbrannt. Er gab an, dass diese Frauen ihn mit anderen Männern betrogen hätten und er sie deshalb ausgelöscht hätte. Niemand sollte diese Frauen mehr ansehen oder anfassen können. Der Mann war mehrfach geschieden, arbeitslos und schwer alkoholabhängig. Er litt unter Wahnvorstellungen und hat sich schließlich im Gefängnis mit einem zusammengerollten Laken am Fenstergriff seiner Zelle erhängt.«

Benjamin lag ruhig und entspannt auf dem Beifahrersitz seines Wagens. Er fühlte sich gut. Nach einer Woche Entzug

hatte er sich endlich wieder einen Schuss setzen können. Das Heroin, das er, wie üblich, von einem Dealer namens Josef auf der Toilette eins kleinen Cafés in der Nähe des Augustus-Platzes gekauft hatte, war von guter Qualität. Es war weder stark verunreinigt noch durch billige Fremdsubstanzen gestreckt. Als ehemaliger Medizinstudent hatte Benjamin relativ schnell die richtige Dosis gefunden. Das Diamorphin, wie Heroin in der Medizin korrekt bezeichnet wurde, spritzte er sich intravenös in die Armvenen. Dazu erhitzte das Heroin auf einen Esslöffel zusammen mit etwas Zitronensaft und Wasser. Die Säure bewirkte beim Aufkochen die für die intravenöse Injektion notwendige Bildung eines wasserlöslichen Heroinsalzes. Mit sterilen Einwegspritzen setzte er sich schließlich den Schuss. Natürlich wusste Benjamin, dass Sterilität und Hygiene wichtig waren. Schließlich wollte er vermeiden, sich eines Tages den »Goldenen Schuss« zu setzen. Er bewahrte sämtliche Utensilien für einen sauberen Schuss in einem Verbandskasten im Handschuhfach seines Wagens auf.
Das Kratzen und das dumpfe Klopfen, das von hinten aus dem Kofferraum kam, störte ihn nicht. Er wollte sich jetzt für ein paar Stündchen in Ruhe der euphorisierenden Wirkung des Heroins hingeben. Das hatte er sich schließlich nach den an den Nerven zerrenden Ereignissen der letzten Tage verdient. Sollte sie sich doch austoben, diese blöde Nutte, bevor sie sich die Radieschen endgültig von unten angucken würde. Er hatte jedenfalls seinen Job gemacht und hatte die Frau geschnappt und entführt. War eigentlich ganz leicht. Sie hatte ihm sofort nach dem ersten Klingeln die Haustür aufgedrückt und dann sogar noch die Wohnungstür offengelassen. Er konnte da in aller Seelenruhe hineinspazieren, die wehrlose Frau überwältigen und mit gefesselten Händen und vorgehaltener Waffe in sein Auto schaffen. Im Grunde

ein Kinderspiel, so einfach, wie die ganze Sache abgelaufen war.
Wie versprochen, hatte sein Auftraggeber ihm einen Umschlag mit fünfhundert Euro an der üblichen Stelle hinterlegt, nachdem er ihm ein Video der gefesselten und geknebelten Frau im Kofferraum geschickt hatte. Er kannte diesen Kerl nicht, sie hatten immer nur per Handy Kontakt gehabt. Die Motive für diese bestialischen Morde konnte Benjamin nur erahnen. Er brachte Prostituierte um, köpfte sie und weidete sie anschließend aus. Vielleicht steckte da irgendeine Botschaft dahinter, und der Kerl war so 'ne Art Satanist, der dem Teufel Menschenopfer brachte. Möglicherweise arbeitete er aber auch für eine Organmafia. Oder aber, er hatte aus irgendeinem Grund einen abgrundtiefen Hass auf Frauen. Vielleicht hatte seine Mutter ihn als kleinen Jungen verführt und misshandelt. Möglicherweise haben sich die Nutten über ihn lustig gemacht, weil er keinen hoch bekommen hat oder sein bestes Stück zu mickrig war. Oder aber es traf nichts von alledem zu, und es handelte sich einfach nur um einen simplen Defekt des Großhirns. Vielleicht sagte ihm eine innere Stimme, dass er alle diese Frauen töten müsste, weil sie Sünderinnen wären und deshalb den Tod verdient hätten oder so ähnlich. Wie auch immer, der Kerl konnte einem irgendwo nur leidtun. Wahrscheinlich konnte der gar nicht anders, als das zu tun, was er tat. Und das konnte Benjamin dann auch wieder gut nachvollziehen. Auch er konnte nicht aus seiner Haut heraus, so sehr er das auch versuchte. Diese verdammten Drogen hatten ihn fest im Griff. Er war komplett abhängig von dem Zeug. Und nur deshalb half er diesem Irren. Er brauchte das Geld, um seine Sucht zu finanzieren. Von seinen Freunden und Verwandten bekam er längst kein Geld mehr. Seine Mutter hatte ihm alles gegeben, was sie hatte, und Hannah hatte ihn eiskalt abblitzen lassen.

Der Kerl hatte sich von ihm Tipps geholt, wie man halbwegs professionell die Organe entfernen könnte, damit sie anschließend noch zur Transplantation verwendet werden konnten. Keine Ahnung, woher der wusste, dass er Medizin studiert hatte. Oder hatte er ihm das erzählt, während ihm die Entzugserscheinungen mal wieder sämtliche Sinne vernebelt hatten? Er konnte sich nicht daran erinnern, aber unmöglich war das nicht. Daraufhin hatte Benjamin ihm eine Art Gebrauchsanleitung zukommen lassen, ihm einschlägige Fachliteratur im Internet empfohlen und ihm diverse Obduktionsvideos geschickt, die er während seines Studiums angeschafft hatte. Dann hatte er ihm im Schließfach des Hauptbahnhofs einen kompletten Satz Operationsbesteck hinterlegt und ihm schließlich einen Raum an einem abgelegenem Ort besorgt, an dem er die Frauen in aller Ruhe töten und zerstückeln konnte. Die Entsorgung der Leichen übernahm der Kerl selbst.
Warum dieser vollkommen durchgeknallte Typ diesmal ausgerechnet diese Esther haben wollte, wusste Benjamin nicht, aber so würde dieses dumme Arschloch von Superbulle, der ihm seine Ehefrau ausgespannt hatte, am eigenen Leibe erfahren, wie es ist, wenn einem das Liebste, was man auf Erden hat, so einfach weggenommen wird. Dieses Schwein war doch geradezu vernarrt in diese Esther, das sah doch ein Blinder mit 'nem Krückstock. Wie er die angehimmelt hat, wie leidenschaftlich sich die beiden in aller Öffentlichkeit geküsst hatten. Und auf diesen fiesen Typen war Hannah reingefallen. Der nutzte sie doch nur aus. Aber er hatte Hannah angerufen und ihr als Beweis die Fotos geschickt. Eigentlich hätte sie den Kerl danach achtkantig an die Luft setzen müssen. Keine Ahnung, warum sie das noch nicht gemacht hatte. Als er sich damals diesen kleinen, vollkommen unbedeutenden, Seitensprung mit der kleinen, blonden Friseuse erlaubt hatte, hatte sie jedenfalls nicht so lange gefackelt.

Na ja, egal, vorbei, war eben nicht mehr zu ändern. War doch eh viel einfacher, ab und an 'ne Nutte zu vögeln, hatte man wenigstens anschließend keinen Stress. Doch wenn dieser irre Psychopath so weitermachen würde, gäbe es wohl bald keine Prostituierten mehr auf Leipzigs Straßen. Entweder hätte er sie alle umgebracht, oder sie wären aus panischer Angst, sie könnten das nächste Opfer des Killers werden, abgehauen und hätten ihr Glück in einer anderen Stadt gesucht.
Während Benjamin in einen leichten Dämmerschlaf verfiel, dachte er darüber nach, wie er in Zukunft kontrolliert mit seinem Drogenkonsum umgehen konnte. Er musste wieder zur Arbeit gehen und Geld verdienen. Seine Sucht würde er problemlos in den Griff kriegen. Momentan reichte ihm ein Schuss pro Tag, den er so genau dosieren konnte, dass er nach einer kurzen Ruhephase relativ normal seinen Alltag bewältigen konnte. Wenn er jetzt die letzte Rate von diesem armen Irren erhalten hätte, wäre er in der Lage, seine Restschulden bei Josef zu begleichen. Danach wäre es kein Problem, mit seinem üppigen Beamtengehalt die paar hundert Euro pro Monat für seine Drogensucht abzuzweigen und endlich wieder in eine eigene Wohnung zu ziehen.
In seine Gedankengänge hinein meldete sich der Rufton seines Mobiltelefons, den er den Anrufen seiner Mutter zugeordnet hatte. Eigentlich wollte er das Handy ausgeschaltet lassen, aber er musste jetzt jederzeit bereit sein, dem Wahnsinnigen seine »Ware« zu liefern. Er hatte Benjamin angewiesen, sich ab neun Uhr bereitzuhalten.
»Ja, Mutter, was gibt's?«, fragte er mit leiser, wackliger Stimme.
»Hallo, Benjamin, ich versuche, dich schon seit Stunden zu erreichen. Wo treibst du dich nur wieder herum? Warst du endlich bei diesem Arzt, Junge? Denk daran, du kannst deine Stelle verlieren, wenn du da nicht hingehst.«

»Mach dir keine Sorgen, Mutter, ich hab mich mit Freunden getroffen. Wir haben Schach gespielt und ich hab ein paar Bierchen getrunken, deshalb kann ich nicht mehr fahren. Ich übernachte heute hier. Ich bringe morgen zum Frühstück Brötchen mit.«
»Hör zu, Junge, Hannah war heute da und wollte mit dir sprechen. Sie meinte, es wäre dienstlich. Sie hatte einen Kollegen dabei. Hast du was ausgefressen, Benny? Hannah meinte, du hättest eine Frau entführt. Um Gottes willen, stimmt das, Junge? Sie sagte, es wäre ein Haftbefehl gegen dich erlassen worden und die Polizei würde bereits überall nach dir suchen. Du sollst dich dringend bei ihr melden. Vielleicht könnte sie dir helfen.«
Benjamin zuckte zusammen. Verdammt, wie in aller Welt konnte das passieren? Er war immer vorsichtig gewesen, hatte sich bei der Beobachtung und Entführung der Frauen immer bedeckt gehalten. Als er den Schlüssel bei den alten Leuten abgeholt hatte, hatte er sich die Kapuze tief ins Gesicht gezogen. Er hatte immer darauf geachtet, mit Kappe und Sonnenbrille aufzutreten und niemals zu nahe an seine Zielobjekte heranzukommen. Die Beschreibungen seiner Person konnten sich also nur auf die ungefähre Größe und auf seine Körperstatur beziehen. Das war's auch schon. Scheiße, verdammte, jetzt musste er auf der Hut sein.
»Blödsinn, Mutter, du kennst doch Hannah. Sie hat immer noch nicht verwunden, dass ich sie abserviert habe. Sie hat mich die letzten Wochen dauernd angerufen und wollte sich mit mir treffen. Ich habe ihr jedoch ganz deutlich gesagt, dass es zwischen uns aus ist. Da ist sie hysterisch geworden und meinte, sie würde es mir heimzahlen. Und jetzt zieht sie mich in so einen Dreck hinein? Ich werde sie anrufen und ihr deutlich die Meinung geigen. Die soll mich bloß in Ruhe lassen, diese falsche Schlange.«

»Mach keinen Unsinn, Junge, hörst du? Hannah hat gesagt, Zeugen hätten das Auto wiedererkannt, einen roten Golf mit Leipziger Nummer. Du musst die Sache klären, Benjamin. Ruf Hannah an, bitte.«
»Hast du denen erzählt, dass ich mit deinem Wagen unterwegs bin?«
»Ja, warum denn nicht? Ich habe Hannah gesagt, dass du schon seit Wochen krankgeschrieben bist und die Bahn dir kein Geld zahlen will, solange du nicht beim Vertrauensarzt vorstellig geworden bist. Deshalb hast du dein eigenes Auto verkauft und deine Wohnung gekündigt.«
»Verdammt, Mutter warum erzählst du dieser Hure das? Das geht diese Schlampe einen feuchten Dreck an!«, schrie Benjamin und drückte das Gespräch weg.
Jetzt war guter Rat teuer. Wenn die Polizei tatsächlich bereits nach ihm suchte, musste er unbedingt diese Frau loswerden und zwar schnell. Allerdings konnte es noch dauern, bis der Typ anrief und den Übergabeort bekanntgab.
»Verdammte Hacke, hoffentlich meldet sich dieser Ochse bald, sonst bin ich am Arsch«, grummelte Benjamin vor sich hin.
Der Mann war nicht dumm. Im Gegenteil, aus den kurzen Gesprächen konnte Benjamin entnehmen, dass der Kerl eloquent und gebildet war. Vielleicht ein Lehrer oder ein Jurist? Möglicherweise sogar jemand, den er kannte. Zumindest dem Namen nach. Oft waren es ja gerade die unauffälligen Normalos, die zu solchen Wahnsinnstaten neigten. Wäre nicht das erste Mal. Ein Dummkopf hätte das alles jedenfalls nicht tun können.
Der Kerl sprach stets ruhig und brachte in wenigen Sätzen auf den Punkt, was er wollte. Und er war gerissen. Beinahe wäre ein Unschuldiger an seiner Stelle verurteilt worden. Hätte dieser ehemalige Lehrer im Gefängnis nicht Selbstmord verübt, wären die Mordfälle für die Polizei wahrschein-

lich längst gelöst und der Typ hätte auf Nimmerwiedersehen verschwinden oder eben unbehelligt weitermorden können. Aber jetzt ermittelte die Polizei weiter und scheinbar intensiver als zuvor. Ob das jedoch den nächsten Mord noch verhindern würde, bezweifelte Benjamin. Wenn es ihm gelänge, seine Fracht ans Ziel zu bringen, bevor sie ihn erwischten, würden sie ihm wahrscheinlich nichts nachweisen können. Allerdings musste er dafür noch schnellstens diese alte Karre entsorgen, denn in der wimmelte es nur so von Spuren der Opfer. Wahrscheinlich würden sie ihm dann auch gleich noch die Morde anhängen. Immerhin hatte er Medizin studiert und hatte Zugang zu dieser scheiß Stahlsäge. Er hatte dem Kerl das alte Ding für zweihundert Euro verkauft. Die Säge, die noch einwandfrei funktionierte, lag bei der Instandsetzungseinheit im Lager herum und wurde noch von niemandem vermisst. Für Arbeiten an den Schienen war seine Abteilung schon lange nicht mehr zuständig. Dafür hatte die Bahn schon vor Jahren einen Subunternehmer engagiert.

Ein Mitarbeiter der Technik stürzte aufgeregt ins Besprechungszimmer. »Der Kerl hat vor ein paar Minuten sein Handy wieder eingeschaltet. Wir konnten ihn gerade orten.«
»Okay, also wo ist der Typ?«, fragte Jan.
»Das Signal kommt aus Connewitz. Das Handy befindet sich zurzeit am Ende der Dankwartstraße am Ufer des Großen Silbersees. Wahrscheinlich steht er mit seinem Wagen auf dem Parkplatz des Seniorenheims am Silbersee.«
»Gute Arbeit. Stellen Sie bitte fest, welches Einsatzteam dort gerade in der Nähe ist und schicken sie es sofort dahin«, ordnete Staatsanwalt Dr. Strothmann an.
»Schon geschehen. Wir haben einen Wagen, der gerade am Völkerschlachtdenkmal war, dorthin beordert. Der braucht zehn Minuten.«

»Na, dann wollen wir doch mal sehen, ob wir den Kerl nicht schneller erwischen, als wir geglaubt haben«, sagte der Staatsanwalt.
»Abwarten. Ich denke, seine Mutter hat ihn längst informiert, dass wir ihn suchen. So leicht wird er es uns nicht machen«, vermutete Hannah.
»Was meinen Sie, Frau Kollegin, trauen Sie ihrem Ex-Mann jetzt immer noch nicht zu, diese Frauen ermordet zu haben?«
Hannah zuckte mit den Schultern. »Nein, aber wie gesagt, Menschen verändern sich, vor allem wenn Drogen im Spiel sind.«
»Er braucht dringend Geld, um seine Schulden zu bezahlen und die Drogen zu finanzieren. Aus seinem engeren Umfeld hilft ihm schon längst keiner mehr. Seine Mutter hat ihm alles gegeben, was sie hatte und Hannah hat strikt abgelehnt, ihm seine Drogensucht zu finanzieren. Wenn ihn jemand dafür bezahlt, dass er diese Frauen umbringt und zerstückelt, würde er das in seiner Verzweiflung wahrscheinlich tun. Entzugserscheinungen verursachen höllische Schmerzen, die einen in den Wahnsinn treiben können«, sagte Jan.
»Also denken Sie, dass dieser Kujau unser Mann ist, Herr Hauptkommissar?«, fragte Dr. Strothmann.
Jan sah Hannah an und nickte. »Ja, es spricht im Moment alles dafür, leider.«
»Trotzdem glaube ich immer noch, dass er eher dem eigentlichen Täter zur Hand geht. Möglicherweise kennt er den Mörder nicht mal. Er bekommt einen Anruf und tut, was der Mann will. Dafür wird er bezahlt. Er hatte den Auftrag, den Schlüssel zu unserem Haus zu besorgen und uns die abgetrennten Köpfe ins Bett zu legen. Und jetzt war seine Aufgabe, Esther Hofmann zu entführen und sie zu ihm zu bringen. Genauso wie er es in den ersten drei Fällen getan hat«, sagte Hannah.

»Aber warum sollte der Täter ein Interesse daran haben, ausgerechnet uns diesen Schrecken einzujagen und dann auch noch eine mir nahestehende Person zu entführen und möglicherweise umzubringen?«
»Weil der Kerl uns kennt und uns für irgendwas bestrafen will«, antwortete Hannah.
»Also doch Benjamin?«, fragte Jan.
"Nein, nicht unbedingt. Ich glaube nicht, dass er mich hasst.«
»Mich aber schon«, entgegnete Jan.
»Sicher, der mag dich nicht, aber hassen? Warum, schließlich hat *er* mich verlassen und nicht umgekehrt?«
»Ja, aber wer kommt denn dann in Frage, der ihnen beiden schaden will? Haben sie irgendeine Idee?«
»Mehrere tausend«, seufzte Jan.
»Wie bitte?«
»Schätze, dass ich auf der Todesliste der Al Kaida wahrscheinlich immer noch einen Spitzenplatz einnehme.«
»Ach ja, Polizeioberrat Wawrzyniak hat mir von Ihrer durchaus bewegten Vergangenheit erzählt, Herr Krüger. Und Sie denken, da könnte die Al Kaida dahinterstecken?«
»Nein, eher nicht, die würden es wieder direkt bei mir versuchen, aber das Interesse an meiner Person ist zuletzt deutlich abgekühlt. Und das wird, so hoffe ich jedenfalls, auch so bleiben. Zumindest solange wie Mohamed Jashari dieser Organisation vorstehen wird. Nein, ich denke nicht, dass die Terroristen in diesem Fall ihre Finger in Spiel haben.«
Der Beamte der Technik, der mit aufgeklappten Laptop und Kopfhörern mit am Konferenztisch saß, schüttelte verärgert den Kopf. »Wir haben das Signal wieder verloren.«
»Wie lange brauchen die Kollegen noch bis zum Zielort?«, fragte Dr. Strothmann.
Der Beamte hob kurz die Hand, um anzudeuten, dass er gerade eine Nachricht über seine Kopfhörer empfing. Er nickte, zum Zeichen, dass er verstanden hatte, und zuckte sichtlich

enttäuscht mit den Schultern. »Nichts, der Mann war nicht mehr da. Sie suchen jetzt weiter die nähere Umgebung ab. Weit kann der Kerl ja noch nicht gekommen sein.«
»Ha, verflucht, das wäre wohl auch zu einfach gewesen. Ich würde vorschlagen, wir beenden unsere Runde an dieser Stelle und schlafen erst mal ein paar Stunden. Die Kollegen vom Nachtdienst suchen unterstützt vom Sondereinsatzkommando weiter intensiv nach dem Mann. Bleiben sie aber bitte alle erreichbar, dass wir uns notfalls schnell wieder treffen können.«
Rico Steding nickte. »Selbstverständlich, danke, Herr Staatsanwalt, ein guter Vorschlag. Äh, Jan, ihr fahrt aber jetzt nicht in die Schmutzlerstraße, oder? Der Kerl hat einen Schlüssel für euer Haus.«
»Mach dir keine Sorgen, wir haben noch unser Zimmer im Lindner. Da bleiben wir jetzt erst mal.«
»Okay, dann sehen wir uns morgen früh um acht.«

Nachdem Benjamin die SMS seines Auftraggebers erhalten hatte, schaltete er sein Handy sofort wieder aus. Hoffentlich hatte die Polizei ihn noch nicht geortet. Hannah kannte seine Nummer. Und sie hatte das Kennzeichen seines Wagens, dem roten Golf IV, der eigentlich seiner Mutter gehörte. Der Typ wollte, dass er die Frau bis spätestens 23 Uhr zum alten Rangierlokschuppen an der Adenauerallee brachte. Wie immer, sollte er den Schlüssel auf einen Hinterreifen legen. Eine Stunde später könnte er den Wagen wieder abholen.
Es war kurz vor zehn. Der direkte Weg führte durchs Stadtzentrum am Hauptbahnhof entlang heraus nach Abtnaundorf. Dafür würde er um diese Zeit etwa eine halbe Stunde brauchen. Doch der Weg durch die Innenstadt war viel zu gefährlich. Dort würde an jeder Ecke die Polizei lauern. Wahrscheinlich war längst eine Fahndung nach dem roten Golf eingeleitet worden. Diesen Bereich musste er also un-

bedingt meiden. Jetzt kam ihm zugute, dass er ortskundig war. Er startete den Wagen und fuhr vom Parkplatz des Seniorenheims am Silbersee stadtauswärts Richtung Osten. Dass nur knapp fünf Minuten später ein Streifenwagen dort auftauchen würde, ahnte er zu diesem Zeitpunkt noch nicht.
Benjamin fuhr die schmale Straße Zum Förderturm heraus nach Probstheida und überquerte dabei die vielbefahrene Prager Straße, die hoch zum Völkerschlachtdenkmal führte. Er nahm die Kolmstraße Richtung Norden und fuhr dann auf der Sommerfelder Straße nach Mölkau, im Osten von Leipzig gelegen. Von dort aus fuhr er über kleine, wenig befahrene Straßen über Stünz und Sellershausen bis hinauf zur Adenauerallee in Abtnaundorf.
Um zehn vor elf hatte er den Vorplatz der ausgedienten, baufälligen Rangierlokschuppen erreicht. Er schaltete das Licht aus und fuhr langsam auf der unbefestigten Straße um das alte Gebäude herum bis auf einen kleinen Parkplatz vor dem ehemaligen Hauptbahnhof Nord. Dort stellte er den Wagen außerhalb des Sichtkontakts zur Adenauerallee ab.
Aus dem Kofferraum drangen schon seit Längerem keine Geräusche mehr. Benjamin stieg aus und öffnete die Heckklappe: Esther Hofmann lag zusammengekauert wie ein kleines Kind auf dem engen Kofferraumboden und hatte die Augen geschlossen. Benjamin fühlte ihren Puls. Sie lebte, hatte aber offenbar auf Grund des geringen Sauerstoffgehaltes in diesem engen Behältnis das Bewusstsein verloren. Gut so, dachte Benjamin, würde sie jetzt wenigstens keinen Lärm mehr machen, bis der Kerl hier aufkreuzen würde. In ein paar Minuten würde der Mann die Frau abholen und wahrscheinlich gleich hier irgendwo in der Nähe an einem abgelegen Ort töten und zerstückeln. Um diese Zeit ließ sich hier keine Menschenseele blicken und selbst tagsüber hielten sich rund um die verfallen Gebäude kaum Leute auf. In der Nacht suchten gelegentlich eine Handvoll von Obdachlosen

und Stadtstreichern Schutz und einen Schlafplatz in den alten Gebäuden, bevorzugten da jedoch die ehemaligen Lokhallen direkt an der Adenauerallee, die noch einigermaßen gut in Schuss waren und vor allem ein noch intaktes Dach besaßen und das war um diese Jahreszeit Ende Februar ein nicht zu verachtender Luxus.
Benjamins Plan sah vor, jetzt sofort die etwa vierhundert Meter zu Fuß zur Totaltankstelle am Ende der Adenauerallee zu laufen und dort zwei Fünf-Liter-Kanister Benzin zu kaufen. Bis er zurück wäre, wäre der Kerl mit seinem Opfer längst verschwunden.
Benjamin schloss den Kofferraum, verriegelte den Wagen und legte den Schlüssel auf das rechte Hinterrad. Er sah sich nochmal nach allen Seiten um, ob ihn nicht doch jemand beobachtet hatte, doch es war weit und breit niemand zu sehen. Er musste sich eingestehen, dass ihm die Frau im Kofferraum leid tat. So einen fürchterlichen Tod hatte niemand verdient. Was dieser Psychopath mit seinen Opfern veranstaltete, war grausam, unmenschlich und im höchsten Maße pervers. Noch hätte er die Frau retten können, aber er hatte keine Wahl. Er brauchte das Geld und zwar dringend. Danach hätte er die Möglichkeit, sein Leben wieder halbwegs in Ordnung zu bringen.
Wenn der Wagen verbrannt war, würden die Bullen keine Spuren mehr finden. Außerhalb des Fahrzeuges gab es keinerlei Hinweise darauf, dass er die Frauen gekidnappt und entführt hatte. Sie würden ihm nichts nachweisen können.
Eine halbe Stunde später kam Benjamin mit den Benzinkanistern zurück zu seinem Wagen. Er nahm den Schlüssel vom Hinterrad, entriegelte das Fahrzeug und öffnete den Kofferraum. Die Frau war verschwunden. Dann machte er die Beifahrertür auf und sah ins Handschuhfach. Er nickte zufrieden, als er den Briefumschlag fand. Er entnahm das Geld, zählte es kurz und steckte es in seine Jackentasche. Das

musste man dem Kerl ja lassen. Er zahlte die vereinbarte Summe vollständig und pünktlich.
Diese tausend Euro waren sein Fahrschein in die Unabhängigkeit. Er würde den Rest seiner Schulden begleichen, sich einen Wochenvorrat an Heroin besorgen und schon morgen wieder zur Arbeit gehen. Oder vielleicht auch erst übermorgen. Zu diesem dusseligen Vertrauensarzt müsste er nun aber nicht mehr gehen.
Benjamin schraubte die Nummernschilder ab, schüttete einen Benzinkanister in das Wageninnere und übergoss das Fahrzeug anschließend mit dem anderen. Er entzündete das Einwegfeuerzeug, warf es in den Wagen und schloss die Tür. Er wartete noch einen Moment, um sich davon zu überzeugen, dass das Feuer um sich griff und verschwand in die Nacht. Er würde zu Fuß zu seinem Kumpel Lars gehen, der nur zwei Kilometer entfernt am Ende der Ploßstraße eine kleine Zweizimmer-Wohnung bewohnte. Der würde der Polizei gegenüber problemlos bezeugen, dass er die ganzen letzten Tage bei ihm gewesen war. Sie hätten zusammen abgehangen, Filme geguckt und Playstation gespielt. Lars war ein alter Fußballkumpel aus gemeinsamen Zeiten in der Jugend beim SC Lok und genau wie er selbst meistens notorisch klamm. Lars nahm zwar keine Drogen, hatte aber ein amtliches Alkoholproblem. Ein Kasten Bier und eine Flasche Wodka pro Tag waren keine Seltenheit. Im Großen und Ganzen erlebte Lars sein Umfeld nur noch im Delirium. Er war arbeitslos, bekam Hartz IV und Wohngeld. Ab und zu steckte ihm Benjamin ein paar Scheine zu oder brachte was zu trinken mit. Lars würde jeden Eid der Welt schwören, wenn es darum ging, seinem Freund Benjamin zu helfen.

»**Sag** mal, wo fährst du denn hin? Zum Lindner geht's hier jedenfalls nicht, Schatz«, wunderte sich Jan.

»Du willst dich doch jetzt nicht allen Ernstes ins Bett legen, während dieser Irre deine Freundin ermordet, oder?«
»Nein, das hatte ich nicht vor. Aber wenigstens mal was essen, eine heiße Dusche nehmen und ein frisches Hemd anziehen, danach geht's sofort weiter.«
»Blödsinn, Jan. Das können wir alles erledigen, wenn wir dieses Schwein erwischt haben.«
»Klar, natürlich und du weißt scheinbar auch schon ganz genau, was zu tun ist, oder?«
»Nein, aber ich hab da so eine Idee.«
»Und die wäre?«
»Es gibt eigentlich nur einen Ort, an dem Benjamin untertauchen könnte: Die Gebäude der Instandsetzungseinheit der Deutschen Bahn in der Rosa-Luxemburg-Straße. Da gibt es eine Unzahl von ungenutzten, leerstehenden Räumen. Er hat mir mal das gesamte Areal gezeigt, als ich ihn während einer Nachtschicht besucht habe. Wir waren unten im Keller. Benjamin hatte sich dort einen kleinen Raum eingerichtet. Mit Tisch und Sofa, einem kleinem Kühlschrank und einer Kochplatte. War richtig gemütlich. Den nutzte er praktisch ganz für sich allein. Einige seiner Kollegen hatten sich da unten ebenfalls Ruheräume eingerichtet. Wie gesagt, Platz war da in Hülle und Fülle.«
»Und du glaubst, dass wir ihn da finden werden?«
»Möglich, ich weiß es nicht. Aber da unten wird ihn wohl kaum jemand vermuten. Wäre übrigens auch ein ideales Versteck für die entführten Frauen. Vielleicht sind die da unten sogar ermordet worden, weiß man's?«
»Ach, doch? Ich dachte, du wärst dir sicher, dass Benjamin die Frauen nicht umgebracht hat?«
»Das glaube ich auch immer noch. Aber er könnte dem Täter diesen Raum gezeigt haben. Und der könnte in der Tat Gefallen daran gefunden haben. Wie gesagt, da unten lässt sich niemand blicken. Da wäre dieser Irre total ungestört.«

»Und wie kommen wir da mitten in der Nacht auf das Gelände?«
»Kein Problem, die Umzäunung ist löchrig wie ein Schweizer Käse. Ich kenne den Weg.«
Hannah griff nach ihrem Handy.
»Versuchst du ihn anzurufen?«
Hannah schüttelte den Kopf. »Nee, das wird wohl zwecklos sein. Äh, hallo Lotte, Hannah hier. Ist Benjamin mittlerweile nach Hause gekommen?« Sie stellte ihr Handy auf Lautsprecher.
»Nein, aber ich habe mit ihm gesprochen. Er hat mir alles erzählt. Du solltest dich schämen, Hannah.«
»Wofür denn? Was hat er dir denn erzählt?«
»Na, die Wahrheit. Du bist ein schlechter Mensch, Hannah.«
»Aha, na dann. Ich frage dich jetzt zum letzten Mal, Lotte, wo ist Benjamin? Ich mache dich darauf aufmerksam, dass du dich strafbar machst, wenn du ihn deckst. Es geht um Mord, Lotte. Hast du das verstanden? Und ich rufe dich nicht als ehemalige Schwiegertochter an, sondern als Hauptkommissarin der Mordkommission. Wenn du mir jetzt nicht augenblicklich die Wahrheit sagst, lasse ich dich von einer Streife abholen und aufs Präsidium bringen. Dann kannst du erst mal zwei Tage in der Zelle schmoren, um zur Besinnung zu kommen, klar? Also, Wo-ist-Benjamin?, verdammt?«
Hannah war außer sich vor Wut. Jan legte ihr beschwichtigend die Hand auf den Arm, den sie aber sogleich wütend wegriss. Es trat eine kurze Pause ein. Lotte Kujau schien zu überlegen, was sie tun sollte.
»Also, Lotte, ich höre, es ist deine letzte Chance, kapiert?«
»Er hat mich vorhin angerufen. Er ist bei einem Freund.«
»Ja, okay, Name und Adresse bitte?«
»Ich weiß nur, dass der Lars heißt und draußen in Abtnaundorf wohnt.«

»Ist doch schon mal was, Lotte. Es bleibt dabei, du rufst mich sofort an, wenn Benjamin nach Hause kommt, verstanden?«
»Ja, in Gottes Namen.«
»Wehe nicht, Lotte.«
Hannah legte auf und meckerte Jan an. »Lass diesen Scheiß gefälligst. Willst du mir jetzt etwa schon das Händchen halten, während wir im Dienst sind, du Idiot? Ich bin Polizistin und mache meinen Job. Genau wie du, du Superbulle.«
»Reg dich doch nicht auf, hab's nur gut gemeint.«
»Eben, Jan, eben. Lass diesen Scheiß in Zukunft.«
»Schon gut, beruhige dich.«
Für einen Moment herrschte eisiges Schweigen. Hannah war gereizt. Kein Wunder, dachte Jan. Das ihr Ex-Mann sich möglicherweise als potentieller Serienkiller entpuppt, war sicher nur sehr schwer zu verkraften und jetzt würde der Kerl vielleicht sogar noch die Ex-Freundin ihres Partners töten.
»Hast du nochmal versucht, Oskar anzurufen?«, durchbrach Hannah die Stille.
»Mehrfach, aber es meldet sich nach wie vor nur seine Mobilbox. Wahrscheinlich ermittelt er wieder solo.«
»Wieso ist der Blödmann einfach wieder abgehauen? Irgendwo macht der, was er will, und keiner gebietet ihm Einhalt. Hallo, der Typ ist Azubi und nicht der Polizeipräsident.«
»Oskar ist schon speziell, keine Frage, aber er macht gute Arbeit. Ich denke, Rico hat erkannt, dass man ihm gewisse Freiräume geben muss, damit er Ergebnisse liefert. Und das hat er zweifelsfrei bisher getan. Seine kleinen Eskapaden fallen da nicht so ins Gewicht.«
»Wenn du mich fragst, ist der Kerl nicht ganz normal. Eigentlich wissen wir doch gar nichts über ihn. Plötzlich war der einfach da, wie vom Himmel gefallen. Ich wusste nicht mal, dass Waffel 'ne Stelle ausgeschrieben hatte. Seine kurze Zeit in Halle soll ja nicht besonders von Erfolg gekrönt gewesen

sein, wie man so gehört hat. Die waren heilfroh, dass der Typ ganz schnell wieder verschwunden war.«
Jan verzichtete darauf, Hannah zu erzählen, was Jungmann über Oskar in Erfahrung gebracht hatte. Sollte es stimmen, dass er sich tatsächlich mit einem gefälschten Abschlusszeugnis der Polizeischule die Stellen in Halle und Leipzig erschlichen hatte, würde er nicht nur umgehend achtkantig wieder gefeuert werden, sondern er würde wegen Urkundenfälschung und Betrugs angeklagt werden. Irgendwie mochte ihn Jan. Oskar war zwar oft nervig, wusste immer alles besser und seine mittlerweile schon legendären Alleingänge waren nicht ganz ungefährlich, aber er war engagiert, schlau und mutig. Das konnte man beileibe nicht von jedem Kollegen behaupten, auch nicht von denen, die schon etliche Dienstjahre auf dem Buckel hatten.
»Der wird sich schon melden. Würde mich nicht wundern, wenn der schon wieder irgendwo unterwegs ist. Vielleicht observiert er Gnädig und Oberdieck oder er hat sich an die Fersen der Albaner geheftet.«
»Klar, was denn sonst? Könnte natürlich auch sein, dass er gerade den nächsten Mord begeht.«
»Jetzt hör schon auf, Hannah. Die Diskussion hatten wir doch bereits.«
»Ich trau diesem dicken Zwerg nicht von hier bis zur Tür. Der verarscht uns doch alle.«
Hannah trat auf die Bremse und steuerte in eine Parklücke am rechten Straßenrand. Die beiden stiegen aus, zogen sich ihre dicken Jacken an und überquerten die Straße in Richtung eines kleinen Parkplatzes, der durch einen Maschendrahtzaun vom Bahngelände getrennt war. Sie gab Jan ein kurzes Zeichen, ihr zu folgen. Die Beleuchtung fiel recht spärlich aus. Nur eine einzige Straßenlaterne brannte. Zwei weitere schienen defekt zu sein oder waren nicht eingeschaltet.
»Hier entlang«, flüsterte Hannah.

Nach knapp fünfzig Metern konnte Jan erkennen, dass der Zaun immer mehr Löcher aufwies. Schließlich fanden sie eine Stelle, an der der Drahtzaun ein Loch hatte, das so groß war wie ein Gullideckel.
Die beiden schlüpften hindurch und bewegten sich weg von den Gleisen Richtung Hauptgebäude, in dessen Keller Benjamin, Hannahs Erinnerung nach, seinen eigenen kleinen Pausenraum eingerichtet hatte.
»Die Arbeiter sind auf der anderen Seite mit der Reparatur der ICE-Züge beschäftigt. Die haben wenig Zeit für Pausen. Während der Nacht müssen die Loks und Waggons wieder einsatzfähig gemacht werden. Das ist ein echter Knochenjob, allerdings auch gut bezahlt«, sagte Hannah.
»Hm, scheint eher so, als würde dieses Gebäude gar nicht mehr benutzt werden. Schau dir das mal an, überall zerbrochene Scheiben, verfaultes Holz und der verdreckte Putz bröckelt gleich klumpenweise von der Fassade. Es brennt kein Licht und nirgendwo ist eine Menschenseele zu sehen. Also, wenn du mich fragst, werden wir hier nichts finden«, glaubte Jan.
Hannah zuckte mit den Schultern. »Wahrscheinlich nicht, aber lass uns unten im Keller nachsehen, ich weiß genau, dass Benjamin hier diesen Raum hatte, auch wenn das mindestens fünf Jahre her ist, dass ich hier war.«
Jan nickte. »Okay, du gehst vor.«
Hannah holte die Stabtaschenlampe aus der Jackentasche, zog ihre Waffe aus dem Brusthalfter und stieß mit dem Fuß die angelehnte Eingangstür auf.
»Wo ist deine Pistole?«, fragte Hannah streng, als sie sich nach Jan umsah.
»Da , wo sie immer ist, in meiner Schreibtischschublade.«
»Mensch, Jan, was soll die Scheiße? Irgendwann wird uns das noch mal zum Verhängnis. Kannst du nicht wie jeder normale Polizeibeamte deine Waffe am Mann tragen? Wenn

du damit ein Problem hast, empfehle ich dir den Besuch beim Polizeipsychologen. Du bringst uns damit unnötig in Gefahr, das ist dir doch klar, oder?«
Jan wusste natürlich, dass Hannah recht hatte, aber seit er in Hamburg einem Demonstranten, der mit einer Eisenstange auf ihn losgegangen war, ins Knie geschossen hatte, nachdem der auch auf einen Warnschuss nicht reagiert hatte, ließ er seine Waffe im Schreibtisch. Um ein Haar wäre er polizeiintern wegen schwerer Körperverletzung belangt worden. Der Einsatz der Waffe wäre unverhältnismäßig gewesen, weil der Demonstrant unbewaffnet gewesen wäre, hieß es damals. Sein Dienststellenleiter Wiswedel hatte ein Disziplinarverfahren gegen ihn eingeleitet, das erst nach mehreren Beschwerden und auf Initiative eines Rechtsanwaltes zurückgenommen worden war. Der Kerl, der ihm die Eisenstange an den Kopf knallen wollte, hatte ihn dann noch vor einem Zivilgericht wegen schwerer Körperverletzung verklagt. Hätte sich nicht doch noch in letzter Minute eine Zeugin gemeldet, die gesehen hatte, dass der Kerl mit diesem Ding auf Jan eingedroschen hatte, wäre er wahrscheinlich verurteilt worden.
»Meine Waffe ist mein Verstand, damit bin ich zuletzt ganz gut klargekommen«, fiel Jan nichts Besseres ein.
»Das wird dir aber wenig helfen, wenn auf dich gefeuert wird, du Idiot. Die Durchschlagskraft einer 9mm Parabellum ist wesentlich effektiver, als der Einsatz deines Verstandes, glaub mir das. Oder willst du auf deine alten Tage etwa noch den Friedensnobelpreis abräumen?«
Hannah schlich leise und vorsichtig den Flur entlang und leuchtete in alle Ecken und Winkel. Jan hatte recht, das baufällige Gebäude war nichts als eine marode, abrissreife Bruchbude, die wahrscheinlich seit Jahren nicht mehr benutzt wurde. Am Ende des Flurs befand sich hinter einem umgeworfenen Holztisch eine Tür, die nur angelehnt war.

Durch den Türspalt konnte Hannah im Schein ihrer Taschenlampe erkennen, dass dahinter eine Treppe nach unten führte. Sie zog den Tisch ein Stück zur Seite, stieß vorsichtig die Tür einen Spalt breit auf und leuchtete die Treppe hinunter.
»Komm, lass uns hier verschwinden, wenn wir die morsche Treppe hinuntergehen, brechen wir uns noch alle Knochen. Außerdem stinkt's hier bestialisch. Ist wohl lange nicht mehr gelüftet worden, die Bude«, schlug Jan vor.
»Nein, ich will sehen, ob der seinen Raum da unten noch hat.«
»Du glaubst doch nicht, dass Benjamin da unten ist. Der wäre längst in diesem Muff erstickt.«
Als Hannah die erste Stufe nehmen wollte, hielt Jan ihren Arm fest. Wütend riss sie sich los. »Hab ich dir nicht gerade gesagt, du sollst mich nicht behandeln, wie eine schwangere Hausfrau. Komm, du Feigling, wir gehen jetzt hier runter und sehen nach, ob wir den Kerl hier finden.«
»Meinetwegen, wenn du unbedingt willst. Entweder brechen wir uns das Genick oder wir ersticken.«
Schritt für Schritt tastete sich Hannah langsam voran. Je weiter sie nach unten kamen, desto beißender wurde der Gestank.
»Stinkt gewaltig nach Fäulnis und Verwesung. Hier unten haben wahrscheinlich selbst die Ratten nicht überlebt und gammeln jetzt langsam vor sich hin«, schimpfte Jan.
Hannah sagte nichts und bewegte sich behutsam weiter voran. Am unteren Treppenabsatz erkannte sie im Strahl ihrer Taschenlampe einen langen, schmalen Flur. Auf beiden Seiten des Flurs befand sich eine Reihe von Türen.
»Sieht fast aus wie in Bautzen. Ein langer, fensterloser Gang mit schmutzigen, grauen Betonwänden und alle zwei Meter eine Arrestzelle. Was ist das hier? Eine Erziehungsanstalt für unartige Schaffner?«

»Nur, dass es in Bautzen vermutlich nicht dermaßen gestunken hat. Dieser Mief ist ja sowas von ätzend, ich werde gleich besinnungslos. Hier unten hält es kein Mensch länger als fünf Minuten aus und dass auch nur, wenn er 'ne verlorene Wette einlösen muss.«
»Da hinten, die vorletzte Tür«, flüsterte Hannah.
»Bist du sicher?«
»Glaub schon.«
Je näher sie der Tür kamen, desto beißender wurde der Gestank. Jan musst bereits würgen und hielt sich den Jackenärmel vor die Nase.
»Geh mal zur Seite«, forderte er Hannah auf.
»Okay, los«, gab Hannah das Kommando und Jan trat mit einem harten Kick gegen die Tür, doch zu seiner Überraschung hielt sie dem Tritt stand.
»Na, gut und bist du nicht willig, so brauch ich Gewalt«, murmelte Jan, machte zwei Schritte zurück und sprang nach kurzem Anlauf mit gestrecktem Bein gegen das Türblatt. Das Holz gab nach und splitterte in tausend Teile, die Tür selbst verharrte in der Angel.
Was dann passierte, war ein Alptraum, den beide nicht schlimmer in ihren fürchterlichsten Träumen erlebt hatten. Hannah richtete den Schein der Lampe in einen kleinen, fensterlosen, quadratischen Raum, in dem sich die Ratten gleich bergeweise stapelten. Der ganze Boden war von den braunen Nagern bedeckt, die sich wie von Sinnen über irgendetwas hermachten. Sie nahmen überhaupt keine Notiz von den beiden Störenfrieden und drängelten, stießen und bissen sich zur Seite, um ja den besten Platz am Boden dieses stinkenden Verlieses zu ergattern.
»Die fressen irgendwas«, erkannte Hannah im Strahl der Lampe.
Der beißende Gestank nach Verwesung war mittlerweile so stark, dass Hannah und Jan zurückweichen mussten.

»Wenn wir herausfinden wollen, was die Viecher da gerade verspeisen, gibt's nur eine Möglichkeit«, sagte Jan mit dem Ärmel vor Mund und Nase.
»Klar, mit Benzin übergießen und anzünden, diese Mistviecher«, schlug Hannah vor, die sich vor Ekel abwendete.
»Gib mir die Pistole«, forderte Jan.
»Was hast du vor, zum Teufel noch mal?«, fragte Hannah entsetzt.
»Den Mistviechern Beine machen, was sonst? Was ist, wenn die da gerade einen...«
»Den werden wir wohl nicht mehr retten können«, bemerkte Hannah sarkastisch.
Jan nahm Hannah die Pistole aus der Hand, gab ihr ein kurzes Zeichen, die Lampe auszuschalten und aus dem Türrahmen zurückzutreten. Dann drückte er ab. Er feuerte ein ganzes Magazin in den Pulk der Ratten, die fürchterlich fiepsend in Panik auseinanderspritzen und wie ein Tsunami unkontrolliert und mit immenser Wucht aus dem Raum strömten und die Flucht ergriffen.
Hannah und Jan drückten sich an die Wand und hielten schützend ihre Hände vors Gesicht. Zum Glück waren die Ratten nur daran interessiert, ihre eigene Haut zu retten und kümmerten sich nicht um die beiden Menschen, die ihnen im Weg standen. Nach wenigen Sekunden war der Spuk vorüber. Die Ratten waren den Gang hinunter gerast und hatten offenbar irgendwo einen Weg nach draußen gefunden. Jan gab Hannah die Waffe zurück, die mit zitternden Händen versuchte, das Magazin zu wechseln. Immerhin konnte es ja sein, dass die Horde der außer Kontrolle geratenen Nager gleich zurückkommen würde, um sich weiter über ihre Beute herzumachen, was immer das auch war, was sie dort gefunden hatten.
Jan nahm die Taschenlampe, stellte sich in den Türrahmen und leuchtete in den Raum.

»Oh verdammt, was ist denn das für eine gequirlte Scheiße?«, wich er angewidert zurück.
Hannah nahm ihm die Lampe ab und trat mutig nach vorn. Im Lichtstrahl sah sie nur einen breiigen, roten Matsch, der sich über den ganzen Boden des Raumes verteilt hatte und stank, als hätte ein Metzger ein Schwein ausgeschlachtet und die Innereien einfach am Boden liegenlassen, wo sie langsam verfaulten.
»Bah, widerlich, ich muss gleich kotzen. War das mal ein Mensch?«, wich Hannah erschrocken zurück.
Jan warf nochmal einen Blick in den Raum. »Sieht aus, wie ein Berg von Eingeweiden. Knochen kann ich keine erkennen. Fressen Ratten eigentlich auch Knochen?", wollte er wissen.
»Klar, die Viecher sind Allesfresser. Allerdings hätten sie die Knochen bei einer Leiche wahrscheinlich zuletzt gefressen. Das sieht eher aus, als hätte jemand einen Berg von Innereien hier unten abgeladen.«
»Du meinst, dass hier könnten vielleicht die Organe der toten Frauen sein, die der Mörder an die Ratten verfüttert hat?«
»Möglich wär's. Komm, lass uns abhauen. Mir reicht's. Ich brauche dringend frische Luft«, röchelte Hannah nach Sauerstoff.
Jan hakte Hannah unter, als die beiden im Licht der Taschenlampe den übel stinkenden, niedrigen Gang zurück zur Treppe liefen. Plötzlich vernahmen sie ein langgezogenes, knarrendes Geräusch, das irgendwo von oben zu kommen schien.
Die beiden hielten kurz inne und lauschten.
»Hat sich angehört, als würde jemand eine schlecht geschmierte Tür öffnen«, sagte Hannah leise.
»Oder schließen«, befürchtete Jan.

Und tatsächlich, als sie zum Treppenabsatz zurückkamen, konnten sie von unten erkennen, dass die Kellertür geschlossen war.
»Verdammt, da oben ist jemand«, sagte Hannah, zog ihre Waffe und lud sie durch.
»Okay, wir gehen jetzt hoch. Bleib hinter mir«, sagte Jan.
Er nahm die Waffe und die Taschenlampe und ging vorweg. Oben angekommen, lauschten die beiden, ob sie hinter der Tür irgendetwas hören würden. Doch alles war ruhig. Vorsichtig drückte Jan die Klinke herunter und zog die Tür auf, jederzeit bereit, zu feuern.
»Wenn hier jemand war, hat er sich jetzt aus dem Staub gemacht. Aber vielleicht ist die Tür auch vom Wind zugefallen.«
Als die beiden wieder draußen waren, sogen sie gierig und tief die kalte, frische Winternachtluft in ihre Lungen.
„Noch nie im Leben hab ich einen derart widerlichen Gestank ertragen müssen«, schüttelte sich Hannah vor Ekel.
Jan nickte. »Soll ich zuerst Rico anrufen oder sofort bei Josie durchklingeln?«
»Beide«, sagte Hannah. »Ich übernehme Josie.«
Jan bewegte sich ein paar Schritte vom Gebäude weg, um mit Rico zu sprechen, während Hannah Josie aus dem Bett holen wollte. Plötzlich entdeckte er in der Entfernung einen hellen Feuerschein.
Während er mit Rico sprach und ihm kurz schilderte, was gerade geschehen war, versuchte er zu erkennen, was da etwa zweihundert Meter von ihm entfernt so lichterloh brannte.
»Okay, wir warten hier auf euch, bis gleich«, sagte Jan und ging zurück zu Hannah, die immer noch mit Josie sprach.
Er gab seiner Freundin ein Zeichen, dass sie auflegen sollte.
»Was soll denn das?«, war Hannah ungehalten, bis sie das Feuer auf der anderen Seite der Gleise entdeckte.

»Wo ist das?«, fragte Jan.
»Sieht so aus, als wäre das am alten Ringlokschuppen an der Adenauerallee.«
»Aus der Entfernung sieht's aus, als würde dort ein Auto brennen.«
»Benjamins Wagen vielleicht?«, ahnte Hannah.
„Ich laufe mal rüber und sehe mir das aus der Nähe an.« Als Jan sich auf den Weg machte, wollte Hannah ihn stoppen.
»Du willst doch wohl nicht im Dunkeln die Gleisanlagen überqueren, oder? Das ist 'ne Hauptstrecke, Jan, da rasen im Minutentakt Schnellzüge mit mindestens hundert Klamotten durch.«
»Außen herum fahren dauert zu lange, Schatz. Ich passe auf.«
»Soll ich die Feuerwehr rufen?«
»Noch nicht. Ich erledige das, wenn ich weiß, was da los ist.«
»Nimm die Pistole mit, Jan.«
»Nein, die behältst du, falls der Kerl doch noch hier in der Nähe ist. Sollte Benjamin plötzlich auftauchen und dir zu nahe kommen, erschieß ihn.«
Das Adrenalin in seinem Blut schärfte seine Aufmerksamkeit, als er die unübersichtlichen Gleisanlagen überquerte. Es war stockdunkel, die ersten Meter über die wenig befahrenen Nebengleise sah Jan die Hand vor Augen nicht. Das änderte sich, als er die Schienenstränge der Hauptstrecke erreicht hatte, denn hier markierten hell erleuchtete Positionslichter die Strecke. Er blieb kurz stehen, um sich zu vergewissern, dass aus beiden Richtungen nicht gerade ein ICE angerauscht kam, der ihm hätte gefährlich werden können. Oft unterschätzten Fußgänger die Geschwindigkeit von Fahrzeugen. Ein fataler Fehler, den schon viele Menschen mit ihrem Leben bezahlen mussten. Jan verspürte wenig Lust als Kühlerfigur an der Frontpartie eines ICE klebend, in den Leipziger

Hauptbahnhof einzufahren. Er musste einen Schlenker um einen vor dem Nordbahnhof stehenden Güterzug machen. Als er hinter dem letzten Waggon hervorkam, war er nur noch fünfzig Meter von dem brennenden Wagen entfernt. Weit und breit war kein Mensch zu sehen. Offensichtlich hatte noch niemand das Feuer bemerkt. Das Bahnhofgebäude war unbeleuchtet, in den Fenstern spiegelte sich der Schein des Feuers wider. Auch hier traf er auf keine Menschenseele. Als er nur noch ein paar Meter von dem in hellen Flammen stehenden Fahrzeug entfernt war, konnte erkennen, dass es sich um einen roten Golf handelte. Hannah hatte recht. Benjamin Kujau wollte seine Spuren verwischen, sie sollten mit dem abgefackelten Auto verbrennen. Plötzlich gab es einen lauten Knall und eine meterhohe Stichflamme schoss aus dem Fahrzeug in die Höhe. Jan wich zurück und setzte sich dabei auf den Hosenboden. Offenbar war der Benzintank explodiert. Er überlegte kurz, die Feuerwehr zu rufen, verwarf dann aber diesen Gedanken. Sollte Esther noch in diesem Wagen gelegen haben, war sie ohnehin längst verbrannt. Jan hoffte, dass Benjamin sie vorher herausgeholt hatte und sie womöglich hier irgendwo gefangen hielt. Aber wo? Er bewegte sich ein paar Meter weiter im großen Bogen um das brennende Auto herum und sah hinüber zum alten Ringlokschuppen, der schon seit ewigen Zeiten leerstand und bereits einen mehr als maroden Eindruck machte. Wieso hatte die Stadt Leipzig oder die Deutsche Bahn, oder beide zusammen, diese Ruine nicht schon längst abgerissen?
Er sah sich noch mal nach dem in hellen Flammen stehenden Golf um. Wie lange brauchte ein Fahrzeug, bis es völlig ausgebrannt war? Zehn Minuten, eine halbe Stunde, oder noch länger?
Als er mit Hannah in das ehemalige Dienstgebäude der Instandsetzungseinheit auf der anderen Seite der Gleisanlagen

gegangen war, war ihnen das Feuer noch nicht aufgefallen. Wie lange hatten sie sich da unten im Keller des Grauens aufgehalten? Vielleicht zehn Minuten, schätzte Jan und rechnete nochmal zehn Minuten drauf, bis er die Gleisanlagen überquert hatte. Demnach brannte der Wagen jetzt etwa zwanzig Minuten. Und immer noch war außer ihnen niemand auf das Feuer aufmerksam geworden? Kaum zu glauben, dachte Jan, aber scheinbar wusste Benjamin, dass nachts um Zwölf in dieser gottverlassenen Gegend kein Mensch mehr anzutreffen wäre. Und von der Adenauerallee aus war der brennende Wagen nicht zu sehen. Wie er von Hannah erfahren hatte, bevorzugten die Penner und Stadtstreicher die ein paar hundert Meter entfernten ehemaligen Lokhallen als Nachtquartier, weil diese Gebäude noch wesentlich besser erhalten waren. Zudem würden die sich wohl kaum um ein abgefackeltes Auto kümmern. Das wäre denen so egal, als wenn irgendwo in China ein Sack Reis umfallen oder der Pabst im Vatikan im Kettenhemd boxen würde.
Jan überlegte kurz, ob er Verstärkung holen sollte oder allein einen Blick in diese gespenstisch wirkende, hufeisenförmige Ruine werfen sollte. Er hatte weder eine Waffe noch eine Taschenlampe dabei. Er würde die Beleuchtung seines iphones nutzen müssen, um in der Dunkelheit überhaupt etwas zu erkennen. Wenn hier jetzt aber gleich die ganze Kavallerie von Polizei, Feuerwehr und Krankenwagen auffahren würde, hätte Benjamin mit Sicherheit einen Plan, wie er mit seiner Geisel, vorausgesetzt, Esther lebte noch, unbemerkt von hier verschwinden könnte. Nein, er musste das Risiko eingehen und jetzt da hinein marschieren. Er war zwar unbewaffnet, hatte aber das Überraschungsmoment auf seiner Seite. Im gleichen Moment klingelte sein Handy. Jan fischte es mit klammen Fingern aus seiner Hosentasche.
»Was ist los da drüben? Die Kollegen sind hier gerade eingetroffen. Soll ich sie zu dir rüberschicken?«, fragte Hannah.

»Sieht tatsächlich so aus, als wäre das brennende Auto Benjamins roter Golf. Ich hoffe nur, dass Esther da nicht mehr drinnen war. Ich sehe mich jetzt hier nochmal um. Warte noch einen Moment, ich melde mich gleich wieder. Wahrscheinlich ist der Kerl schon längst über alle Berge. Dann können die Kollegen sich den Weg sparen.«
Hannah kannte Jan ganz genau. Sie wusste, was er vorhatte. »Lass den Mist, Jan. Geh nicht allein in diese beschissene Ruine. Warte, bis Verstärkung da ist, hast du verstanden?«
»Ja, mach dir keine Sorgen, ich bin vorsichtig«, sagte Jan und legte auf.

Esther hatte keine Ahnung, wo sie sich befand. Sie saß mit dem Rücken zur Wand auf einem harten Betonboden. Es war feucht, bitterkalt und roch nach einer Mischung aus Gülle, Urin und jeder Menge Rattenkot. Über ihr baumelte an einem Kabel eine Fassung mit einer dreckigen Glühbirne, die diesen Raum mit schummrig gelbem Licht versorgte, gerade so hell, dass sie erkennen konnte, dass sonst niemand außer ihr hier drinnen war. Wahrscheinlich befand sie sich irgendwo in einem stinkenden Kellerverlies in irgendeinem baufälligen, unbewohnten Gebäude an irgendeinem gottverlassenen Ort. Ihre Hände und Füße waren mit weißem Kabelbinder fixiert, den Knebel hatte ihr dieser Irre aber Gott sei Dank entfernt, sodass sie wenigstens wieder einigermaßen Luft bekam, auch wenn davon in diesem engen Gemäuer nicht allzu viel vorhanden war. Allerdings bedeutete das wohl auch, dass der Kerl keine Bedenken hatte, dass ihre Rufe von irgendjemandem gehört werden konnten. Also lag dieses Kellerloch irgendwo am Arsch der Welt. Keine besonders rosigen Aussichten auf Rettung, dachte Esther.
Sie hatte Angst. Gut möglich, dass dieser Typ, der sie gestalkt und entführt hatte, dieser irre Frauenmörder war. Aber wieso hatte er gerade sie ausgesucht? Hatte das vielleicht

was mit Jan zu tun? Möglicherweise hatte er mit ihrem Ex-Freund noch eine Rechnung offen und hatte sie beobachtet, als sie sich mit Jan getroffen hatte. Womöglich hatte er sogar gesehen, dass sie sich geküsst hatten? Und jetzt glaubte dieser Wahnsinnige offenbar, dass er Jan besonders hart treffen würde, wenn er einen Menschen in seine Gewalt brächte, der ihm besonders nahe stand. Vielleicht lag er damit ja gar nicht mal so falsch. Esther war sicher, dass Jan bereits nach ihr suchen würde. Sie kannte ihn und wusste, dass er ihre Nachricht nicht einfach ignoriert und sich überall nach ihr erkundigt hätte, da sie weder zu Hause war, noch im Marriott, wo sie eigentlich heute Dienst gehabt hätte.
Esther hatte in der *Blitz* gelesen, dass der sogenannte Köpfer von Hartmannsdorf, der die Frauen allem Anschein nach ermordet hatte, gefasst worden war und zu einer lebenslangen Haftstrafe verurteilt werden sollte. Sie hatte Jan im Café des Hauptbahnhofs nach diesem Mann gefragt, aber er hatte nur geantwortet, dass der Fall nach Ansicht der Staatsanwaltschaft wahrscheinlich gelöst sei. Jetzt wusste sie auch, warum Jan im Konjunktiv gesprochen hatte. Offensichtlich hatte er seine berechtigten Zweifel daran, dass dieser Mann der Täter war. Und wie es aussah, hatte er recht behalten.
Was ihr in diesem Moment besonders zu schaffen machte, war der Gedanke daran, auf welche Weise dieser Psychopath die Frauen ermordet hatte. Angeblich hatte er sie bei lebendigem Leibe ausgeweidet und ihnen dann den Kopf abgeschnitten. Allein die Vorstellung, dass ihr Ähnliches bevorstand, ließ zunehmend Panik in ihr aufkommen. Sie hatte den Typen doch gesehen. Eigentlich sah der doch ganz normal aus. Eher harmlos als gefährlich, wie einer dieser langweiligen Durchschnittstypen, die jeden Morgen brav ins Büro gehen, nachmittags mit ihren Kindern spielen, abends brav mit dem Hund spazieren gehen, Samstag die Sportschau sehen und einmal die Woche mit ihrer Frau schlafen.

Unauffällig, unscheinbar und unspektakulär waren die Attribute, die ihr zu diesem Typ Mann einfielen.
Allerdings wusste Esther als leidenschaftlicher Krimi-Fan, dass psychopathische Serienmörder eben oft genau diese gesichtslosen und vollkommen uninteressanten Langweiler waren. Niemand würde auf die Idee kommen, diese Normalos derart grausamer Taten zu bezichtigen.
Jegliches Zeitgefühl war ihr in den letzten Stunden abhanden gekommen. Diese endlose Warterei war quälend, hielt aber zumindest die Hoffnung auf Rettung aufrecht. Wenn der Kerl hier gleich aufkreuzen würde, würde sie versuchen, mit ihm zu reden. Sie musste Zeit gewinnen, musste ihn zumindest verunsichern, ihn solange volltexten, bis er sich womöglich auf einen verbalen Schlagabtausch einlassen würde.
Wenn er auf Sex aus war, würde sie ihn gewähren lassen, sich nicht wehren, ihn vielleicht sogar noch loben, wie toll er das machen würde, ihm vorgaukeln, dass es ihr gefiele und er viel besser sei, alles alle anderen Männern, mit denen sie bisher geschlafen hatte. Sie musste sein Selbstwertgefühl stärken. Ob das alles helfen würde, den Kopf doch noch aus der Schlinge zu ziehen, wusste sie nicht, aber sie hoffte es.
Und dann kam er, der Moment, der alle ihre guten Vorsätze auf einen Schlag im Keim erstickte. Dieses singende, sägende Geräusch, das die Stille der Nacht zerfetzte, wie ein hungriges Raubtier seine Beute. Das Kreischen der Säge verursachte einen Lärm, der beinahe ihr Trommelfell zum Platzen brachte. Der finale Soundtrack des Teufels aus den tiefsten Tiefen des Höllenschlunds. Sie versuchte sich die Ohren zuzuhalten, was ihr aber mit den gefesselten Händen nicht gelang.
Die Hoffnung, dass er mit ihr nicht das Gleiche machen würde, wie mit seinen anderen Opfern, löste sich abrupt in Luft aus. Aus purer Verzweiflung fing sie an zu schreien, so laut wie sie noch niemals zuvor geschrien hatte. Tränen liefen ihr

die Wangen herunter. Doch der Krach der Säge schluckte ihre Schreie. Plötzlich kehrte wieder Ruhe ein. Ein letzter Testlauf, dachte Esther und merkte, wie sie mittlerweile am ganzen Körper zitterte. Sie versuchte sich zusammenzureißen und nachzudenken. Was konnte sie jetzt noch tun, um hier irgendwie mit einigermaßen heiler Haut wieder herauszukommen? Aber Ihr fiel nichts mehr ein, gar nichts.
Dann plötzlich öffnete sich die Tür. Der Kerl kam herein. Er trug einen hellen Overall und eine etwas dunklere Kapuzenmaske mit Sehschlitzen. Obwohl die Lage hoffnungslos zu sein schien, keimte plötzlich wieder Hoffnung bei ihr auf. Warum trug der Kerl eine Maske, wenn er doch vorhatte, sie gleich zu töten? Der Mann blieb kurz stehen, sah Esther wortlos an, nickte scheinbar zufrieden, bückte sich, packte ihre Beine und schleifte sie auf dem Rücken liegend über den Betonboden wie ein Schwein, das zur Schlachtbank gebracht wird, aus dem Raum.
Esther versuchte mit den Beinen zu strampeln, irgendwie nach ihrem Peiniger zu treten, doch ohne Erfolg. Schon nach wenigen Metern ließ er von ihr ab, schaltete direkt über ihr einen Scheinwerfer an, dessen extrem grelles Licht sich augenblicklich in ihre Pupillen brannte, wie vergossene Milch in eine heiße Herdplatte. Als sie sich reflexartig auf die Seite drehen wollte, erhielt sie einen harten Tritt in die Rippen. Esther schrie auf vor Schmerzen. »Aah, verdammt, was soll das, du geistesgestörter Irrer?«
»Wehr dich nicht, es ist zwecklos und verlängert nur deinen Todeskampf«, sagte der Mann.
Esther horchte auf. Diese Stimme, das war nicht die des Kerls, der ihr aufgelauert und sie entführt hatte. Oder war mittlerweile ihre Wahrnehmung eine andere? Die Angst, der Stress, die Schmerzen – vielleicht hatte sie sich ja getäuscht.

»Was soll das? Warum tun Sie das? Ich habe Ihnen nichts getan«, versuchte sie, Kontakt zu dem Kerl aufzunehmen, doch der antwortete nicht.
Esther versuchte, zu erkennen, wo sie war, doch das Licht blendete sie dermaßen stark, dass sie nichts sehen konnte, außer gleißendem Licht. Der Mann trat hinter sie, fasste sie von hinten unter den Armen und zog sie hoch auf einen Stuhl. Dann legte er ihr eine Augenbinde an und stopfte ihr einen Knebel in den Mund. Sie wand sich wie ein Aal, drehte den Kopf hin und her und versuchte, den Knebel auszuspucken, wofür sie einen harten Faustschlag ins Gesicht bekam. Esther stöhnte laut auf vor Schmerzen. Was für einem perversen Schwein war sie da nur in die Finger geraten?
Der Mann drehte sich um und richtete den Scheinwerfer wieder auf ihr Gesicht. Sie schloss die Augen und drehte den Kopf zur Seite. Die enorme Hitze, die das grelle Licht ausstrahlte, trieb ihr den Schweiß auf die Stirn.
Sie konnte schemenhaft erkennen, wie der Kerl einen Gegenstand in die Hand nahm und langsam um den Stuhl herum erneut von hinten an sie herantrat. Das letzte, was sie spürte, war der Einstich einer Kanüle in ihren Hals. Sekunden später hatte sie das Bewusstsein verloren.

Jan stand mit ausreichendem Sicherheitsabstand zum brennenden Auto auf der Straße und starrte auf die in der Dunkelheit wie eine Geisterstadt wirkende Ruine des Ringlokschuppens. Er zog den Reißverschluss seiner Jacke zu und klappte den Kragen hoch. Mittlerweile war zu den niedrigen Temperaturen auch noch ein eisiger, schneidiger Ostwind hinzugekommen, der die gefühlte Temperatur bis weit in den Minusbereich absinken ließ. Machte es Sinn, jetzt allein und unbewaffnet in dieses riesige, marode Bauwerk zu gehen? Zudem würde er ohne eine geeignete Taschenlampe nicht mal die Hand vor Augen sehen können. Aber wenn er

es nicht tat und Esther würde irgendwo gerade da drinnen von diesem Wahnsinnigen massakriert werden, würde er sich ewig Vorwürfe machen, nicht alles versucht zu haben, seine ehemalige Freundin zu retten.
Jan holte sein iphone aus der Jackentasche, tippte kurz auf dem Display das Symbol für die kleine Taschenlampe an und bewegte sich langsam und aufmerksam, in alle Richtungen schauen, hinüber zum Ringlokschuppen. Zwischen den alten, verrosteten Gleisen, stand das Gestrüpp mannshoch. Er bahnte sich vorsichtig einen Weg bis vor ein großes Holztor, oder was ursprünglich mal eines gewesen war. Dann leuchtete er durch ein riesiges Loch ins Innere der Ruine. Vor ihm tat sich ein einziger, riesengroßer Raum auf, dessen Größe er nur erahnen konnte, weil das Licht seines Handys nur ein paar Meter weit reichte. Aber er konnte jetzt zumindest erkennen, wo er hintrat. Glaubte er jedenfalls, denn als er durch das Loch stieg und den Fuß auf den Boden setzte, trat er direkt auf die Stahlkante eines Gleisstrangs und knickte um. »Verdammte Scheiße«, murmelte er, »das hat mir jetzt gerade noch gefehlt«. Ein stechender Schmerz im Knöchel ließ ihn kurz zusammenzucken. Dann versuchte er vorsichtig aufzutreten und weiterzugehen. Es tat zwar höllisch weh, aber er konnte, wenn auch mit einiger Mühe, weiterlaufen. Er richtete die Lampe unmittelbar vor sich zu Boden und bewegte sich langsam Schritt für Schritt weiter. Alle paar Meter blieb er kurz stehen und lauschte. Doch bis auf den eisigen Wind, der durch die zersplitterten Fensterscheiben und löchrigen Holztore pfiff, war nichts zu hören. Keine Stimmen, keine Schritte, keinerlei verdächtige Geräusche, gar nichts, was an diesem verlassenen Flecken Erde auf die Anwesenheit von anderen Personen hindeuten würde. Jan hatte genug gesehen, er drehte um und trat den Rückweg an. Er setzte jeden einzelnen Schritt mit Bedacht, um seinem lädierten Fußgelenk nicht noch den Rest zu geben. Plötzlich

ließ ihn ein lautes Rascheln direkt vor ihm zur Salzsäule erstarren. Erschrocken leuchtete er seine nähere Umgebung ab und beobachtete, wie eine Horde Ratten im Licht seiner Lampe über seine Füße hinweg stürmte und ein paar Meter weiter in einem Loch im Boden verschwand. Jan folgte den Nagern und richtete den Schein seiner Funzel in das Loch hinunter, aber die Öffnung war nicht größer als ein handelsübliches Ofenrohr, viel zu klein also für einen Menschen.
Als er kurze Zeit später wieder draußen war, humpelte er über die Straße zurück zum Parkplatz, an dem Benjamins Auto immer noch brannte. Er hoffte inständig, dass Esther nicht in diesem Flammeninferno umgekommen war. Jetzt musste die Feuerwehr nicht mehr anrücken, zu retten gab es ohnehin nichts mehr. Außerdem wusste Jan, dass Josie Nussbaum in der Lage war, selbst aus der Asche des ausgebrannten Fahrzeugs noch die Beweise ans Tageslicht zu befördern, die notwendig waren, um Benjamin Kujau zu überführen. Der hatte wohl fälschlicherweise angenommen, dass die Beamten der KTU in dem verkohlten Wrack nichts Verwertbares mehr finden würden. Da hatte er jedoch die Rechnung ohne den Wirt gemacht und der Wirt hieß in diesem Fall Dr. Josephine Nussbaum.
Jan zermarterte sich den Kopf, wohin könnte Hannahs Ex-Mann Esther verschleppt haben? Benjamin kannte sich auf dem weitläufigen Areal des Leipziger Hauptbahnhofs bestens aus. Womöglich hatte er auch die den Opfern herausgeschnittenen Organe den Ratten in dem Kellerloch unterhalb des ehemaligen Dienstgebäudes der Instandsetzungseinheit an der Rosa-Luxemburg-Straße zum Fraß vorgeworfen, dachte er. Demnach läge nahe, dass er hier irgendwo auch einen unbenutzten, in Vergessenheit geratenen, Raum kannte, wo er die Frauen getötet, enthauptet und ausgeweidet hat und jetzt wahrscheinlich auch Esther dort hingebracht hatte. Aber wo? Jan war der Verzweiflung nahe. Es

gab nur eine Möglichkeit, Waffel musste anordnen, dass sofort eine Einsatzhundertschaft mit Suchhunden hier anrücken und in höchstem Tempo das gesamte Gebiet durchkämmen würde.
Jan zog sein Handy aus der Tasche, während er weiter Richtung Adenauer-Allee humpelte, um die Kollegen einzuweisen. Plötzlich stieß er mit dem Fuß ungewollt einen metallenen Gegenstand vor sich her, der wenige Meter über den Asphalt schlitterte und am Bordstein hängenblieb. Er bückte sich und hob einen Silberring auf, der mit einem Diamanten versehen war. Es dauerte ein paar Sekunden, bis er registriert hatte, was er dort in der Hand hielt. Ein kalter Schauer lief ihm über den Rücken. Wenn ihn nicht alles täuschte, war das der Ring, dem er Esther zu ihrem fünfunddreißigsten Geburtstag geschenkt hatte. Er hatte ihn einst in Hamburg bei einem Juwelier auf dem Jungfernstieg gekauft. Esther liebte diesen Ring und sie trug ihn immer noch. Wahrscheinlich hatte sie sich den Ring heimlich vom Finger gezogen und fallen lassen. Sie wusste, dass er ihn wahrscheinlich sofort erkennen würde, wenn er oder seine Kollegen den Ring finden würden.
Jan sah sich zum Fahrzeugwrack um, schaute auf die Fundstelle des Rings auf der Straße etwa fünfzig Meter entfernt und verlängerte mit den Augen die ungefähr angenommene Linie Richtung Adenauer-Allee. Klar, natürlich, warum war ihm das nicht sofort aufgefallen, verdammt? Sein Blick richtete sich auf das Gebäude rechts neben dem Ringlokschuppen. Dort stand einsam und verlassen der alte Wasserturm, ebenso heruntergekommen und marode wie alle anderen Bauwerke auf diesem brachliegenden Areal der Deutschen Bahn.
Jan rannte los. Das Adrenalin in seinem Blut hatte augenblicklich die Schmerzen in seinem Knöchel verdrängt. Der Wasserturm bestand aus zwei Stockwerken, ob er auch un-

terkellert war, konnte Jan von außen nicht erkennen. Die schwere Eisentür war verschlossen oder dermaßen verrostet, dass sie sich nicht mehr bewegen ließ. Um einen Weg hinein zu suchen, lief er um den Turm herum, bis er in etwa zwei Metern Höhe ein Fenster entdeckte, aus dem bereits große Teile der Verglasung herausgebrochen waren. Und dann hörte er es. Dieses Geräusch, das durch Mark und Bein ging. Das unheilvolle Aufheulen einer Motorsäge, hochfrequent, bedrohlich und nervtötend. Jan sah sich nach einem Gegenstand um, auf den er steigen könnte, um den Fenstersims zu erreichen. Als er nichts fand, wich er ein paar Meter zurück, nahm Anlauf und setzte zum Sprung an. Vergeblich, sein Griff ging ins Leere. Der zweite Versuch war erfolgreicher. Er entledigte sich seiner dicken Jacke, nahm ein paar Meter mehr Anlauf und drückte sich mit aller noch vorhandenen Energie vom Boden ab. Mit Mühe bekam er den Mauervorsprung am unteren Fensterrand zu fassen und zog sich mit aller Kraft nach oben. Als er versuchte, sich am Fensterrahmen festzuhalten, schnitt er sich an den messerscharfen Glasscherben den Daumen der rechten Hand auf. Doch die Hand jetzt wieder wegzuziehen war keine Option. Er hielt sich trotz der Schmerzen weiter tapfer fest und fasste mit der linken Hand nach. Dann hievte er seine mehr als hundert Kilo hoch auf den Mauervorsprung vor dem Fenster. Er hockte auf Knien vor der zerbrochenen Fensterscheibe, griff hindurch und drehte mit letzter Kraft den verrosteten Fenstergriff, den wahrscheinlich schon fünfzig Jahre niemand mehr benutzt hatte, von innen in die Waagerechte. Er stieg durch das geöffnete Fenster und sprang auf der anderen Seite zu Boden. Der lädierte Knöchel bedankte sich mit einem kurzen, aber heftigen Stechen. Jan sah sich seinen blutenden Daumen an und drückte mit der anderen Hand den verlängerten Ärmel auf die Wunde, um das Blut zu stillen. In dieser Stellung verharrte er kurz und horchte, ob von

irgendwoher Geräusche zu hören waren. Durch die Fenster zur Adenauer-Allee fiel das Licht von einer Straßenlaterne ins Innere des Wasserturms. Jan konnte erkennen, dass ein paar Meter weiter eine Treppe sowohl nach oben, als auch nach unten führte. Er stieg vorsichtig die Stufen hinauf bis zu einer weiteren Stahltür und versuchte sie zu öffnen. Vergeblich. Er vergewisserte sich, ob irgendwo unter der Tür ein Lichtschein hervortrat, doch alles war dunkel. Dann hörte er wieder ein Geräusch, wie Metall auf Metall, irgendwie blechern, als wenn jemand mit einem Besteck hantieren würde. Das kam eindeutig von weiter unten. Er machte kehrt und stieg die Treppe hinunter bis zur Kellertür. Schon auf der Hälfte der Treppe nach unten erkannte er, dass unter der Tür ein schmaler Lichtstreifen durchschimmerte.
Jan hielt inne und dachte nach, was er jetzt tun sollte. Wenn er versuchte, die verschlossene Tür zu öffnen, wüsste Benjamin natürlich sofort, dass da draußen jemand war. Wahrscheinlich würde er sich dann beeilen, sein Opfer zu töten, bevor die Tür aufgebrochen werden würde und anschließend versuchen, zu fliehen.
Jan durfte sich nicht verraten, sondern musste irgendwie möglichst schnell und mit großer Wucht zuschlagen, um das Überraschungsmoment auf seiner Seite zu haben. Benjamin war wahrscheinlich bewaffnet und würde sofort auf ihn schießen, wenn er die Tür öffnen und in den Raum eindringen würde.
Für einen Moment wünschte er sich, dass jetzt sein Freund und Kamerad Maynard Deville an seiner Seite wäre. Der Devil, wie ihn die Männer seiner Einheit in Afghanistan nannten, besaß Eigenschaften, die nicht auf natürliche Weise erklärbar waren. Er hatte die Fähigkeit, von der einen Sekunde zur anderen an einem völlig anderem Ort aufzutauchen, ohne dass jemand gesehen hatte, wie er dort hingelangt war. Er konnte andere Menschen Dinge sehen lassen, die nicht

existierten, aber dermaßen real rüberkamen, dass die Leute glaubten, sie wären echt. In den Augen seiner Feinde erschien er plötzlich in der Gestalt eines riesigen, schwarzen Hundes mit rasiermesserscharfen Reißzähnen oder blinzelte sie bedrohlich aus den Echsenaugen einer giftigen Viper an. Jan hatte keine Ahnung, wie er das machte und hatte immer darauf verzichtet, es herausfinden zu wollen. Es wäre ohnehin zwecklos gewesen. Fest stand jedoch, dass diese paranormalen Fähigkeiten des Devils ihm und seinen Männern mehrfach das Leben gerettet hatten. Die Taliban fürchteten den Devil wie der Teufel das Weihwasser. Sie nannten Jan den »Schwarzen Drache«, weil er ein gefürchteter Scharfschütze war und Maynard Deville den »Roten Teufel«, der in ihren Augen mit Luzifer im Bunde war. Vielleicht hatten die Taliban ja sogar recht, denn die Taten des Devils waren offenbar nur damit zu erklären, dass der Halbindianer aus Wyoming tatsächlich mit dem Teufel fraternisierte.
Als Jan vorsichtig sein Ohr an die Tür legte, um zu lauschen, bemerkte er, dass sie längst nicht so stabil war, wie das mächtige Eisentor am Eingang, oder die massive Stahltür zum Obergeschoss. Das Türblatt bestand aus ursprünglich braun gestrichenem Kiefernholz, das mittlerweile längst verblasst war und das Türschloss sah eher aus, als wäre es mal auf die Schnelle in einem Baumarkt nachgekauft und nur provisorisch eingesetzt worden.
Jan wollte gerade vorsichtig testen, ob die Klinke sich herunterdrücken ließ, als erneut dieses ohrenbetäubende, aggressive Kreischen der Motorsäge einsetzte. Die Zeit des gründlichen Abwägens irgendwelcher Option war schlagartig vorüber. Esther befand sich mehr denn je in akuter Lebensgefahr. Jetzt zählte jede Sekunde. Er nahm drei Schritte Anlauf und wuchtete seine hundertzehn Kilo gegen die Kellertür, die sofort nachgab, aufflog und aus den Angeln riss. Er schlug unsanft mit der rechten Schulter auf dem knüppelhar-

ten Steinboden auf. Bevor er sich orientieren konnte, wo er gelandet war, spürte er bereits den kalten Lauf einer Waffe auf seiner Schläfe. Offenbar hatte Benjamin ihn bereits erwartet.

Jan kniff die Augen zusammen und blinzelte direkt in das grelle Licht eines starken Scheinwerfers, der den Raum taghell erstrahlen ließ. Seine Schulter tat höllisch weh, im Fußgelenk verspürte er ein heftiges Stechen und sein Daumen blutete in Strömen. Benjamin trug einen beigen Overall und eine dunkle Maske, einer Sturmhaube ähnlich, durch die er ihn schweigend anstarrte.

Jetzt war es wieder soweit. Er war an dem Punkt angelangt, an dem es galt, seine letzten Optionen zu checken. Im Kampf gegen die Taliban hatte er mehrfach scheinbar ausweglose Situationen erlebt und in den meisten davon hatte der Devil ihn gerettet. Er hatte gelernt, dass es immer noch irgendwo eine letzte Option gab, egal wie aussichtslos die Lage auch war. Nichts zu tun und sich seinem Schicksal zu ergeben, zählte nicht dazu.

»Es ist vorbei, Benjamin, gib auf, das Einsatzkommando ist bereits eingetroffen und wird gleich hier hereinstürmen. Die werden auf mich keine Rücksicht nehmen. Leg die Waffe weg und binde die Frau los.«

Hannahs Ex-Mann antwortete nicht. Er trat hinter Jan, bückte sich und fesselte mit Kabelbinder seine Hände. Dann legte er kurz die Waffe auf den Boden und fixierte auch Jans Fußgelenke. Er zog den Kabelbinder so fest, dass Jan vor Schmerzen laut aufschrie. Dann setzte er ihn auf und drückte ihn gegen die eiskalte Kellerwand. Jetzt konnte er erkennen, dass auf einer Liege am Ende des Raumes eine Person lag, die sich nicht mehr bewegte. Neben dieser Liege lauerte bedrohlich die laufende Motorsäge.

Was konnte er jetzt noch tun, außer auf den Mann einzureden, dass er aufgeben sollte? Als der Kerl zurück zur Liege

ging und die Motorsäge aufhob, war Jan der Verzweiflung nahe. »Nein nein, um Gottes willen, lass das, wir können über alles reden. Hör auf damit, Benjamin, ich bitte dich. Die Frau hat dir nichts getan...«
Doch alles Bitten und Flehen schien umsonst. Benjamin hob die Motorsäge, ließ kurz mehrfach bedrohlich den Motor aufheulen und brachte sie über dem Hals seines Opfers in Stellung. Dann drehte er sich nochmal zu Jan um, blickte ihm durch die Sehschlitze seiner Maske provozierend in die Augen und setzte zum Schnitt an.
»Nein, nicht«, schrie Jan entsetzt. Doch das markerschütternde, grelle Kreischen der Motorsäge überdeckte Jans verzweifelte Schreie ebenso wie den Lärm des abgefeuerten Projektils, das sich in den Oberarm dieses irren Psychopathen bohrte. Die Wucht des Einschlags riss ihm die Motorsäge aus den Händen, die herunterfiel und sich in seinen Oberschenkel fräste. Das Blut spritzte in hohen Fontänen wie eine durch Rauch ausgelöste Sprinkleranlage durch den ganzen Raum. Das rasiermesserscharfe Sägeblatt hatte ihm offensichtlich die Beinschlagader zerfetzt. Als Benjamin den Kopf hob und aufzustehen versuchte, schlug ein zweites Geschoss direkt in seine Stirn ein. Ein kurzes Zucken der Gliedmaßen, dann schlug sein Kopf ungebremst auf dem Boden auf und blieb regungslos liegen, während die Motorsäge weiter in sein Fleisch schnitt.
Jan brauchte einen kurzen Moment, um zu realisieren, was hier gerade geschehen war. Dann spürte er eine Hand auf seiner Schulter, drehte sich um und sah in Hannahs weit aufgerissene Augen.

Hannah hatte geahnt, nein, sie hatte genau gewusst, dass Jan alles daran setzen würde, Esther zu retten. Ihr war vollkommen klar, dass er im Alleingang versuchen würde, den Täter zu überwältigen und seine Geisel zu befreien. Unbe-

waffnet und ohne eine geeignete Taschenlampe. Als er ihr am Telefon gesagt hatte, sie solle sich keine Sorgen machen, war das ein untrügliches Zeichen dafür, dass sie sich welche machen musste. Also hatte sie gar nicht erst auf die angeforderte Verstärkung gewartet, sondern hatte sich ins Auto gesetzt und war Richtung Ringlokschuppen an der Adenauer-Allee gefahren, um nach Jan zu suchen, der sich wahrscheinlich längst in der brachliegenden Ruine an die Spur des Täters geheftet hatte. Hannah war immer noch nicht völlig überzeugt davon, dass ihr Ex-Mann Benjamin tatsächlich der Täter war, obwohl die Ereignisse der letzten Stunden eine deutliche Sprache zu sprechen schienen. Klar, Menschen veränderten sich und so wie sich die Dinge darstellten, war Benjamin Opfer seiner Drogensucht geworden. Im Moment sprach leider alles dafür, dass er tatsächlich der gesuchte Serienkiller war.
Nachdem Hannah den immer noch brennenden Golf in Augenschein genommen hatte und dabei feststellen konnte, dass der Wagen bereits vollkommen ausgebrannt war, nahm sie vorsichtig mit der Waffe im Anschlag den maroden Ringlokschuppen ins Visier. Das starke Licht ihrer großen Stabtaschenlampe wies ihr den Weg. Es hatte keine fünf Minuten gedauert, bis sie erkannt hatte, dass sie in dieser uralten, riesigen Halle nichts finden würde.
Als sie schon glaubte, dass Jan sich womöglich wieder auf den Rückweg gemacht hätte, hörte sie plötzlich das Geräusch der Motorsäge, das sie zum alten Wasserturm nur ein paar Meter neben dem Ringlokschuppen, direkt an der Adenauer-Allee gelegen, führte. Schnell hatte sie Jans Jacke gefunden, die unter einem großen, zerbrochenen, etwa in zwei Metern Höhe liegendem Fenster, auf dem Boden lag. Im Lichtkegel ihrer Taschenlampe entdeckte sie Blut am Mauervorsprung. Sie suchte nach einer geeigneten Aufstiegshilfe und fand schließlich im Licht ihrer Lampe eine einzelne Holz-

palette, die ein paar Meter weiter im hohen Gestrüpp vor sich dahin gefault war. Mit letzter Kraft zog sie das schwere Holzgestell unter das Fenster, wuchtete es hoch und lehnte es gegen die Wand. Nachdem sie schließlich den Mauervorsprung erklommen hatte, bemerkte sie das viele Blut, das am zersplitterten Fensterrahmen klebte. Als sie auf der anderen Seite heruntersprang, hörte sie erneut dieses ohrenbetaübenden Aufheulen der Motorsäge, das irgendwo wo von weiter unten zu kommen schien.
Auf dem Weg die Treppe hinunter, vernahm sie Jans markerschütternden Schrei und stürzte durch die offene Kellertür in den dahinterliegenden, hellerleuchteten Raum. Als sie sah, dass ein maskierter Mann gerade im Begriff war, die Säge abzusenken, eröffnete sie ohne Vorwarnung das Feuer.

»**Schalt** diese verdammte Säge aus«, rief Jan.
Hannah legte ihre Waffe auf den Boden und befreite Jan von den Kabelbindern, während die Motorsäge sich weiter in Benjamins Oberschenkel fraß und das Blut im ganzen Raum verteilte.
Jan kroch auf allen Vieren herüber zu Benjamin und stellte die Säge ab, die sich mittlerweile in Benjamins Oberschenkelknochen festgefressen hatte. Dann wischte er sich das Blut aus dem Gesicht, zog sich an der Pritsche hoch und tastete nach Esthers Puls. Er sah Hannah an, die sicherheitshalber mit vorgehaltener Waffe auf Benjamin zielte, und nickte ihr kurz zu.
»Gott sei Dank, sie lebt«, sagte er erleichtert. Dann bückte er sich hinunter zu Benjamin, drückte zwei Finger auf seine Halsschlagader und schüttelte den Kopf.
Hannah steckte ihre Waffe weg und half Jan auf. Sie legte seinen Arm um ihre Schulter und wollte ihn stützen.
»Schon gut, das Blut ist nicht von mir. Ich bin unverletzt«, schob er Hannahs helfenden Arm sanft zur Seite.

Jan zuckte sein Handy, um Hilfe zu holen, aber er hatte hier unten kein Netz.
»Kümmer dich um Esther, ich hole Hilfe«, sagte er und stieg, ohne Hannahs Antwort abzuwarten, humpelnd die Kellertreppe hinauf.
»Hallo Rico, wir haben das Schwein erwischt. Wir sind im alten Wasserturm an der Adenauer-Allee.«
»Jan? Gott sei Dank, Josie und ich haben gerade die Sauerei hier unten im diesem verdammten Kellerloch gesehen. Okay, haltet durch, wir kommen rüber.«
»Gut, beeilt euch. Wir brauchen einen Notarzt und einen Krankenwagen. Esther lebt ...«
Während Jan noch mit Rico sprach, stieß Hannah unten im Keller einen fürchterlichen Schrei des Entsetzens aus. Jan ließ vor Schreck das Handy fallen und stürzte mit vollem Körpereinsatz die Kellertreppe hinunter, seinen lädierten Knöchel vollkommen außer Acht lassend. War dieser Wahnsinnige doch noch nicht tot und hatte Hannah angegriffen?
Als er zurück in den Raum gestürzt kam, stand Hannah mit dem Rücken zu ihm, hielt die Maske des Toten in der Hand und starrte wie paralysiert nach unten, während sie am ganzen Körper zitterte wie Espenlaub.
»Hannah, was ist los, verdammt?«, rief Jan besorgt.
»Das, das... ist doch nicht möglich«, stotterte sie.
Als Jan sah, was Hannah dermaßen aus der Fassung gebracht hatte, verschlug es ihm für einen kurzen Moment die Sprache.
»Oskar?«
Hannah nickte.
»Was in aller Welt...? Das gibt's doch nicht...das ist doch...«, stammelte Jan.
Hannah ließ die Maske fallen und schüttelte ungläubig ihren Kopf. Jan schlug vor Entsetzen die Hände über dem Kopf zusammen und atmete einmal tief durch.

»Verdammt, was geht denn hier eigentlich vor? Oskar? Das kann doch gar nicht sein? Aber was...was ist dann mit Benjamin?«
Hannah zuckte mit den Schultern. »Wir werden ihn finden und mit ihm reden müssen.«
»Oskar«, wiederholte Jan konsterniert. »Wieso tut der sowas? Das ist doch vollkommen unerklärlich, oder?«
»Ja, im Moment auf jeden Fall. Aber wir werden herausfinden, warum er das getan hat«, hatte Hannah ihre Fassung wiedergefunden.
Jan nickte und nahm Hannah in die Arme. In diesem Augenblick schien er den Trost mehr zu brauchen, als seine Freundin. Jan erinnerte sich, dass Hannah bereits im Vorfeld einen vagen Verdacht gegen Oskar geäußert hatte, der ihm damals nicht nur total abwegig erschien, sondern ihn sogar kurzzeitig regelrecht wütend auf seine Lebensgefährtin gemacht hatte.

»**Was** für eine gottverdammte Sauerei, die Säge hat Oskar die Beinarterie durchtrennt, ist danach in seinen Oberschenkelknochen eingedrungen und dann irgendwo im letzten Drittel hängen geblieben, weil er den Finger vom Gas nehmen musste. Du hast ihn zweimal getroffen, Hannah, erst in den linken Oberarm und dann mitten in die Stirn. Der zweite Schuss war auf der Stelle tödlich. Und ich dachte, ich hätte da drüben in diesem gottverlassenen Kellerloch bereits alles gesehen«, schüttelte Josie den Kopf, als sie aus dem Wasserturm zurück zum Parkplatz kam.
Hannah und Jan waren von einem Sanitäter mit Wärmedecken versorgt worden und hatten sich mit Feuchttüchern das Blut von den Händen und aus dem Gesicht gewischt.
»Was zur Hölle ist denn nur in diesen Kerl gefahren, dass der dermaßen aus der Spur geraten ist? Da taucht plötzlich so 'n Typ auf wie aus dem Nichts, wird uns stolz als neuer Kollege

vorgestellt und entpuppt sich plötzlich als eiskalter Serienkiller? Und wisst ihr was, ich mochte diesen kleinen dicken, vorlauten Polizeiazubi. Ich fass es nicht, Leute, auf den wäre doch im Leben keiner gekommen, oder? Das muss ich erst mal sacken lassen, verdammt. Ich nehm ihn jetzt sofort mit und sehe ihn mir gleich an, schlafen kann ich sowieso nicht. Würde mich nicht wundern, wenn ich in seinem Blut Hinweise auf Drogen und Psychopharmaka finden würde. Ganz bei Verstand kann der kleine Mann offenbar nicht gewesen sein«, seufzte Josie.
Hannah nickte. »Was für ein Schock. Ich dachte, ich hätte Benjamin erschossen und plötzlich liegt da Oskar vor mir. Ich kann das immer noch nicht begreifen, was da drinnen gerade passiert ist. Wahnsinn, der helle Wahnsinn.«
»Kann man wohl sagen«, bestätigte Josie und legte Hannah tröstend ihre Hand auf die Schulter.
»Was ist mit Esther? Ist sie verletzt?«, wollte Jan wissen.
»Glaube nicht. Die Betäubungsspritze war allerdings wohl eher für einen Elefanten gedacht. Hab sie nicht wach gekriegt, aber ihr fehlt anscheinend nichts, sie ist zumindest äußerlich unverletzt. Sie wird im Krankenhaus vorsichtshalber noch mal komplett durchgecheckt, wenn sie wieder aufgewacht ist. Und genau da solltest du jetzt auch hinfahren, Cowboy.«
»Ich? Wieso? Bei mir ist alles okay. Eine heiße Dusche und ein paar Stunden Schlaf, dann kann's weitergehen. Gibt 'ne ganze Menge zu klären, denke ich.«
»Ach ja? Schulter und Fußgelenk müssen geröntgt werden, die Schnittwunde am Daumen genäht oder zumindest geklebt werden. Am besten, du fährst sofort mit dem Krankenwagen mit, Freundchen«, sagte Josie rigoros.
»Josie hat recht, Jan, ich fahr dich ins Krankenhaus«, sagte Hannah.

»Bist du sicher, Täubchen? Du hast da drinnen gerade deine Waffe abgefeuert, da solltest du jetzt erst mal zur Ruhe kommen. Macht man schließlich nicht jeden Tag, oder?« sagte Josie. »Ihr nehmt gefälligst ein Taxi oder steigt jetzt beide in den Rettungswagen, klar?«
Hannah nickte. »Komm, Jan, Josie hat recht, wir können jetzt hier eh nichts mehr tun.«
Als die beiden Richtung Krankenwagen gingen, kam ihnen Rico entgegen. »Hab gerade eine Nachricht von den Kollegen erhalten. Ein Streifenwagen hat vor ein paar Minuten Benjamin Kujau vor der Haustür zur Wohnung seiner Mutter abgepasst und ihn festgenommen. Die sind auf dem Weg zum Präsidium.«
»Okay, dann fahren wir sofort...«, weiter kam Hannah nicht.
»...ins Krankenhaus«, schnitt ihr Rico das Wort ab. »Wenn wir hier fertig sind, fahren wir alle brav nach Hause, schlafen ein paar Stündchen und treffen uns um zehn zur Besprechung im Präsidium. Dieser Kujau geht sofort in Gewahrsam. Mit dem beschäftigen wir uns, wenn wir wieder alle an Bord sind.«

Um kurz nach neun trafen Hannah und Jan im Präsidium in der Dimitroffstraße ein. Viel geschlafen hatten sie nach den Ereignissen der letzten Nacht ohnehin nicht. Der Schock mit Oskar saß tief. Wieso hatte er das getan? Hannah und Jan sahen weit und breit kein Motiv.
»Ich hatte ja so eine Ahnung, dass Benjamin nur der Laufbursche dieses Killers war, aber wer hätte je daran gedacht, dass ausgerechnet Oskar all diese Frauen umgebracht und verstümmelt hat? Ehrlich gesagt, ist das bei mir immer noch nicht richtig angekommen. Klar war der Typ merkwürdig und konnte einem manchmal fürchterlich auf den Senkel gehen, aber dass der zu solch grausamen Taten fähig ist, konnte keiner ahnen. Und ausgerechnet ich musste ihm auch noch

'ne Kugel in den Kopf jagen. Fürchterlich, ich kann das alles noch gar nicht fassen.«
»Du hast alles richtig gemacht, Hannah. Nicht auszudenken, was passiert wäre, wenn du da nicht rechtzeitig aufgekreuzt wärst. Es gibt keinen Grund, dir Vorwürfe zu machen. Hättest du Oskar verfehlt, wäre Esther jetzt tot. Du hast uns allen das Leben gerettet«, sagte Jan.
Als die beiden in den Besprechungsraum kamen, sah Rico Steding überrascht auf die Uhr.
»Hatte erst um zehn mit euch gerechnet. Was haben die Ärzte gesagt?«, fragte er Jan.
»Alles halb so schlimm. Schulterprellung, Bänderdehnung und ein genähter Daumen. Hat nicht mal für 'n Krankenschein gereicht.«
»Der Blödmann ist natürlich auf eigene Verantwortung nach Hause gegangen. Die Ärzte wollten ihn ein paar Tage zur Beobachtung da behalten«, stellte Hannah augenblicklich richtig.
»Hm, na ja, wir haben ja immerhin einen Fall aufzuklären. Und der hat es ja seit gestern Nacht mehr als in sich. Ehrlich gesagt fehlen mir immer noch die Worte. Aber immerhin gibt es erste Hinweise darauf, dass ein Curd Oskar Freiherr von Oberwahrendorf im wahren Leben niemals existiert hat. Sein Abschlusszeugnis der Polizeischule war nicht nur gefälscht, sondern ein Mann mit diesem Namen hat niemals dort studiert. Sein Lebenslauf ist frei erfunden. Da stimmt nichts von dem, was dort geschrieben steht. Waffel hat jetzt Experten eingeschaltet, die die wahre Identität dieses Mannes ermitteln sollen.«
»Hast du bereits mit Benjamin gesprochen?«, fragte Hannah.
»Nein, ich wollte warten, bis alle hier sind.«
»Lass mich mit ihm reden, Rico«, sagte Hannah.
»Auf keinen Fall, Hannah, der Kerl ist dein Ex-Mann.«

»Das muss ja nicht offiziell sein. Gib ihr ein paar Minuten unten in der Zelle. Ich passe auf sie auf«, schlug Jan vor.
»Seid ihr verrückt? Das verstößt komplett gegen die Dienstvorschrift. Ein paar Jahre wollte ich meinen Job schon noch machen«, regte sich Rico auf.
»Wer sagt denn, dass du von diesem Gespräch gewusst hast? Das Meeting ist erst um zehn und wir haben uns heute Morgen noch gar nicht gesehen. Komm, Rico, gib uns 'ne Viertelstunde.«
»Nein, verdammt, was an dem Wort habt ihr nicht verstanden?«, wurde Rico sauer.
Jan nickte. »Okay, kein Problem, Rico. Lass uns noch einen Kaffee trinken, Hannah.«
Hannah warf Rico noch einen wütenden Blick zu, bevor die beiden das Büro des Dezernatsleiters verließen.
Eine halbe Stunde später begrüßte Staatsanwalt Dr. Strothmann seine Mitarbeiter zur Dienstbesprechung. »Es freut mich sehr und ich bin ein Stückweit erleichtert, dass es uns gelungen ist, den Täter zu fassen und damit das Leben der Geisel gerettet zu haben. Mein besonderer Dank gehört den Hauptkommissaren Dammüller und Krüger, die unter dem Einsatz ihres Lebens einen hervorragenden Job gemacht haben.« Er machte eine kurze Pause und nickte Hannah und Jan anerkennend zu.
»Auch für mich war es natürlich ein Schock, hören zu müssen, dass einer unserer Kollegen für diese schrecklichen Taten verantwortlich ist. Umso wichtiger wird es sein, die Hintergründe dieser schweren Straftat zu ermitteln. Ich habe noch gestern Nacht die Mitarbeiter der Staatsanwaltschaft sowie die Kollegen vom Bundeskriminalamt gebeten, so schnell wie möglich alle verfügbaren Informationen über die Person, die uns als Curt Oskar Freiherr von Oberwahrendorf bekannt war, zu sammeln und an uns weiterzugeben. Der Kollege Jungmann hat sich bereit erklärt, diese Informatio-

nen entgegenzunehmen und auszuwerten. Polizeioberkommissar Jungmann sitzt bereits seit vier Uhr morgens in seinem Büro und wird uns jetzt die ersten Ergebnisse präsentieren können.«
Jungmann gehörte zusammen mit seinem Kollegen Krause zu den Typen, die Jan das Leben zu Beginn seiner Tätigkeit in Leipzig schwer gemacht hatten. Das hatte wahrscheinlich damit zu tun gehabt, dass beide sich auf die freie Stelle in der Mordkommission beworben hatten, dann aber ein externer Kollege den Zuschlag erhalten hatte. Während sie weiter bei der Sitte Dienst schieben mussten, nutzten sie jede sich bietende Gelegenheit, um Jan zu provozieren. Bis zu dem Tag, als die beiden Provokateure auf dem Flur des Präsidiums mit Jan aneinandergerieten, und sich beide anschließend mit klaffenden Platzwunden am Kopf davon schlichen. In der Hitze des Gefechts waren sie mit den Köpfen aneinander geknallt. Ein bedauernswerter Unfall, der jedoch zur Folge hatte, dass Jan danach seine Ruhe hatte. Mittlerweile hatte sich das Verhältnis normalisiert, der Vorfall war längst vergessen. Jan hatte sich sogar dafür eingesetzt, die beiden Kollegen vermehrt in die Arbeit der Mordkommission einzubeziehen. Die beiden honorierten das fortan mit vorbildlichem Einsatz.
Jungmann kam nach vorn, nickte dem Staatsanwalt kurz zu und wandte sich an die Kollegen. »Wie bereits im Vorfeld vermutet, ist der Name Curt Oskar Freiherr von Oberwahrendorf ein reines Produkt der Fantasie. Wundert mich, ehrlich gesagt, dass da die Personalabteilung nicht mal näher nachgehakt hat, aber das nur nebenbei.«
Jan erinnerte sich, dass Jungmann ihn auf Oskar angesprochen hatte, da er von seinen Ex-Kollegen aus Halle erfahren hatte, dass Oskar dort kurz vor dem Rausschmiss stand und dem mit seiner vorzeitigen Kündigung zuvorgekommen war. Angeblich war sein Zeugnis von der Polizeischule Münster

von einem Ausbilder unterschrieben worden, der zum Zeitpunkt der Prüfung nicht mehr in Münster tätig war. Außerdem war den Kollegen aufgefallen, dass sich Oskar auffallend häufig im Rotlichtmilieu bewegt hatte.

»Wie ich vor etwa einer Stunde vom Bundeskriminalamt erfahren habe, heißt der Mann Carsten Schmidt, geboren 1984 in Duisburg-Marxloh und ist bereits mehrfach vorbestraft. Die Palette reicht von Körperverletzung über Nötigung und Erpressung bis hin zu Betrug und Drogenhandel. Vor sechs Jahren geriet er in Verdacht, den Tod seiner Mutter verursacht zu haben, in dem er ihr eine Überdosis Heroin gespritzt haben soll. Seine Mutter Katharina arbeitete als Prostituierte und soll ihren Sohn im Kindesalter regelmäßig unter dem Einfluss von Alkohol und Drogen missbraucht und geschlagen haben. Der Vater des Jungen blieb unbekannt. Carsten wurde daraufhin mit nicht mal zehn Jahren in die Obhut eines Kinderheimes gegeben.«

Bevor Jungmann fortfahren konnte, kam eine Mitarbeiterin der Personalabteilung ins Besprechungszimmer und legte ihm einen Stapel Papier auf den Tisch. Jungmann bedankte sich und warf kurz einen Blick auf die Dokumente.

»Soeben erhalte ich die Bestätigung, dass es sich bei dem Zeugnis der Polizeischule Münster um eine Fälschung handelt. Ein Curt Oskar Freiherr von Oberwahrendorf ist dort unbekannt. Allerdings hat sich Carsten Schmidt in den Jahren 2009 bis 2012 tatsächlich mehrfach dort beworben, ist aber, nachdem er 2012 zur Aufnahmeprüfung zugelassen worden war, wieder entlassen worden, weil er sein polizeiliches Führungszeugnis gefälscht hatte. Auf Grund der Fülle seiner Vorstrafen wurde ihm die Zulassung verwehrt.«

»Da stellt sich doch die Frage, wie in aller Welt dieser Mann in den Polizeidienst gelangen konnte? Ist denn in diesem Hause niemand auf die Idee zu kommen, diese Person zu überprüfen? Reicht denn heutzutage ein simples Stück Pa-

pier, um in den Staatsdienst aufgenommen zu werden? Und das in einer Zeit, wo sich jeder praktisch jedes Dokument aus dem Internet herunterladen kann? Darüber wird zu reden sein, Herr Polizeioberrat.«
Jan stieg augenblicklich die Zornesröte ins Gesicht. Oberstaatsanwalt Oberdieck war aus der Versenkung aufgetaucht und umgehend wieder zu alter Form aufgelaufen. Der Fall war ja nun aus seiner Sicht endgültig gelöst und er war zusammen mit seinem Kollegen Dr. Gnädig aus dem Schneider. Niemand würde sich jetzt noch dafür interessieren, welch unrühmliche Rollen die beiden Juristen im Vorfeld dieser Verbrechen eingenommen hatten. Doch Jan nahm sich vor, beizeiten für Aufklärung zu sorgen.
»Ja ja, Herr Oberstaatsanwalt, wir werden uns darum kümmern. Im Moment haben wir andere Sorgen. Eins nach dem anderen. Wenn Sie bitte fortfahren würden, Herr Kollege«, antwortete Waffel genervt.
Jungmann nickte und sprach weiter. »Äh, ja, also der Junge durchlief verschiedene Kinderheime in Nordrhein-Westfalen und wurde währenddessen immer wieder straffällig, bis er mit sechzehn Jahren in eine Pflegefamilie nach Münster kam. Die kümmerten sich um ihn und sorgten dafür, dass er den Realschulabschluss machte. Als 2004 seine Mutter an einer Überdosis Heroin starb, geriet er, wie bereits erwähnt, vorübergehend in Verdacht, seiner Mutter eine Überdosis gespritzt zu haben. Auf der Spritze fand man seine Fingerabdrücke und er konnte zur Tatzeit kein Alibi vorweisen. Er gab an, seine Mutter besucht zu haben, um sie davon abzuhalten, sich den »Goldenen Schuss« zu setzen. Dabei hätte er wahrscheinlich auf der Spritze seine Fingerabdrücke hinterlassen. Nachdem er gegangen war, hätte sie es dann trotzdem getan. Der Staatsanwalt hatte ihm vorgeworfen, seine Mutter aus Rache vorsätzlich getötet zu haben, konnte das aber nicht beweisen.«

Die Tür zum Besprechungsraum flog auf und Josie Nussbaum erschien auf der Bildfläche. Wie immer bepackt mit Unterlagen und einem großen Kaffeebecher in der Hand. »Tschuldigung, aber ich hab noch auf die Laborbefunde gewartet, um hier nicht vollkommen ohne Ergebnisse aufzukreuzen.«
»Guten Morgen, Frau Doktor, bitte nehmen Sie Platz«, begrüßte sie Dr. Strothmann höflich.
Josie nickte dem Staatsanwalt freundlich zu, legte ihre Unterlagen auf den Tisch und setzte sich.
»Gut, fahren Sie bitte fort, Herr Kollege«, sagte der Staatsanwalt.
»Ja, also, das war's im Wesentlichen. Carsten Schmidt hat 2006 sein Fachabitur gemacht und dann in Münster zuerst Germanistik und Geschichte studiert, dann ein paar Semester Jura und schließlich noch vier Semester Medizin, ohne jedoch in einem Fach einen Abschluss zu machen. Seit dem Jahr 2009 hat er sich dann, wie bereits erwähnt, immer wieder bei der Polizeischule beworben, bis er schließlich 2012 wegen des gefälschten Führungszeugnisses endgültig abgewiesen worden war.
Er wohnte noch bis 2015 in Münster und half im Geschäft seines Pflegvaters aus. Was er danach gemacht hat, wissen wir noch nicht. Wir versuchen gerade, Kontakt zu seiner ehemaligen Pflegefamilie aufzunehmen.«
»Hervorragende Arbeit, Herr Kollege Jungmann, vielen herzlichen Dank«, lobte Dr. Strothmann.
Bei den Kollegen machte ein leises Raunen die Runde. Ein Staatsanwalt, der dermaßen höflich ist, die Polizisten als Mitarbeiter bezeichnet und sich für deren Arbeit bedankt? Da waren sie vom »Poltergeist« Oberstaatsanwalt Oberdieck anderes gewohnt.
»Ja, dann möchte ich Sie bitten, Frau Doktor, uns über ihre Ergebnisse zu informieren«, wandte sich der Staatsanwalt an Josie, die immer noch dabei war, ihre Unterlagen zu ordnen.

»Äh, klar, gern. Also zunächst das Wichtigste. Der Geisel geht es gut, sie ist unverletzt, zumindest körperlich und wird schon heute Mittag wieder aus dem Krankenhaus entlassen. Ja, dann haben wir die organischen Substanzen untersucht, die wir in diesem Rattenloch von Kellerraum gefunden haben.« Josie machte eine kurze Pause und suchte nach dem entsprechenden Dokument. Bevor sie antwortete, setzte sie ihre Lesebrille auf und überflog es nochmal. »Bei dem aufgefundenen organischen Material handelt es sich nicht um die Überreste menschlicher Organe...«
»Nicht?«, platzte es aus Hannah heraus.
Josie blickte kurz auf. »Nein, was wir dort unten in diesem verlassenen Kellerloch gefunden haben, sind Überreste von Schlachtabfällen. Wahrscheinlich von illegalen Schlachtungen, weil die ja normalerweise auf den Schlachthöfen verbrannt werden. Da hat sich wohl jemand der unbrauchbaren Eingeweide entledigt, indem er sie an die Ratten verfüttert hat.«
»Das überrascht mich jetzt aber. Hätte natürlich ins Gesamtbild gepasst«, sagte Hannah.
»Nun kommen Sie doch endlich mal zum Thema. Was ist mit diesem Oskar?«, blaffte der Oberstaatsanwalt ungeduldig dazwischen.
Josie zog die Augenbrauen hoch und blickte Oberdieck streng über den Rand ihrer Lesebrille hinweg an: »Der ist tot.«
Hannah hätte fast laut losgelacht, konnte sich aber gerade noch beherrschen. Im selben Moment schämte sie sich beinahe. Immerhin war sie es, die Oskar erschossen hatte. Obwohl sie gar keine andere Wahl hatte, belastete sie dieser Umstand schwer. Und sie wusste genau, dass es auch noch einige Zeit dauern würde, bis sie diese Tatsache verarbeitet hätte.

»Geht es bitte etwas genauer, Frau Doktor?«, grantelte der Oberstaatsanwalt.
»Aber sicher doch, gern. Also Oskar wurde von zwei Schüssen getroffen. Der erste traf ihn am Oberarm, der zweite direkt mittig in die Stirn. Ein dritter Schuss verfehlte sein Ziel und schlug in der Wand ein. Der Kopfschuss war sofort tödlich. Die Motorsäge fiel auf seinen Oberschenkel und zerfetzte ihm die Beinschlagader. Da war er aber bereits tot.«
»Ja, danke, Frau Doktor«, sagte Dr. Strothmann .
»Warum sind sie heute alle so ungeduldig, meine Herren von der Staatsanwaltschaft? Ich bin noch nicht fertig. Wenn sie gestatten...«
»Oh, natürlich, tut mir sehr leid, ich dachte Sie wären soweit fertig, Frau Kollegin«, entschuldigte sich der Staatsanwalt und lief leicht rot an.
»Bei der Obduktion des Leichnams haben wir eine Vielzahl von Einstichen in Armen, Beinen und im Bauchbereich gefunden. Im Blut wurden Spuren von Heroin und Kokain nachgewiesen. Kurzum, Oskar war ein Heroinjunkie. Er war hochgradig drogenabhängig.«
Entsetzte Blicke trafen sich. Allgemeine Sprachlosigkeit machte sich breit.
»Um Gottes willen, auch das noch. Wenn die Öffentlichkeit erfährt, dass wir einen drogensüchtigen Betrüger bei der Mordkommission beschäftigt haben, der sich dann auch noch als skrupelloser Serienkiller entpuppt hat, können wir allesamt unseren Abschied einreichen«, zeigte sich der Oberstaatsanwalt geschockt.
»Jetzt wissen wir, warum Oskar oft verschwunden war und manchmal stundenlag nicht auffindbar war«, sagte Hannah.
»Nun unterlassen Sie mal diesen Blödsinn mit dem Namen »Oskar«. Dieser verdammte Kerl, der uns diesen ganzen Mist eingebrockt hat, hieß Carsten Schmidt. Von wegen »Oskar«. Fehlt nur noch, dass hier Sympathien für diesen perversen

Mörder aufkommen. Schluss damit, endgültig«, meckerte der Oberstaatsanwalt.
Jan nickte. »Da gebe ich Ihnen mal ausnahmsweise recht. Also, diese Drogenabhängigkeit hat aller Wahrscheinlichkeit eine zentrale Rolle gespielt, für das, was er getan hat. Das erklärt einiges, aber längst nicht alles. Oskar, äh, Carsten, oder wie auch immer der Kerl heißt, hat Geld verdient, konnte sich also problemlos seine Drogen leisten. Was waren also seine Motive, diese Frauen zu töten und zu verstümmeln?«
»Ich glaube, du weißt nicht, was Heroin kostet, Jan«, sagte Jungmann. »Hier in Leipzig wird das Gramm Heroin mittlerweile für fünfzig Euro verkauft. Die Untersuchungen von Stichproben haben ergeben, dass das Heroin, das hier angeboten wird, ziemlich rein ist, also kaum irgendwelche Streckmittel beigemischt werden. Stark verschnittenes Heroin bekommst du auf dem Schwarzmarkt bereits ab dreißig Euro, brauchst dann allerdings entsprechend mehr davon.«
»Was denkst du, Josie, war ja wohl nicht der erste tote Fixer, den du auf dem Tisch hattest? Wie viel von dem Zeug hat Oskar, äh, Carsten, in sich reingepumpt?«, fragte Rico Steding.
»Hm, schwer zu sagen, ich denke aber etwa zwei Gramm pro Tag, wenn nicht mehr.«
»Wow, nicht zu fassen. Wieso haben wir das nicht gemerkt?«, wunderte sich Hannah.
Die anderen zuckten mit den Schultern. Eine Erklärung hatte niemand.
»Das heißt also, dieser Kerl hat hundert Euro pro Tag für Heroin ausgegeben. Das sind dann schon mal mindestens dreitausend Euro monatlich, Wahnsinn«, stellte Rico fest.
»Na ja, kräftig gekokst hat der Bursche auch noch. Und das Zeug ist noch teurer, soviel ich weiß«, merkte Josie an.

»Stimmt«, pflichtete Jungmann bei, »der Preis für ein Gramm Kokain liegt bei etwa siebzig Euro und das Zeug kann man sich beinahe unbegrenzt reinziehen.«
»Nee, irgendwann trocknen die Schleimhäute dermaßen aus, dass deine Nase ständig blutet und sich Geschwülste bilden. Das war aber bei Oskar noch nicht der Fall. Ich nehme also an, dass er es noch nicht so lange nahm oder eben vorsichtiger damit umging«, erklärte Josie.
»Also brauchte er doch Geld, zumindest schon mal ein Motiv. Bei den traumatischen Erlebnissen, die er als Kind mit seiner Mutter hatte, könnte es natürlich sein, dass er einen tiefen Hass gegen Prostituierte entwickelt hatte, möglicherweise sogar gegen Frauen insgesamt«, glaubte Dr. Strothmann.
»Und gegen die Polizei, die ihn abgewiesen hat, obwohl er überzeugt davon gewesen war, ein hervorragender Polizist zu werden. Das würde auch erklären, warum er uns die Köpfe ins Bett gelegt hat. Er hat uns gehasst, weil wir das sind, was er niemals werden konnte. Kommissare bei der Mordkommission.«
»Alles möglich, wir müssen jetzt dringend mit Benjamin Kujau reden. Ich bin sicher, dass der einiges Licht ins Dunkel bringen kann«, schlug Jan vor.
»Gesetzt den Fall, er redet überhaupt mit uns. Viel haben wir gegen den nicht in der Hand. Da steht in vielen Fällen Aussage gegen Aussage. Wäre natürlich gut, Josie, wenn ihr Hinweise darauf finden würdet, dass Esther Hofmann tatsächlich in seinem Auto gelegen hat.«
»Du weißt, Hannah, wir tun unser Bestes. Wäre allerdings sehr hilfreich gewesen, ihr hättet die Feuerwehr etwas früher gerufen. Aber gut, mal sehen, was wir da noch so alles aus diesem Häufchen Asche hervorzaubern können.«
»Sehr gut, Kollegen, jetzt müssen wir diesen Kujau zum Reden bringen. Wer übernimmt das Verhör?«

Staatsanwalt Dr. Strothmann sah Rico Steding fragend an.
»Am besten übernehme ich das selber«, sagte Rico, allerdings sah man ihm an, dass ihm die letzte Überzeugung fehlte.
»Dann nehmen Sie den Kollegen Jungmann dazu, hat er sich verdient«, schlug der Staatsanwalt vor.
Hannah wollte protestieren, aber Jan legte ihr die Hand auf dem Arm und schüttelte den Kopf. Sie sah ihn an und nickte. Sollten die beiden ihr Glück versuchen. Vielleicht war es tatsächlich besser so.

Benjamin Kujau erwies sich als die erwartet harte Nuss. Nachdem er Rico Steding erklärt hatte, dass er nichts mit den Morden zu tun hätte, verlangte er schließlich nach einem Anwalt. Danach schwieg er. Die Kommissare Steding und Jungmann verließen konsterniert den Verhörraum.
»Er meinte nur, wir könnten ihm nichts beweisen. Er hätte weder die abgetrennten Köpfe der Opfer in euer Haus geschafft, noch hätte er jemanden entführt. Die Aussagen der Frauen im Hotel und im Wohnhaus der angeblich Entführten, die eine genaue Beschreibung des Mannes, der Esther Hofmann verfolgt hatte, geben konnten, hätten nichts mit seiner Person zu tun. Er hätte diese Frau nie gesehen und auch den Namen nie gehört. Und ein Curt Oskar Freiherr von Oberwahrendorf wäre ihm ebenso unbekannt, wie ein Carsten Schmidt. Als ich ihm ein Foto von Oskar gezeigt habe, hat er nur mit dem Kopf geschüttelt. Nie gesehen, hat er gesagt, das war's.«
»Wir warten auf seinen Anwalt und versuchen es dann nochmal«, schlug Dr. Strothmann vor.
»Wieso, was erwarten Sie sich davon, Herr Kollege? Glauben Sie im Ernst, Kujau wird in Gegenwart seines Anwalts etwas anderes sagen? Einen Teufel wird der tun. Wir können wirklich nur darauf hoffen, dass Josie, äh, die Kollegin Frau Dr.

Nussbaum, Beweise findet, dass diese Frau Hofmann in Kujaus Wagen lag«, meinte Polizeioberrat Wawrzyniak.
Hannah und Jan verfolgten die Diskussion, hielten sich aber zunächst mit Wortbeiträgen zurück. Jetzt erneut vorzuschlagen, dass sie das Verhör übernehmen sollten, würde zumindest im Moment noch auf wenig Gegenliebe stoßen.
Jan war sich mittlerweile ziemlich sicher, dass weder Oskar, noch Benjamin die Drahtzieher dieser Morde waren. Irgendwie hatte er das Gefühl, dass dieser Fall wieder zurück zu den ursprünglich Verdächtigen führte. Die Schlüsselfigur sah er dabei ganz deutlich vor sich: Ardian Shala, der verschlagene und mit allen Wassern gewaschene, Chef der Albanermafia in Leipzig. Es war von Beginn an sein Ziel, die Russen in Sachen Drogen und Prostitution vom Markt zu verdrängen. Er verfolgte den Plan, Oleg Ponomarov und Ivan Skutin gegeneinander auszuspielen, bis keiner von beiden mehr stark genug wäre, sich gegen die Albaner zu behaupten. Jan war auch sicher, dass Shala den Mord an dem Deutschland-Boss der Albanermafia, Krenor Hasani, in Auftrag gegeben hatte, damit der seinen Plan nicht torpedieren würde, in Leipzig Drogenhandel und Prostitution zu übernehmen und dann mit seiner neu erworbenen Machtfülle endgültig den Thron als alleiniges Oberhaupt der Albanermafia in Deutschland zu besteigen.
Shala war ja bereits dabei, mit der Übernahme des Escortservice *Red Rose*, den Natascha Ponomarova zu einem florierenden Unternehmen aufgebaut hatte, seinen Einstieg in das Geschäft mit der Prostitution zu feiern. Zu diesem Zweck hatte er sich die beiden Tschetschenen, Adam und Ruslan, sowie den ehemaligen Fahrer des Unternehmens, den Litauer Vitus Stancius, an Land gezogen, damit sie für ihn die Drecksarbeit erledigen würden.
Ardian Shala machte sich nicht die Hände schmutzig. Das mussten andere für ihn tun. Er musste jemanden finden, der

bereit war, zuerst Natascha Ponomarova und später die anderen beiden Prostituierten zu ermorden. Und zwar so, dass es danach aussah, als wäre der Russenmafiosi und vermeintliche Organhändler, Ivan Skutin, der Täter gewesen.
Und wo konnte er diese Männer besser finden, als im Drogenmilieu? Er besaß längst seine eigene Armada von Dealern auf Leipzigs Straßen, von denen Krenor Hasani nichts wissen sollte. Und seine Leute rekrutierten zuerst Benjamin und später Oskar. Die beiden waren so was wie die Idealbesetzung für seine teuflischen Pläne. Beide waren hochgradig drogenabhängig und hatten längst nicht mehr das Geld, ihren täglichen Drogenkonsum zu finanzieren und beide besaßen medizinische Vorkenntnisse.
Um sich nicht in die Hände dieser Männer zu begeben, die womöglich gegen ihn aussagen würden, wenn die Sache schiefginge, hatte er sie einzeln über Mittelsmänner angeworben, sodass die Spur nicht zu ihm zurückverfolgt werden konnte. Benjamin erhielt die Aufgabe, die Morde vorzubereiten, also die Opfer zu beobachten, danach zu kidnappen und anschließend dem Mörder zuzuführen, ohne dass der wusste, wer die Vorarbeit geleistet hatte. Kurzum, Benjamin und Oskar kannten sich womöglich gar nicht!
Der Richter und der Oberstaatsanwalt mussten dringend einen Täter präsentieren, um nicht selbst ins Kreuzfeuer der Ermittlungen zu geraten. Immerhin hatten die beiden mit den Opfern geschlafen. Jan wusste mittlerweile aber, dass die Juristen wohl tatsächlich nichts mit den Morden an diesen Frauen zu tun hatten. Ardian Shala dagegen befand sich auf bestem Wege, mit seinem Vorhaben durchgekommen.
Shala war allerdings nicht daran interessiert, dass Bruno Podelczik als Sündenbock für die Öffentlichkeit herhalten sollte. Sein Ziel war es ja, Ivan Skutin die Morde in die Schuhe zu schieben, um seine Konkurrenten aus dem Verkehr zu zie-

hen. Deshalb ordnete er auch noch den dritten Mord an, während Podelczik im Gefängnis saß.
Warum Ardian Shala allerdings ausgerechnet Esther Hofmann umbringen lassen wollte, war Jan noch nicht ganz klar. Vielleicht war sie von den Tschetschenen angesprochen worden, um beim Escortservice anzuheuern und sie hatte sich geweigert? Oder handelte es sich vielleicht doch um einen Alleingang von Benjamin Kujau, der sich an Hannah und Jan rächen wollte? Wahrscheinlich dachte Oskar, der Auftrag käme, wie die vorherigen Anweisungen auch, von seinem unbekannten Auftraggeber und zögerte deshalb nicht, in seinem Drogenwahn und seinem Hass gegen Prostituierte, den Mord ausführen. Benjamin Kujau hatte von Hannah Geld verlangt, was sie abgelehnt hatte und Jan hatte ihm zwei Jahre zuvor Haus und Auto abgenommen und ihm eine saftige Tracht Prügel verpasst. Womöglich wollte er es den beiden jetzt heimzahlen. Erst hatte er versucht, Hannah und Jan auseinanderzubringen, in dem er Hannah von Esther erzählt hatte. Dann hat er aus Rache dafür, dass Hannah ihm die finanzielle Unterstützung verweigert hatte, die abgeschnittenen Köpfe der Mordopfer in ihr Bett gelegt und schließlich hat er Esther entführt, weil er glaubte, gesehen zu haben, dass sie Jans neue Freundin wäre, um sich an ihm zu rächen.
Jan war überzeugt davon, dass sich die Dinge so oder zumindest so ähnlich zugetragen hatten. Den Mörder hatten sie gefasst. Der Organisator der Verbrechen saß im Gefängnis, allerdings ohne, dass stichhaltige Beweise gegen ihn vorlagen. Und der eigentlich Schuldige, der Strippenzieher dieser fürchterlichen Verbrechen, befand sich nach wie vor in Freiheit und würde nach Lage der Dinge wohl ungestraft davonkommen. Oskar konnte nicht mehr gegen ihn aussagen, weil er tot war und Benjamin konnte es ebenfalls nicht, ohne sich selbst zu belasten.

Für Jan gab es nur einen einzigen Weg, diesen Zustand zu ändern. Und genau den würde er jetzt gehen. Und zwar allein. Daran würden ihn nichts und niemand hindern.

Benjamin Kujau war wieder auf freiem Fuß. Sein Anwalt brauchte nur ein paar Minuten, um festzustellen, dass keinerlei stichhaltige Beweise gegen seinen Mandanten vorlagen. In der Kürze der Zeit, war es Josie Nussbaum nicht möglich gewesen, nachzuweisen, dass Esther Hofmann in dem Wagen von Benjamin Kujau entführt worden war. Der rote Golf war vollkommen ausgebrannt und das machte es beinahe unmöglich, noch irgendwelche relevanten Spuren sicherstellen zu können.
Hannah hatte sich daraufhin auf den Weg gemacht, um den vermeintlichen Zeugen, die ihren Ex-Mann erkannt haben wollten, Fotos zu zeigen, anhand derer sie Benjamin einwandfrei identifizieren konnten.
Zuerst fuhr sie ins Marriott, um mit Esthers Kolleginnen zu reden. Sie zeigte ihnen Fotos von Benjamin und Oskar. Festlegen wollte sich allerdings niemand. Sie hätten den Mann ja nur von weitem gesehen, oder eben in seinem Wagen. Das Marriott hätte zwar Kameras in der Tiefgarage, aber die Bilder würden nicht gespeichert. Pech gehabt.
Dann fuhr sie ins Waldstraßenviertel und befragte Esthers Nachbarin, die bei ihrer ersten Vernehmung angab, sowohl den Entführer als auch dessen Auto genau gesehen zu haben. Hannah legte der Frau Bilder von Benjamin, Jan und Oskar auf den Küchentisch. Jetzt war sie plötzlich gar nicht mehr so sicher und ob das Auto rot gewesen wäre, wusste sie auch nicht mehr genau. Schließlich wäre es ja dunkel gewesen und im diffusen Licht der Straßenlampe wäre die Farbe nicht richtig zu erkennen gewesen. Aber einen Golf hätte sie gesehen, oder war das nicht doch vielleicht eher ein Opel

gewesen? Woher sollte sie das so genau wissen, mit Autos würde sie sich schließlich überhaupt nicht auskennen.
Frustriert machte Hannah sich auf den Weg in die Schmutzlerstraße, um ihre Nachbarn noch mal zu befragen. Das Ehepaar Mende hatte einen Mann in einer blauen Jacke gesehen, auf der die Buchstaben DB gestanden hatten und den sie für Benjamin hielten, dem Mann ihrer Nachbarin, der Polizistin. So hatten sie sich bei ihrer ersten Befragung geäußert.
Als Hannah ihnen die Fotos zeigte, waren sie sich sofort sicher, dass einer davon der Mann war, der bei ihnen den Schlüssel abgeholt hatte.
»Der hier war's, ganz klar, da gibt es keine zwei Meinungen«, war sich Heinz Mende hundertprozentig sicher. Seine Frau Gerda nickte. »Das isser doch, ihr Mann, oder, Frau Kommissarin? Ja, natürlich, ich sehe ihn noch ganz genau vor mir, in seiner schwarzen Jacke mit diesen Buchstaben auf der Brust. Wie waren die noch gleich, Heinz?«
»Äh, DP, glaube ich, ihr Mann arbeitet doch bei der Post, oder?«, antwortete Heinz Mende.
Hannah verdrehte die Augen und nickte. Dann bedankte sie sich und ging frustriert nach Hause.
Eine halbe Stunde später kam Jan und holte Hannah ab. Übernachten wollten die beiden hier immer noch nicht. Das Schlafzimmer war zwar gesäubert, desinfiziert und komplett neu gestrichen worden, doch Hannah hatte immer noch diesen widerlichen Geruch von Fäulnis und Verwesung in ihrer Nase. Außerdem würde sie in ihrem alten Bett kein Auge mehr zu bekommen, hatte sie gesagt und bereits ein neues gekauft, das aber erst nächste Woche geliefert werden würde. Jan war zwar nicht ganz so zimperlich, konnte seine Freundin aber verstehen.

»Was haben unsere Zeugen gesagt? Konnte jemand Benjamin anhand des Fotos einwandfrei identifizieren?«, wollte Jan wissen.
»Nee, rumgeeiert haben die. Nur nichts Falsches sagen, war der Tenor. Klar, die Tendenz ging Richtung Benjamin. Sicher waren sich nur unsere Nachbarn. Die hatten den Mann vor ihrer Tür eindeutig erkannt.«
»Na bitte, das ist doch schon mal was.«
»Tja, dann buch doch schon mal zwei Flüge nach L.A.«
»Was, wieso?«, wollte Jan wissen.
»Da wohnt doch Brad Pitt, oder?«
»Du hast denen ein Foto von Brad Pitt gezeigt und die haben ihn als den Mann identifiziert, der den Schlüssel bei ihnen abgeholt hat?«
Hannah nickte. »Ich dachte, ich werd welk. Fakt ist, wir haben keinen einzigen brauchbaren Zeugen.«
»Tja, Josie kommt leider bisher auch noch nicht weiter.«
»Das heißt also, wir haben nichts gegen diesen Schweinehund in der Hand, oder?«
»Ich war vorhin im Krankenhaus und wollte Esther Benjamins Foto zeigen, doch sie war schon nicht mehr da. Ich hab versucht, sie anzurufen. Nichts. Ich denke, sie ist fürs Erste untergetaucht. In ihrer Wohnung war sie auch nicht. Vielleicht ist sie zurück nach Hamburg gefahren.«
»Ich kann sie gut verstehen. Die will jetzt erst mal ihre Ruhe haben«, zeigte Hannah Verständnis für Esther.
Jan nickte. »Klar, ist ja durchaus nachvollziehbar. Aber da sie momentan die Einzige ist, die deinen Ex-Mann als ihren Entführer identifizieren könnte, müssen wir sie finden.«
Im Autoradio lief ein Song, den Jan lange nicht mehr gehört hatte. Er machte lauter. Hannah grinste. Gute Musik ließ ihren Freund von einer Sekunde zur anderen alle Sorgen vergessen machen. Zumindest für den Moment.

I never meant to cause you any sorrow/I never meant to cause you any pain/I only wanted one time to see you laughing/I only wanted to see you laughing in the purple rain/Purple rain, purple rain/ Purple rain, purple rain/Purple rain, purple rain/I only wanted to see you bathing in the purple rain.

Jan sang, wie immer, laut mit. *Purple Rain* von *Prince* war einer dieser Songs, die niemals alterten. Das war ein Titel für die Ewigkeit, den wohl auch noch Generationen nach ihnen lieben würden, war er sicher.

»Ich habe Jungmann und Krause um Hilfe gebeten«, unterbrach er seinen Gesang. »Sie sollen Benjamin rund um die Uhr beschatten. Wenn er am Bahnhof Drogen kauft, sollen sie ihn dabei fotografieren und anschließend festnehmen. Und den Dealer gleich mit. Wir werden die Ratten aus ihren Löchern locken.«

»Hm, du glaubst, der ist so dumm und kreuzt da wieder auf? Der wird sich den Stoff jetzt wahrscheinlich woanders besorgen. Irgendwo da, wo er nicht gesehen werden kann.«

»Kann sein. Aber er braucht dringend einen Schuss und er hat wahrscheinlich kein Geld dafür. Die einzigen, die ihm Kredit gewähren, sind die Albaner und deren Leute stehen am Bahnhof.«

»Aber was bringt uns das, Jan? Dass Benjamin drogensüchtig ist, wissen wir. Das beweist nicht, dass er was mit diesen Morden zu tun hat. Und dass er Kontakt zu den Albanern hat, ist auch nicht neu. Shala hat gesagt, dass er Benjamin kein Geld geliehen hat. Ich wollte es ihm ja zurückzahlen.«

»Nein, natürlich hat er ihm kein Geld gegeben, er bezahlt Benjamin mit Drogen. Und deshalb kann der auch nur zu den Albanern gehen, wenn er Heroin oder Koks braucht. Das Problem ist, dass Benjamin jetzt für Shala zu einem Risiko geworden ist. Immerhin könnte der bei der Polizei gegen ihn aussagen. Und genau das wird dein Ex-Mann auch tun. Zu-

mindest müssen wir das Ardian Shala glauben machen. Er wird Benjamin drohen, ihn zu töten, wenn er den Mund aufmacht. Dann hat dein Ex nur noch eine Chance zu überleben: Er muss sich uns anvertrauen, sonst ist er ein toter Mann.«
»Und du glaubst, dass diese Taktik funktionieren wird?«
»Wir werden diesem albanischen Dealer erzählen, dass Benjamin alles gestanden hat und zu einer Aussage gegen Ardian Shala bereit ist. Mit dieser Botschaft im Gepäck lassen wir den Kerl wieder frei.«
»Damit gibst du Benjamin zur Treibjagd frei, das ist dir doch klar, oder?«
Jan nickte. »Vielleicht, es sei denn, er ist vorher bereit, auszupacken, dann können wir den Dealer einfach wieder gehen lassen, ohne mit dem geredet zu haben.«
»Du willst Benjamin erpressen?«
»Nein, ich will ihm helfen. Ich denke, den Kerl muss man zu seinem Glück zwingen. Wenn wir Shala kriegen, ist er alle Sorgen los. Na, beinahe, jedenfalls. Die Sache mit der Entführung könnten wir vielleicht vergessen, wenn Josie keine Beweise findet. Ungestraft wird er allerdings nicht davonkommen. Wenn er kooperiert, könnte die Strafe allerdings deutlich geringer ausfallen. Da könnte man vielleicht mit diesem Strothmann einen Deal aushandeln. Der scheint ja ganz patent zu sein.«

Hannah und Jan hatten sich gerade hingelegt, als Jans Handy klingelte. »Ja, hallo«, meldete er sich genervt. Es war Viertel nach zwölf und der Anrufer unbekannt.
»Jungmann hier, die Albaner haben eben gerade Kujau erschossen. Direkt vor unseren Augen, wir konnten nichts tun, verdammte Scheiße.«
»Was? Verdammter Mist!«, rief Jan so laut, dass Hannah aus dem Halbschlaf hochschreckte und ihn verwirrt anstarrte.

»Ja, wir haben Kujau beschattet. Erst war er im Bahnhof, hat sich dort mit ein paar uns unbekannten Typen getroffen und ist danach zu Fuß rüber zum Best Western Hotel an der Kurt-Schumacher-Straße. Wir sind mit etwas Abstand hinterher und haben gesehen, wie er sich bei einem Dealer Stoff besorgen wollte. Krause wollte gerade mit seinem Handy ein paar Fotos machen, als plötzlich so ein Typ aus dem Eingangsbereich des Hotels nach vorn preschte und Kujau aus kurzer Distanz in den Kopf schoss. Das ging alles blitzschnell. Der Schütze verschwand sofort wieder im Hotel, der Dealer entfernte sich schnellen Schrittes Richtung Jahn-Allee. Krause ist hinter dem Schützen her, ich hab den Dealer verfolgt.«
»Ja und, habt ihr die Typen erwischt?«
»Der Schütze konnte entkommen, den Dealer haben wir geschnappt.«
»Und Kujau?«
»Wir haben sofort den Rettungswagen gerufen, aber der Mann war auf der Stelle tot. Keine Chance.«
»Okay, bringt den Kerl ins Präsidium. Ich bin in einer Viertelstunde da.«
»Was ist passiert?«, fragte Hannah besorgt.
Jan schüttelte den Kopf und atmete einmal tief durch. »Die Albaner... sie haben Benjamin erschossen.«
Hannah starrte Jan wortlos an. Ihr stand das blanke Entsetzen im Gesicht. Jan wollte sie in den Arm nehmen, aber sie wehrte seine Hände ab. Tränen liefen ihr die Wange herunter.
»Tut mir leid, aber das war ja fast vorauszusehen«, sagte Jan.
»Wir hätten ihn nicht gehen lassen dürfen. Das ist unsere Schuld«, jammerte Hannah.
„Nein, es gab keine Handhabe, ihn länger festzuhalten. Und wir haben Jungmann und Krause auf ihn angesetzt, mehr konnten wir nicht tun. Die beiden sollten Benjamin sofort

wieder festsetzen, wenn er beim Drogenkauf erwischt wird. Leider waren die Albaner schneller.«
Hannah stand auf und ging ins Badezimmer. Jan ließ sie in Ruhe, zog sich an und wollte gerade das Zimmer verlassen, als Hannah plötzlich hinter ihm stand.
»Na, dann wollen wir uns den Kerl mal vorknöpfen«, sagte sie mit fester Stimme und schob Jan aus der Zimmertür.
Zwanzig Minuten später betraten sie den Vernehmungsraum im Polizeipräsidium an der Dimitroffstraße.
Jungmann schüttelte den Kopf. »Der Kerl macht sein Maul nicht auf, aus dem kriegen wir kein Sterbenswörtchen heraus«, zuckte er mit den Schultern.
Jan nickte. »Gut, danke, Kollegen. Geht doch mal in Ruhe einen Kaffee trinken. Ich übernehme hier.«
Jungmann und Krause nickten zwar, verließen aber mit einem unguten Gefühl den Raum. »Keine Gewalt, Jan, dann sind wir unsere Jobs los, das ist dir doch klar, oder?«
»Natürlich nicht, ihr kennt mich doch.«
»Eben«, seufzte Jungmann und verschwand, wohlwissend, dass Jan den Kerl gleich in die Mangel nehmen würde. Sie verfolgten das weitere Geschehen durch das Spiegelglas im Nebenraum, jederzeit bereit, einzugreifen.
»So, Freundchen, den Namen bitte«, begann Hannah.
Ihr Gegenüber grinste nur spöttisch, blieb aber stumm.
»Ich glaube, Sie verkennen ihre Lage, Sie sitzen hier nicht wegen ein paar Gramm Heroin, die wir in ihrer Tasche gefunden haben, sondern wegen Mordes. Sie wandern lebenslänglich in den Knast, Kollege, verstanden?«, raunzte Hannah den Mann an.
Der Kerl starrte Hannah an und grinste sie weiter verächtlich aus seinen dunklen Augen an.
»Verstehen Sie, was ich sage?«, fragte Hannah.
»Wahrscheinlich ist der Typ Muslim. Mit Frauen redet der scheinbar gar nicht«, murmelte Hannah.

»Hat Sie Ardian Shala beauftragt, den Mann zu erschießen?«, versuchte sie es weiter.
»Mbyll, ti bushtër«, rief der Albaner, zog die Nase hoch und rotzte auf den Boden.
»Du verdammtes Dreck...«, schimpfte Hannah.
»Hat keinen Sinn, Hannah, lass es«, unterbrach Jan.
»Was hat dieser Dreckskerl, gesagt?«, wollte sie sich nicht beruhigen.
»Du sollst die Klappe halten«, übersetzte Jan. Dass der Kerl sie auch noch Schlampe genannt hatte, verschwieg er lieber.
»Aha und woher weißt du das?«
»Von Krenor. Der hat mir die Top-Ten der übelsten albanischen Schimpfwörter beigebracht. So konnte ich Beleidigungen mit gleicher Münze zurückzahlen. Hat mir 'ne Menge Respekt bei den Typen eingebracht«, grinste Jan.
»Dreq, ti asshole«, blaffte Jan den Albaner an, der erschrocken zurückwich.
»Und was hast du dem jetzt geantwortet?«, wollte Hannah wissen.
»Er hat's verstanden, wie du gesehen hast. Ich könnte jetzt 'nen Kaffee gebrauchen«, sagte Jan.
Hannah hatte kapiert, sie nickte, stand auf und verließ das Verhörzimmer.
Mittlerweile war dem Albaner das Lachen vergangen. Sein Blick war immer noch feindselig, beinhaltete aber bereits einen Anflug von Angst.
»So, jetzt pass mal gut auf, ti bir i kurvës, du Hurensohn. Ich weiß, dass du Deutsch verstehst, sonst würdest du nicht am Bahnhof Drogen verticken. Also, mach endlich den Mund auf.«
»Keine Ahnung, was ihr von mir wollt. Der Typ hat mich vollgelabert, ich soll ihm fünf Gramm geben, das würden wir ihm noch schulden«, antwortete der Albaner in einwandfreiem Deutsch.

»Und als Antwort hast du ihm 'ne Kugel in den Kopf gejagt.«
„Nein, Mann, ich schwör, ich war das nicht. Da kam plötzlich so'n Assi aus dem Hotel, hat dem Typ einfach in den Kopf geschossen und ist danach sofort abgehauen.«
»Zwei Polzisten haben den Vorfall mit angesehen. Es gibt ein Handyvideo. Wir wissen, dass du den Mann im Auftrag von Ardian Shala erschossen hast. Da war sonst niemand außer dir.«
»Was, wie seid ihr denn drauf? Womit soll ich den denn erschossen haben? Mit meinem Mittelfinger? Ihr könnt gern diesen Test mit mir machen. Dann werdet ihr feststellen, dass ich nicht geschossen habe.«
»Ist nicht nötig. Wir haben Augenzeugen, die das vor Gericht bestätigen werden. Wir haben die Waffe und du hast Schmauchspuren an deiner Hand. Das bedeutet lebenslänglich, Freundchen!«
»Du bluffst, Bulle.«
»So, glaubst du? Hast du einen Zeugen, der dich entlasten kann? Nein? Tja, dann sieht das gar nicht gut aus für dich. Aber vielleicht kann ich ja dafür sorgen, dass die Zeugen nicht so genau gesehen haben, wer geschossen hat und die Tatwaffe konnte leider auch nicht gefunden werden.«
»Was willst du?«
»Den Namen des Schützen und eine offizielle Aussage, dass Ardian Shala euch befohlen hat, den Mann zu erschießen, der in seinem Auftrag die Morde an drei Frauen organisiert hat.«
»Bist du blöd, Bulle? Die legen mich sofort um, dann sitze ich lieber lebenslänglich ab.«
»Na gut, wie du willst. Es gibt auch noch eine andere Möglichkeit. Während du hier im Knast sitzt, werde ich Ardian Shala stecken lassen, dass du ihn verpfiffen hast und ein vollumfängliches Geständnis abgelegt hast.«
»Und dann?«

»Dann kannst du wieder gehen.«
Der Albaner sah Jan mit verschlagenem Blick an. Sein Hirn arbeitete auf Hochtouren. Dann machte es klick. »Schlau eingefädelt und du glaubst, ich fall darauf rein? Ich bin nicht blöd, Mann.«
»Nein, aber bald tot, wenn du jetzt nicht langsam auspackst. Also, ich will den Namen des Schützen und ein Geständnis. Du hast die Wahl, *Buster*, zwischen Pest und Cholera.«
»Nenn mich nicht *Freundchen*, du Scheißkerl, was du machst, ist illegal, das darfst du gar nicht.«
Jan stand auf, ging um den Tisch herum, stellte sich hinter den Albaner, nahm ihm die Handfesseln ab und ließ ohne Vorwarnung seinen Kopf auf die Tischplatte knallen.
Der Albaner schrie vor Schmerzen auf, Blut schoss aus seiner gebrochenen Nase und tropfte auf die Tischplatte.
»Oh Mann, du hast mich angegriffen, da konnte ich leider nichts dafür, dass du dabei gestürzt bist. Komm versuch's gleich nochmal, die Tür ist offen, du musst nur noch an mir vorbei.«
»Du bist ja wahnsinnig, Mann. Damit kommst du nicht durch«, jammerte der Albaner.
»Nein? Hast du Zeugen, die gesehen haben, was hier drinnen passiert ist? Ich sehe keine. Also, was ist, komm, die Gelegenheit ist einmalig. Du musst nur an mir vorbei.«
Als der Albaner aufsprang und auf Jan losstürmte, ging die Tür zum Vernehmungsraum auf. Während Krause mit dem Handy den Angriff des Albaners auf Jan filmte, wartete Jungmann im Türrahmen darauf, bis Jan den Kerl überwältigt hatte. Dann legte er dem Albaner Handfesseln an und schob ihn zurück auf seinen Stuhl.
»Sieht gar nicht gut aus, die Nase, ist wohl gebrochen«, sagte Jungmann und legte ein Blatt Papier und einen Kugelschreiber auf den Tisch.

»So, und jetzt schreibst du deine Personalien auf und gibst uns den Namen des Schützen, der auf Kujau geschossen hat. Anschließend unterschreibst du eine Erklärung, dass Ardian Shala den Mord an Kujau befohlen hat. Wir bieten dir an, dich solange in Schutzhaft zu behalten, bis wir Shala festgenommen haben. Danach bist du frei. Wenn du dich weigerst, weißt du, was wir tun werden.«
Um seiner Forderung Nachdruck zu verleihen, stellte sich Jan erneut hinter den Albaner, während Jungmann und Krause den Vernehmungsraum wieder verließen.
Als der Albaner zögerte, packte Jan seinen Hinterkopf und drückte ihn leicht nach vorn.
»Hör auf, Mann, ist ja schon gut, ich unterschreibe diese Scheiße. Ihr seid ja alle irre hier.«
Als die Beamten den Albaner abführten, schüttelte Jan seinen Kollegen die Hand. »Danke und ich habe euch immer für komplette Arschlöcher gehalten, tut mir echt leid«, entschuldigte sich Jan.
»Sind wir auch, wenn man uns dumm kommt, Krüger, merk dir das, du Idiot«, lachte Jungmann.
»Nicht, dass ihr euch gleich noch in die Arme fallt, ihr Turteltäubchen, würde Josie jetzt sagen«, grinste Hannah.

Staatsanwalt Dr. Strothmann zeigte sich am nächsten Morgen wenig begeistert. »Klar, wir hatten kein Recht, den Mann länger festzuhalten, aber wieso war es nicht möglich, ihn besser zu schützen? Wir kannten doch die Gefahr, die ihm bei Freilassung drohen würde.«
»Kujau wurde von Jungmann und Krause beschattet. Die beiden haben sich dafür außerhalb ihres Dienstplanes die ganze Nacht um die Ohren geschlagen. Mal abgesehen davon, dass es fast unmöglich ist, eine gefährdete Person vollständig zu schützen, fehlt uns leider auch das notwendige Personal für derart umfangreiche Einsätze.«

Der Staatsanwalt nickte. »Ist jetzt ohnehin nicht mehr zu ändern. Wenn die Albaner vorhatten, Kujau zu erledigen, hätten sie das irgendwann auch geschafft. Da sind wir machtlos. Was ist mit dem Kerl, der die Waffe abgefeuert hat?«
»Das war einer der Tschetschenen, die Shala angeheuert hat. Der Typ heißt Ruslan. Ich kenne den Mann, hatte bereits das Vergnügen, mit ihm aneinanderzugeraten. Ich glaube, ich weiß, wo wir den finden können.«
»Wissen wir das von dem Drogendealer, der sich derzeit in Haft befindet?«
»Ja, Fisnik Gashi zeigte sich kooperativ. Er hat sogar schriftlich bestätigt, dass Ardian Shala diesen Ruslan beauftragt hat, Benjamin Kujau zu ermorden. Er möchte jetzt gern noch ein paar Tage bei uns in Gewahrsam verbringen, bis wir Shala geschnappt haben.«
Jan legte Dr. Strothmann das schriftliche Geständnis von Fisnik Gashi auf den Schreibtisch.
»Und der hat das einfach so unterschrieben? Eher ungewöhnlich, dass diese Typen derart schnell einknicken, oder?«
»Wir haben uns mit dem Kerl die halbe Nacht um die Ohren geschlagen. Der war die erwartet harte Nuss, aber er hat einen Fehler gemacht und mich bei der Vernehmung angegriffen.«
»Haben Sie den Mann etwa geschlagen? Dann können wir diesen Wisch hier gleich vergessen. Ein mit Gewalt erpresstes...«
»Nein, ich habe mich gewehrt und ihn überwältigt. Dabei hat er sich leicht an der Nase verletzt, nichts weiter Schlimmes. Jungmann und Krause können das bestätigen.«
»Ja, hat der Mann denn nicht ordnungsgemäß Handschellen getragen?«

»Hat er, aber wir wollten die Situation etwas auflockern und haben ihm einen Kaffee angeboten. Den konnte er ja schlecht mit gefesselten Händen trinken.«
Der Staatsanwalt schüttelte den Kopf. »Das ist gegen die Vorschrift, das wissen Sie, oder?«
Jan nickte. »Ich weiß, aber manchmal kommt man eben mit Vorschriften nicht allzu weit. Offiziell hat er natürlich während des gesamten Zeitraumes des Verhörs Handschellen getragen. Wichtig ist doch nur, dass er am Ende bereit war, zu kooperieren, oder?«
»Dünnes Eis, sehr dünnes Eis, Herr Hauptkommissar, das wird alles kaum ausreichen, um diesen Shala festzunageln. Wäre ich sein Anwalt, würde der nicht mal 'ne halbe Stunde auf dem Revier verbringen.«
»Vielleicht sagt der Tschetschene auch gegen ihn aus, dann wird's eng für Shala«, glaubte Jan.
»Hm, erst mal müssen wir den Mann finden und verhaften. Und ob der dann tatsächlich aussagen wird? Ich bezweifle das.«
»Mag sein, aber wir müssen jetzt alles versuchen. Ardian Shala ist verantwortlich für den Tod von nun bereits acht Menschen, auch wenn er keinen davon selbst getötet hat«, antwortete Jan.
»Acht Tote, wieso acht?«, zeigte sich der Staatsanwalt überrascht.
»Die drei Prostituierten Natascha Ponomarova, Nadeschda Kurkova und Irina Cristea, die von Benjamin Kujau entführt und von Oskar..., äh, Carsten Schmidt, ermordet und zerstückelt wurden. Bruno Podelczik, der sich zwar selbst getötet hat, aber irgendwo auch von Ardian Shala in den Tod getrieben wurde. Benjamin Kujau, der im Auftrag von Shala erschossen wurde, Oskar, alias Carsten Schmidt, den Hannah getötet hat, um Esther Hofmann und mich in allerletzter

Sekunde zu retten. Shala hatte die beiden hochgradig heroinabhängigen Männer mit Geld und Drogen gekauft.
Der Chef der Albanermafia, Krenor Hasani, der in Hamburg im Auftrag von Shala ermordet wurde und schließlich der Tschetschene Kerim Rasdudow, der zwar von Skutins Männern erschossen wurde, aber von Shala beauftragt worden war, Ivan Skutin zu töten", zählte Jan lückenlos auf.
Für einen Moment schien der Staatsanwalt sprachlos. Dass dieser Fall dermaßen komplex war, schien er gerade in diesem Moment erst richtig begriffen zu haben. Klar, er hatte den Fall erst kürzlich von Oberstaatsanwalt Oberdieck übernommen, doch eigentlich hatte er die Akten gründlich studiert. Doch jetzt, wo er von einem sichtlich bewegten Hauptkommissar Krüger nochmal alle Fakten in Gänze präsentiert bekam, wurde ihm klar, welches Ausmaß diese Sache angenommen hatte.
»Also gut, Herr Hauptkommissar, ich werde den Richter überzeugen, einen Haftbefehl gegen Ardian Shala auszustellen. Aber ich warne vor allzu großen Hoffnungen. So wie Sie mir das alles in Kurzform dargestellt haben, mag es ja gewesen sein, doch Sie wissen genauso gut wie ich, dass uns die Beweise fehlen. Die wichtigsten Zeugen sind tot. Das schriftliche Geständnis von ...«, er musste kurz auf das Schreiben gucken, »...Fisnik Gashi, ist zwar belastend für Shala, aber im Zweifel steht da Aussage gegen Aussage. Es wäre natürlich hilfreich, diesen Tschetschenen, der Kujau erschossen hat, zu erwischen und zu einer Aussage zu bewegen. Aber noch haben wir den Kerl nicht und ob der reden wird, ist doch eher zu ungewiss.«
»Danke, Herr Staatsanwalt. Ich werde Ruslan finden und er wird aussagen, das verspreche ich Ihnen.«
Dr. Strothmann runzelte die Stirn. »Na gut, dann wäre es von Vorteil, wenn wir zuerst Kujaus Mörder hätten und erst danach Shala verhaften. Was meinen Sie?«

Jan nickte. »Macht Sinn. Wir werden uns den Kerl schnappen, verlassen Sie sich drauf.«

Ruslan Sakajew saß mit seinen Freunden Adam und Vitus im Café Puschkin in der Karl-Liebknecht-Straße und schmiedete eifrig Pläne, wie sie möglichst schnell den Betrieb der *Red Rose* wieder aufnehmen konnten. Dazu brauchten sie zunächst mal einige junge, hübsche Frauen, die den gutsituierten älteren Herren, denn die bildeten vornehmlich das Klientel der *Red Rose*, den Kopf verdrehten und das Portemonnaie aus der Tasche zogen. Männer wie Richter Gnädig, Oberstaatsanwalt Oberdieck oder der ehemalige Großindustrielle, Frederik Graf von Hohenhorst, waren bereit, jede Summe zu investieren, wenn ihnen eine junge, hübsche, gepflegte Osteuropäerin so richtig die Stange polierte. Es musste ihnen gelingen, genau diese Art von Mädchen zu engagieren, auf die diese notgeilen Senioren abfuhren. Vitus wusste zum Beispiel ganz genau, auf welchen Typ Frau der Richter stand. Sie musste groß und schlank sein und dabei trotzdem über eine üppige Oberweite verfügen. Und sie musste blutjung und brünett sein, je jünger umso besser. Der Graf bevorzugte dagegen das etwas reifere, üppigere Model, eine langhaarige Blondine, die genug Geduld aufbrachte, bis das Viagra seinen kleinen Freund in Stellung gebracht hatte. Der Oberstaatsanwalt dagegen liebte die schnelle Nummer und ihm war es vollkommen egal, ob die Frau blond oder brünett, achtzehn oder achtundzwanzig war, Hauptsache sie erfüllte ihm zügig seine Wünsche. Er hatte immer Angst, dass seine Frau anrufen würde oder sein Büro nach ihm verlangte, während er sich gerade genüsslich einen runterholen ließ.
Adam Umaev und Vitus Stancius sollten mit etwas Anfangskapital in der Tasche, das sie sich von Ardian Shala geliehen hatten, mit dem firmeneigenen VW-Bus nach Rumänien fah-

ren und die erste Wagenladung junger, williger Mädchen nach Deutschland bringen. Offiziell wurden die jungen Frauen als Empfangsdame, Servicekraft oder Bürohilfe bei der *Red Rose* angestellt.

Ruslan würde in Leipzig bleiben und derweil weiter für die Albanermafia arbeiten, um den Kredit zurückzuzahlen. Die erste Rate hatte er bereits gestern Nacht beglichen. Ein Auftragsmord brachte immerhin satte zehntausend Euro. Diesen beschissenen Heroinjunkie abzuknallen, war ein Kinderspiel gewesen. Er hatte in der Hotelhalle gewartet, bis Fisnik Gashi ihm ein Zeichen gegeben hatte, war mit vorgehaltener Waffe herausgestürzt und hatte dem Typen, ohne viel Federlesen zu machen, aus nächster Nähe in den Kopf geschossen. Danach war er zügig, jedoch ohne jeglichen Anflug von Hektik, zurück ins Hotel gegangen und durch den Lieferanteneingang verschwunden. Die Bullen hatten ihn zwar verfolgt, aber es war ihm gelungen, sie in Nullkommanichts abzuhängen. Er hatte zwar gehört, dass sie Fisnik kassiert hatten, machte sich aber keine Gedanken darüber, dass der bei den Bullen auspacken würde. Würde der auch nur ein Sterbenswörtchen sagen, wäre er ein toter Mann, das wusste Fisnik ganz genau. Also, keine Gefahr, er konnte sich in aller Ruhe weiter unbehelligt auf Leipzigs Straßen bewegen, das dachte er zumindest.

Noch zwei, drei ähnliche Aufträge und Adam, Vitus und er hätten ihre Schulden bei Ardian Shala zurückgezahlt. Danach würde Ruslan den Spieß peu á peu umdrehen. Er hatte jede Menge alter Freunde und ehemalige Kriegskameraden in Tschetschenien, die nur darauf warteten, dass Ruslan sie riefe. Er würde sich eine schlagkräftige Truppe von Söldnern aufbauen, die in kurzer Zeit nicht nur in Leipzig, sondern im gesamten Osten Deutschlands der Konkurrenz das Fürchten lehren würde. Ruslan wollte der unumschränkte Herrscher in Sachen Drogenhandel und Prostitution werden. Vielleicht

würde er die Albaner weiterhin ihre Kreditgeschäfte und Spielhallen betreiben lassen, aber selbstverständlich nur gegen eine angemessene Zahlung an Schutzgeldern. Und über die Höhe dieser Summen würde selbstredend er allein entscheiden. Ardian Shala müsste zahlen oder sterben und mit ihm seine ganze verfickte Brut, dachte Ruslan.
Ruslan Sakajew war ein brutaler Schlächter, der vor nichts und niemandem Angst hatte. Als Anführer einer tschetschenischen Rebellenbande hatte er gezielt Jagd auf russische Soldaten gemacht, die er auf brutalste Art und Weise niedergemetzelt hatte. Er hatte sie sogar bis hinüber nach Dagestan verfolgt, einer zu Russland gehörenden Republik im Kaukasus.
2010 hatte er mit seinen Leuten die Grenze nach Dagestan überschritten und zehn russische Grenzsoldaten massakriert. Danach hatte er mehrere Einwohner des Ortes Schaury als Geiseln genommen, um unbehelligt seinen Rückzug nach Tschetschenien zu sichern. Keine der Geiseln hatte diese Aktion überlebt. Sie wurden einige Tage später mit durchgeschnittenen Kehlen in einer abgelegenen Schlucht im Kaukasus nahe der Grenze zu Tschetschenien gefunden. Ruslan Sakajew kannte keine Gnade, hatte keinerlei Mitleid mit seinen Feinden. Er war eine vollkommen empathielose, gefühlskalte Kreatur, der ein Menschenleben weniger bedeutete, als das Schwarze unter seinen Fingernägeln.
Beizeiten würde er sich diesen hinterhältigen Leipziger Bullen vorknöpfen, der ihm mit einem Glückstreffer die Kniescheibe zertrümmert hatte. Normalerweise war Ruslan im Kampf nicht so unaufmerksam, wie vor Wochen in diesem Kampfsportcenter. Er musste sich den Vorwurf gefallen lassen, seinen Gegner für den Bruchteil einer Sekunde unterschätzt zu haben. Das würde ihm sicher nicht ein zweites Mal passieren. Er freute sich schon auf das Wiedersehen mit diesem Bastard. Vielleicht konnte er ja sogar zwei Fliegen

mit einer Klappe schlagen. Dieser lästige Bulle war Ardian Shala ohnehin ein Dorn im Auge. Der ließ einfach nicht locker. Der Albaner würde sicher 'ne hübsche Summe springen lassen, wenn er ihm dieses Problem vom Halse schaffen würde.
Ruslan hatte sich von Ardians Geld ein ansehnliches Appartement in der Nähe des Augustus-Platzes im Zentrum von Leipzig angemietet, während Adam weiterhin zusammen mit Vitus im Büro des *Red Rose* wohnte. Der Vorteil war, dass er nicht unbedingt ein Auto brauchte, um sich in der Stadt zu bewegen. Außerdem wollte er von Beginn an klarstellen, wer der Chef in ihrem neuen Unternehmen war.
Kurz vor Mitternacht kletterten Adam und Ruslan wankend in den VW-Bus. Vitus hatte zwar auch getrunken, aber erstens längst nicht so viel, wie die beiden Tschetschenen und vor allem keinen Schnaps. Allerdings allemal zu viel, um noch autofahren zu dürfen. Für diese Fälle hatte der Litauer immer Mundspray und Kaugummi im Handschuhfach. Fahrtüchtig war er trotz der paar Biere immer noch, glaubte er jedenfalls.
Vitus wollte zuerst Ruslan am Neumarkt in der Innenstadt absetzen, bevor er ins Büro fuhr, wo Adam und er ihr provisorisches zu Hause eingerichtet hatten.
Um diese Zeit war die Karl-Liebknecht-Straße Richtung Zentrum beinahe autofrei. Vitus versuchte die Geschwindigkeit seines Wagens an die Schaltphasen der Ampeln anzupassen, um möglichst eine grüne Welle zu erwischen, denn das ewige Warten vor den vielen roten Ampeln nervte gewaltig, vor allem, wenn man müde war und unbedingt nach Hause wollte.
Bereits nach wenigen Minuten waren Adam und Ruslan auf den Rücksitzen eingeschlafen. Vitus sah in den Rückspiegel und schüttelte den Kopf. Dass diese Russen auch immer so viel saufen mussten. Die spülten den Wodka runter wie

Wasser. Vitus hätte nicht mal ein halbes Glas von diesem Zeug trinken können, ohne sich übergeben zu müssen. Er hasste Schnaps. Ab und zu ein, zwei Bierchen oder ein Gläschen Rotwein, befriedigten sein Bedürfnis nach Alkohol zur Genüge.
Vitus stellte das Radio an und suchte nach einem passenden Sender. Er liebte Schlager, Andrea Berg und Helene Fischer waren seine Favoriten. Als er nichts fand, was sich zu hören lohnte, schob er eine CD ein. Keine Ahnung, wem die gehörte, aber *Santiano* war ja auch nicht schlecht. *Salz auf unserer Haut* verhinderte zumindest, dass ihm vor Müdigkeit die Augen zufielen. Exakt in dem Moment als die Textzeile *Wir ziehen durch Gewitter, wir ziehen durch den Sturm...* gesungen wurde, krachte es gewaltig. Auf der Fahrerseite hatte ein dunkler Geländewagen, von links kommend, die Vorfahrt missachtet und war an der Ecke Kochstraße/Karl-Liebknecht-Straße mit hoher Geschwindigkeit ungebremst in den VW-Bus gerast. Von der Wucht des Aufpralls schwer getroffen, drehte sich der Wagen einmal um die eigene Achse, drohte kurz auf die Seite zu kippen, fing sich aber wieder und blieb schließlich einige Meter weiter in entgegengesetzter Fahrtrichtung stehen.
Vitus war mit dem Kopf auf das Lenkrad geknallt. Die Airbags waren nicht aufgegangen, entweder weil der Aufprall von der Seite erfolgt war, oder weil sie womöglich in dem über zehn Jahre alten VW-Bus nicht mehr funktionierten.
Benommen versuchte sich der Litauer zu orientieren. Er drehte sich um, um nach Adam und Ruslan zu sehen. Durch die Vehemenz des Aufpralls waren die beiden von den Sitzen geschleudert worden und lagen auf dem Boden im Fußraum. Als Vitus sich abgeschnallt hatte, um auszusteigen, klopfte es plötzlich am Seitenfenster. Erschrocken fuhr der Litauer herum und blickte direkt in den Lauf einer Maschinenpistole. Dann ging alles ganz schnell. Innerhalb weniger Sekunden

wurden die Scheiben und das Blech des Bullis von Maschinengewehrsalven durchsiebt, wie ein Schweizer Käse.
Vitus war sofort tot. Adam und Ruslan kauerten auf dem Boden vor der Rückbank, duckten sich, machten sich klein und vergruben die Köpfe schützend zwischen den Armen. Plötzlich stoppte der Beschuss. Vorsichtig hoben die beiden Tschetschenen den Kopf, um nachzusehen, ob ihre Angreifer wieder verschwunden waren, als sogleich mit einem kräftigen Ruck die Schiebetür aufgerissen wurde und eine zweite Angriffswelle erfolgte.
Die Feuerkraft zweier israelischer Schnellfeuerwaffen zerfetzte die Körper der beiden Tschetschenen wie der Einschlag einer Handgranate.
Die Attacke dauerte nicht länger als zwei Minuten. Die Männer sprangen zurück in ihren Geländewagen und rauschten davon.
Zurück blieben ein vollkommen zerstörter VW-Bus und drei bis zur Unkenntlichkeit massakrierte Männer, deren Blut den Asphalt der Straße tränkte. Von einer Sekunde auf die andere herrschte wieder Stille.

Der Frust saß tief. Die Stimmung im Besprechungsraum des Morddezernats war auf dem Nullpunkt angelangt. Ruslan Sakajew war tot und mit seinem Tod war wahrscheinlich die letzte Chance dahin, Ardian Shala doch noch als Drahtzieher hinter den Kulissen dieser fürchterlichen Mordserie zur Verantwortung zu ziehen. Die Aussage von Fisnik Gashi war in der Tat alles, was sie noch hatten. Und da stand im Zweifelsfall Aussage gegen Aussage. Shala würde behaupten, Gashi gar nicht zu kennen und der würde nicht mal das Gegenteil beweisen können, da er seine Aufträge niemals direkt vom Chef der Albaner erhalten hatte. Shala würde nach wie vor versichern, dass die Albaner gar nicht mit Drogen handeln

würden und Gashi offensichtlich auf eigene Rechnung gedealt hätte.
Hannah starrte vollkommen geistesabwesend und mit leerem Blick aus dem Fenster. Sie hatte Oskar erschossen und ihren Ex-Mann verloren und so wie die Dinge lagen, würden sie den Schuldigen nicht zur Rechenschaft ziehen können. Sie hatte Jan ja mehrfach gewarnt, dass mit Oskar irgendwas nicht stimmen würde, doch das hatte sie in den letzten Tagen mit keinem Wort zur Sprache gebracht. Stolz war sie nicht darauf, dass sie Oskar verdächtigt hatte. Eigentlich mochte sie den witzigen, schlagfertigen jungen Mann und so richtig hatte sie ja dann doch nicht daran geglaubt, dass er was mit diesen schrecklichen Morden zu tun hatte. Doch sowohl Oskar als auch Benjamin waren hochgradig heroinabhängig und was dieses Teufelszeug mit den Menschen machte, war hinlänglich bekannt. Oskar und Benjamin verwandelten sich regelmäßig von Dr. Jeckyll zu Mr. Hyde und sie konnten nichts dagegen tun. Sie waren Opfer ihrer Sucht. Hannah ahnte zwar, dass Benjamin Drogen nahm, und wusste auch, dass er gelegentlich kokste, aber dass er heroinsüchtig war, nein, das hätte sie im Leben nicht geglaubt. Und Oskar? Klar, der hatte seine Aussetzer, war zwischendurch plötzlich mal für einen längeren Zeitraum verschwunden, redete ab und an scheinbar wirres Zeug, aber dass er drogenabhängig war, dafür gab es nicht die geringsten Hinweise. Jetzt machte sie sich Vorwürfe. Hätte sie das nicht bemerken müssen? Waren ihr die Menschen in ihrem privaten und dienstlichen Umfeld mittlerweile dermaßen gleichgültig geworden? War sie durch ihren Job über die Jahre hinweg so abgestumpft, dass sie die Schicksale anderer gar nicht mehr interessierten? Hätte sie doch nur Benjamin das Geld gegeben. Damit hätte sie womöglich diese schrecklichen Morde verhindern können. Jetzt war es zu spät. Stille Tränen liefen ihr die Wangen herunter.

»Ruslan Sakajew hat Benjamin Kujau erschossen. Daran gibt es keinen Zweifel. Die Pistole, die wir bei dem Toten gefunden haben, war eindeutig die Tatwaffe. Außerdem hatte Sakajew Schmauchspuren an Hand und Oberarm«, berichtete Josie Nussbaum.
»Klar, deshalb hat Shala ihn jetzt erledigen lassen. Der wusste, dass Gashi uns erzählt hat, dass Sakajew geschossen hat und dass wir deshalb hinter ihm her waren. Das Risiko, dass neben Gashi womöglich auch noch Sakajew gegen ihn aussagen würde, war ihm zu groß«, glaubte Rico Steding.
»Da bin ich mir gar nicht so sicher«, sagte Jan und erntete fragende Blicke.
»Aber das liegt doch auf der Hand. Wer soll das denn sonst gewesen sein? Ivan Skutin sitzt in Moskau in Haft und seine Leute in Leipzig haben sich mittlerweile in alle Winde zerstreut«, erklärte Rico.
Jan nickte. »Das stimmt. Trotzdem glaube ich nicht, dass die Albaner die drei Männer umgebracht haben.«
»Das musst du uns schon näher erklären«, sagte Rico gereizt.
»Hm, na ja, also zunächst mal fahren die Albaner keine schwarzen Geländewagen. Außerdem besitzen die keine Maschinenpistolen, schon gar nicht der Marke Uzi. Soviel ich weiß, arbeiten die Albaner vornehmlich mit Messern und Totschlägern, weniger mit Schusswaffen. Sie setzen auf Bedrohung und Einschüchterung, um säumige Zahler zur Räson zu bringen. Nein, diese ganze Aktion erinnert mich stark an das Regime von Oberst Gorlukov und seiner Nachfolger Pjotr Skutin und Viktor Rasienkov. Ich habe Grigori gebeten, sich mal in Moskau umzuhören, ob er dort irgendwas über diese Sache in Erfahrung bringen könnte.«
»Und, hatte er Erfolg?«, fragte Horst Wawrzyniak, der sich in die Rolle des stillen Beobachters begeben hatte.
Jan nickte. »Ja, Grigori meinte, dass Oleg Ponomarov sich in Kreisen der Moskauer Unterwelt damit gebrüstet hat, die

Mörder seiner Schwester zur Rechenschaft gezogen zu haben. Grigori war nicht ganz sicher, ob Ponomarov damit Skutin meinte. Aber Ponomarov sprach von mehreren Männern, die früher mal für ihn gearbeitet hätten.«
»Die Tschetschenen?«, fragte Jungmann.
»Ja, Oleg Ponomarov glaubt, dass Adam, Kerim und Ruslan sich an ihm rächen wollten, weil er sie rausgeworfen hatte und die es ihm mit der Ermordung seiner Schwester heimzahlen wollten. Und er wusste inzwischen auch, dass die drei für Adrian Shala gearbeitet haben, und dass es dessen Ziel ist, die Russen in Leipzig gegeneinander auszuspielen.«
»Also sind Ponomarovs Leute wie aus dem Nichts aufgetaucht, haben die drei Männer überfallen und erschossen und sind dann wieder schnellstens untergetaucht?«
»Ja, Rico, genauso. Ein Zeuge will, wenn auch aus einiger Entfernung, erkannt haben, dass der Geländewagen ein schwarzer Mercedes mit Berliner Kennzeichen war. Die Russenmafia lässt ihre Attentäter gewöhnlich über Slubice und Frankfurt/Oder nach Deutschland einsickern. Dort werden sie abgeholt, nach Berlin gebracht und von ihren Partnern mit Fahrzeugen und Waffen versorgt. Von dort aus fahren sie mit einem ortskundigen Scout an Bord nach Leipzig, erledigen blitzschnell ihren Auftrag und verschwinden sofort wieder.«
»Zurück nach Berlin?«
»Nein, Rico, den Rückweg nehmen sie gewöhnlich über Görlitz und dann quer durch Polen bis nach Warschau. Von da aus fliegen sie zurück nach Moskau. Das ist alles generalstabsmäßig geplant.«
»Tja, meine Damen, meine Herren, so wie sich die Lage momentan darstellt, haben wir nichts gegen Ardian Shala in der Hand. Scheinbar hat er sich aller Zeugen entledigt. Wenn wir Fisnik Gashi jetzt auf freien Fuß setzen, wird der auch um sein Leben bangen müssen. Ich fürchte, dass der Richter un-

ter diesen Umständen den Haftbefehl gegen den Albaner-Chef aufheben wird. Tatsache ist, dass wir, ich meine natürlich die Leipziger Polizei, diesen komplexen Fall aufgeklärt hat. Wir haben die Täter, aber allem Anschein nach nicht den Schuldigen. Und so wie es aussieht, werden wir den auch nicht mehr belangen können. Das ist im höchsten Maße unbefriedigend, aber zumindest im Moment nicht zu ändern. Wenn sich nicht noch irgendwo neue Hinweise ergeben, die Ardian Shala belasten, ist dieser Kerl weiterhin ein freier Mann«, fasste Staatsanwalt Dr. Strothmann die Lage treffen zusammen.
Polizeioberrat Wawrzyniak nickte. »Es gibt für uns nicht den geringsten Grund, Trübsal zu blasen. Schließlich ist es uns gelungen, die Morde aufzuklären. Niemand konnte ahnen, dass Oskar ein heroinabhängiger Serienkiller war. Darauf gab es nicht den geringsten Hinweis. Allerdings wird noch zu klären sein, wie dieser Mann in den Polizeidienst gelangen konnte. Aber das ist nicht das Problem der Mordkommission. Und was diesen Shala anbelangt, ist ja noch nicht aller Tage Abend. Im Moment haben wir nichts gegen den Mann in der Hand, aber erfahrungsgemäß machen diese Typen irgendwann Fehler. Wir werden den Kerl und seine Bande im Auge behalten. Also, danke für ihren Einsatz, Kollegen, gute Arbeit!«
»Was geschieht denn jetzt eigentlich mit Richter Gnädig und Oberstaatsanwalt Oberdieck? Werden deren Verfehlungen einfach totgeschwiegen und die gehen ab morgen wieder zur Tagesordnung über?«, fragte Josie Nussbaum.
Waffel zuckte mit den Schultern. »Strafrechtlich haben die sich nichts zu Schulden kommen lassen. Was Anstand und Moral anbelangt, hat zumindest Richter Gnädig gehörigen Nachholbedarf. Die Frage ist, ob sein Dienstherr, in diesem Fall das Land Sachsen, ein Verfahren gegen ihn einleiten wird? Na ja, und was Oberdieck anbelangt, bin ich bereit,

ihm zu glauben, dass das ein einmaliger Ausrutscher war. Er wird einen Versetzungsantrag stellen, soweit mir bekannt ist. Die beiden haben sicher Glück gehabt, dass die Presse bisher noch keinen Wind von der Sache bekommen hat.«

Ardian Shala saß nachdenklich im Büro eines seiner Spielcenter in der Münzgasse. Er war beunruhigt. Er hatte bereits das fünfte Stück Würfelzucker in seinen Milchkaffee gerührt, obwohl er normalerweise nur zwei hineintat. Er wusste ganz genau, dass es sicher klüger wäre, im Moment etwas kürzer zu treten und vorübergehend auf Tauchstation zu gehen. Die Kosakenfront hatte eindrucksvoll bewiesen, über welche Reichweite und immense Schlagkraft sie verfügt. Klar, irgendwo hatten die Russen ihm sogar einen Gefallen getan, in dem sie Ruslan Sakajew erledigt hatten, aber Oleg Ponomarov würde sich damit womöglich nicht zufrieden geben. Ardian musste damit rechnen, dass der Chef der Russenmafia bereits den Befehl erteilt hatte, auch ihn zu ermorden. Nervös klopfte Ardian mit dem Silberlöffel auf den Rand seiner Kaffeetasse. Am liebsten wäre er jetzt erst mal für unbestimmte Zeit zurück nach Albanien gegangen und hätte in seiner Heimatstadt Skopje gewartet, bis sich die Gemüter wieder beruhigt hätten. Aber wenn er jetzt den Schwanz einzog, würden das die Russen sicher als Schwäche auslegen und seine eigenen Leute würden die Achtung vor ihm verlieren. Dann wäre er die längste Zeit das Oberhaupt der Albanermafia in Leipzig gewesen.
Er hatte gehört, dass die Polizei bereits einen Haftbefehl gegen ihn in den Händen hatte, den aber nach dem Tod von Sakajew wieder in den Mülleimer werfen musste. Um absolut sicher zu gehen, dass das so bleibt, müsste er jetzt diesen Verräter Fisnik Gashi erledigen. Außerdem musste er ein Exempel statuieren, um zu demonstrieren, was mit Männern geschieht, die ihre eigenen Leute denunzieren. In dem Mo-

ment, in dem die Polizei den Kerl wieder auf freien Fuß setzen würde, wäre Gashi ein toter Mann. Sollte er zunächst in Untersuchungshaft verbleiben, hatte er bereits dafür gesorgt, dass dieser elende Verräter nicht lange überleben würde. Den Mordauftrag hatte er längst erteilt.
Und dann war ja da noch dieser lästige Leipziger Bulle. Krenor hatte ihm erzählt, was für ein knallharter Bursche dieser Kerl war. Vor dem hätten selbst die Taliban einen mächtigen Respekt gehabt. Die hatten ihn den *Schwarzen Drache* genannt, weil er diese Terroristen gleich reihenweise abgeschlachtet hätte. Angeblich war dieser Teufelskerl als Scharfschütze in der Lage gewesen, aus mehr als zweitausend Metern Entfernung seine Ziele zu treffen. Na ja, wer's glaubt. Nichts als Legenden, die mit der Realität wahrscheinlich recht wenig zu tun hatten. Allerdings hatte der Mann einen knallharten Burschen wie Ruslan Sakajew kurzerhand ins Krankenhaus befördert und Adam hatte erzählt, was der Kerl mit ihm während des Verhörs angestellt hatte. Der Typ schreckte tatsächlich nicht davor zurück, einen Häftling zu foltern? Unglaublich, aber wahr, immer vorausgesetzt, Adam hatte die Wahrheit gesagt.
Wie auch immer, Ardian musste auf der Hut sein. Im Moment waren einfach zu viele Leute hinter ihm her. Auch Krenor Hasanis Vertraute hatten längst davon erfahren, dass Ardian den Mord an ihrem Chef in Auftrag gegeben hatte. Auch die würden versuchen, ihm das Licht auszublasen.
Ardian hatte beschlossen, seine Bodyguards zu verdoppeln und nur noch mit dem gepanzerten Audi A 8 zu fahren. Außerdem würde er in der nächsten Zeit auf sein Luxusappartement im Bachviertel verzichten und entweder im Hotel wohnen oder etwas weniger komfortabel in den Büroräumen seiner unzähligen Spielotheken und Kreditfirmen übernachten. Niemand sollte wissen, wo er sich gerade aufhielt. Und um ganz sicher zu gehen, hatte er seine Männer mit

Heckler & Koch Maschinenpistolen vom Typ MP 7 ausgestattet, die er in Polen auf dem Schwarzmarkt gekauft hatte. Also sollten sie ruhig kommen, diese Bastarde, er war jedenfalls bestens vorbereitet.
Ardian trank einen Schluck Kaffee, verzog angewidert das Gesicht, fegte verärgert die Tasse vom Tisch und fragte, welcher Idiot ihm so viel Zucker hineingeschüttet hatte. Nervös wischte er sich mit dem Handrücken den kalten Schweiß von der Stirn. Verdammt nochmal, wo war denn seine Selbstsicherheit geblieben, sein unerschütterlicher Glaube in seine von Gott gegebenen Fähigkeiten? Konnte es etwa sein, dass er, der große Ardian Shala, plötzlich Angst hatte? Blödsinn, dachte er, ich doch nicht. Mit denen würde er schon fertig werden. War er doch bisher mit jedem. Bisher..., ertappte er sich bei einer erneuten Unsicherheit und beschloss, ab jetzt alles zu unternehmen, um endlich wieder zu seiner alten Stärke zurückzufinden. Schließlich war er Ardian Shala, einst ein kleiner, albanischer Junge aus ärmlichsten Verhältnissen aus Tepe, einem kleinen Vorort von Shkodar, der es zu Geld, Macht und Ansehen gebracht hatte. Nichts und niemand würde ihm etwas anhaben können. Zufrieden zündete sich Ardian eine teure Zigarre an und blies genüsslich den Rauch in die Luft, während ihm eine neue Tasse Kaffee serviert wurde. Mit zwei Stückchen Würfelzucker. Na, geht doch, dachte Ardian.

Anfang März war es schlagartig wärmer geworden in Leipzig. Der kalte Ostwind der vergangenen Woche hatte sich gedreht und es wehte ein angenehm lauwarmer Westwind. Ardian Shala war ein eher unscheinbarer Typ. Etwa Mitte Vierzig, nicht besonders groß, dunkelblond und schlank mit einem eher unauffälligem Allerweltsgesicht. Er hatte sich in den letzten Tagen in der Öffentlichkeit rar gemacht. Der Albaner hatte seinen Leuten eingeschärft, wachsam zu sein

und nach Männern Ausschau zu halten, die möglichweise von Oleg Ponomarov geschickt worden waren, um die Geschäfte des in Moskau inhaftierten Ivan Skutin zu übernehmen. Doch es war allgemein ruhig geblieben. Skutins Männer hatten sich in alle Winde zerstreut, die von ihnen betreuten Huren waren weitgehend aus den Straßen der Stadt verschwunden. Die wenigen Frauen, die nach wie vor rund um den Hauptbahnhof ihre Dienste anboten, arbeiteten wahrscheinlich längst auf eigene Rechnung. Nach dem Tod von Vitus Stancius hatte Ardian das Projekt *Red Rose* zunächst auf Eis gelegt. Darum würde er sich kümmern, wenn sich die Fronten endgültig geklärt hätten. Von der Polizei hatte Adrian bereits seit über einer Woche nichts mehr gehört. So wie sich die Lage darstellte, hatten die aufgegeben, ihn zu beschatten, weil sie immer noch keinen einzigen Beweis gegen ihn in der Hand hielten. Fisnik Gashi saß immer noch in einer Zelle im Polizeipräsidium. Ardian hatte gehört, dass er darum gebeten hatte, ins Ausland abgeschoben zu werden und bis dahin nicht ins Gefängnis zu müssen, sondern weiterhin in Polizeigewahrsam verbleiben zu dürfen. Offensichtlich hatte man ihm diese Bitte gewährt.
Heute würde Ardian das erste Mal seit gut einer Woche wieder in die Stadt fahren. Seine Tochter Leonora feierte ihren siebten Geburtstag und wollte ihre Freunde zum Pizza- und Nudelessen einladen. Zu diesem Zweck hatte Ardian für zwei Stunden die gesamte erste Etage des Vapiano am Augustusplatz gemietet. Er hatte seine Leute vorausgeschickt, um rund um das Lokal die Lage zu checken und für ihre Sicherheit Vorsorge zu tragen. Zwei seiner Leute patrouillierten im Bereich vor dem Lokal und sahen sich nach Verdächtigen um, die es auf Ardian und seine Familie abgesehen haben könnten. Im Eingangsbereich des Lokals wachten zwei Männer mit Maschinenpistolen bewaffnet, die sie unter ihren Mänteln versteckt trugen. Innen postierten sich zwei weitere

Männer an der Treppe hoch zum ersten Stock, die niemand außer den geladenen Gästen nach oben gehen ließen. Der gepanzerte Audi A 8 stand jederzeit einsatzbereit neben dem Eingang zur Tiefgarage am Augustusplatz nur fünfzig Meter entfernt vom Vapiano. Die beiden Fahrer waren ebenfalls schwer bewaffnet und hatten ein Auge auf die ein- und ausfahrenden Fahrzeuge.
Nach menschlichem Ermessen hatte Ardian alles getan, um sich und seine Familie vor einem möglichen Angriff der Kosakenfront zu schützen. Immerhin musste er damit rechnen, dass die Eltern und Kinder, die zu Eleonoras Geburtstag eingeladen worden waren, Gott und der Welt erzählt hatten, dass Eleonora Shala ihren Ehrentag mit einem opulenten Mahl zusammen mit ihren Freunden im Vapiano feiern würde. Möglicherweise war auf diesem Umweg auch eine Information in die falschen Hände gelangt und Oleg Ponomarov hatte von diesem Termin erfahren. Das war zwar unwahrscheinlich, aber Ardian wollte nichts dem Zufall überlassen.
Eleonora hatte alle Mädchen ihrer Klasse eingeladen, die von mindestens einem Elternteil begleitet wurden. Insgesamt waren über vierzig Gäste der Einladung gefolgt. Ardians Frau Zeynep strahlte über das ganze Gesicht. Die letzten Tage hatte eine unangenehme Anspannung in der Luft gelegen. Sie hatte sich Sorgen um ihre Familie gemacht. Ardian hatte sie zwar beruhigt, dass sie nichts zu befürchten hätten, aber eben trotzdem wachsam sein müssten. Das Ehepaar Shala hatte ihre Tochter für ein paar Tage in der Schule krank gemeldet und dann gestern mit dem gepanzerten Wagen zum Unterricht gefahren und auch wieder abgeholt. Ponomarov würde keine Sekunde zögern, sich aus Rache für seine getötete Schwester, auch an seiner Familie zu vergreifen. Der Russe wusste genau, dass ihn das härter treffen würde, als der eigene Tod.

Doch alle Bedenken schienen wie weggewischt, als Ardian mit seiner Familie am Tisch saß und zusammen mit Eleonora und ihren Freunden ausgelassen ihren siebten Geburtstag feierten. Das Vapiano hatte den Raum wunderbar mit Girlanden und bunten Luftballons geschmückt. Im Hintergrund liefen die Songs von *Lady Gaga*, Eleonoras Lieblingssängerin. Seine Frau Zeynep hatte nicht vergessen, die CDs einzupacken und dafür zu sorgen, dass ihre Tochter ein rundum gelungenes Fest im Kreise ihrer Familie und Freunde erleben durfte.

Kurz bevor das Essen serviert wurde, erhob sich Ardian von seinem Platz und klopfte vorsichtig mit einem Dessertlöffel an seinem halbvollen Champagnerglas. Das allgemeine Gemurmel verstummte, die Blicke richteten sich erwartungsvoll auf den Vater des Geburtstagskindes.

»Liebe Eltern, liebe Kinder, die Familie Shala heißt euch alle herzlich willkommen. Wir freuen uns, dass Eleonoras Freunde so zahlreich erschienen sind, um heute ihren siebten Geburtstag mit ihr zu feiern. Das bedeutet meiner Tochter sehr viel, denn es ist ja immer noch nicht selbstverständlich, dass Kinder von ausländischen Mitbürgern so viel Liebe und Zuspruch gerade von ihren deutschen Freunden erfahren. Dafür möchten wir uns bei euch und bei ihnen herzlich bedanken. Schön, dass ihr alle da seid.«

Ardian bemerkte an den Reaktionen einiger Eltern, dass ihnen diese Bemerkung offensichtlich Unbehagen bereitete. Einige zogen verwundert die Augenbrauen hoch, andere blickten peinlich berührt zu Boden. Über das Thema Ausländer wurde eben immer noch nicht gern gesprochen. Schon gar nicht in einer Zeit, in der das Thema Flüchtlinge und illegale Zuwanderer ein ganz heißes Eisen war und überall kontrovers diskutiert wurde. Ardian wusste natürlich genau, dass einige der anwesenden Eltern ihn zutiefst verachteten. Vor allem die, die wussten, was er machte und womit er sein

Geld verdiente. Aber das war ihm egal. Er hatte im Leben viele Widerstände brechen müssen, um dahin zu gelangen, wo er heute war.
Ardian blickte in die Runde und erhob sein Glas. »Also, liebe Freunde, lasst uns auf das Wohl von Eleonora und auf unsere Freundschaft anstoßen. Për shëndetin tuaj, Auf eure Gesundheit, meine Lieben.«
Ardian hob sein Glas und lächelte. Es sollte das letztemal in seinem Leben gewesen sein. Exakt in dem Moment, als er das Champagnerglas zum Mund führen wollte, schlug das Projektil in seinem Kopf ein. Das Geschoss hatte ihn mitten auf der Stirn getroffen, ein kreisrundes Loch hinterlassen, während es aus seinem Hinterkopf wieder austrat und in der verputzten, weißen Wand hinter ihm einschlug. Blut, Knochensplitter und Gehirnmasse klatschten auf die Wand und sickerten langsam abwärts.
Für einen kurzen Moment war es totenstill. Seine Frau Zeynep, die neben ihm saß, war die Erste, die diese Ruhe mit einem gellenden Schrei des Entsetzens durchbrach.
Ardian war augenblicklich wie ein nasser Sack zu Boden gestürzt. Zeynep starrte in die weit geöffneten Augen ihres toten Mannes. Ein Blick, der Bestürzung und Überraschung zugleich zum Ausdruck brachte. Eleonora stand auf und sah ihren Vater an, als hätte sie überhaupt kein Verständnis für diesen dummen Scherz. Musste er ausgerechnet an ihrem Geburtstag ihre Freunde so erschrecken?
Nach einigen Sekunden des Schreckens brach Panik aus. Die Eltern hatten langsam realisiert, was gerade geschehen war. Sie sprangen auf, packten ihre schreienden Kinder und versuchten sich in Sicherheit zu bringen. Einige warfen sich schützend über ihre Töchter, andere versuchten mit ihren Kindern die Treppe zu erreichen. Die Angst vor weiteren Schüssen versetzte die Leute in den Zustand grenzenloser Panik.

Die beiden Bodyguards liefen zum Fenster und richteten ihre Maschinenpistolen auf einen imaginären Schützen. Einer der Männer entdeckte ein kreisrundes Loch von etwa zwei Zentimetern Durchmesser in ungefähr zwei Metern Höhe. Ihr Blick richtete sich gut dreihundert Meter voraus auf ein Gebäude an der entgegengesetzten Seite des Augustusplatzes.
Er rief seine Kollegen an, die unten vor der Einfahrt zur Tiefgarage in ihrem Wagen saßen.
»Ardian wurde von einem Scharfschützen erwischt. Der Schuss kam wahrscheinlich vom Dach des Radisson-Hotels. Schnell, versucht euch den Kerl zu schnappen. Der muss noch in der Nähe sein.«
Während Ardians Männer ihren schwarzen Audi A 8 starteten und mit durchdrehenden Reifen über den Ausgustusplatz Richtung Radisson rasten, verließ gerade ein dunkel gekleideter Mann mit Baseballkappe und Sonnenbrille das Hotel durch den Hinterausgang zum Parkplatz. Er verstaute seine Sporttasche im Kofferraum eines geparkten Wagens, zog seine dunkle Jacke aus und entledigte sich seiner Kappe sowie seiner Sonnenbrille. Dann griff er nach einem beigen Mantel, zog ihn an und schloss den Kofferraum. Danach bewegte er sich zügig, jedoch ohne jegliche Hektik, außen ums Hotel herum Richtung Ausgustsplatz, als ihm gerade ein schwarzer Audi entgegen gerast kam und direkt vor dem Hoteleingang abbremste. Er sah, wie zwei bewaffnete Männer aus dem Wagen sprangen und in die Eingangshalle des Hotels stürmten. Zufrieden lächelnd, ging er über die Straße und überquerte den Augustusplatz Richtung Zentrum. Aus der Entfernung hörte er die Sirene eines Rettungswagens. Vor dem Vapiano blieb er kurz stehen, sah hoch zu dem Fenster, das er noch vor ein paar Minuten ins Visier seiner McMillan genommen hatte und nickte. Der Gerechtigkeit war Genüge getan. Er klappte den Kragen seines Mantels hoch, steckte die Hände in die Tasche und ging zufrieden die

Goethestraße hinunter Richtung Hauptbahnhof, um sich dort ein Taxi zu nehmen.

Hannah und Jan saßen in einem Café in den Arkaden des Hauptbahnhofs. Hannah war zuvor in der Bahnhofsbuchhandlung gewesen, um sich endlich den neuen Roman *Das Fundament Der Ewigkeit* von *Ken Follett* zu besorgen. Sie hatte bereits die ersten beiden *Kingsbridge*-Romane gelesen und hatte sich schon vor Wochen vorgenommen, endlich auch den dritten Teil zu lesen. Jan stöberte derweil in den CD-Regalen von Saturn auf der Suche nach dem 2004er Live-Album der Berliner Band *Pothead* herum, nachdem er schon seit Jahren vergeblich suchte. Während Hannah stolz ihren fast 1.200 Seiten dicken *Ken Follett*-Wälzer präsentierte, war Jan leider mal wieder nicht fündig geworden.
»Wie du siehst, mein Schatz, nehmen die Dinge ihren Lauf. Manche Sachen regulieren sich manchmal eben von selbst«, grinste Jan, der die neueste Ausgabe der *Blitz* in den Händen hielt.
Sex mit Mordopfern – Leipziger Bundesrichter und Oberstaatsanwalt ihrer Ämter enthoben!, titelte das Boulevardblatt als Aufmacher in dicken Lettern.
Hannah nickte. »Da hat wohl jemand der Gerechtigkeit gehörig auf die Sprünge geholfen. Man könnte meinen, der Verfasser dieses Artikels hätte die geheime Akte über Richter Gnädig und Oberstaatsanwalt Oberdieck gelesen, obwohl die ja als Verschlussache irgendwo in den Tiefen von Waffels Schreibtisch verschwunden ist.«
Jan zuckte mit den Schultern. »Du kennst doch diese Typen von der *Blitz*, die haben überall ihre geheimen Quellen.«
»Schon klar, ich hoffe nur, dass diese »Quelle« so schlau war und die Akte wieder unbemerkt auf ihren alten Platz zurückgelegt hat.«
»Hey, meinst du etwa...?«

»Nee, Jan, ich meine gar nichts. Ist doch vollkommen egal, wer das getan hat. Fakt ist, dass derjenige dafür gesorgt hat, dass die beiden nicht ungestraft davongekommen sind. Genau wie der Kerl, der Ardian Shala das Licht ausgeblasen hat.«

»Hm, da hat Ponomarov, um ganz sicher zu gehen, einen erstklassigen Sniper geschíckt. Die Russen verfügen über eine Reihe exzellenter Scharfschützen. Dabei wäre ein solcher Profi bei dieser geringen Entfernung gar nicht notwendig gewesen.«

»Du meinst, das waren die Russen? Josie sagte, die KTU hätte ein Projektil der Größe 12,7 mm aus der Wand im Vapiano geschält.«

»Ja, und?«

»Tja, sie meinte, dass eine Kalaschnikow über das Kaliber 7,62 mm verfügen würde.«

»So, meint sie das? Ist Josie neuerdings auch Expertin für Scharfschützengewehre?«

»Nee, aber wenn das stimmt, waren das vielleicht gar nicht Ponomarovs Leute.«

»Josie irrt sich, Hannah, die Kalaschnikow MZ-116 M hat das Kaliber 12,7 mm und gilt momentan als das weltweit beste Scharfschützengewehr mit Schalldämpfung. Mit dieser Waffe hätte selbst ein Schimpanse ein Ziel in dreihundert Metern Entfernung getroffen. Der Schuss war für einen durchschnittlich veranlagten Schützen allenfalls reine Routine.«

Hannah zuckte mit den Schultern. »Na ja, ist ja auch egal. Der Schütze hat keinerlei Spuren hinterlassen. Die Hülse hat er selbstredend eingesackt und mitgenommen, andere Hinweise auf den Täter wurden nicht gefunden. Fall abgeschlossen, würde ich sagen.«

Jan nickte. »Am Ende zählt nur, dass der Schuldige bestraft worden ist.«

»Ach, sag mal, wo ist eigentlich dein Gewehr?«

»Welches Gewehr?«
Hannah verdrehte die Augen. »Mir ist egal, wer dieses Schwein erschossen hat. Der hat's verdient, auch wenn das Oskar, Benjamin und die anderen Opfer nicht mehr lebendig macht. Aber was ich Scheiße finde, Jan, ist, dass du mal wieder nicht ehrlich zu mir bist. Ich bin's, hallo, Hannah, deine Kollegin und die Frau, die dich liebt.«
Jan sah Hannah eine Zeit lang schweigend in die Augen. Dann zog er wortlos eine Patronenhülse aus seiner Tasche und stellte sie auf den Tisch.
Hannah nickte, nahm die Hülse vom Tisch, verstaute sie in ihrer Jacke und umarmte Jan.
»Danke«, flüsterte sie.
Als die beiden gerade aufstehen wollten, um zu gehen, blieb plötzlich eine junge Frau an ihrem Tisch stehen und lächelte Jan an. »Ach, das ist ja ein Zufall, Mr. Clooney, schön, Sie wiederzusehen. Kommen Sie doch mal wieder vorbei. Hatte selten so einen Spaß mit einem Kunden. Das nächste Mal bekommen Sie einen fetten Rabatt, dafür werde ich sorgen. Also, einen schönen Tag noch, bis bald.«
»Äh, ja, natürlich, gerne, bis bald dann, äh, ...Jenny«, stotterte Jan verlegen.
Hannah starrte Jan fragend an.
»Ist jetzt nicht, was du denkst...«
»Wieso? Was denke ich denn?«
»Ja, also, das...das war Jenny.«
»Aha.«
»Ja, die ist Verkäuferin bei Karstadt. Hab da meine Jeans gekauft.«
»Und hast dabei Spaß mit ihr gehabt?«
»Ja, nein, ich meine...da war sonst nichts.«
»Nee? Pech für dich. Die Kleine ist wirklich 'ne Vollgranate.«
»Wie bitte?«

»Du bist und bleibst eben ein verklemmter Wessi, mein Lieber. Hab dir doch gesagt, ihr hattet zwar da drüben jede Menge Fernsehprogramme, aber wir im Osten hatten den besseren Sex.«
»Könntest du recht haben«, lachte Jan und drehte sich nochmal nach Jenny um, bevor er Hannahs Hand fasste und sie küsste.

Der Autor

Joachim Krug wurde 1955 in Gifhorn geboren, machte Abitur in Wolfsburg und studierte in Köln und Bochum Sport und Latein. Der Diplomsportlehrer, Studienrat und Fußball-Lehrer mit UEFA-Pro-Lizenz war als Spieler, Trainer und Manager viele Jahre im Profifußball tätig, bevor er 2016 mit *Schwarzer Drache* seinen ersten Thriller veröffentlichte.

Joachim Krug arbeitet als Sportlicher Leiter bei Rot Weiss Ahlen und lebt mit seiner Familie in der Nähe von Dortmund.

Bisher bei Twentysix erschienen:

2016 Schwarzer Drache (1. Auflage, United p.c.)

2018 Roter Teufel

2019 Schattenwölfe

2019 In den Klauen des Adlers

2020 Schwarzer Drache (2. Auflage)

2020 Kopfnebel

Die Bücher sind beim BoD-Verlag Twentysix, bei Amazon und in den örtlichen Buchhandlungen erhältlich.

Besuchen Sie auch die Facebook-Seiten *Schwarzer Drache* und *Joachim Krug.*